Dark Silence –
Denn deine Schuld wird nie vergehen

Die Autorin

Lisa Jackson arbeitete nach ihrem Studium zunächst einige Jahre im Banken- und Versicherungswesen, bevor sie das Schreiben für sich entdeckte. Mittlerweile zählt Lisa Jackson zu den amerikanischen Top-Autorinnen, deren Romane regelmäßig die Bestsellerlisten der »New York Times«, der »USA Today« und der »Publishers Weekly« erobern. Ihre Hochspannungsthriller wurden in 15 Länder verkauft. Lisa Jackson lebt in Oregon.
Mehr Informationen über die Autorin und ihre Romane finden Sie auf ihrer Website: www.lisajackson.com.

Lisa Jackson

Dark Silence – Denn deine Schuld wird nie vergehen

Thriller

Aus dem Amerikanischen von
Elisabeth Hartmann

Weltbild

Die amerikanische Originalausgabe erschien 2000 unter dem Titel *»If she only knew«*
bei Kensington Publishing Corp., New York.

Besuchen Sie uns im Internet:
www.weltbild.de

Genehmigte Lizenzausgabe für Weltbild GmbH & Co. KG,
Werner-von-Siemens-Straße 1, 86159 Augsburg

Übersetzung: Elisabeth Hartmann
Umschlaggestaltung: Atelier Seidel – Verlagsgrafik, Teising
Umschlagmotiv: iStockphoto (© Katarzyna Bialasiewicz)
Satz: Datagroup int. SRL, Timisoara
Druck und Bindung: GGP Media GmbH, Pößneck
Printed in the EU
ISBN 978-3-95973-887-3

2020 2019 2018 2017
Die letzte Jahreszahl gibt die aktuelle Lizenzausgabe an.

Prolog

Nordkalifornien, Highway 17

»Sie sitzt im nächsten Wagen, einem schwarzen Mercedes Coupé, Modell S500, fährt in südliche Richtung, genau nach Plan.«

Er duckte sich tief ins Unterholz, wo Nebel über die nasse Erde kroch, und lauschte der drängenden Stimme, die, von Knistern unterbrochen, aus seinem Sprechfunkgerät drang. »Ich dachte, sie fährt einen Porsche.«

»Es ist ein Mercedes«, fauchte die Stimme wütend. »Dir bleiben noch etwa neunzig Sekunden.«

»Verstanden.« Mit schmalen Augen konzentrierte er sich ganz auf die Straße, die sich in diesem Teil Kaliforniens durch Schluchten und Berge wand. Tatsächlich, durch Nebel und Dunkelheit hörte er das sanfte Schnurren eines hochgezüchteten Motors. Der Wagen kam den Berg herauf. Kam näher.

Sie kam näher.

Sein Herz hämmerte. Er erinnerte sich an den Duft ihrer Haut. An den Ausdruck in ihren Augen. An das Ausmaß ihres Verrats.

Sie hatte es nicht anders verdient, dieses selbstgerechte Miststück. Wenn sie doch nur wüsste, dass er es war, der ihr den Tod brachte.

Adrenalin schoss ihm ins Blut.

»Keine Patzer. Es ist unsere einzige Chance«, war er ermahnt worden.

»Ich weiß, ich weiß.«

»Und es ist hundert Riesen wert.«

Bedeutend mehr als das, dachte er, sagte aber nichts. *Verdammt viel mehr.* »Ich erledige das.« Er schaltete das Walkie-Talkie aus, schob die Antenne zusammen und verstaute das Headset in der tiefen Tasche seiner Jacke. Schweiß sammelte sich auf seiner Kopfhaut und rann ihm am Hals hinunter, obwohl es in diesem Teil des Waldes kaum wärmer als fünf Grad sein durfte. Er zog die Skimütze über sein bereits schwarz gefärbtes Gesicht und lief über den Laubteppich. Seine alten Armeestiefel waren immer noch robust, und sein Tarnanzug schützte ihn perfekt in der nebelverhangenen Nacht.

Zweige klatschten ihm ins Gesicht. In der Luft lag der typische Geruch von modrig nasser Erde, aber da war noch etwas: Es roch nach seiner Angst. Was, wenn er versagen würde? Und sie irgendwie überlebte? Sie würde ihn auslachen.

Ausgeschlossen. Völlig ausgeschlossen, verdammt noch mal.

Irgendwo in der Nähe ertönte der Schrei einer Eule, beinahe übertönt vom Hämmern seines eigenen Herzens. Dann das Brummen eines schweren Motors in niedrigem Gang … Aber es war nicht der Motor des Mercedes. Das Geräusch kam aus der entgegengesetzten Richtung. Sein Mund wurde trocken.

Ruhig, ermahnte er sich, als er an der Straßenbiegung aus dem Wald trat. Er hoffte von Herzen, der Laster möge noch ein paar Meilen entfernt sein. Geräuschlos huschte er über das nasse Pflaster, wie das Mitglied eines Sondereinsatzkommandos. Er sah auf die Uhr. Noch dreißig Sekunden. Der verdammte Wagen hörte sich an, als sei er schon ganz nahe. Er biss die Zähne zusammen, sah durch Nebel und Bäume Scheinwerferlicht aufblitzen.

Los, du Miststück, beeil dich!

Lauter, von Süden her, der Laster – den Geräuschen nach ein Sattelzug. Er legte Tempo zu. *Scheiße.*

Tief geduckt lief er über die schmale Straße und postierte sich zwischen den scharfen S-Kurven. Seine ganze Aufmerksamkeit war auf das Singen der Reifen des Coupés auf dem nassen Pflaster gerichtet. *Beeil dich*, beschwor er sie stumm. *Du kannst schneller sein als der Laster. Du musst.*

Der Wagen kam näher.

Gut.

Er sah erneut auf die Uhr, die Zeiger auf dem Leuchtzifferblatt zählten seine Herzschläge. Alles lief genau nach Plan, bis auf den Laster. Noch ein paar Sekunden ... Erwartungsvoll fuhr er sich mit der Zunge über die Lippen.

Bremsen kreischten in der Nacht. *Zu nah. Verdammt noch mal, zu nah.* Sein Kopf ruckte herum in Richtung Süden, von wo aus sich das Dröhnen näherte. Das Getriebe des Neunachsers knirschte, als der Fahrer herunterschaltete.

Mit angespannten Muskeln lauschte er. Er durfte keinen Zeugen riskieren. Schweiß lief ihm über den Rücken.

Noch konnte er einen Rückzieher machen.

Aber wann würde er eine zweite Chance bekommen?

Hundert Riesen. Und das war erst der Anfang.

Außerdem hatte sie es nicht besser verdient ... und die Gelegenheit war ihm geradezu in den Schoß gefallen.

Der Motor des Lasters grollte laut, das Geräusch hallte durch den Wald aus Mammutbäumen und Eichen. Ein mächtiger Sattelzug, der den steilen Abhang hinunterrollte. In der entgegengesetzten Richtung schnurrte der Mercedes – sofern es tatsächlich einer war – immer weiter den Berg herauf, und die Fahrerin war völlig arglos, ahnte nicht, dass sie gleich sterben würde.

Sein Atem ging in kurzen Stößen. *Ruhig. Betrachte es als eine Art Übung – wie vor Jahren, als du in der Spezialeinheit warst. Du schaffst das. Noch ein paar Sekunden, dann bist du sie los.* Sein Herz schlug einen Trommelwirbel. Seine Hände in den enganliegenden Handschuhen waren schweißnass.

Zwei Lichtsäulen bogen von unten um die Kurve. Von oben kreischten die Bremsen des Sattelzugs.

Jetzt! Während der schnittige Wagen beschleunigte, sprang er vor, stand mitten auf der Fahrspur in Richtung Süden. Als er im Scheinwerferlicht stand, legte er rasch die Spiegel frei, die an seinem Gürtel befestigt waren.

Die Fahrerin trat heftig auf die Bremse.

Mit einem Quietschen blockierten die Reifen des Mercedes, der Wagen brach nach rechts aus, geriet ins Kiesbett am Straßenrand und drehte sich. Flüchtig sah er die Fahrerin, den Ausdruck des Entsetzens auf ihrem schönen Gesicht, während sie schrie und verzweifelt versuchte gegenzulenken. Eine weitere Person saß neben ihr auf dem Beifahrersitz. *Scheiße!* Man hatte ihm versichert, sie würde allein sein!

Er sprang auf die Fahrspur nach Norden. Wich mit knapper Not dem Kotflügel aus. Stolperte. Stürzte. Die Spiegel an seinem Gürtel zerbrachen. Glas splitterte, glitzerte im Scheinwerferlicht. *Mist.* Keine Zeit, es aufzusammeln. Keuchend kam er auf die Füße. Rannte in Richtung Wald.

Nichts wie weg hier.

Der Schwerlaster bog um die Kurve, bannte ihn im Licht seiner riesigen Scheinwerfer, flutete das nasse Pflaster mit blendendem Licht. Er sprang zur Seite. Dabei sah er einen kurzen Moment die Panik im Gesicht des Fahrers. Dieser bärtige, kräftige Bär von einem Mann schrie so laut, dass er das Kreischen der Bremsen übertönte. Achtzehn breite Reifen quietschten, es roch nach verbranntem Gummi.

Ach du Scheiße, Scheiße, Scheiße! Lauf, Mann!

Er sprang über die Leitplanke, stürzte sich in das schützende Dickicht. Bei der harten Landung vertrat er sich den Knöchel, das Fußgelenk knackte schmerzhaft, doch er durfte sich nicht aufhalten. Nicht jetzt. Sein Herz klopfte wie wild. Der Schweiß lief ihm übers Gesicht. Aus den Augenwinkeln sah er, wie der Mercedes auf der gegenüberliegenden Straßenseite die Leitplanke streifte. Funken flogen. Mit einem durchdringenden Kreischen riss polierter Stahl auf.

Der Mann stürmte den Hang hinunter. Er hörte das Ächzen von reißendem Metall, als der Wagen auf die vorbereitete Schwachstelle in der Leitplanke traf, sie durchbrach und geradewegs in die dichtstehenden Bäume raste.

Wie geplant.

Aber auch der Laster war außer Kontrolle geraten und rumpelte den Hang hinunter. Der Mann rannte weiter, ohne den stechenden Schmerz in seinem Fußgelenk und das Brennen in seiner Lunge zu beachten. Der Laster raste weiter bergab. Reifen blockierten. Metall kreischte. Der gesamte Wald erzitterte, als der Schwerlaster durch die Leitplanke brach, in seine Richtung, ein wütendes Metallungetüm, das ihn jagte, Tonnen von verbeultem Metall, die durchs Unterholz pflügten. Sein Herz hämmerte, er rannte um sein Leben.

Schneller, schneller! Sein Fußgelenk schmerzte höllisch, seine Lunge schien zu bersten.

Er rollte sich ab, rannte weiter, allem Schmerz zum Trotz, lief im Zickzack zwischen den Bäumen hindurch. *Wo zum Teufel war er? Und wo stand sein Jeep?* Verzweifelt versuchte er, der tödlichen Gefahr aus Metall auszuweichen. Mit einem Hechtsprung setzte er über einen umgestürzten Baumstamm. Dornen zerrten an seiner Kleidung. Er konnte nur hoffen, dass er rechtzeitig seinen Jeep fand, in dem er den Unfallort so weit wie möglich hinter sich lassen konnte.

Der Boden bebte.

Es riss ihm die Beine weg, so dass er bäuchlings auf dem Waldboden landete.

Ein greller Blitz, dann schoss ein Feuerball zwischen den Bäumen zum Himmel auf, ein leuchtend rot-orangefarbener Pilz. Die Nacht war plötzlich taghell.

Gequälte Schreie, grauenhafte, gepeinigte Laute, die ihn für immer verfolgen würden, gellten durch die Nacht, als der Laster explodierte. Ein Funkenregen prasselte auf den Wald nieder und versengte sein Haar, die Skimütze und seine Jacke. Rauch, der nach Diesel und verbranntem Gummi stank, quoll durch den Wald. Einen Augenblick lang glaubte der Mann, er müsse sterben.

Verdient hätte er es, weiß Gott.

Dann sah er ihn. Als hätte der Teufel ihn bereitgestellt: Sein Jeep stand direkt vor ihm. In den getönten Scheiben spiegelten sich blutrote Flammen. Der Wagen stand immer noch auf der verlassenen Holzabfuhrstraße, wo der Mann ihn abgestellt hatte.

Er rappelte sich auf, öffnete den Reißverschluss seiner Tasche, kramte nach den Schlüsseln und riss die Fahrertür auf. Geschafft. Beinahe. Halb erstickt vom Rauch warf er sich auf den Fahrersitz. Er zitterte, sein Knöchel pochte schmerzhaft. Als er den Zündschlüssel drehte, sprang der Motor gleich an. Der Wald war in ein gespenstisches Licht getaucht. Die Skimütze, die er sich über das Gesicht gezogen hatte, behielt er vorsichtshalber an.

Er schlug die Tür zu, legte den ersten Gang ein und gab Gas. Auf der schlammigen Straße drehten die Reifen durch. »Mach schon, los, *los!*« Der Jeep machte einen Satz. Kam ins Schleudern. Dabei spritzte Schlamm auf.

Scheiße, er brauchte eine Zigarette. Dringend.

Endlich griffen die Reifen. Er warf im Rückspiegel einen Blick auf sein Werk. Feuer und Rauch stiegen zum dunstigen Himmel auf.

Sie ist tot. Du hast sie umgebracht. Hast ihre schwarze Seele auf direktem Weg zur Hölle geschickt.

Und sie hat es, verdammt noch mal, nicht besser verdient!

Er schaltete das Radio ein. Aus den Lautsprechern grölte über das Heulen des Motors hinweg Jim Morrisons Stimme die vertrauten Verse.

»Come on, baby, light my fire ...«

Tja, nie wieder. Das Miststück würde keinen Mann mehr heißmachen.

1.

Sie konnte nicht sehen, nicht sprechen, nicht … O Gott, sie konnte ihre Hand nicht bewegen. Sie versuchte, die Augen zu öffnen, doch ihre Lider waren schwer wie Blei und schienen auf ihren Augen zu kleben, die grauenhaft schmerzten.

»Mrs Cahill?«

Sie spürte kühle Finger auf ihrem Handrücken. »Mrs Cahill, können Sie mich hören?« Die freundliche Frauenstimme klang wie aus weiter Ferne … wie von weit her, von einem Ort jenseits der Schmerzen. *Ich? Ich bin Mrs Cahill?* Das erschien ihr nicht richtig, aber sie hatte keine Ahnung, warum. »Ihr Mann ist zu Besuch gekommen.«

Mein Mann? Aber ich habe keinen … O Gott, was ist los mit mir? Verliere ich den Verstand?

Die Finger waren fort, und eine Frau seufzte schwer. »Es tut mir leid, sie reagiert immer noch nicht.«

»Sie liegt nun seit beinahe sechs Wochen in dieser Klinik.« Eine Männerstimme. Barsch. Hart. Fordernd. »Sechs Wochen, um Himmels willen, und zeigt keinerlei Anzeichen von Genesung.«

»Das kann man so nicht sagen. Sie atmet selbständig, hat gehustet und versucht zu gähnen. Und ich habe Augenbewegungen hinter den Lidern festgestellt. Lauter gute Zeichen, Hinweise darauf, dass das Stammhirn nicht geschädigt ist …«

O Gott, sie redeten über Hirnschäden!

»Warum wacht sie dann nicht auf?«, wollte er wissen.

»Ich weiß es nicht.«

»Scheiße.« Er sprach jetzt leiser.

»Lassen Sie ihr Zeit«, erwiderte die Frau sanft. »Wir können natürlich nicht sicher sein, aber es besteht sogar die Möglichkeit, dass sie uns in diesem Moment sprechen hört.«

Ja, ja, ich höre euch, aber ich heiße nicht Mrs Cahill, ich bin nicht verheiratet und ich sterbe vor Schmerzen. Helft mir, um Gottes willen! Wenn ich hier in einer Klinik bin, sollte es doch so etwas wie Kodein oder Morphium oder ... oder wenigstens Aspirin geben. Der Nebel umfing sie wieder, und sie wollte sich einfach fallenlassen, nichts mehr spüren.

»Marla? Ich bin's, Alex.« Sein tiefer Bariton klang jetzt viel näher. Lauter. Als stünde er nur Zentimeter von ihr entfernt. Kurz darauf spürte sie einen Druck an ihrem Arm. Sie wollte ihn wissen lassen, dass sie ihn hören konnte, doch es gelang ihr einfach nicht, sich zu bewegen. Der Geruch eines Duftwassers stieg ihr in die Nase, und sie wusste instinktiv, dass es eine teure Marke war. Doch woher sollte sie das wissen? Die Fingerspitzen auf ihrer Haut waren glatt und weich ... Alex' Hände. Die Hände ihres Mannes.

Herrgott, warum konnte sie sich nicht erinnern?

Sie versuchte, sich sein Gesicht vorzustellen, seine Haarfarbe, seine Schulterbreite, seine Schuhgröße, irgendetwas, doch es gelang ihr nicht. Seine Stimme rief keine Bilder hervor. Nur ein schwacher Geruch nach Rauch ging von ihm aus, als sein Ärmel ihr Handgelenk streifte und sie den rauhen Wollstoff seines Jacketts spürte.

»Liebling, bitte wach auf. Du fehlst mir, die Kinder ...« Seine Stimme brach, die Gefühle übermannten ihn.

Kinder?

Nein! Ausgeschlossen, dass sie Kinder hatte und es nicht wusste. So etwas musste eine Frau, selbst eine Frau, die halb komatös in einem Krankenbett lag, doch instinktiv wissen. Ihre Intuition würde ihr sagen, dass sie Mutter war, oder nicht? Bewegungslos in dieser Schwärze gefangen, wusste sie nichts. Wenn sie doch nur die Augen hätte öffnen können ... Doch andererseits war die anheimelnde Wärme der Bewusstlosigkeit so verlockend ... Bald würde sie sich erinnern ... Es war nur eine Frage der Zeit ...

Kaltes Grauen kroch ihr über den Rücken, als ihr bewusst wurde, dass sie nicht einen einzigen Moment ihres bisherigen Lebens heraufbeschwören konnte. Es war, als hätte es sie nie gegeben.

Das ist ein Alptraum. Eine andere Erklärung gibt es nicht.

»Marla, bitte, komm zurück zu mir. Zu uns«, flüsterte Alex heiser, und tief im Herzen wünschte sie sich, etwas zu empfinden, einen Hauch von Gefühl für diesen gesichtslosen Fremden, der angeblich ihr Mann war. Seine geschmeidigen Finger verschränkten sich mit ihren. Sie spürte den Druck auf ihrem Handrücken, das Ziehen der Infusionsnadel. »Cissy vermisst dich, und der kleine James ...« Wieder brach seine Stimme, und sie gab sich alle Mühe, eine Spur von Zärtlichkeit in ihrem Unterbewusstsein für ihn zu finden, ein bisschen Liebe zu diesem Mann, den sie nicht sehen und an den sie sich nicht erinnern konnte. In der Leere, die ihre Vergangenheit war, fand sie keinen Anhaltspunkt, was Alex Cahills Aussehen betraf, seinen Beruf, seine Art, sie zu lieben ... Daran müsste sie sich doch erinnern. Und ihre Kinder? Cissy? James? In ihr stiegen keinerlei Bilder von kleinen Engelchen mit laufenden Nasen und roten Wangen auf oder von schlaksigen Halbwüchsigen, die sich mit Akne herumschlugen. Sie merkte, dass sie plötzlich in einen Dämmerzustand sank. Offenbar hatte man endlich etwas in den Tropf getan, denn ihr war, als würde sie sich aus ihrem Körper lösen ... forttreiben ...

»Wie lange noch?«, fragte er und zog seine Hand zurück. »Wie lange soll das noch so weitergehen?«

»Das kann Ihnen niemand sagen. Solche Dinge brauchen Zeit«, erwiderte die Schwester, und ihre Stimme klang fern, als käme sie aus einem Tunnel. »Manchmal dauert ein Koma nur ein paar Stunden und ... na ja, manchmal bedeutend länger. Tage. Wochen. Das kann niemand voraussagen. Es könnte sogar noch länger dauern ...«

»Sprechen Sie es nicht aus«, fiel Alex ihr hastig ins Wort. »Sie wird wieder zu sich kommen.« Seine Stimme war hart wie Stahl. Offenbar war er es gewohnt, Befehle zu erteilen. »Marla?« Er musste sich wohl wieder dem Bett zugewandt haben, denn seine Stimme klang nun lauter. Ungeduldig. »Herrgott noch mal, kannst du mich hören?«

Unter Aufbietung all ihrer Kräfte versuchte sie, sich zu bewegen. Konnte es nicht. Es war, als sei sie festgeschnallt, auf die Matratze mit dem unangenehm gestärkten Laken gefesselt. Sie konnte nicht einmal einen Finger rühren, aber merkwürdigerweise war es ihr auch irgendwie gleichgültig ...

»Ich will den Arzt sprechen«, verlangte Alex nachdrücklich. »Ich sehe keinen Grund, warum sie nicht zu Hause betreut werden kann. Ich stelle alle Pflegekräfte ein, die sie benötigt. Krankenschwestern. Betreuer. Wir haben im Haus Platz genug für Leute, die sie rund um die Uhr versorgen.«

Es folgte eine lange Pause, in der sie die unausgesprochene Missbilligung der Krankenschwester spürte – wenigstens nahm sie das an. Inzwischen mühte sie sich weiter ab, die Augen zu öffnen, irgendeinen Körperteil zu bewegen, um zu zeigen, dass sie hören konnte, was gesprochen wurde.

»Ich weiß zwar nicht, ob er sich zurzeit in der Klinik aufhält, aber ich werde Dr. Robertson mitteilen, dass Sie ihn sprechen möchten«, sagte die Schwester schließlich. Ihre Stimme klang jetzt nicht mehr nachsichtig und geduldig. Eher fest. Professionell.

»Tun Sie das.«

Marla versank wieder in der Bewusstlosigkeit, verlor Sekunden, vielleicht Minuten. Dann nahm ihr träger Verstand erneut Stimmen wahr, Stimmen, die ihren Schlaf störten.

»Mrs Cahill braucht jetzt Ruhe«, sagte die Schwester.

»Wir gehen gleich.« Eine andere Stimme. Älter. Vornehm. Die Stimme kam näher, begleitet von Schritten, fest und energisch, ein starker Kontrast zu dem Alter, das die Stimme vermuten ließ. »Wir sind ihre Familie, und ich wäre gern für ein paar Minuten mit meinem Sohn und meiner Schwiegertochter allein.«

»Schön. Aber fassen Sie sich um Mrs Cahills willen kurz.«

»Das werden wir«, versprach die ältere Frau, und Marla spürte die Berührung von kühler, trockener Haut auf ihrem Handrücken. »Komm, Marla, nun wach schon auf. Cissy und der kleine James vermissen dich so. Sie brauchen dich.« Ein dunkles Lachen. »Ich gebe es nur ungern zu, aber die Nana kann ihnen nicht ganz die Mutter ersetzen.«

Nana? Großmutter? Schwiegermutter?

Kleidung raschelte, weiche Sohlen tappten über den Fußboden. Offenbar verließ die Schwester das Zimmer.

»Manchmal frage ich mich, ob sie überhaupt noch einmal aufwacht«, knurrte Alex. »Herrgott, ich brauche eine Zigarette.«

»Hab doch Geduld. Marla hatte einen grauenhaften Unfall, und dann noch all diese Operationen ... Sie wird wieder gesund.«

Himmel, warum konnte sie sich nicht erinnern? Wieder war ein langer, sorgenvoller Seufzer zu hören, und sie spürte Finger, die liebevoll ihren Handrücken streichelten. Ein Hauch von Parfüm ... Ein Duft, den sie kannte, aber nicht benennen konnte.

Warum war sie im Krankenhaus? Über welchen Unfall redeten sie? Marla versuchte, sich zu konzentrieren, nachzudenken, doch die Anstrengung brachte ihr nur pochende Kopfschmerzen ein.

»Ich hoffe nur, dass sie nicht zu sehr entstellt sein wird«, sagte die alte Frau.

Wie bitte? Entstellt? Bitte nicht! Sekundenlang wurde sie aus ihrer Benommenheit gerissen. Ihre ohnehin schon ausgedörrte Kehle war vor Angst wie zugeschnürt, ihr Magen krampfte sich zusammen. Sie wollte sich daran erinnern, wie sie aussah, aber es war ja gleichgültig ... Ihr Herz raste vor Angst. Ganz bestimmt saß irgendwo jemand vor den Bildschirmen und sah, dass sie aufnahmefähig war, dass sie reagierte. Doch keine eiligen Schritte waren vom Flur her zu hören, keine eindringliche Stimme rief: »Sie regt sich. Sehen Sie, sie wacht auf!«

»Sie hatte die besten Ärzte. Sie ... sie sieht dann vielleicht nicht so aus, wie wir es erwarten, aber schön wird sie bestimmt trotzdem noch sein.« Alex' Stimme klang, als müsse er sich selbst überzeugen.

»Weißt du, Alexander«, sagte die Frau, die sich Nana nannte, »manchmal kann Schönheit für eine Frau auch ein Fluch sein.«

Ein unbehagliches Lachen von diesem Mann, der ihr Gatte war. »Ich glaube nicht, dass sie dir da zustimmen würde.«

»Nein, natürlich nicht. Aber sie lebt noch nicht lange genug, um das zu begreifen.«

»Ich möchte nur wissen, woran sie sich erinnert, wenn sie aufwacht.«

»Hoffentlich an alles«, sagte die Frau, doch in ihren Worten schwang Anspannung mit, deutliche Angst.

»Nun ja, wir werden sehen.«

»Wir können von Glück sagen, dass sie den Unfall überhaupt überlebt hat.«

Nach kaum merklichem Zögern sagte der Mann: »Allerdings. Sie hätte überhaupt nicht fahren sollen. Zum Teufel, sie war doch gerade erst aus dem Krankenhaus entlassen worden.«

Noch ein Krankenhaus? Wieder setzte diese Benommenheit ein, die Worte verwirrten sie. Hatte sie richtig gehört?

»Es bleiben noch so viele Fragen offen«, flüsterte die Frau, die anscheinend ihre Schwiegermutter war.

Ja, so viele, aber ich bin zu müde, um jetzt darüber nachzudenken ... So schrecklich müde.

Nick Cahill pfiff gellend nach seinem dreibeinigen Hund. Er schaltete den Motor seiner *Notorious* aus, warf die Leine um einen schwarz angelaufenen Pfosten am Dock und machte sein Fischerboot daran fest. »Komm schon, Tough Guy, gehen wir nach Hause«, rief er über die Schulter. Das Boot schaukelte auf den Wellen der abgelegenen Bucht in Oregon. Nieselregen ging vom bleigrauen Himmel nieder, der Wind frischte auf, schlug ihm ins Gesicht und setzte den Wellen Gischtkronen auf. Am Himmel zogen Möwen unter Geschrei ihre Kreise. Die Gerüche von Diesel, modrigem Holz und Brackwasser vermischten sich in der Winterluft dieses Novembertags.

Nick schlug den Kragen seiner Jacke hoch, griff nach seinem Eimer mit lebenden Krebsen und stieg auf den Anleger. Im selben Moment schoss sein Hund wie ein schwarzweißer Blitz an ihm vorbei. Tough Guy, ein Schäferhundmischling, sprang auf die schlüpfrigen Planken und kletterte die Treppe zum Parkplatz auf dem Felsvorsprung hinauf. Nick folgte ihm etwas langsamer, vorbei an schiefen Pfosten voller Seetang und Krebse.

»Da ist jemand, der dich sprechen will«, knurrte Ole Olsen, der alte Kerl im Fenster des Köderladens am Anleger. Er wies mit einer Kopfbewegung zum Kopf der Treppe, sah Nick jedoch nicht in die Augen, sondern arbeitete weiter an seiner Köderfliege, wie immer.

»Mich sprechen?«, vergewisserte sich Nick. In den fünf Jahren, die er in dieser Gegend verbracht hatte, war noch nie jemand zum Jachthafen gekommen, um ihn zu treffen.

»Ja. Das hat er gesagt.« Ole, der auf seinem Hocker inmitten von Blinkern und Kühlkisten voller Köder und Royal Crown Cola saß, war fester Bestandteil des Jachthafens. Wie immer steckte ein erloschener Zigarrenstummel in seinem Mundwinkel, ein Halbkreis roten, teils ergrauten Haares umkränzte seine Glatze, und Falten umränderten seine Augen hinter der Vergrößerungsbrille. »Hab ihm gesagt, dass du noch eine Weile draußen bleibst, aber er wollte warten.« Er biss den Faden ab und drehte das kleine orangefarbene Büschel um, das einen Haken verbarg und eine Fliege zum Lachsangeln darstellen sollte. »Dachte mir, wenn er unbedingt will, kann ich ihn nicht dran hindern.«

»Wer?«

»Hat mir nicht gesagt, wie er heißt. Aber du findest ihn schon.« Endlich hob Ole doch den Blick über die Halbgläser der Brille. Durch das offene Fenster konnte man Zigarettenschachteln, Gezeitentabellen und Dutzende der bunten Fliegen sehen. »Er ist nicht aus dieser Gegend. Das hab ich sofort gemerkt.«

Nick straffte die Schultern. »Danke.«

»Keine Ursache«, erwiderte Ole und nickte knapp. Tough Guy stieß ein scharfes Bellen aus.

Nick stieg die Treppe hinauf und überquerte einen Kiesplatz, auf dem Pick-ups, Anhänger und Wohnwagen chaotisch durcheinanderstanden. In der Mitte des Platzes stand ein silberner Jaguar mit kalifornischem Kennzeichen. Der Motor lief, verstummte jedoch plötzlich, als Nick näher kam. Die Fahrertür schwang auf, und ein Mann von beachtlicher Körpergröße, in Anzug, glänzend polierten Schuhen und Regenmantel, stieg aus.

Alex Cahill höchstpersönlich.

Toll. Einfach … toll.

Er hatte sich ja einen großartigen Tag für seinen Besuch ausgesucht.

»Wird aber auch Zeit«, sagte Alex, als hätte er schon stundenlang gewartet. »Ich dachte schon, du wärst da draußen krepiert.« Er wies mit einer Kopfbewegung zum Meer.

»Pech gehabt.«

»Vielleicht klappt's beim nächsten Mal.«

»Vielleicht.«

Alex' stechende Augen, die mehr grau als blau waren, blitzten auf. »Immer noch der alte respektlose Mistkerl.«

»Ich gebe mir Mühe.« Nick gestattete sich kein Lächeln. »Ich will doch niemanden enttäuschen.«

»Scheiße, Nick, du hast doch noch nie was anderes getan.«

»Mag sein.«

Nick nahm an, ihre Mutter müsse gestorben sein. Kein anderer Grund hätte Alex dazu bewegen können, das Profil seiner Dreihundert-Dollar-Reifen derart abzunutzen. Andererseits war es schwer vorstellbar – Eugenia Haversmith Cahill war die zäheste Frau, die jemals in Highheels auf Erden gewandelt war. Nein, entschied Nick, ihre Mutter konnte nicht tot sein. Eugenia würde ihre beiden Söhne überleben.

Nick ging zu seinem Pick-up und stellte den Eimer auf die Ladefläche. Um den Parkplatz herum verlief ein Zaun mit abgeblättertem Lack, der zusammen mit den Fichten, die von Wind und Wetter gebeugt waren, den Jachthafen von einem Antiquitätengeschäft mit zugenagelten Fenstern trennte. Der Laden war schon geschlossen gewesen, als Nick vor fünf Jahren nach Devil's Cove gezogen war.

Alex vergrub die Hände tief in den Taschen seines Mantels. Nick vermutete, dass es ein Designerstück war. Nicht dass er etwas davon verstanden hätte. Es war ihm auch gleichgültig. Aber irgendetwas war faul, das wusste er.

»Hör zu, Nick, ich bin hergekommen, weil ich deine Hilfe brauche.«

»*Du* brauchst *meine* Hilfe?«, wiederholte Nick mit einem skeptischen Grinsen. »Soll ich mich jetzt geschmeichelt fühlen?«

»Es ist mein Ernst.«

»Sicher.«

»Es geht um Marla.«

Verdammte Scheiße. Nick zog die Schultern in der Wildlederjacke hoch. Ganz gleich, was jetzt kam, er würde sich in nichts hineinziehen lassen.

Nicht von Marla.

Nie wieder.

»Sie hatte einen Unfall«, entgegnete Alex.

Nicks Magen krampfte sich zusammen. »Was für einen Unfall?« Er biss so fest die Zähne zusammen, dass es schmerzte. Von jeher traute er seinem älteren Bruder nicht. Und zwar aus gutem Grund. Solange Nick denken konnte, hatte Alex Cahill vor dem Altar des Dollars geopfert, das Knie vor jeder Börsennotierung gebeugt und die Schutzheiligen von San Francisco verehrt, die Elite, die man landläufig als »alten Geldadel« bezeichnete. Das traf doppelt auf seine Frau, die schöne Aufsteigerin Marla, zu.

Sein Bruder stellte für Nick nichts als eine bittere Erinnerung an seine eigene Tändelei mit dem Allmächtigen Dollar dar. Und mit Marla.

»Es ist schlimm, Nick«, sagte Alex und trat mit der Spitze seines glänzenden Schuhs nach einem Kiesel.

»Aber sie lebt.« Das wollte Nick dann doch wissen.

»So gerade. Liegt im Koma. Sie ... nun ja, vielleicht schafft sie es nicht.«

Nicks Magen verkrampfte sich. »Warum bist du dann hier? Solltest du nicht bei ihr sein?«

»Ja. Ich war auch bei ihr. Aber ... ich wusste nicht, wie ich dich sonst erreichen sollte. Du reagierst nicht auf meine Mails und ... na ja ...«

»Ich hab's nicht so mit E-Mails.«

»Das ist eins deiner Probleme.«

»Aber nur eins.« Nick lehnte sich an den schmutzigen Kotflügel seines Dodge und nahm sich vor, sich nicht einspannen zu lassen. Sein Bruder war nichts weiter als ein glattzüngiger Scheißkerl, ein Mann, der mit seinem scheinbar aufrichtigen, festen Lächeln, einem kräftigen Händedruck und genau dem richtigen Maß an Blickkontakt einem Ertrinkenden die Schwimmweste abschwatzen konnte. Alex war drei Jahre älter als Nick, ein vornehmer, ehemaliger Stanford-Student. Seine Examensarbeit, in der er die Kniffe und Tücken der Juristerei bearbeitete, hatte er in Harvard geschrieben.

Nick hatte sich um so etwas nicht geschert. »Was ist passiert?«, fragte er jetzt, bemüht, die Ruhe zu bewahren.

»Ein Autounfall.« Alex besaß immerhin den Anstand, unter seiner Sonnenbräune bleich zu werden. Er griff in die Tasche, zog eine Schachtel Zigaretten heraus und bot Nick eine an. Der schüttelte den Kopf, obwohl er liebend gern tief den Rauch in die Lunge gesogen und die beruhigende Wirkung von Nikotin genossen hätte.

Alex ließ sein Feuerzeug aufflammen, zündete die Zigarette an und nahm einen tiefen Zug. »Marla fuhr den Wagen einer anderen Frau. Das war vor mehr als sechs Wochen. In den Bergen bei Santa Cruz, eine scheußliche Strecke. Die Frau, der der Wagen gehörte, Pamela Delacroix, war bei ihr.« Es folgte eine lange Pause. Ein tiefer, rauchiger Seufzer. Genau das richtige Maß an Zögern, um weitere schlechte Nachrichten anzukündigen. Nick wappnete sich. Ein Jeep mit schmutzigem Stoffverdeck fuhr auf den Parkplatz, holperte durch die Pfützen und blieb dicht vor dem Zaun stehen. Zwei Männer in den Zwanzigern stiegen aus und öffneten die Heckklappe, um Angelruten, Spulen und Kühltaschen auszuladen. Geräuschvoll polterten sie die Treppe hinunter. »Erzähl weiter«, forderte Nick seinen Bruder auf.

»Pam hat es leider nicht überlebt.«

Nick wurde eiskalt. »Lieber Himmel.«

»Sie war auf der Stelle tot. Ein weiteres Fahrzeug war in den Unfall verwickelt, ein Schwerlaster, der ihr entgegengekommen war. Fernfahrer. Charles Biggs. Er hatte sechzehn Stunden am Steuer gesessen, und angeblich stand er unter Drogen. Speed, Meth oder so, wer weiß? Die Polizei schweigt sich aus. Möglicherweise war der Fahrer am Steuer eingeschlafen. Niemand weiß etwas Genaues. Außer Biggs, und der liegt mit Brandverletzungen im Krankenhaus. Über sechzig Prozent der Haut verbrannt, und dazu noch innere Verletzungen. Es ist ein Wunder, dass er noch lebt, aber es rechnet keiner damit, dass er durchkommt.«

Nick wischte sich den Regen aus dem Gesicht und blickte aufs Meer hinaus. »Aber Marla hat überlebt.«

»Wenn man es so nennen will.«

»Verdammte Scheiße.« Jetzt schmachtete Nick erst recht nach einer Zigarette. Er vergrub die Hände tief in den Jackentaschen und ermahnte sich, seinem Bruder nicht zu glauben. Alex als der Ältere und Gewitztere hatte sich, als sie noch Kinder waren, einen Spaß daraus gemacht, ihn als naiven Dummkopf hinzustellen. Nick hatte immer das Nachsehen gehabt. Heute würde es vermutlich nicht anders sein. »Der Kerl ist also am Steuer eingeschlafen und auf Marlas Fahrspur geraten?«

»Das ist nur eine Theorie.« Alex nahm einen weiteren Zug von seiner Marlboro. »Polizei und Versicherung ermitteln. Der Highway wurde gesperrt. Aber soweit bisher bekannt ist, haben die Fahrzeuge einander nicht mal berührt. Der Mercedes kam auf der einen Seite von der Fahrbahn ab, der Laster weiter unten auf der anderen Seite. Beide Fahrzeuge haben die Leitplanke durchbrochen, beide landeten im Gebüsch, und der Laster explodierte, bevor der Fahrer sich aus der Kabine retten konnte.«

»Verdammt«, stieß Nick leise hervor. »Der arme Kerl.«

Alex schnaubte zustimmend. »Die Polizei hat ein wahres Großaufgebot mobilisiert. Alle warten darauf, dass Marla aufwacht und ihre Version vom Unfallgeschehen darstellt.« Er starrte finster aufs Wasser der Bucht hinaus. »Man könnte sie wegen fahrlässiger Tötung vor Gericht stellen, schätze ich, wenn sie diejenige war, die die Mittellinie überfahren hat. Ich ... ich habe mich noch nicht eingehender mit den juristischen Fragen beschäftigt. *Noch* nicht. Das alles ... es ist ... nun ja, es ist ein Alptraum. Schwer für uns alle.«

Nun glaubte Nick die Geschichte allmählich. Wäre die Lage nicht so düster gewesen, hätte Alex die Fahrt zu ihm nicht auf sich genommen. *Zum Teufel.* Der Regen lief ihm übers Gesicht, als er die Tür der Fahrerkabine öffnete, nach einem angebrochenen Sechserpack Henry's suchte und eine Dose herausriss. Er warf sie Alex zu und öffnete eine weitere für sich selbst.

»Falls Marla durchkommt …«

»Falls, Alex? *Falls?* Sie ist die stärkste, entschlossenste Frau, die ich kenne. Sie kommt durch. Um Himmels willen, gib sie nicht jetzt schon auf. Sie ist deine Frau, verdammt noch mal!«

Zögern. Unausgesprochene Vorwürfe. Erinnerungen, die niemals wieder an die Oberfläche hätten kommen dürfen – verführerisch, erotisch, heiß und intensiv. Nicks Gaumen wurde trocken. Der Wind peitschte ihm ins Gesicht. Er nahm einen tiefen Zug vom Bier, während Tough Guy zu seinen Füßen winselte. Doch seine Gedanken waren bereits in den dunklen Winkel vorgedrungen, den er jahrelang gemieden hatte, auf dem schmalen Pfad, der geradewegs zur Frau seines Bruders führte. Verbotene Bilder tauchten auf, Tabubilder einer berauschend schönen Frau mit perlendem Lachen und Schalk in den Augen. Er hörte das leise Plätschern des Wassers unten am Dock und das Summen des Verkehrs auf dem Highway, das dumpfe Tosen der Brandung, die jenseits der Mole an die Küste schlug, das Schreien der Möwen, doch nichts war so laut wie das Pochen seines eigenen Herzens.

Nick forderte Alex mit einem Kopfnicken auf weiterzureden. Er trank noch einen Schluck und versuchte vergeblich, die Gedanken an Marla abzuschütteln. Regen tropfte von seiner Nase. Er überlegte, ob er seinem Bruder vorschlagen sollte, in die Fahrerkabine des Pick-ups zu steigen, entschied sich jedoch dagegen.

»*Falls* sie überlebt, besteht die Möglichkeit, dass sie sich an gar nichts mehr erinnert oder dass sie zumindest teilweise ihr Gedächtnis verloren hat. Ich verstehe nicht ganz, was es mit dieser Amnesie auf sich hat, aber es ist ein seltsames Phänomen. Unheimlich.« Alex stand rauchend im Regen und schien gar nicht zu bemerken, dass er schon bis auf die Haut durchnässt war. Das braune Haar klebte ihm am Kopf, und seine italienischen Lederschuhe sogen sich voll mit Wasser aus der Pfütze, die sich zu seinen Füßen gebildet hatte. »Himmel, Nick, du solltest sie sehen ... Oder vielleicht lieber nicht.« Alex' Stimme zitterte, er zögerte kurz und zog so heftig an seiner Zigarette, dass sie im Dämmerlicht rot aufglühte. »Du würdest sie nicht wiedererkennen. Ich selbst hätte sie fast nicht erkannt, und dabei lebe ich schon fast fünfzehn Jahre mit ihr zusammen. Ach, verdammt!« Er stieß den Rauch aus dem Mundwinkel aus, riss seine Bierdose auf und trank einen tiefen Zug. »Sie war so schön ... Na ja, du erinnerst dich sicher ...« Alex' Stimme brach, als litte er entsetzlich.

Nick trank sein Bier und versuchte, das Bild der Frau, die beinahe sein Leben zerstört hätte, zu verdrängen. Er blickte auf die Hängebrücke, die sich über den schmalen Zufluss der Bucht spannte und über die der Highway 101 den Autoverkehr entlang der zerklüfteten Küste Oregons ermöglichte. Doch vor seinem inneren Auge sah er Marla ... hinreißend, lachend, bereit zu jedem Spaß. »Abgesehen von dem Gedächtnisverlust – wird sie wieder ganz gesund werden?« »Du meinst, bis auf die Tatsache, dass sie nicht mehr aussehen wird wie früher.«

»Das ist nicht so wichtig.«

»Für sie schon.«

Nick schnaubte. »Du kannst dir Schönheitsoperationen leisten. Ich denke eher an körperliche oder geistige Behinderungen.«

»Das wissen wir noch nicht.«

»Und wenn sie das Gedächtnis verloren hat, wird sie es dann irgendwann wiederfinden?«

Alex zuckte die Achseln und blickte aufs Meer hinaus. »Ich hoffe es.«

Für den Bruchteil einer Sekunde, kaum einen Herzschlag lang, empfand Nick eine Spur von Mitleid für die Frau seines Bruders.

»Wir werden es sehen«, meinte Alex.

»Das sagt man so.«

»Aber sie wird verändert sein.«

»Pech«, sagte Nick sarkastisch und betrachtete dabei den wassergetränkten Kies und die schlammigen Pfützen.

»So ist es.«

Nick nahm einen letzten Schluck Bier, zerdrückte die Dose in der Hand und warf sie auf die Ladefläche seines Pick-ups. Verstohlen schob sich Marlas Bild wieder vor sein inneres Auge. Alex übertrieb nicht. Marla Amhurst Cahill war eine hinreißende Frau. Verführerisch. Frech. Verteufelt sexy. Mit seidiger Haut, die unter der Hand eines Mannes heiß wurde, und einem verlockenden Lächeln, das Marilyn Monroe zur Ehre gereicht hätte. Sie ging einem Mann so sehr unter die Haut, dass er nicht mehr von ihr loskam. Für Jahre nicht. Vielleicht nie. Nick wandte sich abrupt zu Alex um. »Komm zur Sache, Alex. Warum erzählst du mir das alles?«

»Weil du zur Familie gehörst. Mein einziger Bruder …«

»Blödsinn.«

»Ich dachte, du solltest es wissen.«

»Da steckt doch mehr dahinter.« Davon war Nick absolut überzeugt. »Sonst wärst du wohl kaum die ganze Strecke bis hierher gefahren, nach sechs Wochen.«

Alex nickte bedächtig und runzelte nachdenklich die Stirn. »Sie ist … sie kann nicht sprechen, ihre Kiefer sind mit Drähten fixiert, und sie ist noch nicht aufgewacht, aber sie hat gestöhnt und versucht, ein paar Worte zu sagen.« Er holte tief Luft, wie um sich selbst Mut zu machen. »Das einzige Wort, das wir verstanden haben, war ›Nicholas‹.«

»Hör bloß auf«, versetzte Nick wütend. Der Wind schlug ihm ins Gesicht.

»Sie braucht dich.«

»Sie hat noch nie jemanden gebraucht.«

»Wir dachten …«

»Wir?«

»Mutter und ich und, na ja, wir haben auch mit den Ärzten darüber gesprochen. Wir dachten, du könntest vielleicht zu ihr durchdringen.«

»Du und Mutter«, knurrte Nick. »Zum Teufel.«

»Es ist einen Versuch wert.«

Nick warf einen Blick aufs Wasser, wo die Boote an den Docks trostlos dümpelten, kleine Segelboote mit skelettartigen Masten, die sich wie Dutzende knochiger Finger, im Gebet erstarrt, zum gleichgültigen Himmel reckten. Für Nick war es undenkbar, Marla wiederzusehen. Bei der bloßen Vorstellung krampfte sich sein Magen zusammen.

Alex warf seine Zigarette auf den Kies, wo sie zischend neben dem heruntergefahrenen Reifen eines uralten Buick verglühte. »Da ist noch etwas.«

»Noch mehr?« *Jetzt kommt's*, dachte Nick voller Unbehagen. Er hatte das Gefühl, dass ihm die Schlinge des Familiengalgens um den Hals gelegt wurde.

»Ich muss dich um einen Gefallen bitten.«

»Um noch einen? Außer Marla zu besuchen?«

»Das ist kein Gefallen. Das ist deine Pflicht.«

Nick zuckte die Achseln und ließ das unkommentiert. »Spuck's aus.«

»Es geht ums Geschäft ... Seit diesem Unfall kann ich mich nicht richtig konzentrieren. Ich bin die meiste Zeit bei Marla im Krankenhaus. Und wenn ich gerade nicht im Krankenhaus bin, muss ich mich um die Kinder kümmern.«

»Die Kinder? Plural?«

»Ach, das weißt du ja noch gar nicht. Ein paar Tage vor dem Unfall hat Marla ein Kind bekommen. Und der Unfall geschah am Tag ihrer Entlassung aus dem Krankenhaus.« Alex hielt inne, zog ein Taschentuch aus seiner Manteltasche und wischte sich das Gesicht ab. »Dem Baby geht es gut, Gott sei Dank. Der kleine James gedeiht so prächtig, wie man es sich nur wünschen kann in Anbetracht der Tatsache, dass ihm die Mutter fehlt.« In Alex' Stimme schwang etwas wie Stolz mit und noch etwas anderes ... *Angst?* Was ging hier vor?

Nick kratzte sich das bartstoppelige Kinn und strich mit der Fingerspitze über die Narbe, die er Alex verdankte, eine Kampfwunde aus der Zeit, als er elf Jahre alt war. Er ahnte, dass noch viel mehr hinter dieser Geschichte steckte – dass sein Bruder bewusst etwas verschwieg. »Das Kind war nicht bei ihr?«

»Nein, Gott sei Dank nicht. Der Kleine ist jetzt zu Hause, mit seinem Kindermädchen. Und was Cissy betrifft – sie ist eben ein Teenager und, ach, du weißt ja, wie die sind. Sie ist ziemlich mit sich selbst beschäftigt.« Rasch fügte Alex hinzu: »Natürlich ist sie traurig, weil ihre Mutter immer noch im Krankenhaus ist, aber …« Er zuckte die Achseln, und ein Ausdruck stiller Resignation trat auf sein aristokratisches Gesicht. »Manchmal habe ich den Eindruck, dass sie sich mehr Sorgen darum macht, wer sie zum Winterball einlädt, als um die Frage, ob ihre Mutter überlebt. Ich weiß schon, das ist nur Theater. Cissy sorgt sich auf ihre eigene Art, aber das ist eben die Art, mit der sie Marla schon immer begegnet ist.«

»Das wird ja immer besser«, knurrte Nick.

»Nicht wahr?«, schnaubte Alex, dann schniefte er und strich sich das Haar aus dem Gesicht.

»Es überrascht mich, dass Marla noch ein Kind bekommen hat. Ich dachte, sie mag keine Kinder.«

»Sie ist tatsächlich erwachsener geworden«, sagte Alex mit einem verstohlenen Blick zu seinem Bruder.

Trotzdem fand Nick es merkwürdig, dass sie so viele Jahre nach dem ersten Kind noch ein zweites gewollt hatte. Dazu war sie einfach zu selbstsüchtig. Starrsinnig. Egozentrisch. Eine gottverdammte Prinzessin. Er schniefte, sah zu seinem Boot hinüber und dachte, dass noch vor einer halben Stunde sein einziges Problem seine Kopfschmerzen gewesen waren, nachdem er sich am Vorabend allzu eng mit einer Flasche Cutty Sark angefreundet hatte. Aber das hier … Scheiße. Nick blinzelte in die düsteren Regenwolken.

Alex räusperte sich. »Also schau, Nick, es ist nun mal so, dass ich zurzeit deine Hilfe brauche.«

»In welcher Form?«, fragte Nick misstrauisch. Der grobe Hanf der Cahill-Familienschlinge zog sich fester um seinen Hals. Es regnete immer noch.

»Du bist ein Troubleshooter für Unternehmen.«

»Das war einmal.«

»Du bist es immer noch.«

»Nein. Das liegt lange zurück. Seitdem habe ich eine Menge anderer Sachen gemacht. Jetzt fische ich. Oder versuche es.«

Mit düsterer Miene ließ Alex den Blick über den Jachthafen wandern, dann richtete er ihn auf den Eimer in Nicks Pickup. Alex schien nicht überzeugt zu sein. »Vor ein paar Jahren hast du mehrere Firmen gerettet, die kurz vor dem Ruin standen, und jetzt könnte ich, ob du es glaubst oder nicht, diese Art von Sachverstand brauchen. Cherise und Monty rebellieren, weil sie nicht an unserem Unternehmen beteiligt sind. Offenbar glauben sie, als Cahills stünde ihnen ein Stück vom großen Kuchen zu.«

»Cherise und Monty. Na toll.« Es wurde immer schlimmer. Das war anscheinend das Schicksal aller Cahills. Er lehnte sich gegen den Pick-up. Tough Guy setzte sich neben ihn und blickte zu ihm auf, weil er erwartete, am Kopf gekrault zu werden. Nick tat ihm den Gefallen.

»Tja, diese dumme Geschichte mit Onkel Fenton und seinen Kindern war ja angeblich schon lange geklärt, bevor ich ins Geschäft einstieg«, fuhr Alex fort. »Dad hatte sich mit seinem Bruder geeinigt, aber Fentons Kinder haben es offenbar vergessen. Wenigstens Cherise. Sie ist diejenige, die keine Ruhe gibt. Wahrscheinlich liegt es an ihrem Mann. Ein Prediger. Herrje! Das alles ist doch Schnee von gestern. Von vorgestern. Oder sollte es sein.«

»Dad hat Fenton behandelt, wie er jeden anderen auch behandelt«, sagte Nick über den Tyrannen, der ihr Vater gewesen war. Samuel Jonathan Cahill war ein abgebrühter Mistkerl gewesen. »Er kannte nur die eine Art, mit Menschen umzugehen. Punkt.«

»Egal. Es geht doch darum, dass Fenton schon vor Jahren seinen Anteil am Unternehmen ausbezahlt bekommen hat. Damit ist die Sache erledigt. Cherise und Monty können verdammt noch mal selbst für sich sorgen. Ich habe genügend eigene Probleme.«

Dieses Argument hörte Nick schon, solange er lebte. Er hatte es satt, konnte aber nicht anders, als den Anwalt des Teufels zu spielen, besonders wenn es um seinen Bruder ging. »Du kannst es ihnen im Grunde nicht verübeln, dass sie sauer sind. Beide hatten gedacht, sie würden Millionäre werden, aber ihr verdammter Vater hat ihnen alles versaut.«

»Ich *verüble* ihnen überhaupt nichts. Nein, mir sind die beiden scheißegal. Monty hat in seinem ganzen Leben noch nicht einen Tag gearbeitet, und Cherise hat auch kaum etwas anderes getan, als eine Reihe von Ehemännern zu verschleißen und eine religiöse Spinnerin zu werden. Ich habe es mit ihr versucht, habe dem letzten – diesem Pfaffen, ausgerechnet – sogar eine Stelle besorgt. Scheiße! Du kannst dir nicht vorstellen, was für eine Katastrophe daraus wurde.« Alex machte eine wegwerfende Handbewegung. »Egal. Ich wollte, Cherise und Montgomery würden einfach beide verschwinden. Für immer.« Angewidert leerte er seine Bierdose in einem Zug und wischte sich den Mund ab. »Es sind Blutsauger. Verdammte Blutsauger, alle beide.« Alex lehnte sich an den verbeulten Kotflügel des Dodge. »Und wenn sie sich übergangen fühlen, tja, sollen sie doch sehen, wo sie bleiben«, stieß er ohne jedes Mitgefühl hervor. »Aber es ist zu kalt und nass, um hier herumzustehen und über sie zu reden. Sie sind nur ein kleines Ärgernis am Rande.«

»Das würden sie selbst wahrscheinlich anders sehen«, kommentierte Nick.

»Pech. Jedenfalls bin ich nicht ihretwegen hergekommen.«

»Sondern wegen Marla.«

»Unter anderem.« Alex sah Nick in die Augen.

»Kommen wir jetzt endlich auf den Punkt?«, fragte Nick. Der Wind wechselte die Richtung und pfiff über den Parkplatz.

»Ja, ganz recht. Kommen wir.« Alex' Stimme klang todernst. Ganz geschäftsmäßig. »Cahill Limited braucht eine Vitaminspritze.«

»Oder eine Kugel in den Kopf.«

»Es ist mein Ernst.« Um Alex' Mund zeigten sich kleine weiße Furchen, und einen Moment lang wirkte er tatsächlich verzweifelt. »Und dir würde kein Zacken aus der Krone brechen, wenn du ein bisschen Familiensolidarität aufbringen würdest. Wir könnten sie brauchen. Mutter. Ich. Die Kinder. Und Marla.«

Nick zögerte.

»Marla ganz besonders.«

Die Schlinge war plötzlich so eng, dass Nick keine Luft mehr bekam. Tough Guy kratzte am Trittbrett des Pick-ups.

Nick öffnete die Tür und ließ den durchnässten Hund in die Fahrerkabine springen, um Zeit zu gewinnen. Doch die Entscheidung war bereits getroffen. Das wusste er so gut wie Alex. »Ich muss jemanden auftreiben, der so lange den Hund und mein Haus versorgt.«

»Ich übernehme sämtliche Unkosten.«

»Vergiss es.«

»Aber ...«

»Es geht hier nicht um Geld, klar?« Nick stieg in den Wagen, schob Tough Guy auf seinen Platz an der Beifahrertür und steckte den Schlüssel ins Zündschloss. Wohl wissend, dass er einen Fehler beging, den er sein Leben lang bereuen würde, sagte er: »Ich komme, okay?« Wütend auf sich selbst und seine ausgeprägte, völlig unangebrachte Loyalität, fügte er hinzu: »Ich sehe mir deine verdammten Bücher an, mache mich lieb Kind bei Mutter und besuche Marla, aber du schuldest mir keinen Cent. Kapiert? Ich komme aus reiner Herzensgüte nach San Francisco, und ich gehe wieder, wann immer ich will. Ich lasse mich auf keine Verpflichtung ein, und ich bleibe nicht ewig.«

»Reine Herzensgüte, also, das ist mal eine interessante Vorstellung«, versetzte Alex, ohne auf Nicks Bedingungen einzugehen.

»Nicht wahr?« Nick streckte die Hand nach dem Türgriff aus. Wind und Regen schlugen in die Kabine. »Das ist das Äußerste, worauf ich mich einlasse, Alex. Mein einziges Angebot. Ich komme in ungefähr einer Woche. Wenn dir das nicht passt, vergiss das Ganze.« Ohne eine Antwort abzuwarten, drehte Nick den Zündschlüssel und trat aufs Gas. Der Motor des Dodge sprang stotternd an.

Unzufrieden mit der Welt im Allgemeinen und mit sich im Besonderen, schlug Nick die Tür zu und schaltete die Scheibenwischer ein. Ob es ihm passte oder nicht, er musste nach San Francisco fahren.

»Zum Teufel«, knurrte er. Die Scheibenwischer kämpften gegen den Regen. Nick legte den Rückwärtsgang ein. Kies spritzte auf, und Tough Guy hätte auf dem Beifahrersitz beinahe das Gleichgewicht verloren.

»Entschuldige«, murmelte Nick, schaltete in den ersten Gang und spähte finster durch die beschlagene Windschutzscheibe. Alex stand auf dem von Pfützen übersäten Parkplatz. Sein Wollmantel flatterte im Wind, seine Miene war düster wie die eines Bestattungsunternehmers. Nick schaltete das pfeifende Gebläse ein und suchte einen Sender im Radio, hörte jedoch nichts als Störgeräusche.

Er dachte an Marla, und sein Magen krampfte sich zusammen. Er begehrte sie immer noch. Nach fünfzehn Jahren. Nach *fünfzehn verdammten Jahren*. Seitdem hatte es in seinem Leben mehr als ein Dutzend Frauen gegeben, aber keine von ihnen hatte ihn je so nachhaltig beeindruckt, so tiefe Narben an seiner Seele hinterlassen. Er sah sein eigenes Gesicht im Rückspiegel, und seine Augen wurden schmal, sein Blick hart und wütend. »Du bist ein Esel, Cahill«, knurrte er. »Ein gottverdammter Esel.«

2.

»Wird Mom sich an mich erinnern?«, fragte eine freche Mädchenstimme, und Marla versuchte krampfhaft, die Augen zu öffnen. Die Schmerzen hatten nachgelassen, wahrscheinlich dank irgendwelcher Medikamente, doch sie konnte den Mund nicht bewegen. Ihre Zunge fühlte sich dick an und schmeckte grässlich, ihre Augenlider waren zu schwer, als dass sie sie heben konnte, und sie hatte keinerlei Zeitgefühl. Sie wusste nur, dass sie immer wieder in diesen Zustand halber Bewusstlosigkeit eintauchte und dass sich dann ihr Verstand verwirrte. Aber sie wollte ihre Tochter sehen. Marla kämpfte mit aller Macht darum, die Augen zu öffnen, doch es gelang ihr nicht.

»Natürlich wird deine Mutter sich an dich erinnern«, sagte ihre Schwiegermutter leise. Ihre festen Stakkato-Schritte hallten laut, als sie sich dem Bett näherte. Leises Klimpern von Schmuck, der Duft des bereits vertrauten Parfüms, das sie nicht benennen konnte. »Keine Sorge.«

»Aber sie sieht schrecklich aus.« Wieder das Mädchen – ihre Tochter. »Ich dachte, es wäre inzwischen besser geworden.«

»Ist es auch, aber es dauert, Cissy. Wir müssen uns alle in Geduld üben.« Eine milde Zurechtweisung schwang in der Stimme der älteren Frau mit, fast eine Warnung.

»Ich weiß, ich weiß«, sagte Cissy mit einem theatralischen Seufzer.

In den letzten paar Tagen hatte Marla in ihrem mehr oder

weniger halb bewussten Zustand gelernt, das Pflegepersonal, Dr. Robertson und Mitglieder ihrer Familie am Parfüm, am Gang und an der Stimme zu erkennen, wenngleich sie oft verwirrt war und in diesem Stadium zwischen Wachen und Schlafen nie recht wusste, ob sie träumte oder ob sie wegen der Medikamente so benommen war.

Sie hatte sich zusammengereimt, dass die ältere Frau, ihre Schwiegermutter, Eugenia Cahill war und dass Eugenias Mann nicht anwesend war. Vielleicht war er tot oder behindert oder einfach nicht interessiert; jedenfalls war er, soweit sie sich erinnerte, nie zu Besuch gekommen ... Aber ihre Erinnerung war ja gerade das Problem. Das ganz große Problem.

Ihre Schwiegermutter wirkte aufrichtig und fürsorglich und hatte sie oft besucht – das glaubte Marla zumindest. Cissy war bisher noch nie bei ihr gewesen ... oder doch? Marla erinnerte sich nicht. Und dann war da noch ihr Mann. Alex. Ein Fremder und doch jemand, für den sie zärtliche Gefühle empfinden sollte. Aber die blieben aus. Ihr Kopf begann wieder zu pochen, schmerzte so heftig, als würden Eisläufer auf rasiermesserscharfen Kufen Pirouetten in ihrem Gehirn drehen. Das starke Medikament, das sie immer wieder in die Bewusstlosigkeit eintauchen ließ und ihren Verstand umnebelte, hatte seine Vorteile.

»Und wenn sie sich nicht ... du weißt schon ... erinnert ... oder wenn die Narben nicht weggehen oder ... wenn sie nicht mehr sie selbst ist?«, flüsterte Cissy, und Marla erschauderte innerlich.

»Du machst dir unnötige Sorgen. Von jetzt an geht es mit ihr bergauf.«

»Ich hoffe es«, sagte das Mädchen inbrünstig, doch eine gewisse Skepsis in ihrem Tonfall war nicht zu überhören. »Braucht sie noch mehr Schönheitsoperationen? Dad sagt, sie hat schon jede Menge hinter sich.«

»Gerade genug, um die Schäden zu beheben. Aber wir sollten wirklich nicht mehr darüber reden.«

»Warum nicht? Glaubst du, dass sie uns hören kann?«

»Ich ... ich weiß es nicht.«

Eine Pause folgte, doch Marla spürte, dass jemand sich ihrem Bett näherte. Warmer Atem streifte sie, und sie hatte das Gefühl, studiert zu werden wie ein Einzeller unter dem Mikroskop. Wieder mühte Marla sich vergeblich ab, einen Finger zu heben. Wenn sie ihnen doch nur zeigen könnte, dass sie bei Bewusstsein war.

»Sie hört nix ...«

»›Nichts‹, ›sie hört nichts‹, heißt das«, kam prompt Eugenias Tadel.

»Ach ja?«, konterte die Kleine, und Marla erkannte, dass das Mädchen sich über die Großmutter lustig machte. »Ich versuche, daran zu denken, okay?«

»Und vergiss nicht, es ist schon ein großes Glück, dass deine Mutter diesen grauenhaften Unfall überlebt hat«, mahnte Eugenia eindringlich. »Natürlich sieht sie jetzt nicht mehr so aus wie früher, aber du wirst schon sehen, wenn sie aufwacht und die Drähte aus ihrem Kiefer entfernt werden und die Schwellungen zurückgehen, dann ist sie fast wieder die Alte.«

»Wird sie laufen können?«

Marla stockte das Herz.

»Natürlich. Ihre Beine sind unverletzt, das weißt du doch. Wie ich schon sagte, sie wird wieder gesund.«

»Warum wacht sie dann nicht endlich auf?«

»Der Körper braucht Ruhe, um zu genesen. Das ist wichtig.«

Cissy schnaubte leise, als ob sie nicht ein Wort von dem glaubte, was ihre Großmutter sagte. »Sie mag mich ja sowieso nicht.«

Wie bitte? Ausgeschlossen! Was für ein schrecklicher Gedanke, und wie falsch. So falsch. Doch das war sicher nur die verzerrte Wahrnehmung eines halbwüchsigen Mädchens. Ganz sicher würde sie ihre Tochter mögen, nein, *lieben.*

»Natürlich mag sie dich.« Eugenia lachte nervös. »Sei nicht albern. Sie liebt dich.«

Ja!

»Warum hat sie sich dann so dringend ein Baby gewünscht? Einen Jungen? Warum war ich den beiden nicht gut genug? Ach, vergiss es«, murrte sie und entfernte sich vom Bett.

»Ja, ich vergesse es, denn es ist Unsinn«, erwiderte Eugenia mit schmalen Lippen.

Es folgte ein lauter, gequälter Seufzer, als ob das Mädchen Erwachsene im Allgemeinen und ihre Großmutter im Besonderen für Idioten hielte. »Ich weiß sowieso nicht, was ich in dieser Familie soll. Ich passe da einfach nicht rein.«

Da haben wir etwas gemeinsam, dachte Marla, aber ihr wurde weh ums Herz. War sie so grausam und gedankenlos gegenüber ihrer eigenen Tochter gewesen?

»Du gibst dir ja alle Mühe, nicht hineinzupassen, statt dich mal ein bisschen anzustrengen. Alle vor dir waren hochbegabte Schüler. Dein Vater hat Stanford besucht und in Harvard sein Examen abgelegt, und deine Mutter hat in Berkeley studiert. Ich selbst war in Vassar, und ...«

»Ich weiß, Grandpa war in Yale. Na und? Ich hab nie behauptet, eine Intelligenzbestie zu sein. Und überhaupt, was ist mit Onkel Nick? Hat er nicht das Studium abgebrochen?«

Angespannte Stille folgte. Marla spürte, wie Eugenia die Stacheln aufstellte. »Nick ist seinen eigenen Weg gegangen, aber über ihn wollen wir jetzt nicht reden«, wehrte sie ab. »Komm, es ist Zeit für das Treffen mit deinem Vater ...« Eugenia musste das Mädchen wohl aus dem Zimmer gescheucht haben, denn plötzlich war Marla allein. Sie entspannte sich, hörte eine Krankenschwester ins Zimmer kommen, fühlte, wie sie nach ihrem Puls tastete. Ein paar Sekunden später sickerte dieser warme, vertraute Nebel der Geborgenheit in ihre Adern und vertrieb den Schmerz, die Sorge, die Angst ...

Sie döste eine Zeitlang ... Wie lange, hätte sie nicht sagen können, aber irgendwann hörte sie, wie sich leise knarrend die Tür öffnete und dann mit einem kaum hörbaren, aber nachdrücklichen Klicken wieder geschlossen wurde. Sie erwartete, dass eine Krankenschwester an ihr Bett kam und etwas zu ihr sagte, versuchte, sie zu wecken, oder wenigstens die Kissen aufschüttelte, wieder einmal ihren Puls oder die Temperatur oder den Blutdruck maß, aber dieser Besuch war ungewöhnlich leise. Es war, als würde er oder sie sich an ihr Bett anschleichen.

Oder da war überhaupt niemand im Zimmer.

Vielleicht hatte sie sich getäuscht, oder sie hatte geträumt und sich nur eingebildet, die Tür habe sich geöffnet und jemand sei hereingekommen. Ihr Verstand war so umnebelt. Am besten, sie schlief wieder ein. Aber sie konnte es nicht, und sie glaubte, das Scharren einer Ledersohle auf dem Boden zu hören. Aber ... Nein ... vielleicht doch nicht ... Und dann roch sie es, einen Hauch von Zigarettenqualm und noch etwas ... den Geruch nach nassem Wald ... erdig, modrig ... fehl am Platz und, das spürte sie, böswillig.

Die feinen Härchen in ihrem Nacken richteten sich auf. Angst durchströmte sie. Sie versuchte zu schreien, konnte es aber nicht. Versuchte, die Augen aufzuschlagen, doch alle Bemühungen waren vergebens. Ihr Herz hämmerte wie wild. Sie war doch sicher an einen Monitor angeschlossen, auf dem man den Herzschlag sehen konnte. Irgendeine Pflegekraft würde jeden Augenblick in ihr Zimmer stürzen. *Bitte! Helft mir!*

Nichts.

Kein Geräusch.

Ihre Kehle war staubtrocken.

O Gott, was wollte diese Person von ihr?

Warum sagte sie nichts?

Wer war sie? Was wollte sie?

Beinahe geräuschlos wich die Person zurück. Mit einem Klicken öffnete sich die Tür und fiel leise wieder ins Schloss.

Sie war allein.

Und halb wahnsinnig vor Angst.

»Ich weiß, es ist verrückt«, sagte Nick zu Tough Guy und packte ein paar Pullover in seine Campingtasche. Er ging durchs Schlafzimmer ins Bad, kramte sein Rasierzeug unter dem Waschbecken hervor und packte seinen Elektrorasierer und einen Deo-Stift in den Kulturbeutel. Er warf ihn von der Badezimmertür aus in die offene Tasche.

Der Hund lag auf einer geflochtenen Matte am Fußende seines Bettes, den Kopf auf den Pfoten, und verfolgte Nick mit den Augen.

»Ich komme ja zurück«, versprach Nick, als könnte der Hund ihn verstehen. »Schon bald.« Er nahm zwei Jeans aus dem Schrank und verstaute sie in der Tasche. »Ole passt auf dich auf, und das wird dir gefallen, glaub mir. Er hat ein Dobermannweibchen, eine verdammt heiße Lady.«

Tough Guy zeigte keinerlei Interesse.

»Dir wird es an nichts fehlen«, versicherte Nick dem Hund. »Da geht's dir besser als mir.« Er zog den Reißverschluss der Campingtasche zu und sah sich flüchtig um. Diese Hütte mit ihren vier mit Kiefernholz vertäfelten Zimmern war für ihn mehr als nur ein Zuhause; sie war seine Zuflucht, der Ort, an dem er nach der erbarmungslosen Hetze Frieden gefunden hatte. Irgendwann zwischen der Pubertät und der Gegenwart war es ihm gelungen, seinen Komplex abzuschütteln, die Bürde, ein Cahill zu sein und den Erwartungen der Familie entsprechen zu müssen.

»Das war alles Blödsinn«, erklärte er dem Hund, als Tough Guy sich erhob und auf seinen drei Beinen hinter ihm her ins Wohnzimmer hinkte, wo die kalte Asche vom Vorabend noch im Kamin lag und der Geruch von Holzfeuer in der Luft hing. Mit finsterer Miene dachte Nick daran, dass er den Ansprüchen der Cahills nie genügt hatte. Sein Vater hatte verlangt, dass er endlich aus Alex' Schatten trat, dass er seinen älteren Bruder überflügelte.

Samuel Cahill war enttäuscht worden. Das geschah dem Mistkerl recht. Sollte der Alte in seinem Grab vermodern. Nick war es gleichgültig.

Das Telefon klingelte. Nick fluchte und hätte sich am liebsten gar nicht gemeldet. Doch dann ließ er die Tasche fallen, war mit drei raschen Schritten beim Apparat, nahm den Hörer ab und knurrte: »Hallo?«

»Nick?«, fragte eine Frau mit leicht erregter Flüsterstimme. »Nicholas Cahill?«

»Wer ist da?«

»Cherise.«

Seine Cousine. Er ahnte Böses. Ganz gleich, was sie wollte, es konnte nichts Gutes sein.

»Meine Güte, du bist ja schwer zu erreichen. Beinahe hätte ich einen Privatdetektiv angeheuert, um dich ausfindig zu machen.« Sie lachte nervös.

»Hast du aber nicht.«

»Nein. Am Ende hat doch das Telefonverzeichnis gereicht.«

Übellaunig setzte sich Nick auf sein mit Cordsamt bezogenes Sofa. Er stellte sich Cherise vor, wie er sie zuletzt gesehen hatte, mit blondem Haar, blassgoldenen Augen und ohne ein Gramm Fett an ihrem zierlichen Körper. Sie war dauergebräunt, übermäßig geschminkt und war ihm, als sie noch Kinder waren, auf Schritt und Tritt nachgelaufen. Damals hatte er sie gemocht, bevor sie beide, jeder auf seine Art, in Schwierigkeiten gerieten und sich auseinanderlebten. Die schönen Zeiten waren vorbei, schon seit zwanzig Jahren. »Und, Cherise, wie geht's?«

»Gut«, antwortete sie wenig überzeugend. »Neuerdings im Grunde sogar wunderbar. Ich habe zum Herrn gefunden.«

Toll, dachte Nick zynisch. *Einfach toll.* »Ach ja?«

»Mein Leben ... mein Leben hat sich völlig verändert.«

»Das klingt gut.« Nick war kein religiöser Mensch und hielt nicht viel von der Kirche, aber wenn Cherise gern wiedergeboren werden wollte, schön und gut. Sie war schon immer dem neuesten Trend nachgejagt. Wenn Cherise also ihre Liebe zu Gott kundtat, dann musste wohl der christliche Glaube in Mode gekommen sein.

»Ja. Es ist gut. Ich danke Gott jeden Tag.«

»Und die Kinder?« Er blickte aus dem Fenster in den grauen Tag hinaus.

»Ach, denen geht's ... gut. Prima. Sind halt Teenager.« Sie seufzte theatralisch. »Die drei werden dem Herrn noch gehörig Arbeit machen, fürchte ich.«

Nick wartete. Schluss mit den Höflichkeitsfloskeln. Es gab doch sicher einen Grund dafür, dass sie ihn aufgespürt hatte. Seit über fünfzehn Jahren hatte er nicht mehr mit ihr gesprochen. Nach ein paar spannungsgeladenen Schweigeminuten holte sie tief Luft.

»Ich, hm, ich rufe wegen Marla an.«

Seine Eingeweide zogen sich zusammen, aber er war nicht überrascht. »Ich habe von ihrem Unfall gehört«, gab er zu. »Alex hat mich aufgesucht.«

»Ach.«

Das überraschte sie und verschlug ihr für einen Augenblick die Sprache. Doch Cherise war eine Schnelldenkerin. Sie landete immer wieder auf den Füßen.

»Tja, wir alle können dem Herrn danken, dass sie noch lebt.«

Amen.

»Ihre Freundin hatte weniger Glück«, fuhr sie fort. »Kanntest du Pam? Bist du ihr mal begegnet?«

»Nein.«

»Mhm.« Ein missbilligendes Schniefen. Nick fragte sich, was es mit der Beifahrerin im Unfallwagen auf sich haben mochte. Doch Fragen stellten sich ihm in großer Menge, wenn es um seine Schwägerin ging. »Hör zu, Nick, ich rufe an, weil du zur Familie gehörst und ich auf dein Verständnis hoffe. Du und Marla, ihr habt euch doch mal gut verstanden, und du weißt ja, dass sie und ich uns immer gemocht haben. Ich liebe sie wie eine Schwester, und ich ... na ja, nicht nur ich, auch Montgomery«, fügte sie rasch hinzu, als sei ihr Bruder ihr gerade erst eingefallen. »Ich ... wir würden sie gern besuchen. Das Problem ist nur, dass Alex es nicht zulässt. Er besteht immer noch darauf, dass nur der *engste* Familienkreis sie besuchen darf.«

Also darum ging es. Nick warf einen flüchtigen Blick auf die alte Seth-Thomas-Uhr neben der Kochnische. »Liegt sie nicht immer noch im Koma?«

»Schon, aber ich möchte ihr gern Gesellschaft leisten und ihr ein paar Verse vorlesen. Die Bibel hat oft heilsame Wirkung, weißt du?«

»Wenn ich mich recht erinnere, war Marla nicht allzu gläubig.«

»Darauf kommt es nicht an«, versicherte Cherise hastig. »Jesus hört unsere Gebete, *alle* Gebete.«

Nick äußerte sich nicht dazu.

»Wie auch immer«, preschte sie vor, wie eine Lok unter Volldampf. »Weißt du, ich habe für sie gebetet. Und ... und für Pam. Und für den armen Kerl in dem Sattelschlepper, den mit den Verbrennungen, der wahrscheinlich nicht durchkommt ...« Sie unterbrach sich kurz. »Ich möchte sie einfach gern besuchen, Nick, ihre Hand halten und ihr sagen, dass ich sie liebe und dass der Herr sie ebenfalls liebt.« »Vielleicht, wenn es ihr bessergeht.«

Er hörte einen gequälten Seufzer und ahnte, wie sich in Cherise' Kopf die Rädchen drehten. Sie war wie ein Hund mit einem Knochen, gab nie auf, setzte sich durch und bekam am Ende immer, was sie wollte. Drei Ehemänner, allesamt ehemals eingefleischte Junggesellen, waren die lebenden Beweise für ihre Überredungskünste. »Sieh mal, Nick, du wirst sie doch sicher besuchen, schließlich kennst du Marla ... nun, schon sehr lange.«

Die Andeutung stand im Raum.

Nick fasste den Hörer ein wenig fester und hütete sich, in die trügerischen Gewässer dieser besonderen Erinnerung vorzudringen.

»Ich dachte, *du* würdest sie bestimmt gern besuchen«, bemerkte Cherise, und Nick hörte aus ihrem Tonfall die unterschwelligen Vorwürfe heraus.

»Vielleicht«, erwiderte er vage, lehnte sich auf dem Sofa zurück und ließ den Blick über die vergilbten Holzpaneele an den Wänden seines Hauses schweifen. Tough Guy sprang auf einen zerschlissenen Sessel, fing Nicks strafenden Blick auf und sprang auf der Stelle wieder hinunter. Er verkroch sich unter dem Kaffeetisch und beobachtete sein Herrchen durch die Glasplatte, auf der noch Ringe von den Drinks des Vorabends zu sehen waren.

»Also, wenn du mit Alex sprichst, sag ihm bitte, dass ich Marla sehen will. Versuche, ihm verständlich zu machen, dass wir auch zur Familie gehören. Trotz allem, was zwischen unseren Vätern vorgefallen ist, fließt doch das gleiche Blut in unseren Adern. Wir sind verwandt.«

»Allerdings«, räumte Nick ein und stand auf.

»Du wirst also mit Alex reden?«

»Ja.«

»Gut. Sehr gut. Danke. Weißt du, die Wege des Herrn sind oft unergründlich.«

»So sagt man wohl«, erwiderte Nick leicht ironisch, dann beendete er das Gespräch und legte auf. Anschließend nahm er das Glas, das er auf dem Tisch abgestellt hatte, und trug es in die Küche zur Spüle. Tough Guy folgte ihm über das alte Linoleum.

»Ich komme wieder«, versicherte er dem Hund noch einmal, schulterte seine Tasche und ging hinaus auf die hintere Veranda, um nachzusehen, ob der Schäferhundmischling genug Futter und Wasser hatte. Dann schloss er die Tür ab. Tough Guy raste zum Pick-up, doch Nick schüttelte den Kopf. »Diesmal nicht, alter Junge.« Er kraulte den Hund hinter den Ohren, von denen eines etwas zerfetzt war. Die Verletzung stammte noch von damals, als der Hund kurz nach Nicks Einzug blutig und halbtot auf die Veranda gehumpelt war.

»Muss sich mit einem Waschbär oder einem anderen Hund gebissen haben«, hatte der Tierarzt im Ort vermutet. Infolge dieses Kampfes hatte der Schäferhundmischling ein Bein verloren, ein zerfetztes Ohr zurückbehalten und bei Nick ein neues Zuhause gefunden. Sie verstanden sich prächtig.

»Mach keinen Ärger«, befahl Nick jetzt, stieg in die Fahrerkabine und ließ den Motor an. Der Himmel war düster, genau wie Nicks Stimmung.

Während er den ersten Gang einlegte, dachte er an Cherise' Anruf und ihr Gerede über Gott und Glaube. Ein bisschen Glaube würde ihm im Augenblick wohl auch nicht schaden können. Etwas göttliche Hilfe käme ihm ganz gelegen, aber darauf zählte er lieber nicht. Als er in den Seitenspiegel schaute, sah er den schwarzweißen Hund, der ihm von der Veranda aus nachblickte, und hatte das Gefühl, den einzigen Verwandten, den er je gekannt hatte, zurückzulassen.

»Toll«, murmelte Nick vor sich hin. Er erreichte die Landstraße, über die er auf die Interstate gelangen würde. Von dort aus ging es immer weiter in südlicher Richtung bis nach San Francisco.

Und zu Marla.

Als sie wieder zu Bewusstsein kam, waren da Stimmen, mehrere gedämpfte Stimmen, die sie zu kennen glaubte. Der Drang zu schlafen war übermächtig, ihr Verstand dumpf und träge, doch sie bemühte sich – wieder einmal vergebens –, die Lider zu heben, und zwang sich, wach zu bleiben. Wenigstens so wach, wie es ihr möglich war.

»Ja, er sagte, er würde kommen, aber ich musste ihn ganz schön unter Druck setzen«, sagte Alex.

Wer? Wer würde kommen?

Alex lachte, aber es klang gezwungen. »Er sieht beschissen aus. Scheint voll in dieser Antikultur aufzugehen, läuft rum wie ein Holzfäller. Du weißt schon, zerschlissene Jeans, altes Hemd, sackartiger Parka, Zottelhaar und so weiter. Wenn ich mich nicht sehr täusche, hatte er bestimmt seit einer Woche keinen Rasierer mehr in der Hand gehabt. Er war zum Angeln oder Krebsfischen oder so rausgefahren, in einem Boot, das so seetüchtig aussah wie ein Sieb.«

»Aber er *kommt*«, sagte Eugenia mit Betonung.

Ihre Schwiegermutter war also auch anwesend.

»Das hat er gesagt, aber wer weiß? Er ist nicht gerade der Zuverlässigste.«

»Du warst bei ihm zu Hause?«

»Ich habe dort vorbeigeschaut, aber er war nicht da. Schließlich fand ich ihn in einem sogenannten Jachthafen, der die Bezeichnung wohl kaum verdient.« Wieder das freudlose Lachen.

»Warum soll er kommen?«, fragte Cissy, und erst jetzt erkannte Marla, dass ihre Tochter auch im Zimmer war. »Wenn du ihn doch gar nicht ausstehen kannst?«

»Es ist nicht so, dass ich ihn nicht ausstehen kann, Schatz. Ich kann ihn nur nicht ... akzeptieren.«

»Mensch, Dad, wieso kümmert es dich, was er tut, solange er dich in Ruhe lässt?«

Gute Frage, dachte Marla und spürte, wie der Schlaf sie wieder überkam, der tiefe, tröstliche Schlaf, der sie so verführerisch in seine Arme schloss. Niemand antwortete, es herrschte angespannte Stille.

»Warum will niemand über ihn reden?«, wollte Cissy schließlich wissen. »Manchmal kommt es mir vor, als wäre es etwas Unanständiges, auch nur seinen Namen auszusprechen.«

»So ist es«, sagte Alex.

»Du bist auch nicht besser«, versetzte das Mädchen gerade laut genug, dass die anderen es hören konnten.

»Nun hört doch auf zu streiten.« Eugenia atmete tief durch. »Es kommt eben vor, dass Brüder sich nicht verstehen.«

»Wie bei Großvater und seinem Bruder?«

»Fenton, ja«, antwortete Eugenia steif. »Und das Gleiche gilt für seine Kinder, Cherise und Montgomery. Ach, neuerdings nennt er sich wohl Monty oder so ähnlich.«

»Warum gehören sie nicht mehr zur Familie?«, fragte Cissy.

»Sie wollen es nicht.«

Cissy schnaubte skeptisch und sagte: »Onkel Monty hat neulich angerufen. Er wollte mit Dad reden.«

»Ich habe mit ihm gesprochen«, erwiderte Alex in gereiztem Ton, den Marla nicht verstand. Aber es gab ja auch so viel, was sie nicht verstand, woran sie sich nicht erinnern konnte ... Sie versuchte, sich zu bewegen, den Besuchern zu signalisieren, dass sie sie hörte, doch wieder wurde sie vom Schlaf übermannt.

»Okay, also, was ist mit Nick?«

Sie redeten über Nick ... über den Bruder, der die Highschool oder das College oder was auch immer abgebrochen hatte ... Sie müsste sich an irgendetwas im Zusammenhang mit ihm erinnern können, aber ihr Kopf war so leer ... Himmel, was war es nur?

»Will Onkel Nick auch nicht zur Familie gehören?«, bohrte Cissy weiter. Sie ließ nicht locker, doch ihre Stimme klang bereits weit entfernt.

Eugenia antwortete: »Ach, Schätzchen, das verstehst du nicht.«

»Und wenn doch?«

Es entstand eine Pause. Marla stellte sich vor, wie Eugenia und Alex einen Blick wechselten und überlegten, wie viel von der schmutzigen Vergangenheit der Familie sie preisgeben konnten. »Also gut, Cissy«, sagte die ältere Frau schließlich, »wenn du es unbedingt wissen willst. Wenn in einer Familie Krisen auftreten, wie jetzt nach dem Unfall deiner Mutter, ist es wichtig, dass alle zusammenhalten, zueinander stehen, an einem Strang ziehen.«

»Gegen wem?«

»*Wen*«, korrigierte ihre Großmutter. »Lernt ihr in der Schule nicht einmal die Grundregeln der Grammatik?«

»Na gut, gegen *wen*«, wiederholte das Mädchen. »Also wer sind sie – die Bösen? Ich weiß nicht, was das alles soll. Ich will nur, dass Mom wieder aufwacht und so ist wie früher, okay? Und ... und ich will, dass sie so aussieht wie früher.« Ihre Stimme klang plötzlich eine Oktave höher. »Seht sie euch doch an! Sie sieht ganz anders aus.« Cissy schniefte laut und räusperte sich. Marlas Herz setzte einen Schlag aus. Wenn sie doch nur etwas sagen könnte, um ihre Tochter zu trösten, aber sie war so müde ... »Nana, es ist ... es ist, als ob du und Dad, als ob ihr beide Angst vor irgendwas oder irgendjemandem hättet. Ich verstehe das alles nicht.«

Alex ergriff das Wort. »Wir sind in großer Sorge um Mom, Schätzchen, weiter nichts. Aber sie wird wieder gesund. Ich habe mit Dr. Robertson gesprochen, wir müssen nur Geduld haben. Und es gibt hier keine Bösen«, fügte Alex erstaunlich sanft hinzu. Bisher hatte Marla in seinem Tonfall immer eine gewisse Härte wahrgenommen, diesmal, als er mit seiner Tochter sprach, jedoch nicht. »Nana hat nur ganz allgemein gesprochen. Sag mal, steht unten im Flur nicht ein Getränkeautomat? Hier hast du Kleingeld, lauf und hol dir eine Cola oder so.«

Marla empfand eine leise Zärtlichkeit für diesen Mann,

an den sie sich nicht erinnerte, aber Cissy ließ sich auf sein Ablenkungsmanöver nicht ein.

»Ich glaube, ihr verschweigt mir was. Weil diese Frau ums Leben gekommen ist, stimmt's? Diese Pam hat den Unfall nicht überlebt, und Mom ... Mom könnte wegen Mordes vor Gericht kommen, oder? Deswegen ... deswegen ist ständig die Polizei in der Nähe.«

Mord? Wovon redeten sie? Durch den plötzlichen Adrenalinschub war Marlas Verstand plötzlich ganz klar.

»Wegen Totschlags. Nicht wegen Mordes.«

Was?

»Detective Paterno versucht nur, den Unfallhergang zu rekonstruieren. Es war ein Unfall, Schatz. Niemand ist ermordet worden. Deiner Mom wird nichts geschehen. Wenn sie wieder gesund ist, kommt sie nach Hause, die Polizei wird sie fragen, wie es zu dem Unfall kam, und damit hat sich's, denke ich.«

»Warum hast du dann Onkel Nick herbestellt, wenn es doch weiter nichts ist?«

»Es ist Zeit, dass Nick zurückkommt, okay?«, fuhr er sie an, beherrschte sich aber gleich wieder. »Hier, bitte ...« Metallisches Klimpern war zu hören, Schlüssel oder Münzen wahrscheinlich. »Lauf zum Automaten in der Cafeteria und hol eine Limo für Nana und mich. Fanta oder Sprite oder was immer es gibt. Und was für dich.«

Das Klimpern von Kleingeld.

Marla rechnete mit weiteren Einwänden, doch die blieben aus. Cissy murrte nur leise, ging zur Tür, und ihre Schritte verhallten, während Marlas Kopfschmerzen mit aller Macht zurückkehrten.

Die Temperatur im Zimmer war schlagartig um zwanzig Grad gefallen. *Was hat dieses Gerede über Mord und Totschlag zu bedeuten? Wer ist Pam? O Gott, habe ich sie umgebracht?*

Marlas Herz raste, sie spürte, wie ihr im Nacken der Schweiß ausbrach. Wenn sie sich doch nur erinnern könnte! Wenn sie Fragen stellen und Antworten bekommen könnte! Wenn sie doch nur irgendetwas wüsste!

»Ich gebe es ja nur ungern zu«, sagte Eugenia, »schließlich ist er mein Sohn, aber mir kommen allmählich Zweifel, ob es eine gute Idee war, darauf zu bestehen, dass Nick nach Hause kommt.«

»Moment mal. Es war dein Vorschlag.«

»Ich weiß, ich weiß«, sagte sie, als wundere sie sich über ihre eigene Dummheit. »Ich war erschüttert über den Unfall ... Aber da war schließlich diese Sache zwischen ihm und Marla.«

Wie bitte? Welche Sache? Marla wollte den Mund öffnen, was ihr jedoch nicht gelang, und sosehr sie auch gegen den Sog der Bewusstlosigkeit kämpfte, sie spürte doch, wie sie immer tiefer in die sanfte Leere hinabgezogen wurde. Nur mit Mühe konnte sie dem Gespräch noch folgen.

»Das war vor fünfzehn Jahren.«

»Er hat es nie verwunden.«

»Natürlich hat er es verwunden. Immerhin hatte er seitdem eine ganze Reihe Frauen.« Alex' Stimme klang wieder gereizt. Nervös. Als käme dieses Thema seiner Schmerzgrenze zu nahe.

»Sie interessierten ihn höchstens ein paar Monate lang. Aber er und Marla ...«, wandte ihre Schwiegermutter ein.

»Ich weiß.« Alex' Stimme war eisig, und Marla nahm an, dass sie betroffen sein sollte, doch ihr Bewusstsein ließ sie zu rasch im Stich. »Wir haben aber wohl kaum eine Wahl, oder? Ich habe ihm erklärt, dass sie seinen Namen gesagt hat, und da war er bereit zu kommen.«

Habe ich gesprochen? Wie? Sie wusste nicht, dass sie in der Lage war, auch nur ein Wort herauszubringen. Dabei drängte es sie doch so sehr, sich auf irgendeine Weise verständlich zu machen. Marla hatte Tausende von Fragen an ihre Familie – Fragen über ihr Baby, ihre Tochter, ihr eigenes Leben. Sie versuchte, etwas zu sagen, zu husten, die Aufmerksamkeit ihrer Besucher auf sich zu ziehen ... Warum konnte sie nicht sprechen? Vor lauter Verzweiflung krallten sich ihre Finger zusammen.

»Hast du das gesehen?«, fragte Alex aufgeregt.

»Was?«

»Sie hat sich bewegt. Schau dir ihre Hand an.«

Ja! Ja! Ich kann euch hören! Versteht ihr?

»Hol den Arzt«, rief Alex. »Endlich! Vielleicht wacht sie jetzt endlich auf.« Er wirkte aufgeregt.

Bei dem Gedanken, dass dieser Mann, mit dem sie verheiratet war – ein Mann, den sie sich nicht bildlich vorstellen konnte –, sie liebte, schnürte es ihr die Kehle zu.

»Du meinst, sie hat unser Gespräch mit angehört?«, fragte Eugenia. Eiskalte Angst schwang in ihrer Stimme mit.

»Ich ... ich denke, ja.«

Darauf folgte Schweigen, so, als würden sie einander ansehen, mit den Lippen vielleicht Ermahnungen zur Vorsicht formen oder auch nur wissende Blicke austauschen.

Marla entspannte langsam ihre Hand. Sie hörte Schritte,

die sich ihrem Bett näherten. »Marla?«, fragte Alex sanft. »Liebling, kannst du mich hören? Bitte beweg deine Hand, mein Schatz. Lass mich wissen, dass du wieder bei uns bist. Himmel, du hast mir so gefehlt.«

Es klang so aufrichtig. Sie wollte ihm glauben. O Gott, sie wollte darauf vertrauen, dass er sie liebte. Er ergriff ihre Hand und hielt sie fest.

»Wenn du mich hören kannst, drück meine Finger, Liebling. Komm schon. Versuch es.«

Marla konzentrierte ihre geballte Willenskraft darauf, die Finger zu bewegen, doch ihre Hände waren steif, die Muskeln nicht in der Lage, sich zu strecken oder zusammenzuziehen.

»Ich glaube ... Ich glaube, ich habe etwas gespürt«, sagte Alex.

»Gut. Vielleicht wacht sie jetzt endlich auf.« Eugenias Stimme kam näher. »Marla? Hörst du uns, Liebes? Beweg doch den Kopf oder öffne die Augen.« Eine Pause. Marla konnte sich nicht rühren, spürte, wie die letzten Reste ihres Bewusstseins schwanden. »Liebling ...?«

Mit einem frustrierten Seufzer ließ Alex ihre Hand aufs Bett fallen. »Es ist sinnlos.«

»Natürlich«, sagte Eugenia ruhig. »Wir müssen uns eben in Geduld üben. Sie wird schon noch zu sich kommen.«

»Und wenn nicht?«, fragte Alex tonlos.

»Dann ... müssen wir uns darauf einstellen. Wir alle. Dadurch würde sich unser Leben massiv verändern, aber es wäre nicht das Ende der Welt. Mach dir keine Sorge um Dinge, die noch gar nicht gewiss sind. Du hast gesehen, dass sich ihre Hand bewegt hat, du hast gespürt, dass sie versucht hat, deine Hand zu drücken. Das ist ein großer Fortschritt.«

»Wenn du meinst«, knurrte er, offenbar nicht überzeugt.

Das Bayview Hospital war eines der besten Krankenhäuser der Stadt, wie Nick gehört hatte, doch als er die mit Teppich ausgelegten Flure entlangschritt, in denen Einbauleuchten Kopien berühmter Kunstwerke anstrahlten und Krankenschwestern, Ärzte und Pfleger geschäftig umherhasteten, bekam er eine Gänsehaut. In Krankenhäusern, ganz gleich welcher Art, beschlich ihn immer ein mulmiges Gefühl. Der Geruch nach Antiseptika, nach dem Talkum der Latexhandschuhe und nach Desinfektionsmitteln stach ihm in die Nase. Musikberieselung, die beruhigend wirken sollte, zerrte an seinen Nerven, und das Lächeln von Patienten, Besuchern und Pflegekräften erschien ihm matt und falsch. Nach Nicks Meinung war von Krankenhäusern nicht viel Gutes zu erwarten. Und diese Klinik würde seine Einstellung kaum ändern.

Doch jetzt war er hier, ob es ihm passte oder nicht. Und er würde seine verdammte Pflicht tun.

Zähneknirschend fuhr er im Lift hinauf in die fünfte Etage und fand die Tür zu Zimmer 505 einen Spaltbreit offen vor. Leise Musik – die Instrumentalversion eines alten Beatles-Songs – tönte aus verborgenen Lautsprechern auf dem Flur, auf dem sich erstaunlich wenige Krankenschwestern, Pfleger und Besucher aufhielten. Vielleicht hatte sein Bruder diesen Flügel ja für seine Frau isolieren lassen? Immerhin saß er im Vorstand des Krankenhauses. Samuel Cahill und nach ihm sein Sohn Alex hatten riesige Summen in den Baufonds von Bayview gespendet, immer über die Cahill-Stiftung. Daher konnte Alex wahrscheinlich großen Einfluss darauf nehmen, wie seine Frau behandelt wurde. Und diese Gelegenheit ließ er sich mit Sicherheit nicht entgehen.

Nick stieß die Tür zu dem abgedunkelten Zimmer auf, in dem eine Patientin – Marla, wie er vermutete – im Krankenbett lag. Sie war allein. Alex war noch nicht eingetroffen, aber Nick war ja auch ein paar Minuten zu früh gekommen.

Das Zimmer war eingerichtet, wie man es von Krankenhauszimmern kannte. Glänzende Bettgitter spiegelten das gedämpfte Licht einer in der Decke eingebauten Neonlampe. Ein Infusionsständer stand wie ein dünner Wachtposten neben dem Bett. Aus dem Tropf floss Glukoselösung und Gott weiß was sonst noch in ihre Adern. Schnittblumensträuße, Pralinenschachteln und Topfpflanzen sorgten für Farbtupfer in der sonst tristen Umgebung. Ein Weidenkorb mit einer leuchtend orangeroten Schleife quoll über von Karten mit Genesungswünschen. Durch die Lamellen der Jalousien fiel das Licht in Streifen auf die Bettdecke.

Nick biss die Zähne zusammen. Er fühlte sich wie ein Eindringling, als er sich dem Bett näherte. Marla lag auf dem Rücken, ihr Gesicht war bis zur Unkenntlichkeit geschwollen und von Blutergüssen entstellt, ihr Kiefer war mit Drähten fixiert. »Himmel«, flüsterte er.

Das sollte Marla sein?

Sein Magen zog sich zusammen. Er hatte sich eingeredet, sie längst überwunden, jegliche Gefühle für sie schon vor Jahren begraben zu haben, aber als er jetzt vor ihr stand, überkam ihn doch unwillkürlich so etwas wie Mitleid mit dem erbarmungswürdigen Wesen, das seine Schwägerin war. Verdammt, sie sah schlimm aus. Mehr tot als lebendig. Ihr Kopf war auf einer Seite kahl geschoren, und in den nachwachsenden dunklen Stoppeln waren die Fäden der Nähte sichtbar.

Seine Finger krampften sich um das Bettgitter. Während er sie betrachtete, dachte er an die Frau, die sie einmal gewesen war, an die Schönheit und die weiblichen Reize der Marla Amhurst in der unbeschwerten Zeit, bevor sie Mrs Alexander Cahill wurde, bevor sie aufhörte, Nicks Geliebte zu sein, um die Frau seines Bruders zu werden.

Die verdrängten Erinnerungen traten plötzlich wieder an die Oberfläche. Vor seinem geistigen Auge erschienen Bilder einer jungen, langbeinigen, koketten Frau mit starker erotischer Ausstrahlung. Gott, sie war faszinierend gewesen mit ihren frechen grünen Augen, den hochmütig geschwungenen Augenbrauen und den hohen Wangenknochen.

Und jetzt lag sie hier, eine geschundene Patientin im Krankenhaus, in einem sterilen Bett, an Monitore und Tropf angeschlossen, halbtot und unfähig, die Welt um sich herum wahrzunehmen. Sie war nur mehr ein Schatten der Frau, die sich in den zerwühlten Laken des Metallbetts in einem gemütlichen Häuschen in Mendocino gerekelt und ihm zärtlich einen Kuss auf die Nasenspitze gegeben hatte, um sich dann nach einem frechen Zwinkern langsam weiter nach unten vorzuarbeiten.

»Was ist passiert?«, fragte er und umklammerte das Bettgitter. »Verdammt noch mal, Marla, was zum Teufel ist passiert?« Kopfschüttelnd wehrte er die nostalgischen Erinnerungen ab. Sie waren ohnehin nur Lügen. Sie hatte ihn benutzt, das war die schlichte Tatsache. Und er hatte sich benutzen lassen.

Das Schlimmste daran war, dass er es wahrscheinlich wieder täte. Ohne zu zögern.

Ganz gleich, wie erbärmlich sie im Augenblick aussah in ihrem schmucklosen Baumwollnachthemd, das sie, wäre sie bei Bewusstsein gewesen, als Lumpen abgetan hätte – Nick musste an die Frau denken, die in ihr steckte. »Wie zum Teufel bist du hier gelandet?«, flüsterte er.

Hinter den Lidern bewegten sich ihre Augen.

Lag sie nicht angeblich im Koma? Seine Nackenhaare sträubten sich. »Marla?«, flüsterte er, und seine Kehle schnürte sich zu. »Marla?«

Langsam, als koste es sie unendliche Mühe, öffneten sich ihre Augen erst einen Spalt, dann weiter. Sie blickte ihn direkt an, bannte ihn mit großen schwarzen Pupillen inmitten eines winzigen grünen Rings.

Sein Herz machte einen Satz.

Sie kniff die Lider zusammen, blinzelte, blickte ihm weiter unverwandt in die Augen.

»Ich dachte, du ... Ich sollte wohl eine Schwester oder einen Arzt rufen.« Seine Fingerknöchel waren weiß, so fest umklammerte er das Bettgitter.

Sie hob die Hand, um über seine zu streichen, und rang nach Worten, doch ihre Lippen bewegten sich über mit Drähten fixierten Zähnen, und als sie dann schließlich sprach, waren die Worte undeutlich. Trotzdem drangen sie in sein Bewusstsein vor und rührten an einen Nerv.

»Wer bist du?«, wollte sie wissen und zog die Augenbrauen über diesen durchdringenden grünen Augen zusammen.

Sie erinnerte sich also nicht. Die Enttäuschung tat weh, doch er schob den Schmerz beiseite. »Ich bin Nick.«

Sie ließ die Hand sinken und gab einen Laut von sich, der an einen Seufzer erinnerte. Kein Erkennen blitzte in ihren Augen auf. »Nick?«, flüsterte sie unter sichtlicher Anstrengung. »Der ... Bruder?«

Das wusste sie also. »Ich glaube, du betrachtest mich als Ausgestoßenen.«

Sie antwortete nicht.

»Verstehst du, du siehst keinen Verwandten in mir«, erklärte er mit einem Schulterzucken. »Keinen Verwandten von dir.« Nichts regte sich in dem blau verfärbten, geschwollenen Gesicht. »Das war ein Scherz.«

»Ein schlechter.« Ihre Augen fielen langsam wieder zu. »Ein sehr schlechter«, nuschelte sie durch die Drähte, bevor ihr die Stimme versagte.

»Das nächste Mal lasse ich mir einen besseren einfallen«, sagte Nick, doch sie reagierte nicht. »Marla?« Mist, sie durfte doch nicht wieder ins Koma zurückfallen! Er hatte gehört, dass sie überhaupt noch nicht aufgewacht war. Das hatte Alex noch vor kurzem am Telefon gesagt, als er ihm vorschlug, sich mit ihm im Krankenhaus zu treffen – was, wie sich jetzt herausstellte, keine besonders gute Idee gewesen war.

Er vergrub die Hände in den Taschen seiner Lederjacke und verließ das Zimmer, um eine Schwester zu suchen. Mit einer Frau allein zu sein, die offenbar zeitweise das Bewusstsein erlangte, dann aber wieder ohnmächtig wurde – das war kein Vergnügen. Erst recht nicht, wenn es sich bei der Frau um Marla Amhurst Cahill handelte. Er blickte über die Schulter zurück zur offenen Tür und sah Marla reglos im Bett liegen. Sie sah wirklich schlimm aus. Doch wenn sie jetzt aufwachte und gesund wurde, würde sich das bald ändern.

Zweifellos würde sie wieder schön sein.

Nicht dass es ihn interessiert hätte.

Wie war gleich das Sprichwort? Gebranntes Kind scheut das Feuer? Nun, er hatte sich gehörig die Finger verbrannt. Dieses Mal würde er das Feuer scheuen – und wie.

3.

»Ich sage dir, sie ist aufgewacht, hat mir direkt in die Augen gesehen und mich gefragt, wer ich bin«, sagte Nick, immer noch ganz erschüttert. Er lehnte an einem Fensterflügel im Wohnzimmer des hundert Jahre alten Herrenhauses, in dem er aufgewachsen war, zerrte am Kragen seines Hemdes und sah seine Mutter an. »Ich war gerade dabei, einer Schwester zu erklären, was passiert war, als Alex kam. Nachdem ich ihm alles erzählt hatte, bin ich gegangen. Ich dachte mir, dass er und seine Frau vielleicht allein sein wollten. Sie haben schließlich eine Menge nachzuholen.«

»Nun, Gott sei Dank, sie hat einen Durchbruch geschafft«, sagte Eugenia von ihrem Lieblingssessel her. »Du kannst dir nicht vorstellen, wie ich mich um sie geängstigt habe. Es war ein Alptraum, Nick, ein grauenhafter Alptraum.«

»Er ist noch nicht vorüber.«

»Oh, das weiß ich.« Sie schüttelte den Kopf, wobei sich kein Strähnchen ihres apricotfarbenen Haares rührte.

In einem anderen Teil des Hauses klingelte das Telefon, doch Eugenia blieb sitzen und blickte nur zu einer Bogentür, die in die Eingangshalle des Hauses führte. Das von Mauern umgebene Anwesen lag am Mount Sutro, bot einen eindrucksvollen Ausblick auf die Stadt und die Bucht und war mit seinem imposanten Haus – eher Arts and Crafts als viktorianisch, wie er sich mehr als ein Dutzend Mal hatte erklären lassen müssen – der Stolz der Familie. Nur Nick hasste das Haus.

Wieder schrillte das Telefon, dann verstummte es. »Carmen wird den Anruf angenommen haben«, sagte Eugenia. »Vermutlich Reporter oder die Polizei. Seit dem Unfall lassen sie uns keine Ruhe. Einige haben sogar eine Zeitlang am Haupttor ihr Lager aufgeschlagen, bis sie eine neue, interessantere Story fanden.« Mit einem Augenaufschlag fuhr sie fort: »Ich hätte mir nie träumen lassen, dass einmal der Tag käme, an dem ich über einen politischen Skandal im Amt des Gouverneurs froh sein würde.«

»Der Preis des Ruhmes«, bemerkte er.

»Ja, nun …« Sie räusperte sich und spielte mit der Perlenkette an ihrem Hals.

Vom Flur her waren eilige Schritte zu hören, und Sekunden später erschien eine schlanke Frau mit glänzendem schwarzem Haar und mandelförmigen Augen. Sie trug eine adrette weiße Bluse mit aufgekrempelten Ärmeln und einen schmal geschnittenen schwarzen Rock. Mit einem Lächeln zu Nick reichte sie seiner Mutter das schnurlose Telefon.

»Es ist Mr Cahill, er ruft aus dem Krankenhaus an.«

»Gut.« Eugenia nahm das Telefon entgegen und wies auf Nick. »Carmen, das ist mein zweiter Sohn. Nicholas.« Sie blickte ihn über den Rand der Brille hinweg an. »Carmen ist die gute Seele des Hauses. Jetzt, wo hier alles drunter und drüber geht, wüsste ich nicht, was ich ohne sie täte.«

Carmen lächelte. »Ich tue nur meine Pflicht«, versicherte sie und schüttelte Nick mit erstaunlich festem Griff die Hand. »Es freut mich, Sie kennenzulernen.«

»Gleichfalls.«

Während Carmen ging, sprach Eugenia bereits ins Telefon, den Blick durch die Nickelbrille fest auf Nick gerichtet.

»Ja, aber ... Nick sagt ... Ja, nun ...« Sie stieß einen langen, resignierten Seufzer aus. »Da magst du recht haben.« Solange Nick denken konnte, hatte seine Mutter sich stets einem Mann gefügt, zuerst seinem Vater, dann Alex. Anscheinend war das auch jetzt der Fall.

»Schön. Ja ... Möchtest du ihn sprechen? ... Nein? ...« Sie signalisierte Nick mit einem Kopfschütteln, dass er aus dem Schneider war. Vorerst. »Ja, in Ordnung. Ja. Wir kommen ...« Sie beendete das Gespräch und legte das Gerät auf einen facettierten Glastisch. Mit heruntergezogenen Mundwinkeln schaute sie auf die Uhr. »Er macht sich jetzt auf den Heimweg. Leider ist Marla nicht noch einmal aufgewacht.«

»Was?« Nick runzelte die Stirn. »Warum nicht?«

»Ich weiß es nicht. Alex sagt, sie reagiert überhaupt nicht. Nicht auf Alex, nicht auf die Schwestern und auch nicht auf Dr. Robertson.« Mit hängenden Schultern blickte Eugenia zum Fenster hinaus. »Das war wohl nicht anders zu erwarten.«

»Ach, Blödsinn.«

Sie zog eine gezupfte graue Augenbraue hoch. »Grobheiten bringen uns auch nicht weiter.«

»Doch, sicher«, knurrte er, als Carmen, die offenbar auf der anderen Seite des Türbogens gewartet hatte, wieder ins Zimmer kam.

»Ich wollte Sie vorhin, als Sie geruht haben, nicht stören«, sagte sie zu Eugenia, während sie nach dem Telefon griff und es in die Tasche steckte. »Ich habe die eingehenden Nachrichten notiert und sie auf Mr Cahills Schreibtisch im Arbeitszimmer gelegt.«

»Wissen Sie noch, wer angerufen hat?«

»Noch einmal Mrs Lindquist und Mrs Favier.«

»Cherise«, sagte Eugenia eisig. »Natürlich. Sonst noch wer?«

»Jemand von der Zeitung und eine Anwältin, die sich als Mrs Delacroix' Nachlassverwalterin vorgestellt hat.«

»Na wunderbar«, sagte Nicks Mutter, und die Fältchen um ihren Mund traten schärfer hervor, als sie die Lippen zusammenkniff. »Das fehlt uns gerade noch. Nun, Mr Cahill wird sich darum kümmern, wenn er zu Hause ist.« Sie faltete die Hände ini Schoß. »Carmen, würden Sie mir bitte einen Tee bringen? ... Nick, möchtest du auch etwas?«

»Vielleicht später.«

»Es dauert nur ein paar Minuten.« Carmen lächelte ihm flüchtig zu und lief in die Küche.

»Ein tüchtiges Mädchen, aber wir werden sie verlieren«, bemerkte Eugenia. »Sie besucht die Abendschule, studiert Sprachen, um Lehrerin zu werden. Es war mein Vorschlag, dass sie sich fortbilden soll, als ich sie in Cahill House kennenlernte ... Aber das weißt du ja.«

Natürlich wusste Nick es. Cahill House war vor fast hundert Jahren gegründet worden, als Anlaufstelle für »gefallene« Mädchen. Ein Verwaltungsrat leitete die wohltätige Einrichtung, und seit je war ein Cahill der Vorsitzende. Genau da lag in Nicks Augen das Problem. Samuel war Vorsitzender gewesen, und jetzt war es Alex. Jedes Jahr ging im Namen der Cahills eine große Spende ein.

»Ich wünschte, diese Anrufe hörten endlich auf. Es wissen doch alle, dass Marla noch in der Klinik ist ... Joanna Lindquist mag eine Freundin sein, aber sie hat einen entsetzlichen Hang zum Tratschen, und vor Anwälten ist man wohl nie sicher, und dann auch noch Cherise ...« Eugenia sah

Nick an. »Vermutlich hat Alex dir erzählt, dass Fentons Kinder wieder aufmüpfig werden.« Sie stützte das Kinn in die Hand. Nick bemerkte die Altersflecken – bei allem Starrsinn war selbst seine Mutter nicht davor gefeit, älter zu werden.

»Ich hab's gehört. Cherise hat mich sogar ausfindig gemacht. Sie will Marla sehen.«

»Das kann ich mir denken. Und sicher nicht ohne Hintergedanken, das sage ich dir. Ich habe eigentlich nie daran geglaubt, dass ein schlechter Charakter vererbbar ist, aber diese zwei reichen aus, um mich eines Besseren zu belehren.« Sie stemmte sich aus ihrem Sessel hoch und ging steifbeinig zum Fenster, vor dem Nick saß. »Tja, ich kann es nicht ändern. Alex wird sich Monty und Cherise vornehmen müssen. Wenn sie uns vor Gericht zerren wollen, sollen sie doch. Sie haben keine Handhabe.« Während sie den Saum ihrer Kostümjacke zurechtzupfte, fügte sie hinzu: »Sie sind wie Geier bei einem sterbenden Lamm, glaub mir.«

»Nur dass hier niemand stirbt«, erwiderte er.

»Noch nicht«, bemerkte sie mit einem sarkastischen Lachen und nahm wieder in ihrem Sessel Platz. Carmen brachte den Tee, schenkte Eugenia eine Tasse ein und ging wieder, nachdem sie sich erkundigt hatte, ob noch etwas benötigt werde.

»Tee?«, fragte Eugenia, denn auf dem Tablett standen zusätzliche Tassen bereit.

»Nein, danke. Ich glaube, ich brauche etwas Stärkeres.«

»Bedien dich.« Sie griff nach ihrer Tasse.

»Später.« Nick ging zum Kamin, woraufhin unter Eugenias Sessel hervor ein leises Knurren ertönte.

»Ich habe mich schon gefragt, wann sie sich meldet«, bemerkte seine Mutter und beugte sich über die Armlehne des Sessels. »Coco, still!«

Ein kleines weißes Fellbündel reckte die Schnauze aus der Dunkelheit unter dem Sessel. Glänzende schwarze Augen musterten Nick misstrauisch. Der kleine Hund knurrte noch mal.

»Beachte sie einfach nicht«, riet Eugenia. »Hunde, die bellen, beißen nicht. Das gilt auch für Coco.« Sie ließ eine Hand von der Armlehne ihres Sessels baumeln, und ihre manikürten Finger strichen durch das Hundefell, wobei ihre goldenen Armreifen leise klimperten. »Tief im Inneren bist du einfach ein Feigling, stimmt's?«, fragte sie Coco mit etwas höherer Stimme, dann wandte sie sich wieder an ihren Sohn.

»Wo ist eigentlich dein Gepäck?«

»Auf dem Rückweg vom Krankenhaus habe ich mir ein Zimmer im Red Victorian genommen.«

»Ach, um Himmels willen, du steigst in einem Hotel ab? Obwohl deine Familie nur ein Stück weiter den Berg hinauf wohnt?« Eugenia hob die Hände, als könne sie nicht begreifen, was im Kopf ihres jüngeren Sohnes vor sich ging. »Du kannst doch hier wohnen, in deinem alten Zimmer.«

Nur über meine Leiche, dachte Nick. Dieses Haus beherbergte zu viele Geister aus seiner Vergangenheit ... und bald würde Marla heimkehren. Er sah sich im Wohnzimmer um. Zu den Antiquitäten und Stilmöbeln, an die er sich erinnerte, waren ein paar neue Sessel hinzugekommen. Dieses Haus hatte zwei große Erdbeben überstanden und das Leid mehrerer Generationen von Cahills gesehen. Die Backsteinmauern, das Giebeldach und die Fenster atmeten altes Geld und San-Francisco-Eleganz erster Güte. Oder höchster Verderbtheit.

Darüber war Nick sich nicht ganz im Klaren.

In diesem herrschaftlichen Bau mit seinen Kristallkronleuchtern, gespiegelt in Holzfußböden, deren sanfte Patina vom Alter und von teuren Schuhen zeugte, hatte er nicht das Gefühl, nach Hause zu kommen. Die geschnitzten Vertäfelungen, vor hundert Jahren in akribischer Kleinarbeit von einem deutschen Immigranten angefertigt, waren im Laufe der Zeit nachgedunkelt.

Ja, es war schon ein eindrucksvolles Haus. Wenn man Häuser mochte, die keine Seele hatten.

Die Haustür öffnete sich, und Alex trat in die Eingangshalle. Er stellte seine Aktentasche auf der untersten Treppenstufe ab. Während er die Handschuhe abstreifte, warf er seinem Bruder durch den Türbogen einen finsteren Blick zu. »Du hast behauptet, Marla sei wach«, sagte er vorwurfsvoll. Seine grauen Augen blickten hart und voller Misstrauen.

»Ich habe gesagt, dass sie aufgewacht ist, mich angesehen und ein paar Worte gesprochen hat und dann wieder eingeschlafen ist, oder wie immer du es nennen willst.« Nick ließ sich nicht einschüchtern.

»Tja, solange ich da war, hat sie sich nicht ein einziges Mal bewegt, und ich bin über eine Stunde bei ihr geblieben.« Alex knöpfte seinen Mantel auf. »Dr. Robertson sagte, es sei sinnlos zu warten. Sie rufen an, falls sich ihr Zustand verändert.« Er warf seinen Mantel über das Treppengeländer und kam ins Wohnzimmer. »Merkwürdig, wie?« Er griff in seine Jackentasche und zog ein Päckchen Marlboros hervor. »Sechs Wochen lang geschieht gar nichts, sie gibt kein Lebenszeichen von sich. Und kaum bist du da, öffnet Marla die Augen, spricht mit dir und fällt wieder ins Koma. Das alles in den fünf Minuten, die du bei ihr warst.« Alex steckte sich eine Zigarette zwischen die Lippen und ließ sein Feuerzeug klicken.

»Es ist ein Anfang, Alex. Hab Geduld.« Eugenia stellte ihre Tasse auf die Untertasse und erhob sich. Alex drückte ihr den obligatorischen Kuss auf die glatte pergamentene Wange. Trotz zehn Zentimeter hoher Absätze war sie einen Kopf kleiner als er. Ihr getöntes Haar war sorgfältig frisiert, ihr Kostüm – ein Designermodell – makellos und faltenfrei.

»Ich soll Geduld haben? Zum Teufel, wie lange noch?« Alex zerrte an seiner Krawatte und blies den Rauch aus dem Mundwinkel aus. Mit steifen Fingern fuhr er sich durchs Haar und knurrte: »Herrgott, es ist so frustrierend. So verdammt frustrierend.« Er lehnte sich mit der Schulter gegen die Kamineinfassung, auf deren Sims goldgerahmte Familienfotos standen. Einen Arm auf das glatte Eichenholz gestützt, ließ er die Hand über der Feuerstelle baumeln. Der Qualm kräuselte sich träge zur Zimmerdecke hinauf. »Es ist eine Katastrophe«, flüsterte er kaum hörbar. »Eine gottverdammte Katastrophe.«

Nick bemerkte: »Hattest du nicht gesagt, dass sie schon einmal aufgewacht war?«

»Nein.« Alex schüttelte den Kopf, zog heftig an seiner Zigarette und verzog ironisch den Mund. »Sie hat deinen Namen geflüstert, allerdings ohne zu Bewusstsein zu kommen, soweit ich weiß. Ihre Lider haben nicht einmal gezuckt. Es ... es war, als ob sie träumte.«

»Träumte?«

»Ach, was weiß ich. Ich habe das Ganze einfach nur satt.« Alex massierte sich mit den Fingerspitzen die Schläfen. »Herrgott, ich brauche einen Drink. Du auch?« Er nickte seinem Bruder zu und ging quer durch den Raum zu seinem Rosenholzschränkchen mit Facettenspiegel. Darin befanden sich die feinsten Scotch-, Bourbon- und Rye-Whiskey-Sorten, die für Geld zu haben waren. Alex zückte einen Schlüsselring und schloss das antike Schränkchen auf.

»Vielleicht sollten wir im Krankenhaus warten«, schlug Nick vor.

»Nein. Sie haben gesagt, sie rufen an.« Alex warf einen Blick über die Schulter zurück, und ein Lächeln umspielte seine Mundwinkel. »Die Schwester hat mich wieder mal gewissermaßen rausgeworfen. Ich fürchte, ich war ein bisschen ... Wie hat sie es noch gleich ausgedrückt? ... ›Gefühllos und streitsüchtig‹, ja, das hat sie wörtlich so gesagt. Das Ende vom Lied war, dass ich sie verärgert hatte. Also, was willst du?«, fragte er Nick.

»Scotch. On the rocks.«

»Mutter?«

»Für mich nichts«, sagte sie spitz. Sie war seit je beinahe Abstinenzlerin, nahm nie mehr als ein Glas Wein zu sich, was, wie Nick vermutete, darauf zurückzuführen war, dass sein Vater eine ausgeprägte Vorliebe für Gin gehabt hatte. Sie hob ihre Teetasse. »Das genügt mir.«

»Hast du mit dem Arzt geredet?«, fragte Nick.

»Ja. Ich habe mich in ihrem Krankenzimmer mit Phil Robertson getroffen –, bevor ich die Krankenschwester geärgert habe. Er denkt, dass Marla zu sich kommt. Es kann noch Stunden oder Tage dauern, Genaues konnte er nicht sagen, aber« – er nahm ein paar Flaschen aus dem Schrank – »wenn sie aufwacht und all ihre Vitalfunktionen in Ordnung sind, kann Robertson sie entlassen.« Alex drehte die Verschlusskappe einer Flasche ab. »Ich habe schon zwei Pflegerinnen aufgetrieben, die hier im Haus wohnen und sie abwechselnd rund um die Uhr betreuen werden.«

»Lauter gute Nachrichten«, bemerkte Nick, bemüht, seinen Tonfall frei von Sarkasmus zu halten, während er aus dem Fenster auf die Lichter der Stadt hinausblickte. Regentropfen sprenkelten die Scheibe, rannen in kleinen Bächen am Glas hinunter und ließen die Sicht verschwimmen.

»Das sind keine guten Nachrichten, Nick. Aber mehr habe ich nicht zu bieten.« Alex wirkte plötzlich alt, obwohl er in Wahrheit erst zweiundvierzig war. Erschöpft. All dieser Probleme überdrüssig. Er ließ ein paar Eiswürfel klimpernd in ein altmodisches Glas fallen, auf dem das Familienwappen eingraviert war – ein lächerliches Symbol der Cahillschen Selbstherrlichkeit. Es folgte ein kräftiger Schuss Scotch, und gleich darauf hielt Nick seinen Drink in der Hand.

»Auf bessere Zeiten.« Alex nahm einen großen Schluck aus seinem Glas, und als der Alkohol ihm scharf durch die Kehle rann, schwand ein wenig von den Spuren der Müdigkeit um seine Augen.

»Amen«, pflichtete Eugenia ihm bei, Missbilligung im Blick, als Alex das Glas erneut ansetzte und es in einem Zug leerte.

»Eine tolle Heimkehr, wie?«, bemerkte Alex. »Marla im Krankenhaus, eine andere Frau tot, ein Lastwagenfahrer mit Brandverletzungen, ein neuer Neffe, den du noch gar nicht kennst, und das Familienunternehmen in der Krise.«

Seine Mutter bedachte ihn mit einem Lächeln, das irgendetwas zwischen Zärtlichkeit und listiger Berechnung auszudrücken schien. »Was auch immer der Grund sein mag – es ist schön, dich wieder hier zu haben, Nicholas.«

Nick trank einen Schluck. Der rauchige Scotch floss ihm wie Wasser durch die Kehle – Gewohnheit, wie es hieß, doch ihm schien der Geschmack daran in die Wiege gelegt worden zu sein.

»Erzähl mir von Marlas Unfall«, forderte Nick seinen Bruder auf, als Alex sich erneut der Bar zuwandte und sich einen weiteren kräftigen Schluck einschenkte.

Nick war nervös. Marla war wach gewesen, das hatte er mit eigenen Augen gesehen. Sein Gefühl sagte, dass sie etwas unternehmen mussten, *irgendetwas*, statt in diesem stickigen Zimmer herumzusitzen und zu trinken. »Was genau ist in jener Nacht vorgefallen?«

»Wir vermuten, dass Marla und Pam Delacroix, eine Freundin, die sie erst kürzlich kennengelernt hatte, Pams Tochter an der Universität von Santa Cruz besuchen wollten, denn in die Richtung sind sie gefahren. Es war vor gut sechs Wochen, gleich nach James' Geburt. Am Tag ihrer Entlassung aus dem Krankenhaus. Warum sie wegfahren wollte, ist mir ein Rätsel.« Alex starrte düster in seinen Drink und studierte die bernsteinfarbene Flüssigkeit wie ein Wahrsager den Kaffeesatz. »Wie auch immer, sie traf sich mit Pam, setzte sich aus Gott weiß welchen Gründen hinters Steuer und fuhr los. Es war eine scheußliche Nacht. Neblig und regnerisch. Und dieser Abschnitt des Highway 17 ist trügerisch. Die Straße schlängelt sich durch die Berge. Da kommt es ständig zu Unfällen. Irgendwie hat Marla die

Kontrolle über den Wagen verloren. Warum, weiß kein Mensch. Vielleicht, weil sie mit Pams Mercedes nicht vertraut war. Wie auch immer, der Wagen schleuderte auf der nassen Straße, durchbrach an einer schwachen Stelle die Leitplanke und stürzte vom Felsen. Pam war auf der Stelle tot. Sie hatte den Gurt nicht angelegt. Marla überlebte nur knapp. Sie ist mit dem Kopf gegen das Seitenfenster geschlagen – dreifacher Kieferbruch, Schnittwunden im Gesicht, aber der Airbag hat weitere Knochenbrüche und innere Verletzungen verhindert. Sogar die Zähne sind unbeschadet geblieben. Da hat sie Glück gehabt.«

»Ob sie selbst der Ansicht ist, dass sie Glück hatte, möchte ich bezweifeln«, bemerkte Nick.

Alex warf seinen Zigarettenstummel in den Kamin. »Sie hatte einen dreifachen Kieferbruch, eine Gehirnerschütterung und eine gebrochene Nase. Schlimm genug, wenn man sich das vorstellt, und hinzu kommt noch das Koma. Die Polizei hat sie anhand des Krankenhaus-Armbands identifiziert, das sie zum Zeitpunkt des Unfalls noch trug. Sie hatte wohl vergessen, es abzunehmen.«

»Das ist ziemlich untypisch für Marla.« Die Frau, an die Nick sich erinnerte, achtete immer penibel auf ihr Äußeres.

»Vielleicht war sie durcheinander. Wer weiß?« Alex ging zur Bar und schenkte sich einen weiteren Whisky ein. »Ihre linke Gesichtshälfte ist ziemlich übel mitgenommen, doch die Chirurgen sind optimistisch. Sie haben schon ein paar Operationen durchgeführt, um die Symmetrie ihres Gesichts wiederherzustellen, und vermutlich braucht sie noch mehr, wenn die Drähte entfernt werden und sie aufgewacht ist.« Er schüttelte den Kopf über das Ausmaß der Katastrophe.

Nick verlagerte sein Gewicht auf das andere Bein. Warum zum Teufel meldete sich das Krankenhaus nicht? Hier untätig herumzustehen trieb ihn in den Wahnsinn. Er warf einen Blick zu seiner Mutter, die seelenruhig ihren Tee trank und Coco auf einer Ecke des Orientteppichs betrachtete. Die Hündin hatte ihre Schnauze auf die weißen Pfoten gelegt und fixierte Nick mit wachsamen schwarzen Augen.

»Ich glaube, ich sollte jetzt gehen«, erklärte Nick.

In diesem Moment waren von der Treppe her Schritte zu hören, und Cissy, ganz in Schwarz, stürzte ins Zimmer. »Ich dachte, ihr wolltet Mom besuchen«, sagte sie und blieb abrupt stehen, als sie Nick bemerkte.

»Cissy, das ist Nicholas. Du erinnerst dich doch sicher noch an ihn?«, fragte Eugenia.

Cissy musterte ihren Onkel mit Schmollmund und misstrauischem Blick. »Ich glaube nicht.«

»Es ist lange her«, kam Nick der Kleinen zur Hilfe. »An die zehn Jahre.«

Sie zuckte die Achseln. Es war ihr offenbar gleichgültig. »Fahren wir jetzt, oder was?«

»Sobald wir Nachricht vom Krankenhaus haben. Nick sagt, sie wäre aufgewacht und hätte mit ihm gesprochen. Aber als ich sie dann besucht habe, war sie wieder ins Koma gefallen.«

»Was? Ist das denn möglich?«

»Anscheinend.«

»Ausgeschlossen.« Cissy blinzelte. »Ich meine, wenn man aufwacht, ist man halt wach, oder?«

Alex leerte sein Glas und strich ihr über die Schulter. »Dr. Robertson glaubt, dass es jetzt bald so weit ist.«

»Das sagt er schon seit dem Tag, an dem sie den Unfall hatte.« Cissy blickte argwöhnisch von einem Erwachsenen zum anderen, forschte in ihren Gesichtern nach Anzeichen von Lügen. »Das ist doch verrückt!« Sie ließ sich auf ein blassgrünes Samtsofa mit geschwungener Rückenlehne sinken. »Ich will, dass sie aufwacht und alles wieder so wird wie früher.«

»Das wird nicht geschehen«, sagte Alex entschieden zärtlicher, als Nick es ihm je zugetraut hätte.

»Warum musste das passieren?«

»Cissy, darüber haben wir doch schon gesprochen. Es ist nun einmal passiert.« Alex war allmählich mit den Nerven am Ende. Nick staunte – sein Bruder war schon seit je ein eiskalter, klar denkender Mistkerl gewesen, jemand, der jede Situation mit bemerkenswerter Ruhe meisterte. Eine alte Freundin aus der Zeit vor Marla hatte Alex einmal vorgeworfen, er habe statt Blut Eiswasser in den Adern. Das hatte Alex damals als Kompliment aufgefasst.

Doch an diesem Abend war er aufgewühlt. Und zwar sehr.

Vielleicht bedeutet Marla ihm tatsächlich was. Vielleicht hat er sie wirklich aus Liebe geheiratet und nicht nur, um seinem Bruder eins auszuwischen.

»Ich könnte jetzt auf der Ranch sein«, beklagte sich Cissy.

Eugenia schnaubte. »Du hast morgen Schule. Und außerdem regnet es.«

»Na und?«, murmelte Cissy und sah aus dem Fenster. Das Mädchen erinnerte Nick an eine Hauskatze, die mit zuckendem Schwanz auf der Fensterbank saß und die Vögel auf dem Zweig direkt vor der Scheibe beobachtete.

Das Telefon klingelte. Alex fuhr zusammen, ging in die Eingangshalle hinüber und hatte noch vor dem zweiten Klingeln abgehoben. »Alex Cahill. Ja … Gut, gut … Wunderbar. Wir kommen sofort.« Er legte den Hörer auf. »Wurde aber auch Zeit«, knurrte er und kam zurück ins Zimmer.

»Mom?«, fragte Cissy, und ein Teil ihres schnodderigen Teeniegehabes fiel von ihr ab. Ohne ihr höhnisches Lächeln und das Misstrauen in ihrem Gesichtsausdruck war sie hübsch; später würde sie wohl zu einer Schönheit erblühen. Wie ihre Mutter. »Geht's ihr gut?«

»Hoffen wir's«, erwiderte Alex mit einem gequälten Lächeln. »Das war das Krankenhaus. Wie es aussieht, wacht sie endlich aus dem Koma auf.«

»Gott sei Dank«, seufzte Eugenia und erhob sich. Nick empfand eine Mischung aus Erleichterung und Angst. »Fiona und Carmen sind hier und können auf das Baby aufpassen, aber ich sollte ihnen wohl besser Bescheid sagen, was los ist.« Damit eilte sie in den hinteren Teil des Hauses.

»Wir nehmen den Jaguar«, sagte Alex und kramte in seinen Taschen nach dem Schlüssel.

»Ich fahre meinen eigenen Wagen.« Nick wartete keine Widerrede ab. Er brauchte seine eigenen vier Räder, sein »Fluchtauto«, für den Fall, dass es im Krankenhaus zu anstrengend wurde. Niemand konnte schließlich wissen, was geschehen würde, wenn Marla endlich aufwachte.

Sie öffnete ein Auge einen Spalt, doch das grelle Licht zwang sie, es gleich wieder zu schließen. Ihr Kopf pochte dumpf, stärker war der Schmerz im Kiefer. Verschwommen nahm sie Musik wahr; eine Melodie, die sie kennen müsste, hing in der Luft.

»Mrs Cahill?«, fragte eine weiche Frauenstimme vorsichtig. *Wieder dieser Name. O Gott, warum erschien er so falsch?* Ihre Lider hoben sich flatternd, und sie verzog das Gesicht, als das Licht sie traf, stellte dann aber fest, dass die Lampen gedimmt und die Jalousien geschlossen waren. Im Zimmer herrschte Halbdunkel.

»Wissen Sie, wo Sie sind?«

Marla nickte. Sie hatte einen widerlichen Geschmack im Mund, ihre Haut und ihr Kopf juckten vom langen Liegen, ihr Haar fühlte sich strähnig an. Lieber Gott, wie mochte sie aussehen! Langsam wurde aus dem verschwommenen Fleck, den sie vor sich sah, das Gesicht der Krankenschwester.

»Sie sind im Bayview Hospital, und ich bin Carol Maloy.« Der Name stand auch auf dem Schildchen der hellblauen Jacke, das die Frau als examinierte Krankenschwester auswies. Sie war groß und blond, hatte klare blaue Augen und zeigte beim Lächeln regelmäßige weiße Zähne. »Schön, dass Sie wieder bei uns sind.«

Marla schluckte. Ihre Kehle war staubtrocken.

»Und wie geht es Ihnen? Haben Sie Durst?«

Unter unnatürlich großer Anstrengung nickte Marla, doch Schwester Maloy hatte sich bereits abgewandt und kam mit einem Glas Wasser und einem Strohhalm zurück. »Ich hatte schon vermutet, dass Sie heute aufwachen würden, es war so ein Gefühl. Hiermit fangen wir an, und wenn Sie ganz mutig sind, gehen wir später zu Saft über.«

Mit Hilfe der Schwester gelang es ihr, ein paar Schlucke Wasser zu trinken. Es schmeckte himmlisch, eine Wohltat für ihre rissigen, trockenen Lippen, ehe es durch die Drähte, die ihre Zähne fixierten, in ihre ausgedörrte Kehle rann.

Ihr Magen verkrampfte sich. Beinahe wurde ihr übel.

Als hätte sie es vorausgesehen, sagte die Schwester: »Hoppla. Langsam. Nur leicht saugen, okay? Sie waren eine ganze Weile weggetreten. Ihr Körper wird lange brauchen, um sich wieder darauf einzustellen, normal zu funktionieren.«

Marla hielt sich an den Rat und trank ganz langsam. Ihr Kopf wurde klarer.

»Sehen Sie, das klappt schon prima!« Die Schwester nahm Marlas Temperatur. »Scheußliche Dinger, diese Drähte«, plapperte sie, »aber leider unvermeidlich. Zum Glück brauchen Sie sich nicht mehr lange damit zu quälen. Vielleicht noch ein, zwei Wochen.« Sie maß flink und routiniert Marlas Blutdruck und Puls. »Ich habe Dr. Robertson schon angepiept. Er kommt gleich runter.« Sie hängte die Blutdruckmanschette an die Wand. »Erst informiert er noch Ihre Familie.«

Ihre Familie. Die Leute ohne Gesichter. Vielleicht würde sie sich jetzt an sie erinnern.

»Möchten Sie sich aufsetzen?«

»Ja«, nuschelte Marla, dankbar dafür, nicht mehr liegen zu müssen. Dankbar für jede Veränderung ihrer Haltung. Die Schwester erklärte ihr, wie man das Bett verstellte, und das Kopfteil hob sich so weit, dass Marla auch den Rest des Zimmers sehen konnte. Es war klein, zweckmäßig und hätte steril gewirkt, wäre da nicht die Fülle bunter, duftender Blumen gewesen, die auf jeder freien Fläche standen. Pralinenschachteln und ungeöffnete Päckchen stapelten sich in einem Regal neben dem Schrank. »Ihre Schwiegermutter wollte, dass Sie das alles gleich vor Augen haben, wenn Sie aufwachen, damit Sie wissen, wie sehr Sie vermisst werden«, erklärte Carol, während sie Marlas Brust mit dem Stethoskop abhorchte. »Normal, würde ich sagen. Temperatur, Blutdruck, Puls ... alles normal.«

Sie schob das Stethoskop in die Tasche und griff nach einem Seitenschneider, der neben dem Wasserglas, der Karaffe und einer Schachtel Kosmetiktücher auf dem Nachttisch lag. »Der erscheint Ihnen vielleicht fehl am Platz, aber falls Sie je das Gefühl haben sollten, sich übergeben zu müssen, klingeln Sie sofort und fangen Sie gleich an, die Drähte in Ihrem Mund durchzuschneiden, als hinge Ihr Leben davon ab.« Sie war mit einem Schlag sehr ernst. »Denn es hängt tatsächlich davon ab. Wir wollen schließlich nicht, dass Sie ersticken.«

Marla schauderte, entsetzt über die Bilder, die diese Worte in ihr weckten.

»Keine erfreuliche Vorstellung, ich weiß«, sagte die Schwester, als hätte sie Marlas Gedanken gelesen. »Und aller Wahrscheinlichkeit nach wird es nie dazu kommen, aber ich wollte Sie trotzdem warnen.«

»Vorsicht ist besser als Nachsicht«, bemerkte Marla.

»Genau.« Die Schwester notierte rasch etwas auf der Patientenkarte. »Schön, das sieht alles recht gut aus. Ich hole Ihnen jetzt Saft, und sobald der Doktor die Erlaubnis gibt, nehmen wir ein paar von den Schläuchen ab, an die Sie angeschlossen sind. Dann dürfen Sie sich waschen.« Sie zwinkerte Marla zu und ging.

Marla konnte es kaum erwarten, aus diesem Gefängnis herauszukommen. Sie trank langsam weiter von dem Wasser und sah sich dabei im Zimmer um. Ein Fenster bot Ausblick auf einen Parkplatz, und in einiger Entfernung erstreckte sich eine grüne Wasserfläche – wahrscheinlich ein Teil der Bucht, der das Krankenhaus seinen Namen verdankte. Marla sah die Karten auf dem Nachttisch durch und fragte sich, wer die Leute waren, die sie unterschrieben hatten. Bill und Sheryl, Gloria und Bob, Joanna und Ted, Anna, Christian, Mario. Keiner der Namen war ihr vertraut, nicht einmal ihr eigener. Marla Amhurst Cahill. Lieber Gott, warum erschien dieser Name ihr falsch wie ein Paar zu große Schuhe?

Ihr Kopf dröhnte, und als sie das Wasserglas auf den Tisch stellte und sich in die Kissen zurücksinken ließ, erinnerte sie sich plötzlich an ein Gesicht. Es war ein Männergesicht, wettergegerbt, kantig und sonnengebräunt und hatte Züge wie in Stein gemeißelt und dichte schwarze Brauen über eindringlichen, laserblauen Augen.

Die Erinnerung schnürte ihr die Kehle zu. Er hatte etwas Beunruhigendes und Rauhes an sich, etwas Angespanntes, das sie spürte. Er hatte gescherzt, aber nicht gelächelt. Er war in diesem Zimmer gewesen und hatte sich als Nick vorgestellt. Der Ausgestoßene ... So hatte er sich genannt und dabei etwas ausgestrahlt, etwas Argwöhnisches oder Bedrohliches; das hatte sie selbst in der kurzen Zeit gespürt.

Ihr Puls raste. Er sah tatsächlich aus wie eine Art Jesse James des einundzwanzigsten Jahrhunderts, braungebrannt, in Lederjacke und Jeans.

Aber das war doch verrückt. Sie war eine verheiratete Frau. Sie brauchte nur ihre linke Hand anzusehen, um den Beweis zu haben. Dort funkelte im dämmrigen Licht an ihrem Ringfinger ein mit Diamanten eingelegter breiter goldener Ring – ihr Ehering. Wenn sie das glitzernde Schmuckstück betrachtete, erinnerte sie sich an keine einzige Episode des Tages, an dem er ihr an den Finger gesteckt worden war, und ebenso wenig an den Mann, der »Ja, ich will« gesagt hatte.

Denk nach, Marla, denk nach!

Nichts.

Nicht die geringste Erinnerung.

Sie hätte schreien mögen vor Verzweiflung.

Wenn sie den Ring betrachtete, empfand sie ähnlich wie beim Blick in Nick Cahills Augen. Keine blitzartige Rückblende in Zeit und Raum, nicht der Hauch einer Erinnerung, keine Reaktion außer Neugier. Neugier auf den Mann. Auf ihre Ehe. Ihre Kinder. Sie selbst.

»Sie sind also tatsächlich aufgewacht.« Ein hochgewachsener Mann mit Nickelbrille und weißem Arztkittel trat ins Zimmer. Er trug einen bleistiftdünnen Oberlippenbart, der sein schmales Gesicht betonte, war völlig kahl und schien zu viele Zähne in einem zu kleinen Mund zu haben. »Erinnern Sie sich an mich?«, fragte er, und als er die Bestürzung in ihren Augen las, fuhr er fort: »Machen Sie sich keine Sorgen. Auf ein Koma folgt manchmal ein Gedächtnisverlust ... Wahrscheinlich kehren die Erinnerungen mit der Zeit zurück.« Sein Lächeln sollte ihr Mut machen. »Nun, ich bin Dr. Robertson.« Er beugte sich über sie und leuchtete ihr mit einer Stiftlampe in ihre Augen. »Wie fühlen Sie sich?«

»Schrecklich«, erwiderte sie. Es bestand schließlich kein Grund, irgendetwas schönzureden.

»Das kann ich mir vorstellen. Schmerzen im Kiefer?«

»Und wie.«

»Kopfschmerzen?« Er inspizierte ihren Scheitel.

»Wie wahnsinnig.«

»Wir geben Ihnen etwas dagegen. Erzählen Sie mir jetzt, wie es um Ihr Erinnerungsvermögen bestellt ist.«

»Welches Erinnerungsvermögen?«, fragte sie und bemühte sich, nicht zurückzuzucken, als er die Lampe vom rechten zum linken Auge wandern ließ.

»So schlimm?«

Sie überlegte, und allein schon der Versuch, sich zu konzentrieren, verstärkte den Druck in ihrem Kopf. »Ziemlich schlimm. ›Völlig benebelt‹ ist noch harmlos ausgedrückt.« Sie presste die Worte durch die Zähne hervor, die sich wie einzementiert anfühlten.

Er lehnte sich zurück, knipste seine Lampe aus und verschränkte die Arme vor der schmalen Brust. »Erzählen Sie mir von sich.«

Oha. Sie dachte nach. Zermarterte ihr Gedächtnis. »Es ... es ist komisch. Einige Dinge weiß ich, zum Beispiel, dass ich lesen kann, eine gute Auffassungsgabe habe, und ich glaube, ich bin ziemlich gut in Mathe, aber ich kann mich nicht an den Unterricht erinnern. Ich glaube, ich mag Pferde und Hunde und den Strand und Gruselfilme, aber ...« Sie schluckte den Kloß hinunter, der in ihrem Hals steckte, und zwang ihre Lippen, sich über den fixierten Zähnen zu bewegen. »Ich erinnere mich nicht an meine Familie, nicht an meine Kinder, nicht an meine Eltern, nicht einmal an meinen Mann.« Ihre Stimme versagte, und Tränen traten ihr in die Augen. Sie fühlte sich erbärmlich, ein elendes, bedürftiges Wesen ohne Vergangenheit. Sie wollte die Zähne zusammenbeißen, aber ihre Kiefer waren ja ohnehin verdrahtet.

»Denken Sie immer daran, das ist nicht ungewöhnlich«, sagte der Arzt mit einem tröstenden Blick, während er erneut Puls und Blutdruck maß und ihre Reflexe überprüfte. »So, fassen Sie jetzt meine Finger und drücken Sie sie, so kräftig Sie können«, forderte er sie auf und hob beide Zeigefinger. Marla packte sie, als hinge ihr Leben davon ab. »Gut, und jetzt loslassen.« Er notierte etwas auf ihrer Patientenkarte. »Früher oder später werden Sie Ihr Gedächtnis wiederfinden. Ihr Gehirn hat durch die Gehirnerschütterung einen Schock erlitten, und Sie haben eine Zeitlang im Koma gelegen.« Er lächelte sie flüchtig an. »Aber es wird Ihnen alles wieder einfallen.«

»Wann?«, wollte sie wissen.

»Das kann ich leider nicht vorhersagen.« Er runzelte die Stirn und schüttelte den kahlen Kopf.

Hoffentlich bald, dachte sie, *sonst verliere ich noch den Verstand – beziehungsweise das, was davon übrig ist.*

»Ich wollte, ich könnte es«, versicherte Dr. Robertson.

»Ich auch.«

»Sie müssen Geduld haben. Sich selbst Zeit geben, um sich erholen zu können.«

»Wieso kann ich das allmählich nicht mehr hören? Was meinen Sie?«, fragte sie, und er zuckte die Achseln.

»Vielleicht kennen Sie sich doch besser, als Sie denken.«

»Das ist ja das Problem, Herr Doktor«, sagte sie und sah ihm fest in die Augen. »Ich kenne mich überhaupt nicht.«

Die Krankenschwester war wiedergekommen wie versprochen, hatte Marla rasch mit einem Schwamm gewaschen und die Laken gerichtet. Kaum war sie wieder zur Tür hinaus, als Marlas Verwandte scharenweise eintrafen. Fremde bedachten sie mit Lächeln, Umarmungen, Küssen, die gezwungen wirkten. Lauter Fremde. Marla rang sich ein Lächeln ab und strengte sich an, diese Leute zu erkennen, aber vergebens. Wie die Stimmen, die ihr fremd erschienen waren, weckten auch die Gesichter nicht die geringste Erinnerung.

»Es ist so schön, dich wach zu sehen und dich wieder bei uns zu haben«, sagte ihre Schwiegermutter und tupfte sich die Augen mit einem Zipfel ihres Taschentuchs ab. Sie war eine zierliche Frau mit apricotfarben getöntem Haar und kleinen, regelmäßigen Zähnen, trug Schuhe mit hohen Absätzen, passend zur Handtasche, ein graues Wollkostüm, eine perlfarbene Seidenbluse und ein in Rot- und Goldtönen bedrucktes Halstuch.

Eugenia räusperte sich. »Das große alte Haus war so leer ohne dich.«

Marla wurde warm ums Herz.

Cissy, ihre Tochter, küsste pflichtschuldig ihre Wange und wich dann wieder zurück. Sie war groß für ihr Alter, schlank und von Kopf bis Fuß in Schwarz gekleidet. Ihre zart gebräunte Haut wies ein paar Pickel auf, die das Make-up nicht überdecken konnte, und ihre Augen waren dick mit schwarzem Kajal umrandet. »Hi«, sagte sie zögerlich.

»Hi«, erwiderte Marla. *Dieses Mädchen* war ihre Tochter? Warum empfand sie nichts, warum spürte sie nicht den Hauch einer Erinnerung, gar nichts? Wo waren die Muttergefühle in ihrem Herzen – die blitzartig auftauchenden Bilder von der Geburt, von Cissy als Wickelkind, von aufgeschlagenen Knien, ausgefallenen Milchzähnen, von dem jungen Mädchen, das an seiner ersten jungen Liebe litt? All das musste sie doch erlebt haben, aber Marla erinnerte sich an keine einzige Begebenheit aus ihrem Leben. Es war, als sei sie innerlich tot. Ein unheimliches Gefühl.

»Ich wusste doch, dass du aufwachen würdest!« Alex' Stimme dröhnte durch das Zimmer. Marla drehte den Kopf, machte sich auf ein weiteres Gesicht gefasst, das ihr nichts sagte, doch beim Anblick ihres Mannes hatte sie das vage Gefühl, ihn schon einmal gesehen zu haben – ein flüchtiges Bild, das kurz etwas wachrief, sich dann aber gleich wieder in die düstere Unterwelt ihrer Erinnerung zurückzog. »Ach, Liebling, es ist so schön, dich wieder wach zu sehen.« Er trug einen marineblauen Anzug unter einem aufgeknöpften Mantel, dessen Gürtelenden er in die Taschen gesteckt hatte, war groß und kräftig, mit grauen Augen und einem Lächeln, das über das ganze Gesicht reichte. Er schloss sie in die Arme »Ich ... wir ... wir haben dich so vermisst.« Seine Stimme war tief, und als er sie an sich drückte und ihr einen sanften, aber innigen Kuss auf die Wange gab, roch sie Rauch und den herben Duft von Aftershave.

Sie empfand absolut nichts für ihn.

Nichts.

O Gott, so gefühllos und hohl konnte sie doch nicht sein? Tränen brannten in ihren Augen, so dass ihre Sicht verschwamm. Sie hob die Arme und drückte ihn an sich, wünschte sich verzweifelt, eine Spur von Zärtlichkeit, ein Gefühl der Geborgenheit, der Liebe zu ihm zu empfinden, doch sie konnte nur darauf hoffen, dass ihre Erinnerungen bald zurückkehrten. *Es braucht Zeit*, ermahnte sie sich, war aber dennoch frustriert. Geduld war nicht ihre Stärke, stellte Marla fest. Es war immerhin eine winzige Erkenntnis über sich selbst, in Anbetracht der Umstände allerdings keine erfreuliche.

Das Telefon klingelte schrill, und Alex' Muskeln spannten sich an. »Ich habe angeordnet, dass du keine Anrufe empfangen sollst«, sagte er, löste sich aus Marlas Umarmung und griff nach dem Hörer. Cissy saß an die Klimaanlage unter dem Fenster gelehnt, und Eugenia zupfte ein paar welke Blüten von einem Weihnachtskaktus, während Alex den Hörer abhob.

»Hallo ... Hallo? Wer spricht da ... Scheiße!« Er knallte den Hörer auf die Gabel.

»Hat sich niemand gemeldet?«, fragte Eugenia, und Marla überkam eine leise Angst.

»Verwählt«, sagte Cissy gelangweilt.

»Aber nicht, wenn der Anruf weitergeleitet wird.« Alex rieb sich das Kinn, und sein Gesicht nahm einen grüblerischen Ausdruck an. Eugenia hörte auf, die kleinen pinkfarbenen Blüten abzuzupfen. »Ich überprüfe das. Sind noch weitere Anrufe eingegangen?«

»Nein ... Das heißt, nicht, dass ich wüsste. Aber ich erinnere mich ja auch kaum an etwas«, erwiderte Marla. Sie versuchte ein Lächeln, das allerdings kläglich wirkte.

Alex seufzte. »Ja, wir haben schon davon gehört. Bevor wir hergekommen sind, haben wir mit Phil Robertson gesprochen, deinem Arzt. Er hat uns gewarnt, dass die Amnesie noch eine Weile anhalten könnte. Zum Glück sollte sie aber nur vorübergehend sein.«

»Sollte«, wiederholte sie leicht sarkastisch. »Hoffen wir's.«

»Mach dir keine Sorgen deswegen.« Er beugte sich vor und küsste sie auf die Stirn. »Du konzentrierst dich jetzt erst mal ganz darauf, wieder gesund zu werden. Phil ist der Meinung, dass du in ein paar Tagen entlassen werden kannst.«

Sie fürchtete, den Verstand zu verlieren, wenn sie noch einen einzigen Tag untätig im Bett liegen musste. »Nein. Ich will auf der Stelle nach Hause.«

»Das will ich auch. Aber es ist leider nicht möglich.«

»Wieso nicht?«

»Ich glaube, Phil will noch ein paar Routineuntersuchungen durchführen. Nichts Besonderes.«

»Immerhin besonders genug, um mich hierzubehalten«, fuhr sie auf.

»Du bist gerade erst aus dem Koma erwacht, Liebling«, erinnerte er sie.

»Aber ich will nach Hause«, wiederholte Marla. »Auf der Stelle.«

Niemand erwiderte etwas. Alex warf einen Blick zu Eugenia, die sich jetzt einer Blumenvase zugewandt hatte. Sie entfernte verwelkte Rosen und warf sie in einen kleinen Abfalleimer neben dem Schrank. Cissy hatte plötzlich ihr Interesse am Parkplatz entdeckt, schaute aus dem Fenster und mied den Blickkontakt mit ihren Eltern.

»Hör zu, Liebes.« Eugenia trat näher ans Bett. Die Frau, die eben noch Tränen in den Augen gehabt hatte, zeigte plötzlich eiserne Entschlossenheit. »Wenn du gesund bist, kommst du natürlich nach Hause, aber jetzt ist es einfach noch zu früh.« Sie strich Marla sanft über die Hand, doch ihre Augen hinter der Nickelbrille befahlen ihr stumm, keine Widerworte zu geben, so als hätten sie ein gemeinsames Geheimnis – ein Geheimnis, das hier im Krankenhaus nicht ausgesprochen werden durfte. Marla fühlte, wie erneut Angst in ihr aufstieg.

»Wo ... wo ist mein Baby?«, fragte sie.

»Zu Hause. Wir konnten den Kleinen nicht mitbringen. Anordnung des Kinderarztes«, erklärte ihre Schwiegermutter, und ihr Blick wurde ein wenig sanfter. »Du kannst ihn sehen, sobald du zu Hause bist.«

»Und wann wird das sein?«

»Bald, Schatz. Wenn der Arzt dich entlässt. Er will dich auch so bald wie möglich nach Hause lassen. Wir kennen Phil und seine Frau schon seit Jahren.« Alex' Stimme klang freundlich, doch Marla glaubte, einen Unterton herauszuhören, und fragte sich, ob er sie nur beschwichtigen und die Wahrheit vor ihr verbergen wollte. Etwas an ihm erschien ihr nicht aufrichtig.

Vielleicht leidest du aber auch einfach an Verfolgungswahn!

»Ach ja? Warum hat er sich mir dann als Dr. Robertson vorgestellt?«, fragte sie. Sosehr sie versuchte, ihr Misstrauen zu unterdrücken, sie hatte dennoch das Gefühl, die ganze Welt habe sich gegen sie verschworen. Lieber Himmel, womöglich war sie im Begriff, verrückt zu werden. Hatte sie nicht geglaubt, jemanden an ihrem Bett zu spüren, etwas Böswilliges? Ihre Handflächen waren schweißnass, ihre Nerven zum Zerreißen gespannt. »Warum hat er sich nicht als Phil vorgestellt?«, hakte sie nach. »Warum hat er nicht gesagt, dass wir uns kennen?«

»Wer weiß, vielleicht sieht die ärztliche Standesethik das so vor. Wahrscheinlich setzt er ...« – Alex deutete mit Zeige-

und Mittelfinger Gänsefüßchen an – »...sein ›Arztgesicht‹ auf, wenn er im Krankenhaus arbeitet.«

»Wenn du mich fragst: Ich finde es merkwürdig.«

»Mag ja sein, aber es ist nun mal so.«

Dieses Gespräch führte zu nichts, es drehte sich nur im Kreis, und sie war müde. Furchtbar erschöpft.

Als ob er ihre Frustration spürte, nahm Alex sie wieder in den Arm. »Ich weiß, das alles ist verwirrend und ermüdend, und du fühlst dich sicher immer noch hundeelend«, sagte er, und schon wieder brannten Tränen in ihren Augen. »Aber beruhige dich, lass dir Zeit. Alles wird wieder gut«, flüsterte er ihr ins Ohr, und sie wollte ihm glauben, ihm vertrauen. Ach, wenn er doch nur wirklich die Zukunft vorhersehen könnte wie in einer Kristallkugel, statt sie nur mit Platitüden zu beschwichtigen. Sie schüttelte ihre Ängste ab, schlang die Arme um seinen Nacken und schaute über seine Schulter hinweg zur Tür. Der Mann mit dem dunklen Bartschatten, den sie schon früher einmal gesehen hatte, der »Ausgestoßene«, stand mit einer Schulter gegen den Türrahmen gelehnt abseits von der Familie.

Mit zusammengezogenen dunklen Brauen sah Nick sie an.

Er lächelte nicht, sprach kein aufmunterndes Wort. Seine Lederjacke knarzte leise, als er die Arme vor der Brust verschränkte und die zärtliche Szene zwischen Mann und Frau mit trägem Blick beobachtete. Was sah er darin? Warum biss er so heftig die Zähne zusammen?

Lag es an dem, was zwischen ihnen gewesen war, oder an ihrem momentanen Aussehen? Plötzlich wollte sie unbedingt wissen, wie sie aussah, wie alle anderen sie sahen. Sie riss den

Blick von ihm los und ärgerte sich über ihre eigene Dummheit. »Gibt es hier irgendwo einen Spiegel?«, fragte sie.

Sie erhielt keine Antwort.

»Hat eine von euch vielleicht einen?« Marlas Blick wanderte von ihrer Schwiegermutter zu Cissy.

»Einen Taschenspiegel?« Eugenia schüttelte den Kopf. »Höchstens in meiner Puderdose.«

»Könnte ich ihn kurz haben?«

»Ich weiß nicht, ob das so gut ist ...« Eugenia war merklich nervös. Marla vermutete, dass sie schlimmer aussah, als sie ahnte.

»Ist es so furchtbar?«

»Nein, Liebes, nur ...«

»Gib ihr den Spiegel«, fiel Nick ihr ins Wort.

Sie blickte zu ihm hinüber und erkannte in seinen graublauen Augen so etwas wie Zorn. »Ja, gib ihn mir. Wenn du es nicht tust, dann klettere ich über dieses verdammte Bettgitter und krieche zum Spiegel über dem Waschbecken. Ich schwör's dir.« Marla wies mit einer heftigen Handbewegung auf den Spiegelschrank über dem Waschbecken, dann drückte sie auf die Taste, um das Kopfteil des Bettes noch höher einzustellen.

»Aber der Tropf und, na ja, du bist immer noch ...« Alex deutete auf das Bett, und ihr wurde klar, dass er wahrscheinlich von dem Katheter und dem Urinbeutel sprach, die diskret unter der Bettdecke verborgen lagen.

Es stieg ihr heiß in die Wangen, und sie stöhnte innerlich auf. Doch dann straffte sie die Schultern. »Das ist mir egal.«

»Gib ihr den Spiegel.« Nicks Lippen bildeten einen schmalen Strich.

Eugenia schluckte. »Tja, vermutlich ist es sowieso nur eine Frage der Zeit, bis du aufstehen kannst ... Aber vergiss nicht, das muss alles erst noch heilen. Bald wirst du schon viel besser aussehen und ...« Sie kramte in ihrer Handtasche. »Ah, da ist sie ja.« Sie reichte Marla eine goldene Puderdose.

Cissy verzog das Gesicht.

Eugenia straffte die Schultern.

Alex wandte sich ab.

Nur in Nicks Haltung veränderte sich nichts. Er fuhr fort, Marla zu beobachten, als sie mit zitternden Fingern die Puderdose aufklappte und in den winzigen Spiegel blickte.

O Gott, dachte sie und rang durch die mit Drähten fixierten Zähne nach Luft. Es *war* schlimmer, als sie es sich vorgestellt hatte. Ihr Gesicht war nicht nur gelblich grün und hellviolett verfärbt und verquollen, nein, es war das Gesicht einer Fremden.

4.

Nick beobachtete Marla und biss die Zähne zusammen. Mit der Hand, die nicht an den Tropf angeschlossen war, berührte sie behutsam ihr Gesicht, strich mit den Fingerspitzen über Blutergüsse und verschorfte Narben, über die Stoppeln an den Stellen, wo ihr Kopf rasiert worden war. Sie verhielt sich bewundernswert tapfer, ließ den Tränen, die sicher in ihren Augen brannten, keinen Lauf. Sie schluckte krampfhaft und betastete vorsichtig die Naht, die durch den nachwachsenden Haarflaum zu sehen war. »O Gott«, flüsterte sie und blinzelte ein paar Mal, bevor sie sich wieder fasste und den Rücken straffte. »Ich ... ich glaube, ich hätte nicht einmal als Frankensteins Braut eine Chance ... Wie sagt man doch? Immer nur Brautjungfer, niemals ...« Sie nuschelte vor sich hin. Das Sprechen bereitete ihr Mühe. Sie versuchte zu lächeln, was ihr misslang, und ihr Kinn zitterte ein wenig.

Nick fiel es schwer, diese Frau, die zu hassen er sich geschworen hatte, die ihn benutzt und betrogen und schließlich seinen Bruder geheiratet hatte, weiter anzusehen.

»Das wird schon wieder«, sagte Alex, nahm ihr die Puderdose aus der Hand und klappte sie zu. »Lass dir einfach Zeit.«

»Genau. In ein paar Monaten bist du wieder ganz die Alte und lachst über ... Na ja, dann wirst du diese schlimme Zeit überwunden haben.« Eugenia zwang sich zu einem Lächeln, bei dem ihre Goldzähne sichtbar wurden. »Wie wir alle.«

»Ich werde *nie* darüber lachen können«, fuhr Marla sie an.

»Das wird keiner von uns.« Alex warf seiner Mutter einen warnenden Blick zu.

Nick stimmte ihm im Stillen zu. Seiner Meinung nach war die Wahrheit besser als falsche Hoffnungen, und die Tatsachen sprachen für sich: Marla Amhurst Cahill war nur knapp dem Tod entronnen, im Augenblick sah sie grauenhaft aus, und wahrscheinlich fühlte sie sich auch so. Der Weg zur Genesung würde lang und steinig sein.

»Ich … ich weiß nicht, ob ich je wieder ich selbst sein werde.« Marla, noch immer erschüttert, sah Nick an. Ihre Blicke trafen sich kurz, als könnte nur er allein sie verstehen. »Ich habe das Gefühl, dass ich gar nicht …« Ihre Stimme versagte.

»Dass du gar nicht …?«, half Alex nach.

Sie blickte von einem zum anderen. Als sie Nick ansah, blitzte etwas in ihren Augen auf, was er nicht verstand und was gleich darauf wieder verschwunden war. »Ich weiß gar nicht, wer ich bin.«

»Ach, du liebe Zeit«, stöhnte Cissy und erntete dafür einen Blick von ihrem Vater, der sie schlagartig zum Schweigen brachte.

»Das wird schon«, versicherte Alex.

Nick glaubte es nicht. Sie würde nie wieder ganz gesund werden. War es im Grunde nie gewesen. Trotzdem meldete sich sein Gewissen, wenn er in ihr geschundenes Gesicht sah. Jahrelang hatte er sie aus seinem Bewusstsein verdrängt, und wenn er doch einmal an sie dachte, dann nur mit Verachtung. Doch jetzt lag sie matt und geschunden vor ihm, um einen letzten Rest von Würde kämpfend.

Cissy gab vor, aus dem Fenster zu schauen. Geistesabwesend strich sie über die Rippen der Klimaanlage, und Nick konnte förmlich sehen, wie es in ihr arbeitete. Aus den Augenwinkeln beobachtete sie ihre Mutter. Da war eindeutig etwas faul.

»Keine Sorge, alles wird wieder gut. Wenn du erst wieder zu Hause bist, bei deinem Baby ... und uns allen. Du wirst schon sehen.« Eugenia nahm ihrem Sohn die Puderdose ab und ließ sie hastig in ihrer Handtasche verschwinden.

Nick wollte nur noch weg. So viel Familienzusammenhalt an einem einzigen Tag verkraftete er nicht.

»Du warst schon einmal hier.« Wieder sah Marla ihn an.

Er nickte flüchtig und hielt ihrem Blick stand. »Vor ein paar Stunden.«

»Ich erinnere mich.« Sie sagte das beinahe ehrfürchtig und runzelte dann die Stirn. »Der Ausgestoßene.«

»Ganz recht.« Bildete er sich das nur ein, oder flackerte etwas in ihrem Blick auf, das mehr war als nur beiläufige Neugier?

»Und noch jemand war hier«, sagte sie.

»Mit mir?« Nick schüttelte den Kopf.

»Nein ... nein ... Bevor du kamst. Glaube ich jedenfalls.« Ihr Blick trübte sich, sie schlug die Augen nieder und betrachtete die Falten der Bettdecke. »Nein, ich bin mir sogar sicher. Er hat kein Wort gesagt, kam nur herein und ... stand am Bett ... Ach, verdammt, ich weiß, das klingt verrückt, aber ... es war so real.«

»Unsinn«, entfuhr es Eugenia, und sie tat das Ganze mit einem hellen, gekünstelten Lachen ab. »Vielleicht war es eine Krankenschwester.«

»Nein«, widersprach Marla verzweifelt. »Vielleicht habe ich geträumt. Aber ich erinnere mich ... oder glaube es zumindest ...

dass ich euch alle gehört habe, wenn ihr hier wart ...« Die Augenbrauen in dem Gesicht, das einmal atemberaubend schön gewesen war, zogen sich zusammen. »Ihr wart schon einmal hier ... oder sogar zweimal? O Gott, ich kann mich nicht erinnern.« Sie hob eine Hand, um sich das Haar aus dem Gesicht zu streichen, hielt aber abrupt inne, als ihre Finger die kahle Stelle über ihrem linken Auge und die Naht in der Kopfhaut streiften.

»Mehrmals«, bestätigte Eugenia freundlich. »Wir haben dich oft besucht.«

»Und ihr habt Cissy zum Getränkeautomaten geschickt, um Limo zu holen. Sprite, oder?«

»Stimmt. Wir haben sie einmal zum Automaten geschickt«, bestätigte Alex lächelnd. Nick war der Meinung, dass das Lächeln seines Bruders gekünstelt und fehl am Platz war. »Wir glaubten, du lägest im Koma und könntest uns nicht hören«, fuhr Alex fort.

Eugenia spielte mit dem Verschluss ihrer Handtasche und zog für einen Moment die Mundwinkel nach unten, wie immer, wenn sie beunruhigt war. Dann setzte sie ein gekünsteltes Lächeln auf. »Du hast uns also gehört. Warum hast du nicht geantwortet?«

»Ich wollte, aber ich konnte nicht.«

»Denk nicht mehr daran.«

»Aber ich kann mich an nichts anderes erinnern, nicht an den Unfall, an gar nichts.« Immer noch Alex' Hand in der ihren haltend, wandte sie sich zu Cissy um, die theatralisch die Augen verdrehte. Sie warf ihrem Vater einen Blick zu, der deutlicher als Worte fragte: *Können wir nicht einfach gehen?* Nick konnte es der Kleinen nicht verübeln.

Doch Alex nahm die stumme Bitte gar nicht wahr. Er beugte sich über seine Frau und sagte: »Hör mal, Liebling, auch wenn du dich nur noch an wenig erinnerst …«

»Nein, es ist ja nicht so, dass ich mich nur an wenig erinnere, Alex«, fiel Marla ihm ins Wort. Sein Name kam ihr nur schwer über die Lippen. »Ich erinnere mich nur an allgemeine Dinge, aber an *gar nichts*, was mein Leben betrifft. Meine Eltern, mein Geburtstag, ob ich Geschwister habe oder …« »Willst du damit sagen, du erinnerst dich nicht an uns?«, fragte Cissy, die plötzlich begriff.

Marla antwortete nicht.

»Das geht vorüber«, beschwichtigte Alex.

»Ich hoffe es.« Marla sah ihren Mann an, als suche sie bei ihm Antworten, und Nicks Magen zog sich zusammen. »Es tut mir leid, all diese … Probleme, und Pam … O Gott, wie entsetzlich, dass sie tot ist.«

»Du erinnerst dich an sie?«

»Nein«, flüsterte Marla, um Fassung ringend. »Ich … erinnere mich nicht an den Unfall …« Ihre Stimme versagte, sie versuchte vergeblich, sich zu beherrschen.

»Das wird sich bald bessern«, versicherte Eugenia.

Marla wandte sich ihrer Schwiegermutter zu. »Kannst du mir das versprechen?«

»Nein, aber …«

»Dann verschone mich mit solchen Platitüden, bitte. Ich muss hier raus, ich muss etwas tun. Mit Pamelas Angehörigen sprechen. Ich will mich an euch alle erinnern.«

Cissy blinzelte verzweifelt und schniefte, dann wandte sie sich verlegen ab.

Nick hätte gern geglaubt, dass Marla aus unerfindlichen Gründen ein Spielchen mit ihnen allen trieb, doch sie wirkte vollkommen aufrichtig. Er hätte nie geglaubt, dass sie fähig sein könnte, an jemand anderen als an sich selbst zu denken, aber vielleicht hatte sie sich verändert. Vielleicht hatte sie mit ihrem Gedächtnis auch ihre Manipulationskünste verloren. Oder sie spielte ihnen etwas vor.

Alex ergriff die Hand seiner Frau. »Du solltest jetzt ein wenig ruhen.«

»Später. Ich habe noch so viele Fragen. Was ist mit *meiner* Familie? Wo ist sie?«, wollte Marla wissen. »Meine Eltern? Meine Geschwister? Ich muss doch Verwandte haben? Wohnen sie nicht hier in der Nähe?«

»Ach, Liebling«, sagte Alex, bemüht, den Fragen auszuweichen. »Wir müssen dir so viel erzählen, aber jetzt ist nicht der richtige Zeitpunkt.«

»Warum nicht?«, fragte sie leise. Sie schien sich gegen das Schlimmste zu wappnen. »Sind sie alle tot?«

»Nein, nein ... Deine Mutter ist verstorben, und deinem Vater geht es nicht gut.«

»Oh.« Verwirrung zeichnete sich in ihrer Miene ab. Schmerz. Kummer.

»Wir werden darüber sprechen, Fotos anschauen, deinen Vater besuchen, was immer du möchtest. Aber erst, wenn du gesund bist und wieder nach Hause kannst, ja?«

Sie antwortete nicht, schien jedoch ein wenig in ihrem Bett zu schrumpfen, kleiner zu werden. Nick empfand den absurden Wunsch, sie zu trösten und ihr zu versichern, dass alles gut werden würde, doch er erinnerte sich noch rechtzeitig an seine Position. Hier ging es um Marla, und sie kam allein zurecht. Wenn nicht, war ihr Mann derjenige, dem es zustand, ihr zu helfen.

Es war an der Zeit, dieser Qual ein Ende zu setzen. »Hör mal, ich muss jetzt los«, sagte er zu Alex und gestattete sich einen letzten Blick auf die Frau in dem Krankenbett, bevor er ging. Seine Familie zurückließ. Und Marla. Herrgott, er konnte nicht länger in ihrer Nähe bleiben.

Wider Willen empfand er ein wenig Mitleid mit ihr. Sie war einmal jung, lebhaft und sexy gewesen wie kaum eine andere Frau auf der Welt. Jetzt war sie nichts weiter als eine Patientin im Krankenhaus, die froh sein konnte, überlebt zu haben, und deren Schicksal es war, nie wieder sie selbst zu werden. *Scheiße.*

Er drückte die Taste am Aufzug, und die Türen öffneten sich fast geräuschlos. Beinahe wäre er mit einem großen, breitschultrigen Mann mit getrimmtem Bart, dunkler Brille und schmalem, hartem Mund zusammengestoßen, der mit einem Parka, Jeans und Wanderstiefeln bekleidet war. Er drängte sich an Nick vorbei und ging leicht hinkend an der offenen Tür zu Marlas Zimmer vorüber. Dann lief er hastig weiter den Flur entlang.

Nick stutzte, er wusste selbst nicht, warum. Hatte der Kerl gerade einen raschen Blick in Zimmer 505 geworfen, die Familie dort versammelt gesehen und beschlossen weiterzugehen? Oder besuchte er jemand anderen auf dieser Station? Nick hatte das Gefühl, den Mann zu kennen, aber er hätte nicht sagen können, woher.

Egal, das spielte keine Rolle. Wahrscheinlich ging nur seine Phantasie mit ihm durch.

Im Erdgeschoss durchquerte Nick den Empfangsbereich

und trat ins Freie hinaus. Erste Nebelschleier durchzogen die Abendluft und strichen ihm feucht um Wangen und Stirn. Er blickte zum fünften Stock hinauf und fand das Fenster, hinter dem Marla lag. Cissy stand immer noch dort, sah hinaus auf den Parkplatz und wünschte sich wahrscheinlich, ebenfalls die Flucht ergreifen zu können. Er konnte es ihr nicht verdenken. Als er in seinem Pick-up saß, sah er auf die Uhr. Ihm blieben noch ein paar Stunden, die er totschlagen musste.

Vielleicht sollte er sich die Unfallstelle einmal ansehen und dann den demolierten Mercedes in Augenschein nehmen. Er ließ den Motor an.

Als er über die Schulter zurückblickte, um aus der Parklücke zu setzen, sah er flüchtig einen Mann leicht humpelnd durch den Nebel laufen. Es war derselbe Kerl, mit dem er wenige Minuten zuvor beinahe zusammengestoßen wäre.

Nick blickte dem Mann nach, sah, wie er in einen dunklen Jeep stieg, und fragte sich, warum er in den fünften Stock hinauf- und gleich wieder heruntergefahren war.

»Du machst dir unnötige Sorgen«, sagte er leise zu sich selbst. »Und Sorgen hast du weiß Gott genug.«

Zwei Tage später bereitete Marla sich auf ihre Entlassung vor. Dr. Robertson hatte sie allen möglichen Untersuchungen unterzogen und schien mit den Ergebnissen zufrieden zu sein, und jetzt wartete sie nur noch auf ihre Papiere und den Wagen, der sie abholen sollte. Da öffnete sich die Tür ihres Krankenzimmers. »Mrs Cahill?« Ein Mann trat ein. Er trug eine dunkle Hose und eine dunkle Jacke über einem lässigen Hemd. »Ich bin Detective Paterno von der Polizeibehörde San Francisco.«

Ihr Herz setzte einen Schlag aus, als er näher kam. Bestimmt hatte er eine Menge Fragen. Fragen, auf die sie keine Antworten wusste. Marlas Kopf war inzwischen klarer, aber die flüchtigen Einblicke in ihr bisheriges Leben waren wie der Funke eines leeren Feuerzeugs. Bilder blitzten auf und verloschen wieder, und sie war unfähig, sie festzuhalten. Paterno zeigte seine Dienstmarke vor. Marla beschlich ein flaues Gefühl.

»Entschuldigen Sie, dass ich Sie hier im Krankenhaus behellige«, begann Paterno. Mit seinem Spürhundgesicht, den tiefbraunen Augen und der ernsten, besorgten Miene wirkte er eigentlich ganz nett, doch Marla war auf der Hut. Unwillkürlich dachte sie an die Sorge ihrer Tochter, man könnte ihr Mord oder fahrlässige Tötung oder Gott weiß was vorwerfen. Polizisten verstanden es doch meisterhaft, jemandem eine Aussage zu entlocken, die man hinterher bereute ... Lieber Gott, wie kam sie denn zu dieser Einstellung? Paterno musterte sie mit dunklen, misstrauischen Augen, die im Widerspruch zu seiner lässigen Erscheinung standen. »Ich helfe bei der Aufklärung des Unfallgeschehens. Eine Gefälligkeit gegenüber der Autobahnpolizei von Kalifornien. Ich wüsste gern, woran Sie sich noch erinnern.«

»Das kann ich Ihnen leicht beantworten«, erwiderte sie leise.

Ohne ihren Sarkasmus zu beachten, legte er ein Diktiergerät auf den Nachttisch. Dann klappte er ein kleines Notizbuch auf. »Erzählen Sie mir alles, was Sie wissen.« Er roch nach dem Regen, der die Schulterpartie seiner Jacke durchnässt hatte, und schwach nach fruchtigem Kaugummi. Sein lockiges schwarzes Haar war nur von wenigen grauen Fäden durchzogen. Er war klein und dick; der Bauchansatz begann sich über den Gürtel zu wölben.

»*Sehr* leicht«, fuhr sie fort. »Ich erinnere mich an nichts.«

»Gar nichts?«

»Haben Sie denn noch nicht mit meinem Arzt gesprochen?«

»Doch, doch, er erwähnte, dass Sie an einer Amnesie leiden.« Schwang da etwas wie Unglaube in seiner Stimme mit? Noch so ein zynischer Bulle.

»Es stimmt, Detective, und es ist weiß Gott nicht angenehm.« Sie schob die Ärmel ihres Bademantels hoch und fügte hinzu: »Glauben Sie mir, ich würde Ihnen liebend gern helfen, aber ich weiß eben nichts.« Seufzend musterte sie ihr Handgelenk mit dem Namensarmband aus Plastik.

»Sie wissen nicht einmal mehr, ob Ihnen etwas vor das Auto gelaufen ist und Sie zum Ausweichen gezwungen hat, und wenn, was es war?«, fragte er.

»Nein.« Marla versuchte, sich zu konzentrieren, doch davon bekam sie nur hämmernde Kopfschmerzen.

»Sie fuhren in südlicher Richtung auf dem Highway 17 durch die Santa-Cruz-Berge. Den Schleuderspuren nach zu urteilen haben Sie etwas auf der Straße gesehen und scharf gebremst. Vielleicht war es der Schwerlaster oder auch ein Reh oder …« Paterno sprach nicht weiter, wartete darauf, dass sie den Satz vervollständigte.

»Sie verstehen nicht, Detective«, sagte Marla und hatte Mühe, ihr Temperament zu zügeln. »Ich erinnere mich nicht mal mehr an meinen eigenen Namen oder den meiner Kinder und meines Mannes ... nichts. Nur ... nur hin und wieder erinnere ich mich bruchstückhaft an irgendetwas, an eine Werbung, eine Melodie, eine Szene aus einem alten Film, aber nie an ... an etwas Wichtiges.«

Sein Blick besagte, *wie praktisch*, doch er äußerte sich nicht, schob nur seinen Kaugummi von der einen auf die andere Backenseite.

»Tja, wenn ich schon mal hier bin, lassen Sie uns noch ein wenig reden, ja?« Er zog eine buschige Augenbraue hoch. Marla nickte. »Sie waren mit Pam Delacroix unterwegs?«

»Das hat man mir gesagt.«

»Und wie haben Sie sich kennengelernt?«

»Ich, hm, mein Mann sagt, sie war eine Freundin von mir. Aber ...«

»Sie erinnern sich nicht.«

»Genau.« Wütend auf sich selbst runzelte Marla die Stirn. »Ich fürchte, ich höre mich an wie eine kaputte Schallplatte.« »Ja.«

Sie griff nach ihrem Saft und trank langsam durch den Strohhalm, während der Detective ihr eine Reihe von Fragen stellte, auf die sie keine Antworten wusste. Draußen auf dem Flur rasselten Rollwagen mit Medikamenten vorbei, Leute redeten, das Signal des Aufzugs ertönte. In Zimmer 505 herrschte eine angespannte Atmosphäre. Marla gefiel das Benehmen des Detective nicht – als hätte sie den Unfall verursacht und sich dabei um ein Haar selbst umgebracht. »Wissen Sie, ich komme mir vor wie in einem Verhör«, sagte sie schließlich. Sie spielte mit dem Strohhalm, dann stellte sie den Becher ab.

»Ich versuche nur, den Unfallhergang zu klären.«

»Ich kann Ihnen wirklich nicht helfen.« Ihr Rücken begann zu schmerzen, sie war müde, und ihr dröhnte der Kopf.

»Sie haben Pam Delacroix' Wagen gefahren, nicht wahr?«

»Ich ... wahrscheinlich. Das sagen alle, also wird es wohl so gewesen sein«, erwiderte sie gereizt. »Hören Sie, müssen Sie mich nicht mit meinem Anwalt sprechen lassen, mir meine Rechte vorlesen oder so?«

»*Daran* erinnern Sie sich?«

»Ich sagte doch schon ... Nebensächlichkeiten bereiten mir keine Probleme. Vielleicht kenne ich das aus einer Folge von ... von ...«

»*New York Cops? Die Aufrechten?*«

»Ich ... ich weiß nicht ...«

Er musterte sie mit flinken, intelligenten Augen. »Wollen Sie wirklich Ihren Anwalt rufen? Ich bin nicht hier, um Sie zu verhaften, verstehen Sie?«

»Ich habe nichts zu verbergen.« *Zumindest nichts, woran ich mich erinnern könnte*, dachte Marla, sprach es aber nicht aus. Sie hatte nur einen Wunsch, nämlich dass das Verhör bald vorüber wäre, sie die Augen schließen und hoffen könnte, dass die Medikamente ihre Wirkung taten und sie von dem pochenden Schmerz im Kiefer und dem Hämmern im Kopf erlösten. Und sie wollte dieses Gefühl loswerden, dass ihr Leben sich mehr und mehr ihrer Kontrolle entzog und unausgesprochene Fragen in der Luft hingen, Fragen, die irgendwie zu schrecklich, zu anklagend waren, um laut geäußert zu werden.

»Okay«, sagte Paterno. »Also, wie war das mit dem Schwerlaster, der Ihnen entgegenkam? Er kam auf der anderen Seite von der Fahrbahn ab, und jetzt liegt der Fahrer, Charles Biggs, mit lebensgefährlichen Brandverletzungen im Krankenhaus. Wir hoffen, dass er wieder zu sich kommt und sich an etwas erinnert.«

Bei dem Gedanken an den Lkw-Fahrer schauderte Marla innerlich. »Der arme Mann«, flüsterte sie und blickte aus dem Fenster in den grauen Nachmittag hinaus. Ihr eigenes Schicksal erschien ihr plötzlich gar nicht mehr so schlimm. Stumm betete sie darum, sie möge nicht den Unfall verursacht, nicht durch Fahrlässigkeit ihre Freundin umgebracht haben – eine Frau, an die sie sich nicht erinnerte – und an den Verletzungen eines Fremden schuld sein. Eine dunkle Wolke der Depression drohte sich schwer auf ihre Schultern zu senken. Wie könnte sie damit leben, wenn sich herausstellte, dass es so war? *O Gott, bitte, nein. Mit einer solchen Schuld könnte ich nicht leben* ... Sie schluckte den Kloß in ihrem Hals hinunter und kämpfte den Anflug von Selbstmitleid energisch nieder. »Erzählen *Sie* mir doch, was in jener Nacht passiert ist«, forderte sie den Polizisten auf. Sie entschied, dass es besser war, sich der hässlichen Wahrheit zu stellen, als sich von ihrer Verwandtschaft eine Version auftischen zu lassen, die wahrscheinlich stark beschönigt war. Sie durchbohrte Paterno geradezu mit ihrem Blick. »Ich will die Fakten wissen.«

»Nur die Fakten, sämtliche Fakten und nichts als die Fakten?«, fragte Paterno.

Was sollte das? Machte er sich über sie lustig? Sie hob eine Schulter. »Ich ... glaube schon.«

»Das sagen die Bullen in alten Fernsehfilmen immer«, erklärte Paterno, und sie begriff, dass er ihr eine Reaktion hatte entlocken wollen. Er stellte sie auf die Probe, um herauszufinden, an wie viel sie sich tatsächlich erinnerte. *Wie bitte?* Glaubte er ihr etwa nicht? Warum sollte sie die Amnesie vortäuschen? Gab es da etwas, was sie über sich selbst nicht wusste, etwas, das ihm Anlass zum Misstrauen gab?

Paterno ließ sich auf dem Plastikstuhl in einer Zimmerecke nieder. »Soweit wir aus den Schleuderspuren schließen konnten, sind Sie in Pamela Delacroix' Mercedes in Richtung Süden gefahren. Wahrscheinlich wollten Sie nach Santa Cruz, wo Pamelas Tochter Julie das College besucht. Sie fuhren bergauf, bogen um eine Kurve und gerieten ins Schleudern. Der Schwerlaster, der Ihnen entgegenkam, musste eine Vollbremsung machen, um einen Zusammenstoß zu vermeiden. Er kam von der Fahrbahn ab und durchbrach die Leitplanke am Straßenrand, genauso wie Ihr Wagen auf der anderen Seite. Pamela, die nicht angeschnallt war, wurde aus dem Wagen geschleudert, brach sich das Genick und war auf der Stelle tot.« Marlas Magen krampfte sich zusammen. Das pure Entsetzen und ungeheuerliche Schuldgefühle ließen es sauer in ihre Kehle steigen. »Der Schwerlaster rollte durch den Wald den Berg hinunter, prallte gegen einen Baum und explodierte. Jemand sah die lodernden Flammen und informierte die Polizei, kurz bevor die ersten Zeugen eintrafen. Ein älteres Ehepaar.«

Marla schloss erschüttert die Augen. Die Bilder, die Paterno heraufbeschwor, standen ihr lebhaft vor Augen. Ihr kamen die Tränen. Plötzlich war ihr so übel, dass sie fürchtete, sich übergeben zu müssen. »Es tut mir so leid«, flüsterte sie hilflos.

»Mir auch.« Das klang nicht aufrichtig, und als Marla den Blick des Detective auffing, las sie in seinen Augen eine erschreckende Härte. Skepsis und Vorwurf standen ihm ins Gesicht geschrieben. Noch so ein Bulle, der schon zu viel gesehen hatte.

Er stand auf, kramte in seiner Tasche und legte eine Karte auf den Tisch. Dann schaltete er den Rekorder aus und steckte ihn in die Tasche. »Das reicht für heute. Aber wenn Ihnen noch irgendetwas einfallen sollte, melden Sie sich bei mir.«

»Ja«, versprach sie. In diesem Moment nahm sie eine Bewegung an der Tür wahr, die einen Spalt offen stand. Sie war so sehr auf Paterno und den Unfall konzentriert gewesen, dass sie Nicks Kommen gar nicht bemerkt hatte. Wie lange er wohl schon dort stand, und wie viel er gehört haben mochte?

»Sollte nicht ein Anwalt dabei sein, wenn sie von der Polizei verhört wird?«, fragte Nick und trat ins Zimmer. In seinem schwarzen Haar glitzerten feine Regentröpfchen. Für eine Schrecksekunde trafen sich ihre Blicke, dann sah er den Detective fest an. Paterno klappte sein Notizbuch zu und steckte es ein.

»Mrs Cahill und ich haben das bereits besprochen. Sie steht nicht unter Anklage.«

»Alex sagte etwas von Totschlag«, entgegnete Nick.

Das Blut gefror ihr in den Adern. Ihr Kopf dröhnte. War das möglich? Würde man sie etwa ins Gefängnis stecken?

»Wir dürfen keine Möglichkeit außer Acht lassen«, erwiderte der Detective und rieb sich das Kinn. »Sie sind nicht der Ehemann?«

»Nein«, antwortete Nick fest und warf Marla einen Blick zu, mit dem er ihr offenbar etwas Wichtiges signalisieren wollte, den sie jedoch nicht verstand. »Ich bin ihr Schwager. Der Bruder des Ehemanns. Nick Cahill.« Er streckte dem Detective die Hand entgegen.

Paterno ergriff sie und schüttelte sie kurz, aber kräftig.

»Sie kommen aus Oregon, nicht wahr?«

»Devil's Cove.« Nick gestattete sich kein Lächeln. »Fragen Sie mich nicht. Den Namen hat wahrscheinlich ein betrunkener Holzfäller oder Seemann erfunden.«

»Sie sind hier zu Besuch bei Ihrer Familie?«

»Ich bin hergebeten worden. Aus geschäftlichen Gründen.« »Nicht wegen des Unfalls?«

»Doch, auch.« Nicks Gesicht war eine emotionslose Maske, die Züge angespannt, Wangen und Kinn dunkel vom Bartschatten.

Paterno kaute heftig auf seinem Kaugummi, während er die Antwort verarbeitete. Mit einem breiten Finger tippte er auf die Karte, die er auf den Tisch gelegt hatte, und sah Marla an. »Vergessen Sie nicht – falls Ihnen etwas einfällt, melden Sie sich bei mir.«

»Ja«, wiederholte sie und meinte es ernst. Sie wollte selbst die Wahrheit erfahren, so schmerzlich sie auch sein mochte. Nur so würde sie sich von der Qual des Nichtwissens befreien können.

Als Paterno fort war, schloss Nick die Tür, und die Geräusche aus dem Schwesternzimmer und vom Lift verstummten.

»Was soll das?«, fragte Marla.

»Ich will sicherstellen, dass wir unter uns sind.« Seine Augen waren dunkel, die Haut spannte über seinen Wangenknochen.

Ihr Puls raste, als sie seinen eindringlichen Blick auffing. »Du führst dich auf, als wäre ich eine Kriminelle.« Sie strich sich eine Haarsträhne aus den Augen und betastete wieder einmal die rasierte Stelle, an der inzwischen das Haar nachwuchs. »Oder als ob du selbst ein Verbrecher wärst.«

Nick warf ihr einen durchdringenden Blick zu. Plötzlich erschien ihr das sterile Zimmer zu intim, viel zu eng.

»Ich will nur, dass du auf der Hut bist.«

»Hör zu, Nick, ich weiß es zu schätzen, dass du dich um mich sorgst. Aber vergiss diese Theatralik. Ich habe nichts zu verbergen.«

Wie willst du das wissen? Er sprach es nicht aus, doch sie las es in seinen Augen.

Müde, gereizt und von hämmernden Kopfschmerzen gequält, war sie der Fragen, des Krankenhauses, des Nichtwissens, der Schmerzen und der verdammten Drähte, die ihr den Mund verschlossen, von Herzen überdrüssig. Mehr noch, es ärgerte sie maßlos, dass jeder, mit dem sie sprach, ein Fremder für sie war.

»Das dachte ich mir.« Er verschränkte die Arme vor der Brust, lehnte sich an den Schrank und musterte sie mit einem rätselhaften Blick. »Hast du alles, was du brauchst, um hier den Abgang zu machen? Alex sagte, du wirst heute entlassen.«

Sie schüttelte den Kopf. »Zunächst einmal brauche ich Aspirin. Ein Haufen, so groß wie Montana, dürfte reichen.«

»Mal sehen, was ich für dich tun kann«, sagte Nick, bereits auf dem Weg zur Tür.

»Warte«, rief sie ihn zurück. Sie wollte nicht, dass er ging – nicht, solange sie noch so viele offene Fragen hatte.

Die Hand am Türgriff, hielt er inne.

»Warum habe ich das Gefühl ... ich weiß nicht ... dass du mir nicht vertraust oder etwas über mich weißt, das ich nicht ...?« Sie unterbrach sich. »Offenbar weiß jeder hier mehr über mich als ich selbst, aber bei dir ist es irgendwie noch etwas anderes.«

Er zog eine Augenbraue hoch und drehte sich zu ihr um. Sein Gesichtsausdruck vermittelte so viel Wärme wie ein arktischer Schneesturm. »Wie meinst du das?«

»Sag du es mir«, forderte sie ihn auf.

Er rieb sich mit dem Daumen über die Bartstoppeln und musterte Marla, als ob er ihr nicht glaubte. Nach kurzem Schweigen sagte er gedehnt: »Ich bin nur hergekommen, um nach dir zu sehen, weil Alex mich darum gebeten hat. Ich finde, wir sollten uns nicht zu sehr miteinander einlassen.«

»Warum nicht?«

»Weil es keinen Sinn hat.«

»Das sollte vielleicht lieber ich beurteilen.«

Seine Kiefermuskeln spannten sich an, und er betrachtete sie, als wolle er ihre Reaktion abwägen. »Okay, Marla, du hast gefragt, und ich gebe dir eine ehrliche Antwort.« Sein Mund wurde schmal. »Du und ich, wir waren mal ein Paar.«

»Was?«, hauchte sie. Nein, nein, nein ... das konnte doch nicht sein. Sie hatte eine Affäre mit dem Bruder ihres Mannes gehabt? Andererseits musste sie sich eingestehen, dass sie ihn in gewisser Weise attraktiv fand ... sogar sexy.

»Mach dir keine Gedanken. Das liegt lange zurück«, fügte Nick hinzu. »Du hast mir den Laufpass gegeben und dich stattdessen für Alex entschieden.«

Sie spürte, wie das Blut aus ihren Wangen wich und ihr Herz hämmerte. Sie wollte widersprechen, doch sein Blick, die Herausforderung in der unergründlichen Tiefe seiner Augen, überzeugte sie davon, dass er die Wahrheit sprach. Sie ließ sich in die Kissen zurücksinken. »Wie lange ist das her?«

»Fünfzehn Jahre.«

»Und in der Zwischenzeit ...?«, fragte Marla und machte sich auf Schlimmes gefasst.

»Nichts.«

Sie atmete auf.

»Du hast mich gefragt«, erinnerte Nick sie.

»Ja, ich ... ich weiß.« Ihr war schlecht. Was war sie nur für ein Mensch? Zum ersten Mal, seit sie aus dem Koma erwacht war, kamen ihr Zweifel daran, dass sie es wirklich wissen wollte.

»Hundert Riesen, hast du gesagt.« Wütend und gereizt sprach er in das Münztelefon. Die Straßen schimmerten nass im Licht der Laternen. Der Geruch von Salzwasser, der vom nahe gelegenen Hafen herüberwehte, mischte sich mit dem frischen Regenduft. »Fünfundzwanzig reichen nicht.«

»Sie ist nicht tot«, war die kalte Antwort. »Es war ein Unfall vereinbart, bei dem sie ums Leben kommt.«

»Es war aber nicht vereinbart, dass noch jemand mit im Wagen sitzt«, erinnerte er den Mann am anderen Ende der

Leitung. »Ich will den Rest.« Verkehr rauschte an ihm vorbei, Reifen summten über die Uferstraße. Jemand schnippte einen Zigarettenstummel aus dem Fenster eines alten Nova. Heavy-Metal-Musik dröhnte durch die regnerische Nacht, die Bässe bis zum Anschlag aufgedreht.

»Du kriegst dein Geld. Aber sie muss sterben. Und es soll wie ein Unfall aussehen.«

»Ich könnte zur Polizei gehen.«

»Versuch's doch.«

»Das werde ich.«

»Nicht mit deinem Vorstrafenregister.«

Scheiße. Die Stimme des Mistkerls verriet nicht einen Hauch von Angst. Gerade bog ein Streifenwagen um die Ecke und fuhr langsam am Straßenrand entlang, wobei das Wasser aus den Pfützen aufspritzte. Instinktiv wandte er sich ab und verbarg sein Gesicht.

»Du kriegst dein Geld, sobald die Arbeit erledigt ist, und zwar zu meiner Zufriedenheit erledigt. Keine Pannen mehr. Kapiert?«

»Ja, ja.« Fürs Erste musste er sich wohl darauf einlassen. Er steckte zu tief drin, um jetzt einen Rückzieher zu machen. Und schließlich hatte er selbst noch ein Hühnchen mit ihr zu rupfen. Diese Frau hatte es verdient zu sterben, verdammt noch mal. »Ich brauche eine Telefonnummer, unter der ich dich erreichen kann.« Seine Nase lief. Er wischte sie mit dem Ärmel ab und schniefte.

»Nein. Ich melde mich bei dir.«

»Aber ...«

Klick.

Die Verbindung war getrennt.

»Du Scheißkerl. Du gottverdammter stinkreicher Scheißkerl.« Er knallte zähneknirschend den Hörer auf die Gabel. Gewohnheitsmäßig sah er nach, ob noch Münzen im Ausgabefach des Telefons steckten, dann vergrub er die Hände tief in den Taschen und lief mit eingezogenem Kopf durch den Regen zu seinem Jeep. Sein verstauchter Knöchel schmerzte immer noch, aber er empfand einen Anflug von Befriedigung bei dem Gedanken, dass dieser Wichser kriegen sollte, was ihm zustand, und zwar bald.

Einen Straßenblock entfernt leuchtete im Fenster einer schmuddeligen Kneipe ein Neonschild mit Budweiser-Reklame. Er zögerte, entschied aber dann, dass er einen Drink verdient hatte. Und eine Frau – irgendeine Nutte reichte schon.

Deals mit reichen Scheißkerlen machten ihn immer durstig. Sie reinzulegen machte ihn an.

5.

»Ich erinnere mich an diese Gegend«, flüsterte Marla, als der Bentley eine schmale, kurvenreiche Straße zum Gipfel des Mount Sutro hinauffuhr. Ihr Herz machte einen Satz beim ersten Anblick des Hauses auf dem herrschaftlichsten Anwesen des Höhenzugs. Ja, ja, ja! Hier war sie schon einmal gewesen, dessen war sie sich sicher.

Seit ihrer Entlassung aus dem Krankenhaus hatte sie schlechte Laune, doch ihre Stimmung hob sich, als nach und nach Erinnerungsfetzen, Bruchstücke ihrer Vergangenheit vor ihrem inneren Auge aufblitzten. Da war ein Ring ... Sie betrachtete ihre Hand und runzelte die Stirn, denn der Ring, an den sie sich erinnerte, war nicht der mit den Diamanten an ihrer Linken, sondern ein viel schlichterer. Und sie erinnerte sich an Spaziergänge am Strand und an Ausritte ... ja, ja, ja. Splitter und Fetzen, aber doch Teile ihres Lebens.

Vor knapp einer halben Stunde, als sie im Rollstuhl aus dem Krankenhaus gefahren worden war, hatte sie Angst empfunden, und auch noch, als Alex ihr auf den weichen Ledersitz des Bentley half und neben ihr Platz nahm. Der Chauffeur, ein blonder Riese mit sparsamem Lächeln und kalten blauen Augen, hatte ihr die Tür aufgehalten. Lars Anderson. Ein nordischer Typ, schweigsam, eine grobschlächtige Erscheinung, die an einen Schurken in einem James-Bond-Film erinnerte. Laut Alex arbeitete Lars schon »seit Jahren« für die Familie. Nachdem er mit diesem unheimlichen Lächeln knapp an seine Mütze getippt hatte, fuhr er zielstrebig vom Krankenhaus aus am üppigen Grün des Golden Gate Park und den viktorianischen Lebkuchenhäusern von Haight-Ashbury vorbei bis zu dieser ummauerten Festung.

Ihrem Zuhause.

Ein elektronisch gesteuertes Tor schwang auf, und das riesige Herrenhaus mit Dutzenden von Fenstern in den Backsteinmauern schimmerte im Zwielicht. Alte Rhododendren und Azaleen säumten wie Wachposten die gepflasterten Wege und Steinstufen zu einer Eingangstür, die vertraut wirkte.

Die Erleichterung trieb ihr Tränen in die Augen. »Ich erinnere mich«, flüsterte sie und kam sich vor wie eine sentimentale Närrin.

»Tatsächlich?« Alex lächelte breit, doch in seinem Blick lag nicht viel Wärme, so, als ob er ihr nicht recht traute.

»Glaubst du, ich sage das nur so?«

»Nein, natürlich nicht.« Er nahm ihre Hand und verschränkte die Finger mit ihren. Doch das kurze Hochgefühl, die Hoffnung, dass ihr Gedächtnis zurückkehrte, verflüchtigte sich, als Lars den Wagen in eine Tiefgarage lenkte und Marla nichts wiedererkannte. Ein silberner Jaguar war dort abgestellt, und es blieb noch Platz für ein zweites Fahrzeug, offenbar für ihren Wagen.

»Wo ist ...?«

»Dein Porsche ist in der Werkstatt, sie warten noch auf ein Ersatzteil.«

»Ich habe einen Porsche gefahren?«

»Ja«, sagte Alex. »Und du wirst ihn bald wieder fahren.

Sobald du ganz gesund bist und wir den Wagen zurückbekommen. Aber vielleicht solltest du noch eine Weile warten ... wegen des Unfalls.«

Sie schluckte krampfhaft. Schauderte. Wenn sie doch nur diese eine Nacht noch einmal erleben könnte! »Wenn Träume Flügel kriegen ...«

»Wie bitte?«, fragte Alex.

»Oh, nichts. Nur etwas, das meine Mutter zu sagen pflegte ...« *Ja!* Ihre Mutter, sie hatte eine verschwommene Vorstellung von ihrer Mutter – aber nicht deutlich genug.

»Du erinnerst dich an sie?«

»Ja ... Nein, nicht richtig, aber das wird schon.«

Alex griff in seine Tasche nach den Zigaretten.

»Du hast gesagt, sie ist gestorben«, sagte Marla.

»Ja. Schon vor Jahren.«

Schade, dachte sie. Im Augenblick hätte sie eine Mutter brauchen können. *Und deine Kinder auch. Geh lieber ins Haus und kümmere dich um sie.* Ihr Herz schlug schneller, wenn sie an das Baby dachte. Sie sehnte sich danach, es in den Arm zu nehmen, und dabei erinnerte sie sich nicht einmal an sein kleines Gesichtchen.

Der Gedanke war entmutigend, und sie verdrängte ihn. Lars schaltete den Motor aus, lief um den Bentley herum und öffnete ihr die Tür. Er bot ihr die Hand, als sie ausstieg und in der Garage, die schwach nach Diesel, Öl und Staub roch, stehen blieb. Sie kam sich dumm und unbeholfen vor, als hätte sie seine Hilfe nie zuvor angenommen.

Aber warum sollte sie auch? Wahrscheinlich war sie bisher immer selbst gefahren.

»Danke«, flüsterte sie automatisch und bemerkte einen

Ausdruck des Erstaunens in seinen weit auseinanderstehenden Augen.

»Da drüben – der Lift«, erinnerte Alex sie, als ihr Blick über die Betonwände der Tiefgarage wanderte. Sie betrachtete die Radkappen und Werkzeuge, die in einem angrenzenden Raum über einer Werkbank hingen, und hatte das nagende Gefühl, noch niemals hier gewesen zu sein.

Aber du erinnerst dich an das Haus! Wirklich! Mach dir keine Gedanken. »Möchtest du gleich in dein Zimmer gehen und dich ein wenig ausruhen?«, fragte Alex, doch sie schüttelte den Kopf.

»Ich möchte mein Baby sehen.« Marla folgte ihm zum Lift. »Der Kleine schläft wahrscheinlich.«

»Aber ich will ihn sehen. Sofort.« Sie sah ihrem Mann fest in die Augen. »Das verstehst du doch sicher, oder?«

»Natürlich. Ich dachte nur, du wolltest dich vielleicht erst einmal an das Haus gewöhnen, dich wieder mit allem vertraut machen, bevor du James siehst und ...« In diesem Moment öffneten sich die Aufzugtüren. Er drückte seine Zigarette in einem Behälter in der Garage aus, und sie traten in die Kabine.

»Und was?«

»Nichts.« Er presste die Lippen zusammen wie in unterdrückter Wut.

»Du wolltest noch etwas sagen«, bohrte Marla weiter. Ihre Kiefer schmerzten.

»Es könnte dir weh tun, falls du ihn nicht erkennen solltest«, sagte Alex langsam, als spräche er mit einem Kind. »Oder umgekehrt, wenn er dir gegenüber fremdelt ... Ich wollte nur dein Bestes.«

»Ich weiß selbst, was das Beste für mich ist«, fuhr sie ihn an. Sie war es leid, dass alle sie behandelten wie eine empfindliche Treibhausblume, auch wenn sie sich gegen die Liftwand lehnen musste, weil sie bereits wieder erschöpft war. *Verdammt noch mal.* Sie wusste nicht viel über sich selbst, war jedoch überzeugt, niemals eine Mimose gewesen zu sein. »Gehen wir zu unserem Sohn.«

»Fühlst du dich wirklich stark genug ...?«

»Zeig mir einfach den Weg, Alex«, verlangte sie.

Ihr Mann sprach kein Wort mehr, während der Lift langsam nach oben fuhr, und Marla tat es leid, ihn so heftig angefahren zu haben. Schließlich passte er nur auf sie auf. Und es war nicht seine Schuld, dass ihr Gedächtnis so große Lücken auf wies.

Im zweiten Stock traten sie in einen mit Teppich ausgelegten Flur, von dem aus eine Treppe nach oben führte. Alex geleitete sie zu einer Doppeltür. »Unsere Suite«, erklärte er, und sie betraten ein Wohnzimmer mit einem Kamin in der Ecke, einem kleinen Sofa und einem Tisch mit zwei Sesseln. »Mein Schlafzimmer ist da drüben«, sagte er und wies auf eine Tür zur Rechten, »und hier ist deins.« Er öffnete schmale Doppeltüren und ließ sie in ein helles Zimmer in Blau-, Pfirsich- und Beigetönen eintreten. Ein Bett aus Rosenholz mit spitzenverziertem Himmel beherrschte den Raum, abgestimmt auf die übrige Einrichtung. In einem Bücherschrank standen Lederbände, auf den Tischen standen zwei Blumenvasen, an einer Wand hingen Bilder in Goldrahmen. Das Zimmer wirkte wie ein Vorzeigestück, als müsse es zur nachmittäglichen Führung mit Seilen abgesperrt werden.

»Du und ich, wir schlafen nicht zusammen?«

»Nicht mehr oft.« Alex zerrte an seinem Krawattenknoten und öffnete den obersten Hemdknopf. »Manchmal schon, natürlich, aber im Allgemeinen nicht.«

»Findest du das nicht sonderbar?« Schon wieder kündigten sich Kopfschmerzen an.

Er schüttelte den Kopf. »Eigentlich nicht. Wir sind schon lange verheiratet. Es hat sich im Lauf der Jahre eben so ergeben.« Er zuckte die Achseln. »Es ist nicht so schlimm. Jeder lebt sein eigenes Leben.«

»Aber wir haben doch immerhin ein Kind gezeugt.« Marla erschien die Regelung nicht richtig.

»Allerdings.« Er lächelte, und Marla glaubte, hinter der Maske des reichen, kultivierten Mannes etwas wie jungenhaften Charme aufflackern zu sehen. »Das haben wir. Komm. Du hast recht, es ist Zeit, dass du den kleinen Schreihals kennenlernst.« Er führte sie durch eine Glastür am anderen Ende des Raumes in ein winziges Zimmer. Es war hellblau gestrichen und mit einer Bordüre abgesetzt, die pastellfarbene Tiere und die Arche Noah zeigte.

Dieses Zimmer fühlte sich bewohnt und warm an. Genau richtig für einen Säugling. Kissen und Kuscheltiere lagen in den Ecken, ein Regal war mit Spielzeug angefüllt, und an der Wand glomm ein Nachtlicht in Form der Arche.

Aus der Wiege drangen die leisen Schnarchgeräusche des Babys. Marla trat näher und schluckte den Kloß in ihrem Hals hinunter. Ein Säugling lag schlafend auf dem Rücken, die Beinchen angezogen, die winzigen Hände zu Fäusten geballt. Flaumig weiches rötliches Haar bedeckte den Kopf, und der Kleine bewegte die Lippen, als wollte er saugen.

Ihr Herz krampfte sich zusammen, aber nicht aus Mutterliebe, sondern vor Verzweiflung. Wie konnte es sein, dass dieses kleine Engelchen sich ihrem Herzen, ihrem Gedächtnis nicht eingeprägt hatte? Sie blinzelte gegen die Tränen an. Behutsam streckte sie die Hände aus und hob das Kind mitsamt der Decke aus der Wiege.

Das ist dein Sohn, Marla. Dein Sohn! Der Gedanke war genauso herzerwärmend wie erschreckend. Was wusste sie schon von Säuglingen? Offenbar hatte sie bereits ein Kind bis zur Pubertät großgezogen, doch im Augenblick vermisste sie jegliches Gefühl angeborener Mutterliebe.

James gab einen zarten kleinen Laut von sich, als sie ihn an ihre Schulter legte. Es fühlte sich so richtig an, ihn im Arm zu halten, dicht an ihrem Herzen, und doch war da etwas – an der Peripherie ihres Erinnerungsvermögens –, das sie beunruhigte.

Das Baby wachte auf, öffnete die Augen und schrak zurück. Einen Sekundenbruchteil lang sah es sie aus runden Augen an. »Hallo, du«, flüsterte Marla, und das Herz ging ihr über vor Stolz. Das Baby war so ... kostbar.

James blinzelte, fand dann offenbar ihr vernarbtes Gesicht angsteinflößend und begann aus Leibeskräften zu schreien. Sein Gesichtchen rötete sich vor Anstrengung.

»Pssst, mein Kleiner«, flüsterte Marla und hielt sein Köpfchen mit einer Hand. »Alles ist gut.«

James ließ sich nicht beruhigen. Sein Rücken versteifte sich, und sein Geschrei setzte nur kurz aus, wenn er Luft holen musste.

»Das hatte ich befürchtet.« Alex machte ausnahmsweise einmal den Eindruck, als wüsste er sich nicht zu helfen. »Ich rufe das Kindermädchen.«

»Nein.« Marla kämpfte gegen die aufsteigende Panik an. Es war ihr Kind. *Ihr* Kind. Sie hatte das Recht, James im Arm zu halten, ihn aus dem Schlaf zu wecken, zu versuchen, eine Beziehung zu ihm aufzubauen.

»Ruhig, Schätzchen. Schsch. Mommy ist bei dir, und alles wird gut«, sagte Marla.

Irgendwo weit weg, in einem anderen Teil des Hauses, begann ein Hund wie verrückt zu bellen.

»Na großartig«, knurrte Alex und fuhr sich mit steifen Fingern durchs Haar. »Wir hätten ihn schlafen lassen sollen.«

Ohne ihren Mann zu beachten, wiegte Marla ihr Kind langsam hin und her. »Ganz ruhig, James«, sagte sie und fühlte sich schrecklich unbeholfen mit ihrem eigenen Kind. Vielleicht hatte er Hunger oder musste gewickelt werden, oder er war nur ein bisschen übellaunig und gereizt, weil sie ihn geweckt hatte. Die Kopfschmerzen hämmerten in ihrem Schädel, doch im Moment wollte sie ihnen nicht nachgeben. »Ich passe schon auf dich auf«, versprach sie dem Kind, ging zum Wickeltisch und ließ die Babydecke zu Boden fallen. Sie bettete den kleinen Körper auf die Unterlage und nestelte an den Verschlüssen seines Strampelanzugs. Und die ganze Zeit über brüllte James wie am Spieß.

»Ich komme, ich komme ja schon, Momentchen noch, Jimmy«, rief eine unbekannte Stimme im Flur.

»Gott sei Dank«, stöhnte Alex.

Die Tür wurde auf gestoßen, und eine zierliche Frau mit wilder roter Mähne und Großmutterbrille stürzte ins Zimmer. Sie warf Marla einen vernichtenden Blick zu, schob sie beinahe grob zur Seite und übernahm wortlos das Kommando.

»Ich kümmere mich um ihn«, sagte sie mit der Autorität einer Frau, die sich ihrer Stellung bewusst ist.

»Wer sind Sie?«

»Fiona. Das Kindermädchen, Mrs Cahill. Erkennen Sie mich denn nicht?«

Natürlich erkannte Marla sie nicht. Verlegen sah sie zu, wie die Frau ihren Sohn versorgte. Zu ihren flammend roten Locken war Fiona mit großen Zähnen, einem leichten Überbiss und einem blassen, sommersprossigen Teint gesegnet.

»Es tut mir leid«, entschuldigte sich Marla. »Ich erinnere mich an sehr wenig.«

»Ich weiß. Alle hier waren krank vor Sorge um Sie«, sagte das Kindermädchen mit leichtem britischem Akzent. »Aber keine Angst, Ihr Erinnerungsvermögen kommt wieder zurück. So war's bei meinem Onkel auch. Er hatte einen Skiunfall, den er nur knapp überlebt hat, und als er schließlich zu sich kam, war er wieder ganz der Alte ... na ja, abgesehen davon, dass er noch immer leicht hinkt.« Mit unglaublich flinken, geschickten Finger nahm sie dem Säugling die Windel ab, warf sie in den Eimer, zog eine frische aus einer Schublade und kleidete James in einer Wolke von Babypuder um. Sekunden später hatte sie ihn bereits an ihre Schulter gelegt. Schlimmer noch, er hatte tatsächlich aufgehört zu schreien. »Er ist ein kleiner Schreihals«, sagte Fiona, wiegte ihn und hielt ihn, als sei er ihr eigenes Kind. »Sollten Sie nicht lieber ein wenig ruhen?«

»Marla! «, rief Eugenia aus, die in diesem Augenblick mit missbilligender Miene ins Zimmer kam. »Wieso liegst du nicht im Bett?« Sie fuhr zu Alex herum. »Du liebe Zeit, sie ist gerade erst aus dem Krankenhaus entlassen worden. Fiona hat recht. Sie sollte ruhen.«

»Marla wollte James sehen.«

»Ja, natürlich, aber alles zu seiner Zeit.« Eugenia bedachte Marla mit einem besorgten Blick. »Mit dem Baby kannst du dich doch später noch beschäftigen. Kinder pflegen nicht einfach zu verschwinden, zumindest nicht während der ersten zwanzig Jahre«, schimpfte sie, und in ihrer nachsichtigen Stimme schwang stählerne Härte mit. Dann sah sie ihren Enkel an, und ein stolzes, glückseliges Lächeln glättete die Fältchen um ihren Mund ein wenig. »Er ist aber auch anbetungswürdig, nicht wahr?«

»Noch vor ein paar Minuten war er das ganz und gar nicht«, konterte Alex und grinste. »Nur ein Spaß, Mutter. Hör mal, ich muss zurück ins Büro, aber in ein paar Stunden bin ich zurück. Pass so lange auf meine Frau auf, ja?«, bat er Eugenia, bevor er flüchtig Marlas Wange küsste und seiner Mutter zuzwinkerte. Dann war er auch schon zur Tür hinaus.

»Alexander gönnt sich keine Pause, und dieser da« – Eugenia wies auf das Baby – »wird genauso wie sein Vater. Stimmt's, kleiner Mann?«

Fiona, die ihre Pflicht erfüllt hatte, legte das Kind zurück in die Wiege, und Marla hob die Decke vom Boden auf. Behutsam deckte sie James zu, der seinen Daumen suchte und ihn in den Mund steckte.

Eugenia strahlte immer noch. »Der Junge ist etwas ganz Besonderes. Wir haben so lange gewartet, und endlich, endlich haben wir jetzt einen Cahill, der den Namen weiterführt.«

»Du meinst einen Enkel*sohn*.«

»Ja.«

Kein Wunder, dass Cissy so verärgert war. »Du hast auf einen Enkel gewartet?«

»Sagen wir mal, ich betrachte James als einen ganz besonderen Segen.« Sie beugte sich über die Wiege und strich mit einem altersfleckigen Finger über sein Kinn. »Einen ganz besonderen.«

»Und Cissy?«

»Sie ist auch ein Segen. Natürlich. Alle Kinder sind Gottesgeschenke.«

»Aber die einen sind Rolex und die anderen Timex. Wolltest du das zum Ausdruck bringen?«, fragte Marla, völlig außer sich über die antiquierte Vorstellung, dass Frauen weniger wert seien als Männer. Was war das denn für eine archaische Denkweise?

»Natürlich nicht. Jeder Mensch ist auf seine Weise zu etwas gut. Cissy ist anders als James, aber nicht weniger wichtig«, beeilte sich Eugenia zu versichern, und auf ihren blassen Wangen erschienen hektische rote Flecken.

Marla glaubte ihr kein Wort. Ganz gleich, wie ihre Schwiegermutter versuchte, sich herauszureden, ihre Ansichten stammten doch aus dem Mittelalter.

Eugenia räusperte sich. »Nun, meine Liebe, du solltest jetzt wirklich ein wenig schlafen, wenn du kannst. Oder lesen. Auf dem Nachttisch steht eine Gegensprechanlage – du brauchst nur zu klingeln, wenn du etwas benötigst. Ich habe Carmen bereits gebeten, dir Tee, einen Krug Wasser und deine Medikamente in etwas Orangensaft heraufzubringen.«

Zum ersten Mal seit ihrer Entlassung aus dem Krankenhaus fand Marla sich damit ab, dass sie tatsächlich erschöpft und noch nicht wieder bei Kräften war. Ihr Kopf dröhnte, und sie brauchte Zeit für sich allein, in ihrem eigenen Bett. Sie musste etwas gegen die Schmerzen unternehmen und sich anstrengen, Sinn in dieses Leben zu bringen, das ihr fremd erschien, sich zwingen, jedes Fitzelchen Erinnerung festzuhalten. »Vielleicht lege ich mich wirklich ein wenig hin«, sagte Marla nach einem letzten Blick auf ihr Baby. Sie fühlte sich plötzlich todmüde, ging in ihr Zimmer und streifte die Schuhe ab.

Eugenia, die ihrer Schwiegertochter gefolgt war, schloss die Jalousien. »Ruh dich aus«, riet sie.

»Danke«, sagte Marla und betrachtete das erhöht stehende Bett mit seinem Spitzenhimmel.

Du wohnst hier nicht, hast hier nie gewohnt. Dies ist nicht dein Zuhause, dies ist nicht dein Bett. Ausgeschlossen. Dieser Gedanke brannte sich in ihr Bewusstsein, doch Marla war einfach zu müde, um ihm weiter nachzugehen. Sie würde sich erinnern. Schon bald.

»Wenn du etwas brauchst, ganz gleich, was, melde dich einfach über die Sprechanlage. Sie ist ein bisschen altmodisch, aber sie funktioniert.« Eugenia zeigte auf das Gerät auf dem Nachttisch und drückte eine Taste. »Carmen?« Sie ließ die Taste wieder los.

»Ja, Mrs Cahill?«, kam die Antwort.

Eugenia drückte noch einmal. »Schon gut. Wir brauchen nichts ...«, sagte sie und sah Marla mit hochgezogener Augenbraue an, um ihr zu signalisieren, jetzt sei der Zeitpunkt, Bescheid zu sagen, falls sie doch etwas benötigte. Als Marla den Kopf schüttelte, sprach ihre Schwiegermutter wieder in das Gerät. »Ich wollte Marla nur zeigen, wie sie Sie erreichen kann. Danke.« Eugenia nahm den Finger von der Taste.

Dies ist ein Test, nur ein Test. Die Worte schossen Marla durch den Kopf, doch sie konnte sich nicht erinnern, wo sie sie schon einmal gehört hatte. Und im Augenblick, müde und schmerzgeplagt, wie sie war, kümmerte es sie auch nicht.

»Ich bleibe heute Abend zu Hause«, erklärte Eugenia. »Kann ich noch irgendetwas für dich tun? Wie ich sehe, steht dein Saft schon bereit. Sicher mit der Medizin darin.« Sie deutete auf den Nachttisch, auf dem ein hohes beschlagenes Glas mit Orangensaft auf einem Spitzendeckchen stand.

»Nein, nichts.«

»Nun, wenn doch, gib Carmen Bescheid. Und jetzt legst du dich hin und hörst auf, dir Sorgen zu machen.«

Leicht gesagt. Offenbar tat sie überhaupt nichts anderes mehr, als sich Sorgen über ihre Identität, den Unfall, ihre Familie und ihr verdammtes Gedächtnis zu machen. Der pochende Schmerz in ihrem Kopf wurde heftiger. »Wo ist Cissy?«

Eugenia nestelte an ihrer Perlenkette. »Ich habe ihr gestattet, eine Freundin zu besuchen. Sie hat eine ganze Weile gewartet, aber du hast so lange gebraucht ...«

»Der Papierkram im Krankenhaus. Irgendeine Unstimmigkeit mit den Entlassungspapieren«, erklärte Marla und dachte daran, wie ungeduldig sie selbst gewesen war. Sie hatte nicht eine Sekunde länger als nötig im Krankenhaus bleiben wollen.

»Wie auch immer, ich hätte sie wohl doch nicht zu den Thomasens gehen lassen sollen«, meinte Eugenia. »Aber du hast sie ja in den letzten Tagen regelmäßig gesehen, und offen gestanden hatte ich ihre Nörgeleien satt ... Ich hatte ihr nicht erlaubt, reiten zu gehen, und du glaubst nicht, was ich deswegen zu hören bekam.« Sie schnalzte mit der Zunge, als sei die Dreizehnjährige ihr bereits über den Kopf gewachsen.

»Schon gut.«

»Ich sorge dafür, dass sie zu Hause ist, wenn du aufwachst.«

»Danke.«

»Schön, dass du wieder hier bist, Marla.« Als Eugenia ging und lächelnd die Tür hinter sich schloss, atmete Marla auf. Sie trank aus ihrem Saftglas und verzog das Gesicht wegen des bitteren Geschmacks. Das Schmerzmittel. Gut. In wenigen Minuten würde sie die Kopfschmerzen los sein. Vielleicht hatte ihre Schwiegermutter recht. Vielleicht sah nach einem ausgiebigen Schlaf in ihrem eigenen Bett alles schon viel besser aus.

Sie zog sich bis auf die Unterwäsche aus, kroch ins Bett und spürte, wie die kühlen Laken ihre Haut liebkosten. Die leichte Daunendecke fühlte sich himmlisch an, und ihre Augenlider waren tonnenschwer.

Die Erschöpfung übermannte sie. Marla war froh, die Fragen vergessen zu können, die sie quälten, seit sie aus dem Koma erwacht war. Die anderen hatten recht: Sie war nur verwirrt, weiter nichts. Wegen des Unfalls. Nur daran konnte es liegen.

Sonst würden alle sie belügen.

Der Arztkittel war zwei Nummern zu groß, doch das machte nichts. Mehr Tarnung benötigte er nicht. Eine der Schwestern auf der Station für Verbrennungen war heute nicht zum Dienst erschienen, weil jemand ihr Auto demoliert und ihr Handy gestohlen hatte. Die anderen beiden waren völlig überlastet, denn das Krankenhaus hatte noch keinen Ersatz für die ausgefallene Schwester finden können.

Bis ihnen das gelungen war, würde er seine Arbeit erledigt haben.

Das Licht war zu hell für seinen Geschmack, doch daran konnte er wenig ändern. Er setzte eine Brille mit Schildpattgestell auf. Mühelos schlüpfte er in die Rolle eines Assistenzarztes und machte sich selbstbewusst auf den Weg. Das Namensschildchen mit Porträtfoto an seinem Kittelaufschlag wies ihn als Carlos Santiago aus. Wahrscheinlich würde niemandem auffallen, dass das Bild nicht sein Gesicht zeigte, denn er bewegte sich mit der Autorität eines Menschen, der wusste, was er tat. Der dazugehörte.

Was für ein Witz!

Er hatte niemals irgendwo dazugehört. Immer hatte er außen vor gestanden. Aber jetzt, jetzt mischte er verdammt noch mal mit.

In der Nähe der Station für Verbrennungen wartete er in einer Nische ab, bis die überarbeitete diensthabende Schwester in ein Zimmer gerufen wurde. Als sie durch die Tür verschwand, schlich er auf leisen Sohlen in das Zimmer von Charles Biggs.

Der Mann im Bett sah aus wie ein Monster. Alles, was man an Haut sehen konnte, war rot und feucht. Große Teile seines Körpers waren von Verbänden bedeckt. Biggs rührte sich nicht. Er war an verschiedene Schläuche angeschlossen. Durch einen Tropf wurden Schmerzmittel und Gott weiß was noch alles in seine Adern geleitet.

Zu spät.

Biggs würde es nicht schaffen.

Er trat ans Bett dieses Unglücksraben. *Das passiert, wenn jemand zur falschen Zeit am falschen Ort ist. Pech für dich, Biggs.*

Biggs sog rasselnd Luft in seine versengte Lunge.

Du kommst mich teuer zu stehen, du Scheißkerl, dachte er, dann zog er einen kleinen rechteckigen Gummilappen aus der Tasche und legte seine behandschuhte Hand über Biggs' Mund und Nase. Der Mann versteifte sich, rang nach Luft, kämpfte in bewusstlosem Zustand gegen das Ersticken an.

Alle Muskeln angespannt, drückte er den kräftigen Mann nieder, aber es war schon vorbei, ehe es richtig begonnen hatte. Charles Biggs war dem Tod ohnehin sehr nahe gewesen.

Während sich der falsche Assistenzarzt geräuschlos vom Bett entfernte, begannen die verdammten Monitore wild zu piepsen. Er lächelte und lief auf leisen Sohlen zu einer Hintertreppe, öffnete die Tür und eilte die Betonstufen hinunter.

In seinen Augen hatte er dem elenden Kerl einen Gefallen getan. Einen großen sogar.

Als er im Erdgeschoss aus dem Treppenhaus kam, stieß er mit einer Krankenschwester zusammen, die ihm entgegenhastete.

»Entschuldigung«, murmelte sie. Ihr Blick fiel auf sein Namensschild und huschte dann zu seinem Gesicht. Ein

Ausdruck des Erstaunens trat in ihre Augen. »Carlos?«, sagte sie. »Hi!«

Rasch drehte er sich um, hastete durch die doppelte Glastür ins Freie und betete, die Schwester möge sein Gesicht nicht allzu deutlich gesehen haben. Beinahe hätte er eine ältere Frau angerempelt, die im Rollstuhl geschoben wurde.

»Scheiße«, knurrte er, schlüpfte aus dem Arztkittel und lief quer über die Straße. Als er sich auf der anderen Seite noch einmal umblickte, sah er die Schwester an der Tür. Sie sprach aufgeregt mit einer anderen Frau. Dabei deutete sie mit dem Zeigefinger hinaus auf die Straße. Er rannte weiter, ohne den Schmerz in seinem Knöchel zu beachten, überquerte noch ein paar Straßen und erreichte schließlich die Stelle, wo er seinen Jeep geparkt hatte.

Adrenalin strömte in seine Adern. Trotz der Kälte war er schweißgebadet. Er stieg ein, drehte den Zündschlüssel und fädelte sich in den Verkehr ein. Dann steckte er sich eine Zigarette an. Sein Puls wurde umso ruhiger, je weiter er das Krankenhaus hinter sich ließ.

Beinahe wäre er erwischt worden.

Aber er war davongekommen.

Grinsend warf er einen Blick auf den Arztkittel mit dem Namensschild, von dem Carlos Santiagos Gesicht zu ihm aufsah. Er drückte seine Zigarette darauf aus, und der Gestank von verschmortem Plastik erfüllte den Jeep.

»Muchas gracias, amigo!«

»Hatte Marla getrunken in der Nacht, als sie die Kontrolle über ihren Wagen verlor?«, fragte Nick. Er und Alex saßen in einem irischen Pub ein paar Blocks von seinem Hotel entfernt.

Vor Alex stand sein zweiter Scotch mit Wasser. Nick trank ein Bier.

»Nein. Sie war gerade erst aus dem Krankenhaus entlassen worden.«

»Und Pam?«, fragte Nick weiter – es schien, als ob niemand diese Frau – Marlas Freundin – kannte.

»In ihrem Blut wurde Alkohol nachgewiesen. Allerdings nicht viel.« Alex beobachtete aus ihrer Nische heraus ein paar Kerle, die am anderen Ende der Bar Darts spielten.

»Waren Marla und sie eng befreundet?«

»Na ja, sofern Marla überhaupt mit jemandem befreundet sein kann.« Alex ließ den Whisky im Glas kreisen. Eiswürfel tanzten im trüben Licht. »Sie hatte nicht viele Freunde.«

Das erstaunte Nick. »Aber sie hat doch jede Menge Karten und Blumen bekommen.«

»Weil es sich eben so gehört. Wir genießen hier ein ziemlich hohes Ansehen.« Alex zerrte an seinem Krawattenknoten. Nick fragte sich, ob sein Bruder sich jemals entspannte. Alex war krankhaft ehrgeizig, seit je der klassische Erfolgsmensch, der in die Fußstapfen des alten Herrn trat, als sei dieser Weg von Gott vorgezeichnet. Alex stellte nichts in Frage, bewies dem alten Mistkerl nur immer aufs Neue, dass er mehr als würdig war, Samuel J. Cahills Erbe zu werden. Ein Football-Stipendium für Stanford, wo er sein Diplom bekommen hatte, dann das Jurastudium in Harvard. Alex wusste, wie man Punkte sammelte.

»Hoch angesehen, aber nicht beliebt?«, fragte Nick in das Stimmengewirr und Gläserklirren hinein, das sie umgab.

»Schwer zu sagen. Die Leute neigen dazu, einem in den

Arsch zu kriechen, wenn man Geld hat.« Alex knabberte nachdenklich an seiner Unterlippe, dann winkte er der Kellnerin und bestellte eine weitere Runde.

»Im Grunde weißt du also gar nicht, wer deine wahren Freunde sind?«

»So könnte man es ausdrücken.« Alex stürzte den Rest seines Drinks hinunter, stellte das Glas auf den glänzend polierten Tisch und fuhr sich mit der Hand übers Gesicht. Obwohl er erst einundvierzig war, sah er in diesem Moment zehn Jahre älter aus.

»Cherise hat mich vor meiner Abreise zu Hause angerufen«, eröffnete Nick seinem Bruder schließlich.

Alex' Miene wechselte von umgänglich zu wachsam. »Sag nichts. Sie hat dir die Ohren vollgejammert, weil ich sie nicht zu Marla lassen wollte.«

»Das war's im Wesentlichen, ja.«

»Scheiße.« Alex schnaubte und wischte sich mit dem Handrücken die Nase. »Sie und Monty. Die beiden geben einfach nicht auf. Wie Hyänen, die um die Beute des Löwen streichen.« Er runzelte die Stirn über den Vergleich. »Oder besser Wespen, die sich nicht verscheuchen lassen. Sie piesacken dich ohne Ende, machen viel Lärm um nichts und drohen zu stechen.« Er warf seinem Bruder einen düsteren Blick zu. »Ich kümmere mich um Cherise. Und Montgomery.«

Damit schien das Thema abgeschlossen zu sein, und Nick hatte seine Pflicht erfüllt. Er lehnte sich zurück und musterte seinen Bruder. »Ich bin zum Unfallschauplatz rausgefahren«, gestand er.

Alex zeigte kaum eine Reaktion. »Und was hast du herausgefunden?«

»Nicht viel. Aber ich finde es unbegreiflich, dass beide Fahrzeuge in entgegengesetzter Richtung die Leitplanken durchbrochen haben. Der Schwerlaster, na ja, das ist vielleicht noch verständlich, allein schon aufgrund des Gewichts und der Geschwindigkeit. Er fuhr schließlich bergab. Aber der Mercedes ... Wie konnte er so starkes Metall durchschlagen?«

»Gute Frage.«

»Ich habe den Wagen gesehen«, fuhr Nick fort. »Hab einen Polizisten gefunden, der mich bereitwillig auf das Gelände gelassen hat, wo er abgestellt ist.« Er spannte die Lippen bei dem Gedanken an das zerbeulte Metall, die blutverschmierten Sitze und zersplitterten Scheiben. »Es ist ein Wunder, dass sie überlebt hat.«

»Marla war schon immer zäh wie Leder. Das weißt du doch.«

Nicks Nackenmuskeln spannten sich an. »Das allein ist keine Erklärung.« Er sah seinen Bruder fest an. »Beim Anblick des Wagens war ich fast sicher, dass ein Schutzengel über sie gewacht hat.«

»Nur fast?«

»Ich habe ein Problem mit Religion.«

»Ich erinnere mich.«

»Aber einen solchen Unfall hätte normalerweise kein Mensch überlebt.«

Alex zog einen Mundwinkel hoch. »Tja, Marla war schon immer ein Glückspilz, oder?«

Nick antwortete nicht, wollte nicht daran denken. »Was glaubst du, warum ist Marla in Panik geraten und hat die Kontrolle über den Wagen verloren?«

»Wenn ich das wüsste. Sie war immer eine sichere Fahrerin. Hat nie auch nur einen Strafzettel bekommen. Ich nehme an, diese Frage kann nur sie allein beantworten … falls ihr Erinnerungsvermögen zurückkehrt.«

»Wenn, wolltest du sagen«, berichtigte Nick ihn.

»Ach ja?« Alex lächelte eine hübsche Kellnerin mit hinreißender Figur und großen braunen Augen an, die mit ihrem kurzen Röckchen, der weißen Bluse und der roten Fliege kaum alt genug wirkte, um alkoholische Getränke servieren zu dürfen.

Die Kellnerin nahm sein leeres Glas, tauschte es gegen ein volles ein und brachte Nick ein Bier, das er im Grunde gar nicht wollte. Doch er beklagte sich nicht. Er würde es schon hinunterbekommen.

»Ich bin nicht sicher, ob sie sich je erinnern wird«, sagte Alex. Er sah die Frage in Nicks Augen und seufzte. »Klar, ich spiele das Spiel mit und sage ihr, dass alles wieder gut wird. Phil Robertson, ihr Arzt, scheint ja tatsächlich überzeugt zu sein, dass sie ihr Gedächtnis früher oder später wiederfindet. Aber im Augenblick sieht es nicht danach aus.« Er trank einen großen Schluck und lehnte sich zurück. »Es ist schwer zu sagen.«

Nick musste ihm zustimmen, wenn auch widerwillig.

»Und vielleicht habe ich den ganzen Mist einfach nur satt.« »Vielleicht.« Nick trank aus seiner langhalsigen Flasche, in Gedanken bei dem Unfall. Pam Delacroix war auf der Stelle tot gewesen, Biggs hatte das Bewusstsein bisher nicht wiedererlangt. Marla erinnerte sich an nichts, überlebte in ihrer eigenen persönlichen Zwischenwelt. »Du hast Pam nie kennengelernt?«

»Nein.« Alex griff in seine Jackentasche, zog ein Päckchen Zigaretten hervor und sagte: »Ich muss eine rauchen. Kommst du mit nach draußen?«

»Klar.« Sie tranken aus. Anschließend bestand Alex darauf, die Rechnung zu übernehmen. Er reichte der Kellnerin seine Kreditkarte. Nachdem er die Quittung abgezeichnet hatte, schlüpfte er in seinen Mantel, und er und Nick gingen hinaus. Sie standen in einer Gasse, wo mehrere Männer sich zusammengefunden hatten, um zu rauchen, zu lachen und die Chancen der 49er im Stichkampf zu diskutieren. Für Nick und seinen Bruder hatten sie kaum einen Blick übrig. Alex steckte sich eine Zigarette an und blies den Rauch aus dem Mundwinkel. Nick zog gegen die Novemberkälte San Franciscos den Reißverschluss seiner Jacke hoch.

»Von Pam weiß ich nur das wenige, was Marla mir erzählt hat. Die beiden haben sich vor ein paar Jahren im Club kennengelernt.« Alex zuckte die Achseln. »Aber es gab eben Zeiten in unserer Ehe, da hatten wir uns nicht viel zu sagen. Ein paar Mal haben wir uns getrennt. Oh, nicht offiziell, aber unsere Ehe ..., nun ja, der Weg war manchmal steinig.« Nachdenklich drehte er sich um, sog den Rauch tief in die Lunge. Nick äußerte sich nicht, er hatte keine Lust, sich auf das gefährliche Thema der Ehe seines Bruders einzulassen. »Ich glaube, Marla und Pam haben zusammen Tennis gespielt ... Oder war es Bridge? Aber was die Zeit vor dem Unfall angeht, kann ich mich nicht erinnern, von Marla gehört zu haben, dass sie sich mit ihr treffen wollte. Andere Namen fielen schon hin und wieder – Joanna und Nancy zum Beispiel. Aber nicht Pam.«

»Hast du sie mal kennengelernt? Seit dem Unfall musst du doch häufig ihren Namen gehört haben«, hakte Nick nach. »Von der Versicherung und von dem Anwalt, der Pams Vermögen verwaltet. Zum Begräbnis habe ich Blumen geschickt und in Pams Namen an einen Wohltätigkeitsfonds gespendet. Und ja, ich habe sie mal kennengelernt, aber wir hatten nur wenig Kontakt. Sie war geschieden und arbeitete als Immobilienmaklerin, glaube ich, aber nur nebenbei. Soweit ich weiß, lebte sie von ihrem Exmann. Er ist irgendein toller Computertechniker, der in Silicon Valley groß herausgekommen ist. Sie haben ein Kind, eine Tochter, die an der Universität von Santa Cruz studiert.« Er zog heftig an seiner Zigarette. Die Männer, die sich in Türnähe zusammendrängten, lachten gerade einhellig auf, als habe jemand einen besonders guten Witz zum Besten gegeben. Der Verkehr rauschte vorbei. Hoch am Himmel verbarg der Mond sich teilweise hinter langsam ziehenden Federwölkchen.

»Und was hatte Marla nun an jenem Abend vor?«

»Das ist die Vierundsechzigtausend-Dollar-Frage. Scheiße, ich wünschte, ich würde die Antwort kennen. Aber ich habe wirklich nicht die geringste Ahnung, warum Marla und Pam sich diesen Ausflug in den Kopf gesetzt hatten. Verdammt, James war erst ein paar Tage alt, und da beschließt Marla spontan, mitten in der Nacht den Highway 17 raufzufahren? Das ist doch verrückt.«

»Vielleicht verrät sie es uns, wenn ihre Erinnerungen zurückkehren.«

»Vielleicht.« Alex schnippte Asche auf die rissige Straße und ließ den Blick den Hügel hinaufwandern, vorbei an den viktorianischen Gebäuden von Haight Street bis zum Haus der Cahills, dem Ort, wo sie früher, als Kinder, zu Hause gewesen waren. Wenn es nach Nick ging, konnte Alex das Herrenhaus mitsamt den Problemen gern haben.

Alex warf die Zigarette in den Rinnstein, wo sie schnell verlosch. Ein Radfahrer fädelte sich im Zickzack durch den fließenden Verkehr, Autos rasten durch die engen Straßen. »Ich wollte, ich hätte Pam kennengelernt«, sagte Alex. »Dann würde ich jetzt vielleicht besser verstehen, was vorgefallen ist. Wie es aussieht, will ihre Familie Klage gegen uns erheben. Ihr Anwalt hat sich bereits gemeldet, aber ich bin dafür, dass alles über die Versicherung abgewickelt wird. Herrgott, was für ein Schlamassel.« Er steckte die Hände in die Taschen und wies mit einer Kopfbewegung zur Straße, an der er seinen Wagen geparkt hatte. »Nur eines von vielen Problemen, fürchte ich.« Er warf seinem Bruder ein freudloses Lächeln zu. »Apropos, in meiner Aktentasche habe ich ein paar Unterlagen, damit du dir einen Überblick über das Unternehmen verschaffen kannst«, sagte er, offenbar um das Thema zu wechseln. »Ich dachte, du würdest sie vielleicht gern mal einsehen, bevor du ins Büro kommst.«

»Wahrscheinlich keine schlechte Idee«, stimmte Nick zu. Alex öffnete mit dem Funkschlüssel die Fahrertür des Jaguar, holte seine Aktentasche aus dem Wagen und entnahm ihr eine dünne Mappe, die er Nick übergab.

»Falls du Fragen hast, kannst du mich im Büro anrufen, aber mir wäre es lieb, wenn wir die Einzelheiten nicht im Beisein von Mutter oder Marla oder sonst jemandem im Haus besprechen.« Im Lampenlicht sah Alex alt aus, seine Züge waren schlaff. »Ich will dir nichts vormachen, Nick. Das Unternehmen hat Probleme. Große Probleme. Mutter weiß natürlich, dass es gewisse Schwierigkeiten gibt, aber es wäre wohl am besten, wenn wir es dabei belassen.«

»Und Marla?«

»Sie sollten wir ganz heraushalten. Schließlich hat sie im Augenblick genug mit sich selbst zu tun.«

Was du nicht sagst, dachte Nick, verkniff sich jedoch einen Kommentar und bekundete nur mit einem knappen Nicken sein Einverständnis.

»Gut. Ich danke dir.« Alex' Miene war düster. Zum ersten Mal wurde Nick bewusst, dass Cahill International in wirklich ernsten Schwierigkeiten stecken könnte und dass Alex als Geschäftsführer die Verantwortung trug. Möglicherweise hatte er sogar eine Fehlentscheidung getroffen, und die Firma kämpfte seinetwegen ums Überleben. Alex klopfte seinem Bruder auf den Rücken; seine Hand traf klatschend auf das nasse Leder von Nicks Jacke. »Danke«, sagte er noch einmal, und es klang, als meinte er es zum ersten Mal in seinem Leben ernst.

Nick spürte, wie die Cahill-Schlinge sich weiter zuzog. Während er zusah, wie sein Bruder in den Jaguar stieg, ihn startete und mit hoher Geschwindigkeit den Berg hinauffuhr, hoffte er inständig, dass er selbst sich nicht darauf eingelassen hatte, den Sündenbock zu spielen.

6.

»Charles Biggs ist tot.«

Mit dieser Mitteilung betrat Janet Quinn Paternos Büro und ließ sich auf einen zwischen Aktenschrank und Fenster gezwängten Stuhl fallen.

»Scheiße.«

»Ganz meine Meinung.« Sie warf einen braunen Umschlag auf den Rand des ohnehin überfüllten Schreibtisches. Janet arbeitete schon seit Jahren als Detective in der Behörde. Sie war eine große, bodenständige Frau, die sich ständig wegen ihrer männlichen Erscheinung aufziehen lassen musste – kurzgeschnittenes braunes Haar, inzwischen von grauen Fäden durchzogen, ein kantiger Kiefer, dichte Augenbrauen und nachdenkliche blaue Augen hinter einer praktischen Brille. Make-up trug sie nicht, das war in ihren Augen Firlefanz. Zweifellos hatte sie mitbekommen, dass missgünstige Kollegen sie als Kampflesbe bezeichneten oder behaupteten, sie nehme Anabolika. Und missgünstige Kollegen waren nicht selten. Es war ihr gelungen, die Karriereleiter rasch hinaufzusteigen, und sie galt als eine verdammt gute Ermittlerin, die niemals aufgab.

»Wann?«

»Gestern, spät in der Nacht – beziehungsweise heute in den frühen Morgenstunden. Sein Herzmonitor piepte um drei Uhr siebenundvierzig. Alle Wiederbelebungsversuche blieben erfolglos. In Anbetracht seines Zustands ist es vielleicht eine Gnade für ihn.«

»In Anbetracht unseres Falls eher nicht.«

Sie hob eine Schulter und lehnte sich an den Aktenschrank. Sie trug Dockers, ein Hemd und Rockport-Schuhe.

»Er hat wohl nichts mehr gesagt, bevor er starb?«

»Nein.«

»Todesursache?«

»Noch nicht bekannt.« Sie schüttelte den Kopf.

Paterno legte die Fingerspitzen aneinander und dachte nach. Dieser Unfall ließ ihm einfach keine Ruhe. Jetzt waren bereits zwei Menschen tot. Wahrscheinlich nur ein zufälliges Zusammentreffen, doch er hatte ein ungutes Gefühl dabei. Etwas stimmte da nicht. Er bemerkte einen seltsamen Glanz in Janets Augen. »Sonst noch was?«

»Ja. Es gab einen Zwischenfall, gleich nachdem Biggs' Herzmonitor Alarm gab«, erwiderte Janet. »Irgendein Kerl in einem gestohlenen Arztkittel hat eine Schwester angerempelt und ist weggerannt. Sie hat sein Namensschild gesehen und erkannt, dass er nicht Carlos Santiago war, ein Assistenzarzt, der schichtweise Vertretungen übernimmt. Auf dem Weg nach draußen hätte der Kerl um ein Haar eine Frau umgerannt, die von einem Pfleger im Rollstuhl geschoben wurde.«

»Heiliger Strohsack.«

»Ich habe schon mit Santiago gesprochen«, erklärte Janet. »Und tatsächlich, sein Namensschild ist verschwunden.«

»Du denkst, der Mann im gestohlenen Kittel hat etwas mit Biggs' Tod zu tun?«

»Möglich. Ich habe die Schwester, Betty Zimmerman, schon gebeten, herzukommen und mit unserem Zeichner zu sprechen. Der Pfleger erinnert sich an kaum etwas. Er war zu besorgt um seine Patientin und hat den Kerl nicht richtig angeschaut. Aber wir werden weitersehen, wenn die Schwester bei dem Phantombildzeichner war. Bis heute Abend könnte sich schon etwas ergeben haben.«

»Wurde der Kerl in Santiagos Kittel auch auf der Station für Brandverletzungen gesehen?« Paterno lehnte sich zurück und blickte aus dem Fenster in den Morgennebel hinaus, der immer noch von der Bucht herüberwaberte.

»Nein. Aber sie waren dort unterbesetzt. Eine Schwester konnte ihren Wagen nicht starten, eine andere war krank. Der Rest der Belegschaft war völlig überlastet.«

»Und Santiago?«

»Scheint sauber zu sein. Er war echt sauer, weil er in diese Sache reingezogen wurde. Ich habe mit ihm gesprochen und denke, er ist echt. Aber er ist reizbar und hat sich energisch verbeten, dass seine Bürgerrechte missachtet werden, bloß weil er Latino ist – na, du kennst das ja.«

»Aber er war kooperativ?«

»Ja.« Sie nickte.

»Glaubst du, dass das alles nur Zufall ist?«, fragte er.

Sie schnaubte, sah ihn mit einem verzerrten, freudlosen Lächeln an und lehnte sich auf dem Plastikstuhl zurück. »Ich dachte, du glaubst nicht an Zufälle.«

»Allerdings nicht.« Sein Verstand arbeitete auf Hochtouren. Er hatte das dringende Gefühl, dass der Unfall auf dem Highway 17, bei dem Marla Cahill am Steuer saß, mehr und mehr nach einem Hinterhalt aussah. Aber wie? Warum? Wer steckte dahinter? Und was hätte Biggs darüber gewusst? Nach Paternos Ansicht war der Mann lediglich ein unglückliches Bauernopfer in diesem Spiel – ein Bursche, der mit seinem Schwerlaster zur falschen Zeit am falschen Ort gewesen war. Er fand ein Päckchen Juicy Fruit, bot Janet einen Streifen an und wickelte, als sie den Kopf schüttelte, einen für sich aus und steckte ihn in den Mund. »Sonst noch was?«

»Ja, etwas Merkwürdiges«, erwiderte Janet und furchte die Stirn, wie immer, wenn die Puzzleteile nicht zusammenpassen wollten. »Laut dem Laborbericht wurden am Unfallort drei verschiedene Sorten Glas gefunden. Einmal das von den Scheiben des Lastwagens, dann das vom Mercedes« – sie hob zwei Finger – »und noch eine dritte Sorte.« Sie wackelte mit dem Zeigefinger. »Soweit sie es beurteilen können, handelt es sich um Scherben von einer Art Spiegel, und zwar nicht von einem Rück- oder Seitenspiegel. Wir haben das überprüft.«

»Da gibt's Unterschiede?« Er griff nach dem Pappbecher auf seinem Tisch und trank einen Schluck des inzwischen lauwarmen Kaffees.

»Ja, in Bezug auf die Rückseite ... Dieses Glas war von Hand mit irgendeinem reflektierenden Material bestrichen.« Janet beugte sich vor und tippte mit drei Fingern auf den Umschlag, den sie vorhin auf Paternos Tisch geworfen hatte. »Steht alles im Bericht.«

Paterno blätterte ihn durch. Tatsächlich. Glasscherben, die nicht zur Marke oder Bauweise der am Unfall beteiligten Fahrzeuge passten. »Und was hat das zu bedeuten?«

»Ich weiß es nicht. Es kann natürlich sein, dass die Scherben vorher schon auf der Straße gelegen haben. Aber das wäre doch ein seltsamer Zufall.«

»Noch einer«, sagte Paterno stirnrunzelnd. »Das sind für meinen Geschmack viel zu viele.«

»Ganz meine Meinung.«

»Gibt es schon Erkenntnisse darüber, warum die Leitplanken nachgegeben haben?«

»Noch nicht. Der Schwerlaster hat sie einfach durchbrochen. Riesenfahrzeug, schwer beladen, aber abschließend geklärt ist das noch nicht. Es gab Lötspuren, noch gar nicht alt, so, als sei die Leitplanke instabil und habe repariert werden müssen. Aber der zuständigen Behörde liegt für diesen Streckenabschnitt über die letzten fünf Jahre kein Reparaturauftrag vor.«

»Und dann hat sie also einfach nachgegeben.« Paterno kaute an seiner Daumenkuppe herum und furchte die Stirn. Das alles ergab doch keinen Sinn, verdammt noch mal. Sein ungutes Gefühl verstärkte sich zusehends. Zwei Menschen waren tot, und die Fahrerin, die den ganzen Schlamassel ausgelöst hatte, erinnerte sich praktischerweise an nichts. Jetzt gab es Hinweise auf einen weiteren Beteiligten, jemanden, der womöglich Charles Biggs umgebracht hatte. Konnte es sein, dass Charles Biggs das Opfer hatte sein sollen, falls überhaupt jemandem nach dem Leben getrachtet worden war? War er, Paterno, die Sache von Anfang an falsch angegangen?

»Lass Biggs mal überprüfen, aber gründlich.«

»Ist bereits geschehen«, erwiderte Janet. »Er hat die sprichwörtliche weiße Weste. Keine Vorstrafen, keine nennenswerten Strafzettel, ist seit vierzig Jahren mit derselben Frau verheiratet, hat beide Kinder aufs College geschickt und besitzt, neben der selbständigen Spedition, die aus dem einen Lkw besteht, den er gefahren hat, eine kleine Weihnachtsbaumplantage in Oregon. Er hinterzieht nicht mal Steuern.

Er und seine Frau hatten beinahe zweihundert Riesen für die Rente im Sparstrumpf, und er hat seine Freizeit mit Fliegenfischen am Metolius River in der Nähe von Bend verbracht und seinen Enkeln das Jagen und Angeln beigebracht. Keine Drogengeschichten, keine häusliche Gewalt, nichts. Der Kerl war ein richtiger Musterknabe.«

»Damit wären wir wieder bei Marla Cahill und Pam Delacroix.« Paterno trank seinen Kaffee aus, drückte den Becher zusammen und warf ihn in einen bereits überquellenden Abfalleimer.

Himmel, was für ein Chaos.

»Pech, dass Biggs nicht wieder zu Bewusstsein gekommen ist«, knurrte er, kaute verbissen auf seinem Kaugummi herum und spürte, wie sein Sodbrennen sich zurückmeldete. »Gib mir Bescheid, wenn der Autopsiebericht vorliegt. Verdammt schade, dass er uns nicht sagen konnte, was er gesehen hat.«

»Ich fürchte, in dem Punkt müssen wir uns auf Marla Cahill verlassen«, sagte Janet mit einem kalten Lächeln ohne eine Spur von Humor. »Sofern sie ihr Gedächtnis wiederfindet.«

»Und da können wir vermutlich warten, bis die Hölle einfriert«, erwiderte Paterno verdrießlich.

Wo bin ich? Marla schlug mühsam die Augen auf und fand sich in einem fremden Zimmer wieder. Sekundenlang war sie orientierungslos, dann fiel ihr wieder ein, dass sie zu Hause war. Dies war ihr Zimmer. Ihr Bett. Ihr ...

Wie lange hatte sie geschlafen? Graues Tageslicht blinzelte durch die Jalousien, doch ihrer vollen Blase und ihrer Benommenheit nach zu urteilen glaubte Marla, schon eine ganze Weile geschlafen zu haben. Sie hatte einen üblen Geschmack im Mund, und ihr Haar oder vielmehr das, was davon übrig war, fühlte sich fettig und strähnig an. Sie hatte nicht gehört, dass Alex die Suite betrat, hatte nicht gehört, dass das Baby weinte; sie hatte geschlafen wie eine Tote.

In Slip und BH stolperte sie ins Bad, benutzte die Toilette, wusch sich das Gesicht und vermied es dabei, in den Spiegel zu schauen. Frische Handtücher hingen bereit. Sie zog sich aus, trat in die gläserne Duschkabine, die groß genug für zwei Personen war, und drehte den Hahn auf. Heißes Wasser prickelte auf ihrer Haut, entspannte ihre Muskeln. Behutsam, ohne die genähte Wunde zu berühren, verteilte sie das Shampoo auf ihrem Haar und wusch sich. Sie fand einen Rasierapparat, mit dem sie den Haaren an ihren Beinen und in den Achselhöhlen zu Leibe rückte. Dann, immer noch benommen, wappnete sie sich und drehte den Regler ganz nach rechts. Eisiges Wasser prasselte aus dem Duschkopf. Marla schnappte nach Luft und lehnte sich gegen die glatten Kacheln.

Langsam begann sie sich wieder wie ein Mensch zu fühlen. Jedenfalls war dies ihr lichtester Moment, seit sie aus dem verdammten Koma erwacht war. Sie schaltete die Dusche ab, griff nach einem Handtuch, und in diesem Augenblick blitzte eine Erinnerung auf, an eine andere Zeit und einen anderen Ort.

Sie war am Strand ... mit Freunden ... oder ihrem Mann ... oder Cissy, ihrer Tochter ... Nein, das stimmte nicht ... Jedenfalls schien die Sonne, und sie kam gerade aus dem Wasser, wobei sie sich auf dem heißen Sand fast die Fußsohlen versengte. Jemand reichte ihr ein Handtuch, aber ... wer? Ihr Kopf schmerzte von der angestrengten Konzentration. Es war ein Mann ... Ja, ein Mann. Alex ... oder ... Nick? Ihre Kehle schnürte sich zusammen bei dieser Vorstellung. Sie rubbelte mit dem dicken Frotteetuch ihre Arme und Beine trocken. Vielleicht war es jemand anders. *Oder vielleicht hatte es diese Szene nie gegeben.* Mit einer Hand an den Fliesen abgestützt, schüttelte sie den Kopf und versuchte sich zu konzentrieren, um diese flüchtige, lockende Erinnerung zurückzurufen, doch das Bild verblasste so schnell, wie es gekommen war.

Entschlossen, mehr über sich selbst zu erfahren, stieg sie aus der Dusche und stellte sich ihrem Spiegelbild. Herrgott, sie sah schlimm aus. Die Blutergüsse gingen zurück, die Schwellungen waren fast verschwunden, aber sie erkannte sich selbst nicht. Und ihr Haar! Eine Katastrophe! Der kinnlange Bob auf der einen Seite ihres Gesichts musste kurz, wenn nicht gar stoppelig geschnitten werden, um sich dem neuen Flaum anzugleichen, der ihren Oberkopf bedeckte. Dann würde sie nicht viel mehr Haare haben als ihr neugeborener Sohn.

Hatte eine berühmte Popsängerin sich nicht mal den Kopf kahl rasiert ... aus religiösem Protest oder so ... oder irrte sie sich auch darin? Zum Teufel mit der Amnesie! »Es ist ein Anfang«, ermahnte Marla sich, drückte ein wenig Zahnpasta auf ihren Finger und bearbeitete ihre fixierten Zähne. Diese kleinen Erinnerungsfetzen waren doch sicher Vorboten ihrer vollständigen Genesung. »Rom wurde auch nicht an einem Tag erbaut, nicht einmal San Francisco.« Doch sie konnte es kaum erwarten, ihre eigene Geschichte zusammenzusetzen. Ungeduldig spülte sie den Mund aus.

Spontan durchsuchte sie den Medizinschrank und die Schubladen. In einer fand sie zwei Tablettengläschen. In dem einen befanden sich noch zwei Tetracycline, das andere war leer und hatte Premarin enthalten. In einer anderen Schublade fand sie eine Schere und begann sich damit die Haare zu schneiden. Immer kürzer, ein Büschel nach dem anderen, kurze Strähnchen mahagonifarbenen Haares fielen ins Waschbecken. Als sie fertig war, sah sie nicht schlimmer aus als vorher. Sie öffnete einen Behälter mit Mousse und knetete etwas davon ins Haar, sorgfältig die Naht vermeidend. Das war zwar nicht gerade Haute Coiffure, doch ihr Haar würde wieder nachwachsen, voller werden und die Naht verdecken. Ihre Frisur war noch das geringste ihrer Probleme. Das Make-up, das sie wohlgeordnet in der obersten Schublade des Waschtisches vorfand, beachtete sie nicht. Was hätte es schon geholfen? Stattdessen wandte sie sich dem begehbaren Kleiderschrank zu.

Er war riesig, enthielt perfekt aufgereihte Kostüme, Hosen und Jacken. Schuhe in allen Farben, jedes Paar ordentlich in einem eigenen Fach, nahmen die eine Wand ein, eine andere war glitzernden Abendkleidern in Plastikhüllen mit Reißverschlüssen vorbehalten. Tennis- und Trainingskleider füllten eine Ecke, zwei Regale waren vollgestellt mit Handtaschen. Neben der Tür war ein mannshoher Spiegel angebracht, und in einem hohen, schmalen Wandschrank befand sich ein Bügelbrett.

»Wunderbar.« Doch wo waren ihre Jeans? Die alten Sweatshirts? Ihre Handtasche? Ja ... wo war die Handtasche mit

Geldbörse und Scheckbuch und vielleicht sogar einem Adressbuch, mit all den Dingen, die für ihr Leben wichtig waren?

Sie sah jede einzelne Hand- und Sporttasche, jeden Koffer in den zwei Regalen durch. Alle waren leer. Sauber. Wie chemisch gereinigt, verdammt noch mal! »Mist.« Entnervt packte sie alles zurück in die Regale, durchwühlte dann die Schubladen eines Kleiderschranks und fand eine steife Jeans, eine Nummer zu groß, und einen pinkfarbenen Pulli, so weich, dass sie annehmen konnte, ihn gemocht zu haben.

Oder?

»Denk nicht daran«, ermahnte sie sich selbst und schlüpfte in ein abgetragenes Paar Tennisschuhe aus einem der Fächer. Sie dachte an ihre Tochter, ihren Sohn, ihren Mann und Nick, ihren ehemaligen Liebhaber. Ihre Lippen spannten sich, als die Fragen nach ihrem Leben rasant und wütend über sie hereinbrachen und damit unvermeidlich auch die Kopfschmerzen wiederkehrten.

Neben dem begehbaren Schrank stand ein Schreibsekretär, vor dem sie stehenblieb und den Blick über die Bilder vor dem Spiegel mit Facettenrahmen schweifen ließ. Ein goldgerahmter Schnappschuss fiel ihr ins Auge. Er zeigte sie, wie sie lange vor dem Unfall ausgesehen hatte. Das mahagonifarbene Haar glänzte in der Sonne, auf der Hüfte trug sie ein Mädchen von etwa drei Jahren. Hinter ihr breitete sich wie ein paillettenbesticktes Tuch das Meer aus. Marla stand barfuß auf einem Felsen, den Kopf in den Nacken gelegt, in die Sonne blinzelnd. Ein roséfarbenes Sommerkleid blähte sich über ihren Knien und gab einen gebräunten Oberschenkel frei. Cissy hatte ihre molligen Ärmchen um den Nacken ihrer Mutter gelegt.

Marla nahm das Foto in die Hand. Ihre Finger umklammerten den Rahmen so fest, dass die Knöchel weiß hervortraten. *Denk nach, mach schon, erinnere dich! Dieses Bild zeigt dich und Cissy ... und derjenige, der es aufnimmt, der Mann, dessen Schatten zu deinen Füßen teilweise sichtbar ist, wird wohl Alex sein!*

Doch sosehr sie sich auch bemühte, sie konnte sich nicht an diesen Tag am Strand erinnern. Sie konnte keinen einzigen besonderen Tag heraufbeschwören.

»Lass dir Zeit«, ermahnte Marla sich wieder, stellte das Bild zurück und hätte es dabei fast fallen lassen, weil ihre Finger sich nicht so geschickt bewegten, wie sie sollten. Sie fühlte sich immer noch unbeholfen und linkisch. Nervös ging sie weiter zum Kinderzimmer. James lag nicht in seiner Wiege, doch sie bewahrte die Ruhe. Wahrscheinlich hatte das Kindermädchen ihn geholt. Oder Eugenia, »Nana«, wie sie sich selbst nannte, gab sich ihrer Vernarrtheit hin – sie benahm sich, als sei die Geburt des Jungen ein mindestens so bedeutendes Ereignis wie Christi Geburt. Oder gar seine Auferstehung.

Vor dem Kinderzimmer hörte Marla Stimmen aus dem Erdgeschoss, doch sie beschloss, sich noch ein wenig umzusehen, solange sie allein war – sich mit dem Haus vertraut zu machen. Egal, ob der Grund dafür Verfolgungswahn war oder das Bedürfnis nach Selbstschutz, sie wollte so viel wie eben möglich über sich und ihre Familie erfahren, und zwar nicht immer nur durch Fragen und Antworten, die sie als sorgfältig konstruiert und unaufrichtig empfand. Sie musste sich selbst finden, und zwar schnellstens. Sie war jetzt zu Hause. Bereit, ihr Leben wiederaufzunehmen, begierig, die Vergangenheit hinter sich zu lassen.

Aber das kannst du nicht. Noch nicht. Dir fehlen noch so viele Erinnerungen, und du musst dich noch mit der Polizei auseinandersetzen … Marla versuchte, die düsteren Gedanken aus ihrem Bewusstsein zu verdrängen. Sie würde Pams Tochter und Exmann anrufen müssen, um ihnen ihr Beileid und ihr Bedauern auszusprechen, und sie musste es bald erledigen. Ohne Rücksicht auf die Polizei. Oder die Anwälte. Oder die verdammte Versicherung, über die sie Alex flüstern gehört hatte.

Sie durchquerte die Suite, einen Wohnbereich mit eigenem Kamin und einer Veranda, versuchte, die Tür zu Alex' Zimmer zu öffnen, und fand sie unverschlossen vor.

Ohne lange zu überlegen, trat sie ein. Das Zimmer war so aufgeräumt, als stünde ein Stubenappell wie beim Militär bevor. Ein Doppelbett, eine Kommode, ein kleines Sofa und ein Schrank mit Fernseher und Stereoanlage bildeten die Einrichtung. Ein Erkerfenster gab den Blick über das Grundstück und auf die Lichter der Stadt frei. Durch einen begehbaren Kleiderschrank voller ordentlich auf Bügeln hängenden Anzügen und Sportsachen gelangte man in einen Fitnessraum. Marla strich mit den Fingern über die Griffe des Heimtrainers, betrachtete das Laufband, die Hantelbank und den NordicTrack und fragte sich, ob auch sie diese Geräte einmal benutzt hatte. Sie war einigermaßen gut in Form, konnte sich jedoch nicht vorstellen, Stunden beim Training in diesem Raum zu verbringen. Nein, irgendetwas sagte ihr, dass sie lieber an der frischen Luft Sport trieb – Walking, Joggen, Tennis, Reiten … vielleicht sogar Rudern.

Durch eine weitere Tür gelangte sie in ein Privatbüro mit dunkler Holzvertäfelung und eingebauten Armaturen aus

Messing, waldgrünen Möbeln und Topfpflanzen. Hoch unter der Decke waren Facettenfenster eingelassen, die Licht hindurchließen, aber keinen Ausblick boten.

Dies war vermutlich das Refugium ihres Mannes. Es roch leicht nach Zigarettenrauch und Aftershave. Ölgemälde von Rennpferden schmückten die Wände. *Pferde* … Marla hatte flüchtig sich selbst vor Augen, wie sie mit wehendem Haar über offenes Gelände ritt. Der Wind peitschte ihr Gesicht, und unter sich spürte sie die Bewegungen kraftvoller Muskeln an ihren Schenkeln … Sie ritt ohne Sattel? *Ohne Sattel?* Wie die Indianer in alten Filmen …? *Ja!* Als hätte sie es schon tausendmal erlebt, spürte sie plötzlich das Scheuern von Pferdefell an ihren Beinen. Sie schluckte bestürzt, ihre Handflächen wurden feucht, ihr Herz begann zu rasen. Sie schüttelte den Kopf. Wie passte diese Vorstellung zu ihrer jetzigen Umgebung? Zu den Bildern, die schlanke Rennpferde zeigten, Vollblüter, von livrierten Pferdeburschen am Zügel gehalten oder über gepflegte Rasenflächen geritten von Jockeys in bunter Seide und Jodhpurhosen? Diese Bilder hatten nichts Wildes … oder Unbeschwertes oder … Freies. Alles ganz verhalten. Steif. Bestimmt von Konventionen und gesellschaftlichen Regeln.

Ihre Knie drohten weich zu werden, und sie ließ sich in Alex' Schreibtischsessel sinken, um sich zu sammeln. »Das ist gut«, sagte sie, jedoch ohne echte Überzeugung. Der Ledersessel knarrte, und sie fuhr zusammen. Es war ja nicht so, dass sie etwas hinter dem Rücken ihres Mannes tat, sagte sie sich, doch sie benötigte schlicht und einfach Antworten, und zwar schnellstens. Dennoch meldete sich leise ihr Gewissen, als sie den aufgeschlagenen Tischkalender durchblätterte, so, als sei sie in jemandes Privatsphäre eingedrungen. »Unfug, er ist mein Mann, verdammt noch mal. Zwischen uns gibt es keine Geheimnisse.«

Doch Marla wusste, dass es nicht stimmte. Sie hatte die Geheimnisse gespürt, in seinen Augen gelesen, obwohl er versuchte, sie zu verbergen. Da war Lug und Trug und ... »Hör auf!« Sie trieb sich doch nur selbst in den Wahnsinn! Sie straffte den Rücken, schlug die Seiten des Kalenders um, betrachtete die Daten, Orte und Namen und hoffte, auf irgendetwas zu stoßen, das Erinnerungen weckte, vielleicht eine Notiz oder eine zufällige Kritzelei.

Ihr Unfall lag jetzt beinahe acht Wochen zurück. Sie blätterte zu dem Datum, an dem ihr Leben um ein Haar zu Ende gewesen wäre.

Die betreffende Seite war leer.

»Verflixt«, schimpfte sie und hatte das Gefühl, als habe man ihr auf dem Weg zur Genesung einen weiteren Knüppel zwischen die Beine geworfen. Die meisten Seiten des Kalenders waren vollgeschrieben mit Tinten- oder Bleistiftnotizen in zwei verschiedenen Handschriften – Dinnerparty bei Robertsons am Freitag vorher, Cissys Reitstunde am Tag nach dem Unfall, geschrieben in einer weichen, flüssigen Schrift. Alex' Geschäftstermine oder Squash- und Golfspiele waren in einer kühneren Handschrift verfasst.

Sie griff nach einem Kugelschreiber, schrieb ihren Namen auf einen Notizblock und verglich die Handschriften. Ihre war anders, kräftiger, klarer als Marlas ... oder war sie im Begriff, verrückt zu werden? Sie schrieb ihren Namen noch einmal. Dann Alex' Namen. Nicks.

Vielleicht war es eine Folge des Unfalls. Doch ein unheimliches Gefühl überkam sie, und sie ließ den Stift fallen.

Sie wehrte sich gegen das Gefühl, dass etwas faul war. Ohne Grund fürchtete sie sich vor ihrem eigenen Schatten.

Und was war mit der Fahrt nach Santa Cruz? Warum war sie nicht in diesem gründlich geführten Kalender verzeichnet? *Vielleicht wolltest du Alex verlassen. Aber das Baby? Und Cissy ... Vielleicht war die Fahrt ganz spontan, aus einer Laune heraus, beschlossen worden?* Nein. Sie hätte die Kinder nicht einfach im Stich gelassen. Das passte nicht zu ihr. Gespannt wandte sie sich dem Adressverzeichnis zu. Fand sie dort bekannte Namen? Robertson? Phil und seine Frau Linda waren eingetragen. Lindquist ... Joanna Lindquist, ja, auch für sie hatte jemand eine Karte angelegt. Joanna und Ted. Miller ... Randy und Sonja waren aufgeführt, doch Sonja war durchgestrichen, als sei sie gestorben oder fortgezogen ... Mit immer noch etwas trägen Fingern blätterte Marla die Karten zum Buchstaben D durch und suchte nach Pam Delacroix, fand den Namen jedoch nicht.

»Wie sonderbar«, dachte sie laut, tippte auf eine alte Karte ganz hinten und fing dann von vorn an. Langsam, Karte für Karte, ging sie die Adressen durch. Vielleicht waren Pams Name und Telefonnummer falsch abgelegt worden. Namen von Leuten, die ihr Karten und Blumen geschickt hatten, fielen ihr ins Auge: Bill und Sheryl Bancroft, Mario Dimetrius, Kylie Paris ... Ihr Herz setzte einen Schlag aus. Der Name war ihr vertraut ... sehr vertraut ... Als ob ... Als sei sie eine enge Verwandte ... die ihr nahestand und ihr lieb war. Doch die Adresse und die Telefonnummer sagten ihr nichts. *Denk nach, Marla, denk nach. Warum klingt beim Namen dieser Frau etwas an, aber sonst bei keinem?*

Doch ihr fiel nichts ein. Nicht die kleinste Erinnerung. »Verdammt noch mal«, murrte sie und konzentrierte sich wieder auf Pam Delacroix. Warum war Pams Name nicht in dieses Gesamtverzeichnis von Freunden und Geschäftspartnern aufgenommen worden?

Weil es sie nie gegeben hat. Sie ist eine Erfindung.

Der Gedanke traf sie wie ein Schlag vor die Brust.

Natürlich hat es sie gegeben, widersprach ihr gesunder Menschenverstand. *Aber sie ist tot.* Du *hast sie umgebracht. In ihrem eigenen Wagen! Die Polizei ermittelt in diesem Todesfall. Also, bleib auf dem Teppich. Benutze deinen Verstand. Kläre diese Sache auf, verdammt!* Pam hatte existiert, war ihre Freundin gewesen, also musste es in diesem Haus doch wohl irgendetwas geben, was an sie erinnerte.

Auf einer Ecke des Schreibtischs summte leise ein Computer mit eingeschaltetem Monitor. Marla fragte sich, ob ihr noch genug Zeit blieb, die Dateien zu sichten. *Später*, sagte sie sich, *wenn du sicher sein kannst, nicht ertappt zu werden.*

Entwickle jetzt keine Angstneurose, ermahnte sie sich selbst. *Sonst endest du noch in der Klapsmühle.*

Marla berührte die Tastatur. Der Bildschirmschoner, tropische Fische, verschwand, und stattdessen erschien ein Desktop mit Icons. Erstaunlich problemlos fand sie das richtige Programm und fuhr zusammen, als sie einen Ordner mit der Bezeichnung »Marlas Dateien« entdeckte. Also hatte sie diesen Rechner benutzt! Gut. Dieses Wissen machte ihr Mut. Sie versuchte, eine Datei zu öffnen, stellte jedoch fest, dass sie dazu ein Passwort benötigte. Ihr Mut sank. Sie durchsuchte die Schubladen nach einem Hinweis auf ein Passwort, fand aber nichts. Als Nächstes versuchte sie, ihre E-Mails abzurufen, stieß jedoch auf das gleiche Problem. Sie probierte jede Kombination aus, die ihr in den Sinn kam – ihr Name, die Namen ihrer Kinder, alles Mögliche –, musste jedoch schließlich aufgeben. Sie trommelte mit den Fingern auf die Sessellehne, und dann hörte sie Schritte im Flur.

Ohne selbst zu wissen, warum, sprang sie erschrocken auf und stieß dabei einen Becher mit Stiften um. Er fiel zu Boden, die Stifte rollten über den Teppich. »Toll.« So schnell sie konnte, sammelte Marla sie auf und stellte sie wieder in den Becher mit dem Harvard-Logo.

Sie hörte, wie die Tür zur Suite geöffnet wurde, die Schritte verklangen. »Mrs Cahill?« Eine Frauenstimme, die sie nicht kannte, rief nach ihr.

»Ich bin hier«, antwortete sie, entschlossen, sich nicht von der Stelle zu rühren. Vom Schreibtisch aus öffnete sie die Tür zum Flur und sah auf der anderen Seite des Treppenabsatzes die offene Tür zu Cissys Zimmer. Ihr Herz hämmerte, ihre Hände waren feucht, doch sie zwang sich zur Ruhe. Sie befand sich in ihrem eigenen Haus, zum Teufel, im Zimmer ihres Mannes. Sie hatte jedes Recht, sich hier aufzuhalten. Warum kam sie sich wie ein Eindringling vor?

Wenige Sekunden später schaute eine schlanke Frau mit funkelnden braunen Augen und dunklem Teint durch den Türspalt. »Hi.«

»Sie ... Sie müssen Carmen sein.«

»Ganz recht.«

Marla hatte das Bedürfnis, sich zu entschuldigen. »Es tut mir leid, ich ...«

»Ich weiß. Die Amnesie. Machen Sie sich keine Gedanken.« Carmen trat ins Büro. Wenn Marlas verändertes Äußeres sie betroffen machte, so gelang es dem Dienstmädchen gut, es zu verbergen. Sie trug einen schmalen marineblauen Rock und eine weiße Bluse mit aufgekrempelten Ärmeln. »Mrs Eugenia schickt mich, um nach Ihnen zu sehen und wegen des Abendessens anzufragen«, erklärte sie. »Als ich Sie in Ihrem Zimmer nicht antraf, habe ich mir Sorgen gemacht.«

»Mir geht's gut ... nun ja, den Umständen entsprechend. Im Augenblick ist wohl alles relativ.« Marla heftete den Blick wieder auf den Monitor. »Sie kennen nicht zufällig mein Passwort?«

»Tut mir leid.« Carmen schüttelte den Kopf. »Ich kann mich aber auch nicht entsinnen, dass Sie den Computer häufig benutzt hätten.«

»Sie wissen sicher auch nicht, wo meine Handtasche sein könnte – die Tasche, die ich in der Unfallnacht bei mir hatte?«

Die Frau legte die Stirn in tiefe Falten und schürzte nachdenklich die Lippen. »Ich habe sie nicht gesehen ... und auch sonst nichts von Ihren Sachen.«

Marla resignierte. Sie schob den Sessel zurück. »Und meine persönlichen Dinge, Fotos aus meiner Kindheit oder von Cissy als Baby?«

»Ja, sicher.« Carmens Miene hellte sich auf. »Damit kann ich dienen.«

Marla hob ruckartig den Kopf. »Tatsächlich?« Das war doch schon mal etwas. Nicht viel, aber ein greifbares Bindeglied zu ihrer Vergangenheit.

»Klar. Die Fotoalben stehen in der Bibliothek.«

»Vielleicht sollte ich sie mir anschauen. Ich weiß, das mag seltsam klingen, aber wären Sie so nett, mir das ganze Haus zu zeigen?«

»Natürlich, gern. Und was ist mit dem Abendessen?«

»Ist es schon so spät?« Marla hob den Blick zum Dachfenster oberhalb der Treppe und sah, dass es bereits dunkel wurde.

»Nein, gegessen wird erst um acht Uhr. Aber Mrs Eugenia hat immer gern alles gut organisiert.«

»Das kann ich mir vorstellen«, erwiderte Marla und sah im Geiste ihre Schwiegermutter vor sich, resolut und sich ihrer gesellschaftlichen Stellung wohl bewusst. Sie bezweifelte, dass Eugenia jemals eine Regel verletzte, geschweige denn brach, und sie konnte sich nicht vorstellen, dass die zierliche Frau je bereit wäre, ihren Terminplan zu ändern.

Auf dem Weg über den Flur sagte Marla: »James ist nicht im Kinderzimmer. Ich habe nachgesehen.«

»Er ist unten. Bei Fiona und Mrs Eugenia.«

»Schön. Eine Sorge weniger.«

Gewandt wie ein Museumsdirektor zeigte Carmen ihr die Räume im zweiten Stock. In Cissys Schlafzimmer – gelb gestrichen und völlig im Chaos versunken – lagen auf dem Fußboden verteilt Bücher, Disketten, CDs und Zeitschriften. Der Schminktisch war vollgestellt mit Make-up-Gläschen und Tuben, die Wände mit Postern ihrer Teenie-Idole behangen ... Einige Gesichter erschienen Marla vertraut, doch sie konnte ihnen keine Namen zuordnen.

Ein weiterer Raum auf dieser Etage diente als Gästezimmer. Marla sah sich nach Hinweisen auf Nick um, fand jedoch keine. Das Zimmer war genauso adrett und unpersönlich eingerichtet wie ihr eigenes, allzu perfekt mit den passenden Ölgemälden, den farblich aufeinander abgestimmten Vorhängen und Teppichen, alles in einem Stil lässiger, verhaltener Eleganz. Künstlich. Unecht. Marla wusste selbst nicht, warum sie es so empfand, doch sie hatte das Gefühl, dass dieses Haus und ihr eigenes Leben ein einziger Schwindel waren.

»Und Fiona? Wo schläft sie?«, fragte sie, als sie einem sanft ausgeleuchteten Flur folgten.

»Die Hausangestellten wohnen im Obergeschoss«, erklärte Carmen. »Die Köchin, das Hausmädchen und wahrscheinlich auch der Pfleger, sobald er eintrifft.«

»Pfleger?«, wiederholte sie.

»Mr Cahill hat einen Pfleger engagiert, der Sie rund um die Uhr betreut.«

»Für mich?«

Carmen verzog das Gesicht und rollte mit den dunklen, ausdrucksstarken Augen. »Vielleicht hätte ich das nicht sagen dürfen.«

»Nein, schon gut. Früher oder später hätte ich es ja ohnehin erfahren.« Sie gingen zum Aufzug. »Sie sagten, es ist ein Mann?«

Carmen hob eine Hand und trat in die Kabine. »Ich meine, Mr Cahill hätte von einem Mann gesprochen. Tom Soundso, glaube ich, aber berufen Sie sich nicht auf mich.«

»Nein«, versprach Marla, und während die Kabine in den ersten Stock hinunterfuhr, hatte sie zum ersten Mal das Gefühl, in diesem großen, schönen, alten Gebäude, das ihr Zuhause war, jemandem nähergekommen zu sein.

Sie durchschritten einen breiten Flur, der, wie Marla vermutete, das Herzstück des Hauses darstellte. Es war dunkel bis auf das Licht weniger Lampen auf Tischchen. Sanfte Musik klang aus verborgenen Lautsprechern, und Gemälde, wahrscheinlich Originale, zierten die Wände. Geblümte Läufer bedeckten den Holzfußboden und setzten sich in mehrere Zimmer hinein fort.

Sie folgte Carmen in einen Raum, der offenbar als Wohnzimmer genutzt wurde. Darin befanden sich diverse Sitzgruppen, kleine Tische, zwischen denen Philodendren und Farne in Kübeln standen, und ein massiver gemauerter Kamin, in dessen Kupferdach sich mit warmem, mildem Schimmer das Lampenlicht spiegelte.

Durch Schwebetüren führte Carmen Marla weiter in ein Musikzimmer. Hier hingen antike Instrumente an den Wänden, und in einer Ecke, vor Fenstern mit Blick über die Stadt, stand ein Konzertflügel.

Eine weitere Tür führte in die Bibliothek mit einem verglasten Bücherschrank, der bis zur Decke reichte. Daran war eine Holzleiter angebracht, die auf Rollen lief und von einem Ende der Sammlung bis zum anderen gefahren werden konnte. In einer Ecke in der Nähe eines Kübelfarns stand ein Globus, vor dem Erkerfenster gluckerte ein Aquarium mit neonfarbenen tropischen Fischen. Marla bezweifelte, dass sie jemals eines der in Leder gebundenen Bücher aus dem Regal genommen, dass sie je an einem dieser Fenster gestanden, sich in die weichen Polster eines der Zweiersofas gekuschelt hatte ... Aber woher wollte sie das wissen?

»Hier sind die Fotoalben«, sagte Carmen und wies auf ein Eckregal. Marla nahm den ersten Band heraus, schlug ihn auf und sah ein Foto von ihrer Hochzeit. Sie und Alex, damals noch fünfzehn Jahre jünger, er im schwarzen Smoking, sie im weißen Spitzenkleid mit langer Schleppe. Es folgten weitere Bilder von der Kirche, den Hochzeitsgästen, der Torte und dem Empfang.

Die gesamte Familie war versammelt, bis auf Nick. Er war auf keinem einzigen Foto zu sehen. Aber er hatte ja auch von sich selbst gesagt, er sei der »Ausgestoßene«, und das bedeutete wohl gleichzeitig, dass er das schwarze Schaf der Familie war. Das *enfant terrible*. Ein Mann, der nach seinen eigenen Gesetzen lebte, die, wie Marla vermutete, denen seines Bruders und seiner Mutter oft genug widersprachen. Kein Wunder, dass sie ihn auf eine sehr urtümliche, gefährliche Art faszinierend fand.

Sie verdrängte diese Gedanken und betrachtete ein Foto von der Familie auf dem Empfang. Eugenia, in Indigoblau, mit stolz vorgerecktem Kinn, stand neben einem großen, grauhaarigen, distinguiert aussehenden Mann, den die Festlichkeiten zu langweilen schienen. *Samuel Cahill*, dachte Marla instinktiv. Außer Alex und Marla befand sich noch ein zweites Paar auf dem Bild, zweifellos ihre eigenen Eltern. Marla schnürte es die Kehle zu, als sie das Paar betrachtete. Die Frau war gertenschlank, hatte ein spitzes Kinn, einen hochmütigen Gesichtsausdruck, kurzes dunkles Haar und stechende Augen. Sie trug ein perlenbesticktes Kleid in Hellrosa, das ihrer zierlichen Figur schmeichelte. Der Mann an ihrer Seite war groß und drahtig, ein John-Wayne-Typ, der in seinem teuren Anzug fehl am Platz wirkte. Sein Lächeln, wenn man es überhaupt als solches bezeichnen konnte, wirkte gezwungen, als sei er ständig gereizt.

Kaum die warmherzige Familie, die ich mir wünsche, dachte Marla mit einiger Enttäuschung. Schlimmer noch, sie erkannte ihre eigenen Eltern nicht. Am wenigsten die Frau. Nichts an ihr rührte an Erinnerungen, und der Mann ... nein ... Etwas tief in ihrem Inneren regte sich flüchtig, doch sie war sich nicht sicher, und das Gefühl behagte ihr nicht. Es war nicht warm und vertraut, nein ... Es war eher wie Hass ... eine tiefempfundene Verachtung.

»Nein«, flüsterte Marla mit einem flauen Gefühl im Magen. »Mrs Cahill?« Carmens Stimme riss sie aus ihren Gedanken. »Stimmt etwas nicht?«, fragte sie, und voller Verlegenheit fand Marla in die Gegenwart zurück. Ihr Gesichtsausdruck hatte offenbar ihre Gedanken gespiegelt, denn Carmens Lächeln erstarb.

»Ich ... Entschuldigen Sie. Das hier ist wahrscheinlich zu viel für Sie. Ich hätte nicht ...«

»Nein, nein, schon gut ... Ich hatte nur ein wenig die Orientierung verloren, und bitte, nennen Sie mich nicht Mrs Cahill, nennen Sie mich Marla.«

»Wenn Sie es wünschen«, sagte Carmen. Marla klappte das Hochzeitsalbum zu und stellte es zurück ins Regal.

»Ich wünsche es, und denken Sie daran: Ich *muss* erfahren, was mit mir los ist. Alles.«

»Natürlich.«

Am anderen Ende der Bibliothek befand sich in einer geräumigen Nische eine Bar, und die Gerüche von Brandy und Zigarrenrauch hingen in der Luft. Sie durchquerten den Flur zu einer weiteren Tür, die halb offen stand. Mit einem Blick erkannte Marla, dass dieses Zimmer Eugenia gehören musste. Das Parfüm ihrer Schwiegermutter durchzog den gesamten

Raum. Ein holzgeschnitztes Bett beherrschte eine Wand mit Durchgang zu ihrem privaten Bad. Fenstertüren mit transparenten Vorhängen führten auf einen Balkon. In der gegenüberliegenden Ecke standen ein antiker Sekretär und ein Zweiersofa neben einem kleinen, mit handgemalten Kacheln verzierten Kamin.

»In dem Zimmer dort warten sie auf Sie«, erklärte Carmen, fasste Marla am Ellenbogen und führte sie in einen langgestreckten Raum mit einem Fernseher, zwei Sofas und einem Lehnsessel. Eugenia hielt das Baby auf dem Schoß. James richtete den Blick seiner großen Augen auf alles und nichts. Beim Anblick seines flaumigen Köpfchens lächelte Marla.

»Lieber Himmel, was hast du mit deinem Haar gemacht?«, fragte Eugenia mit großen Augen und schnappte nach Luft wie ein Fisch auf dem Trockenen.

»Ich hab's geschnitten.«

»Ich muss schon sagen … nun ja … Mach dir keine Gedanken darum.«

»Das tue ich nicht.«

»Ich rufe meine Friseurin an. Sie kommt bestimmt gern vorbei und« – sie wedelte mit den Fingern um ihren eigenen Kopf herum –, »tja, und macht so etwas wie eine Frisur daraus.« Nachdem sie sich ein wenig erholt hatte, beugte sie sich zu James hinab und flüsterte gut hörbar: »Sieh mal, wer jetzt endlich aufgewacht ist.«

»Wie spät ist es?« Marla durchquerte das Zimmer, setzte sich neben ihre Schwiegermutter in einen Sessel und streckte die Arme nach dem Kind aus.

»Schon nach vier Uhr, meine Liebe. Du hast praktisch einmal rund um die Uhr geschlafen. Wie fühlst du dich?«

»Etwas benommen«, gestand Marla, kitzelte ihren Sohn unterm Kinn und lachte ihn mit gekrauster Nase an. Der Duft von Babypuder und Öl wehte ihr entgegen. »Wie geht es Mamas großem Jungen denn, hm?«, fragte sie, und ihre Stimme hob sich automatisch um eine Oktave.

»Unleidlich ist er«, erklärte Fiona, die gerade ins Zimmer kam. »Und er muss gefüttert und gewickelt werden.«

»Das übernehme ich.«

»Aber ...«, setzte Fiona zum Protest an.

»Glauben Sie mir, ich brauche die Übung.«

»Er war *nicht* unleidlich oder gereizt. Er hatte Bauchweh«, berichtigte Eugenia.

Carmen, die noch an der Tür wartete, verkündete: »Mrs Cahill sagt, sie möchte mit der Familie zu Abend essen.«

»Wirklich?« Eine graue Augenbraue fuhr bis über den Rand von Eugenias Brille in die Höhe. »Bist du sicher, dass du dir das zumuten kannst? Dr. Robertson will, dass du so viel Ruhe wie nur möglich bekommst.«

»Das geht schon in Ordnung ... solange ich das Essen püriert bekomme.«

»Ich glaube, heute steht Steak Diane auf dem Speiseplan, aber für dich machen wir eine Ausnahme.« Eugenia lachte leise.

Marlas Magen knurrte, als sie an richtig deftige Mahlzeiten dachte. Sie grübelte vor sich hin, während sie dem Säugling auf einem Tisch die Windel wechselte und anschließend der widerstrebenden Fiona sein Fläschchen entwand. Sie hatte den bohrenden Verdacht, dass in der Familie etwas faul war. Wie Eugenia dort auf dem Sofa saß, die Highheels ordentlich nebeneinander abgestellt, zu ihren Füßen einen

Gobelinbeutel mit Stricknadeln und Garn, war sie der Inbegriff der zärtlichen Großmutter. Babyspielzeug lag verstreut auf einer Spieldecke, und Fiona wirkte völlig entspannt und kompetent, obwohl sie anscheinend nicht unbedingt der liebenswürdigste Mensch auf der Welt war. Alle behandelten Marla gut, und doch hegte sie gegen alle einen unbestimmten Verdacht.

Sie spürte, dass sie etwas vor ihr geheim hielten, etwas von großer Wichtigkeit.

Sie schüttelte den hässlichen Gedanken ab und richtete ihre Aufmerksamkeit darauf, das Baby zu füttern. Ihr Herz öffnete sich dem Kleinen, der sie zu akzeptieren schien, wenn auch zu Anfang zögerlich. Bei Coco, dem kleinen struppigen Hund auf dem Kissen neben Eugenias Strickbeutel, lagen die Dinge anders – er schaute Marla an, als sei sie Mata Hari. Seine dunklen Augen folgten jeder ihrer Bewegungen, und trotz wiederholter Ermahnungen von Seiten Eugenias knurrte er leise.

»Wo ist Cissy?«, fragte Marla, ohne das Tier zu beachten.

»Sie ist nach der Schule mit Freundinnen shoppen gegangen, und Alexander ist natürlich« – Marlas Schwiegermutter warf einen Blick auf die schmale goldene Uhr an ihrem Handgelenk – »noch nicht aus dem Büro zurück.«

Und Nick?, hätte Marla gern gewusst, sprach die Frage aber nicht aus. Sie rieb sich das Kinn und verzog schmerzlich das Gesicht.

»In ein paar Tagen werden diese Drähte entfernt«, sagte Eugenia, den Blick auf ihr Strickzeug geheftet.

»Je eher, desto besser.«

»Ich kann dich da gut verstehen. Später in der Woche hast du einen Termin beim plastischen Chirurgen. Wenn die Drähte entfernt worden sind, kannst du deine Zähne untersuchen lassen, aber wie es aussieht, ist eine zahnärztliche Behandlung nicht nötig.«

»Man muss dem Herrn auch für kleine Gnaden dankbar sein.«

»Du wirst dich fühlen wie neugeboren«, prophezeite Eugenia.

Im Augenblick fühlte Marla sich allerdings keineswegs so. Eher wie neu zusammengesetzt, ähnlich einem Auto mit Totalschaden, das ganz knapp der Verschrottung entkommen war. Doch sie hielt den Mund und versuchte, sich von dem latenten Gefühl, dass sie manipuliert wurde, zu befreien. *Manipuliert von wem? Und warum?* Sie hatte keine Antworten auf diese ermüdenden Fragen, und um sich davon abzulenken, spielte sie mit ihrem Sohn.

Irgendwann begann der Kleine zu weinen. Sofort sprang Fiona auf, nahm ihn Marla aus den Armen und verkündete, dass sie ihn zu einem Schläfchen niederlegen wolle.

Das Telefon klingelte, und binnen Sekunden huschte Carmen mit einem schnurlosen Gerät ins Zimmer. »Es ist für Sie«, sagte sie zu Marla. »Mrs Lindquist.«

»Du brauchst den Anruf nicht anzunehmen …«, sagte Eugenia rasch, doch Marla nahm Carmen bereits das Telefon ab.

»Hallo?«, meldete sie sich, ein wenig undeutlich wegen der dummen Drähte, die ihr den Mund verschlossen.

»Marla! Du bist tatsächlich zu Hause!«, schrillte eine überschwengliche Frauenstimme über Hintergrundgeräusche hinweg. »Die Zeit im Krankenhaus hat dir doch sicher den letzten Nerv geraubt! Wie geht's dir?«

»Ich lebe.«

»Was?«

»Ich sagte, mir geht's gut«, erklärte Marla.

»Entschuldige, ich bin im Club, und hier ist es laut, und deine Stimme klingt komisch. Die Drähte, wie? Wie auch immer, ich dachte, ich versuche einfach mal, dich zu Hause zu erreichen. Wann kann ich dich besuchen?«

»Jederzeit«, erwiderte Marla und sah, wie Eugenia missbilligend die Mundwinkel herabzog und nach den Stricknadeln und einem Strang korallenroter Wolle griff.

»Darfst du denn schon Besuch empfangen?«

»Natürlich.« Warum sollte sie ihre Freundinnen nicht sehen dürfen? Die Lippen ihrer Schwiegermutter bewegten sich stumm, während sie Maschen zählte, dann begannen die Nadeln leise zu klicken.

»Das dachte ich auch, aber Alex war strikt dagegen, dass dich jemand im Krankenhaus besucht. Ich habe es versucht, traf aber auf einen Wachhund von Schwester, die aussah, als gehörte sie zum olympischen Ringerteam, oder wie das heißt. Jedenfalls hat sie mich nicht zu dir gelassen.«

»Ach ja?« Marla warf einen Seitenblick zu Eugenia, die strickte, als hinge ihr Leben davon ab. »Wahrscheinlich, weil ich im Koma lag.«

»Möglich.«

»Aber jetzt würde ich dich sehr gern sehen«, sagte Marla, obwohl sie sich absolut nicht an Joannas Gesicht erinnern konnte. Aus den Augenwinkeln sah sie, wie Eugenia die Zähne zusammenbiss und missbilligend den Kopf schüttelte.

Marla ignorierte ihre Schwiegermutter. »Wie wäre es mit heute Abend? Auf einen Drink?«

Eugenias Kopf ruckte hoch, und um ihre Augen bildeten sich Sorgenfalten.

»Klar. Gern. Ich kann nicht lange bleiben, aber ich könnte nach dem nächsten Satz bei dir reinschauen. Sagen wir, in ... in anderthalb Stunden?«

»Prima. Bis dann.« Marla verabschiedete sich und unterbrach die Verbindung, bevor ihre Schwiegermutter anfangen konnte, die Einwände zu erheben, die so deutlich in ihrem Gesicht zu lesen waren. Eugenia brummte etwas Unverständliches und löste die letzte Maschenreihe auf, als sei Marlas eigensinniges Gespräch schuld daran, dass sie eine Masche hatte fallen lassen.

»Das ist keine gute Idee«, sagte sie schließlich und griff wieder zu den Nadeln.

»Warum nicht?«, wollte Marla wissen.

»In deinem Zustand solltest du keinen Besuch empfangen. Und du darfst unter dem Einfluss der Medikamente auch nichts trinken ...« Eugenia strickte wie gehetzt, die Nadeln klickten in rasantem Tempo.

»Nicht einmal ein Glas Wein?«

»Auf gar keinen Fall.«

»Aber ich muss meine Freunde sehen ... Übrigens, hast du eine Ahnung, wo meine Handtasche geblieben ist? Die, die ich in der Unfallnacht bei mir hatte?«

Eugenia seufzte. »Ich habe schon damit gerechnet, dass du danach fragen würdest. Am Unfallort war keine Handtasche. Zumindest hat die Polizei sie nicht gefunden. Auch kein Übernachtungsgepäck. Nichts.«

»Aber da muss doch ... Moment mal!«

»Ich weiß, ich weiß, es klingt merkwürdig, aber das ist alles, was man mir gesagt hat.«

Widerwillig legte ihre Schwiegermutter das Strickzeug zur Seite. »Bisher ist nichts geklärt. Du weißt schon, was den Unfall betrifft ... Vielleicht hat die Polizei deine Handtasche doch gefunden, und sie belügen uns.«

»Unmöglich ... Das wäre doch völlig absurd.«

»Ach ja?«

»Ja! Warum sollten die das tun? Weil sie mich irgendeiner Straftat verdächtigen?«, fragte Marla. Das Telefon in ihrer Hand begann zu klingeln. Ohne darüber nachzudenken, meldete sie sich. »Hallo?«

»Marla. Du bist wach. Schön.« In Alex' Stimme klang eine gewisse Schärfe mit. »Ich habe gerade mit Detective Paterno gesprochen. Charles Biggs ist heute Morgen gestorben.«

»O Gott, nein.« Ihre Knie wurden weich, sie glaubte, sich nicht länger aufrecht halten zu können. Jetzt waren es schon zwei Todesopfer.

»Marla? Alles in Ordnung? Ich wollte dich und Mutter nur über den neuesten Stand informieren. Die Polizei wird sich wahrscheinlich noch einmal melden. Es gibt noch Unklarheiten, was die Todesursache betrifft. Vielleicht waren es nicht allein seine Verletzungen.« Er hielt sekundenlang inne. »Sie glauben, es könnte sich um Mord handeln. Jemand könnte ihm ins Jenseits hinübergeholfen haben.«

»Das verstehe ich nicht«, sagte Marla. Plötzlich wurde ihr eiskalt.

»Ich auch nicht, aber ich wollte dich vorwarnen.« Alex

war reizbar und besorgt. Sie hörte die Anspannung in seiner Stimme, stellte sich seine gehetzte Miene vor. »Paterno gibt nicht auf, bis er etwas gefunden hat. Ich hatte vorher schon mit ihm zu tun.«

»Ach ja?«

»Weißt du noch ... ach, nein ... Er hat mal in einem Fall in Cahill House ermittelt ... Alles löste sich in Wohlgefallen auf, aber er schnüffelte weiter herum ... Wie auch immer, mach dich auf einiges gefasst. Er wird bestimmt weitere Fragen an dich haben.«

»Aber ich kann ihm nichts erzählen ...«

»Ich weiß, ich weiß. Sei trotzdem auf der Hut.«

»Aber er ist von der Polizei.«

»Von der Polizei San Francisco. Dein Unfall geschah in den Bergen, weit entfernt von der Stadt, und trotzdem übernimmt er den Fall. Hör zu, du darfst ihm nicht trauen, okay? Verlier nicht die Nerven.«

»Ich habe nichts zu verbergen«, sagte Marla und spürte, wie Alex stutzte.

Ihr Herz machte einen Satz.

»Oder doch?«, wollte sie wissen.

»Natürlich nicht, Liebling. Ich wollte dich nicht beunruhigen. Sei einfach auf der Hut.«

Innerlich zitternd, voller Angst vor etwas, das sie nicht verstand, nickte Marla, als könne Alex es durch die Leitung hindurch sehen.

»Was ist denn?«, erkundigte sich Eugenia, deren Lippen weiß geworden waren. Marla reichte ihr das Telefon und kämpfte gegen das dumpfe Dröhnen in ihrem Kopf an. Was geschah mit ihr? Ihr Magen wollte sich umdrehen, wenn sie an den armen Mann dachte, der so grauenhafte Verbrennungen erlitten hatte und jetzt gestorben war.

Ihretwegen.

Schlimmer konnte es nicht mehr werden, meinte sie, hatte aber den vagen Verdacht, dass sie sich in diesem Punkt täuschte. Sogar gewaltig.

7.

»Hübsche Frisur«, witzelte Joanna auf der vorderen Veranda und wies mit schlanken, ringgeschmückten Fingern auf Marlas Haar.

»Danke, ich hab's selbst geschnitten.«

»Das glaube ich dir sofort.«

Immer noch erschüttert über die Nachricht von Charles Biggs' Tod, bat Marla ihre Freundin in das zur Eingangshalle hin gelegene Wohnzimmer. Joanna bewegte sich so sicher, als sei sie schon ein Dutzend Mal hier gewesen. Sie war eine zierliche Frau mit kurzem, blond gesträhntem Haar, dunklen Augen und schmalen Lippen und trug ein weißes, golden gepaspeltes Trainingsoutfit und weiße Tennisschuhe. Mehrere Goldkettchen lagen um ihren braunen Hals, ein Tennisarmband mit großen Diamanten schmückte ein schmales Handgelenk. Marla musterte Joannas feine Züge, suchte nach Hinweisen, hoffte auf Erinnerungen, doch ihr war, als hätte sie diese Frau nie zuvor in ihrem Leben gesehen. Wieder überkam sie Enttäuschung.

Joanna ließ sich auf ein üppig gepolstertes Sofa fallen und schob die Hände zwischen die Knie. »Nun, wie fühlst du dich?«

»Besser, mal so, mal so. Ich habe noch manchmal Kopfschmerzen, und diese da« – Marla öffnete die Lippen, um die Fixierdrähte zu zeigen – »sind eine Qual.« Sie nahm in einem Sessel Platz.

»Aber unumgänglich.« Sie unterbrachen die Unterhaltung, als Carmen eine Flasche Wein, zwei hochstielige Gläser und eine kleine Platte mit Obst, Käse und Crackern brachte.

»Haben Sie sonst noch Wünsche?«, fragte das Dienstmädchen und stellte das Tablett auf den Kaffeetisch.

»Nein danke, das wäre alles.« Während Carmen lautlos das Zimmer verließ, schenkte Marla zwei Gläser Wein ein und reichte eines Joanna.

»Du leidest also an Amnesie?«

»Und wie.«

»Du erinnerst dich nicht an mich?« Geschwungene Augenbrauen fuhren in die Höhe, und wie um die Stimmung aufzuhellen, wandte Joanna den Kopf von einer Seite zur anderen und zeigte ihr Profil. »Und jetzt?«

»Nein, aber das gilt nicht nur für dich. Ich erinnere mich an niemanden.«

»Schade, ich wollte mich schon für etwas Besonderes halten.«

Marla brachte kein Lächeln zustande. »Tu's nicht. Ich kann mich nicht einmal ... nicht einmal an meine eigenen Kinder erinnern. Ist das nicht krank?«

»Nun, ja ... Amnesie ist eine Krankheit.«

»Ich weiß, und ...« Marla würgte an dem Kloß in ihrem Hals und schüttelte den Kopf. »Ich sage mir immer wieder, dass es besser wird. Blitzartig erinnere ich mich manchmal an Dinge, die mich betreffen, an lang vergangene Ereignisse oder solche aus jüngerer Zeit. Aber ich wollte, ich könnte sagen: ›O *ja*, ich kenne dich‹, aber es ist nicht so. Verdammt. Es ist so unheimlich. Ich kann mich überhaupt nicht erinnern, jemals Tennis gespielt zu haben.«

»Gut. Dann kann ich behaupten, ich hätte dich auf dem Court immer in Grund und Boden gespielt.«

»Und, stimmt das nicht?«

»Es wäre eine faustdicke Lüge. Deine Rückhand hat mich das Fürchten gelehrt.« Sie nippte an ihrem Chardonnay und sah Marla über den Rand des Glases hinweg an. Ihre dunklen Augen funkelten. »Die solltest du dir wieder zulegen.«

»Wie mein Gesicht?«

»Tja, zumindest wie deine Haare.«

Marla lachte matt.

»Und was dein Gesicht angeht ...« Joanna hob eine Hand und spreizte den Daumen ab wie ein Künstler, der die Symmetrie seines Werkes prüft. »Hmm. Ich fürchte, das wird eine Weile dauern«, scherzte sie. »Aber vergiss nicht, mein Mann ist plastischer Chirurg. Ted hat sich auf Gesichtsoperationen spezialisiert, in erster Linie kosmetische Operationen, aber er hat auch schon Rekonstruktionen vorgenommen. Lass mich überlegen ... Ich habe für ihn gearbeitet, weißt du noch?« Sie legte eine kleine Pause ein, und während sie nachdachte, bildeten sich zwischen ihren Augenbrauen kleine Fältchen. »Ach, stimmt ja, du kannst dich nicht erinnern. Nun, gut. Es war keine besonders schöne Zeit.« Als sie Marlas verdutztes Gesicht sah, seufzte Joanna schwer. »Damals war Ted noch mit seiner ersten Frau verheiratet. Ich war die böse andere Frau, die ihn ihr ausgespannt hat.« Joanna zog die Brauen hoch und lächelte, als sei sie ein wenig stolz darauf, einer Rivalin eine so gute Partie entrissen zu haben.

»Oh.«

»Das war vor zwölf Jahren. Schnee von gestern.«

Sie legte einen Finger unter Marlas Kinn und neigte den Kopf zur Seite. »Du siehst so anders aus, und ich vermute – wohlgemerkt, es ist eine auf Sachkenntnis gestützte Vermutung –, du wirst toll aussehen, sobald die Schwellungen und Blutergüsse abgeklungen sind, aber anders als vorher.«

»Vielleicht besser?«

»Vielleicht, aber ich wüsste nicht, warum du dir das wünschen solltest. Du hattest ohnehin immer viel mehr Verehrer, als gut für dich war.«

»Wie bitte?« Das war ihr neu. Und doch hatte Marla das vage Gefühl, dass es stimmte.

»O ja, du warst immer … na ja, du weißt schon, du hast immer die Blicke der Männer auf dich gezogen«, erklärte Joanna mit einer Spur von Bitterkeit, einem Hauch von Eifersucht, und Marla hätte gern gewusst, was für eine Art von Freundschaft zwischen ihnen beiden bestanden hatte.

Oder was für eine Frau du warst. Joanna spricht es nicht aus, aber sie deutet an, dass du dich in der männlichen Gunst, mit der du überschüttet wurdest, gesonnt hast, sie vielleicht sogar provoziert hast. Dieser Gedanke bereitete ihr Magenschmerzen.

»Die Sache mit Pam tut mir schrecklich leid«, sagte Joanna und nahm mit spitzen Fingern eine Erdbeere von der Platte.

»Ich weiß, sie war deine Freundin.«

»Deine auch, oder?«

»Ich kannte sie gar nicht.«

»Aber sie war doch Mitglied im Club.«

»Ach ja?« Eine Pause entstand, in der Joanna nachdenklich die Erdbeere verzehrte. »Ich … ich glaube nicht. Ich habe sie zumindest nie im Club gesehen.«

»Ich habe nicht mit ihr Tennis gespielt?«

»Nein ... hm, nicht, dass ich wüsste, aber es ist ja auch schon eine Weile her, weißt du? Du warst eine Zeitlang verreist ... nach Mexiko, glaube ich, dann warst du schwanger, und ... na ja, *ich* jedenfalls habe nie mit ihr Tennis gespielt, und als du in unserer Liga warst ... Ehrlich gesagt, ich entsinne mich nicht, dass du Pam je erwähnt hättest. Erst nach dem Unfall erfuhr ich, dass du mit ihr befreundet warst ...« Sie breitete die Hände aus. »Der Club ist schließlich groß, da kann man nicht alle Mitglieder kennen. Ich weiß nur, dass niemand aus unserer Gruppe Kontakt zu Pam hatte.«

Marla lief es kalt über den Rücken. Sie war sicher, dass Alex oder ein Polizeibeamter oder sonst jemand gesagt hatte, sie hätte mit Pam Delacroix Tennis gespielt ... Oder hatte sie es sich nur eingebildet? Vielleicht spielte ihr Gedächtnis ihr einen Streich. Alles war so frustrierend und verschwommen. Aber es gab eine Möglichkeit, sich Klarheit zu verschaffen. »Du hast nicht zufällig eine Adressenliste der Clubmitglieder?«

»Hm, doch.« Joanna leckte sich den Zeigefinger ab und nickte ungestüm, als drängte es sie zu helfen. »Hier.« Sie stellte ihr Glas auf den Tisch und kramte in ihrer übergroßen Handtasche, die ihr gut und gern gleichzeitig als Sporttasche hätte dienen können. »Ich muss sie nur noch finden.« Nachdem sie verschiedene Fächer durchsucht hatte, öffnete sie den Reißverschluss einer Seitentasche und förderte ein Adressbuch zutage. »*Voilà!* Manchmal grenzt es schon an ein Wunder, dass ich in diesem Chaos überhaupt etwas finde.«

Mit leisem Unbehagen blätterte Marla die Seiten um. Beim Buchstaben D angekommen, fuhr sie mit dem Finger an den Namen entlang. Kein einziger kam ihr bekannt vor. Delacroix fand sie nicht. Kein Name, keine Telefonnummer. *Als hätte es sie nie gegeben.* »Verdammt.« Insgeheim hatte Marla nichts anderes erwartet – sie hatte es gespürt. Sie las die Liste wieder und wieder durch, jedes Mal langsamer. Es nutzte nichts.

»Fehlanzeige, wie?« Joanna hob die Schultern, schnitt ein Häppchen Käse ab und legte es auf einen Cracker. »Ich sage dir, ich glaube nicht, dass ich den Namen vorher je gehört habe. Wir haben darüber geredet, Robin, Nancy und ich – aber keiner von uns kann sich erinnern, dass du Pam je erwähnt hast.« Sie schob den mit Brie belegten Cracker in den Mund. »Weißt du, wir haben ein paar Mal in der Woche Bridge zusammen gespielt. Man müsste doch annehmen, dass wenigstens einer von uns sich erinnern würde, wenn du von ihr gesprochen hättest.«

»Aber in der Unfallnacht war sie mit mir zusammen gewesen, und jetzt ... Jetzt ist sie tot. Der Lkw-Fahrer ebenfalls.«

»Er ist tot?«, vergewisserte sich Joanna, wich ein wenig zurück und krauste leicht angewidert die kleine Nase. »Unter den gegebenen Umständen ist es wohl eine Gnade für ihn.« *Erzähl das mal seiner Familie*, dachte Marla. Ihr wurde übel bei der Vorstellung. »Es ist verdammt schwer für mich.«

»Ich weiß.«

Ach ja? Wie kannst du das wissen? Zwei Menschen sind tot, tot, *meinetwegen, und ich kann mich an nichts erinnern!* Marla umfasste so verkrampft ihr Glas, dass sie fürchtete, der Stiel würde abbrechen, doch es gelang ihr, den Mund zu halten. Schließlich war Joanna ihre Freundin, war gekommen, um ihr zu helfen, und stellte eine Verbindung zur Außenwelt dar.

Joanna zog die säuberlich gezupften Brauen ein wenig zusammen und biss noch einmal von dem Cracker ab. »Also, nun mal ehrlich, wie fühlst du dich?«

»Verdammt elend.« Allen Warnungen zum Trotz trank Marla einen Schluck von dem kühlen Wein. Das vertrug sich nicht mit den Medikamenten – na und? Würde der eine Schluck etwa ihr Gehirn austrocknen? So dass sie sich an überhaupt nichts mehr erinnern konnte? So dass ihre Benommenheit noch zunahm? Und wenn schon. In der Hoffnung, dass ein paar der Namen in der Mitgliederliste ihr etwas sagten, blätterte sie langsam noch einmal Seite für Seite um. Ihr Blick glitt über die Namen, Adressen und Telefonnummern, aber auch wenn einige der Namen ihr bekannt vorkamen, fielen ihr zu den Smithens, Johnsons und Waltersens doch keine Gesichter ein. Lauter geläufige Namen. Keine Gesichter. »Aber, wie gesagt, es soll ja besser werden.«

»Hoffen wir's.« Joanna hob ihr Glas, prostete Marla scherzhaft zu und wies dann auf deren Hand.

»Was ist denn aus deinem Ring geworden?«

»Ich trage ihn doch.«

»Nein, ich meine nicht deinen Ehering, sondern den anderen, den Rubinring. Dein Vater hat ihn dir geschenkt, glaube ich, und du hast ihn nie abgenommen. Du hast immer gesagt, das sei dein Glücksring.«

»Ich weiß nicht ...« Sie rieb ihren Ringfinger, untersuchte ihn auf eine Eindellung, die ein Ring, den sie jahrelang getragen hatte, hinterlassen haben müsste. Doch da war nichts.

»Man hat ihn dir doch nicht gestohlen, oder? Im Krankenhaus womöglich? Das soll vorkommen.«

»Ich weiß nicht … Ich hatte nur diesen hier.« Marla war ratlos.

»Das solltest du überprüfen. Der Ring war eine Antiquität. Ein Vermögen wert, und jetzt, da dein Dad so krank ist und überhaupt … Du möchtest den Ring doch sicher als Andenken behalten.« Joanna legte Marla eine Hand auf den Arm. »Wie geht es ihm eigentlich?«

»Ich habe ihn noch nicht gesehen«, gestand sie mit leisem Schuldgefühl.

»Ich weiß, dass du in Sorge um ihn warst«, sagte Joanna. »Als wir einmal telefoniert haben, hast du die Befürchtung geäußert, er könnte James' Geburt vielleicht nicht mehr erleben.«

»So … so krank ist er?«, fragte Marla, erstaunt, dass Alex nichts davon erwähnt hatte.

»Du hast gesagt, die Ärzte gäben ihm nur noch ein paar Wochen … und das liegt mehr als einen Monat zurück.«

Marla wurde kalt. »Er liegt im Sterben?«

Sorgenfalten traten auf Joannas Stirn. »Ja, Marla. Offenbar hast du auch das vergessen.«

»Sieht so aus.«

Joanna leerte ihr Glas in einem Zug und sah auf die Uhr. »Hör mal, dieser Besuch war entschieden zu kurz, aber ich muss jetzt los. Muss die Kinder vom Taekwondo abholen, weißt du.«

»Danke, dass du gekommen bist«, entgegnete Marla.

»Gern geschehen. Und danke für den Wein. Komm doch, wenn du diese Drähte los bist, mal zu uns zum Essen! Nancy und Robin würden sich auch freuen, dich wiederzusehen. Wir könnten ein paar Aufschläge machen oder, falls das noch zu viel für dich ist, statt Tennis Bridge spielen oder einfach nur ein bisschen zusammensitzen und reden. Ganz, wie du willst.«

»Von Herzen gern«, sagte Marla. »Diese elegante Zahnspange soll mir noch diese Woche abgenommen werden.« Sie dachte daran, wie schrecklich sie immer noch aussah, beschloss aber, sich trotzdem an die Öffentlichkeit zu wagen. Diese Leute waren ihre Freunde, verdammt, und im Augenblick brauchte sie jeden Freund, den sie finden konnte, um diese Situation durchzustehen.

»Gut, ich arrangiere das.«

»Danke.«

»Und, Marla?« Joanna legte ihr die Hand auf den Arm. »Es tut mir wirklich leid, dass du mit all diesen ... Problemen konfrontiert bist. Tja, ein Unglück kommt selten allein. Erst diese Schwierigkeiten in Cahill House und jetzt das ... Du hast weiß Gott ein Päckchen zu tragen.«

»Welche Schwierigkeiten?«, erkundigte sich Marla.

Joanna wurde rot bis unter die Haarwurzeln, als sei ihr das Gesagte plötzlich furchtbar peinlich. »Na ja ... Wahrscheinlich war es nichts weiter als schlechte Presse ... Also, wir sehen uns. Und vergiss nicht nachzuforschen, wo dieser Ring geblieben ist!«

Noch ein Winken, dann war Joanna fort und ließ Marla mit einem Gefühl der Unruhe zurück und mit dem Bedürfnis, mehr zu erfahren. So viel mehr. Marla trat ans Fenster und schaute durch die regenfleckige Scheibe zu, wie Joanna in ihren flotten roten BMW stieg. Sekunden später entfernte sich der Wagen mit röhrendem Motor durch das Tor und den Berg hinunter.

»Diese Frau ist eine Schlange«, sagte Eugenia hinter ihr.

Marla fuhr zusammen. Sie hatte ihre Schwiegermutter nicht kommen hören.

»Eine Schlange?«, wiederholte Marla, wandte den Kopf und sah Eugenia böse aus dem Fenster starren. »Wieso?«

»Eine Schnüfflerin, eine Klatschbase, eine, die zubeißt, wenn du am wenigsten damit rechnest. Bedauernswerter Abschaum. Sie wollte mal hoch hinaus. Hat sich Ted Lindquist in den Kopf gesetzt und eine fünfundzwanzigjährige Ehe zerstört, ohne auch nur einen Gedanken an Frances und die Kinder zu verschwenden.« Laut seufzend trat Eugenia vom Fenster zurück, setzte die Brille ab und polierte sie mit einem bestickten Taschentüchlein, das sie aus der Jackentasche zog. »Na ja, ich sollte nicht klatschen, ich weiß, aber Frances war eine Freundin von mir.«

»Joanna hat etwas von Schwierigkeiten in Cahill House erwähnt.«

»Ja, ich habe es gehört«, antwortete Eugenia seufzend, und Marla hätte gern gewusst, wie viel von der Unterhaltung ihre Schwiegermutter mitbekommen hatte. Hatte sie absichtlich gelauscht? »Tja, ich denke, ich sage dir am besten die Wahrheit.«

»Das wäre nett«, erwiderte Marla mit spröder Stimme.

Eugenia ließ sich in ihrem Lieblingssessel nieder. Ihre Augen hinter der Brille wirkten alt und müde. »Das ist eine hässliche Geschichte. Letztes Jahr wurde Klage gegen den Leiter des Hauses erhoben, einen Prediger. Ihm wurde vorgeworfen, sich ... mit einem Mädchen eingelassen zu haben.

Der Verdacht konnte nicht bestätigt werden. Die Klage wurde fallengelassen, und das Mädchen, damals noch nicht volljährig, blieb anonym. Aber du weißt ja, wie es ist. Die Presse bauschte die Sache maßlos auf. Alex hatte natürlich alles im Griff, aber die Gerüchte blieben, hingen weiter in der Luft und schädigten den Ruf von Cahill House.« Sie wischte sich die Augenwinkel, obwohl sie offenbar nicht weinte. »Wie auch immer, das liegt mehr als ein Jahr zurück – etwa achtzehn Monate.« Eugenia steckte ihr Tüchlein ein und setzte die Brille wieder auf. »Menschen wie Joanna stürzen sich gern auf solche Gerüchte und lassen sie niemals ruhen.« Sie sah Marla in die Augen. »Ich glaube, das liegt daran, dass sie selbst ein schlechtes Gewissen haben und immer froh sind, wenn jemand anders ins Kreuzfeuer gerät. Aber lass uns jetzt nicht mehr darüber reden«, schloss Eugenia das Thema ab. »Meinst du nicht, dass du vor dem Abendessen noch ein Weilchen ruhen solltest?« Sie sah auf die Uhr im Foyer. »Außerdem ist es Zeit für deine Medizin, nicht wahr? Ich glaube, Carmen hat sie schon in deinem Zimmer bereitgestellt.«

Marla wollte widersprechen, doch ihr fehlte die nötige Kraft dazu. Sie war müde, und die Kopfschmerzen setzten wieder ein.

»Carmen kann dir die Treppe hinaufhelfen.«

»Ich glaube, das schaffe ich schon allein.«

»Du solltest es nicht übertreiben«, rügte Eugenia mit einem Blick auf Marlas leeres Weinglas. Missbilligend schürzte die alte Frau die Lippen, hielt sich jedoch mit weiteren Ermahnungen zurück. »Weißt du schon, dass Alex einen Pfleger eingestellt hat? Er nimmt heute Abend seine Arbeit auf.«

»Ich brauche keinen Pfleger.«

Eugenia lächelte nachsichtig und erhob sich. »Wir werden sehen«, sagte sie und stolzierte auf ihren hohen Absätzen aus dem Zimmer. Marla machte sich trotz ihrer Kopfschmerzen auf den Weg in die Bibliothek im ersten Stock, holte ein paar Fotoalben aus dem Regal und nahm sie mit in ihr Zimmer.

Pflichtschuldig trank sie den auf dem Nachttisch bereitgestellten Saft und hoffte, dass davon die Kopfschmerzen nachlassen würden. Sie schlüpfte aus den Schuhen, kroch unter die Bettdecke und begann in den Alben zu blättern. Die Hochzeitsfotos hatte sie bereits gesehen, jetzt wandte sie sich den Aufnahmen aus dem ersten Jahr ihrer Ehe mit Alex zu. Fotos von ihr in einem Cabrio, Alex an ihrer Seite; beim Sonnenbaden an einem tropischen Strand, ein Glas in der erhobenen Hand; beim Tennisspielen und dann mit Cissy ... und dem Mann, in dem sie jetzt ihren Vater erkannte. Das Baby auf dem Schoß, schaute er ohne ein Lächeln in die Kamera. Sie mochte ihn nicht. Das wusste sie jetzt. Sie hatte ihn nie gemocht. Er war kalt und distanziert, und die Frau, die ihre Mutter war – sie empfand nichts für diese Frau mit der Wespentaille und der ewig mürrischen Miene.

Denk nach, Marla, denk nach. Da waren Fotos von dem Mann auf einer ausgedehnten Rasenfläche, im Hintergrund ein palastartiges Backsteinhaus im georgianischen Stil mit weißen Säulen, breiter Veranda vor dem Eingang, das zweistöckige Hauptgebäude flankiert von kürzeren einstöckigen Seitenflügeln. War dies das Haus, in dem sie aufgewachsen war?

Kaum fähig, die Augen offen zu halten, blätterte Marla weiter, und jedes Mal, wenn sie ihren Vater sah, zuckte etwas in ihrem Inneren zurück, als hätte sie Angst vor ihm, als ob ... als ob nichts, was sie im Leben geleistet hatte, je gut genug für ihn gewesen wäre.

»Das ist doch Irrsinn«, murmelte sie vor sich hin und blinzelte. Sie war so verdammt müde, dass sie keine Sekunde länger wach bleiben konnte. Also legte sie die Alben zur Seite und ließ sich ins Kissen sinken. Sie würde ein kurzes Nickerchen halten, um danach, wenn ihr Kopf wieder klar war, ihre Probleme erneut in Angriff nehmen zu können. Doch als sie dann schlief, träumte sie, und die Personen in ihrem Traum hatten keine Gesichter. Sie wimmelten um sie herum, sprachen aus Mündern, zu denen weder Augen noch Nasen gehörten, lachten und scherzten, doch sie blieb außen vor.

Sie war eine Ausgeschlossene. Allein. Isoliert. Sie hörte Stimmen, konnte aber selbst nicht sprechen. Es war, als sei sie unsichtbar ... Irgendwo weit entfernt weinte ein Baby ... und eine Stimme, die sie hätte erkennen müssen, sagte: »Ich weiß, ich weiß, aber von jetzt an notieren Sie einfach, wer angerufen hat, und ich benachrichtige sie. Bringen Sie ihr nicht den Apparat. Es ist noch zu früh und zu peinlich für sie. Sie sieht schauderhaft aus. Das arme Ding kann kaum sprechen mit diesen verdrahteten Zähnen. Wirklich, es ist in ihrem eigenen Interesse.«

Marla wollte protestieren ... Die Frau sprach über sie. Das Baby hörte auf zu weinen, und Marla wälzte sich auf den Bauch und kuschelte sich tiefer unter die Decke. Sie war so müde, so verdammt müde. Wenn sie aufwachte, würde sie alles regeln, die Menschen hätten wieder Gesichter ... Wenn sie aufwachte ...

»Und Tough Guy geht es gut?«, fragte Nick. Er saß in seinem Hotelzimmer auf der Bettkante und streifte mit einer Schuhspitze den anderen Schuh ab. Den Hörer zwischen Ohr und Schulter geklemmt, lehnte er sich ins Kissen zurück und blickte zum Betthimmel aus Batikstoff auf.

»Ja, wie nicht anders zu erwarten«, erwiderte Ole. »Er ist bei mir und verhält sich ganz brav, guckt nur immer die Straße runter und wartet auf dich.«

»Ich hatte gedacht, ich würde früher zurückkommen«, sagte Nick. »Aber es dauert wohl noch ein bisschen.«

»Kein Problem.«

Nick runzelte die Stirn bei dem Gedanken daran, wie tief er gerade in Marlas Probleme hineingezogen wurde. Andererseits, so überlegte er, hatte es sich wohl nicht vermeiden lassen. Wie immer, wenn es um diese Frau ging. Trotzdem, es war seltsam gewesen, sie so geschunden und verschwollen im Krankenhaus zu sehen, und er war hin- und hergerissen zwischen Verbitterung und Mitleid. *Armes kleines reiches Mädchen*. Oder, treffender ausgedrückt: *Armes elendes reiches Miststück*.

»Mach dir wegen Tough Guy keine Sorgen«, sagte Ole jetzt. »Ich pass auf ihn und die *Notorious* auf wie auf meinen Augapfel.«

»Danke.« Mit dem Telefon noch in der Hand, ging Nick auf Socken zum Fenster mit Blick auf die Haight Street. »Ich gebe dir Bescheid, wann ich zurückkomme.«

»Das wäre nett.« Ole legte auf, und Nick massierte seinen verspannten Nacken. Seit er Alex auf dem Parkplatz beim Jachthafen in Devil's Cove gesehen hatte, war er verspannt. Und diese Verkrampfung nahm mit jedem Tag zu. Sein

Blick wanderte den Berg hinauf. Irgendwo dort oben erholte sich Marla gerade und fand hoffentlich bald ihr Gedächtnis wieder. Sein Gewissen meldete sich, denn es gab gewisse Zeiten in seinem Leben, an die er nicht denken mochte. Doch die Erinnerungen daran blieben, schlummerten dicht unter der Oberfläche, Erinnerungen an dunkle Winkel, heiße Haut, und der Moschusduft von Sex war allgegenwärtig. Marla war die aufreizendste Frau, die er je gekannt hatte. Die einzige, die ihm wirklich unter die Haut gegangen war.

Ganz gleich, unter welchen Umständen, immer wenn sie sich trafen, hatte in ihren Gesprächen, in den schwülen Blicken, die sie ihm zuwarf, in den schmetterlingsleichten Berührungen ihrer Finger an seinem Nacken oder seiner Brust Leidenschaft geknistert. Keine Frau hatte ihn je so erregt. Weder vorher noch nachher.

Er war dumm genug gewesen zu glauben, das beruhe auf Gegenseitigkeit und sie seien durch eine Art kosmische, einzigartige Energie miteinander verbunden. Natürlich täuschte er sich. Und er war alt genug gewesen, um es besser zu wissen. Mit vierundzwanzig war er nicht mehr grün hinter den Ohren, doch in ihrer Gegenwart verlor er völlig den Verstand.

»Scheiße«, knurrte Nick und legte den Hörer zurück auf die Gabel. Man erwartete ihn zum Abendessen im Herrenhaus.

Eugenia hatte einen ihrer als Einladung getarnten Befehle erteilt. Mit gespreizten Fingern fuhr er sich durchs Haar.

Da klopfte jemand sacht an seine Tür.

Mit düsterer Miene stapfte er durchs Zimmer und öffnete. Auf der Schwelle stand, eine kleine Faust zum neuerlichen Klopfen erhoben, Cherise. »Oh, gut, ich dachte schon, du wärst womöglich außer Haus«, sagte sie und segelte ohne Einladung in sein Zimmer, eingehüllt in eine Wolke von Parfüm, das ihm irgendwie vertraut vorkam – aus einer Zeit, die lange zurücklag. Cherise war nervös, versuchte jedoch, sich lässig zu geben in ihrer schwarzen Lederjacke, Jeans und Pullover. Ihr blondes Haar war hochgekämmt und am Hinterkopf mit glitzernden Spangen festgesteckt, und sie trug mehr Make-up als nötig. Goldene Augen, umrahmt von dichten schwarzen Wimpern, sahen zu ihm auf. »Ich bin gekommen, weil ich etwas mit dir besprechen muss.«

»Moment mal, woher weißt du überhaupt, in welchem Hotel ich wohne?«, fragte Nick. Sie zuckte nur die Achseln und legte ihren feuchten Regenschirm unter dem Tisch ab.

»Monty hat es irgendwie herausgefunden.«

»Wie hat er das denn angestellt?«

»Keine Ahnung ... Er hat eben Beziehungen.«

Was immer das heißen mochte. Doch Montgomery Cahill war schon immer ein gewiefter Typ gewesen. Onkel Fenton sollte angeblich mal gesagt haben, sein Sohn habe eine Spur Schlangenöl im Blut. Nick glaubte es. Und er war außerdem davon überzeugt, dass jeder mit dem Namen Cahill mit diesem genetischen Makel gesegnet war. Nick verfolgte das Thema nicht weiter, und Cherise ließ sich in einen Sessel beim Fenster sinken und blickte durch die halb geschlossenen Vorhänge hinaus.

»Möchtest du etwas trinken?«

»Nein ... Ich ... Ich trinke nicht mehr, seit ich zu Jesus gefunden habe.« Sie schüttelte heftig den Kopf, wobei ihre Haarspangen im Lampenlicht funkelten.

Schön. »Aber es stört dich nicht, wenn ich etwas trinke?«

»Tu, was du nicht lassen kannst. Ich versuche, mich nicht zum Richter aufzuschwingen.«

»Sehr vernünftig«, versetzte Nick und dachte daran, welche Vorliebe sie als Teenager für Marihuana, Speed und LSD gehabt hatte. Irgendwann war sie dann kokainabhängig geworden und musste sich zwischen Ehemann Nummer zwei und drei einer Entziehungskur unterziehen. Wie es schien, hatte sie jetzt durch ihren derzeitigen Ehemann ihre religiöse Ader entdeckt. Nick öffnete die Minibar und nahm eine Dose Bier heraus. »Du sagtest, dass du aus einem bestimmten Grund gekommen bist.« Er riss die Dose auf und setzte sich ans Fußende des Bettes.

»Es geht um Marla.« Cherise hockte auf der äußersten Kante des Sessels, als wollte sie jeden Augenblick die Flucht ergreifen.

»Was ist mit ihr?«

»Ich hatte gehofft, du hättest schon mit Alex darüber geredet, dass ich sie besuchen will.«

»Nun, ich habe es zur Sprache gebracht. Er ist jedoch der Meinung, sie sollte noch keinen Besuch empfangen.«

»Aber wir sind Verwandte«, beschwerte Cherise sich. »Du weißt doch, dass Marla und ich uns schon immer eng verbunden waren.«

Das war ihm neu. *Oder es war eine Lüge.* Er trank einen großen Schluck aus der Dose. »Das wusste ich nicht.«

»Komm schon, Nick. Du wirst dich doch erinnern. Wir steckten ständig zusammen, als du ... na ja, als du mit ihr zusammen warst.«

»Ich erinnere mich wirklich nicht.«

»Aber es stimmt. Sie war eine meiner besten Freundinnen.« Sie spielte beim Reden an dem Verschluss ihrer winzigen Handtasche herum, ihre nervösen Fingerchen mit dem violetten Nagellack öffneten und schlossen den goldenen Druckknopf. Klick, klick, klick. »Und jetzt lässt Alex mich nicht zu ihr. Ich weiß nicht, ob er es nur mir verbietet oder ihren anderen Freundinnen auch, aber ich finde es nicht richtig.«

»Wie gesagt, er hält nichts davon, dass Marla Besuch empfängt. Ich bezweifle, dass ich ihn umstimmen kann.«

»Um Himmels willen, dann übergeh ihn doch einfach und sag Marla, dass ich sie sehen will«, forderte Cherise.

»Diese ... Zuneigung oder Freundschaft, die du Marla entgegenbringst, hat nicht vielleicht etwas mit deinen und Montys Behauptungen zu tun, man hätte euch um euer Erbe gebracht?«

Bildete er es sich nur ein, oder kniff sie kaum merklich die Augen zusammen? »Das stellt Alex wohl so dar. Und vermutlich ist das auch der Grund, warum er mich nicht zu Marla lässt.«

»Unter anderem.« Er leerte die Dose zur Hälfte und beobachtete, wie sie sich innerlich wand.

Ihr kleines Gesicht verzog sich ärgerlich. »So ist es doch, nicht wahr?«, fragte Cherise mit einer verächtlichen Geste. »Das ist ein anderes Problem«, sagte sie mit einem gequälten Seufzer. »Ich weiß, Alex ist dein Bruder, aber ich an deiner Stelle würde ihm nicht über den Weg trauen.«

Tu ich auch nicht. »Warum nicht?«

»Weil, weil ... Er ruiniert das Unternehmen und lügt. Er war schon immer ein Lügner und wird sich auch jetzt nicht ändern. Er ist ständig auf der Hut. Ein Heimlichtuer. Und er hat Geheimnisse, die du nicht glauben würdest.«

»Aber *du* kennst sie?«

»Nicht alle, aber ein paar«, versicherte Cherise. Ihre Augen verdunkelten sich herausfordernd. »Kein Mensch kennt alle Geheimnisse des Alexander Cahill. Nicht einmal seine Frau.« »Vermutlich bist du der Meinung, eine gehörige Portion Christentum könnte ihm nicht schaden.«

»Die würde niemandem schaden.« Cherise' Lächeln war so künstlich wie ihre Wimpern, mit denen sie jetzt kokett klimperte. »Auch dir nicht, Nick.«

»Ich werde es mir merken.«

»Jesus vergibt uns all unsere Sünden. Mir. Alex. Dir.«

Nick verzog den Mund und musterte seine Cousine. »Ich weiß nicht, Cherise, mein Sündenregister ist ziemlich umfangreich. Er würde lange dafür brauchen.« Wie um seine Worte zu unterstreichen, ließ er sich das Coors-Bier gluckernd durch die Kehle laufen.

»Glaub mir. Er hat viel Geduld mit uns.«

Nick lachte und wischte sich mit dem Handrücken den Mund ab. Cherise hatte so eine gewisse Art, die er schon immer mochte, andererseits konnte sie auch schrecklich lästig sein. Wie ein Chamäleon schien sie sich ihrer Umgebung anpassen zu können, sei es im Debattierclub, in der Drogenszene oder jetzt, in ihrem jüngsten Projekt, in der Welt des Protestantismus.

»Ich möchte Marla jedenfalls sehen«, erklärte sie, stand auf und griff nach ihrem Schirm. »Ich dachte, du könntest vielleicht einen Besuch bei ihr arrangieren.«

»Ich werde mit ihr reden.«

»Wie geht es ihr eigentlich?«, fragte Cherise, als ginge Marlas Schicksal ihr wirklich zu Herzen, so als würde Nick nicht merken, dass sie diese Frage erst nach einer runden Viertelstunde stellte.

»Es wird schon.«

»Schön. Ruf mich an. Im Augenblick wohne ich in Cahill House. Die Telefonnummer ist dieselbe geblieben.« Den Regenschirm in der einen Hand, kramte sie mit der anderen in ihrem Handtäschchen, zückte eine Visitenkarte und reichte sie Nick. »Hier, bitte.« Er betrachtete die in einer Ecke aufgeprägten Betenden Hände. In der anderen Ecke standen ihr Name, ihre Adresse und die Telefonnummer, dazu die des Reverends Donald, ihres Mannes, und der Hinweis auf ihre Kirchenzugehörigkeit. »Ich bete für Marla«, sagte sie und legte ihre weiche, glatte Hand auf seine. »Und auch für Alex und dich. Donald betet auch für euch.«

»Mir wird ganz warm ums Herz«, spottete er.

»Das ist gut so.«

»Mensch, Cherise, ich fürchte, du verschwendest deine Zeit.« Er warf die Karte neben das Telefon auf den Nachttisch. »Ich bin seit je ein Sünder. Weißt du nicht mehr?«

»Ein verirrtes Lamm ...«

»Oder ein verdammter Wolf im Schafspelz.«

»Du kannst mir nicht ausreden, für dich zu beten, Nicholas.«

»Ich käme nicht im Traum darauf.«

»Du bist unmöglich.«

»Ich gebe mir alle Mühe.«

»Ich weiß.« Cherise ging zur Tür, und Nick folgte ihr auf Socken. »Also ...«, sagte sie und umklammerte den Griff ihres Regenschirms. »Das nächste Mal werde ich mich noch mehr anstrengen, Montgomery zum Mitkommen zu überreden.«

»Tu das. Ich habe ihn nicht mehr gesehen, seit wir Kinder waren.«

»Er hat sich nicht verändert«, sagte sie, und ihre Augen wurden ein wenig dunkler. »Spielt immer noch den Rebellen. Kämpft gegen seine Dämonen.«

»Er hat wohl noch nicht zu Gott gefunden«, bemerkte Nick in Gedanken an Montys Vorliebe für leichte Mädchen, schnelle Autos und Drogen.

»Ich versuche, ihm zu helfen. Donald auch.«

Bravo, Donald!, dachte Nick.

Cherise wechselte das Thema. »Ich freue mich darauf, Marla wiederzusehen. Es ist so lange her. Sie und Alex haben schwere Zeiten hinter sich, weißt du? Sie hatten sich ein paar Mal getrennt.«

»Tatsächlich?« Das war Nick neu.

»Ich glaube schon. Ein- oder zweimal vielleicht ... Aber ich sollte nicht klatschen. Es ist ihre Angelegenheit. Jedenfalls bete ich für sie.«

»Natürlich.«

»Ich möchte einfach nur wieder Kontakt zu Marla aufnehmen. Sie muss sich ja schrecklich fühlen. Im Radio habe ich gehört, dass der Lkw-Fahrer inzwischen auch gestorben ist.«

Das wusste Nick bereits. Alex hatte es ihm telefonisch mitgeteilt. »Ich hatte keine Ahnung, dass Alex und Donald sich so gut kennen«, sagte er.

Cherise wich seinem Blick aus, schluckte verkrampft. »So

gut nun auch wieder nicht. Aber ... hm, Donald hat eine Zeitlang in Cahill House gearbeitet, er saß sogar im Vorstand. Und eine Weile war er Pastor im Bayside Hospital. Er ist ein wunderbarer Mensch, Nick, ein guter Christ. Immer zur Stelle, wenn er gebraucht wird«, versicherte sie hastig und griff nach der Türklinke, als sei sie plötzlich in Eile. »Bitte sorge dafür, dass ich Marla besuchen kann, ja?« Sie zögerte kurz, dann fügte sie hinzu: »Es war schön, dich wiederzusehen, Nick. Wirklich.« Sie biss sich auf die Unterlippe, als hätte sie Angst, sich zu verplappern, und strich ihm zart über die Wange. »Pass auf dich auf.« Im nächsten Moment war sie fort, zur Tür hinaus und durch den Flur. Ihr Parfüm hing noch in der Luft.

Nick trank sein Bier in einem Zug aus, warf die Dose in den Abfallkorb und fragte sich, was zum Teufel Cherise wirklich gewollt hatte. Er konnte ihr einfach nicht abkaufen, dass sie nur an Marlas Bett sitzen und ihr aus der Bibel vorlesen wollte. Nie und nimmer.

Er zückte seine Brieftasche und entnahm ihr eine zerknitterte Visitenkarte aus den Tagen, als er in diversen Unternehmen Gott gespielt hatte. Er drehte die Karte um, betrachtete die Telefonnummer, die er auf die Rückseite gekritzelt hatte, griff, in der Hoffnung, dass Walt nicht inzwischen umgezogen war, zum Telefon und gab die Nummer ein.

Nach dem dritten Klingeln meldete sich eine rauhe Stimme. »Hier Haaga.«

»Walt, ich bin's, Nick. Nick Cahill.«

»Na, so was, wieso rufst du mich denn nach all den Jahren plötzlich an?«, fragte Walt in seiner Wohnung in Seattle.

»Ich habe eine Bitte an dich. Es ist geschäftlich. Ich möchte, dass du etwas für mich auskundschaftest.« Nick hörte am anderen Ende der Leitung ein Feuerzeug klicken. Also rauchte Walt wohl immer noch seine drei Schachteln am Tag.

»Ich dachte, du hättest deinen Beruf an den Nagel gehängt«, sagte Walt.

»Habe ich eigentlich auch.« Er klärte Walt in knappen Sätzen über die Umstände auf, die ihn nach San Francisco verschlagen hatten.

Walts bellendes Lachen ging in einen Hustenanfall über. »Es stimmt also. Blut ist tatsächlich dicker als Wasser.«

»Dicker als so manches andere, in meinem Fall. Sieh mal, ich brauche so viele Informationen über den Unfall und über Pamela Delacroix, wie du nur kriegen kannst. Bisher weiß ich überhaupt nichts von ihr, außer dass sie eine Tochter an der Uni Santa Cruz hat. Wer weiß, womöglich hat die Kleine sogar einen anderen Namen.«

»Eine Sozialversicherungs- oder Führerscheinnummer, der Name des Ehemanns oder auch eine Adresse wären schon sehr hilfreich.«

»Dafür bezahle ich dich ja.«

Walt lachte.

»Also, besorg mir so viele Informationen wie möglich und schicke sie mir per Fax oder E-Mail. Ich schließe mein Notebook hier an. Und falls du Fotos auftreiben kannst, scann sie ein.«

»Ist das alles?«, fragte Walt unverhohlen spöttisch.

»Noch nicht ganz.« Nick war jetzt in Fahrt. Er empfand den gleichen Adrenalinrausch wie vor Jahren, als er als Berater für in Schwierigkeiten geratene Unternehmen ein Vermögen eingenommen hatte. »Ich schicke dir morgen per Fax eine Liste der Angestellten und Freunde der Familie, die ich gern überprüft hätte.« Den Hörer am Ohr, ging Nick zum Fenster und spähte durch den Vorhangspalt. Er sah Cherise an der Ecke stehen. Sie schaute auf die Uhr, den aufgespannten Schirm in der Hand ... Oder war es gar nicht Cherise? Sie hatte sein Zimmer bereits vor gut zehn Minuten verlassen, und die schwarzen Jeans, Stiefel und Lederjacke waren ein gängiges Outfit hier in der Stadt. Außerdem war es dunkel – das Licht der Straßenlaternen glomm schwach und beinahe ätherisch. Gerade als sie einen Blick zum Hotel hinüberwarf, hielt ein Geländewagen am Straßenrand. Sie schüttelte ihren Schirm aus. Das Licht der Straßenlaterne fing sich in ihrem blonden Haar mit den Glitzerspangen, als sie in das Fahrzeug stieg. Noch bevor sie die Tür zugeschlagen hatte, gab der ungeduldige Fahrer bereits Gas und fuhr bei Gelb über eine Ampel. Wasser spritzte von den breiten Reifen. »Überprüfe meine Familie«, wies Nick Walt an. »Alex und Marla, meine Cousine Cherise und meinen Cousin Montgomery. Er lässt sich auch Monty nennen.«

»Und alle heißen mit Nachnamen Cahill?«, fragte Walt.

»Nein, Augenblick.« Er ging zum Nachttisch und hob die Karte hoch, die seine Cousine ihm gegeben hatte. »Cherise heißt mit Nachnamen Favier.« Er buchstabierte den Namen und nannte die Telefonnummer. »Ihr Mann heißt Donald. Er gehört der Dreifaltigkeitskirche in Sausalito an.« Stirnrunzelnd rasselte Nick die Telefonnummer der Kirche herunter.

Walt grunzte zur Bestätigung, dass er alle Informationen aufgenommen hatte. »Und deine Mutter?«, fragte er. »Eugenia? Was ist mit ihr?«

Nick zögerte keine Sekunde. »Überprüf sie auch.«

8.

Tony Paterno starrte auf den Monitor, der Bilder von Pam Delacroix zeigte. Der Detective sah sich Führerschein- und Passfotos und ein paar glamourösere Porträtaufnahmen an, die Pam für ihre Visitenkarte benutzt hatte, als sie für eine Maklerfirma in Sausalito arbeitete. Pam war nicht unbedingt Marla Cahills Ebenbild, aber sie sahen einander eindeutig ähnlich. Paterno hatte die Fotos schon vorher gesehen, doch je länger sich dieser Fall hinzog, desto deutlicher erschien ihm die Ähnlichkeit zwischen den beiden Frauen.

Was hatte das zu bedeuten? Waren die beiden miteinander verwandt? War womöglich die Frau hinterm Steuer gar nicht Marla und die wirkliche Mrs Cahill längst eingeäschert? Dann musste am Unfallort gewaltig gepfuscht worden sein. Nein, das war unmöglich. Und doch ... Paterno trommelte mit den Fingern auf die Sessellehne, während er die übrigen, nicht annähernd so schmeichelhaften, am Unfallort aufgenommenen Bilder von Pam Delacroix ansah. Sie lag auf dem Rücken an der Böschung. Ihr Körper war kaum mehr als ein blutiges Bündel, das Genick gebrochen, die Gesichtshaut fast vollständig abgeschürft, die gebrochenen Arme weit ausgebreitet auf dem Waldboden. Andere Fotos zeigten das Wrack des Mercedes, die zersplitterten Fenster, verbogenes Metall, zerrissene, blutverschmierte Lederpolster. Beim Aufprall waren die Reifen geplatzt, die Fenster geborsten, die Karosserie so stark verzogen, dass das Reserverad aus dem Kofferraum geschleudert worden war.

Es kam einem Wunder gleich, dass Marla Cahill überlebt hatte.

Sofern es sich bei der Fahrerin wirklich um Marla handelte. War die Ähnlichkeit bloßer Zufall? Noch ein Zufall? Konnte es sein, dass sie die Amnesie vortäuschte? Er ließ eine Kaugummiblase platzen und kratzte sich an der Wange. Seine Finger ertasteten vierundzwanzig Stunden alte Bartstoppeln. Charles Biggs war tot – von jemandem ins Jenseits befördert, der sich ins Krankenhaus eingeschlichen, sich verkleidet und den armen Kerl erstickt hatte. Pam Delacroix oder eine andere Frau, die Marla Cahill verdammt ähnlich sah, hatte ebenfalls vor ihren Schöpfer treten müssen. Der »Unfall« roch mehr und mehr nach einem Anschlag. Aber wie? Warum? Wer steckte dahinter? Und gegen wen war der Anschlag eigentlich gerichtet?

Er dachte angestrengt nach. Ein Motiv. Das war es, was er brauchte. Wer wollte einen oder mehrere der an dem Unfall Beteiligten tot sehen?

»Scheiße.« Paterno drückte eine Taste und lehnte sich im Sessel zurück, während der Drucker zum Leben erwachte. Etwas an Marla Cahills Unfall war ihm von Anfang an seltsam erschienen, aber er konnte nicht sagen, was. Er hatte den Fall gewissermaßen geerbt. Da die beiden überlebenden Unfallopfer per Rettungshubschrauber in die Stadt gebracht worden waren, führten die Beamten von San Francisco auf dieser Seite Ermittlungen durch und unterstützten die Autobahnpolizei von Kalifornien, die als Erste am Unfallort eingetroffen war und in deren Zuständigkeitsbereich der Unfall eigentlich fiel.

Es gab keinerlei Beweise für ein Verbrechen. Bei Marla

Cahill wurde weder Drogen- noch Alkoholkonsum nachgewiesen. Es bestand auch kein Grund zu der Annahme, dass sie unvorsichtig gefahren war, zumal es keine Zeugen gab.

Aber es hatte noch am Unfallort eine Tote gegeben, und Charles Biggs, der einzige Zeuge, war ermordet worden.

Detective Paterno drehte sich mit seinem Bürosessel herum und nahm sich die Berichte über Marla Amhurst Cahills sämtliche Verwandten vor. Ein mieser Haufen Blaublütiger. Sie stammte aus einer wohlhabenden Familie in Marin County. Ihr Vater, Conrad James Amhurst, lebte in einem kostspieligen Pflegeheim mit Blick auf den Jachthafen von Tiburon. Sofern Paterno richtig informiert war, stand der Alte bereits mit einem Bein im Grab. Bauchspeicheldrüsenkrebs. Conrad Amhurst konnte sich glücklich schätzen, wenn er noch drei Monate am Leben blieb. Den Berichten zufolge war der Mann in jungen Jahren ein Schürzenjäger gewesen, und Marlas Mutter, Victoria, kalt wie ein Fisch. Sie war vor einigen Jahren gestorben, infolge von Komplikationen bei einer Schönheitsoperation – einer Fettabsaugung. Paterno schnaubte verächtlich, ehe er weiter in den Akten las. Ihr einziger Sohn, Rory, hatte als Kleinkind einen Unfall gehabt und war in einer Anstalt gelandet. Damit blieb nur noch Marla als Erbin des reichen Alten. Und sie konnte sich an nichts erinnern. Das behauptete sie zumindest. Paternos Finger trommelten nervös auf die Armlehne des Sessels. Vielleicht log sie. Aber warum, zum Teufel?

Er zerkaute seinen Kaugummi, während er mit schmalen Augen Seite um Seite des Berichts las.

Die Cahills waren nicht gerade der Inbegriff der intakten amerikanischen Familie. Nein, sie erinnerten vielmehr stark an den »Denver Clan«. Eugenia war die Matriarchin – steif und korrekt und mit der Herzenswärme einer lächelnden Schlange.

Alexander, der älteste Sohn und Marlas Gatte, war oberflächlich betrachtet der Traummann einer jeden Frau. Gut aussehend und durchtrainiert, ausgebildet in Stanford und Harvard, hatte er als Anwalt gearbeitet, bevor er in die Fußstapfen seines kranken Vaters trat und das Regiment über Cahill Limited, ein international agierendes Unternehmen, übernahm. Als der Alte den Löffel abgab, hatte Alex alles geerbt.

Doch Paterno traute ihm nicht. Alex Cahill war reich, arrogant und zynisch und wähnte sich über alle Gesetze erhaben. Paterno hatte früher schon mit ihm zu tun gehabt und konnte den arroganten Scheißkerl nicht ausstehen.

Alexanders Bruder Nicholas war offensichtlich das schwarze Schaf der Familie. Während der ältere Bruder in der Schule geglänzt und Sporttrophäen sowie akademische Auszeichnungen gesammelt hatte, war Nick mit dem Gesetz in Konflikt geraten. Das ging so weit, dass der alte Herr ihm mehr als einmal aus der Patsche helfen musste. Keine der Anklagen, die von Autodiebstahl bis zu illegalem Alkoholbesitz und Vandalismus reichten, war je zur Verhandlung gekommen. Vermutlich weil Daddy alle Betroffenen ausgezahlt hatte, was im Bericht allerdings nicht erwähnt wurde. Nick hatte mit achtzehn Jahren die High School abgeschlossen und war von zu Hause ausgezogen. Er hatte als Fernfahrer und auf einer Bohrinsel gearbeitet und sich sogar als Rancher in Montana versucht, wo er später Angeltouren organisierte. Er besaß ein eigenes Boot, leitete ein Unternehmen, das Ersatzteile für Lastwagen herstellte, häufte ein kleines Vermögen an und begann in der Gegend von Seattle kleine Unternehmen aufzukaufen und zu verkaufen. Irgendwie wurde er dann Unternehmensberater, gab den Beruf aber vor fünf Jahren unvermittelt auf und ließ sich dann, sicher mit reichlichen finanziellen Mitteln ausgestattet, in irgendeinem Nest in Oregon nieder. Devil's Cove, du liebe Zeit. Irgendwie passte das.

Jetzt war er zurück.

Wegen des Unfalls? Oder, wie er behauptete, um seinem Bruder in der Firma zur Seite zu stehen? Was war faul in den heiligen Hallen von Cahill Limited?, fragte sich Paterno.

Er beugte sich vor und spuckte seinen Kaugummi in den Abfallkorb, ehe er den Bericht über Nick zur Seite legte.

Dann waren da noch ein Cousin und eine Cousine, verärgert, weil sie sich um das Vermögen der Familie betrogen fühlten. Montgomery Cahill und seine Schwester, Cherise Cahill Martin Bell Favier, behaupteten, sie seien durch ihren Vater und ihren Onkel zurückgesetzt worden. »Monty« war als Junge ein paar Mal in der Jugendstrafanstalt gelandet. Offenbar verfügte sein Vater, Fenton, nicht über so viel Einfluss auf Richter und Cops wie Onkel Samuel. Oder vielleicht wollte er auch, dass der Junge die Strafe für seine Verbrechen verbüßte. Und es bestand noch die Möglichkeit, dass es Fenton einfach nur scheißegal war. Das war nicht ungewöhnlich. Paterno brauchte nur an seinen eigenen Vater zu denken, um zu wissen, wie es war, übersehen oder ignoriert zu werden. Er trank einen Schluck von seinem Kaffee.

Was hatten Marla Cahill und Pam Delacroix miteinander

zu tun? Pams Exmann schrie nach Gerechtigkeit, doch Paterno vermutete, dass der Bursche lediglich Kohle witterte.

Und warum war die stinkreiche Marla mit Leuten befreundet, die doch offenbar nicht in ihre gesellschaftlichen Kreise passten? Noch einmal überflog Paterno die Informationen über Pam. Angeblich war sie Mitglied im selben Tennisclub gewesen wie die Cahills, doch dafür fand Paterno keine Belege. Jedenfalls war sie schwer einzuschätzen. Sie besaß einen juristischen Titel, den sie nicht führte, wenngleich sie einmal eine Zeitlang als Familienanwältin praktiziert hatte. Als ihre Ehe zerbrach, nahm sie den Beruf der Anwältin nicht wieder auf, sondern fing an, sich in Sausalito als Immobilienmaklerin zu betätigen.

Warum?

Er nahm die Seiten aus seinem Farbdrucker und betrachtete die Bilder von Pam Delacroix ... oder war sie Marla Cahill? War bei der Identifizierung ein Fehler unterlaufen? Konnte die Polizei am Unfallort sich einen derartigen Patzer geleistet haben? Die Frau hatte ihren Ausweis bei sich getragen, ihr Exmann hatte die Leiche identifiziert.

Dann die Geschichte mit Marla Cahill, die zum Zeitpunkt des Unfalls noch das Namensarmband aus dem Krankenhaus getragen hatte. Und auch wenn sie an einer Amnesie litt – würden ihr Mann und ihre Schwiegermutter denn nicht merken, dass sie nicht die war, für die sie gehalten wurde? Sie konnte doch nicht die ganze Welt hinters Licht führen, verdammt! Es gab körperliche Merkmale und Angewohnheiten, Sprechweisen ... Es sei denn, alle anderen waren eingeweiht.

Eine Verschwörung.

Herrgott, seine Gedankengänge waren eines Oliver Stone würdig. Paterno schnaubte verächtlich über seine eigenen Verirrungen. Hier bestand kein Grund für Spekulationen. Es war an der Zeit, sich noch einmal mit den Tatsachen zu beschäftigen. Mit den Blutgruppen würde er anfangen.

Der kleine James schrie, und Marla, die wieder verschlafen hatte, sprang aus dem Bett. Sekunden später war sie im Kinderzimmer, hob das Baby aus der Wiege und drückte es an sich. »Ist ja gut«, sagte sie automatisch und schmuste ein Weilchen mit dem Säugling, bevor sie ihm die Windeln wechselte. Sie atmete den süßen Babyduft ein, während sie ihm den Schlafanzug auszog und zusah, wie er mit den Beinchen strampelte. »Du bist unglaublich süß, und das weißt du auch, nicht wahr?«

Seine kleinen Fäuste zuckten, er gurrte.

»O ja, James, du wirst bestimmt ein schlimmer Herzensbrecher.« Sie hatte ihn gerade frisch angezogen, als Fiona mit dem Fläschchen erschien. »Das übernehme ich«, sagte Marla energisch, und während das Kindermädchen das Zimmer aufräumte, setzte sie sich in den Schaukelstuhl und fütterte leise summend das Kind. Es trank gierig, hielt nur hin und wieder inne, um sie anzusehen. »Ich weiß, ich weiß, wenn du mich anschaust, wünschst du dir, du wärest ein Adoptivkind, nicht wahr?« Marla zwinkerte ihm zu. Als er schließlich satt war, stellte sie die fast leere Flasche ab und legte sich den Säugling an die Schulter, damit er sein Bäuerchen machen konnte.

»Er ist ein liebes Kind«, sagte Fiona, während sie eine Decke faltete und über das Fußende der Wiege legte. »Ich habe schon andere versorgt, die nicht annähernd so brav waren wie Ihr kleiner James.« Sie zögerte. »Cissy ... Nun, ich könnte mir vorstellen, dass sie als Baby ziemlich anstrengend gewesen ist.«

Wenn ich mich nur erinnern könnte.

»Sie ist ein eigensinniges Mädchen«, fügte Fiona hinzu. »Damit wird sie sich noch selbst in Schwierigkeiten bringen.« Mit leichtem Stirnrunzeln nahm sie das Fläschchen entgegen, als sei ihr bewusst geworden, dass sie zu weit gegangen war. »Nicht, dass es mich etwas angeht. Und jetzt bringe ich den kleinen Kerl nach unten in sein Laufställchen«, sagte sie, und Marla erhob keine Einwände.

Marla fühlte sich so gut wie seit Tagen nicht mehr, ihr Kopf war klarer, ihr Körper kräftiger. Instinktiv wusste sie, dass sie ein vertrautes Verhältnis zu dem Baby entwickeln würde. Bei ihrer Tochter hingegen galt es größere Schäden zu beheben. Cissy starrte sie noch immer an, als sei Marla einem Raumschiff vom Mars entstiegen.

Marla nahm sich die Zeit, zu duschen und sich umzukleiden, dann beschloss sie, sich den Computer noch einmal vorzunehmen und die Namen im Adressverzeichnis zu studieren. Aber dazu kam sie nicht.

Alex' Zimmer war abgeschlossen. Genauso wie beim letzten Mal, als sie versuchte hatte, die Tür zu öffnen. Wollte er Eindringlinge fernhalten? Oder verbarg er Geheimnisse, die niemand, schon gar nicht seine Frau, erfahren durfte?

Das Wohlgefühl, das sie empfunden hatte, als sie ihr Baby im Arm hielt, verflüchtigte sich.

Marla öffnete die Tür zu Cissys Zimmer. Es war leer, das Licht ausgeschaltet, ordentlicher, als sie es je gesehen hatte.

Zweifellos hatte das Hausmädchen aufgeräumt, während ihre Tochter in der Schule war. Marla überkamen Gewissensbisse. Als Mutter hätte sie früher aufstehen, Cissy begrüßen, ihre Hausaufgaben nachsehen und fragen müssen, ob sie frische Sachen für den Sportunterricht benötigte. Sie hätte nach ihren Plänen für den Nachmittag fragen und sie zur Schule bringen sollen, genauso, wie sie ihr Baby schon vor seinem Morgenschläfchen hätte füttern und wickeln müssen.

Aber du hast für all diese Aufgaben Personal.

Trotzdem machte sie sich Gedanken. Joannas Besuch lief vor ihrem geistigen Auge noch einmal ab ... *Du hattest ohnehin immer viel mehr Verehrer, als gut für dich war ... Ehrlich gesagt, ich entsinne mich nicht, dass du Pam je erwähnt hättest ... Was ist denn aus deinem Ring geworden?*

Marla blieb auf dem Treppenabsatz stehen und blickte über das Geländer in die Eingangshalle zwei Etagen tiefer hinunter. Aus der Küche hörte sie leise Stimmen und das Klappern von Töpfen. In der Eingangshalle tickte die Uhr. Abgesehen davon war es still im Haus, kein Klacken von Eugenias Absätzen auf dem Holzfußboden, kein Bellen des misstrauischen kleinen Hundes, keine klassische Musik aus verborgenen Lautsprechern.

Abgesehen vom Personal und vom Baby war sie allein. Sie ging durch den Flur zum Büro und versuchte, die Tür zu öffnen. Sie war abgeschlossen. Ohne Schlüssel erhielt niemand Zutritt zu Alex' Schlafzimmer, Trainingsraum oder Büro. Er hatte alle ausgesperrt.

Aber warum? Wovor hatte er Angst? Dass jemand vom Personal in seinen Sachen stöberte? Oder hatte er etwas zu verbergen? Aber wie konnte das Hausmädchen sauber machen, wenn der Zutritt zu seinen Räumen verwehrt war? Verbarg er etwas vor dem Personal? Oder vor seiner Mutter? Oder vor ihr?

Marlas Hand lag auf dem Türknauf. Sie versuchte erneut, ihn zu drehen, aber vergebens. Sie drückte sogar die Schulter gegen die Türfüllung in der Hoffnung, das Schloss könnte doch noch nachgeben, aber nichts rührte sich.

Die Tür ist deinetwegen verschlossen, Marla, das weißt du doch. Es hat ihm nicht gefallen, dass du in seinem Schreibtisch spioniert hast. Er traut dir nicht. Du spürst es doch längst. Sie ging zurück in ihr Zimmer und betrachtete ihr Bett, in dem sie getrennt von Alex schlief. *Das alles hat irgendwie mit Nick und deinen Gefühlen für ihn zu tun.* Ihre Kehle schnürte sich zu, und auch wenn sie diese Gefühle leugnen wollte, erhaschte sie doch einen flüchtigen Blick auf die Frau, die sie einmal gewesen war.

Was hatte Joanna gesagt? *Du warst immer … na ja, du hast immer schon Männerblicke auf dich gezogen.*

Joanna hatte manches gesagt, was Marla beunruhigte. Wo war dieser verdammte Ring, von dem Joanna gesprochen hatte? Das Geschenk von Marlas Vater. Bei dem Gedanken an Conrad Amhurst legte sich ein düsteres Bleigewicht auf ihr Herz, ein Schmerz, den sie nicht verstand. Sie erinnerte sich nicht an den Mann, und doch war sie sich sicher, dass ihre Beziehung zu ihm alles andere als liebevoll gewesen sein musste. Vielleicht waren sie einander sogar entfremdet.

Warum hatte sie dann den Ring getragen?

Und noch viel wichtiger: Wo war er? In ihrem Zimmer? In Pams zu Schrott gefahrenem Mercedes? In irgendeinem

Safe eingeschlossen? Es gab nur eine Möglichkeit, das herauszufinden: Sie musste das verdammte Ding suchen. Sie begann im Bad und im Schmuckkästchen auf der Ablage. Kein Ring. Sie durchsuchte den Nachttisch und jede Schublade ihres Sekretärs. Nichts. »Denk nach, Marla, denk nach«, flüsterte sie und betrat den begehbaren Kleiderschrank in der Hoffnung, das Versteck ihres Lieblingsschmucks zu finden, doch da war nichts.

Vielleicht hatte Alex ihn an sich genommen, als sie ins Krankenhaus kam.

Aber den Ehering hat er dir nicht abnehmen lassen?

Noch einmal ließ sie den Blick über den Inhalt des Kleiderschranks wandern und stutzte, als sie das Futteral ihres Tennisschlägers entdeckte. Vielleicht befand sich der Ring darin. Sie öffnete den Reißverschluss der Lederhülle, durchsuchte die flache Seitentasche, fand jedoch nichts außer einer Kreditkartenquittung von einem Geschäft in der Stadt.

Sie schob den Beleg in ihre Tasche, zog den Schläger heraus, wog ihn in der Hand, hob und senkte ihn, wartete auf das Gefühl der Vertrautheit. *Deine Rückhand hat mich das Fürchten gelehrt.*

»Okay, Tennis-Ass, zeig, was du kannst«, ermahnte Marla sich.

Sie tat, als würde sie mit der Linken einen Ball in die Luft werfen, und holte gleichzeitig mit der Rechten nach rückwärts aus. Im Bruchteil einer Sekunde schwang sie den Schläger hoch über ihre Schulter und schlug ihn mit aller Kraft abwärts. Der Schläger zischte an ihrem Ohr vorbei. Er lag ihr nicht in der Hand. Der Griff war zu groß, das Gewicht stimmte nicht. Hatte sie tatsächlich Turniere gewonnen? Sie versuchte, sich zu konzentrieren, doch es gelang ihr nicht.

»Welch eine Überraschung«, verhöhnte sie sich selbst. Der Schrank war plötzlich zu eng, angefüllt mit Kleidern und Erinnerungen, die nicht zu ihr zu gehören schienen. Sie musste fliehen, diesem fremden Haus mit seinen dunklen Geheimnissen und verschlossenen Türen entkommen. Sie wollte wieder atmen können. Sich selbst finden. Marla nahm eine Matrosenjacke vom Bügel und eilte die Hintertreppe hinunter, durch einen Schmutzraum auf eine überdachte Veranda. Noch ein paar Stufen, dann folgte sie einem Gartenweg durch das Gelände. Feiner Nebel umfing die uralten Rhododendren, Farne und Azaleen, hohe Fichten reckten ihre Wipfel, bis sie im Nebel verschwanden. Dieser Teil des Grundstücks auf dem Stadtberg wirkte seltsam isoliert.

Marla vergrub die Hände in den tiefen Taschen ihrer Jacke und folgte dem von Regen und Fichtennadeln schlüpfrig gewordenen Pflasterweg. Ihr Atem bildete Dampfwolken vor ihrem Mund. Fröstelnd ging sie an einer Reihe terrassenförmig angelegter Teiche vorbei. Unter einem halben Dutzend Seerosenblätter zogen Kois träge ihre Bahnen.

Sie war sich beinahe sicher, diese Teiche nie zuvor gesehen zu haben.

Beinahe.

Frustriert blickte sie am Haus hinauf. Die Fenster im obersten Stockwerk waren erleuchtet. Feuchtigkeit senkte sich auf ihre Wangen. Aus dem Augenwinkel sah sie eine Bewegung, einen dunklen Schatten in einem der Fenster im

Obergeschoss. In ihrem Zimmer? Aber von dort kam sie ja gerade ... Sie erkannte das Muster der Vorhänge ... Aber wer sollte sich in ihrem Schlafzimmer aufhalten? Außer dem Personal war niemand zu Hause.

Das musste es sein. Wenn sich jemand in ihrem Zimmer aufhielt, dann wahrscheinlich das Hausmädchen, das aufräumte. Außerdem, wen kümmerte es? Sie hatte schließlich nichts zu verbergen. Trotzdem ... Marla blickte noch einmal zum Fenster auf, doch die Gestalt war verschwunden.

Verärgert über ihre eigene allzu rege Phantasie, zog sie sich die Kapuze über den Kopf und umrundete einen Bereich des Gartens, in dem zurückgeschnittene Rosensträucher standen. Alle Blüten waren längst verschwunden, geblieben waren nur kurze dornige Stengel.

Ihre Nackenhaare sträubten sich. Sie hatte das Gefühl, beobachtet zu werden. Marla drehte sich um und blickte noch einmal am Haus hinauf. Da war sie wieder, die dunkle Gestalt, jetzt hinter einem anderen Fenster ... auf der anderen Seite der Suite ... in Alex' Räumen? Aber die waren doch abgeschlossen. Sie selbst hatte versucht, den Türknauf zu drehen. Ihr Herzschlag beschleunigte sich. Sicher war es nur jemand vom Personal, der einen Generalschlüssel hatte. Doch das unbehagliche Gefühl, dass sie beobachtet ... bewacht wurde, blieb. Ein Regentropfen rann von ihrer Kapuze, und sie blinzelte. Innerhalb dieses Sekundenbruchteils war das Bild verschwunden. Keine finstere Gestalt lauerte mehr in dem dunklen Zimmer. Keine unheimliche Bedrohung.

Du erschrickst vor deinem eigenen Schatten, wies sie sich selbst zurecht, doch eine Gänsehaut überzog ihre Arme, als sie durch eine Laube schritt und eine Schaukel entdeckte, die bereits Rost ansetzte. Hatte sie hier jemals mit Cissy geschaukelt? Ihre Tochter aufgefangen, wenn Cissy lachend die kleine Rutsche hinuntersauste?

Denk nach, verdammt noch mal, Marla. Konzentrier dich! Erinnere dich!

Sie setzte sich auf die Schaukel und stieß sich mit den Fußspitzen ab. Unter der Schaukel hatten sich Furchen in den Kies eingegraben, tiefe Eindrücke von kleinen Füßen, in denen sich nun Pfützen sammelten. Marla schloss die Augen und hörte die Geräusche der Stadt, das Summen des Verkehrs, das Klappern eines Cablecars. Nicht allzu weit entfernt kläffte sich ein Hund die Seele aus dem Leib. Jenseits der Ziegelmauer lebten Nachbarn. Am Fuß des Berges erstreckte sich die Stadt, aber hier, auf diesem ummauerten Grundstück, fühlte sie sich von der Welt abgeschnitten.

Dabei lag doch San Francisco direkt hinter diesem elektronisch gesteuerten Tor.

Sie musste es nur passieren.

Und wohin dann?

»Egal«, murmelte Marla. Ihre Hände froren an den kalten Eisengliedern der Schaukelketten. *Nicks Hotel liegt nur ein paar Häuserblocks die Straße hinunter.* Ausgeschlossen, dorthin zu gehen, ermahnte sie sich selbst, aber vielleicht fand sie, wenn sie dieser eleganten Festung erst einmal entkommen war, ein bisschen Frieden und konnte die Rückkehr ihres verdammten Erinnerungsvermögens erzwingen. Sie musste so viel wie möglich über Pam Delacroix erfahren – wer die Frau gewesen war, woher Marla sie kannte und warum sie Pams Tochter hatten besuchen wollen.

Tausende von Fragen schwirrten ihr durch den Kopf.

Dazu überkamen sie Schuldgefühle, wenn sie an die zwei Menschen dachte, die bei dem Unfall ums Leben gekommen waren. Zwei Menschen, die Familien hatten. Es drängte sie zu beten, doch sie wusste instinktiv, dass Beten nicht zu ihren regelmäßigen Gewohnheiten gehörte. Aber heute, sagte sie sich, konnte sie mal eine Ausnahme machen. Ein wenig Spiritualität würde nicht schaden. Nur fiel ihr kein einziges Gebet ein, als sie da auf der Kinderschaukel saß und das Regenwasser, das sich auf dem Sitz gesammelt hatte, durch ihre Jeans drang.

Sie hörte das Knirschen von Schritten auf dem Kies und erstarrte, die Hände um die Schaukelketten gekrampft.

»Marla?«

Ihr Herz schlug schneller, als sie Nicks Stimme hörte.

Er erschien im Eingang zur Laube und sah sich rasch auf dem Spielplatz um. »Ich habe mich schon gefragt, wo du steckst.« Er trug eine abgewetzte Lederjacke und schäbige Jeans. Unter einem Baldachin aus entlaubter Klematis blieb er stehen. »Was treibst du hier?«

»Ich denke nach. Jedenfalls versuche ich es.«

»Schon Erfolg gehabt?«

»Schön wär's«, antwortete sie mit einem halben Lächeln. »Und du? Was führt dich hierher?«

»Ich habe dich gesucht.« Nicks Gesicht war hart und kantig, mit kräftigem Kiefer, schmalen Lippen und einer nicht ganz geraden Nase. Er blieb breitbeinig am Eingang zur Laube stehen, als wagte er sich nicht näher heran, und sagte: »Ich wollte dich unter vier Augen sprechen.«

Ihre Nackenmuskeln verkrampften sich. Im Morgennebel fing sie seinen eindringlichen Blick auf. Verbotene Bilder von Küssen stahlen sich in ihr Bewusstsein. Eine Sekunde lang fragte Marla sich, wie es sein würde, mit ihm zu schlafen, seine Haut zu berühren, darunter seine Muskeln zu spüren, mit den Fingerspitzen über diesen kantigen, bartschattigen Kiefer zu streichen. Ihr Magen krampfte sich vor Erwartung zusammen, und innerlich schalt sie sich wegen der Lust, die in ihrem Blut rauschte. Er war ihr Schwager. Sie war eine verheiratete Frau. *Verheiratet.* Solche Phantasien, waren tabu, sie durfte sie sich nicht gestatten. Nein, sie würde sie nicht zulassen.

»Ich wusste, dass heute Morgen niemand zu Hause sein würde. Cissy ist in der Schule, Mutter auf einer Vorstandssitzung in Cahill House, Alex hat eine Konferenz in der Stadt, da dachte ich mir, es wäre die beste Gelegenheit, dich einmal allein anzutreffen«, sagte Nick und unterbrach damit ihre Gedanken.

Marla räusperte sich und glaubte, gefährliche erotische Gedanken in seinen Augen zu lesen. Die gleichen verbotenen Illusionen, gegen die sie selbst ankämpfte. »Warum?«, fragte sie mit erstickter Stimme im unablässigen Rieseln des Regens. Sie redete sich ein, ihre verdrahteten Zähne seien schuld an diesem Tonfall, doch insgeheim wusste sie es besser. »Warum hast du mich gesucht?«

»Ich hatte gestern Abend Besuch«, erklärte er. »Cherise. Sie möchte sich mit dir treffen.«

»Warum kommt sie dann nicht einfach her?«, fragte Marla und versuchte, nicht darauf zu achten, dass seine Jeans lässig tief auf den Hüften saß und die Jacke an den breiten Schultern spannte, dass er unglaublich sexy aussah – verboten sexy.

»Alex hat es verboten.«

»Er kann sie und ihren Bruder nicht besonders leiden«, bemerkte Marla und löste den Blick von Nick. Dabei erinnerte sie sich an Gespräche zwischen Alex und seiner Mutter über das Geschwisterpaar – Blutsauger, verdammte Blutsauger ... Hatten sie sie nicht so genannt?

»Weil sie noch ein Hühnchen mit ihm zu rupfen haben. Ein gewaltiges. Wie auch immer, sie hat mich gebeten, dir ihre Bitte vorzutragen.« Nick verschränkte die Arme vor der Brust, und seine Lederjacke knarrte, als sie in den Schultern gedehnt wurde. Regentropfen rannen von seinem Kopf, am Hals hinunter, und verschwanden in seinem Kragen. Ihr Blick folgte dem Weg der Rinnsale.

Marlas Gaumen war plötzlich staubtrocken.

»Ich dachte, du hast ein Recht darauf, es zu erfahren«, fügte Nick hinzu.

»Ich ... Ja.« Sie riss sich zusammen. »Natürlich kann sie mich besuchen. Jederzeit.«

»Sie will dir aus der Bibel vorlesen.«

»Oh. Nun ja.« Sie räusperte sich und schenkte ihm ein klägliches Lächeln. »Vielleicht will Gott mir ja dadurch etwas sagen. Du weißt schon, dass ich fromm werden sollte oder so.«

Er schnaubte abfällig. »Cherise und ihr Mann würden sich glücklich schätzen, dir auf die Sprünge helfen zu dürfen.«

»Ich werde es mir merken.«

Nick kramte in seiner Tasche, zückte eine Karte und kam auf Marla zu. Der Kies knirschte unter seinen Schuhen. Er reichte ihr die Karte und sagte: »Du kannst Cherise selbst anrufen, dann brauchst du mich nicht als Vermittler.« Wieder kreuzten sich ihre Blicke, und sie wusste, wäre der Zeitpunkt günstig, wären die Umstände anders gewesen, hätte sie die Arme nach ihm ausgestreckt, ihn berührt, ihn stumm aufgefordert, sie zu küssen.

Die Sekunden dehnten sich. Sie hörte das Summen des Verkehrs, das stetige Tropfen des Regens und das wilde Klopfen ihres eigenen Herzens.

»Danke«, sagte Marla. Er wandte sich ab, doch sie konnte ihn jetzt nicht gehen lassen. Noch nicht. Sie sprang von der Schaukel und lief ihm nach, wobei sie den Pfützen ausweichen musste, die sich um die Spielgeräte herum gesammelt hatten. »Nick, warte. Ich möchte dir schon lange eine Frage stellen.«

Sie sah, wie sich die Sehnen in seinem Nacken spannten, bevor er sich wieder zu ihr umdrehte.

»Ja?«

»Du weißt doch, wie es vorher war ... wie ich war.«

»Vorher?«

»Bevor ich geheiratet habe«, sagte sie. Über seinen Gesichtsmuskeln spannte sich die Haut.

»Ich versuche, mich nicht zu erinnern.«

»Aber ... habe ich Tennis gespielt?« Die Kapuze glitt von ihrem Kopf.

»Wie eine Weltmeisterin.«

»Bin ich geritten?«

»Ich glaube nicht.« Er verlagerte sein Gewicht auf das andere Bein. Sie trat näher an ihn heran und hob den Kopf, um ihm tief in die Augen zu blicken.

Jeder Muskel in ihrem Körper verkrampfte sich, doch sie zwang sich, die Frage zu stellen, die sie seit ihrem Gespräch mit Joanna quälte. »Was für eine Frau war ich?«

»Das ist eine schwierige Frage.«

»Sag's mir«, forderte Marla ihn auf.

Seine Lippen wurden schmal. »Du warst ein verzogenes Gör«, sagte er. »Deine Eltern haben dir alles gegeben, was du nur wolltest.«

»Und was wollte ich?«, fragte sie und glaubte, Schritte auf dem Kies zu hören, doch sie achtete nicht darauf.

Nicks Augen verdunkelten sich verführerisch. »Alles. Du *hattest* alles, Marla. Geld, Verstand, Schönheit, doch es war dir nie genug. Du wolltest alles ... die ganze verdammte Welt.« Selbstironisch zog er einen Mundwinkel hoch. »Und du hättest auch beinahe alles bekommen.«

»Wollte ich ...«, setzte sie an, stockte und platzte dann heraus: »Wollte ich dich?«

Nick schnaubte. »Nein.« Seine Augen wurden schmal, seine Gefühlsaufwallung war nicht zu übersehen. Plötzlich streckte er die Hände aus und packte sie an den Schultern. Sie spürte seine Finger wie Stahlklammern durch die Jacke. Er zog sie so dicht zu sich heran, dass sie seine Körperwärme spürte und einen Hauch von Aftershave roch. Seine Nasenflügel blähten sich wie in Abscheu. »Aber ich wollte dich«, fügte er hinzu, fast ohne die Lippen zu bewegen. In seinen Worten schwang Verachtung mit. »Mehr, als ein Mann bei klarem Verstand eine Frau je begehren sollte, mehr, als ich je in meinem verdammten Leben etwas begehrt habe. Wolltest du das hören? Bist du jetzt zufrieden?«

»N-nein«, stammelte sie, verwirrt wie nie zuvor.

»Dann ist ja alles beim Alten, Marla, denn zufrieden warst du nie.«

Schritte knirschten von der Laube her. Nick ließ ihre Schultern los, als hätte er sich verbrannt.

Lars bog um die Ecke. Er trug alte Jeans und ein Sweatshirt, in einer Hand hielt er eine Schaufel, in der anderen eine Harke. Sein Gesichtsausdruck war hart, sein Blick wanderte von Nick zu Marla, und sie fragte sich, wie viel von ihrem Wortwechsel er mitbekommen hatte, wie lange er sich schon im Garten aufhielt. Hatte er sie durch den aufsteigenden Nebel beobachtet, versteckt hinter Rhododendron und Fichten?

»Drinnen werden Sie gesucht«, sagte Lars und wies mit dem Harkenstiel auf Marla.

»Wer sucht mich?«, fragte sie.

»Mr Cahill«, antwortete Lars und kam näher. »Ihr Mann.«

Sie konnte nicht verhindern, dass ihr die Röte ins Gesicht stieg.

»Er hat den Pfleger mitgebracht.« Lars' Stimme war ausdruckslos, doch seine hinuntergezogenen Mundwinkel verrieten Missbilligung, seine stahlgrauen Augen einen stummen Vorwurf.

»Dann sollte ich meinen neuen Aufseher jetzt wohl besser kennenlernen.«

»Sie halten ihn für Ihren Aufseher?«

»Sie nicht?« Marla gab sich keine Mühe, ihren inneren Aufruhr zu verbergen. »Nick, was sagst du, sehe ich aus, als bräuchte ich einen Pfleger?« Sie ging durch die Laube und warf den Kopf in den Nacken. »Komm doch mit ins Haus und schau dir das Feuerwerk an.«

»Du glaubst, dass jemand explodiert?«, fragte Nick.

»Ganz sicher, und vielleicht bin sogar ich diejenige«, erwiderte sie und stieg die Stufen zur Hintertür hinauf. »Wenn Alex glaubt, er kann mir vorschreiben, was ich zu tun und zu lassen habe, dann hat er sich geirrt.« Sie trat sich die Füße auf der Matte ab und ging ins Haus. »Ich lasse mich von niemandem an die Leine legen. Schon gar nicht von meinem Mann«, verkündete sie hitzig und streitlustig.

Gemeinsam eilten Marla und Nick die Treppe hinauf zum Wohnzimmer, wo Alex und ein großer, dünner Mann mit gestutztem Bart sich unterhielten.

»Da bist du ja!«, sagte Alex. Er saß auf der vorderen Kante eines Lehnsessels, die Hände zwischen den Knien gefaltet, den Blick auf den anderen Mann gerichtet. »Herrgott, Marla, wo warst du? Ich habe in deinem Zimmer nachgesehen und nach dir gerufen – ich war schon drauf und dran, das ganze Haus nach dir durchsuchen zu lassen.«

»Ich war im Garten.«

»Bei diesem Wetter?«

Sie antwortete nicht. Die nassen Schultern ihrer Jacke, die Regentropfen in ihrem Gesicht und die von der frischen Luft geröteten Wangen sprachen schließlich für sich.

»Ich dachte, du wärst in einer Konferenz«, sagte Nick zu Alex und stellte sich an den Kamin. Darin knisterte ein Feuer, und der Duft von brennendem Holz zog durchs Zimmer.

»Sie wurde abgesagt, und da dachte ich mir, ich könnte die Gelegenheit nutzen und Tom das Haus zeigen. Marla, Nick, das ist Tom Zayer. Er wird Marlas Pfleger.«

»Kenne ich Sie?«, fragte Nick, den Blick auf den Pfleger gerichtet. »Sind wir uns schon mal begegnet?«

»Kann sein«, erwiderte Tom. »Ich komme mit vielen Menschen in Kontakt. Ich habe schon in der Notaufnahme im Bayside und in Cahill House gearbeitet.«

Nick zog die Augenbrauen zusammen. »Sie kommen mir bekannt vor.«

Tom zuckte die Achseln. »Die Welt ist klein.«

»Es war im Krankenhaus. Ich bin mir sicher, dass ich Sie dort gesehen habe.«

»Kann schon sein.«

Marla zwang sich zu einem wenig überzeugenden Lächeln. Es drängte sie, die Hände zu Fäusten zu ballen, doch sie zügelte ihr Temperament. »Nett, Sie kennenzulernen«, sagte sie zu dem Pfleger und schüttelte ihm die Hand. »Leider ist meinem Mann ein großer Irrtum unterlaufen. So schlimm ich auch aussehen mag, ich brauche niemanden, der auf mich aufpasst. Alex entschädigt Sie sicher gern für Ihre Mühe, aber ich benötige Ihre Dienste wirklich nicht.«

»Doch, natürlich«, mischte sich Alex ein. Tom ließ Marlas Hand los, trat einen Schritt zurück, hob abwehrend beide Hände und blickte von Marla zu Alex.

»Hey, in diesen Streit will ich nicht reingezogen werden.«

»Kein Problem.« Alex bedachte Marla mit einem Blick, der jeden Widerspruch ersticken sollte. Er verfehlte seine Wirkung.

»Mir geht es gut«, erklärte sie. »Ich brauche keinen Pfleger. Es wäre lediglich eine Verschwendung von Toms Zeit, meiner Geduld und deinem Geld.«

»Es war Phils Vorschlag«, sagte Alex. Er biss die Zähne zusammen, und über seinem Auge begann eine Ader zu pochen. Marla nahm an, dass er es nicht gewöhnt war, auf Widerstand zu stoßen ... am allerwenigsten von seiner Frau. »*Er* ist der Arzt.«

Ihr riss endgültig der Geduldsfaden. »Dann werde ich mit Phil reden«, versetzte sie.

»Also, wenn es hier ein Problem gibt«, meldete sich Tom zu Wort, »sollten Sie beide es vielleicht besser unter sich lösen.«

Alex wies mit dem Finger auf Tom. »Es gibt kein Problem. Offenbar hätte ich die Sache vorher doch ausführlicher mit meiner Frau besprechen sollen.«

»Sehr viel ausführlicher«, korrigierte Marla. In diesem Moment waren vom Flur her Eugenias Schritte und Cocos klickende Krallen zu hören. *Toll. Das fehlte ihr gerade noch.*

Die alte Dame streifte beim Eintreten ihre Handschuhe ab. Coco stürmte ihr voran ins Zimmer, bellte wie verrückt und fiel damit allen auf die Nerven. »Still!«, fuhr Eugenia den Hund an, als dieser Tom ankläffte. »Sofort! Oder du gehst in dein Körbchen. Sitz!« Das Tier gehorchte ausnahmsweise. »Alex, Nick ... Marla«, grüßte sie in die Runde. »Wie ich sehe, hast du Tom bereits kennengelernt.«

»Du kennst ihn schon?«, fragte Marla.

»O ja, er hat eine Zeitlang als Freiwilliger bei uns in Cahill House gearbeitet. Wie geht es Ihnen?«, fragte sie den Pfleger. »Gut, gut«, antwortete Tom nervös. Coco begann erneut zu kläffen.

»Marla will keinen Pfleger«, erklärte Alex.

»Aber warum denn nicht?« Eugenia stand da wie ein begossener Pudel. »Du willst doch gesund werden, nicht wahr, meine Liebe? So schnell wie möglich.«

»Natürlich.«

»Dann ist die Sache entschieden.«

»Kommt nicht in Frage«, schoss Marla zurück.

»Hey, das hier habe ich nicht nötig.« Tom griff nach seiner Aktentasche. »Sie sollten diese Sache wirklich unter sich regeln.«

Alex blieb fest. »Es gibt nichts zu regeln. Sie sind eingestellt, und damit basta. Wir lassen Ihre Sachen hinauf in den Personalflügel bringen, und wenn Sie mir eine Minute Zeit geben würden, werden meine Frau und ich uns einigen.«

»Sicher. Wie Sie wünschen.«

Eugenia spürte Toms Verstimmung. »Kommen Sie doch mit mir. Ich zeige Ihnen das Haus«, bot sie an. »Nick, möchtest du nicht auch mitkommen?«

»Ich kenne das Haus«, antwortete er steif, verstand jedoch den Wink mit dem Zaunpfahl und verließ das Zimmer, während Eugenia Tom die Treppe hinaufführte.

Coco bellte wie wild.

»Sei still!«, fuhr Marla den Hund an und stampfte heftig mit dem Fuß auf. »Schluss jetzt! Hast du gehört?«

Dunkle Augen blitzten. Der kleine Hund mit dem edlen Stammbaum schien sein Kläffen wieder aufnehmen zu wollen, doch dann wandte er sich mit einem empörten Schnauben ab und lief mit eingezogenem Schwanz hinter Eugenia und Tom her.

»Elendes Vieh«, knurrte Marla und wandte sich Alex zu. »Ich brauche keinen Pfleger oder Babysitter oder was immer es sein mag, was du für mich eingestellt hast«, zischte sie, sobald sie mit ihrem Mann allein war. »Und erspar dir diesen Blödsinn, dass ich nicht wüsste, was gut für mich ist, oder dass der Arzt darauf besteht, denn ich glaube dir kein Wort.«

»Vielleicht geht es hier nicht nur um dich«, entgegnete Alex. Über seinem linken Auge trat eine Ader hervor. »Vielleicht geht es auch um Mutter und Cissy und meinen Seelenfrieden. Was glaubst du, wie ich mich fühle, wenn ich dich hier unter der Verantwortung meiner alten Mutter und unserer halbwüchsigen Tochter allein lasse?«

»Ich brauche niemanden, der auf mich aufpasst.«

»Doch, natürlich«, brauste er auf, und der Zorn blitzte in seinen Augen.

»Ich bin eine erwachsene Frau, und in diesem Haus wimmelt es von Personal. Carmen und Fiona und Lars und Gott weiß wer sind immer hier!«

»Niemand von ihnen hat eine nennenswerte medizinische Ausbildung!« Alex' Miene drückte mehr als nur Erbitterung aus. Er packte sie, wie kurz zuvor Nick es getan hatte, mit beiden Händen bei den Schultern, und seine Augen sprühten Feuer. Marla hatte das Gefühl, dass er sie am liebsten geschüttelt hätte, um sie zur Vernunft zu bringen. »Um Himmels willen, Marla, denk doch bitte *einmal* in deinem Leben auch an andere!«, verlangte er. »Wir alle durchleben gerade eine schwere Zeit. Außerdem verlangt die Firma auch meinen Einsatz, weißt du?«

»Du brauchst dir meinetwegen keine Sorgen zu machen«, versetzte Marla, doch ihr Ärger begann sich bereits zu verflüchtigen, ihr selbstgerechtes Märtyrertum schwand angesichts der Verzweiflung in seinen Zügen dahin. Verzweiflung ihretwegen? Oder um seiner selbst willen? Tausende von Emotionen fielen über sie her, und sekundenlang erinnerte sie sich an ein anderes Mal, in genau diesem Raum, seine Hände an ihren Schultern. Sie sah den Zorn in seinem geröteten Gesicht, die Ader, dieselbe Ader, die auf seiner Stirn pulsierte. *Luder*, hatte er gefaucht, oder war es jemand anders gewesen? Die Finger, die sich jetzt in ihre Unterarme gruben, hatte sie schon einmal gespürt, hart, stählern, schmerzhaft. Wie oft hatten sie diese hässliche Szene schon durchgespielt?

Offenbar war sie blass geworden, hatte ihr Blick ihr Entsetzen verraten, denn er ließ die Hände sinken, als würde ihm plötzlich bewusst, was er tat.

»Zum Kuckuck, Marla, würdest du bitte ausnahmsweise einmal keine Widerworte geben?« Er fuhr sich mit zitternden Fingern durchs Haar. Im Kamin knisterte und fauchte das Feuer, und klassische Musik schwebte durchs Zimmer, die überhaupt nicht zu der angespannten Situation und dem Regen, der an die Fenster prasselte, passen wollte. Alex zog ein Päckchen Marlboro aus der Tasche und klopfte eine Zigarette heraus. »Lass mich doch für dich sorgen.«

Marla ließ sich in einen Sessel sinken und stützte den Kopf in die Hände. »Ich ... ich erinnere mich ... an unsere Streitereien«, sagte sie. Er ließ das Feuerzeug klicken. Sie blickte zu ihm auf und sah, wie er heftig an der Zigarette zog und zum Kamin ging. »Und jetzt ... jetzt schließt du auch noch deine Türen ab.« Sie sah ihn an, in ihrem Kopf begann es zu pochen. »Ich wollte in dein Büro gehen, um den Computer zu benutzen, aber ich konnte nicht.«

»Manchmal bewahre ich heikle Akten in meinem Büro auf. Akten aus der Firma oder vom Krankenhaus oder von Cahill House. Ich will nicht, dass das Personal sie zu sehen bekommt.«

Sie dachte an die Aktenschränke in seinem Büro. Waren die nicht abschließbar? Er brauchte deswegen doch nicht gleich seine gesamte Suite abzusperren, oder?

»Ich würde gern annehmen, dass das Personal ehrlich ist«, erwiderte Marla.

»Sie sind ehrlich. Ich bin nur vorsichtig. Wegen meiner Stellung.«

Oder weil du etwas zu verbergen hast? Etwas anderes?

»Dadurch fühle ich mich noch stärker ausgeschlossen.«

»Das brauchst du nicht.« Mit der Hand, in der er die Zigarette hielt, rieb Alex sich die Schläfe, als hätte er bohrende Kopfschmerzen.

Die Uhr im Foyer tickte, Sekunden verstrichen, und Marla fühlte sich elend, fragte sich, wie weit sie und ihr Mann sich auseinandergelebt hatten, wie viel weiter sie sich noch voneinander entfernen würden.

»Hör zu, Liebling, du hast recht. Ja, wir haben gestritten«, gab er zu. »Häufiger, als mir lieb ist. Aber ich verschließe meine Türen oder meine Akten nicht *deswegen.*« Er schüttelte den Kopf. »Ausgeschlossen, und ... und ich ... Ach Gott, Marla, du hättest bei dem Unfall ums Leben kommen können. Dann wären die Kleinen und ich allein zurückgeblieben. Ich habe so gehofft, verdammt, ich habe darum gebetet, dass du und ich, dass wir einen Weg aus diesem Dilemma finden würden.« Er blies den Rauch aus. »Wir haben zwei Kinder. Sie haben nicht um dieses Chaos gebeten, das wir angerichtet haben.«

»Nein. Nein, das haben sie nicht.« Sie fühlte sich elend wegen der Kinder, doch andererseits wollte sie nicht zulassen, dass dieser Mann oder sonst jemand auf ihr herumtrampelte. »Du kannst nicht erwarten, dass ich einfach ... in diesem Haus herumsitze, nicht versuche herauszufinden, wer ich bin, nicht versuche, mich zu erinnern.« Heiße Tränen brannten in ihren Augen, sie senkte den Blick und verschränkte die Hände zwischen den Knien. Was war nur los mit ihr? Warum verspürte sie diesen Drang, mit Alex zu streiten, ihre Unabhängigkeit unter Beweis zu stellen? Sie dachte an die Szene mit Nick im Garten und schloss sekundenlang die Augen. Was für eine Frau war sie, dass sie ihren Schwager begehrte, während sie für diesen Mann, den zu lieben und zu achten sie geschworen hatte, nichts empfand? Tja, der Gehorsam fiel ihr verteufelt schwer. Er lag einfach nicht in ihrer Natur. Und sie wusste instinktiv, dass es schon immer so gewesen war. »Tut mir leid, dass ich diesen Streit vom Zaun gebrochen habe«, sagte sie, hob den Blick und kämpfte gegen die Tränen, die ihr über die Wangen liefen. »Aber ich …« Sie hob eine Hand. »Ich bin so frustriert.«

»Ich weiß, ich weiß.« Alex schnippte die Zigarettenasche ins Feuer. »Diese Situation ist gewöhnungsbedürftig. Für uns alle. Aber es wird besser werden. Die Polizei glaubt anscheinend, dass Charles Biggs ermordet wurde. Sie sind sich sogar sicher. Jemand hat sich als Assistenzarzt verkleidet, ihn erstickt und ist wieder gegangen. Der Täter ist unbehelligt davongekommen.«

Marla wurde innerlich kalt. »Warum?«

»Wer weiß? Wahrscheinlich irgendein Irrer.« Alex war angespannt. Besorgt. »Vermutlich hat es nichts mit dir oder dem Unfall zu tun, aber ich finde, wir sollten Vorsicht walten lassen. Ich will die Sicherheitsmaßnahmen im Haus verstärken.«

»Du glaubst, jemand will uns etwas antun?«, fragte sie und rieb sich die Arme, als fröre sie plötzlich bei dem Gedanken an Charles Biggs, einen Mann, dem sie nie begegnet war, einen Mann, den sie, ohne es zu wollen, ins Grab gebracht hatte.

»Offen gesagt, ich weiß nicht, was ich glauben soll«, gestand Alex. Unwillkürlich dachte Marla an die Gestalt, die sie am Fenster gesehen zu haben glaubte.

»Ich meine, heute jemanden im Haus gesehen zu haben.«

Alex hob ruckartig den Kopf. »Wen?«

»Das weiß ich nicht. Ich habe mir eingeredet, es wäre nur Einbildung oder jemand vom Personal. Ich war im Garten und spürte, dass mich jemand beobachtete, und als ich zum Haus aufblickte, war dort jemand am Fenster, aber ich konnte ihn nicht erkennen ... oder sie.«

»Herrgott, Marla«, flüsterte Alex. »Warum hast du denn nichts gesagt?«

»Weil ich mir nicht sicher war. Es hätte jemand vom Personal sein können.«

»Aber es hat dir einen Schrecken eingejagt.«

»Ein bisschen schon«, gab sie zu. »Im nächsten Moment war die Gestalt verschwunden.«

»Das reicht. Vorsicht ist besser als Nachsicht, Okay? Ich verschärfe die Sicherheitsmaßnahmen, und wir versuchen unser Glück mit dem Pfleger, einverstanden? In ein paar Tagen oder Wochen, wenn du kräftiger bist, wenn sich die Lage beruhigt hat, gebe ich ihm eine bezahlte Stelle in Cahill House oder lasse meine Beziehungen spielen, damit er einen Job im Krankenhaus bekommt.«

»Das kannst du?«

»Allerdings.« Alex zog noch einmal heftig an seiner Marlboro, dann schnippte er die Kippe ins Feuer. »Wenn Dad mich eines gelehrt hat, dann die Tatsache, dass man für

Geld fast alles haben kann. Sieh dir zum Beispiel Nick an. Hätte unser alter Herr ihn damals nicht freigekauft, säße er wohl immer noch hinter Gittern.«

»Er war im Gefängnis?« Das überraschte sie.

»Acht Stunden lang. Wegen Körperverletzung. Jemand war frech geworden, als er mit dir ausging. Nick hat es nicht so freundlich aufgenommen.«

Marla saß da wie vom Donner gerührt.

»Damals war er sehr jähzornig«, fuhr Alex fort. »Und er kann von Glück sagen, dass er nicht fünf bis fünfzehn Jahre aufgebrummt bekommen hat.« Er hob eine Schulter. »Das ist Schnee von gestern. Jetzt ist er sauber.« Er trat zu ihr, fasste sie wieder an den Schultern, und dieses Mal war der Druck beschwörend, aber nicht schmerzhaft, als er sie auf die Füße zog. Sein Atem roch nach Rauch, seine Miene war fest entschlossen. »Also, komm schon. Tom bleibt. Zumindest für eine Weile. Bis es dir bessergeht. Okay?«

Sie fragte sich, ob sie einen Fehler gigantischen Ausmaßes beging, nickte jedoch und ließ zu, dass er sie in die Arme schloss. Sie schmiegte die Wange an den feinen Wollstoff seiner Jacke und schloss einen Moment lang die Augen. »In Ordnung. Für eine Weile«, stimmte sie zu und suchte tief in ihrem Inneren nach ein wenig Liebe für diesen Mann, ihren Ehemann, den Vater ihrer Kinder. Alles, was sie brauchte, war ein kleiner Funke Leidenschaft, eine freundliche Erinnerung, *irgendein* verdammtes Gefühl, das ihr bestätigte, dass es zwischen ihnen beiden etwas Besonders gab. Sie kämpfte gegen die Tränen und die Enge in ihrer Brust an und sagte sich, dass einfach alles furchtbar falsch war.

Sie gab ihm einen keuschen Kuss auf die glatte Wange

und hoffte, sie könnte irgendwie das zerrissene Band ihrer Beziehung neu knüpfen. Alex legte den Arm um sie, drückte sie fest an sich, aber wieder empfand sie nichts. Absolut nichts. Hilflos ballte sie die Hände zu Fäusten und schlug langsam die Augen auf.

Über Alex' Schulter hinweg bemerkte sie Nick unter dem Türbogen, mit einer Schulter an die Wand gelehnt, die Arme vor der Brust verschränkt. Sein nasses Haar glänzte im Licht des Kronleuchters. Blaue Augen sahen sie mit kaltem Vorwurf an, und sie dachte an ihr Treffen im Garten, an die Leidenschaft, die in seinem Blick geschwelt hatte. Jetzt verzog er den Mund zu einem schiefen, ironischen Lächeln, als sei er unversehens Zeuge einer Szene geworden, mit der er schon lange gerechnet hatte.

»Marla«, sagte Nick gedehnt und voller Spott, »willkommen zu Hause.«

9.

Wenn er noch einen Rest von Verstand besaß, suchte er jetzt schleunigst das Weite und nahm sein altes Leben wieder auf, sagte sich Nick, holte ein Bier aus der Minibar, schaltete das Notebook ein und rief seine E-Mails ab. Da war er ja. Walt Haagas Bericht, bereit zum Download. Schön. Sosehr Nick das elektronische Zeitalter verabscheute und sich geschworen hatte, nie Mitglied der Internet-Gemeinschaft zu werden, war er doch, solange er sich in San Francisco aufhielt, darauf angewiesen.

Während er die Informationen auf CD speicherte, riss Nick die Bierdose auf und blickte düster aus dem Fenster. Was hatte er sich heute eigentlich gedacht, als er Marla im Garten auf dem Kinderspielplatz antraf, wo sie sanft schaukelte, während der Nebel zwischen den Pflanzen waberte. Er hätte sich niemals gestatten sollen, mit ihr allein zu sein, sie anzufassen und gar mit dem Gedanken zu spielen, sie zu küssen.

Doch er hatte es getan, hatte dagestanden, gegen sein Verlangen ankämpfend, und sich in lebhaften Farben an vergangene Zeiten erinnert. Daran, wie ihr glänzendes Haar ihr über die nackten Schultern gefallen war, wie sich ihre Brüste mit den dunklen Spitzen leicht hoben und senkten, wie ihre langen Beine sich unter einem Büschel Kraushaar vereinigten.

»Idiot«, knurrte er und trank einen tiefen Zug. Was hatte diese Frau nur an sich, dass sie ihm so tief unter die Haut ging? Sie hatte sich im Lauf der Jahre verändert, war reifer geworden, ihr Gesicht sah anders aus, sie trug immer noch Narben von dem Unfall. Die heiße, sexy Intensität ihres Blicks hatte einer anderen Art von Leidenschaft Platz gemacht. Einer tiefer gehenden. Emotional gefährlichen. Aber dieses Gefühl war genauso fesselnd.

»Scheiße.« Er trank sein Bier aus. Der Speichervorgang war beendet, er rief die Bilder auf und überflog Haagas Bericht Seite für Seite, bis er zum Schluss ein Foto von Pam Jaffe Delacroix vor sich sah.

»Verdammte Scheiße«, knurrte er und betrachtete die Frau, die eine deutliche Ähnlichkeit mit Marla hatte. Sie hätte Marlas Schwester sein können ... nicht die Zwillingsschwester, aber doch eine nahe Verwandte. Das gleiche mahagonifarbene Haar rahmte ein schönes Gesicht ein, doch ihre Stirn war breiter als Marlas, die Augen waren ein wenig runder, das Kinn wirkte spitzer. Natürlich gab es noch weitere Unterschiede. War das bloßer Zufall?

Oder hatte Marla sich verändert? Nicht nur emotional, sondern auch körperlich? Alex hatte erwähnt, dass Marla sich nach dem Unfall einer wiederaufbauenden Chirurgie hatte unterziehen müssen, so dass sie nun anders aussah als zuvor und sich von der Frau, an der er sich erinnerte, unterschied. War sie wirklich noch dieselbe Person? Oder hatten sie und Pam womöglich die Rollen getauscht? Ihre Identität getauscht?

Er studierte die Bilder. Bilder von Pam über die Jahre hinweg – mit ihrem Mann vor der Scheidung, mit einem kleinen Kind auf einem Segelboot, dann noch ein späteres von dem Tag, an dem der High-School-Abschluss des Mädchens gefeiert wurde.

Ihm gefror das Blut in den Adern. Was zum Teufel ging hier vor?

»Denk nach, Cahill«, forderte er sich selbst auf, während ihm Dutzende von Fragen durch den Kopf schossen. Was war in jener Nacht auf dem Highway 17 geschehen? Wer war diese Frau, die niemand kannte und die doch in der Nacht ihres Todes mit Marla allein im Wagen gesessen hatte? Warum ermittelte die Polizei noch immer, wenn es sich doch um einen Unfall handelte?

Die Richtung, in die seine Gedanken liefen, gefiel ihm nicht. Er berührte das Display, von dem Pams Gesicht ihn ansah. Sie war nicht annähernd so schön wie Marla, konnte sich jedoch durchaus sehen lassen.

»Verdammt«, murmelte er und nahm die CD aus dem Rechner. Es war spät, schon nach Mitternacht, aber er erinnerte sich daran, ein paar Blocks entfernt ein Copy-Center gesehen zu haben, das nachts geöffnet hatte, und er wollte die Berichte und die Fotos als Ausdruck haben. Er zog seine Jacke über, steckte die CD in die Tasche und schlug den Kragen hoch, um sich vor dem scharfen Wind der Bucht zu schützen. Es herrschte wenig Verkehr, und ein feiner Dunst ließ die Lichter der Stadt schimmernd verschwimmen. Nick schob die Hände tief in die Taschen und dachte an Marla, daran, wie sie auf jener kurvenreichen Bergstraße beinahe ums Leben gekommen wäre.

Und Pam Delacroix war gestorben.

Er wich einer Pfütze aus, ging quer über die Straße zum Copyshop und wandte sich mit seinem Anliegen an einen pickligen Jungen von etwa achtzehn Jahren.

Es dauerte nicht lange. Binnen einer Stunde lagen ihm

Ausdrucke von Bildern, von den Berichten, Vermögensaufstellungen, Lebensläufen, eine Liste ihrer Verkehrssünden und genügend Informationen über Pam Delacroix und die Mitglieder seiner eigenen Familie vor, um ihn die ganze Nacht wach zu halten.

Im Hotel breitete Nick die Ausdrucke auf dem Bett aus, sortierte sie auf verschiedene Stapel und legte die Akten aus dem Unternehmen und von Cahill House dazu, die Alex ihm ausgehändigt hatte. Dann machte er sich an die Arbeit. Irgendwo in diesem Chaos würde er vielleicht einen Hinweis auf die Sache finden, in die er sich hineinziehen ließ. Er musste nur gründlich genug suchen.

Tony Paterno hatte auf ein Wunder gehofft.

Doch nichts dergleichen war geschehen.

Er fädelte seinen 69er Cadillac, ein breites Cabrio, das er von seinem Vater geerbt hatte, in den Verkehrsfluss ein und fuhr in Richtung Golden Gate. Gewöhnlich hielt Paterno sich an die Regeln. Es sei denn, sie standen ihm im Weg. Dann war es schon vorgekommen, dass er sich über die eine oder andere hinwegsetzte. So, wie er es jetzt plante. Nicht einmal vor einem Einbruch schreckte er dann noch zurück. Pamela Delacroix hatte die Blutgruppe 0 positiv, so, wie es in ihrer Geburtsurkunde verzeichnet war. Marla Cahill war 0 negativ, in Übereinstimmung mit der Patientenkarte des Bayview Hospital. Paterno hatte noch einmal mit den für den Unfall zuständigen Polizeibeamten gesprochen und sich vergewissert, dass ihnen keine fatale Panne unterlaufen war. Pam Delacroix war tot.

So viel zu seiner Rollentauschtheorie.

Er setzte den Blinker, wechselte kurz vor der Brücke die Spur und fragte sich dabei, warum es in diesem Fall einfach keinen Durchbruch gab.

Das Phantombild des Mannes, der in der Nacht von Charles Biggs' Tod mit Carlos Santiagos Namensschild gesehen worden war, hätte so ziemlich jeden eins fünfundachtzig großen Weißen von etwa fünfundachtzig Kilo darstellen können, der sich zu jenem Zeitpunkt in San Francisco aufgehalten hatte. Der Mann unterschied sich durch nichts von hunderttausend anderen. Er hatte braunes Haar, nicht zu lang, nicht zu kurz, trug einen Oberlippenbart und eine Brille.

Der Verdächtige konnte sein Haar gefärbt, sich den Bart abrasiert haben und auf Kontaktlinsen umgestiegen sein und inzwischen Tausende von Meilen Entfernung zwischen sich und das Krankenhaus gebracht haben.

Also stand Paterno wieder ganz am Anfang.

Er kaute auf seinem ausgelutschten Kaugummi herum und behielt die Stoßstange des Honda vor ihm im Auge, während die Scheibenwischer des Cadillac die Frontscheibe frei von Regen hielten. Im Radio riet gerade eine Telefonpsychologin einer armen Frau, die von ihrem Mann betrogen wurde, »endlich aufzuwachen und den Tatsachen ins Auge zu sehen«. Stirnrunzelnd, in Gedanken versunken, sah Paterno aus den Augenwinkeln die rostfarbenen Kabel der Brücke vorbeihuschen. Nur vage war er sich bewusst, dass er gerade das grüne Wasser der Engestelle zwischen dem Pazifik und der Bucht von San Francisco überquerte und dass sein altes Cabrio mal wieder leck war.

Er fuhr in Richtung Sausalito und versuchte dabei, nicht

auf seinen sechsten Sinn zu hören, der ihm eindringlich sagte, dass Marla Cahill nicht die Person war, für die alle sie hielten. Aber wenn es so wäre, müsste ihr Mann doch die Veränderung bemerken.

Amnesie konnte alte körperliche Narben nicht verschwinden lassen, konnte das Aussehen, eine Stimme nicht verändern …

»Zum Teufel.« Um ein Haar hätte er die Abfahrt am nördlichen Ende der Brücke verpasst. Er musste ordentlich Gas geben, um sein altersschwaches Fahrzeug rasch noch vor einen Fernlaster zu setzen und auf den Verzögerungsstreifen zu gelangen. Auf der Richardson's Bay in der alten Künstler- und Schriftstellergemeinde von Sausalito hatte Pam Delacroix allein in einem Hausboot gelebt. Ihre Tochter war längst flügge, und ihr Exmann, Crane Delacroix, gelernter Ingenieur, arbeitete für eine Software-Firma, die alle Beteiligten reich gemacht hatte, als sie an die Börse ging. Einschließlich Crane. Allem Anschein nach hatte seine Exfrau von ihrem Unterhalt gelebt, nie wieder als Anwältin gearbeitet und sich in allem Möglichen versucht, von Töpferei bis hin zu Schriftstellerei. Halbtags betätigte sie sich als Immobilienmaklerin, hatte aber seit mehr als einem halben Jahr nichts mehr verkauft. Sie arbeitete hauptsächlich von zu Hause aus, brauchte also nicht einmal für einen Arbeitsplatz aufzukommen, den die Firma, mit der sie zusammenarbeitete, ihr gestellt hätte.

Viele Leute wussten von ihr, sagte Paterno sich, aber nur wenige hatten sie wirklich gekannt.

Er stellte den Caddy auf einem Besucherparkplatz ab und suchte die Adresse von Pams Hausboot, das zwischen einem zur Wohnung umfunktionierten Segelboot und einem weiteren Hausboot vor Anker lag. Im Jachthafen war es still, der graue Himmel und der Nieselregen boten Paterno den benötigten Schutz. Der Detective klopfte energisch an die Tür und wartete. Als sich niemand meldete, probierte er die Klinke. Abgeschlossen. Doch es gab keinen Riegel. Er blickte über die Schulter zurück, um sich zu vergewissern, dass niemand ihn beobachtete, dann öffnete er die Tür mit Hilfe seiner Kreditkarte. Beim nächsten Mal würde er sich einen verdammten Durchsuchungsbefehl besorgen, aber im Augenblick war dafür keine Zeit.

Pam Delacroix' Tod wurde nach wie vor als Unfall eingestuft, doch Paterno bearbeitete den Fall jetzt aus einem anderen Blickwinkel. Für seinen Geschmack passte zu vieles nicht zusammen, und immerhin waren zwei Menschen tot. Charles Biggs und Pam Delacroix waren nicht mehr in der Lage, ihre Version des Unfallhergangs zu schildern, und Marla Cahill behauptete, an einer Amnesie zu leiden. Jemand hatte nicht die Geduld aufgebracht zu warten, bis Biggs eines natürlichen Todes starb. Warum nicht?

Es *musste* einen Zusammenhang geben, einen Faden, dem er folgen konnte, bis das gesamte Lügengewebe um Pams Tod entwirrt war.

Sorgsam darauf bedacht, nichts anzufassen, ging er durch die untere Etage – zwei Schlafzimmer, ein Bad und ein zum Arbeitszimmer umgestalteter Wohnbereich. Das Zimmer mit frei stehendem Kamin und rundum laufenden Bücherregalen mit Pam Delacroix' privater Juristenbibliothek war dunkel vertäfelt. Eine Schwebetür führte aufs Deck, und dahinter lag die Bucht.

Ihr Computer stand auf einem Schreibtisch in der Ecke; Bilder von ihrer Tochter wanderten über den Monitor.

Paterno zögerte nicht. Er streifte Latexhandschuhe über, sah vorsichtig Pamela Delacroix' Privatunterlagen durch und bemühte sich, nichts durcheinanderzubringen. Weder Marla Cahills Telefonnummer noch ihre Adresse war irgendwo verzeichnet. Er fand keine Eintragungen über sie. Der Kalender wies für den Unfalltag keinerlei Notizen auf.

»Toll.«

Auf dem Schreibtisch lagen Bücher – juristische Nachschlagewerke und Handbücher über polizeiliches Prozedere und Adoption, und Fallgeschichten zu Elternrecht. Im Textverarbeitungsprogramm des Computers fand Paterno mehrere Kapitel eines Buches, an dem Pamela offenbar gearbeitet hatte – ein Gerichts-Thriller. Pam Delacroix schien gehofft zu haben, sie könne reich werden, indem sie wie so viele Exanwälte vor ihr diesem neuen Trend folgte.

Die Anzeige des Anrufbeantworters blinkte. Paterno drückte die Abspieltaste, aber der Anrufer hatte aufgelegt, ohne eine Nachricht zu hinterlassen.

Paterno nahm sich vor, die Aufzeichnungen über Pams Telefonate zu überprüfen.

Er verließ das Arbeitszimmer und stieg über eine Wendeltreppe in den Wohnbereich im ersten Stock hinauf. Küche, Wohnzimmer und Schlafzimmer sowie das Bad waren genauso sauber und ordentlich, wie ihr Arbeitszimmer chaotisch war. Jedes Blümchenkissen lag an seinem Platz, und auf dem Küchentresen war kein Krümelchen zu entdecken. Er betrachtete die Bilder im Schlafzimmer, die auf dem Sekretär verteilt standen. Da war die Kleine, Julie, in Talar und

Graduiertenhut, eine weiße Katze mit schwarzen und orangefarbenen Flecken im Arm.

Nichts wirkte außergewöhnlich. Die Schränke waren aufgeräumt, die Kleider sogar nach Farben sortiert, die Küchenschränke und Schubladen sahen aus, als hätte Pamela den Fotografen einer Wohnzeitschrift oder einen Überraschungsbesuch ihrer Schwiegermutter erwartet.

Ganz anders als das Arbeitszimmer.

Paterno ging zurück in Pams Büro, suchte noch ein wenig herum, sah die zuletzt verwendeten Dateien im Computer durch, fand aber nur die Rohentwürfe von Kapiteln ihres Buches. Dann druckte er das Adressbuch und den Kalender aus.

Er steckte die Papiere ein, verließ das Hausboot und schloss die Tür hinter sich. Wenn er das nächste Mal herkam, würde er sich an die Regeln halten.

Er ging über die Rampe wieder zu seinem Cadillac hinauf und blickte über die Bucht zur Tiburon-Halbinsel hinüber, einer vornehmen, landschaftlich schönen Landzunge. Marla Cahills Vater, Conrad Amhurst, lebte dort in einem Pflegeheim. Paterno kniff die Augen zusammen, stieg in seinen Cadillac, legte den ersten Gang ein und fuhr vom Parkplatz. Seine Kinder bezeichneten den Wagen als Schlachtschiff und verlangten, dass er ihn durch ein neueres Modell ersetzte, doch er liebte die Innenausstattung aus rotem Leder und den Fleck auf dem Armaturenbrett, an dem beinahe dreißig Jahre lang die kleine Marienstatue seines Vaters gestanden hatte.

Er wollte den Wagen nicht verkaufen. Vorerst nicht.

»Mon dieu!« Helene, Eugenias Privatfriseurin, wäre nach einem Blick auf Marla beinahe ohnmächtig zu Boden gesunken. »Was ist denn nur passiert?«

»Ich habe Ihnen doch von dem Unfall erzählt«, sagte die alte Dame.

»Nein. Ich meine ... ihr Haar.«

»Ich habe es selbst geschnitten«, erklärte Marla einigermaßen belustigt über die entsetzte Miene der zierlichen Frau.

»Schön, schön, wir werden sehen ... Oh, darüber werde ich wirklich gründlich nachdenken müssen.« Dann lächelte sie, als sei ihr plötzlich bewusst geworden, wie die Worte in den Ohren ihrer Kundin klingen mussten. »Aber es ist kein Problem. Ich kann Wunder wirken. Sie haben ein schönes Gesicht, das Sie nicht verstecken sollten. Lassen Sie mich mal sehen. ... Sind Sie zufrieden mit Ihrer Haarfarbe?«

»Ich brauche nur einen Schnitt«, erwiderte Marla, »damit aus meinen Zotteln etwas wie eine Frisur wird.«

Helene bedachte sie mit einem listigen Wenn-Sie-wüssten-Blick. Sie stiegen in den Lift zur Suite, und die Friseurin machte sich an die Arbeit. Sie bestand darauf, das Haar zu waschen, Weichspüler einzumassieren und dann zu schneiden. Sie arbeitete mit entschlossener Miene, als gelte es, am Mount Rushmore ein fünftes Gesicht in den Fels zu hauen. Dabei murmelte sie ständig vor sich hin, schüttelte den Kopf und föhnte schließlich ihr Meisterstück, wie Marla es insgeheim nannte, trocken. Weiche Lagen von mahagonifarbenem Haar verdeckten die Narbe beinahe völlig und verjüngten sich stufenweise zum Nacken hin.

»Sie können sich glücklich schätzen«, versicherte Helene

und neigte den Kopf zur Seite, um ihr Werk zu bewundern. »Eine natürliche Schönheit.«

Marla warf einen zweifelnden Blick in den Spiegel und sah ein immer noch verschwollenes und leicht verfärbtes Gesicht.

»O ja«, beharrte Helene. »Diese Blutergüsse sind bald völlig abgeklungen, und mit Ihren Wangenknochen und Augen – Sie werden hinreißend aussehen. Da bin ich mir ganz sicher.« Sie hob theatralisch eine Hand und verdrehte die ausdrucksstarken Augen. »Sie sollten mal das Material sehen, mit dem ich manchmal arbeiten muss.«

»Danke«, sagte Marla und spürte, wie sie rot wurde. Das Kompliment tat ihr gut. Heute Abend würde sie tatsächlich mit der Familie essen. Endlich! Na ja, sie musste sich auf Suppe beschränken. Ihre Kiefer waren immer noch fixiert. Aber es war ihre Familie, und sie wollte sich zugehörig fühlen, ihrer Tochter und ihrem Mann näherkommen.

Und sie sah tatsächlich besser aus, fand sie beim Anblick ihrer Erscheinung im Foyerspiegel, als sie Helene zur Haustür begleitete.

Da klingelte das Telefon. Sie überlegte nicht lange, sondern nahm den Hörer ab.

»Hallo?«

»Marla, bist du das?«, fragte eine Frau.

»Hallo?«, mischte sich eine andere Stimme dazwischen. Carmen hatte noch vor dem zweiten Klingeln abgehoben.

»Ich nehme den Anruf an«, sagte Marla rasch. Es klickte in der Leitung; Carmen hatte aufgelegt. »Ja, hier ist Marla«, sagte sie und bemerkte aus dem Augenwinkel, wie Eugenia, die noch an der Haustür stand und Helene verabschiedete, herumfuhr.

»Dem Himmel sei Dank, dass ich dich endlich erreiche«,

hauchte die Anruferin mit einem tiefen Seufzer. »Ich bin's, Cherise. Seit dem Unfall versuche ich ständig, dich an die Strippe zu bekommen.«

Die Haustür wurde geschlossen. Eugenia drehte sich um und sah Marla aus zusammengekniffenen Augen an, als sei sie eine strenge Lehrerin und Marla eine ungezogene Fünftklässlerin, die in der Klasse Zettelchen weitergibt.

»Jedes Mal wurde ich vertröstet, aber Nick sagte, ich sollte es weiter versuchen und ... nun, Gott der Herr hat mir geholfen. Wie fühlst du dich?«, fragte Cherise mit Besorgnis in der Stimme.

»Besser«, erwiderte Marla, ohne die missbilligende Miene ihrer Schwiegermutter zu beachten. Im Obergeschoss begann das Baby zu weinen.

»Ich weiß, du hast schwere Zeiten durchgestanden«, sagte Cherise. »Die Verletzungen, und dann der Verlust deiner Freundin ... Es ist schrecklich, ganz furchtbar. Die Wege des Herrn sind oft unergründlich.«

Was du nicht sagst.

»Der Reverend und ich würden dich gern besuchen.«

»Der Reverend? Meinst du deinen Mann?«, fragte Marla.

»Ja. Ach, richtig ... Ich habe gar nicht an deine Amnesie gedacht.« Marla hörte an Cherise' Stimme, dass sie lächelte. »Alle nennen ihn Reverend Donald.«

Marla stand plötzlich ein Bild von Donald Duck mit Heiligenschein und Engelsflügeln vor Augen, wie sie es bestimmt vor langer Zeit einmal gesehen hatte. Dem Reverend Donald würde dieser Vergleich bestimmt nicht gefallen. »Kommt doch her.« Das Baby fing erneut an zu weinen, und Marla blickte die Treppe hinauf. Wo steckte Fiona?

»Wie wär's mit morgen? Nachmittags?«, schlug Cherise vor.

»Da habe ich zufällig frei«, scherzte Marla und wehrte das Gefühl ab, dass sie jemanden hätte fragen müssen, bevor sie Besuch einlud. Es war schließlich auch ihr Haus, verdammt, und dem Weinen nach zu urteilen, das aus dem Obergeschoss herunterdrang, musste sie jetzt aufhören zu telefonieren und sich um ihr Kind kümmern. »Morgen früh werden die Drähte aus meinem Kiefer entfernt. Dann kann ich endlich wieder deutlich reden.«

»Wunderbar. Dann spreche ich mich mit dem Reverend ab, und wir kommen zwischen drei und vier. Vielleicht kann ich Monty überreden, auch mitzukommen.«

»Je mehr Gäste, desto lustiger die Party«, sagte Marla, beendete das Gespräch und blickte in Eugenias finstere Miene.

»Du hast für morgen jemanden eingeladen?«

»Nur Verwandte«, erwiderte Marla, verärgert über den überlegenen, tadelnden Tonfall ihrer Schwiegermutter, und stieg die Treppe hinauf. »Cherise und ihren Mann. Den Reverend Donald.«

»Lieber Gott.«

»Das sagt sie auch ständig«, rief Marla vom Treppenabsatz im ersten Stock hinunter. »Vielleicht kommt ihr Bruder auch mit.«

Das Baby hörte auf zu weinen.

»Montgomery. Na, wunderbar«, kommentierte die alte Dame mit verkniffenem Mund. »Das dürfte interessant werden.«

Amen, dachte Marla bissig und lief weiter die Treppe hinauf, um James zu holen. *Jawohl, Amen!*

»Marla hat sich verändert.« Nick saß im Jaguar seines Bruders auf dem Beifahrersitz, während Alex den Wagen die Market Street hinunter in Richtung der Bucht steuerte. Der Himmel war hellgrau, der Asphalt noch nass von einem Regenschauer.

»Natürlich hat sie sich verändert. Du hast sie ja auch seit Jahren nicht gesehen.«

»So meine ich das nicht«, entgegnete Nick und betrachtete mit zynischem Blick den Finanzdistrikt von San Francisco. Hochhäuser aus Beton und Stahl ragten in den Himmel auf, der Verkehr verstopfte die Straßen, und Fußgänger mit Taschen, Aktenkoffern, Rucksäcken und Schirmen hasteten geschäftig über die Gehsteige. Verkehrszeichen blinkten, Motoren dröhnten und Leute riefen. Tauben und Möwen flatterten auf den belebten Gehsteigen umher.

Nick hasste das alles zutiefst.

»Nun ja, dann hat Marla sich eben verändert«, räumte Alex ein und betätigte den Zigarrenanzünder, während er vor einer roten Ampel stand und ein Strom von Menschen in beiden Richtungen die Straße überquerte. »Sie hat gerade ihr zweites Kind zur Welt gebracht und einen traumatischen Unfall überlebt, bei der ihre Freundin und ein Fremder zu Tode gekommen sind. Dadurch hat sie auch noch ihr Gedächtnis verloren, musste sich kosmetischen Operationen unterziehen und beinahe zwei Monate lang den Mund mit Drähten verschließen lassen. Und zudem hast du sie seit Jahren nicht gesehen. Ja, da kann ich mir schon vorstellen, dass sie dir verändert vorkommt.« Er griff in die Jackentasche, zog ein Päckchen Zigaretten heraus und steckte sich eine Marlboro zwischen die Lippen. Im selben Moment klickte der Zigarrenanzünder, und er hielt die Zigarette daran. »Ich hoffe, dass sie sich wieder erholt ... Ich meine nicht nur körperlich, sondern auch geistig, dass sie die Amnesie loswird.« Alex bremste vor einer weiteren Ampel. »Ich bezweifle, dass sie je wieder aussehen wird wie früher.«

»Sie kann sich noch einmal operieren lassen.«

»Ja, warum nicht?« Er trat aufs Gas, und der Jaguar schoss nach vorn. »Du hast wahrscheinlich auch schon bemerkt, dass unsere Ehe keineswegs unproblematisch ist.«

Nick biss die Zähne zusammen. »Cherise erwähnte, dass ihr euch ein paar Mal getrennt habt. Was ist da schiefgegangen?«

Alex warf ihm einen harten Blick zu. »Es ist nicht einfach, mit Marla zusammenzuleben.«

»Aber mit dir.«

»Ja, ganz recht.« Alex schnaubte. »Nun, das spielt wohl auch keine Rolle mehr. Jetzt ist alles gut. Ich habe es nur erwähnt, weil es sowieso irgendwann zur Sprache gekommen wäre, und ich wollte, dass du es von mir erfährst.«

Nick äußerte sich nicht dazu. Immerhin hatte er erst am Vortag selbst gesehen, wie Alex und Marla sich im Wohnzimmer umarmten.

Und im Garten hättest du sie beinahe geküsst.

Alex steuerte den Wagen in eine Parkgarage unter einem gigantischen Gebäude etwas abseits vom Embarcadero. Das Gebäude, das ganz aus Stahl, Beton und Glas bestand, grenzte an den Finanzdistrikt und beherbergte seit sieben Jahren die Büros von Cahill Limited – seit Alex entschieden hatte, das kleine Backsteinhaus, das seit fast einem Jahr der Firma gehörte, sei nicht mehr repräsentativ genug.

Nick vermutete, dass diese Entscheidung einer der fatalen Fehler war, die den Gewinn geschmälert und die Firma in die roten Zahlen gebracht hatten. Allein der Umzug hatte fast eine Million Dollar gekostet, und das war erst der Anfang gewesen. Die Miete verschlang astronomische Summen, die auch die vornehmste Adresse nicht rechtfertigte. Jedenfalls nach Nicks Meinung nicht.

Alex stellte den Wagen in einer schmalen reservierten Parkbucht in der Tiefgarage ab und führte Nick zu einem Lift, der sie in den zweiten Stock hinaufbrachte, zu den mit dem Firmenlogo gekennzeichneten Flügeltüren aus Glas.

Alex nahm sich die Zeit, Nick seiner Sekretärin vorzustellen und die hinterlegten Nachrichten durchzusehen, dann führte er seinen Bruder in eine geräumige Ecksuite mit einem großen Schreibtisch, einer Sitzgruppe aus Sofa, Tisch und zwei Sesseln und einer gutgefüllten Bar mit Kredenz, die eine Ecke des Raumes einnahm. *Alex Cahills privater Bereich*, dachte Nick. Hinter dem Schreibtisch bot eine Reihe von Fenstern einen Panoramablick über die Stadt.

»Es gibt schlechtere Arbeitsplätze«, bemerkte Alex und legte Mantel und Schal ab.

»Durchaus, weitaus schlechtere.«

»Ich weiß, was du jetzt denkst. Dass all das nur Augenwischerei ist, zu viel kostet und dass unsere Büros in einen Bezirk mit niedrigen Mieten an der Bucht ziehen sollten. Oder vielleicht gleich wieder in das alte Gebäude.« Alex hängte seinen Mantel in einen Garderobenschrank, der größer war als Nicks Kleiderschrank zu Hause. »Glaub mir, ich habe auch schon daran gedacht, aber die günstige Lage hier in der City, die Kontakte, die ich allein in diesem Gebäude geknüpft habe, das Prestige als Teil des Finanzdistrikts – all das hat seine Vorteile. Und ich bin nahe beim Haus, kann mich viel mehr als vorher um die Kinder kümmern. Gerade jetzt, da Marla sich erholen muss, ist es ein echtes Plus.« Er schloss die Schranktür, setzte sich hinter den Schreibtisch, schaltete automatisch den Computer ein und forderte Nick mit einer Handbewegung auf, in einem der Ledersessel Platz zu nehmen.

Während Alex die Börsenberichte durchsah, bemerkte Nick eine Ansammlung von Fotos auf der Kredenz. Bilder von Alex, der dem Gouverneur die Hand schüttelte, Alex vor einem Learjet stehend und in Golfkleidung mit einer Gruppe von Männern. Und dann war da noch das Familienporträt: Marla, Cissy und Alex, vor mehr als zehn Jahren vor einem weißen Hintergrund aufgenommen. Cissy war knapp dem Säuglingsalter entwachsen und saß in rüschigem Sonntagsstaat auf Marlas Schoß. Großäugig und unschuldig, mit Apfelbäckchen und hochgezogenen Augenbrauen, drückte ihr Gesichtchen unverhohlene Neugier aus. Ganz im Gegensatz zu ihrem Vater. Eine Hand auf Marlas Schulter gelegt, stand Alex im schwarzen Anzug hinter ihr, in besitzergreifender Haltung, mit stolzem, selbstgefälligem, gut einstudiertem Lächeln. Doch Nicks Blick wurde von der Frau in der Mitte des Bildes angezogen. Das volle, mahagonifarbene Haar tadellos frisiert, die Arme um ihre Tochter gelegt, mit lebhaften, funkelnden grünen Augen. Ihr Lächeln ließ die makellos weißen Zähne gerade nur erahnen – die perfekte Direktorengattin in schlichtem schwarzem Kleid. So schuf sie eine Illusion, die, wie Nick wusste, die wahre Frau tief in ihrem Inneren verbarg.

»Das wurde an Cissys erstem Geburtstag aufgenommen«, bemerkte Alex. »Vor zwölf Jahren.«

»Die glückliche Familie.«

»Meistens.«

»Du wirst ein neues aufnehmen lassen müssen.«

Alex zog kurz die Augenbrauen zusammen, als hätte er nicht recht verstanden. »Ach, wegen des Babys. Richtig, das sollte ich tun.« Er legte die Fingerspitzen unter dem Kinn aneinander, lehnte sich in seinem Schreibtischsessel zurück und runzelte die Stirn. »Über all meinen anderen Problemen habe ich wohl keinen Gedanken darauf verschwendet. Also, ich habe die Belegschaft darüber informiert, dass du freien Zugang zu allem hast, was du benötigst, und du kannst entweder in einem der Konferenzräume arbeiten, oder ich besorge dir ein Gästebüro.«

»Der Konferenzraum reicht, solange ich Akten aus dem Büro mitnehmen darf.«

Alex kratzte sich am Kinn. »Unter der Bedingung, dass du wieder in dein altes Zimmer zu Hause einziehst. Ich möchte nicht, dass Firmendokumente im Hotel herumliegen, wo jeder sie sehen, verlegen oder sogar klauen kann. Das soll nicht heißen, dass ich dir nicht traue, weißt du, aber es ist eine Frage der Sicherheit.«

»Du hast mir bereits ein paar Akten ausgehändigt«, sagte Nick, der seinem Bruder die Ausrede nicht eine Sekunde lang abkaufte.

»Ich weiß. Aber mir sind Bedenken gekommen.«

»Quatsch.« Nick verzog den Mund und erinnerte sich daran, dass sein Bruder, bevor er in das Familienunternehmen einstieg, ein erfolgreicher Anwalt gewesen war. »Warum seid

Mutter und du so versessen darauf, dass ich wieder zu Hause einziehe?«

Alex zögerte.

»Es geht euch um Kontrolle, nicht wahr? Nicht wegen der Akten, sondern meinetwegen.«

Mit einem verächtlichen Schnauben erwiderte Alex: »Du warst schon immer so verdammt misstrauisch.«

»Dafür werde ich bezahlt. Damit du dir die Arbeit meines misstrauischen Verstands zunutze machen kannst. Oder?«, wollte Nick wissen. »Was willst du wirklich von mir, Alex? In dieser Stadt gibt es ein Dutzend angesehener Troubleshooter, von denen du jeden einzelnen hättest einstellen können. Man braucht kein Genie zu sein, um herauszufinden, dass Geld gespart werden kann, indem Gemeinkosten gekürzt und Preise erhöht werden, indem ein größerer Profitrahmen geschaffen oder mehr Ware im bisherigen Profitrahmen verkauft wird. Und was deine Familiensituation betrifft, könntest du Pflegerinnen, Gesellschafterinnen und Kinderfrauen für Marla, Mutter und das Baby einstellen, um dich selbst zu entlasten. Im Grunde brauchst du mich hier nicht.« Er musterte seinen Bruder in seinem flotten maßgeschneiderten Anzug und mit der Zweihundert-Dollar-Krawatte. »Warum zum Teufel hast du es für nötig gehalten, bis nach Oregon zu fahren, um dein Anliegen vorzutragen?«

Alex kniff die Lippen zusammen und schwieg einen Moment, sei es, um den Effekt seiner Worte zu steigern, oder weil er zögerte, die Wahrheit auszusprechen. Sein Blick wanderte zu den Fotos auf der Kredenz. »Wegen Marla.«

Wieder einmal Marla, die zwischen ihnen beiden stand.

Wie immer. Unausgesprochene Andeutungen standen im Raum wie mit Händen zu greifen.

Alex beugte sich vor. Sein Sessel knarrte. »Ich wusste, dass die Möglichkeit eines Gedächtnisverlustes bestand. Dr. Robertson hatte mich gewarnt. Ich hoffte auch, dass es sie vielleicht wachrütteln würde, wenn sie dich sieht. Bei allem, was ich hier um die Ohren habe, wollte ich dich zu Hause wissen.«

»Du hast mich nie im Haus haben wollen.«

»Vielleicht habe ich mich verändert.«

»Eher friert die Hölle ein.« Das alles war Unsinn. Alex war der letzte Mensch, der eine so radikale Verhaltensänderung durchlaufen würde.

»Vielleicht erholt sich Marla nicht von dieser ... Krankheit. Es hat schon vor dem Unfall eingesetzt, ein paar Wochen bevor James geboren wurde, und das Ganze hat irgendwie mit dir zu tun, Nick, ob es dir gefällt oder nicht.«

»Ich wüsste nicht, was das mit mir zu tun haben könnte.«

»Ihr beide hattet mal was miteinander, das wissen wir doch beide. Marla hatte schon immer ein Faible für dich, und auch wenn sie mich geheiratet hat, war es doch nie ganz vorbei.« Er seufzte und zupfte an seinem Krawattenknoten. »Bevor sie aufwachte, hat sie deinen Namen gesagt. Deinen, nicht meinen.« Alex runzelte nachdenklich die Stirn, dann zuckte er die Achseln. »Ich dachte, du könntest ihr helfen, gesund zu werden.«

»Das nehme ich dir nicht ab. Nichts von alledem. Wenn sie gesund werden soll, besorg ihr Ärzte oder Psychiater oder was immer sie braucht, aber etwas wieder aufzuwärmen, das fünfzehn Jahre zurückliegt, wird ihr nicht helfen. Nein«, sagte Nick, so bedrängt von Schuldgefühlen, dass ihm das Atmen schwer wurde. Ja, er und Marla waren ein Paar gewesen, aber das war vor der Heirat mit seinem Bruder gewesen. Langsam erhob sich Nick, sah Alex dabei jedoch fest an. »Hier ist noch mehr im Busch. Mehr, als du zugibst. Ich spüre es.«

»Und was sollte das wohl sein?«

»Ich weiß es nicht«, gestand Nick. »Aber ich habe die Absicht, es verdammt noch mal herauszufinden.«

Marla erkannte ein wenig zu spät, dass sie niemals zum Essen hätte ins Speisezimmer kommen sollen. Die gesamte Familie hatte sich um einen mit kostbarem Leinen, Porzellan, Kristall und Silber gedeckten Tisch versammelt. Kerzen brannten, leise Musik spielte, und ein Tafelaufsatz mit frisch geschnittenen Rosen, Iris und Maßliebchen stand unter dem Kronleuchter, dessen Licht gedimmt war. Alex saß am Kopf der Tafel, sie ihm gegenüber. Zu der einen Seite saß Cissy neben ihrer Großmutter, auf der anderen hatte Nick Platz genommen und sie mit einem kalten Blick bedacht, um dann inmitten des Klangs von Besteck und leiser Musik widerwillig, wie es schien, die Unterhaltung über sich ergehen zu lassen. Schmorrippchen, Petersilienkartoffeln, dünne Spargelstangen waren auf den Tellern angerichtet, und die Düfte mischten sich zu einem köstlichen Aroma.

Marla fühlte sich völlig fehl am Platz mit ihrem Schälchen extra für sie zubereiteter Fischcremesuppe. Es war die erste förmliche Mahlzeit, die sie mit der Familie einnahm, und alles erschien ihr so verkehrt. Vielleicht lag es an der Amnesie oder an den Medikamenten, die sie einnahm, überlegte sie, bereit, alles anzunehmen, was ihr Gefühl der Absonderung von dieser, ihrer, Familie erklären konnte. Vielleicht holte sie der Verfolgungswahn wieder ein. Vielleicht lag es aber auch daran, dass sie an das Treffen mit Nick im Garten dachte und daran, wie sie sich gewünscht hatte, er möge sie küssen.

Unbeholfen löffelte sie ihre Fischcremesuppe, und ihr Magen, der ohnehin vor Nervosität ganz verkrampft war, wollte rebellieren.

Die Unterhaltung war gestelzt, furchtbar steif. Alex hatte das Thema Börse und seine Geschäfte angeschnitten, während Eugenia auf Cahill House und ihre Probleme bei der Suche nach einer Aufsicht zu sprechen kam. Cissy blieb weitgehend still und ertrug alles mit gequälten Seufzern und gelangweilter Miene. Marla konnte es ihr nicht verübeln. Nick beschränkte seine Kommentare auf einsilbige Antworten und widmete sich seinen Schmorrippchen.

Du hattest mal was mit ihr. Das hatte Alex gesagt. Sie waren ein Liebespaar gewesen. Sie spürte, wie ihre Wangen bei der Vorstellung glühten. Zwar erinnerte sie sich nicht daran, mit Nick geschlafen zu haben, vor ihrem inneren Auge blitzte auch keine Erinnerung an seinen nackten Körper auf, aber vorstellen konnte sie es sich sehr gut. Er hatte etwas an sich, das sie unwiderstehlich fand. Mit seinem auf unkonventionelle Weise guten Aussehen, dem wettergegerbten Gesicht und dem geistreichen, geradezu respektlosen Sinn für Humor wirkte er verteufelt sexy auf Marla, und sie hasste sich zugleich selbst dafür. Bestimmt lag es an den Medikamenten, an ihrem verwirrten Zustand, an dieser verdammten Amnesie, die ihr Denken beeinträchtigte, und doch – als sie seine harten Züge betrachtete, die über hohen Wangenknochen gespannte sonnenbraune Haut, die breite Stirn und das kantige Kinn, da spürte sie den gleichen Sog wie vorher im Garten und noch früher im Krankenhauszimmer.

Sie aß noch einen Löffel Suppe, versuchte, sich auf die Unterhaltung zu konzentrieren, und wagte keinen Blick mehr in Nicks Richtung. Ihr Magen knurrte beim Anblick richtigen Essens, und sie konnte es kaum noch erwarten, endlich die Drähte im Kiefer loszuwerden. *Nur noch ein Tag.*

»Mutter sagt, du hast Cherise und ihren Mann zu uns eingeladen«, bemerkte Alex schließlich von der anderen Seite der flackernden Kerzen her.

»Ganz recht. Sie hat angerufen. Sie kommen morgen her.«

»Hältst du das für klug?« Alex trennte den Fettrand von seinen Rippchen ab. Er schnitt ein Stück Fleisch ab und tunkte es in Meerrettich.

»Du weißt, wie ich über Besuch denke«, erwiderte Marla. »Aber ... nun ja, Cherise und Montgomery ... wir sind nicht gerade mit ihnen befreundet.«

»Aber verwandt.«

Eugenia legte ihre Gabel nieder. »Es hat böses Blut gegeben, verstehst du.«

»Ach du Scheiße.« Cissy trank einen großen Schluck aus ihrem Kristallkelch, in dem Eiswürfel und eine Zitronenscheibe schwammen.

»Wir sprechen später darüber«, sagte Alex mit einem Blick zu seiner Tochter.

»Ja, ja, natürlich.« Eugenia errötete. »Dieses Thema müssen wir wahrhaftig nicht bei Tisch diskutieren.«

»Warum nicht?«, fragte Nick.

»Cissy möchte sicher nichts davon hören.« Eugenia lächelte gezwungen und griff nach ihrem Weinglas.

»Genau«, stimmte Alex seiner Mutter zu.

»Ich finde es gut, dass sie kommen«, bemerkte Nick, lehnte sich in seinem Stuhl zurück, und das Blau seiner Augen wirkte dunkler im sanften Licht. »Vielleicht klärt sich dadurch manches auf.«

Alex runzelte die Stirn und schüttelte den Kopf. »Es gibt nur wieder Ärger, wie immer. Sogar als ich versucht habe, Cherises Mann zu helfen, und ihm einen Job in Cahill House gegeben habe ...«

»Na, das ist doch Schnee von gestern«, fiel ihm Eugenia eisig ins Wort. Alex' Miene verdüsterte sich.

»Eben.«

Nick schob seinen Teller von sich. Angespannte Sekunden verstrichen, und er sah aus, als wolle er aus dem Zimmer stürzen. Marla legte ihren Löffel ab und entschied, dass jetzt der richtige Zeitpunkt für ihre Bitte war. »Sobald die Drähte aus meinem Kiefer entfernt worden sind, möchte ich meinen Dad besuchen«, verkündete sie.

Eugenia spießte gerade mit der Gabel ein Stückchen Kartoffel auf. Sie zuckte nicht mit der Wimper, doch Alex' Kopf ruckte hoch. Er sah Marla aus schmalen Augen an. »Conrad? Warum?«

»Er ist immerhin mein Vater. Und vielleicht würde mir ein Besuch bei ihm helfen, mich wieder zu erinnern. Ich ... Wie ich hörte, ist er sehr krank.«

»Ja, allerdings. Ich würde auch liebend gern mit der ganzen Familie nach Tiburon fahren und ihn besuchen. Besonders um ihm das Baby zu zeigen. Aber ich muss auch an ihn denken.« Alex schob seinen Teller von sich, stützte die Ellenbogen auf den Tisch und legte das Kinn auf die gefalteten Hände. »Wie würde der arme Kerl es wohl aufnehmen, wenn er dich in diesem Zustand zu sehen bekommt?«

Sie warf einen flüchtigen Blick in den geschliffenen Spiegel über der Anrichte, schreckte jedoch nicht zurück. Sie war auf dem Weg der Besserung. Die Blutergüsse verblassten, ihr schön frisiertes Haar schimmerte im Kerzenlicht. »Ich glaube ... Ich glaube, er würde erleichtert sein zu sehen, dass es mir gutgeht.«

Eugenia spülte einen kleinen Bissen Fleisch mit einem Schluck Wein hinunter. »Ich könnte nach Tiburon rüberfahren. Aber nicht diese Woche, fürchte ich. Ich habe einiges zu erledigen und Konferenzen, aber vielleicht nächste Woche ...«

»Ich kann ganz gut allein fahren«, sagte Marla. Sie war es leid, wie eine Invalide behandelt zu werden. Allmählich erschien ihr dieses Haus wie eine Art goldener Käfig, was natürlich lächerlich war. Aber sie wollte ihren Vater allein besuchen, ohne diese Familie um sich zu haben.

»Du kannst nicht fahren«, erinnerte Alex sie.

»Warum nicht?«

»Zum einen ist der Porsche in der Werkstatt, und zum anderen hast du bis vor kurzem im Koma gelegen ...«

»Jetzt aber nicht mehr. Es besteht kein Anlass, deine Mutter mit meinen Angelegenheiten zu belästigen. Und du brauchst auch nicht eigens für mich diese Fahrt auf dich zu nehmen. Schließlich ist er *mein* Vater.« Marla musste sich sehr beherrschen, um nicht aus der Haut zu fahren. Hinter der Fassade der Höflichkeit, der leisen Musik, der flackernden Kerzen und des glänzenden Bestecks in diesem riesigen, düsteren Haus lauerte eine Anspannung, der sie sich nicht entziehen konnte. In den dunklen Winkeln verbargen sich Geheimnisse. »Und wenn du ein Problem damit hast, dass ich fahre, dann könnte Lars mich chauffieren.« Die Vorstellung behagte ihr nicht besonders, doch das spielte jetzt keine Rolle. Sie hatte das Bedürfnis, ihren Vater zu sehen, und zwar allein.

»Es würde mir nichts ausmachen«, versicherte ihre Schwiegermutter mit dem nachsichtigen Lächeln, das Marla allmählich auf die Nerven ging.

Da sie mit Zurückhaltung offenbar nicht weiterkam, beschloss sie, direkter zu werden. »Versteht doch, ich brauche Antworten auf meine Fragen. Ich möchte gesund werden, damit ich mich an ... euch alle erinnern kann, und es ist Zeit, dass ich mich unabhängig mache. Ich möchte meine Freundinnen besuchen, den Club aufsuchen und, sobald die Drähte entfernt sind, essen gehen.« Sie wartete auf eine Reaktion, doch Eugenia schnitt ihr Rippchen und zog nur hinter der Brille die Augenbrauen ein wenig hoch. Alex warf seine Serviette auf den Tisch.

»Ja, natürlich. Sobald Phil sein Einverständnis gibt, kannst du tun und lassen, was du willst. Übrigens, hattest du nicht neulich Besuch von Joanna?«

»Ja, aber ich konnte mich nicht an sie erinnern.« Marla schaute in die Runde. Cissy griff noch einmal nach ihrem Wasserglas, und Nick sagte kein Wort. »Moment mal. Hat etwa irgendein Arzt mir Hausarrest erteilt?«

Eugenia seufzte und legte Messer und Gabel auf den Tellerrand. »Dr. Robertson will nur sichergehen, dass du dich nicht übernimmst. Und vergiss nicht, dein Gedächtnisverlust ...«

»Ich habe ihn nicht vergessen, und ich bin ihn von Herzen leid«, entgegnete Marla, erstaunt über ihre eigene Heftigkeit. »Ich könnte mir vorstellen, dass ein bisschen Anregung vielleicht Erinnerungen auslöst. Andere Leute sehen, aus dem Haus kommen, mich wieder mit meinen Lieblingslokalen vertraut machen – vielleicht weckt das alles Erinnerungen.« Hauptsächlich wollte sie jedoch mehr über sich selbst erfahren. Über ihr Leben. Ihre Familie. Warum fühlte sie sich wie eine Außenstehende?

»Ich rede morgen mit Phil«, versprach Alex, als sei damit alles geklärt.

Um ein Haar wäre Marla aufgesprungen. Stattdessen umklammerte sie die Tischkante und zwang sich zur Ruhe. »Nein, *ich* rede mit ihm. Ich finde, es ist an der Zeit, dass ich mein Leben selbst in die Hand nehme.«

Einen Moment lang herrschte angespannte Stille, dann lachte Alex. »Bravo!«, rief er sarkastisch und klatschte in die Hände wie bei einem Tennismatch. »Genau die richtige Einstellung! Das ist Marla, wie ich sie in Erinnerung habe!«

Eugenia runzelte die Stirn. Nick lehnte sich wieder auf seinem Stuhl zurück. Cissy verdrehte die Augen.

»Besuch ihn doch gleich morgen früh«, schlug Alex vor.

»Genau das werde ich tun«, erwiderte sie und fragte sich, wie sie auch nur für eine Sekunde hatte glauben können, ihr Mann wolle sie vor der Welt verstecken. Nein, nicht verstecken, sondern verwöhnen, wie ein zerbrechliches Porzellanpüppchen behandeln, das einen Sprung bekommen könnte. Als ob sie so empfindlich wäre.

»Müssen wir wirklich über diesen Kram reden?«, beklagte sich Cissy, und Marla wand sich innerlich. »Ich meine, über diesen ewigen Erinnerungskram. Das ist bescheuert.«

Eugenia warf Marla einen Blick zu, als wolle sie sagen: *Ich habe dich gewarnt.*

»Cissy hat recht, jetzt ist nicht der richtige Zeitpunkt dafür«, erklärte Alex, und sein Tonfall schien eine Warnung zu enthalten.

»Dann nach dem Essen«, verlangte Marla.

Wie auf ein Stichwort tauchte Carmen auf.

»Aber es besteht doch wirklich kein Anlass«, bemerkte Eugenia kopfschüttelnd und schob ihren Stuhl zurück. »Ich denke, ich nehme den Kaffee im Wohnzimmer«, sagte sie zu Carmen, die rasch wieder verschwand.

Nick beugte sich vor. »Wenn Marla über dieses Thema reden möchte, dann sollte sie es tun«, betonte er. »Es geht schließlich um *ihr* Gedächtnis.«

»O Gott«, murrte Cissy.

Marla redete drauflos, dankbar für jede Unterstützung, selbst wenn sie von Nick kam. »Und ich möchte zur Ranch fahren und dich reiten sehen«, sagte sie zu ihrer Tochter.

Cissy verdrehte die Augen. »Ich bitte dich, wann hast du dich je fürs Reiten interessiert?«

»Ich sagte doch bereits«, beharrte Marla, und aller Augen richteten sich auf sie, »ich erinnere mich ans Reiten. Die Bilder sind ein bisschen verschwommen, aber ich weiß, dass ich geritten bin. Ich dachte, du und ich ... auf der Ranch ...« Unter Cissys kritischem Blick wollte ihr die Stimme versagen. »Vielleicht sind wir zusammen ausgeritten.«

»Machst du Witze?« Cissy schüttelte den Kopf und hätte

beinahe gelacht. »Jetzt springst du aber wirklich ins kalte Wasser! Mom, du hast Angst vor Pferden. Weil dich als Kind mal eins abgeworfen hat. Stimmt's?« Cissy wandte sich mit einem flehenden Blick an ihren Vater.

»Stimmt, Schätzchen«, pflichtete er ihr bei. »Das war ein schlimmer Sturz. Keine Knochenbrüche, aber seitdem hast du panische Angst vor Pferden.«

Konnte sie sich so sehr über sich selbst täuschen? Waren diese aufblitzenden Erinnerungsfetzen nichts als ... Als was? Träume? Trugbilder? Nein! Sie war sich sicher. »Ich kann es nicht erklären, aber ich habe das Gefühl ...« Sie unterbrach sich, als alle aufhörten zu essen und sie ansahen, als warteten sie gespannt auf das, was sie zu sagen hatte. »Ich glaube ... Ich glaube, ich bin gern geritten.« Sie sah ihre Tochter an. »Mit dir.«

»Hör bloß auf. Erinnerst du dich denn nicht mal mehr an deine Phobien? Mein Gott, Mom, das ist wirklich armselig und bescheuert und ...«

»Cissy, es reicht!«, fiel Alex ihr wütend ins Wort. Seine Stimme erhob sich gebieterisch und rauh über die leisen Töne der klassischen Musik.

»Nein, sie hat recht.« Marla fing den besorgten Blick ihrer Tochter auf. »Es ist bescheuert und armselig und angsteinflößend, und ich wollte, es würde einfach verschwinden. Aber es braucht ein wenig Zeit, also habt bitte Geduld mit mir, ja?«

»Darf ich mich entschuldigen?«, fragte Cissy, den Tränen nahe, und ohne eine Antwort abzuwarten, schob sie heftig ihren Stuhl zurück. Im nächsten Moment war sie auf den Beinen, ließ die Serviette fallen und rannte aus dem Zimmer.

»Du hast sie aus der Fassung gebracht«, warf Alex seiner Frau vor.

»Und *du* hast *mich* aus der Fassung gebracht«, schleuderte Marla ihm entgegen und ballte frustriert die Fäuste. »Ich halte das nicht mehr aus. Diese Ungewissheit. Und ich werde mich nicht in meinem Zimmer verstecken, bis ich vorzeigbar genug aussehe, um ausgehen zu können, und ich werde verdammt noch mal auch nicht meine Freunde meiden, die mich besuchen wollen, oder meinen Vater und Bruder oder Cherise und ihren Prediger-Gatten oder sonst jemanden ignorieren. Ich will gesund werden, komme, was wolle.«

»Du müsst Geduld haben«, redete Eugenia ihr zu.

»Ich bin es leid, ewig Geduld zu haben. Und ich glaube, ich werde anfangen, mich zu erinnern, sobald ich aus diesem Haus herauskomme und mein Leben so weiterführe, wie ich es vor dem Unfall getan habe.«

»Ich finde, sie hat recht«, pflichtete Nick ihr bei.

»Wird es dir nicht peinlich sein?«, fragte Eugenia. »Deine Freundinnen sind schließlich alle ... na ja, prominent und ...«

»Und sie müssen versnobt oder idiotisch oder ein Haufen Heuchlerinnen sein, wenn sie mich nicht so akzeptieren können, wie ich bin. Joanna Lindquist ist schließlich bei meinem Anblick auch nicht davongelaufen, oder?«

»Das ist doch lächerlich«, sagte Eugenia leise und stand auf, blieb aber noch am Tisch stehen.

Alex starrte Marla an. »Es tut mir leid«, sagte er. »Du hast ja recht. Vielleicht solltest du wirklich ausgehen. Ich ... ich war nur so in Sorge um dich.« Er lehnte sich zurück und seufzte.

»Du weißt ja, wir geben in der Woche nach Thanksgiving immer eine Party in Cahill House. Ich dachte, du würdest sie in diesem Jahr wohl ausfallen lassen, aber vielleicht ist das keine so gute Idee. Uns bleiben ja noch zwei, drei Wochen. Vielleicht kannst du dich mit Mutters Hilfe darum kümmern?«

Marla wurde mulmig bei dem Gedanken an Dutzende von Gästen, die alle von ihr erwarteten, dass sie die Gastgeberin spielte. Aber sie hatte ja Personal, das ihr zur Hand gehen konnte. Sicher würde sie ihren Beitrag leisten können. »Ich weiß nicht recht, ob ich so einer großen Party schon gewachsen bin.«

»Natürlich nicht.« Eugenia warf ihrem Ältesten einen strafenden Blick zu. »Das ist entschieden zu viel für dich. Lass die Party dieses Jahr ausfallen. Alle werden Verständnis haben.«

»Moment mal. Ich habe nicht nein gesagt, ich meinte nur, dass ich mir nicht sicher bin.« Die Vorstellung von der Feier gefiel ihr immer besser, und sie hatte keine Lust, die arme kleine Kranke zu spielen und zu wissen, dass Familientraditionen und Gesellschaften ihrem Zustand zum Opfer fielen. Ihre Tochter hielt sie ohnehin schon für verrückt. Außerdem musste sie unter Menschen kommen, Freunde treffen. »Okay«, sagte sie schließlich und nickte. »Ich tu's.«

Eugenia öffnete den Mund, als wolle sie Einwände erheben, doch dann setzte sie sich wieder auf ihren Stuhl.

War Alex' Lächeln ein wenig beklommen? Oder bildete sie es sich nur ein? »Wunderbar«, erklärte er mit einer Spur von Sarkasmus.

Marla kamen nun doch Zweifel. Vielleicht handelte sie überstürzt. Plötzlich war ihr übel.

»Nun«, sagte Alex, »wenn ihr mich bitte entschuldigen wollt, ich muss noch zu einem Termin in die Stadt. Drinks im Marriott. Japanische Geschäftsleute, die investieren wollen. Das könnte die Finanzspritze sein, die wir so dringend brauchen.« Er ging um den Tisch herum und gab seiner Frau einen Kuss auf die Wange. »Du bleibst noch ein bisschen, nicht wahr, Nick? Um die Damen zu unterhalten?«

Nick schien sich unbehaglich zu fühlen, hob aber in halbherziger Zustimmung die Schultern. »Ja, noch ein Weilchen.«

»Danke.« Sichtlich erleichtert warf Alex einen Blick auf die Uhr und verließ das Zimmer.

»Ich brauche keine Unterhaltung«, erklärte Marla, schob ihren Stuhl zurück und stand auf.

»Nun, ich aber.« Eugenia zog gebieterisch die Augenbrauen hoch.

»Wenn ihr nichts dagegen habt, möchte ich jetzt gern nach Cissy schauen.«

»Sie benimmt sich wie der typische Teenager«, bemerkte Eugenia.

»Ich glaube, ich muss mal mit ihr reden.« Marla wollte nicht nur einiges mit ihrer Tochter klären, sondern hatte vor allem das Bedürfnis, aus der Nähe ihrer Schwiegermutter *und* der von Nick zu entkommen – aus der Nähe des Ausgestoßenen, des Mannes, der sie dazu brachte, ihre Ehe, ihre Gefühle, ihre Überzeugungen in Frage zu stellen. Sie fand, dass sie ihn meiden sollte wie die Pest, denn sie spürte tief im dunkelsten Winkel ihrer Seele, dass er eine unwiderstehliche Versuchung für sie darstellte. Um das zu wissen, bedurfte es nicht der unterschwelligen Emotionen, die in seinem Blick zum Ausdruck kamen. Sie wollte nicht darüber nachdenken, wie es sein würde, ihn zu küssen oder mit ihm zu schlafen oder … Sie räusperte sich. »Und dann gehe ich schlafen.«

»Möchtest du wirklich nicht noch einen Schluck Tee oder Kaffee?«

»Wirklich nicht«, sagte sie fest.

»Dann hilft Nick dir sicher gern die Treppe hinauf, nicht wahr, mein Lieber?«, fragte Eugenia, und Marla musste die Lippen zusammenpressen, um nicht zu widersprechen.

Nick warf seiner Mutter einen verstohlenen Blick zu. »Warum nicht?«

»Und anschließend kommst du wieder her und trinkst eine Tasse Kaffee mit mir«, lud Eugenia ihn ein. »In der Küche findet sich bestimmt auch noch etwas Auflauf oder Käsekuchen.«

»Kaffee genügt«, erklärte er und begleitete Marla zum Aufzug. Ihre Kopfschmerzen meldeten sich zurück, ihr war flau im Magen, und sie musste sich zusammenreißen, um sich im Lift nicht auf den Handlauf aufzustützen.

Als die Türen sich schlossen, drückte Nick auf die Taste zum zweiten Stock und lehnte sich an die Kabinenwand. Wieder waren sie allein. In einem engen, viel zu intimen Raum. Marla versuchte, sein männlich-gutes Aussehen und seine verdammt respektlose erotische Ausstrahlung zu ignorieren. Er war härter als Alex, vielleicht auch finsterer. Er trug seine Scheißegal-Einstellung wie einen Orden vor sich her. Und, verdammt noch mal, es faszinierte sie. Während ihr Mann elegant und hochgebildet war, ein erfolgreicher Geschäftsmann, der Kunden aus aller Welt bediente, schien

Nick ein Einzelgänger zu sein, ein Mann, der ebenso gut in einer anonymen Masse oder ganz allein zurechtkam. »Warum bist du hier?«, fragte Marla, als sie im zweiten Stock angekommen waren. »Ich meine … nicht hier im Haus, sondern überhaupt in San Francisco.«

»Ich dachte, das wüsstest du. Alex ist der Meinung, das Unternehmen bräuchte Hilfe.« Er verzog den Mund. »Jedenfalls behauptet er das.«

»Aber du glaubst ihm nicht?«, fragte sie und trat in den Flur, der zum Treppenabsatz führte. Hinter der geschlossenen Tür zu Cissys Zimmer plärrte laute Musik, und als Marla klopfte und durch den Türspalt spähte, warf das Mädchen ihr einen finsteren Blick zu, das Telefon am Ohr.

»Was willst du?«, fragte Cissy.

»Mit dir reden.«

Cissy biss sich auf die Unterlippe und sah aus, als wollte sie sich am liebsten in einer dunklen Ecke verkriechen. Sie warf sich das Haar über die Schulter und setzte eine gelangweilte Miene auf. »Kann das nicht warten? Ich muss noch Hausaufgaben erledigen.«

Marla streifte Telefon und Stereoanlage mit einem kurzen Blick. Weit und breit war kein Buch zu sehen. Aber jetzt war nicht der Zeitpunkt, um zu schimpfen. Nicht, wenn viel wichtigere Probleme zwischen ihnen schwelten. Sie stellte sich der Herausforderung unter dem aufmüpfigen Blick ihrer Tochter. »Okay. Wann?«

»Weiß nicht.« Cissy zuckte die Achseln.

»Aber du sagst es mir.«

»Ja«, erwiderte sie knapp und hielt das Telefon wieder ans Ohr. »Mom, *bitte* …«

»Okay, okay, morgen«, sagte Marla und schloss seufzend die Tür. Nick stand so dicht neben ihr, dass sie sich beinahe berührten. »Ich fürchte, ich muss meine Mutterqualitäten aufpolieren.«

»Ist das möglich?«, fragte Nick.

»Ich weiß es nicht«, gab sie zu und wünschte, sie könnte irgendeine Verbundenheit mit ihrer Tochter empfinden. Als Nächstes sah sie nach James und fand das Baby schlafend vor. Sie trat wieder hinaus auf den Flur, wo Nick auf sie wartete.

Hoch oben prasselte der Regen auf das Dachfenster und gurgelte in der Dachrinne. »Ich habe dich gefragt, ob du Alex glaubst«, erinnerte sie ihn.

»Glaubst du ihm denn nicht?«

»Doch, natürlich«, versicherte sie hastig, unfähig, der lähmenden Wahrheit ins Auge zu sehen, dass sie ihrem eigenen Mann misstraute.

Nick rieb sich den Nacken. Sein Blick war düster, er war sichtlich aufgewühlt. »Ich weiß nicht recht, was ich glauben soll.«

»Du traust ihm nicht«, stellte sie fest, als sie vor der Flügeltür zu ihrer Suite angekommen waren. »Warum nicht?«

»Das ist eine Angelegenheit zwischen ihm und mir.«

»Ja, aber ich habe so ein Gefühl, dass es auch eine Menge mit mir zu tun hat.«, riet sie ins Blaue hinein, und die plötzliche Veränderung in seinem Blick entging ihr nicht.

Sein Blick blieb sekundenlang an ihren Lippen haften und suchte dann wieder ihre Augen. »Du warst schon immer eine Egomanin, Marla.«

»Ach ja?« Sie stieß ein nervöses Lachen aus, das in ihren

eigenen Ohren hohl klang. »Seltsam, daran kann ich mich gar nicht erinnern.« Kopfschüttelnd legte sie die Hand auf den Türknauf. Ihre Erschöpfung gewann die Oberhand. Sie wollte sich niederlegen, schlafen und glauben, dass sie irgendwann aus diesem Alptraum erwachen würde.

»Woran genau erinnerst du dich?«, fragte Nick.

»Noch immer an viel zu wenig, aber ... manchmal sehe ich Bruchstücke aus der Vergangenheit, winzige Szenen, nichts Konkretes, nichts Greifbares. Irgendwie wie der Funke eines leeren Feuerzeugs. Nur ein kurzes Aufblitzen, dann ist alles wieder weg, auch wenn ich mich noch so sehr anstrenge, die Bilder zurückzuholen.« Marlas Blick schweifte durch den Flur mit seinem hochflorigen Teppich, dem dunklen Treppengeländer, den Messingleuchten und Porzellantöpfen mit Philodendron und Farn. »Aber ich habe das Gefühl, dass meine Erinnerungen zurückkommen«, fügte sie hinzu und versuchte, den Duft seines Aftershaves und das dunkle Versprechen, das sie in seinen Augen zu lesen glaubte, zu ignorieren. »Das sind gute Nachrichten.«

»Die besten, die ich mir vorstellen kann.«

Er sah sie so eindringlich an, dass ihr Herz einen Schlag aussetzte. »Ich drücke dir die Daumen.«

»Wirklich?«

Er streckte die Hand aus, als wolle er ihre Wange berühren, ließ sie aber wieder sinken. »Bestimmt.«

Plötzlich kamen ihr die Tränen, doch sie kämpfte dagegen an. Was hatte er nur an sich, dass sie, sobald er auch nur eine Spur von Freundlichkeit zeigte, dahinschmelzen wollte wie ein dummes Weibchen – wie die Sorte Frau, die sie verachtete? Sie zwang sich zu einem Lächeln und versuchte, die

Stimmung aufzulockern. »Das ist womöglich gar keine gute Idee, denn wenn ich mich an alles erinnere«, sagte sie, öffnete die Tür und trat ins Zimmer, »müssen alle höllisch auf der Hut sein, auch du.«

»Was passiert denn dann?«

Ein schiefes Lächeln umspielte ihre Lippen. »In deinem Fall weiß ich dann vielleicht endlich, warum du in meiner Gegenwart immer diese Abwehrhaltung einnimmst.«

Er zog eine dunkle Augenbraue hoch und erwiderte ungerührt: »Ich sag dir, Marla, manche Dinge sollten einfach in Vergessenheit bleiben.«

»Das glaube ich nicht, und du an meiner Stelle würdest es auch nicht glauben«, widersprach sie. »Nichts zu wissen ist die Hölle. Die *Hölle.*«

»Mag sein.« Wieder ruhte sein Blick auf ihren Lippen.

Dummerweise begann ihr Puls zu rasen. »Überhaupt, wer weiß, woran ich mich erinnern werde? Aber es könnte schon interessant werden, meinst du nicht?«

»So kann man es auch nennen.«

»Und wie sonst?«

»Verheerend.« Sein Blick forschte in ihren Augen. So blau. So eindringlich. So wissend. Ihr stockte der Atem. Was war es, das sie so fest aneinanderschmiedete und sie gleichzeitig auseinanderzwang? Sie betrachtete Nicks Wangenknochen und seine kantigen Kiefer, schluckte krampfhaft, spürte, wie ihr Gaumen staubtrocken wurde, und wagte einen raschen Blick in seine Augen, verführerisch und vernichtend zugleich. O Gott, das alles durfte nicht sein. Und doch ... Sie spürte, dass zwischen ihnen etwas knisterte, ein Geheimnis, ein tiefes, erotisches Geheimnis. Zügellose, verbotene Gedanken an körperliche Liebe stahlen sich in ihr Bewusstsein, doch es waren Phantasien, keine Erinnerungen.

»Gute Nacht, Nick«, erwiderte sie fest und schloss rasch die Tür, bevor sie etwas Unbesonnenes sagen oder tun konnte, etwas, das sie bereuen würde. Es war verrückt. *Verrückt!* Nick war ihr Schwager, und sie träumte davon, wie es sein würde, ihn zu berühren, zu küssen. Sie war sogar so weit gegangen, ihn zu reizen, mit ihm zu *flirten*, um Himmels willen. Als sei es ihre zweite Natur. Was hatte er nur an sich?

Marla ließ sich gegen die Tür sinken. Sie war eine verheiratete Frau. Verheiratet – *bis dass der Tod euch scheidet …* »Schluss damit«, rief sie sich zur Ordnung, schlüpfte aus den Schuhen und ging barfuß ins Bad, wo sie sich auszog und sich kaltes Wasser ins Gesicht schöpfte. Vielleicht war ihre Faszination für ihn der Grund für die Probleme in ihrer Ehe. Vielleicht hatte er gelogen, und sie hatte in Wirklichkeit *nach* ihrer Hochzeit eine Affäre mit ihm gehabt. Vielleicht … o Gott, nein … vielleicht war ihr Baby *sein* Kind, das Ergebnis eines Ehebruchs, und … und … und sie hatte Alex den kleinen James untergeschoben.

»Schluss damit!«, ermahnte sie sich noch einmal und betrachtete entsetzt ihr Spiegelbild. Ihre Finger umklammerten den marmornen Rand des Waschtisches. Wassertropfen rannen über ihr Gesicht, und ihre Haut war bleich, aber die Wunden waren gut verheilt. Und die Frau im Spiegel war nicht unattraktiv. Nein … Sie ahnte, dass sie irgendwann sehr schön sein würde. Wie Helene prophezeit hatte. Dann sah sie vielleicht nicht *genauso* aus wie die Frau auf den

Fotos, die überall in diesem Haus herumstanden, aber sie würde auf ihre eigene Art schön sein. *Eine Isebel.* Herr im Himmel, war es möglich? Mit zitternden Händen zog sie ein Handtuch aus dem Halterring und tupfte ihr Gesicht trocken. Sie konnte ... Sie *würde* diese wilden Phantasien über Nick oder Gott weiß wen nicht zulassen. Nein, sie musste sich einfach zusammenreißen, musste sich auf ihre Erinnerungen konzentrieren.

Und was dann?

»Stell dich ihnen. Ganz gleich, was sie bringen.«

Sie fand einen Schlafanzug – weiße Seide, ausgerechnet –, zog ihn an und schlüpfte ins Bett, ohne auf das Rumoren in ihrem Magen und die quälenden Fragen in ihrem Kopf zu achten. Dann trank sie gewissenhaft das bereitgestellte Saftglas aus und unterließ es, den Fernseher einzuschalten oder in den Fotoalben zu blättern, die sie vor dem Bett gestapelt hatte. Sie wusste, dass sie auf der Stelle einschlafen würde, und sie wurde nicht enttäuscht. Kaum hatte ihr Kopf das Kissen berührt, fiel sie in einen so tiefen Schlaf, dass sie die Schritte nicht hörte, die sich knapp eine Stunde später ihrem Zimmer näherten, nicht bemerkte, dass jemand eintrat, sie beobachtete ...

10.

»Stirb, Luder!« Die Stimme war tief und rauh. Hasserfüllt.

Marla erstarrte in ihrem Bett. Riss die Augen auf. Es war dunkel im Raum, so dunkel. Das Herz klopfte ihr bis zum Hals. Panik erfasste sie.

O Gott, war jemand im Zimmer?

Sie blinzelte in die Dunkelheit, suchte das Zimmer ab. Ihre Augen gewöhnten sich an das spärliche Licht, das unter der Türritze hindurch eindrang. Aber niemand stand drohend vor ihrem Bett. Dennoch ... dennoch ...

Sie war in kalten Schweiß gebadet. Marla schluckte ihre Angst hinunter und schaltete die Nachttischlampe ein. Plötzlich war das Zimmer von sanftem goldenem Licht erfüllt. Alles war wie immer, sogar die aufeinander abgestimmten Kissen auf ihrem Bett. Sie hatte geträumt, weiter nichts. Wahrscheinlich weil sie sich nicht gut fühlte. Die Suppe zum Abendessen, dazu die verkrampfte Unterhaltung – das hatte sie nervös gemacht und war ihr auf den Magen geschlagen.

Niemand war in ihrem Zimmer.

Sie atmete auf. Da hörte sie etwas – gedämpfte Schritte? *Was war das?* Ihr Herzschlag dröhnte ihr in den Ohren. Sie schlug die Bettdecke zurück und sprang aus dem Bett. *Beruhige dich*, ermahnte sie sich selbst, konnte sich aber eines weiteren Schweißausbruchs nicht erwehren, während sie systematisch das Zimmer durchsuchte – das Bad, den begehbaren Schrank, die Vorhänge – auf der Suche nach irgendeinem Hinweis auf eine düstere Präsenz, die sie bedroht hatte.

Regen prasselte gegen die Fensterscheiben, der Wind ließ das Glas klirren, aber sie war allein. »Reiß dich zusammen«, schimpfte sie, doch innerlich zitterte sie, und ihr Magen krampfte sich zusammen.

Hatte sie jemanden sprechen gehört oder war die fauchende Stimme Teil eines rasch verblassenden Alptraums gewesen? Sie fuhr sich mit einer Hand durchs Haar und durchquerte die Suite, in der das Licht gedimmt war. Sie kam sich albern vor, als sie an die Tür zum Zimmer ihres Mannes klopfte. »Alex?«, rief sie durch die geschlossene Tür. Keine Antwort. Sie probierte den Türknauf. Nichts rührte sich. »Alex?«

Sie war wieder ausgesperrt.

Beruhige dich, hier ist niemand. Es war ein Traum. Nichts weiter als ein verdammter Traum! Alex ist noch nicht zu Hause. Das ist alles. Bleib ruhig.

Doch es gelang ihr nicht. Alles war zu real. Sie sah auf die Uhr – nicht einmal elf. Sehr lange hatte sie noch nicht geschlafen. *Du hast dir das nur eingebildet. Deine Nerven sind überspannt, Marla. Du fürchtest dich vor deinem eigenen Schatten. Niemand war in deinem Zimmer. Es waren die Nachwehen eines Alptraums, an den du dich nicht erinnerst. Atme tief durch und reiß dich um Himmels willen zusammen.*

Gereizt trat sie hinaus in den dunklen Flur, schaltete das Licht an und sah sich in dem leeren, mit Teppich ausgelegten Gang um. Am Treppengeländer blieb sie stehen und lauschte. Über die klassische Musik hinweg hörte sie leises Gemurmel, Eugenias affektierten Tonfall und Nicks tiefe

Stimme. Vor Erleichterung drohten Marlas Knie nachzugeben. Alles war in Ordnung. Sie hörte keine eiligen Schritte. Kein schweres Atmen. Keinen Laut von Coco, die einen Einbrecher verjagt hätte. *Und du wirst auch keine Schüsse hören, kein Splittern von Glas.*

Sieh den Tatsachen ins Gesicht, Marla, du bist ein Nervenbündel. Keine düstere, bedrohliche Gestalt lauert dir auf. Keine finstere Präsenz ergreift die Flucht.

Und Nick ist unten. Irgendwie war der Gedanke beruhigend, auch wenn Marla es sich ungern eingestand. Sie war doch nicht eine dieser geistlosen, zerbrechlichen Frauen, die einen Mann brauchten, um sich beschützt zu fühlen. Davon war sie überzeugt, was allerdings zurzeit nicht viel zu bedeuten hatte.

Aber sie konnte sich nicht auf Nick verlassen. Auch nicht auf Alex. Nein. Sie konnte sich nur auf sich selbst verlassen. Ihr Magen schmerzte immer noch, und auf ihrer Haut kühlte der Schweiß ab. Es war nicht das erste Mal, dass sie glaubte, jemanden an ihrem Bett bemerkt zu haben. Die gleiche unheimliche, bösartige Präsenz hatte sie schon einmal im Krankenhaus gespürt.

»Denk nicht mehr daran«, befahl sie sich und krümmte die Finger um das Treppengeländer. »Da war nichts. Du leidest nur an den Folgen einer unbekömmlichen Fischcremesuppe und einer überreizten Phantasie.« Trotzdem musste sie nach den Kindern sehen. Wenn doch ein Fremder im Zimmer gewesen war? Wenn er sich in Cissys oder James' Zimmer versteckt hatte? Womöglich einen von ihnen als Geisel nahm? Die Familie war schließlich vermögend und konnte durchaus Opfer einer Geiselnahme werden. Getrieben von diesen Gedanken, durchquerte sie den Flur und stieß die Tür zu Cissys Zimmer auf.

»Was zum …?« Cissy sprang von ihrem Schminkhocker auf und stieß dabei ein Fläschchen Nagellack um. Sie ließ den Pinsel fallen. Violetter Nagellack spritzte auf den Schminktisch. »Scheiße!«, schrie sie laut, denn sie trug Kopfhörer. »Bist du wahnsinnig?« Sie riss sich die Kopfhörer von den Ohren und zeigte auf den vergossenen Nagellack.

Marla ließ den Blick durchs Zimmer schweifen. Es war unaufgeräumt wie immer, Bücher, Pullover, CDs und Plüschtiere lagen auf dem Teppich verstreut, doch nichts Bedrohliches war zu entdecken. »Ich habe schlecht geträumt. Ich wollte nur nach dir sehen.«

»Und mich zu Tode erschrecken?«

»Entschuldige. Ich hätte klopfen sollen.«

»Du verlierst den Verstand, Mom.«

»Das will ich nicht hoffen.«

Cissy verdrehte die Augen, doch ihre Wut wich jugendlicher Besorgnis. »Ist alles in Ordnung?«

»Ja«, schwindelte Marla. »Ich bin nur … nervös.«

»Vielleicht solltest du Valium oder Beruhigungsmittel oder so was nehmen. Brittanys Mutter nimmt das. Die vielen Kinder treiben sie in den Wahnsinn.«

»Ich werde es mir überlegen«, versprach Marla und kam sich ziemlich albern vor. »Gute Nacht, Schätzchen. Wir sehen uns morgen früh.«

»Ja.« Cissy nickte skeptisch, noch immer mit zusammengezogenen Augenbrauen und einem Ausdruck der Besorgnis. Mit einem Kleenex-Tüchlein versuchte sie den verschütteten Nagellack zu entfernen. Marla schloss die Tür hinter sich und hastete den Flur entlang zum zweiten Kinderzimmer.

Im schwachen Schein des Nachtlichts erkannte sie James, der tief und fest schlief und nichts von all dem Bösen auf der Welt ahnte, der Glückliche. »Ach, Liebling.« Tränen der Erleichterung stiegen Marla in die Augen. Alles war gut. Ihre Kinder waren in Sicherheit. Niemand hatte sie angegriffen. Alles war in Ordnung in dieser bewachten Festung.

Und Cissy hat recht. Du verlierst tatsächlich den Verstand. Komm zu dir, Marla. Sofort! Sie schniefte, wischte sich die Nase und kämpfte gegen die Tränen an. Kein Unbefugter hatte das Haus betreten. Das Leben hier nahm seinen normalen Lauf ... nun ja, so normal, wie es unter den gegebenen Umständen möglich war. Ihr Magen rumorte und schmerzte, doch abgesehen von leichter Übelkeit fühlte sie sich gesund. *Aber wenn du diesen verrückten Verfolgungswahn nicht überwindest, könnte es passieren, dass sie dich in eine Irrenanstalt sperren.*

»Nein«, flüsterte sie und straffte den Rücken. Den Gedanken ertrug sie nicht. Dieses Haus war schon Gefängnis genug, aber eine Anstalt ... ausgeschlossen. Nie im Leben. Sie schlang die Arme um ihren Oberkörper und sagte sich, dass an diesem Abend einfach nur ihre Nerven überreizt waren, noch überreizter als sonst.

Noch einmal blickte Marla auf den Säugling hinunter, und eine Erinnerung blitzte auf. In Sekundenbruchteilen sah sie sich im Krankenhaus und im Kreißsaal mit dem hellen Licht, erinnerte sich an den heftigen Druck und die Schmerzen der Geburt, den Arzt mit dem Mundschutz bei der Entbindung und ... und ... das Baby ... ihren wunderbaren Sohn … wie er auf die Welt kam. Sie hatte lange in den Wehen gelegen. Die Geburt war schwierig. Schlimmer, als sie erwartet hatte. Doch am Ende hatte sie ihren Sohn geboren. *Ja! Ja! Ja! James war ihr Kind. Allein ihr Kind!* Sie erinnerte sich an seinen roten Haarflaum, nass und unter weißer Schmiere an das Köpfchen geklebt, an sein verzerrtes, wütendes Gesichtchen, bevor man ihn ihr auf den Bauch legte.

Ich werde dich immer lieben, hatte sie da gedacht, *und niemand wird dich mir wegnehmen. Ich schwöre es dir. Ganz gleich, was auch geschieht.*

Lebhafte Bilder hatten sich in ihr Gehirn eingebrannt, und neben dem Hochgefühl der Geburt war etwas Dunkleres beteiligt, etwas hochgradig … Angstbesetztes … Eine tiefverwurzelte, lähmende Angst, dass jemand ihr das Kind fortnehmen, ihr dieses wunderbare Baby aus den Armen reißen könnte … Aber das war doch verrückt, oder?

Sie hob das kleine Bündel hoch und drückte es an ihre Schulter, als müsste sie damit rechnen, dass es ihr jemand im nächsten Moment entriss. Tränen strömten über ihr Gesicht, ihr Magen verkrampfte sich. »Ach, Liebling«, flüsterte sie, küsste seinen Haarflaum und atmete seinen süßen Babyduft ein. Er gurrte, schmatzte und seufzte mit weichem Atem an ihrer Halsbeuge. Wieder kamen ihr die Tränen, und diesmal ließ sie ihnen freien Lauf. Gott, wie sehr sie dieses winzige Kind liebte. »Alles wird gut«, sagte sie und wiegte ihn. »Alles wird wieder gut. Mama ist bei dir. Ich … ich lasse niemals zu, dass dir etwas Böses geschieht. Niemals.« *Und wie gedenkst du das anzustellen?*

»So gut ich kann. Ich werde tun, was immer dazu nötig ist.« Sie schniefte, entschlossen, sich nicht einschüchtern zu lassen. Niemand würde ihr helfen; sie war nicht einmal sicher, wem sie vertrauen durfte. Sie musste ihre Ängste allein bekämpfen. Marla stand da im Halbdunkel und presste ihre Lippen auf den seidigen Kopf des Kindes. Draußen scharrte ein Ast übers Dach. Der Wind rauschte in den Bäumen, aber im Haus herrschte Sicherheit. James gab kleine Schmatzgeräusche von sich. Marla lächelte und legte ihn widerstrebend zurück in die Wiege.

Sie ließ die Verbindungstür zum Kinderzimmer einen Spalt offen und ging wieder zu Bett. Als sie ihren Sohn im Arm hielt, hatten sich ihre Ängste verflüchtigt, aber ihr war immer noch ein bisschen unwohl. Sie war emotional aufgewühlt, die Gedanken kreisten in ihrem Kopf, ihr Magen krampfte sich zusammen. Sie überlegte, nach unten zu gehen und den verdammten Pfleger aufzusuchen, doch das erschien ihr zu zimperlich. Außerdem war es lediglich eine Nervensache, mehr nicht. Sie konnte sich nicht vorstellen, Eugenia oder Nick Bescheid zu sagen, dass sie geglaubt hatte, ein Fremder würde an ihrem Bett stehen und drohen, sie umzubringen, hier, in ihrem eigenen Haus.

»Reiß dich zusammen«, schimpfte sie mit sich selbst und trank das Glas Wasser auf ihrem Nachttisch aus. Morgen würde sie nicht länger in diesem Haus herumsitzen. Ausgeschlossen. Keine Minute länger. Sobald sie diese verdammten Drähte los war, würde Marla ihren Vater, ihren Bruder und ihren Tennisclub besuchen. Sie würde sich mit Cherise treffen und feststellen, ob sie sich an die Schwägerin erinnerte. Und noch weitere Pläne geisterten ihr durch den Kopf: Sie würde versuchen, jemanden von Pam Delacroix' Familie zu erreichen, um mehr über die Frau herauszufinden, an die sie sich nicht erinnerte, und über den spontanen Ausflug, den niemand sich erklären konnte. Vielleicht konnte sie ausdrücken, wie sehr der Tod dieser Freundin ihr zu Herzen ging. Dann war da noch die Familie von Charles Biggs. Auch mit seinen Hinterbliebenen musste sie sprechen.

Eins stand jedenfalls fest: Ab morgen würde sie den Stier bei den Hörnern packen, ihr Leben wieder selbst in die Hand nehmen und herausfinden, wie Marla Cahill wirklich war.

Und was ist mit Nick? Willst du auch deine Beziehung zu ihm erforschen? »Auf jeden Fall«, sagte sie laut, während sie ihr Kissen aufschüttelte. Sie konnte erst richtig gesund werden, wenn sie die Wahrheit wusste.

Marla schlüpfte ins Bett, streckte die Hand nach der Lampe aus und sah sich ein letztes Mal im Zimmer um. So elegant es auch war, es erschien ihr immer noch fremd, unbehaglich, nicht recht passend. Es war ein ähnliches Gefühl, wie sie es als Teenager gehabt hatte, wenn sie ein wunderschönes, teures Kleid anzog, das ihr zwei Nummern zu groß war und einem anderen Mädchen gehörte ... Die Erinnerung schoss ihr unvermittelt durch den Kopf. Lebhaft. Hell. Mit Händen zu greifen. Es war nicht nur ein Vergleich – sie hatte tatsächlich ein schickes Kleid anprobiert, ein Kleid, das ihr nicht gehörte. Sie erinnerte sich klar und deutlich. Und doch ... wie konnte das sein? Alle behaupteten, sie sei von klein auf verwöhnt worden, sei als einzige Tochter eines sehr reichen Mannes behandelt worden wie eine Prinzessin ... Da hatte sie doch sicher keine Kleider aus zweiter Hand getragen ... Ausgeschlossen. Und doch hatte sich dieses Kleid, blau, mit Pailletten bestickt, in ihrem Gedächtnis eingeprägt. Sie wusste noch, wie sie mit den Fingern über den Rock gestrichen, das glatte Futter auf der Haut gespürt hatte, in dem Wissen, dass das teure Kleid einem anderen Mädchen gehörte ... einem Mädchen, das sie nicht leiden konnte ...

Wann? Wie?

Ihr Magen krampfte sich zusammen.

War dies eine echte Erinnerung, oder stammte sie aus den Träumen, die sie immer wieder hatte? *Ruf Nick*, schrie es stumm in Marlas Kopf. *Alex ist nicht hier, und du brauchst jemanden, dem du dich anvertrauen kannst.*

Aber doch nicht Nick, o Gott, nein ... Sie konnte doch nicht ...

Sie schloss die Augen und versuchte, sich zu konzentrieren. Damals war sie etwa vierzehn gewesen, nicht viel älter als Cissy jetzt. »Stört es sie denn nicht?«, hatte sie ihre Mutter gefragt. »Stört es sie nicht, dass ich ihr Kleid anziehe?«

Aus dem anderen Zimmer ... der Küche mit ihrem Geruch nach Bratfett und abgestandenem Zigarettenrauch kam ein bellendes Lachen. »Sie hat so viele, sie wird dieses eine gar nicht vermissen.«

»Mutter«, flüsterte Marla jetzt, und der kalte Schweiß brach ihr aus. Sie hatte mit ihrer Mutter geredet. Unter der Decke drehte sich träge ein Ventilator, Fliegen summten vor dem halboffenen Fenster. Aber was tat Victoria Amhurst in einem schäbigen Schlafzimmer mit vergilbten Gardinen, einem Flickenteppich und verstaubten Jalousien?

Wo waren sie damals gewesen? Warum hatte sie, Marla, das Gefühl, im Geiste ihr Zuhause gesehen zu haben?

Marla hielt den Atem an, dachte angestrengt nach, krallte die Finger in die glatten Laken ihres Bettes – dieser eleganten Monstrosität aus Rosenholz mit Betthimmel – und versuchte, sich das Gesicht ihrer Mutter zu vergegenwärtigen. Sie hatte die Fotos in den Alben gesehen, doch sie erinnerte sich überhaupt nicht an ihre Mutter. Warum zum Kuckuck hatte sie Marla ein gebrauchtes Kleid gegeben, das einer Debütantin zur Ehre gereicht hätte – ein *getragenes* Kleid?

Es sei denn, sie war nicht Marla Cahill, nicht Alexanders Frau. Nicht Victoria Amhursts Tochter.

War das möglich? Sie berührte ihr Gesicht, strich über die abschwellenden Narben. Warum sollte alle Welt ihr einreden, sie sei eine Frau, die sie gar nicht war? Und der Unfall und die Amnesie? Reiner Zufall? Oder waren dunklere Mächte am Werk – finstere Pläne, verkörpert durch den Mann, der sie bedroht hatte? Die Stimmen in ihrem Kopf sagten ihr immer wieder, dass dies nicht ihr Zimmer war, dass sie unmöglich jemals aufeinander abgestimmte Vorhänge und Bettwäsche besessen hatte oder ein Bett, das groß genug war für zwei Personen, aber nur von einer benutzt wurde, einen Wohnbereich und einen Bücherschrank voller Lederbände, die, wie sie vermutete, seit Jahren nicht in die Hand genommen worden waren. Wo waren die Zeitschriften? Die Hefte mit den Kreuzworträtseln? Die handbestickten Deckchen? Das *Chaos*, das, wie sie instinktiv wusste, Teil ihres Lebens gewesen sein musste?

Aber das Baby. James ist dein eigen Fleisch und Blut. Du erinnerst dich an ihn. Mit der Zeit wirst du dich auch an dieses Zimmer erinnern.

Du musst dich erinnern.

Wieder rumorte ihr Magen und krampfte sich zusammen. Sie atmete tief durch. Der Schmerz würde vorübergehen. Sie war immer noch aufgewühlt, das musste der Grund sein. Mit zitternder Hand fuhr sie sich über die Lippen. Das alles war zu viel für sie. Aber morgen ... morgen würde sie anfangen, alles aufzuklären und keine wohlgemeinten Ratschläge mehr annehmen. Sie würde tun, was sie selbst für richtig hielt.

Marla schaltete das Licht aus, schloss die Augen und redete sich zu, dass sie sich die grausige Stimme, die Morddrohung, nur eingebildet hatte und dass ihre Erinnerungen an das blaue Kleid einfach auf ihre Verwirrung zurückzuführen waren. Sie musste schlafen. Ruhe finden. Am Morgen neu anfangen. Das war die Lösung. Schlaf.

Ihr Magen hob sich.

Beruhige dich, um Gottes willen.

Ihr war übel.

Lass dich nicht fertigmachen. Alles wird gut.

Sie glaubte, sich übergeben zu müssen.

Atme einfach tief durch, beruhige deine Gedanken, entspanne dich ... O nein!

Es stieg ihr sauer in die Kehle.

In panischer Angst tastete Marla nach der Lampe, fand den Schalter, stieß sie dabei jedoch um. Licht flammte auf, die Lampe fiel gegen den Krug, und Wasser schwappte über. Im nächsten Moment zersprang die Glühbirne in Millionen Scherben. Es wurde stockfinster.

Nein!

Mit einer Hand tastete sie wild nach dem Seitenschneider, um die Drähte zu durchtrennen, mit der anderen drückte sie die Taste der Gegensprechanlage.

»Nick! Carmen!«, schrie sie, überzeugt, dass sie im nächsten Moment würde erbrechen müssen. »Hilfe!«

O Gott, sie konnte es nicht aufhalten. Die Übelkeit gewann Oberhand.

»Hört ihr mich? Hilfe!« *Bitte, Nick, bitte!*

Der Seitenschneider fiel ihr aus der Hand, sie hob ihn wieder auf und krümmte sich dabei unter heftigen Krämpfen. Es schoss ihr sauer in den Hals und die Nase. Scharf. Erstickend. Vornübergebeugt taumelte sie durch die Suite und hinaus auf den Treppenabsatz. Ihre Finger krampften sich um den Griff des Seitenschneiders, und sie begann fieberhaft die Drähte zu bearbeiten, die ihr die Kiefer verschlossen.

Zwei Etagen tiefer polterten Schritte.

Viel zu weit entfernt. Sie würden es nicht rechtzeitig schaffen.

Die Tür zu Cissys Zimmer wurde aufgestoßen. Cissy warf einen Blick auf ihre Mutter und begann zu schreien. »Mom! O Gott, Mom! Hilfe!«

Marla lag am Boden, wand sich und keuchte halb erstickt, während sie noch immer versuchte, die Drähte zu durchtrennen. Es brannte in ihrer Nase, ihre Lunge schien in Flammen zu stehen, das Wasser schoss ihr in die Augen. Der Flur begann sich um sie zu drehen, es wurde dunkel. Schritte. Sie hörte eilige Schritte.

Plötzlich stand Nick über sie gebeugt. »Himmel!«, stieß er entsetzt hervor, dann hockte er sich rittlings über sie, nahm ihr die Drahtschere aus der Hand und brüllte Cissy an: »Ruf den Notdienst! Schnell!«

Das Mädchen rührte sich nicht.

»Was zum Teufel ist passiert?«, wollte er wissen, öffnete gewaltsam Marlas Mund, trennte verzweifelt die Drähte durch, während Marla würgte und nach Luft rang. Sie hustete, wand sich in Krämpfen, ihre Augen traten hervor.

»Halt durch, Marla, um Himmels willen, halt durch«, befahl Nick, als die Verdrahtung sich zu lockern begann. »Scheiße!«

Marla war überzeugt, dass dies ihr Ende war. Ihre Lunge drohte zu platzen. Die Welt um sie herum wurde schwarz.

Dann knackten die Drähte. Schmerz durchfuhr ihren gesamten Mundbereich. »Ruft den Notdienst!«, brüllte Nick. »Wo steckt dieser verdammte Pfleger?«

Sie konnte nicht atmen ... Es war so dunkel ...

Knack! Knack! Knack!

»Halte durch, Marla, halte durch«, flehte er, und sie nahm verschwommen sein Gesicht wahr, angespannt und kantig. Schweiß rann ihm über die Wangen, während ihr Körper sich wand und krümmte und die Dunkelheit der Bewusstlosigkeit sie immer dichter umfing. »Um Gottes willen, Marla, halt durch!«

Mit beiden Händen zwang Nick ihre Kiefer auseinander. Er drehte sie auf den Bauch, während sie würgte, hustete und ihren Mageninhalt auf den Teppich entleerte.

»Ach, du meine Güte!« Eugenias Stimme begleitete das eilige Klicken ihrer Absätze. »Was ist passiert? ... O mein ...«

Von der Hintertreppe, aus dem Wohnbereich des Personals, waren Schritte zu hören. Marla keuchte, hustete, fürchtete, sich noch einmal übergeben zu müssen. Aus den Augenwinkeln sah sie trotz ihres getrübten Blicks, trotz des

Grauens, in ihrem eigenen Erbrochenen zu liegen, Tom, Fiona und Carmen herbeieilen. Ihre Kiefer schmerzten, ihr Magen krampfte immer noch, und zum ersten Mal, seit sie wieder bei Bewusstsein war, hätte sie sich gern in die tröstliche dunkle schwarze Leere fallen lassen.

Nick schüttelte sie. »Bleib da«, befahl er. »Marla, zum Teufel, bleib da!«

»Aus dem Weg. Ich kümmere mich um sie«, befahl Tom, und seine Schuhe erschienen in Marlas Blickfeld. »Mrs Cahill?« Er beugte sich über sie, legte ihr die Hand auf die Schulter. »Lassen Sie sich helfen ...«

»Nein!«, flüsterte Marla erschöpft. Sie wollte Nick. Sie wollte nicht, dass dieser Mann, dieser Fremde, sie anfasste.

»Ruf den Notdienst«, schrie Nick Eugenia an. Dann wandte er sich wieder Marla zu. »Es wird alles gut.« Er sah sie so eindringlich an, als wolle er sie mit seinem Blick zwingen, bei Bewusstsein zu bleiben. »Du wirst wieder gesund.«

»Ich sagte, ich kümmere mich jetzt um sie«, beharrte der Pfleger.

Nick rührte sich nicht von der Stelle. »Ich habe alles im Griff.«

Wieder drohte die Dunkelheit Marla zu umfangen.

»Atme, verdammt. Mach den Mund auf!« Erneut öffnete Nick mit seinen starken Händen ihre Kiefer, und sie hustete und würgte, rollte sich zusammen und würgte, bis nichts mehr übrig war außer Schmerzen.

»Ich rufe den Notdienst.« Carmens Stimme erhob sich klar über Cissys Schluchzen und Marlas rasselnden Atem. Marla schlug die Augen auf und sah den Flur erst verschwommen, dann klarer. Nick kniete immer noch über ihr.

Sein Gesicht war finster, der eindringliche Blick seiner blauen Augen forschend. »Marla?« Carmen war verschwunden, aber Eugenia, Tom und Cissy standen im Halbkreis um sie herum, unschlüssig, wie sie sich verhalten sollten.

»Oh ...« Marla konnte kaum sprechen, ihr Mund war wund und schmerzte. »Es ... es wird schon gehen«, schwindelte sie, kaum fähig, die Worte herauszubringen.

»Der Notarzt ist unterwegs.« Carmen kam wieder aus der Suite zum Vorschein.

Marla schauderte und schlang die Arme um ihren Körper.

»Der Rettungswagen wird sie nach Bayside bringen«, fügte Carmen hinzu.

»Phil Robertson soll sich dort um sie kümmern«, sagte Tom.

»Nein.« Marla brachte das Wort nur mühsam heraus, aber bei dem Gedanken, wieder ins Krankenhaus eingewiesen zu werden, und sei es nur für wenige Stunden, geriet sie in Panik. Sie wollte nicht dorthin zurück, wo sie keine Kontrolle über ihr Leben hatte, keine Antworten auf ihre quälenden Fragen fand. »Nein ... es wird schon ... mir geht's besser.« Noch immer hustend, rappelte sie sich auf die Knie auf. Ihr Magen hatte sich beruhigt, doch die Schmerzen im Mundbereich waren unerträglich. Die zerschnittenen Drähte hatten ihr die Lippen aufgerissen, und durch den Muskelschwund gehorchten ihre Kiefer ihr nicht.

»Dir geht es nicht besser. Du bist erst vor ein paar Tagen aus dem Krankenhaus entlassen worden«, redete Nick ihr zu. Er erhob sich und betrachtete sie mit düsterem, besorgtem Blick.

»Und ich gehe nicht dorthin zurück.« Marla wusste, dass

es nur vernünftig wäre, sich im Krankenhaus untersuchen zu lassen, und doch hatte sie das Gefühl, es könnte ein fataler Fehler sein.

»Marla, spar dir die Widerworte.« Nicks Stimme war fest, er biss die Zähne zusammen. »Schau dich doch an.«

Marla wollte gar nicht sehen, wie sie zugerichtet war. Sie lehnte sich ans Treppengeländer und blickte zu Nick auf. Sie wusste, dass sie grauenhaft aussehen musste, mit fleckigem Teint und von Erbrochenem besudeltem Pyjama, doch das war ihr in diesem Moment gleichgültig. Es war ihr auch gleichgültig, dass ihre Schwiegermutter und das Personal sie in diesem Zustand sahen. Sie atmete tief durch und hustete noch einmal. Sie hatte einen widerlichen Geschmack im Mund und noch immer den säuerlichen Geruch in der Nase.

»So.« Nick half ihr auf einen Stuhl im Flur. »Mal sehen, ob ich dir helfen kann.« Noch einmal öffnete er ihr den Mund, entfernte die letzten Stückchen spitzen Drahts, bis nichts mehr übrig war außer dem Schmerz der verkümmerten Muskeln und zerrissener Haut. »Wenn der Rettungswagen kommt ...«

»Bring mich einfach zu einem Arzt«, verlangte sie.

Er zögerte. »Ich glaube ...«

»Bitte, Nick, würdest du das für mich tun?« Sie sah, wie sich seine Augen in einer Gefühlsaufwallung verdunkelten. In seiner Wange zuckte ein Muskel. Er musterte Marla mit schmalen Lippen.

»Bist du sicher?«

»Ja.« Sie war nicht in der Stimmung zu streiten. Ohnehin konnte sie wegen der Schmerzen im Mund kaum sprechen.

»Wenn … wenn ich glauben würde, dass Gefahr besteht, dann würde ich mich nach Bayside bringen lassen, verlass dich darauf.«

»Du wärst gerade um ein Haar erstickt«, gab Nick zu bedenken.

Sie schauderte. »Ich weiß«, flüsterte sie. »Und jetzt, bitte …« »Nur damit du es weißt: Ich halte das für einen großen Fehler.«

»Sie muss ins Krankenhaus«, mischte sich Tom in gereiztem Ton ein und beugte sich zu Marla hinunter, um ihren Mund zu begutachten. Sie traute ihm nicht. Nicht eine Sekunde lang. Dennoch konnte sie den Umstand, dass Tom auf Alex' Gehaltsliste stand, für sich nutzen.

»Falls noch einmal etwas passiert, sind Sie ja in der Nähe, nicht wahr?«, sagte sie. »Dazu hat mein Mann Sie doch eingestellt, oder?«

»Ja, schon«, räumte Tom ein, und seine Augen verengten sich ein wenig, »aber mir wäre es lieber, wenn Sie sich von einem Arzt untersuchen ließen.«

»Ich werde Dr. Robertson aufsuchen. Zu Hause oder in der Klinik.« Gott, das Sprechen tat weh.

»Der Rettungswagen ist schon auf dem Weg«, sagte Nick.

»Bestell ihn ab«, verlangte Marla, als die Sirenen bereits weit unten am Fuß des Bergs zu hören waren. Sie sah Nick beschwörend an und strich zart über seinen Handrücken. »Bitte.«

»Ich erledige das«, sagte Eugenia. »Und anschließend rufe ich Alex an, damit er auch in die Klinik kommt. Phil hat bestimmt nichts dagegen, wenn er dabei ist.« Sie warf einen Blick auf den besudelten Teppich. »In der Zwischenzeit lasse ich das hier reinigen.«

Marla hatte nicht damit gerechnet, in ihrer Schwiegermutter eine Verbündete zu finden, doch sie war der alten Dame dankbar für ihre Unterstützung. Überhaupt war sie für jede Form von Unterstützung dankbar.

Eugenia winkte ihren Sohn gebieterisch heran. »Nick, du kannst sie zur Klinik fahren, und ich benachrichtige Alex.«

»Um Gottes willen …«

»Tu es einfach, Nick. Tu ein einziges Mal ohne Widerspruch, worum man dich bittet.«

»Einverstanden?«, fragte Nick an Marla gewandt.

»Ja.« Alles, nur nicht das Krankenhaus.

»Gut. Dann sind wir uns ja einig.« Eugenia bedachte Tom mit einem Blick, der jeglichen Protest im Keim erstickte, dann marschierte sie über den Flur zu Alex' Büro, zog einen Schlüsselbund aus der Jackentasche und schloss die Tür auf. Sekunden später war ihre Stimme am Telefon zu hören, da sie die Tür einen Spalt offen gelassen hatte.

»Also schön, wie du willst«, sagte Nick und straffte sich.

Bildete Marla es sich nur ein, oder hatte sie ein zärtliches Glimmen, einen Hauch von Mitgefühl in seinem Blick entdeckt? »Gib mir noch eine Minute Zeit, damit ich mich ein bisschen herrichten kann«, bat sie. *Als ob das helfen könnte.* Verdammt, sie fühlte sich scheußlich.

Auf unsicheren Beinen stolperte Marla in ihr Zimmer. Als sie die Deckenlampe einschaltete, bemerkte sie das Chaos neben ihrem Bett. Sie machte einen Bogen um die Glasscherben und den Wasserfleck und ging ins Bad. Dort schöpfte sie sich kaltes Wasser ins Gesicht, spülte sich behutsam den Mund aus und putzte sich die Nase. Dann zog sie sich aus und wusch sich eilig mit dem nassen Schwamm.

Das Heulen der Sirenen wurde immer lauter, dann entfernte es sich wieder. Als Marla schließlich ihren Jogginganzug angezogen hatte, war nichts mehr zu hören. Sie hatte noch immer ein flaues Gefühl im Magen und brennende Schmerzen im Mund, war aber das Gefühl los, sich noch einmal übergeben zu müssen. Doch beim Anblick ihres Gesichts und ihrer Frisur im Spiegel schrak sie zurück. Nicht dass ihr Aussehen jetzt von Bedeutung gewesen wäre. Sie wollte nur, dass diese Qual ein Ende hatte.

Nick wartete im Flur auf Marla, das Personal hatte sich zurückgezogen. »Der Rettungswagen?«, fragte sie, wobei sie die Worte nur mühsam herausbrachte. Ihre Mundhöhle fühlte sich wund und zerschunden an.

»Den habe ich wieder weggeschickt. Die Sanitäter waren nicht gerade begeistert.«

»Das bin ich auch nicht«, konterte sie.

»Gehen wir.«

»Moment noch«, sagte Marla und ging zu Cissys Zimmer. Ihre Tochter lag im Bett, die Schneidezähne in die Unterlippe gegraben, im Arm einen kleinen Plüschlöwen, dem auf einer Seite die Schnurrhaare fehlten. »Ist alles in Ordnung?«, fragte Marla.

Cissy verdrehte die Augen. »Klar, ganz prima.« Sie blinzelte, kämpfte mit den Tränen.

»Die Frage war ernst gemeint.«

»Also dann, nein. Nichts ist in Ordnung. Okay? Das ist alles so unheimlich, Mom«, sagte sie mit zitterndem Kinn, und Marla warf einen Blick zum Schminktisch hinüber, auf dem noch immer Spuren von violettem Nagellack zu sehen waren. »Warum bist du nicht einfach wieder so wie früher ...

bevor du schwanger warst?«, wollte ihre Tochter wissen. »Damit fing alles an, all diese Merkwürdigkeiten. Davor ...« Sie brach ab und biss die Zähne zusammen, als hätte sie schon zu viel gesagt. »Ich ... ich will nur, dass du wieder normal bist.«

Marla brach es schier das Herz. Ihr kamen die Tränen, doch sie hielt sie mit äußerster Beherrschung zurück. »Glaub mir, Cissy, ich versuche es.«

»Ja, klar.«

»Ehrlich.«

»Klar.« Cissy kniff die Augen zu, drückte den Löwen fest an sich und schniefte, während ihr die Tränen über die Wangen liefen.

Marla näherte sich dem Bett, doch als hätte Cissy die Bewegung wahrgenommen, öffnete sie die Augen und zischte wütend: »Lass mich einfach in Ruhe, ja?«

»Liebling, bitte ...«

»Lass es, Mom. Lass mich ...« Cissy wischte sich mit dem Handrücken die Tränen ab und hinterließ verschmierte Wimperntusche auf ihrer Wange. »Geh ... geh einfach.«

Doch Marla konnte nicht gehen. Noch nicht. Nicht, wenn die Kluft zwischen ihnen immer größer wurde. Sie setzte sich zu ihrer Tochter auf die Bettkante und strich ihr den Pony aus den Augen. Das Mädchen starrte aus dem Fenster in die schwarze Nacht hinaus, wandte das Gesicht ab und zog abwehrend eine Schulter hoch. Marla redete drauflos, wobei ihr vage bewusst war, dass Nick vor der Tür wartete. »Ich weiß, es ist schwer. Für dich. Für mich. Für Dad ... Aber ich gebe mir Mühe, Liebling, ich gebe mir große Mühe, und bald wird alles besser. Ich fange an, mich zu erinnern. Heute habe ich mich an James' Geburt erinnert.«

Cissy erstarrte. »Ach ja?«, entgegnete sie höhnisch, noch immer das Plüschtier im Arm und den Blick aufs Fenster gerichtet.

»Ja.«

»Und an meine? Hast du dich daran auch erinnert? Ich war immerhin dein erstes Kind.« Die goldenen Augen ihrer Tochter forderten Marla heraus, die Wahrheit abzustreiten. Sie fühlte sich schuldig und wollte lügen, doch Cissy hätte jeden Schwindel schnell durchschaut, und dadurch wäre alles nur noch schlimmer geworden. »Noch nicht.«

Cissy schnaubte verächtlich und verzog den Mund. Hinter ihrer Ironie schien ein geheimer Schmerz durch. »Wahrscheinlich erinnerst du dich nie«, versetzte sie.

»Doch, natürlich. Lass mir nur etwas Zeit.« Wieder berührte Marla Cissys Wange, und das Mädchen zuckte zusammen, als hätte es sich verbrannt.

»Weißt du, eben noch bist du hier reingestürmt. Du ... Du warst wie eine Wahnsinnige, als hättest du einen Geist gesehen oder so, und ich war zu Tode erschrocken.«

»Ach, Schätzchen ...«

»Und dann«, fiel Cissy ihr ins Wort, und ihre Stimme wurde um eine Oktave höher, »und dann ... und dann ... habe ich dich im Flur gefunden, du hast gekotzt und geweint und ... Mom ...« Ihre Stimme brach.

Marla blutete das Herz. Sie wollte ihre Tochter in die Arme nehmen, sie festhalten und ihr versprechen, sie nie wieder loszulassen, doch als sie die Hand ausstreckte, rückte das Mädchen von ihr ab. Marla erhob sich seufzend vom Bett.

So kam sie mit ihrer Tochter nicht weiter, sie verschlimmerte nur die ohnehin schon schwierige Situation.

Nick wartete auf sie, mit einer Schulter an die Tür zu Cissys Zimmer gelehnt. Gemeinsam gingen sie über den Flur zum Aufzug.

»Sie hasst mich«, flüsterte Marla ihm auf dem Weg zu.

Nick hielt die Tür auf, und sie trat in die kleine Kabine und lehnte sich an die Rückwand. »Sie ist ein Teenager. Du bist ihre Mutter. Alle Teenager tun so, als würden sie ihre Mütter hassen.« Er drückte die Taste zum Erdgeschoss.

»Nein, es ist mehr als nur das.«

»Denk heute Abend nicht mehr daran.« Er legte einen Finger unter ihr Kinn und hob ihr Gesicht an, zwang sie, ihn anzusehen.

»Du meinst, ich habe Wichtigeres zu tun?«

»Konzentriere dich darauf, dein Erinnerungsvermögen wiederzufinden.«

»Glaub mir, ich wünsche mir nichts sehnlicher.«

Nick senkte den Blick auf ihre Lippen, und sekundenlang glaubte sie, er wollte ihren wunden Mund küssen. Die Luft in der engen Kabine wurde plötzlich stickig, das Atmen fiel ihr schwer. Dann hielt der Lift, und Nick ließ die Hand sinken.

Als sich die Tür öffnete, sahen sie Eugenia wartend in der Eingangshalle stehen. Ihre knochigen Finger nestelten an der Perlenschnur an ihrem Hals. Ihr Blick wanderte von ihrem Sohn zu Marla, und sie zog tadelnd die Mundwinkel nach unten. »Ich habe Lars angerufen. Er wird dich fahren.«

»Das übernehme ich«, widersprach Nick, nahm einen Regenmantel aus dem Garderobenschrank und half Marla hinein.

»Aber er hat den Motor schon warm laufen lassen und …«

»Ich sagte, das übernehme ich«, wiederholte Nick mit Nachdruck, zog eine abgeschabte Lederjacke an und führte Marla, die kräftige Hand unter ihrem Ellenbogen, aus der Haustür und den gepflasterten Weg entlang zu der halbrunden Zufahrt, wo sein zerbeulter Pick-up stand.

»Was ist bloß mit dir los?«, fragte Marla. »Warum bist du solch ein Außenseiter?«

Er verzog den Mund. »Ich will es so.« Er half ihr beim Einsteigen, dann setzte er sich ans Steuer, drehte den Zündschlüssel und trat aufs Gas. Der alte Motor sprang stotternd an.

»Du bist gern ein Außenseiter?«

»Unbedingt.«

»Warum?«

Er hielt an dem Pfosten mit dem Tastenfeld, gab eine Ziffernfolge ein, und das elektronisch gesteuerte Tor öffnete sich summend. »Ich war nie jemand, der ausgetretenen Pfaden folgt.«

»Das schwarze Schaf. Das *Enfant terrible*. Der Einzelgänger.«

Er zuckte die Achseln. »Wie auch immer. Habe mir nie Gedanken darüber gemacht. Nur immer getan, was ich selbst für richtig hielt.« Er sah sie von der Seite an. »Das scheint andere Leute zu ärgern.«

»Ich kann es mir vorstellen.« Die Fahrerkabine des Pick-ups erschien Marla plötzlich zu eng. Zu intim. Die Scheiben beschlugen und schlossen die Nacht und die gesamte übrige Welt aus.

»Wie fühlst du dich?«

»Grauenhaft, und ich sehe sogar noch schlimmer aus, als ich mich fühle. Sag nichts. Ich weiß es.« Von Schmerzen geplagt, blickte Marla über die Schulter zurück durchs Heckfenster auf das Haus. Goldenes Licht schimmerte im Wohnzimmerfenster, vor dem Eugenias dunkle Silhouette sichtbar war. Zwei Stockwerke höher, in Cissys Zimmer, brannte ebenfalls Licht, aber niemand erschien am Fenster. Der Teenager machte sich nicht die Mühe, Marla nachzublicken, und es überraschte sie nicht. Ihr Verhältnis war bestenfalls angespannt zu nennen. Was für eine Mutter war sie? Warum erinnerte sie sich nicht an ein Kind, das fast vierzehn Jahre lang Teil ihres Lebens gewesen war?

Lieber Gott, hilf mir.

Seufzend lehnte Marla den Kopf an das Seitenfenster. Ihre Kiefer schmerzten, ihr Kopf dröhnte, und sie war allein mit Nick. Wieder einmal. Er schaltete, und sein Schenkel, dem ihren so nahe, spannte sich, als er die Kupplung durchtrat. Die Finger seiner rechten Hand umfassten den Schalthebel und streiften dabei um ein Haar ihr Bein.

Er war so nah, dass sie versucht war, ihn zu berühren. Doch sie tat es nicht. Würde es niemals tun. Wenigstens redete sie sich das ein, während Nick den Pick-up steuerte und auf der vor Nässe glänzenden Straße die Spur wechselte. Regentropfen prasselten auf die Frontscheibe, und aus dem Radio dudelte Countrymusic.

»Wovon ist dir eigentlich schlecht geworden?«, fragte Nick, schaltete herunter und bremste auf dem steilen Abhang zwischen Wolkenkratzern und kleineren Gebäuden. Um sie herum erstrahlten die Lichter der Stadt. Fußgänger eilten durch den Regen, Autos rasten durch Pfützen, und durch die Gassen kroch Bodennebel.

»Ich weiß es nicht. Vielleicht war die Suppe schlecht, oder es lag an meiner Nervosität?« Sie hob die Schultern.

»Es kam ohne Vorwarnung?«

»Nicht ganz. Aber ich dachte, es würde von selbst wieder verschwinden.«

Nick warf ihr einen Blick zu, der deutlich ausdrückte, wie dumm er das fand. »Du bist also einfach aufgewacht und ...«

»Nein.« Marla heftete den Blick auf die Heckleuchten eines Minivans, der gerade eine scharfe Kurve nahm, und beschloss, ihm die Wahrheit zu sagen. »Ich bin nicht aufgewacht, weil mir schlecht war. Da war noch etwas.« Sie warf ihm einen verstohlenen Blick zu und sah, wie er die Finger um das Lenkrad krampfte. »Ich bin aufgewacht, weil ich etwas gehört hatte.«

»Was denn?«

Wer A sagt, muss auch B sagen, dachte sie resigniert. »Ich weiß, es klingt völlig verrückt – paranoid –, aber ich bin aufgewacht, weil ich das Gefühl hatte, ... ich meine, ich glaubte, jemand wäre im Zimmer. Ein Mann. Er stand vor meinem Bett und sagte etwas wie ›Stirb, Luder!‹.«

»*Was?* Herrgott, Marla, ist das dein Ernst?« Nick drehte ruckartig den Kopf und sah sie eindringlich an. Dabei nahm er eine Kurve zu rasant. Die Hinterreifen schleuderten, fanden dann jedoch wieder Halt. »Jemand war in deinem Zimmer?«

»Ich weiß, ich weiß, es ist verrückt«, sagte sie hastig. »Natürlich war niemand da, als ich das Licht einschaltete und oben herumlief, nein, -rannte und nach den Kindern sah. Ich habe niemanden gesehen. Also sagte ich mir, dass es nur ein böser Traum war, und bin wieder schlafen gegangen.« Die Erinnerung an ihre panische Angst, ihre Überzeugung, dass sich tatsächlich jemand Zugang zu ihrem Zimmer verschafft hatte, verursachte ihr Gänsehaut. Sie räusperte sich und blickte durch die Frontscheibe. »Ich sagte ja schon, es klingt paranoid.«

»Du hättest mich rufen sollen.« Die Falten um Nicks Mund und Augen wurden deutlicher.

»Ich sagte doch, ich hatte geglaubt, es wäre ein Alptraum. Wie auch immer, im Kinderzimmer erlebte ich einen Durchbruch. Ich habe mich an James' Geburt *erinnert.*«

»Tatsächlich? Kamen noch weitere Erinnerungen hoch?«

»Nein ... noch nicht, ich hatte aber das Gefühl, dass es passieren würde, dass ich mein Gedächtnis wiederfinde. Ich habe James eine Weile im Arm gehalten und bin dann wieder ins Bett gegangen. Allerdings fühlte ich mich immer noch nicht ganz wohl. Das Nächste, was ich noch weiß, ist, dass mir plötzlich übel wurde.«

»Herrgott«, flüsterte Nick.

»Ich glaube, dass ich mich wieder an alles erinnern werde. Schon bald. Das ist einer der Gründe dafür, dass ich nicht wieder ins Krankenhaus will. Ich möchte keine Medikamente, die den Prozess verlangsamen.« Sie griff nach seinem Arm. »Ich muss mich erinnern, und zwar schnell. Sonst verliere ich den Verstand.«

»Das kann ich dir nicht verdenken.«

Sie ließ die Hand sinken, lehnte sich in den Sitz zurück.

»Wir sind fast am Ziel.« Er riss das Steuer herum und bog in eine Seitenstraße ein. Ein Auto kam ihnen entgegen, das grelle Licht der Scheinwerfer blendete Marla.

Wie damals! Auf dieser Bergstraße!

Ihr Herz setzte einen Schlag aus. Ihr stockte der Atem.

Ein Erinnerungsfetzen schoss ihr durch den Kopf. Für den Bruchteil einer Sekunde sah sie die beiden Lichtsäulen direkt vor sich, spürte den Aufprall. Die Frontscheibe zersplitterte zu Millionen Scherben, eine Frau schrie wie unter der Folter, dann das Kreischen von reißendem Metall.

»Der Unfall …«, flüsterte Marla bebend, von Grauen erfasst. Sie durchlebte diesen Augenblick des Entsetzens noch einmal und versuchte, ein imaginäres Bremspedal durchzutreten. Lebhaft sah sie die Szene vor sich, sah den außer Kontrolle geratenen Schwerlaster den Berg hinunterrasen – schneller, immer schneller donnerte er über den Highway 17 hangabwärts. Sie schrie. Der Neunachser schleuderte, und im Licht seiner Scheinwerfer tauchte ein Mann auf. *Nein! O Gott, nein!* Der Mann würde unweigerlich unter dem schweren Fahrzeug zermalmt werden.

Marla kniff die Augen fest zu, ihr Atem ging keuchend, sie weinte … Wieder sah sie die Funken fliegen, als Metall an Metall entlangschrammte … *Nein! Nein! Nein!* Die Leitplanke gab nach, die Reifen platzten. Der Wagen schoss die Böschung hinunter und … und prallte auf. Dann war da nur noch Schwärze … nichts …

»Marla!« Nicks Stimme klang erstickt vor Angst. Er hatte sie mit einer Hand an der Schulter gefasst und schüttelte sie. »Marla!«

Sie riss die Augen auf. Sie war in San Francisco, saß in einem Pick-up. Mit Nick. Zitternd und schluchzend. »Ich … ich …« Mit tränennassen Augen wandte sie sich Nick zu. »Ich erinnere mich an den Unfall«, sagte sie. »Es war grauenhaft ... Da war etwas ...« Sie schloss die Augen, erinnerte sich an Pam. »Oh ... oh ... Nein, nicht sterben, nicht sterben!«

Nick bremste heftig und lenkte den Wagen auf eine Ladezone in einer Seitenstraße. Marla nahm kaum wahr, dass er den Motor ausschaltete, doch sie spürte, wie er sie in die Arme nahm, und wehrte sich nicht, als er sie an sich zog. »Pssst. Alles wird gut«, sagte er, doch sie konnte sich des Gefühls nicht erwehren, dass er da falsch lag.

Er küsste ihr kurzes Haar, schlang die Arme noch fester um sie.

»Ich habe sie umgebracht, Nick«, flüsterte sie. Die Erinnerung an das Grauen, als Pams Körper gegen die Frontscheibe geschleudert wurde, schmerzte sie in tiefster Seele. Das Blut. Die Schreie. Die Dunkelheit. Sie klammerte sich mit einer Hand an Nicks Jacke und weinte, keuchte und schniefte, rang um einen letzten Rest Fassung, während sie sich daran erinnerte, wie sie von Scheinwerfern geblendet worden war ... Doch auf ihrer Spur hatte sich kein Fahrzeug befunden ... Oder waren es die Scheinwerfer des Schwerlasters gewesen, der plötzlich um eine Kurve bog? War sie verwirrt? Ihre Erinnerung verzerrt? Ihr Kopf dröhnte, ihre Kiefer schmerzten.

Das Bild in ihrem Kopf war deutlich. Ein Mann hatte auf der Straße gestanden. Eine dunkle Gestalt im hellen Licht ihrer Scheinwerfer, und dann war er – so plötzlich, als hätte jemand einen Schalter umgelegt – in Licht getaucht, in grelles, schmerzhaft blendendes Licht ... so hell, dass sie nichts mehr sehen konnte ... Und sie hatte das Steuer herumgerissen, im selben Moment, als der Laster um die Kurve bog und den Mann im Scheinwerferlicht einfing.

Jetzt, sicher und geschützt in Nicks Armen, atmete Marla tief durch. Ihr wurde bewusst, wie sie sich verzweifelt an Nicks Jacke festklammerte, und langsam löste sie die Finger und versuchte, von ihm abzurücken. Starke Arme hielten sie fest. »Schon gut«, sprach er beruhigend auf sie ein. »Also, was ist los? Sag mir, was passiert ist.«

»Bitte ... lass mich los.«

»Willst du das?«, fragte Nick leise, und sie blickte in seine Augen, die so dunkel waren wie die Nacht. Irgendwo tief in ihrem Inneren regte sich etwas, ein Verlangen, ein Bedürfnis nach Nähe, doch sie schluckte krampfhaft und nickte.

»Ja.«

Er lockerte seinen Griff, und Marla entzog sich ihm. Sie lehnte sich in den Sitz zurück und ignorierte das Gefühl seiner Berührung, das sie noch immer auf der Haut spürte, seinen Moschusduft, ihre Sehnsucht nach seinen kräftigen Armen. Das Blut rauschte ihr in den Ohren, ihr Herz hämmerte und ihre Nerven vibrierten unter dem Ansturm von Millionen widersprüchlicher Gefühle.

»Was ich will?«, sagte sie langsam. »Ich will mein Leben zurück. Wie auch immer es sein mag.« Sie blickte aus dem Seitenfenster, sah, wie sich die Regentropfen in Rinnsalen einen Weg über die Scheibe suchten. »Eben gerade habe ich mich endlich an den Unfall erinnert. Ich saß am Steuer, ich glaube, Pam und ich haben uns unterhalten und gelacht, und dann nahm ich eine Kurve, und auf der Gegenfahrbahn kam ein Laster den Berg herunter, aber das war es nicht, da war noch mehr. Ich glaube, da war ein Mann auf der Straße. Und er ... er stand plötzlich in taghellem Licht.« Sie rieb sich die Arme, fror bis in die Knochen. »Und dann ist der Laster ins Schleudern geraten, und mein Wagen prallte gegen die Leitplanke, und dann … und dann …« Sie schloss fest die Augen; die Erinnerung war zu grausig.

»Herrgott, Marla, du brauchst nicht so verdammt stark zu sein. Es ist schon verständlich, wenn es dich umhaut.« Nick drückte sie wieder an sich. Sie spürte seinen Atem in ihrem Haar.

»Nein, das darf ich nicht zulassen.«

»Lass dich einfach gehen.«

Ihre Kehle schnürte sich zu, und sie hörte auf zu kämpfen, ließ sich gegen ihn sinken.

»So ist es gut. Erzähl mir alles.«

»Ich habe die Kontrolle über den Wagen verloren. Und Pam ist ums Leben gekommen.« Marla schluckte, überzeugt, dass sie bis an ihr Lebensende die schrecklichen, gequälten Todesschreie hören würde. »Ich … ich sollte das nicht tun«, sagte sie, unternahm jedoch keinen Versuch, sich aus seiner Umarmung zu lösen.

»Entspann dich einfach.«

Sie lachte freudlos. »Ist das möglich?«

»Vielleicht nicht. Versuch es trotzdem.« Er zog ihren Kopf an seine Halsgrube, und seine Haut fühlte sich warm an. Schließlich gab Marla den Kampf auf. Sie schloss die Augen, hörte den kräftigen, regelmäßigen Schlag seines Herzens und schmiegte sich an ihn. Während er mit den Daumen ihre Arme rieb, stellte sie sich vor, ihn auf den Mund zu küssen, ihn an verbotenen Stellen zu berühren, nackt bei ihm zu liegen … Verdammt, sie durfte sich solche verderbten Gedanken nicht gestatten! Minuten verstrichen. Ein Auto fuhr langsam vorbei und verschwand am Ende der engen Straße.

Aus dem Schatten sprang eine Katze auf den Kühler des Pick-ups und tauchte dann wieder in die Nacht ein.

»Also«, sagte Nick, und sein Atem war warm in ihrem Haar. »Komm erst einmal zur Ruhe. Lass dir Zeit. Denk nach.« Dann ließ er sie langsam los, als würde ihm bewusst, was er tat. »Versuch dich zu erinnern, aber setz dich nicht zu sehr unter Druck.«

Sie nickte, fühlte sich plötzlich allein, als sie sich im Sitz zurücklehnte und darauf wartete, dass ihr rasender Puls sich beruhigte. »Es kommt zurück. O Gott, Nick, es kommt alles zurück.«

»Du erinnerst dich an Pam?«

»Ja.« Sie nickte. »Aber nicht als enge Freundin, nein ... Sie war eher eine Zufallsbekanntschaft, und wir fuhren nach Süden, um ... um ...«

»Um ihre Tochter zu besuchen?«, half Nick nach. »An der Universität?«

»Kann sein, ich weiß es nicht.« Marla dachte angestrengt nach. »Wir hatten einen bestimmten Grund, aber ...« Ein Frösteln, kalt wie der Tod, erfasste sie. »Ich glaube, es hatte etwas mit dem Baby zu tun.«

»James.«

»Ja.«

»Aber du hattest ihn nicht bei dir.«

»Nein ... Vielleicht haben wir über ihn gesprochen, aber ...« Tief im Herzen spürte sie, dass mehr dahintersteckte, doch sie konnte nicht benennen, was es war. »Ich weiß es nicht«, gestand sie.

»Es wird dir wieder einfallen.« Nick warf einen Blick auf die Uhr. »Wir sollten jetzt besser weiterfahren.« Er schaute sie noch einmal prüfend an, ehe er rückwärts aus der Lücke setzte und den ersten Gang einlegte. »Geht es dir besser?«

»Ich weiß nicht«, gab Marla zu und lachte kurz und trocken. »Ich weiß gar nicht mehr, was ›besser‹ überhaupt ist.«

»Vielleicht weiß das keiner von uns so genau.« Nick fädelte den Pick-up in den Verkehrsstrom in Richtung Küste ein.

»Ja, vielleicht.« Marla straffte die Schultern und wagte einen letzten Blick auf sein kräftiges Profil. Er sah geradeaus auf die Straße, beide Hände am Steuer, und sie schämte sich, weil sie ahnte, dass sie ihm in diesem Moment näher war, als sie ihrem Mann jemals gekommen sein konnte. Verzweifelt rieb sie sich die Stirn.

»Ich glaube, ich habe mich noch nicht einmal bedankt.« Er warf ihr einen kurzen Seitenblick zu. »Du weißt schon, dafür, dass du mir das Leben gerettet hast, eben zu Hause. Ich hätte sterben können.«

»Ich habe getan, was getan werden musste.«

»Tja, ich bin dir was schuldig. Wahrscheinlich sogar eine ganze Menge.«

»Ich rechne nicht auf.«

»Vielleicht solltest du das tun.«

»Es würde nicht viel nutzen«, entgegnete Nick und bog in ein Parkhaus ein, das durch eine Überführung mit dem Bayview Hospital und den Kliniken der Umgebung verbunden war. Im Erdgeschoss, neben einem Cadillac, stand Alex' Jaguar mit laufendem Motor.

Als Alex den Pick-up entdeckte, sprang er aus dem Wagen und war mit drei großen Schritten an der Beifahrertür.

»Ist alles in Ordnung?«, fragte er Marla mit besorgter Miene, als sie ausstieg. Durch die offene Tür sah er Nick an, der noch am Steuer saß. »Was zum Teufel ist passiert?«

»Lass es dir von Marla erklären.«

»Du fährst gleich wieder?«, fragte Alex, legte seiner Frau mit einer selbstverständlichen Geste den Arm um die Schultern und drückte sie leicht an sich.

Nick presste die Lippen zusammen. »Ja. Ich nehme an, jetzt kannst du übernehmen.« Er suchte noch einmal Marlas Blick, und ihr Puls begann zu rasen, als sie daran dachte, dass sie ihn beinahe geküsst hätte.

»Bis später dann«, sagte Nick. Plötzlich hatte Marla das Gefühl, verlassen zu werden. Aber das war albern. Dumm. Irrational. Alex war ihr Mann. Dass Nick ihr das Leben gerettet hatte, brauchte nichts Großartiges zu bedeuten. Das hätte er für jeden anderen auch getan. Und die Szene im Pick-up hatte sich aus der Situation ergeben, aus den sich überstürzenden Ereignissen des Abends. Sonst war da nichts ... oder?

Nicks Blick ruhte immer noch auf Marla. Mitternachtsblaue Augen bannten ihre einen Herzschlag lang, dann wandte er sich seinem Bruder zu. »Du hast wohl recht, Alex. Da ich nun einmal in San Francisco bin, kann ich auch zu Hause wohnen.«

»Woher der plötzliche Sinneswandel?«, fragte Alex, während Marla sich vorzustellen versuchte, wie es sein würde, mit ihrem abtrünnigen Schwager unter einem Dach zu leben.

Nick setzte ein strahlendes Lächeln auf, bei dem seine regelmäßigen Zähne aufblitzten, und log: »Ich finde einfach, es ist an der Zeit.«

11.

»Hier, das hilft gegen die Schmerzen«, sagte Dr. Robertson, gab Marla eine Injektion und entsorgte die Nadel. Er trug ein Sportsakko und eine Freizeithose, und seine Augen hinter der Brille blickten ernst, während er ihren Mund und den Kiefer untersuchte. Um diese späte Stunde war es still in der Klinik, der Tagdienst war schon vor Stunden gegangen. Leuchtstoffröhren summten an der Decke und spiegelten sich grell in den Chromarmaturen des Waschbeckens und den blitzenden Instrumenten auf einem Tisch mit makellos sauberer Platte. »Erzählen Sie mir doch bitte, was passiert ist.«

Marla saß auf einer mit Papier abgedeckten Liege. Ihr Puls beruhigte sich allmählich. Sie hatte immer noch einen üblen Geschmack in Mund und Nase, aber die rasenden Schmerzen ließen langsam nach.

Alex stand, die Arme vor der Brust verschränkt, an der Tür des Untersuchungszimmers, während der Arzt die Arbeit zu Ende führte, die Nick begonnen hatte. Die Klinik war verlassen, die äußeren Flure dunkel.

»Mir ... mir ist schlecht geworden. Wahrscheinlich war es die Nervosität, oder ich habe die Suppe nicht vertragen, oder beides, ich weiß es nicht«, erklärte sie mit einiger Mühe. Ihre Kiefermuskeln waren verkümmert, sie konnte kaum den Mund öffnen. Ohne auf den Schmerz zu achten, zwang sie sich, die Lippen zu bewegen. »Ich bin in letzter Zeit ziemlich angespannt. Wie auch immer, nach dem Essen war mir ein wenig flau im Magen. Ich ging nach oben, um mich hinzulegen …« Sie zögerte und entschied, dem Arzt nichts davon zu erzählen, dass sie das Gefühl gehabt hatte, jemand sei in ihrem Zimmer gewesen. Jetzt nicht. Erst wenn sie wieder klar genug war, um mit Sicherheit sagen zu können, dass der Mann nicht nur Teil eines Alptraums war, und wenn sie wusste, wem sie vertrauen konnte. »Ich … ich bin aufgewacht … wahrscheinlich weil ich schlecht geträumt hatte … und dann musste ich mich übergeben. Ich konnte nicht dagegen an …« Sie schüttelte den Kopf. »Es … es war schrecklich.«

»Unter diesen Umständen haben Sie wohl großes Glück gehabt«, sagte Dr. Robertson leise, trat vom Untersuchungstisch zurück und streifte die Latexhandschuhe ab. »Sie hätten ersticken können.«

»Seltsam, es fühlt sich nicht so an, als hätte ich Glück gehabt.« Vielmehr ging es ihr sehr schlecht. Und zweifellos sah sie noch schlimmer aus.

»Ich kann es Ihnen nachfühlen.« Der Arzt warf Alex einen Blick zu, dann reichte er Marla einen Handspiegel, damit sie den Schaden begutachten konnte. Der Anblick war in der Tat so schlimm, wie sie befürchtet hatte. Versuchsweise bewegte sie die Kiefer. Höllischer Schmerz durchfuhr ihr Gesicht, und sie schnappte nach Luft. Dr. Robertson erklärte: »Sie werden den Mundbereich noch ein paar Tage lang spüren – wahrscheinlich sogar noch wochenlang –, aber ich verschreibe Ihnen ein Schmerzmittel. Und nun die gute Nachricht: Der Knochen ist gut verheilt.«

»Für gute Nachrichten bin ich immer dankbar«, murrte sie. Er lachte leise und zwinkerte ihr zu. »Aber verlangen Sie sich selbst nicht zu viel ab. Sie brauchen noch Ruhe. Schonung. Und ich an Ihrer Stelle würde in der nächsten Zeit nicht ohne Gesichtsmaske Hockey spielen.«

»Ich werde es in Erwägung ziehen«, erwiderte sie.

Der Arzt schmunzelte. »Schön. Nehmen Sie Ihren Termin bei Dr. Henderson bitte trotz allem wahr, schließlich hat er die Operation durchgeführt. Vielleicht möchte er noch röntgen, um sicherzugehen, dass die Knochen richtig zusammengewachsen sind. Aber meiner Ansicht nach sieht der Kiefer wirklich gut aus.«

»Danke«, sagte Marla, froh, dass die Quälerei ein Ende hatte.

»Und was macht der Magen?« Robertson warf die benutzten Handschuhe in einen kleinen metallenen Abfallbehälter.

»Dem geht es schon besser. Viel besser.«

»Du hättest jemandem Bescheid sagen sollen, dass dir übel war.« Alex' Augen waren dunkel von stummem Vorwurf, er runzelte die Stirn und zog die Augenbrauen zusammen.

»Vielleicht hättest du zu Hause sein sollen«, entgegnete Marla gereizt.

Seine Augen verengten sich kaum merklich. »Ich habe gearbeitet.«

»Es war schon nach elf.«

Alex kniff den Mund zusammen und bedachte sie mit einem stahlharten Blick. »Wahrscheinlich erinnerst du dich nicht. Ich arbeite häufig bis spät in die Nacht. Deswegen habe ich ja Tom eingestellt. Wenn du nicht so starrsinnig wärst …« Er unterbrach sich, und sein Gesicht entspannte sich ein wenig. »Sieh mal, ich bin doch nur besorgt um dich, verstehst du?«

Er rieb sich mit einer Hand den Nacken. »Dieser Vorfall hat mir einen furchtbaren Schrecken eingejagt.«

»Mir auch«, entgegnete sie, beschloss aber, keinen Streit vom Zaun zu brechen. »Ich habe das alles so satt.«

»So geht es uns allen«, sagte Alex.

Robertson wusch sich an dem in der Wand eingelassenen Waschbecken die Hände. »Und wie sieht es mit Ihrem Erinnerungsvermögen aus? Gibt es Fortschritte?« Während er sich die Hände abtrocknete, sah er Marla im Spiegel an.

»Keine nennenswerten, aber ich habe ein paar Durchbrüche erlebt. Heute Abend habe ich mich an James' Geburt erinnert.«

Aus den Augenwinkeln sah sie, wie Alex leicht den Rücken straffte. Überraschung, nein ... Sorge ... verschattete seinen Blick. »Tatsächlich?«, sagte er. »Das ist ja großartig. Wunderbar.« Sein Lächeln wirkte aufrichtig. Beinahe.

»Und ich erinnere mich an den Unfall«, fuhr sie fort. »Auf dem Weg hierher, als ich mit Nick im Pick-up saß, bog ein Auto mit eingeschaltetem Fernlicht um die Kurve, und da hatte ich ganz plötzlich den Unfall vor Augen.«

Alex erbleichte unter seiner Sonnenbräune.

»Ein Mann stand auf der Straße«, fuhr sie fort. »Ich saß am Steuer, und ich musste ausweichen, um ihn nicht zu überfahren. Dabei bin ich an die Leitplanke geraten.«

Sie schauderte. Alex nickte ermutigend, doch aus seinem Blick sprach Beklommenheit. »Erzähl weiter.«

»Es war grauenhaft. Ein Alptraum.« Marla presste die Worte zwischen den Zähnen hervor, während sie im Geiste die Szenen jener Nacht vor sich hatte. Die kreischenden Reifen, das reißende Metall, die glatte Straße, das Splittern von Glas. Phil Robertson verzog das Gesicht, als sie den Unfallhergang schilderte. »… Und, ja, endlich erinnere ich mich auch an Pam. Ich weiß zwar nicht viel über sie, kann mich aber erinnern, dass sie und ich … dass wir beide etwas vorhatten … Ich weiß nur nicht, was.«

»Du bist erschöpft«, sagte Alex. »Lass die Sache erst einmal ruhen.«

»Ja, aber ich muss mit Detective Paterno sprechen.«

»Morgen.«

»Ja«, antwortete Marla, plötzlich todmüde. Der Schmerz in ihren Kiefern pochte dumpf, aber sie war mit ihrer Kraft am Ende. »Ich rufe ihn morgen Vormittag an.«

»Weiß Nick, dass du dich an den Unfall erinnert hast?«, fragte Alex. Marla zuckte zusammen und empfand Gewissensbisse, als hätte sie ihren Mann betrogen.

»Ja.«

»Natürlich.«

»Es gibt keinen Grund, es zu verheimlichen.«

»Nein, nein, natürlich nicht«, versicherte Alex, doch sein Lächeln wirkte verkrampft. Er spielte mit dem Schlüsselbund in seiner Tasche. Marla fühlte sich schon wieder leicht benommen, wahrscheinlich von den Schmerzmitteln, und sie war müde … so furchtbar müde. »Können wir jetzt nach Hause fahren?«

»Ich gebe Ihnen noch ein Rezept mit«, sagte Dr. Robertson, zückte einen kleinen Block und begann zu kritzeln. Dann riss er das oberste Blatt ab und reichte es Alex. »Es hilft gegen die Schmerzen, aber es macht auch ein wenig müde.« Der Arzt notierte sich noch etwas und schob den Zettel in eine dicke braune Akte.

Ihre Krankenakte. Sie enthielt alle Informationen über sie, die sie brauchte. Einen großen Teil des Puzzles, das sie zusammensetzen musste, um herauszufinden, wer sie war. »Darf ich die mal anschauen?«, bat sie.

»Was?«, fragte Dr. Robertson.

»Die Akte.«

»Sie enthält nichts als medizinische Informationen.« Der Arzt sah sie zwar recht freundlich an, doch irgendetwas verbarg sich hinter seinem aalglatten Äußeren ... Es war beinahe, als würde er sie bevormunden. O Gott, sie brauchte dringend Schlaf.

»Über mich«, ergänzte sie und streckte die Hand aus. »Es ist doch meine Akte, oder?«

»Meinst du nicht, dass du für heute genug erlebt hast?«, mischte Alex sich ein und bedeutete dem Arzt mit einem Wink, die Akte wegzuräumen.

»Aber ich will wissen ...«

»Marla, ein anderes Mal, okay?« Alex' Tonfall reizte sie. »Es ist spät. Du musst nach Hause und dich ausruhen. Das hast du doch auch gesagt.«

»Ich weiß selbst, was ich muss«, entgegnete sie und stand von der Untersuchungsliege auf. »Und zwar muss ich mehr über mich erfahren. Über dich. Über unsere Familie. Es fängt ja schon an, Alex. Ich beginne tatsächlich, mich zu erinnern, und ich werde alles, *alles* tun, um den Prozess zu beschleunigen.«

»Ich verstehe ...«

»Ach ja?«, fuhr sie ihn an und warf dann dem Arzt einen bösen Blick zu. »*Und Sie wohl auch?*«

»Herrgott, Marla, hör auf. Phil ist uns zu Gefallen mitten

in der Nacht hergekommen, weil du nicht ins Krankenhaus wolltest. Er hat auch eine Familie, die zu Hause auf ihn wartet.«

Robertson ließ seinen Kugelschreiber klicken und steckte ihn in die Brusttasche. »Schon gut«, sagte er, überließ Marla die Akte jedoch nicht. »Erzählen Sie mir, woran Sie sich noch erinnern«, forderte er sie auf, die Krankenakte mit verschränkten Armen an die Brust gedrückt. Marla erkannte, dass es ihr nicht gelingen würde, die verdammte Akte an diesem Abend noch in die Finger zu bekommen.

»Abgesehen von dem Unfall und James' Geburt erinnere ich mich nur an kleinere Begebenheiten. Ans Reiten, an ein Partykleid, an ein Gespräch mit Alex in der Eingangshalle des Hauses – nichts Greifbares. Ich glaube, wenn ich meine Akte einsehe, könnte das meinem Gedächtnis auf die Sprünge helfen.«

»Wahrscheinlich haben Sie recht«, erwiderte der Arzt, der jetzt seine starre Haltung aufgab. »Kommen Sie doch in ein paar Tagen noch einmal in die Klinik, und wenn Sie es wünschen, zeige ich Ihnen dann alle Informationen, die über Sie vorliegen.«

Bis dahin ist die Akte längst manipuliert. Bereinigt. Beschönigt.

»Das werde ich tun«, versicherte Marla und redete sich wieder einmal selbst zu, endlich ihre Verschwörungstheorien fallenzulassen. Die Aufzeichnungen über sie würden auch in ein paar Tagen noch unverändert vorliegen. Sie hatte wohl zu viele Filme gesehen, das war alles. Sie ging zum Waschbecken, nahm einen Pappbecher und spülte sich noch einmal den Mund aus.

»Schön. Wer weiß, was bis dahin noch passiert – vielleicht ist Ihr Erinnerungsvermögen dann längst vollständig wiederhergestellt.« Der Arzt war so ruhig – beinahe tot, so kam es ihr vor. Schließlich stand nicht *sein* Leben, *sein* Erinnerungsvermögen zur Debatte. Dr. Robertson konnte es sich leisten, geduldig zu sein, während Marla das Gefühl hatte, dass ihr Leben ihr wie Sand unaufhaltsam durch die Finger rann. Sie trank einen letzten Schluck Wasser und bewegte noch einmal probeweise ihre Gesichtsmuskeln. Ihre Zunge fühlte sich seltsam an, zu groß, ihre Zähne so, als seien sie immer noch mit Drähten fixiert, und nachdem sie länger als zwei Wochen nur mit den Lippen gesprochen hatte, fiel es ihr schwer, Zunge und Kiefer zur Zusammenarbeit zu zwingen.

Alex half ihr in den Mantel, und Phil schaltete das Licht aus. Zusammen gingen sie über die Überführung ins Parkhaus, wo Alex Marla zu seinem Jaguar geleitete, den Arm um ihre Schultern gelegt. »Wir laden Sie in Kürze mal zu einem Drink ein«, versprach er Phil, während er Marla die Tür aufhielt. »Wenn Marla wieder etwas mehr sie selbst ist.«

Diese Andeutung versetzte Marla sofort wieder in gereizte Stimmung, aber sie schluckte die hitzige Bemerkung hinunter, die ihr schon auf der Zunge lag. Alex setzte sich ans Steuer. Er hatte etwas an sich, das sie ihm gegenüber streitlustig stimmte, dabei verstand sie selbst nicht recht, warum.

»Und, wie fühlst du dich jetzt?«, fragte Alex und warf ihr einen flüchtigen Blick zu, während er den Motor anließ und den Wagen aus dem Parkhaus steuerte.

»Als hätte jemand meine Kiefer mit einem Schmiedehammer bearbeitet.«

»So schlimm?« Er betätigte den Zigarrenanzünder und zog ein Päckchen Marlboros aus der Innentasche seines Jacketts.

»Ja, so schlimm.« Sie brachte kein Lächeln zustande. Sein Verhalten ärgerte sie, und ihr Verdacht, dass er und Robertson ihr etwas verheimlichten, ließ ihr keine Ruhe. Schlimmer noch, Alex' Beschützerverhalten – die Sorge eines Ehemanns, der nie zu Hause war – ärgerte sie maßlos. Hier war etwas faul, das bildete sie sich nicht nur ein. Aber sie war zu müde, um dem Rätsel noch an diesem Abend auf den Grund zu gehen.

Der Anzünder klickte, Alex steckte sich eine Zigarette an und blies eine Rauchwolke ins Wageninnere. Auf Knopfdruck öffnete sich das Fenster auf der Fahrerseite, und ein Schwall vom Regen gereinigter Luft drang herein. Gefälliger Jazz rieselte aus den Lautsprechern, als Alex den Jaguar in den spätabendlichen Verkehrsstrom einfädelte und den steilen Berg hinauf beschleunigte.

Die Wolkenkratzer in der Umgebung waren hell erleuchtet. In der Ferne entdeckte Marla den historischen Bezirk Jackson Square und die Transamerika-Pyramide. Eine Szenerie, die sie schon hundertmal gesehen hatte. Und da war noch mehr ... ein Blitz ...

Vor ihrem geistigen Auge sah sie sich selbst an einem Schreibtisch in einem riesigen Bürogebäude aus Stahl und Glas sitzen. Ein Computer summte, ein Telefon klingelte, und in den benachbarten Büronischen saßen weitere Angestellte vor Telefonen und Tastaturen und starrten auf ihre Bildschirme. Eine Fensterreihe auf der einen Seite bot einen Ausblick auf die Skyline von San Francisco und den porzellanblauen Himmel über der Bucht.

Aber das war verrückt. Sie war keine Büroangestellte und war es nie gewesen. Sie drängte sich an die Beifahrertür des Jaguar und schaute ihren Mann an, dessen Gesicht im Licht des Gegenverkehrs finster und verbissen wirkte.

»Habe ich eigentlich jemals gearbeitet?«, fragte sie und wusste die Antwort, noch bevor er den Mund aufgemacht hatte.

Alex schnaubte abschätzig. »Du? Ich bitte dich.«

»Nein, ich meine es ernst.«

»Natürlich nicht. Warum solltest du arbeiten?«

»Ich weiß es nicht, ich habe nur gerade mich selbst an einem Schreibtisch gesehen ... in einem lauten Großraumbüro, durch halbhohe Wände in Nischen unterteilt, in denen weitere Angestellte arbeiteten. Männer und Frauen liefen geschäftig umher, alle in Anzügen oder Kostümen ...« Sie brach ab, rieb sich die Schläfen und versuchte sich genauer zu erinnern.

»Marla, du hast in deinem ganzen Leben keinen einzigen Tag gearbeitet«, entgegnete ihr Mann und lachte leise, als sei die Vorstellung ungemein komisch. »Du warst bestimmt schon in Dutzenden von Bürogebäuden, aber natürlich niemals als Angestellte.«

»Bist du dir da ganz sicher?«, fragte sie. Warum hätte sie so etwas träumen sollen?

»Absolut.« In der Dunkelheit sah sie, dass sich die Falten auf seiner Stirn ein wenig geglättet hatten. »Das ist nur deine Einbildung.«

Oder Verfolgungswahn. Aber das macht wohl kaum einen Unterschied.

»Warum hast du nicht Tom oder Mutter oder sonst jemandem Bescheid gesagt, dass du dich nicht wohl fühltest?«, fragte Alex und strich ihr sacht übers Knie. »Dazu habe ich den Pfleger doch eingestellt, verstehst du?« Alex bremste vor einer roten Ampel ab und sah sie an. In seinem Blick lag ein stummer Vorwurf.

»Ich dachte, es wäre weiter nichts.«

»Aber dir war schon übel, als du zu Bett gegangen bist?«

»Da war es noch nicht so schlimm, und dann ...« Marla zögerte. Konnte sie ihm vertrauen?

»Und dann – was?«

Los, sag es ihm. Er ist dein Mann. »Es klingt verrückt«, begann sie und sagte sich, wenn sie irgendjemandem vertrauen könnte, dann dem Mann, mit dem sie verheiratet war. »Ich glaube, heute Abend war jemand in meinem Zimmer.«

»Wer? Jemand vom Personal?«

»Nein, Alex ... Ein Mann hat sich über mein Bett gebeugt und geflüstert: ›Stirb, Luder!‹«

»Wie bitte?« Sein Kopf fuhr herum, und der Wagen geriet über die Fahrbahnmarkierung. Von der Überholspur ertönte ein scharfes Hupen. »Himmel, Marla, was soll das heißen? Willst du damit sagen, jemand ist ins Haus eingebrochen?«

»Ganz genau.« Sie erzählte ihm die ganze Geschichte, und er umklammerte das Steuer, als wolle er es aus der Konsole reißen. »... Und ich hatte so entsetzliche Angst, dass ich in jedem unverschlossenen Zimmer nachgesehen habe. Ich fürchte, ich habe Cissy einen furchtbaren Schrecken eingejagt, aber als ich mich vergewissert hatte, dass alles in Ordnung war und die Kindern wohlauf, konnte ich mich ein wenig beruhigen. Ich habe einen Schluck

Wasser getrunken und bin wieder zu Bett gegangen. Das Nächste, woran ich mich erinnere, ist, dass ich heftig erbrechen musste.« Sie rutschte tiefer in den Sitz, presste den Rücken gegen das Seitenfenster und verspürte ein Frösteln, kalt wie der Tod.

»Herrgott, Marla, was hast du denn geglaubt, wer bei dir im Zimmer war?« Alex zog an seiner Zigarette, so dass die Spitze im Dunkeln rot aufglomm.

»Ich weiß es nicht. ... Ich bin mir nicht einmal sicher, ob da wirklich jemand war ... Aber es kam mir so real vor.«

Die Ampel schaltete auf Grün. Hinter ihnen hupte jemand.

»Scheiße.« Alex trat das Gaspedal durch, und der Jaguar schoss vorwärts.

»Es war furchtbar unheimlich.«

»Das glaube ich.« Er beschleunigte. »Verdammt.« Sein Gesicht war kreidebleich, er spannte die Lippen über den Zähnen. »Lars muss das Haus von oben bis unten durchsuchen.«

»Nein!«, widersprach Marla in scharfem Ton und schüttelte den Kopf. »Ich meine ... Jetzt erscheint es mir lächerlich, und selbst wenn da jemand war, ist er längst über alle Berge.«

»Wir haben eine Alarmanlage und ein gesichertes Tor. Wie sollte der Einbrecher hereingekommen sein?«

»Gute Frage«, erwiderte Marla. Es reizte sie zu gähnen, doch ihre Muskeln versagten ihr den Dienst. Sie war sehr müde, und das Sprechen fiel ihr so schwer. »Vielleicht war ja überhaupt niemand im Haus. Vielleicht habe ich das nur geträumt.«

»Hast du die Polizei gerufen?« Alex' Stimme klang verbissen, seine Fingerknöchel traten weiß hervor.

»Nein.« Sie schüttelte den Kopf. »Wie gesagt, es könnte auch ein Traum gewesen sein. Du weißt schon, wie damals im Krankenhaus ...«

»Wenn du Angst hast, können wir die Polizei kommen lassen, damit sie das Haus überprüft«, sagte er. »Du wolltest ja sowieso mit Paterno sprechen ... Aber ... Ich weiß nicht. Vielleicht sind wir alle nur übermüdet. Morgen werden wir eine Regelung finden.« Er riss das Steuer herum. »Ich könnte einen Wachmann einstellen.«

»Ich glaube nicht, dass das nötig ist.«

»Tja, dann gibt es noch eine andere Möglichkeit.« Seine Stimme klang weicher.

»Nämlich?«

»Du könntest bei mir schlafen.«

Nein! Marla sah ihn scharf an, doch er blickte starr geradeaus. Ihr Herz hämmerte, und Adrenalin schoss in ihre Blutbahn bei dem Gedanken, das Bett mit ihm zu teilen. Sie konnte sich nicht vorstellen, ihn zu küssen oder auch nur in einem Doppelbett in seinen Armen neben ihm zu liegen. Ihr Magen krampfte sich zusammen, und sie blickte aus dem Fenster in den aufziehenden Nebel hinaus, der um Laternenpfähle und Gebäude waberte. Aber obwohl die Vorstellung, mit ihm im Bett zu liegen, ihr zuwider war, fragte sie unwillkürlich: »Warum schlafen wir eigentlich nicht in einem Bett?«

Mit einem Schnauben drückte Alex seine Zigarette im Aschenbecher aus. »Das war deine Entscheidung. Vor ein paar Jahren.« Er sah sie an, schien zu überlegen, ob er sich ihr anvertrauen sollte, und zuckte nach kurzem innerem Kampf die Achseln. »Es war nun einmal so, dass du … nun ja, dass du dich für andere Männer interessiert hast.«

»Männer«, wiederholte sie bestürzt. Nicks herbes Gesicht und der Wunsch, ihn zu küssen, schossen ihr durch den Kopf. Sie musste sich eingestehen, dass sie keineswegs immun gegen Nicks erotische Ausstrahlung und seinen verflucht respektlosen Charme war. Sie träumte sogar davon, seine schwieligen Hände überall an ihrem Körper zu spüren, doch nie im Leben wäre sie auf den Gedanken gekommen, dass sie sich mit einem anderen Mann eingelassen haben könnte – höchstens in ihrer Phantasie. Himmel, was für eine Frau war sie denn? Sie räusperte sich, nestelte an einem Knopf ihres Mantels, dann hob sie das Kinn und sah ihren Mann fest an. »*Männer?* In der Mehrzahl?«

»Ja.«

»Willst du damit sagen, dass ich Liebhaber hatte?«, flüsterte Marla fassungslos. *Ausgeschlossen.* Andererseits ließen sich ihre Gefühle für Nick kaum abstreiten, und irgendwo in dem zutiefst weiblichen, instinkthaften Teil ihres Selbst wusste sie, dass sie ein sinnlicher Mensch war.

»Schön, ich sage nichts mehr dazu.«

»Aber …«, bohrte sie weiter.

»Du hast gefragt, Marla«, fiel er ihr wütend ins Wort.

Sie spürte, wie die Röte an ihrem Hals emporkroch. »Wer?«

»Das spielt keine Rolle.« Alex nahm eine Kurve ein wenig zu rasant. Die Reifen quietschten.

»Doch, allerdings«, widersprach sie wütend – ihre überstrapazierten Nerven gewannen schließlich die Oberhand.

»Lass uns die Sache nicht noch mal aufwärmen. Es liegt schon geraume Zeit zurück.« Alex drehte am Radio und stellte einen Sender ein, der Softrock spielte.

Marla schaltete das verdammte Ding wieder aus. »Was ist dann ... was ist mit James?«, fragte sie beklommen. »Ist er ... Ist er ...?«

»Mein Sohn. James ist mein Sohn.« Alex sah sie an und lächelte gezwungen. Marla war verwirrter denn je.

»Aber wie ...?«

»Das kommt davon, wenn man zu viel Gin Tonic trinkt.« Sein Lächeln wurde breiter, geradezu triumphierend. Sein Lachen klang hämisch in Marlas Ohren, aber wieder glaubte sie, sich alles nur einzubilden. Sie war übermüdet. Völlig erschöpft.

Ein nagender Schmerz breitete sich in ihrem Inneren aus. Konnte sie mit diesem Mann schlafen? Mit ihrem Ehemann? Ihn küssen? Ihn lieben? Etwas in ihr schreckte davor zurück, doch sie ignorierte das Gefühl. Sie waren verheiratet, hatten Kinder ... »Vielleicht, wenn ich mich wieder an alles erinnern kann und wenn wir beide es für richtig halten, könnten wir ... versuchen ...«

»Was? Miteinander zu schlafen?«, fragte er und verzog ironisch den Mund. Im Scheinwerferlicht des Gegenverkehrs sahen seine Züge hart aus. »Ich glaube nicht, Marla. Ich halte nicht viel von Ficken aus Barmherzigkeit.«

Sie erstarrte. Ihr Magen hob sich. »So würdest du es nennen?«

»Versuch gar nicht erst, so zu tun, als würdest du mich lieben. Ich sehe es in deinen Augen. Du erinnerst dich nicht einmal an mich. Und wenn du dich irgendwann erinnerst, wirst du es wissen. Also ...« Alex bremste vor einer Abzweigung und riss das Lenkrad herum. »Also lass uns nichts überstürzen.« Er tätschelte ihr Knie. »Es sei denn, du willst tatsächlich eine heiße Nummer mit mir.«

Sie wich vor ihm zurück.

»Das hatte ich auch nicht angenommen.«

Gut. Sie konnte sich nicht vorstellen, mit ihm ins Bett zu steigen, ihn zu küssen oder ... Sie sollte lieber nicht daran denken.

»Wir sind beide noch nicht bereit dazu, wieder in einem Zimmer zu schlafen«, fuhr Alex fort. Seine Finger krampften sich um das Steuerrad. »Wir sollten einen Schritt nach dem anderen tun. Wer weiß, manchmal geschehen merkwürdige Dinge.«

Marla widersprach nicht. Konnte es nicht. Sie spürte keinen Funken Verlangen nach diesem Mann, der ihr Gatte war. Warum, das wusste sie nicht. Gutaussehend und durchtrainiert war Alexander Cahill schließlich, außerdem erfolgreich, früher als Jurist, jetzt als Geschäftsmann ... und doch strahlte er etwas aus, das nicht ins Bild passte. Eine Kälte hinter seinem charmanten Äußeren – eine Grobheit, die er nicht hinter Eleganz, Bildung und Vornehmheit verbergen konnte.

Vielleicht existiert das alles nur in deinem Kopf. Irgendwie, Marla, wirst du es herausfinden müssen. Und Alex wird dir nicht dabei helfen. Niemand wird dir helfen.

Straßenschilder glitten an ihnen vorbei, als Alex den Berg hinauffuhr. Stanyan, Parnassus, Willard ... Namen, die ihr bekannt vorkamen und ihr doch nichts sagten. Straßen, die sie hätte kennen müssen. Zwar stand Lars ihr ständig zur

Verfügung, aber sie wollte ihn nicht für ihre Pläne in Anspruch nehmen. Sie brauchte ihre Unabhängigkeit. Freiheit. Selbstvertrauen.

Die Scheibe beschlug von ihrem Atem, als sie sich zur Seite wandte, um die Geschäfte am Straßenrand zu betrachten. Cafés, kleine Lebensmittelläden, Blumenhändler, Apartmenthäuser, den ganzen Berg hinauf bis zur Kuppe. Bis zum Haus.

Alex öffnete mit der Fernbedienung das Tor zum Gelände und passierte es. Marla blickte zu dem Haus auf, das hoch auf dem Berg aufragte, mit steilen Giebeln über Erkern, Fensterscheiben, hinter denen Licht schimmerte, Schornsteinen, die sich stolz über alldem in die Höhe reckten. *Zu Hause*, dachte sie, glaubte aber nicht recht daran.

Sie hatte immer noch das Gefühl, dass etwas nicht stimmte.

Nick trommelte mit den Fingern auf das Lenkrad seines Pick-ups. Er hätte sich selbst ohrfeigen mögen. Während er durch die Frontscheibe in die düstere Nacht hinausblickte, wurde er das Gefühl nicht los, dass er manipuliert wurde. Aber von wem?

Von Marla? Er biss die Zähne zusammen, als er sich daran erinnerte, wie sie auf dem Boden gelegen und gewürgt hatte, dem Ersticken nahe. Sie war ihm so klein und verletzlich vorgekommen, und nicht zum ersten Mal fragte er sich, warum ihr schlecht geworden war. Ein Virus? Verdorbenes Essen? Oder hatte jemand sie vergiftet – ihr ein Mittel gegeben, das Erbrechen auslöste?

Unmöglich.

Aber sie glaubte, einen Einbrecher gehört zu haben.

Warum würde jemand ihren Tod wollen?

Und wie war der Einbrecher ins Haus gekommen?

Oder wieder hinaus? Das Haus war eine verdammte Festung.

Vielleicht war er noch nicht fort.

»Verdammte Scheiße«, knurrte Nick, steckte seine Schlüssel ein und stieg aus dem Pick-up. Er hatte den Wagen ein paar Straßen vom Hotel entfernt abgestellt und hoffte, ein Spaziergang durch den eisigen Nebel und Regen würde ihm helfen, einen klaren Kopf zu bekommen.

Zum ersten Mal seit Jahren hatte er den Wunsch gehabt, Marla zu beschützen, sie in die Arme zu nehmen und gegen jeden Angriff zu verteidigen.

Wie ein verdammter mittelalterlicher Ritter in ... nun ja, leicht verbeulter Rüstung. Die Hände tief in den Taschen seiner Jacke vergraben, überquerte er die Straße und betrat das Hotel. Minuten später hatte er den ersten Stock erreicht. Gerade als er seine Zimmertür öffnete, klingelte das Telefon.

Er hob den Hörer ab, noch bevor sich die Tür hinter ihm geschlossen hatte. »Nick Cahill.«

»Gut, dass ich dich erwische. Ich fürchtete schon, dir wieder mal eine Nachricht hinterlassen zu müssen.« Es war die vertraute rauhe Stimme von Walt Haaga.

»Was gibt's?« Nick ließ sich aufs Bett fallen und schleuderte seine Schuhe von sich.

»So einiges«, antwortete Walt und hustete. »Ich habe neue Informationen. Fangen wir mit Pam Delacroix an.«

»Ganz wie du meinst.«

»Das ist mal eine interessante Lady. Hat von ihrem Ex ge-

lebt, betätigte sich aber auch ein bisschen als Maklerin und hat sich mit Schriftstellerei und Jura beschäftigt. Ihr Interesse galt offenbar vorrangig Sorgerechtsfällen. Sie hat an einem Buch gearbeitet, das sich mit Elternrecht, Ersatzmüttern und Adoptionsfragen beschäftigt. Ihre Tochter – Julie – hat übrigens schon ein paar Wochen nach Semesterbeginn das Studium abgebrochen. Ist einfach auf und davon und zu ihrem Freund nach Santa Rosa gezogen. Jetzt jobbt Julie als Kellnerin in einem Café. Ihre Mutter war also nicht auf dem Weg zu ihr.«
»Warum wollten Marla und Pam dann nach Santa Cruz?«

»Vielleicht hat man nur angenommen, dass sie dorthin wollten, wegen der Kleinen. Wer weiß, ob Mrs Delacroix und Ihre Schwägerin nicht Thelma und Louise spielen und einfach die Küste entlangfahren wollten. Womöglich nach L. A. oder Mexiko.«

»Schon wieder eine Sackgasse«, knurrte Nick.

»Oder eine weniger.«

»Warum waren die beiden zusammen?«

»Gute Frage«, erwiderte Walt. »Aber höchstwahrscheinlich nicht, um Tennis zu spielen. Soweit ich weiß, war Pam Delacroix nie Mitglied in Marlas Tennisclub. Ich bezweifle, dass sie überhaupt einen Schläger besaß. Sie war eher ein Bücherwurm als eine Sportlerin.«

»Ach ja?«

»Ich habe mit ihrem Ex und ein paar Freunden gesprochen. Die einzige Verbindung zu deiner Familie besteht anscheinend darin, dass sie der Dreifaltigkeitskirche in Sausalito angehört.«

»Wo Cherise' Mann Pastor ist«, ergänzte Nick und kniff die Augen zusammen.

»Genau.«

Nick ließ die Informationen auf sich wirken, aber einiges passte nicht recht. »Ich glaube nicht, dass Marla eine eifrige Kirchgängerin ist.«

»Nein, sie gehört nicht zur Gemeinde. Aber ich vermute, dass sie Pam durch Cherises Mann kennengelernt hat. Der Pastor war eine Zeitlang in Cahill House beschäftigt. Hat gefallene Mädchen seelsorgerisch betreut und sich dabei selbst in die Nesseln gesetzt.«

»Tatsächlich?«, fragte Nick. Ihn beschlich ein ungutes Gefühl.

»Anscheinend konnte er die Finger nicht von einer der ledigen Mütter lassen.«

»Scheiße.«

»Daraufhin hat dein Bruder ihn gefeuert. Das war vor etwa einem Jahr. Es gab einen Riesenskandal – die Einrichtung ist damals ziemlich unter Beschuss geraten. Ich habe Kopien von den Zeitungsartikeln, die kann ich dir faxen. Allerdings kam die Sache nie vor Gericht, und der Prediger ist in seine Gemeinde in Sausalito zurückgekehrt.«

»Und damit war der Fall erledigt?« Nick konnte es nicht fassen.

»Offenbar haben seine Schäfchen und das Mädchen, mit dem er sich eingelassen hatte, ihm großmütig verziehen.« Walt legte eine Pause ein, um sich eine Zigarette anzustecken. Nick hörte deutlich das Klicken des Feuerzeugs.

»Und das ist nur die Spitze des Eisbergs. Mann, du hast vielleicht ein paar Spinner in deiner Verwandtschaft!«

»Erzähl mir was Neues«, erwiderte Nick, zog das zweite Kissen von der anderen Betthälfte zu sich heran und schob es sich unter den Kopf. Dann nahm er Block und Stift vom Nachttisch.

»Gut, wie wär's hiermit? Marlas alter Herr, Conrad Amhurst, liegt im Sterben.«

»Davon habe ich bereits gehört.«

»Und ich kann mir vorstellen«, fuhr Walt mit unverhohlener Verachtung fort, »dass die übrige Familie sabbernd darauf wartet, dass er den Löffel abgibt. Er hinterlässt schließlich Millionen. Und das Tollste: Den Großteil davon vermacht er dem Baby.«

»Wie bitte?«

»Du hast schon richtig gehört. Anscheinend hegt der Alte eine tiefverwurzelte Abneigung gegen Frauen, und auch wenn Marlas Sohn nicht den Namen Amhurst trägt, macht der Kerl den Kleinen doch zum Haupterben seines Vermögens, das auf über hundert Millionen geschätzt wird. In Treuhand, versteht sich.«

»Versteht sich.« Nick lehnte sich in die Kissen zurück und kratzte sein stoppeliges Kinn. »Und Marla? Ihr Bruder? Ihre Tochter Cissy?«

»Tja, die kriegen auch ein Stück vom Kuchen, aber nur ein ganz kleines. Rorys Pflege wird auf Lebenszeit gesichert, Cissy bekommt ihren Anteil mit fünfundzwanzig, *vorausgesetzt*, sie schließt das College ab, und Marla kriegt auch eine Kleinigkeit. Aber fünfundsiebzig Prozent des Gesamtvermögens gehen an den Neugeborenen. Wie findest du das? Erst ein paar Wochen alt und schon Multimillionär?«

»Woher weißt du das?«, fragte Nick.

»Ich weiß es, genügt das nicht?«, entgegnete Walt mit einem Lachen. »Dafür bezahlst du mich schließlich. Weißt du, Marlas alter Herr war schon immer ein eigensinniger Mistkerl. Hat sich nie an irgendwelche Regeln gehalten. Ein schwerer Trinker und ausgemachter Weiberheld. Es ist ein Wunder, dass Marlas Mutter ihn nicht verlassen hat. Wahrscheinlich hielt sie es wegen des Geldes mit ihm aus.«

»Wer kennt Conrads Letzten Willen sonst noch?«

»Ich nehme an, alle. Wenn es um so viel Geld geht, geben die Erben sich größte Mühe sicherzustellen, dass sie nicht zu kurz kommen.« Walt lachte, bis er husten musste. »Das liegt in der Natur des Menschen.«

»Wenn du meinst.«

Walt schnaubte verächtlich. »Hör mal, ich weiß ja, dass du vor ein paar Jahren ein Vermögen in den Wind geschlagen hast, aber die meisten Leute würden nicht so handeln, sondern vielmehr alles tun, um an die Millionen zu kommen. Lügen, betrügen, stehlen. Und sogar morden.«

Nick ging die Liste der Toten und Sterbenden durch: Pam Delacroix, Charles Biggs, und an diesem Abend wäre auch Marla beinahe gestorben. Sie war schon zum zweiten Mal gerade so davongekommen.

»Ich bin noch nicht ganz dahintergestiegen, was da unten los ist«, fuhr Walt nuschelnd fort, die Zigarette im Mund. »Aber was es auch sein mag, ich nehme an, dass es noch schlimmer wird. Pass auf dich auf.«

»Immer.«

»Gut.«

Die Richtung, in die Nicks Gedanken liefen, gefiel ihm nicht. Marla war in Gefahr. Er spürte es. »Hör mal, Walt, ich weiß, es ist eine ziemliche Zumutung, aber könntest du wohl für ein paar Tage herkommen und mir ein bisschen zuarbeiten? Ich habe hier ein Hotelzimmer, das könntest du übernehmen. Ich ziehe in mein Elternhaus.«

»Ich muss hier noch einiges erledigen, könnte aber innerhalb einer Woche da sein.«

»Danke. Ich behalte das Zimmer, bis du eintriffst. Du kannst mir also bis dahin weiter im Hotel Nachrichten hinterlassen. Wie gesagt, ich ziehe ins Haus, also, wenn du mir mehr Informationen schicken willst, dann am besten als Nachricht auf mein Handy oder hierher. Falls es etwas zu faxen gibt, schick es an den kleinen Copyshop hier in der Nähe vom Hotel – CopyWrite –, zu meinen Händen.«

»Warum nicht direkt ins Hotel?«

»Reine Vorsichtsmaßnahme. Meine gesamte Familie weiß doch, dass ich hier gewohnt habe.«

»Du traust denen wohl nicht, wie?«

Nick blickte durch die flatternden Gardinen auf die Lichter der Stadt hinunter. »Nein«, gab er zu – ein trauriger Kommentar zu seinem eigenen Leben. »Ganz und gar nicht.« Nachdem er das Gespräch beendet hatte, begann er, seine wenigen Habseligkeiten in die Reisetasche zu packen. Mehr als fünfzehn Jahre lang hatte er das Haus auf dem Berg gemieden wie die Pest, jetzt brannte er darauf, dort einzuziehen.

Wegen Marla.

Das gestand er sich aufrichtig ein. Er wollte sie wiedersehen. Sie küssen. Er wollte die Frau seines verdammten Bruders. Aber vor allem ging es ihm darum, sie zu beschützen. In den vergangenen Wochen war sie zweimal dem Tod nur knapp entronnen. Waren das Unfälle gewesen? Oder versuchte jemand, sie umzubringen?

12.

Der Raum war verändert. Nick betrachtete die Vorhänge, die Tagesdecke, die Bettvorleger – alles farblich aufeinander abgestimmt – und fand, dass es ihn nicht besonders störte. Er hatte ohnehin keine besonders schönen Erinnerungen an das Zimmer. Schon damals konnte er sich hier nicht zu Hause fühlen, und jetzt erst recht nicht. Er stellte die Reisetasche auf dem Bett mit dem Messinggestell ab. Sein Aufenthalt hier war nur vorübergehend. Bis er herausgefunden hatte, was vor sich ging. Mit Plüsch und Rüschen konnte er leben, doch er wusste nicht, ob er den Gedanken ertragen würde, dass Marla nur zwei Türen weiter schlief. Herrgott, diese Frau ging ihm unter die Haut wie keine zweite. Selbst jetzt, nach so vielen Jahren und nach ihrem Unfall, reizte sie ihn.

»Scheiße.« Nick fühlte sich beklommen, eingeengt. Er warf seine Jacke über einen Bettpfosten. Als das nicht half, ging er zum Fenster, öffnete es, ließ den kalten Novemberwind ins Zimmer wehen und blickte über die Lichter der Stadt hinweg in den schwarzen Himmel, an dem kein Stern zu sehen war. Wie sollte er es aushalten, ihr so nahe zu sein?

Wann würde er wieder abreisen können?

Was zum Teufel ging hier vor?

Er hatte Stunden damit zugebracht, die Bücher des Unternehmens zu prüfen. Alex hatte recht, Cahill Limited sank mit jedem Tag tiefer in die roten Zahlen. Ungünstige Investitionen, Ausgaben, die die Einnahmen überstiegen, ein Angestellter, der Gelder unterschlagen hatte, eine gigantische Summe für wohltätige Zwecke wie Cahill House und die neue Kinderstation des Bayview Hospital, großartige Versorgungsleistungen für die Angestellten und der extravagante Lebensstil des Hauptgeschäftsführers – all das hatte zu dem Problem beigetragen. Hier handelte es sich um schlichte, grundsätzliche Fakten, die jeder Grünschnabel mit einer zweijährigen Ausbildung zum Buchhalter hätte erkennen können. Trotzdem hatte Alex darauf bestanden, Nick ins Elternhaus zu holen. Um seine alternde Mutter zu beruhigen, die Nick schon seit Jahren anflehte zurückzukommen? Wegen Marla und ihres Unfalls? Oder gab es einen anderen Grund, einen, den er übersah und der – das ahnte er – weitaus düsterer war?

Jedenfalls wollte Alex Nick in Marlas Nähe wissen. Obwohl die Brüder früher ihretwegen Rivalen gewesen waren.

Gereizt fuhr Nick sich mit steifen Fingern durchs Haar.

Was auch immer die Beweggründe seines Bruders sein mochten, jedenfalls saß Nick nun in der Falle. Nicht etwa wegen des schwindenden Profits von Cahill Limited, auch nicht wegen des Wunsches seiner Mutter, beide Söhne bei sich zu haben. Nein, wegen Marla war er an dieses riesige, seelenlose Haus in einer Stadt, die er verabscheute, gefesselt. Weil er um ihr Leben fürchtete und er in Frauenangelegenheiten noch nie fähig gewesen war, seinen verdammten Verstand zu gebrauchen.

Er ging hinaus auf den verlassenen Flur, wo sich gedämpfter Lichtschein im Treppengeländer spiegelte und Ölgemälde von lang verblichenen Verwandten in Goldrahmen hingen. Hier hatte seine Mutter ihm noch vor kurzem versichert, wie glücklich sie sei, dass er endlich »zur Vernunft gekommen« und wieder eingezogen war. Sie war sogar so weit gegangen, ihm über den Arm zu streichen, und das war für Eugenia das Äußerste, was sie an Gefühlen zeigen konnte.

»Schön, dass du wieder hier bist, Nicholas«, hatte sie geflüstert. »Ich weiß, wir haben uns ständig in den Haaren gelegen, und vielleicht habe ich in deiner Erziehung auch ein paar Fehler gemacht – ich hoffte immer, dass du mehr wie Alex wärest –, aber ... auf meine Weise ... habe ich dich immer geliebt und vermisst.« Als ihre Unterlippe anfing zu zittern, hatte sie rasch die Zähne zusammengebissen.

Nicks Verblüffung war ihm ins Gesicht geschrieben gewesen. Ohne eine Spur von Make-up, den schwarzroten Kimono in der Taille gegürtet, die Falten in ihrem Gesicht so viel deutlicher sichtbar als je zuvor, erschien seine Mutter ihm zum ersten Mal in den neununddreißig Jahren seines Lebens verletzlich. Aufrichtig. Als ob er ihr wirklich etwas bedeutete.

Es fiel ihm schwer, das zu glauben. »Ich bleibe nicht lange.«

»Ich weiß. Du bleibst nie lange.« Eugenia seufzte. »Ich fürchte, ich habe dich im Stich gelassen. Wenn ich noch einmal von vorn anfangen könnte, wenn ich damals so klug gewesen wäre wie heute ... Tja, wie dem auch sei.« Sie brachte ein zittriges Lächeln mit bleichen Lippen zustande, das über den Schmerz und die Verzweiflung in ihren Augen hinwegtäuschen sollte.

Nick kam sich vor wie ein Schuft.

»Tja, machen wir eben das Beste draus. Aber ...« Sie zögerte und nestelte an der Schärpe ihres Kimonos. »Ich habe das Gefühl, dass hier etwas im Gange ist, was ... hm, was ich nicht verstehe. Alexander – er ist so verschlossen, und Marla ... die Probleme mit diesem Mädchen ...« Eugenia nagte an ihrer Unterlippe und dachte nach. »Vermutlich gibt es in jeder Ehe Probleme, Höhen und Tiefen. Das weiß ich aus eigener Erfahrung. Dein Vater ... Nun, ich habe ihn geliebt. Mehr, als gut für mich war, fürchte ich.« Sekundenlang verlor sie sich in ihren Erinnerungen, dann sah sie Nick wieder an. »In vielerlei Hinsicht bist du ihm sehr ähnlich, Nicholas. Selbstgerecht. Klug. Und trotzdem bist du völlig anders als er.« Sie straffte die Schultern. »Ich wollte mich nur dafür bedanken, dass du gekommen bist.«

»Ich bleibe, bis meine Aufgabe erfüllt ist. Dann reise ich wieder ab«, erinnerte er sie.

Eugenia lächelte, als würde sie ihren zweiten Sohn bedeutend besser kennen als er sich selbst.

»Wir werden sehen«, erwiderte sie und machte sich auf den Weg zum Aufzug.

»Ich habe in Oregon mein eigenes Leben.«

»Ach ja?«, fragte sie, zog ungläubig eine Augenbraue hoch und ließ die Bemerkung für einen Moment im Raum stehen, ehe sie in den Lift stieg und in ihr Zimmer zurückkehrte.

»Ja«, sagte Nick zu sich selbst und dachte an Alex' Alkoholvorräte zwei Stockwerke tiefer.

Nick fand, er hätte jetzt einen Drink verdient. Er nahm sich noch die Zeit, Ole anzurufen, um sich zu vergewissern, dass es Tough Guy gutging – wie einfach war doch das Leben in Devil's Cove, verglichen mit den komplizierten Verstrickungen hier in San Francisco –, dann ging er nach unten.

Zum Glück hatte Alex den Schlüssel zum Barschrank stecken lassen. Nick nahm eine Flasche Scotch heraus und suchte nach einem Glas. Draußen rauschte der Wind, hier im Haus jedoch waren das Ticken der alten Standuhr in der Eingangshalle, das leise Summen der alten Heizungsanlage und das Knarren von hundert Jahre altem Holz die einzigen Geräusche. *Weit entfernt von meinem Häuschen an der Küste von Oregon*, dachte er und schenkte sich einen ordentlichen Schluck ein. Winzig, kompakt, mit einem Dach, das er selbst gedeckt hatte, alten oder aus zweiter Hand gekauften Möbeln und einem dreibeinigen Hund, der zugleich Alarmanlage und bester Freund für ihn war. Nick hatte ausreichend Vermögen auf der Bank und an der Börse und nahm aus seinen Investitionen in Wohn- und Bürogebäude, die er gekauft hatte, als er noch in Seattle lebte, genug ein, um sorgenfrei leben zu können. Er hätte sich auch einen aufwendigeren Lebensstil leisten können, aber das wollte er nicht. Es brachte nur Ärger ein.

Alex' Leben war Beweis genug für diese traurige Tatsache.

Ja, Nick hatte ein Leben – ein Leben, wie er es sich wünschte, ein Leben in Freiheit.

Was zum Teufel willst du dann hier?

Er gab ein paar Eiswürfel in sein Glas und ging zum Kamin, in dem unter der Asche noch die Glut eines kürzlich verloschenen Feuers glomm. Trotzdem erschien der Raum ihm kalt. Steril. Kein bisschen warm und einladend. Wie der Rest dieses verfluchten Hauses. Wie seine Familie. Wie sein Leben, bevor er wegen der Affäre mit Marla umgezogen war. Er erinnerte sich, wie sie ihn geküsst hatte, als wolle sie nie wieder aufhören, wobei kleine leise Seufzer aus ihrer Kehle drangen. Wenn er sie berührte, mit den Fingern an ihren bloßen Armen hinaufstrich, senkte sie halb die Lider, so dass ein Vorhang aus dunklen Wimpern das verführerische Grün ihrer Iris verbarg. Sie hatte bebend in seinen Armen gelegen, geflüstert, dass nur er sie so erregte, sein Ohr mit der Zunge liebkost und mit kehliger Stimme geflüstert: »Bitte, Nick, gib mir mehr ... Ich will so viel mehr ...«

Er schloss die Augen und nahm einen großen Schluck von seinem Drink. Damit war er an einem Punkt angelangt, bei dem sich wie vor einigen Jahren alles um sie drehte – damals hatte er San Francisco wegen Marla verlassen, jetzt war er wegen ihr wieder hergekommen. Und auch wenn sie sich verändert hatte, spürte er doch immer noch denselben verdammten Sog, ja, es reizte ihn, die Grenze zu überschreiten, allen Anstand, alle Moral fahrenzulassen und der dunklen Verführung dieser Frau nachzugeben. Ja, sie war verändert. Sehr verändert. Sie war freundlicher, sanfter, hatte mehr Sinn für Humor, und auch wenn er tief in ihrem Inneren eine gewisse Härte ahnte, war sie doch auch verletzlich – eine Frau, der er nicht widerstehen konnte. Es war so seltsam, als würde er sich wieder verlieben, diesmal noch heftiger und in eine andere, tiefgründigere Frau. Die Kinder hatten sie teilweise von ihrer Selbstsucht geheilt, sie war verspielter, rücksichtvoller gegenüber ihrer Umgebung. Das, was ihn vor all den Jahren an Marla gestört hatte, war schwächer geworden, doch unter ihrer schönen Haut, tief in ihrer Psyche und ihrer Libido, verbarg sich dasselbe Animalisch-Weibliche, worüber er für ein paar gestohlene Augenblicke purer Sinneslust den Verstand, seine Urteilsfähigkeit, alle Vernunft verloren hatte.

Ihre Treffen, immer geheim und nur zu zweit, waren romantisch und wild-erotisch gewesen. Es gab nichts, was sie nicht getan hätte, nichts, was sie nicht erleben wollte, keine Grenzen. Ihre Arme waren weit geöffnet, ihre Gedanken eilten voraus zum nächsten sinnlichen Vergnügen, ihre Haut war so heiß, dass sein Verstand dahinschmolz, wenn er bei ihr war. Nick dachte an ihre glitzernden frechen Augen, oh, diese süße, gefährliche Verlockung! Ihren nassen Mund auf seiner Haut zu spüren, wenn ihre Zunge die Formen seiner Muskeln erforschte – in solchen Momenten fühlte er sich schwach und bedürftig. Keine Frau hatte seither an Marla herangereicht.

Für fünf Liebesminuten mit ihr wäre er durch die Hölle gegangen. Und eines Tages, als sie sich trafen, küsste sie ihn züchtig auf die Wange, schenkte ihm einen strahlenden Blick, der sagte: »Ich weiß, du verzeihst mir«, und teilte ihm mit, dass es vorbei war. Sie habe einen anderen kennengelernt. Dieser andere war rein zufällig Nicks Bruder.

»Scheiße«, knurrte Nick jetzt und leerte sein Glas in einem Zug. Was zum Teufel sollte das? Wollte er sich etwa von neuem in sie verlieben? Das war doch Wahnsinn – eher sollte er sich eine Kugel in den Kopf jagen. Er ging erneut zum Barschrank und goss Whisky über die noch nicht ganz geschmolzenen Eiswürfel. Während er den ersten Schluck trank, hörte er, wie sich summend das Tor öffnete, und ging zum Fenster. Scheinwerfer leuchteten auf. Alex' Jaguar fuhr mit hoher Geschwindigkeit durch das Tor. Nicks Magen zog sich zusammen. Er trank sein Glas zur Hälfte leer. Als Minuten später der Aufzug rumpelte, eilte Nick die Treppe hinauf, das Glas in der Hand. Auf dem Absatz zu den Schlafzimmern traf er seinen Bruder und dessen Frau. Marla sah erbärmlich aus. Blass, die Wangen geschwollen, die Augen tief in die Höhlen gesunken, bemühte sie sich um ein Lächeln, aber vergebens. Es zerriss Nick das Herz, doch er biss die Zähne zusammen.

»Du bist also tatsächlich eingezogen«, stellte Alex fest und hielt seiner Frau die Tür zu ihrer Suite auf. »Ich dachte, du hättest es dir vielleicht anders überlegt.«

»Ich habe es in Betracht gezogen, wollte aber niemanden enttäuschen«, erwiderte Nick gedehnt. Marla warf ihm einen raschen Blick zu, dann verabschiedete sie sich.

»Entschuldigt bitte, aber ich muss mich wirklich hinlegen«, sagte sie, und der gequälte, gehetzte Ausdruck in ihren Augen ging Nick nahe. Zerbrechlich und verunsichert, so anders als das kühne, sinnliche Wesen, das seine Seele in den Händen gehalten hatte.

Heute Abend war Marla Cahill durch die Hölle gegangen.

»Geht es dir gut?«, fragte Nick.

Ein Fünkchen Humor blitzte in ihren Augen auf. »Das ist Auslegungssache. Im Vergleich zu jemandem, der von einer Dampfwalze überrollt wurde, bin ich ziemlich gut in Form, aber sonst …« – Marla machte eine vage Geste mit der Hand – »… habe ich schon bessere Tage erlebt.« Sie lehnte sich an die Tür und lachte sarkastisch. »Ich kann mich nur kaum daran erinnern.«

»Das wird sich bald ändern.«

»Ich hoffe es.« Ihr Blick wanderte zu der Stelle auf dem

Teppich, wo sie sich übergeben hatte. Abgesehen von einem dunklen Wasserfleck waren die Spuren ihres Malheurs beseitigt worden. Sie schauderte. »Ich schulde dir großen Dank, Nick. Wenn du nicht zur Stelle gewesen wärst ...«

»Wäre jemand anders da gewesen.«

»Nein, nein, Marla hat recht«, entgegnete Alex steif. »Wir danken dem Himmel, dass du da warst.«

»Nun, es ist ja gutgegangen.« Nick zuckte die Achseln.

Auf diese Bemerkung folgte verlegenes Schweigen. Schließlich sagte Marla: »Ich sollte jetzt nach den Kindern sehen.«

Alex war bereits auf dem Weg zu Cissys Zimmer. »Überlass das ruhig mir.«

»Ja? Danke«, erwiderte Marla, und als sie sich noch einmal über die Schulter umsah, begegnete sie Nicks Blick. »Gute Nacht, Nick.« Herrgott, sie sah so verletzlich aus. Unsicher. Anders als die Marla, die er kannte, die Frau, der er aus dem Weg gehen wollte.

Er hob sein fast leeres Glas zu einem spöttischen Toast. »Nacht.«

Marlas Herz krampfte sich zusammen, als sie durch die Tür schlüpfte. In der Suite angekommen, versuchte sie, sein Bild aus ihrem Bewusstsein zu verdrängen.

Tu dir das nicht an, schimpfte ihr müder Verstand, als sie in ihr Zimmer trat. *Ja, er hat dir das Leben gerettet, aber du bist ihm nichts schuldig. Diese widersprüchlichen Gefühle für ihn dürfen nicht sein. Du bist mit Alex verheiratet.*

Bei dem Gedanken an ihren Mann rebellierte ihr Magen. Zwischen ihnen war nichts, kein Funke sprang über, keine Liebe regte sich. Sollte sie je in Alex verliebt gewesen sein, musste es Jahre zurückliegen, oder es war in dem Nebel verlorengegangen, der ihre Erinnerungen umfing. *Lass dir Zeit. Bald erinnerst du dich, bald weißt du wieder, warum du dich in Alex verliebt hast, und dann erscheint dir dieses erotische Faible für Nick lächerlich.*

Aber sie belog sich selbst. Die Gefühle, die Nick in ihr weckte, diese triebhaft-weibliche Reaktion war einzigartig, das wusste Marla nur zu gut. »Nur nicht daran denken«, ermahnte sie sich. Der Verführung in seinen blauen Augen nachzugeben war undenkbar. Sie war verheiratet. Sie hatte Kinder. Sie ... sie ... O Gott, sie war im Begriff, sich in Nick zu verlieben. »Du kennst ihn nicht einmal richtig«, sagte sie laut. Als sie ihr Bild im Spiegel sah, wand sie sich innerlich, denn auch wenn ihr Gesicht ihr immer noch fremd war, erkannte sie doch das rastlose Verlangen in ihrem Blick. »Ach, du bist verrückt.« Sie trommelte mit den Fingern auf die Kommode. Als ihr Blick auf die Schmuckschatulle fiel, dachte sie wieder an den fehlenden Ring. In ihrem Leben gab es so vieles, was ihr unstimmig erschien.

Verzweifelt knöpfte sie ihren Mantel auf und warf ihn aufs Bett. Sie hatte gerade den Reißverschluss ihres Jogginganzugs geöffnet, als es leise an ihrer Tür klopfte und Alex den Kopf durch den Spalt steckte.

»Ich habe nach den Kindern gesehen«, erklärte er. Marla kämpfte den Impuls nieder, den Reißverschluss rasch wieder zu schließen. Ihr BH war zu sehen, ihr Brustansatz und der nackte Bauch, und sie fühlte sich, als sei sie völlig unbekleidet. Alex' Blick glitt über ihren Oberkörper, doch er sagte nichts. »Sie schlafen beide.«

»Schön.« Vor Verlegenheit schoss ihr die Röte ins Gesicht.

»Brauchst du noch etwas?«

»Nein, ich wüsste nicht.« Er sollte einfach gehen. Sofort.

»Ich sage Tom Bescheid, damit er dafür sorgt, dass du deine Medikamente regelmäßig einnimmst.«

Marla schüttelte den Kopf. »Behellige ihn nicht damit, das kann ich auch allein. Gib mir einfach die Tabletten, und glaub mir, wenn die Schmerzen einsetzen, werde ich sie schon schlucken.«

Mit einem Schlag war Alex' Ruhe dahin. Gereizt entgegnete er: »Lass uns heute Nacht nicht mehr streiten, okay? Schon gar nicht wegen Tom. Er ist ein Profi. Er wird sich um dich kümmern.« Seine Stimme klang fest. Autoritär. Befehlsgewohnt.

Marla lag eine hitzige Entgegnung auf der Zunge, doch sie beherrschte sich. Im Augenblick war sie einfach zu müde, um zu streiten. Morgen würde sie alles regeln. »Also gut.«

»Na siehst du«, sagte Alex in sanfterem und versöhnlicherem Tonfall, als er erkannte, dass sie den Widerstand aufgab. »Also, dann sehen wir uns morgen ...«

»Moment«, rief Marla, der plötzlich ein Einfall kam. Als Alex sie fragend ansah, hob sie die rechte Hand und bewegte den Ringfinger. »Du hast nicht zufällig meinen Ring gesehen?«

»Du erinnerst dich an ihn?« Alex war fassungslos.

»Ich wünschte, es wäre so. Joanna hat ihn erwähnt. Und ich dachte, du wüsstest vielleicht, wo er ist – wo ich ihn aufbewahre, wenn ich ihn ablege.«

»Wahrscheinlich hier irgendwo«, erwiderte er mit einer vagen Geste, die das ganze Schlafzimmer einschloss.

»Hier ist er nicht. Ich habe das ganze Zimmer abgesucht, von oben bis unten. Ist das nicht seltsam? Joanna sagt, ich hätte ihn immer getragen. Sie meinte schon, jemand im Krankenhaus könnte ihn gestohlen haben.«

»Das bezweifle ich. Vielleicht solltest du noch einmal nachsehen.« Alex wirkte unruhig, sah auf die Uhr. »Du hast in der letzten Zeit eine Menge durchgemacht, Marla. Der Ring dürfte deine geringste Sorge sein.«

»Joanna sagte, er war ein Geschenk von meinem Vater.«

»Conrad hat dir viele Geschenke gemacht.«

»Ach ja?« Das überraschte Marla. Sie hatte Fotos von ihrem strengen Vater gesehen, und wenn sie die Bilder betrachtete und versuchte, Erinnerungen an den Mann heraufzubeschwören, dann wusste sie intuitiv, dass sie nie im Leben auch nur gemeinsam über einen Witz gelacht hatten, dass er sie im Grunde nicht mochte. Sie spürte, dass Conrad Amhurst ein Egozentriker war, der wenig Zeit für seine Kinder erübrigte, und sie hatte nicht das Gefühl, ihm jemals nahegestanden zu haben – im Gegenteil. Zwar erinnerte sie sich nicht an ihn, doch ihr Gefühl sagte ihr, dass er sie nicht gemocht hatte, dass sie in irgendeiner Weise eine Enttäuschung für ihn gewesen war.

Vielleicht lag es daran, dass sie als Erstgeborene eine Tochter war, nicht der erhoffte Sohn – eine archaische Denkweise, die noch immer weit verbreitet war. Ihr eigener Sohn James war das Paradebeispiel für den vergötterten Kronprinzen, während seine ältere Schwester einen Groll hegte und unter einem schweren Komplex litt, weil sie sich übergangen fühlte.

»Dein Vater hat dich mit Geschenken überhäuft«, versicherte Alex. Er steckte die Hände in die Manteltaschen und lehnte sich an den Türrahmen.

»Was für Geschenke zum Beispiel?«

»Ach Gott, Marla ... Autos, Aktien, Obligationen, eine Immobilie. Alles, was dir einfällt – du hast alles von ihm bekommen.«

»Das ist ja gerade das Problem, Alex. Mir fällt nichts ein. Außer dem Ring.« Sie massierte sich den Nacken und ließ den Kopf kreisen. Herrgott, sie war müde. »Wie ich schon sagte, ich will meinen Vater sehen«, erklärte sie.

»Ich weiß, ich weiß«, brauste er auf. »Hör auf, darauf herumzureiten. Ich werde organisieren, dass du den Alten in ein paar Tagen besuchen kannst, okay? Aber lass uns heute Nacht keine weiteren Pläne machen. Wir regeln das morgen.«

»Ich nehme dich beim Wort.«

»Das war mir klar«, erwiderte Alex trocken und verließ ohne ein weiteres Wort das Zimmer. Marla war zu erschöpft, um zu reagieren. Sie wartete darauf, dass er die Tür schloss, dann zog sie sich vollends aus und ließ die Kleidung auf einem Haufen am Boden liegen. Trotz des Grauens dieser Nacht, trotz ihrer widersprüchlichen Gefühle für Nick, trotz der Ahnung, dass irgendetwas hier ganz und gar nicht in Ordnung war, schlief sie sofort ein.

Nick leerte sein Glas, zog sich bis auf die Boxershorts aus und ließ sich aufs Bett fallen. Er schloss die Augen und wollte nur noch schlafen, doch die Bilder von Marla ließen ihm keine Ruhe – teils von der jüngeren Frau, die er so intim gekannt hatte, teils von dieser neuen, älteren, warmherzigeren Marla, einer Frau ohne Erinnerung, ohne Vergangenheit, die dennoch immer noch auf ihn ansprach.

Hatte jemand versucht, sie umzubringen? Aber wer? Warum? Und weshalb wünschte Alex so dringend, dass er, Nick, hier im Haus wohnte? Das alles bescherte ihm ein ungutes Gefühl, so, als tappte er in eine sorgfältig vorbereitete Falle.

Wieso sah Marla der mysteriösen Pam Delacroix so ähnlich? Und wer zum Teufel war Pam? Eine Freundin? Eine Bekannte?

Er hörte, wie die Tür zur Suite geschlossen wurde. Darauf folgten Schritte im Flur. Es war wahrscheinlich nur Alex, der einen Drink brauchte, so wie er selbst vorhin. Trotzdem setzte Nick sich im Bett auf, war auf der Stelle hellwach. Hatte Marla nicht gemeint, jemand habe an ihrem Bett gestanden? Sich über sie gebeugt? Gedroht, sie umzubringen? Nick sprang hastig aus dem Bett, durchquerte das Zimmer und öffnete die Tür zum Flur im selben Moment, als sich die Türen des Aufzugs schlossen. Mit klopfendem Herzen betrat er die unverschlossene Suite und Marlas Schlafzimmer, wo sie völlig erschöpft im Bett lag und schlief wie eine Tote. Er biss die Zähne so fest zusammen, dass es schmerzte, und widerstand dem Drang, ihr über die Wange zu streicheln. Anschließend sah er nach dem Baby und öffnete sogar die Tür zu Cissys Zimmer einen Spalt, als er das leise Summen eines Motors und das Klacken des Garagentoröffners vernahm.

Jemand fuhr weg. Zu dieser nächtlichen Stunde?

Nick trat in Cissys Zimmer ans Fenster und sah die Heckleuchten von Alex' Jaguar, der vor dem elektronisch gesteuerten Tor wartete, bis es sich öffnete. Der Wagen fuhr rasant an und verschwand mit hoher Geschwindigkeit den Berg hinunter. Nick sah auf die Uhr. Es war nach halb zwei morgens.

Wohin zum Teufel fuhr sein Bruder?

Er wollte sich mit jemandem treffen.

Aber mit wem? Und warum?

Es hat mit Marla zu tun.

Die nächsten paar Tage verbrachte Marla in einem Nebel von Tabletten und Schmerzen. Ihre verkümmerten Kiefermuskeln wurden langsam wieder kräftiger. Tom war, wie Alex ihr versichert hatte, immer rasch mit Medikamenten zur Stelle oder mit zerkleinertem Essen, das sie kaum schlucken konnte, und kaum dass ihr Kopf einmal klarer wurde, setzte gleich wieder die Benommenheit ein. Die Jalousien waren geschlossen, eine Lampe stark gedimmt, und ihr Zimmer wirkte auf sie mehr wie eine Totenkammer als wie ein Schlafraum.

Sie konnte den Tag nicht von der Nacht unterscheiden, hatte keine Kraft, konnte sich kaum bewegen.

Doch sie spürte, dass etwas nicht mit rechten Dingen zuging. Jedes Mal, wenn sie anfing, wieder klar zu denken, Kraft zu schöpfen, hüllte der Nebel ihren Verstand erneut ein, und sie war verloren. Orientierungslos. Die Bewusstlosigkeit kam und ging; Marla empfand nichts als trostlose, tiefe Verzweiflung.

»Keine Tabletten mehr«, verlangte sie erschöpft am zweiten Tag – oder war es der dritte? »Ich bin … zu weggetreten.«

»Aber Sie sind auf dem Weg der Genesung.« Tom half ihr, etwas zu essen, das an Erbsensuppe erinnerte.

»Nein … Da stimmt etwas nicht …« Doch er ließ nicht locker, und als sie sich bei Alex beschwerte, streichelte er ihr den Kopf und behauptete, sie mache große Fortschritte. Doch Marla war benebelt, stand unter Drogen, und abgesehen von gelegentlichen Gängen zur Toilette war sie weitgehend ans Bett gefesselt.

»Ich bin in großer Sorge um sie«, erklärte Eugenia, als sie Marla mit dem Baby besuchte. Marla sehnte sich danach, den kleinen James in den Armen zu halten, doch sie konnte sich nicht bewegen, konnte sich nicht einmal aufrichten. »Sollten wir nicht Dr. Robertson hinzuziehen?«

»Ich habe bereits mit Phil gesprochen«, versicherte Alex. »Alles verläuft normal.«

»Das glaube ich nicht.« Eugenia schüttelte den wohlfrisierten Kopf. Auch Marla wollte etwas sagen, schlief jedoch gleich wieder ein.

»Marla ist erschöpft. Sie muss ruhen, deshalb hat Phil ihr Tabletten gegen die Schmerzen und ein leichtes Beruhigungsmittel verschrieben, um sicherzugehen, dass sie wieder zu Kräften kommt.«

»Aber …«

»Pssst. Lass sie schlafen.« Alex scheuchte seine Mutter aus dem Zimmer, doch Marla hörte ihn noch sagen: »Ich habe mit Phil gesprochen. Ihre Reaktion ist ziemlich normal, aber er verschreibt Marla jetzt andere Schmerzmittel, die sie nicht so benommen machen.«

Die Vorstellung von anderen Medikamenten machte Marla Mut, aber im Grunde war es ihr bereits einerlei, selbst wenn sie die Augen einen Spalt öffnete und Cissy an ihrem Bett stehen sah, mit besorgter Miene, die Schneidezähne in die Unterlippe gegraben. »Mensch, Mom, wirst du überhaupt wieder gesund?«

»Ja«, brachte Marla mühsam, mit schwerer Zunge, heraus. »Ich ... werde ... gesund ...« Sie schlief gleich wieder ein, spürte aber noch, wie ihr ein Speichelfaden aus dem Mundwinkel rann. Sie schlief stundenlang ... oder waren es nur Minuten ... oder gar ein Tag ..., bis sie wieder eine Stimme hörte. Nicks Stimme.

»Hier stimmt was nicht.«

Marla öffnete mühsam die Augen und blickte in sein besorgtes Gesicht. Sie erkannte seine scharfen Züge und den beunruhigten Zug um die schmalen Lippen. »Ich bringe sie zum Arzt.«

Doch sie beide waren nicht allein im Zimmer – aus dem Schatten trat der verdammte Pfleger in Marlas Blickfeld. »Mr Cahill hat strikte Anweisung gegeben, dass sie nicht gestört werden darf«, wandte Tom ein. Nick warf ihm einen vernichtenden Blick zu.

»Pech.« Er stopfte Marlas Slipper in seine Jackentasche.

»Ich bin für Mrs Cahill verantwortlich«, wand Tom ein.

»Was Sie nicht sagen.« Sanft hob Nick Marla auf die Arme und trug sie zum Aufzug. Marla protestierte nur schwach.

»Das dürfen Sie nicht!«, schrie Tom ihm nach.

»Oh, doch.« Die Türen öffneten sich, sie traten in die Aufzugkabine. Dabei streifte Marlas Blick flüchtig den Pfleger. Sein Gesicht hatte vor Wut rote Flecken, die Lippen waren schmal und weiß. Dann schloss sich die Tür.

»Du brauchst mich nicht zu tragen«, protestierte sie.

»Ach, das macht mir doch nichts aus.«

Sie erreichten das Erdgeschoss und verließen das Haus

durch den Haupteingang. Draußen war es frisch, die Morgenluft bereits winterlich kalt. Nick stieg die Stufen hinunter. Lars trat zwischen zwei alten Rhododendren hervor und stellte sich, eine Harke in der Hand, Nick in den Weg.

»Was tun Sie da?«, fragte er.

»Ich bringe Mrs Cahill zum Arzt.« Nick drängte sich an ihm vorbei. Marla, die sich albern und zimperlich vorkam, versuchte, sich aus seinen Armen zu befreien, doch er hielt sie fest.

»Weiß Mr Cahill davon?«, erkundigte sich Lars misstrauisch.

»Das will ich hoffen.« Nicks Gesicht wirkte abgespannt und kantig, sein Blick war unerbittlich. Unbeirrt stapfte er weiter zu seinem Pick-up. »Ich hoffe, jemand war geistesgegenwärtig genug, dem Scheißkerl mitzuteilen, dass ich seine Frau ins Krankenhaus bringe.«

»Das ... das ist doch lächerlich. Ich kann selbst gehen«, versicherte Marla, obwohl sie keineswegs sicher war, dass ihre Beine sie tragen würden und ihr benebelter Verstand richtig arbeitete.

»Das wage ich zu bezweifeln.«

»Wirklich.« Doch noch während sie das sagte, fiel ihr der Kopf in den Nacken. Es ärgerte sie maßlos, andere über ihr Schicksal bestimmen zu lassen. »Ich ... Ich gehe nicht wieder ins Krankenhaus.«

»Ich finde, es ist Zeit, dass wir einen anderen Arzt für dich auftreiben.«

Allmählich wurde ihr Kopf klarer. Nick öffnete die Tür des Dodge. Er nahm ihre Slipper aus der Tasche und warf sie in den Fußraum, dann zog er seine Jacke aus und legte sie

Marla um die Schultern. »Widersprich mir nicht«, sagte er und schlug die Tür zu.

»Ich finde, ich sollte selbst über mich entscheiden dürfen«, entgegnete sie und öffnete das Fenster einen Spalt. Im selben Moment hörte sie Motorengeräusche und sah durch die beschlagene Frontscheibe Alex' Jaguar. »Na, wunderbar«, flüsterte sie. Ihr Mann stieg mit wutverzerrtem Gesicht aus dem Wagen, schnippte seine Zigarettenkippe ins Gebüsch und stapfte auf Nick zu.

»Was zum Teufel ist hier los?«, rief Alex seinem Bruder entgegen.

Nick stand breitbeinig vor seinem Pick-up, die Arme vor der Brust verschränkt, und antwortete nicht.

»Was soll das?«, fragte Alex erneut.

»Ich bringe deine Frau zum Arzt.«

»Das ist nicht nötig. Phil ist schon auf dem Weg hierher.«

»Hierher?«, fragte Nick ungläubig. »Er macht einen Hausbesuch?«

»Ja, ja. Also, was fehlt Marla?« Alex wollte zur Beifahrertür des Pick-ups gehen, doch Nick hielt ihn am Arm zurück und stellte sich entschlossen zwischen Alex und den Wagen.

»Nichts. Jedenfalls nichts, was ein vernünftiger Arzt und entschieden weniger Tabletten nicht heilen könnten.«

Alex' Nasenflügel blähten sich. Mit einem Ruck befreite er seinen Arm aus Nicks Griff. »Das hier hat doch nichts mit Phil zu tun.«

»Von wegen. Er ist es doch, der ihr Überdosen verschreibt. Es ist seine Schuld.«

»Nein, es ist meine Schuld«, gab Alex mit einem Anflug von Trotz zu. »Ich wollte, dass Marla sich schont und ausruht.

Damit sie sich erholt. Phil hat nur getan, worum ich ihn gebeten habe.«

»Hätte Marla das nicht selbst entscheiden sollen?«

»Wahrscheinlich, aber sie war so verstört und verängstigt, dass ich die Sache in die Hand nehmen musste. Vergiss nicht, sie hatte Halluzinationen – Eindringlinge in ihrem Zimmer, verdammt noch mal«, sagte Alex. »Ich dachte, sie bräuchte einfach etwas Zeit, um zur Ruhe zu kommen.«

»Du arroganter Scheißkerl«, knurrte Nick.

»Aber das spielt jetzt keine Rolle mehr. Ich habe Phil angerufen, er gibt ihr andere Medikamente, und morgen früh sollte sie wieder einen klaren Kopf haben.«

»Das hoffe ich für dich. Sonst ...«

»Sonst ...? Willst du mir drohen, Nick? Gut, ich habe einen Fehler gemacht. Aber ich gestehe ihn ein.« Er ging um seinen Bruder herum zum Pick-up. »Marla? Sieh mal, es tut mir leid. Du hast sicher gehört, worüber wir gerade geredet haben. Ich habe einen Fehler gemacht.«

»Einen großen«, entgegnete sie wütend und blickte ihm durch das halbgeöffnete Fenster fest in die Augen.

»Ich sagte doch, es tut mir leid. Okay? Phil wird in wenigen Minuten hier sein. Er will dich untersuchen und einen Teil deiner Medikamente absetzen. Vertrau mir einfach.«

Kommt nicht in Frage, dachte sie. *Nie im Leben werde ich dir vertrauen.* In diesem Moment fuhr ein Cadillac mit schnurrendem Motor durch das offene Tor. Am Steuer saß Phil Robertson.

Nick sah ihm mit vernichtendem Blick entgegen, während der Arzt ausstieg. »Sie haben sich von meinem Bruder vorschreiben lassen, welche Medikamente Sie seiner Frau geben?«

»Wie bitte?«

»Irgendwelche Schlaftabletten? Sie haben ihm die Entscheidung überlassen?«, warf Nick ihm vor.

Alex packte seinen Bruder beim Ärmel. »Augenblick mal, Nick. Du hast keinen Grund, derart über Phil herzufallen.«

Marla zog ihre Slipper an, öffnete die Tür des Pick-ups und stieg aus. Sie war unsicher auf den Beinen, konnte sich aber, an die Tür gelehnt, aufrecht halten. »Ich möchte wissen, warum ich mich so ... benommen fühle, so taub ... warum ich einfach nicht richtig wach werde.«

Phil Robertson presste die Lippen zusammen. »Man hätte mich nicht erst heute rufen sollen.«

»Wie lange ist es her, seit ... ich bei Ihnen in der Klinik war?«

»Fünf Tage.« Der Arzt schlug den Kragen hoch.

»Fünf«, flüsterte Marla fassungslos.

»Gehen wir ins Haus. Ich untersuche Sie und gebe Ihnen etwas gegen die Schmerzen, was Sie nicht so orientierungslos und müde macht.«

»Ich will nichts«, entgegnete sie fest. Von jetzt an musste sie bei klarem Verstand sein, um jeden Preis. Sie konnte sich nicht darauf verlassen, dass Nick ihr immer wieder zur Hilfe kam. »Es wird schon gehen.«

»Ich finde, du solltest auf Phil hören. Er ist schließlich der Arzt.« Alex legte ihr den Arm um die Schultern.

Marla schüttelte ihn ab. »Nein, das finde ich nicht. Jetzt hör mir mal gut zu«, sagte sie. Ihr Kiefer begann bereits wieder zu schmerzen, da die Wirkung der Medikamente nachließ. »Ich bin eine erwachsene Frau. Ich entscheide selbst, was mit mir und mit meinem Körper geschieht.«

»Ich will nur dein Bestes«, beteuerte Alex, doch aus seinem Blick sprach keine Wärme. Er vergrub die geballten Fäuste in den Manteltaschen.

»Ach ja? Das glaube ich nicht. Hör endlich auf, mich wie eine empfindliche Treibhauspflanze zu behandeln.« Sie trug immer noch Nicks Jacke, den Pyjama und die Slipper. Trotz der Kälte warf sie Nick die Jacke zu, dann wandte sie sich zum Haus um, und ihre Beine schienen mit jedem Schritt an Kraft zu gewinnen.

Männer, dachte sie. *Wer braucht die?*

Sie stieg die Stufen hinauf und öffnete die Haustür, noch immer ein wenig benommen. Ein letzter Blick auf die Dreiergruppe verriet ihr alles, was sie wissen musste. Alex zog gerade mit wütender Miene seine Zigaretten hervor, Phil Robertson wirkte besorgt, runzelte die Stirn und presste die Lippen zusammen, und Nick schaute ihr nach. Seine blauen Augen wirkten herausfordernd, sexy und respektlos – der Ausdruck, der sie faszinierte, seit sie aus dem verdammten Koma erwacht war.

Er war der einzige Mann, dem sie vertrauen konnte.

Nie zuvor hatte Nick sich mit einer verheirateten Frau eingelassen; er hätte nicht einmal im Traum daran gedacht. Jetzt lag er auf dem Bett, starrte an die Decke und bemühte sich, nicht an Marla zu denken. Unmöglich. Sie hatte sich in seinem Bewusstsein eingenistet, ein verführerisches Bild, das ihm den Schweiß auf die Stirn trieb und ihn so erregte, dass es schmerzte. Es war still im Haus, wahrscheinlich schliefen alle anderen längst. Nick wälzte sich herum, versuchte, andere Gedanken als die an Marlas verführerische Augen heraufzubeschwören, doch es gelang ihm nicht.

Und sie schläft nur ein paar Türen weiter.

Aber sie war Alex' Frau.

Die Ehe ist ohnehin schon zerrüttet. Das sieht man doch. Er beachtet sie kaum, sie erinnert sich nicht an ihn – und sie will dich genauso wie du sie. Los, raus aus dem Bett! Sieh nach, wie es ihr geht.

Seine Eingeweide krampften sich zusammen. Schließlich warf er die Bettdecke von sich – es war Wahnsinn ... Er zog eine Jeans an, öffnete die Tür und trat in den Flur hinaus, wo die Notbeleuchtung trübe, kaum sichtbare Lichtpfützen auf den Teppich warf. Nick ging geradewegs zur Tür von Marlas Suite und legte die Hand auf den Knauf. Dann hielt er inne. Was sollte er sagen? Was tun? Nichts. Er konnte nichts tun, verdammt.

Er biss die Zähne zusammen, ging hinunter ins Erdgeschoss und schenkte sich einen Drink ein. Was wäre der Preis seiner Lust? Eine zerstörte Familie? Zwei Scheidungskinder? Marla würde niemals mit ihm nach Oregon ziehen, und er war nicht einmal sicher, ob er das gewollt hätte. Er wollte sie nur noch einmal küssen und berühren, diese knisternde Verbindung zu ihr spüren, wie damals vor fünfzehn Jahren.

Und du würdest liebend gern Alex eins auswischen, ihm einiges heimzahlen, gib's zu. Es passt dir nicht, wie er sie behandelt, und außerdem hast du es nie ganz verwunden, dass sie dir wegen deines Bruders den Laufpass gegeben hat.

»Verdammte Scheiße.« Nick stürzte seinen Drink hinunter, wischte sich mit dem Handrücken den Mund ab und stieg die Treppe wieder hinauf. Herrgott, wie dumm war er denn? Auf dem Weg zu seinem Zimmer sah er, wie sich die Tür zur Suite öffnete und Marla in den Flur trat.

»Oh!« Sie riss die Augen auf und griff sich an die Brust. »Nick«, flüsterte sie. »Du hast mich fast zu Tode erschreckt.«

»Entschuldige. Ich konnte nicht schlafen.«

»Ich auch nicht. Ich glaubte, ich hätte Cissy im Flur gehört.«

»Das war ich.«

»Ach ja.«

»Tut mir leid, wenn ich dich enttäuscht habe.«

»Das hast du nicht.« Marla sah sich verlegen um. Himmel, sie war so schön in ihrem Seidenpyjama, der ihr eine Nummer zu groß zu sein schien, mit dem zerzausten Haar und den verschlafenen Augen.

»Ich ... ich würde gern mit dir reden«, sagte sie schließlich. Nick hatte Mühe, den Blick vom V-Ausschnitt ihres Pyjamas abzuwenden. Ihre Halsgrube war sichtbar, diese weibliche Eigenheit, die er so faszinierend fand, genauso verlockend, wie er sie in Erinnerung hatte.

»Ich lade dich zu einem Drink ein. Unten wartet eine gut gefüllte Bar.«

»Genau das, was ich jetzt brauche, vollgepumpt mit Medikamenten, wie ich bin«, witzelte sie und lächelte ihm zu. »Augenblick, ich hole rasch meinen Morgenmantel.« Im nächsten Augenblick war sie in ihrer Suite verschwunden. Nick gab sich im Geiste einen Fußtritt. Was er tat, war Wahnsinn. Gefährlich.

Doch er konnte nicht anders. Als sie kurz darauf in einem zum Pyjama passenden Negligé wiederkam, nahm er den Duft ihres Parfüms wahr, und seine Eingeweide zogen sich zusammen. Mit leisem Klicken fiel die Tür ins Schloss. Marla band den Gürtel ihres Negligés fest zu, und sie stiegen die Treppe hinunter ins dunkle Wohnzimmer. Regen lief in Rinnsalen über die alten Fensterscheiben. Unten angekommen, riss Nick ein Zündholz an und hielt es unter das im Kamin aufgeschichtete Holz, dann schenkte er sich einen Drink ein. Marla blieb beim Feuer stehen und spielte nervös mit dem Gürtel ihres Negligés.

Das Zimmer, das nur vom flackernden Schein der Flammen erhellt war, schien um sie herum zu schrumpfen.

»Kann ich dir wirklich nichts anbieten?«, fragte Nick und ließ Eiswürfel in sein Stumpenglas fallen.

Sie zögerte, wich seinem Blick aus. »Vielleicht einen Brandy. Einen kleinen.«

Er grinste, griff nach einem Schwenker und goss ein wenig von der bernsteinfarbenen Flüssigkeit hinein. »Braves Mädchen«, sagte er. Dann sah er ihre Reaktion – sie biss sich nervös auf die Unterlippe. Er reichte ihr das Glas und stieß mit ihr an. »Auf bessere Tage.«

»Und Nächte«, ergänzte sie, trank einen kleinen Schluck und sah Nick über den Rand ihres Glases hinweg aus großen grünen Augen an. Ihr Gesicht war verheilt, die Narbe am Haaransatz war kaum noch zu sehen, und ihr Haar umschmeichelte ihr Gesicht in kurzen mahagonifarbenen Wellen.

»Also, was ist los, Marla?«

»Ich ... ich will wissen, was passiert ist. Ich war fünf Tage lang nicht richtig bei mir, und das Einzige, woran ich mich erinnere, sind Bilder von Leuten, die in meinem Zimmer ein und aus gehen ... nichts Besonderes. Vielleicht könntest du mich auf den neuesten Stand bringen? Hat schon jemand Kontakt zu Pams Familie aufgenommen?«

»Nicht, dass ich wüsste. Aber ich habe ja auch bis über beide Ohren in den Büchern der Firma gesteckt.«

»Und was hast du herausgefunden?«

»Wenn Alex nicht drastische Maßnahmen ergreift, geht Cahill Limited pleite.«

»Aber es ist ein riesiges Unternehmen«, wandte Marla ein. Nick beobachtete, wie sich ihre Lippen teilten, als sie erneut an dem Brandy nippte.

»Na ja. Es ist in privater Hand und im Grunde gar nicht so groß – nicht für heutige Verhältnisse.«

»Ist eine Rettung möglich?«

»Ich glaube schon. Mit Einsparungen an den richtigen Stellen. Sofern Alex dazu bereit ist.«

»Er scheint doch unentwegt zu arbeiten«, sagte Marla, ging zum Fenster und blickte hinaus auf die Lichter am Berg. »Dauernd muss er zu irgendwelchen Konferenzen. Entweder im Büro oder im Vorstand des Krankenhauses oder von Cahill House.«

»Vermisst du ihn?«, fragte Nick. Marla zögerte, dann schüttelte sie den Kopf.

»So traurig es sein mag, nein. Ich habe irgendwie gar keine Beziehung zu ihm.« Nick sah, wie sich ihr Nacken rosig färbte – das Eingeständnis war ihr offenbar peinlich. »Ich kann es nicht erklären.«

»Alex ist nicht leicht zu verstehen.«

»Du auch nicht«, bemerkte sie und warf ihm über die Schulter einen Blick zu, der ungewollt provozierend wirkte. Ihr Negligé verrutschte etwas, und Nicks Augen wurden von ihrem schlanken Hals und der seidigen Haut ihrer Schulter angezogen. Wie gern hätte er sie an dieser Stelle geküsst.

»Woher willst du das wissen? Du erinnerst dich doch nicht.«

»Weibliche Intuition«, entgegnete sie. »Du hast etwas an dir, was Frauen spüren. Eine Rastlosigkeit. Du gibst dich mit vielem im Leben nicht zufrieden, glaube ich. Und du lässt nicht locker. Wenn du etwas haben willst, dann nimmst du es dir.«

»Nicht immer.«

»Oh, doch«, widersprach sie.

»Ich will dich.«

Unter der Seide straffte sich ihr Rücken, sie senkte den Kopf und sah zu Boden.

»Warum wohl?«, fragte Nick, trat einen Schritt auf sie zu und verfluchte sich gleichzeitig selbst dafür. Er hatte sich geschworen, immun gegen ihre Reize zu bleiben, sie nie wieder an sich heranzulassen, doch mit jedem Tag, der verging, fühlte er sich stärker zu ihr hingezogen, wuchs seine Faszination. Immer wieder führte er sich selbst die Risiken vor Augen, und doch – wenn er der Wahrheit ins Auge sah, wünschte er sich nichts sehnlicher, als sie zu berühren, zu küssen, zu streicheln und sich tief in ihrer Weiblichkeit zu verlieren.

»Habe ich dich damals vor all den Jahren so sehr verletzt?«, fragte Marla, den Blick auf die Rinnsale an der Scheibe gerichtet.

»Es war meine eigene Schuld.« Noch einen Schritt näher.

»Aber du bestrafst mich.«

»Wie?«

»Indem ... indem du mich auf Distanz hältst.« Sie kehrte ihm immer noch den Rücken zu, hatte den Drink auf der

Fensterbank abgestellt. Die Hände aufgestützt, blickte sie durch die regennasse Scheibe.

»Reiner Selbstschutz, Marla. Ein animalischer Urinstinkt.« *Wie die anderen, die du in mir wachrufst.* Er war ihr jetzt so nahe, dass er den Duft ihrer Haut riechen, die feinen Härchen in ihrem Nacken sehen konnte, und er fragte sich, welche Geheimnisse sich unter der Seide, die sie umhüllte, verbergen mochten.

»Du hast mir das Leben gerettet«, sagte sie atemlos, als spürte auch sie seine Nähe, ganz dicht in ihrem Rücken. Der Duft ihres Parfüms stieg ihm in die Nase; es roch schwach nach Lavendel und erinnerte ihn daran, wie lange er keine Frau mehr gehabt hatte.

»Das Leben gerettet? Vielleicht, vielleicht auch nicht. Ich habe getan, was getan werden musste. Bausch die Sache nicht unnötig auf, okay? Versuche nicht, mich zum Helden zu stilisieren. Glaub mir, ich bin kein Held.«

»Du gibst dir große Mühe, deine Umgebung davon zu überzeugen.«

»Das ist nicht schwer«, erwiderte er, und wohl wissend, dass er einen fatalen Fehler beging, legte er die Hände um ihre Schultern, fühlte glatte Seide und geschmeidige Haut. Er spürte, wie sie unter seiner Berührung erbebte, hörte sie scharf einatmen, doch sie machte keine Anstalten, sich ihm zu entziehen.

Der Feuerschein spielte auf ihrem Haar und vergoldete ihre Haut, das unschuldige Pink ihre Negligés verwandelte sich in ein warmes Pfirsichrosa, während die Berührung seiner Hände an ihren Schultern mal fester, mal sanfter wurde. Mit einem leisen Stöhnen lehnte Marla sich an ihn, und er senkte den Kopf, drückte die Lippen auf ihren Nacken. Begehren loderte in ihm auf, konzentrierte sich zwischen seinen Beinen, ließ ihn an nichts anderes denken als an den schieren sinnlichen Genuss dieser Frau. Heiß. Feucht. Gefährlich lasziv. Und so verboten.

»Nick«, flüsterte sie so leise, dass er nicht sicher war, ob er es sich nicht nur eingebildet hatte.

In dem Wissen, dass er zu weit ging, überließ er sich ganz seinen Sinnen, liebkoste ihren Nacken, schmeckte ihre heiße Haut, streifte den seidigen Stoff von ihrem Körper. Er fuhr mit der Zunge über ihre Schulter, und sie erbebte. Er griff um ihre Taille, fand den Gürtelknoten des Negligés und löste ihn.

Marla spürte seine Glut. Sie schmiegte sich an ihn, hob eine Hand und fuhr mit den Fingern durch sein Haar. Er bedeckte ihren Arm vom Handgelenk aufwärts mit Küssen, so dass ihre Nerven vibrierten, und sie vergaß, dass sie sich geschworen hatte, niemals seiner unverhohlen erotischen Ausstrahlung zu verfallen. Ihn zu lieben würde ihr nur Herzeleid bringen, mit ihm zu schlafen würde ihr Leben zerstören.

Der Knoten löste sich.

Der Stoff schlug auseinander, darunter trug sie den Seidenpyjama.

Nick stöhnte frustriert, dann begann er ihre Pyjamajacke aufzuknöpfen. Seine Finger glitten darunter, und Marla rang nach Luft, als sie die Wärme seiner Berührung spürte, als seine Hände glutheiß unter ihre Brüste griffen. Ihre Haut prickelte; sie ließ den Kopf zur Seite sinken und bot seinen gierigen Lippen ihren Hals.

Tief im Inneren spürte sie einen Schmerz, eine Sehnsucht. Die Pyjamajacke glitt zusammen mit dem Negligé von ihren Schultern und bauschte sich um ihre Taille. Nick leckte ihre Ohrmuschel, und sein drahtiges Brusthaar streifte ihre Schultern, als er sie fest an sich zog. Sie schmiegte sich noch enger an ihn und spürte seine Erektion zwischen ihren Pobacken. »Hmmm«, stöhnte sie leise und rieb sich an ihm, während seine Hände ihre Brüste kneteten, die Daumen die Spitzen rieben. Sein Atem ging schnell und heiß. Schweiß glänzte auf ihrer Haut. Das Blut rauschte heiß durch ihre Adern.

»Marla, o Gott, Marla ... Ich will ... will nicht ...« Er bewegte sich an ihr, hart unter der Jeans, die sich an der Seide ihrer Pyjamahose rieb. Sie reagierte unwillkürlich, kam ihm umso mehr entgegen, je heftiger er sich an sie drängte. Ein Teil von ihr wusste, dass sie den größten Fehler ihres Lebens beging, dem anderen Teil war es egal.

Du bist verheiratet, um Gottes willen!

Aber die Ehe war eine Farce.

Du bist Mutter!

Aber ich will diesen Mann, ich fühle mich ihm verbunden, fühle eine Sehnsucht, die nur er stillen kann.

Verwechsle nicht Lust mit Liebe, Marla!

Er streichelte tiefer, über die glatte Seide, über ihren Nabel, bis seine kräftige Hand sich über den Venushügel legte und seine Finger zwischen ihre Beine griffen. Er drückte sie fest an sich, ließ sie sein Verlangen, seine Glut spüren, bis sie vor Begehren bebte. Durch die Seide hindurch berührte er sie, tastete, rieb, entfachte ein weißglühendes Feuer. Ihre Haut prickelte, in ihr war ein pochendes Sehnen.

Marlas Knie gaben nach, als seine Lippen ihre Wange und ihr Kinn streiften. Sie schloss die Augen, legte den Kopf in den Nacken, ließ ihn ihre Schulter und ihren Hals küssen. Ihr Herz klopfte unregelmäßig, ihr Atem ging in flachen, verzweifelten Stößen. Sie wollte ihn, wollte sich in seinen Armen umdrehen, seine harten Brustwarzen spüren, die Muskeln seines Oberkörpers streicheln. Verzweifelt drängte es sie, die bittersüße Vereinigung seines Körpers mit dem ihren zu erleben.

Bilder schossen ihr durch den Kopf, Bilder von ihm, nackt, schwitzend über ihr. Feste, sehnige Schenkel, sein muskulöser Rücken, ihre Finger, die sich in seine Gesäßbacken gruben, er stieß heftig ... lange ... immer und immer wieder in sie hinein ... Himmel ... alles drehte sich ...

»Marla«, flüsterte er mit vor Verlangen heiserer Stimme. »Das hier ist ganz falsch ... Ich ... wir ... ich ... sollte ...«

Sie konnte nicht denken ... konnte nicht atmen. Ihr war heiß, Schweißtropfen standen auf ihrer Stirn, rannen ihr über den Rücken, ihre Haut war feucht. Seine Lippen, o Gott, könnte sie sich doch nur umdrehen und ihn küssen, den Reißverschluss seiner Hose öffnen und ...

Irgendwo im Stockwerk über ihnen knarrte eine Tür und schloss sich mit einem Klicken.

Nick erstarrte.

Marlas Kopf war mit einem Schlag wieder klar.

Was um alles in der Welt trieb sie da?

Nick ließ sie los, und sie fühlte sich wie geschmolzen. Ihr Negligé und die Pyjamajacke glitten zu Boden, sie hob beides hastig auf. »Verdammt«, flüsterte er und durchquerte leise das Zimmer, um Abstand zwischen Marla und sich zu bringen. Der Aufzug surrte.

Marla zog Pyjamajacke und Negligé an, schloss die Knöpfe und band den Gürtel fest zu. Wie sollte sie ihr Aussehen erklären, ihr wirres Haar, das gerötete Gesicht, die zerknitterte Kleidung und das Verlangen, das unzweifelhaft in ihren Augen brannte? Was war ihr nur eingefallen? Warum hatte sie dieser gefährlichen, verbotenen Verlockung nachgegeben?

Nick trat vor, packte ihren Arm und zog sie in eine Nische beim Erkerfenster. Sein Blick aus den immer noch leicht glasigen Augen fing ihren ein, er legte einen Finger an die Lippen.

Ihr Herz hämmerte, ihre Gedanken wirbelten durcheinander. Man würde sie ertappen, und dann ... Oh, wie sollte sie vor ihrer Tochter, ihrer Schwiegermutter ... oder ... vor ... ihrem Mann für ihre Gefühle geradestehen?

Dirne. Isebel. Hure. All die archaischen verdammenden Worte brannten in ihrem Bewusstsein.

Der Aufzug hielt in der Garage im Untergeschoss. Über das wilde Pochen ihres Herzens hinweg hörte Marla, wie sich das Garagentor öffnete und ein starker Motor angelassen wurde.

»Alex«, flüsterte Nick an ihrem Ohr und zog sie neben das Fenster, von wo aus sie die Bremslichter des Jaguar rot im Regen aufleuchten sahen. Das Tor öffnete sich, und der Wagen ihres Mannes raste hindurch.

»Wohin er wohl fährt?«, fragte Marla.

»Wahrscheinlich trifft er sich mit jemandem.«

»Mit wem?«

»Ich weiß nicht, aber es muss etwas sein, was das Tageslicht scheut. Nach Mitternacht geschieht nichts Gutes.«

»Ich glaube, das haben wir selbst gerade bewiesen«, bemerkte Marla, wütend auf sich selbst. Wie hatte sie so dumm, so idiotisch sein können, ihren niedersten Bedürfnissen nachzugeben? »Ich muss jetzt schlafen gehen.« Sie zögerte, dann fügte sie hinzu: »Allein.« Sie ging zur Tür, doch Nick packte sie am Handgelenk.

»Ich werde mich nicht entschuldigen, Marla«, sagte er mit herausforderndem Blick.

Sie hob das Kinn. »Gut. Ich auch nicht.« Dann, bevor sie etwas sagen konnte, was sie später bereuen würde, drehte sie sich um und lief, zwei Stufen auf einmal nehmend, die Treppe hinauf in ihr schützendes, makellos eingerichtetes und ach so kaltes Schlafzimmer.

Schlampe! Sie war nichts anderes als eine verdammte dreckige Schlampe.

Er blickte am Haus hinauf. Regentropfen prasselten auf seinen unbedeckten Kopf, und seine Brille beschlug, während er zu dem Fenster aufblickte, wo er das Paar gesehen hatte. Der Mann hatte hinter ihr gestanden, sie gestreichelt, sie geküsst. Sein Gesicht blieb im Dunkeln. Durch die regennasse Scheibe hatte er sie aus einiger Entfernung beobachtet. Sein Fernglas bot ihm nicht das scharfe Bild, das er sich gewünscht hätte, doch er erkannte Marla, die zuließ, dass der Mann sie auszog und berührte, und auch wenn es zu dunkel war, um zu erkennen, wie weit die beiden gingen, hatte er doch einen Steifen bekommen, musste sich selbst befriedigen, konnte nicht warten, bis er derjenige war, der sie streichelte und berührte, mit rauhen Händen über diese herrlichen Brüste strich.

»Wart's nur ab, Baby«, flüsterte er. Als er sah, wie sich das Garagentor öffnete, lief er geduckt die Straße hinunter, spürte den Regen kalt im Nacken und wusste, dass es nur eine Frage der Zeit war, bis er an der Reihe sein würde.

Er leckte sich die Lippen.

Er konnte es kaum erwarten.

13.

Beinahe hättest du mit Nick geschlafen.

»Verdammt.« Marla lag noch im Bett und schlug mit der Faust auf die Matratze. »Was ist los mit dir?« Sie dachte an seinen heißen Atem in ihrem Nacken, und ihr Mund wurde trocken. »Dumme Kuh!«, schimpfte sie sich selbst, warf die Bettdecke von sich und ging barfuß ins Bad.

Sie zog sich aus, entschlossen, die erotischen Bilder aus ihrem Kopf zu verbannen, aber unter dem pulsierenden Strahl der Dusche, hinter der beschlagenen Glastür, musste sie dennoch an ihn denken, daran, wie sich seine Hände auf ihren Brüsten angefühlt, wie er den Seidenstoff ihres Pyjamas über ihre feuchte Haut gerieben hatte.

»Schluss jetzt!«, rief Marla, schamponierte rasch ihr Haar und stellte das Wasser so kalt ein, dass es alle lustvollen Gedanken aus ihrem Kopf vertrieb. Herrgott, sie machte sich selbst noch verrückter, als sie ohnehin schon war. »Sofern das überhaupt möglich ist«, murmelte sie. Schließlich drehte sie den Hahn zu, griff nach einem Badetuch, trocknete sich ab und stieg aus der Duschkabine. Sie war entschlossen, an diesem Morgen nicht mehr an Nick zu denken. Doch während sie Jeans und Pulli anzog, etwas Lippenstift und Wimperntusche auflegte und Mousse in ihre kurzen Locken knetete, jagten sie die Bilder von seinem nackten Oberkörper, den straffen Muskeln und den tief auf der Hüfte sitzenden Jeans mit der Wölbung im Schritt. Ein Durcheinander von Emotionen – Scham, Fassungslosigkeit, aber auch ein wenig

Befriedigung und ein Körnchen Hoffnung – brodelte in ihrem Inneren. Sie wusste, dass eine Beziehung mit ihrem Schwager von vornherein zum Scheitern verurteilt wäre.

Dennoch konnte sie das Gefühl seiner Lippen auf ihrer Haut, die Hitze seiner Berührungen und ihre eigene heftige, leidenschaftliche Reaktion auf ihn nicht vergessen.

Herrgott, was hatte sie sich nur dabei gedacht? Finster betrachtete sie sich im Badezimmerspiegel und zauste ihr nasses Haar mit den Fingern.

»Du hast überhaupt nicht gedacht«, hielt Marla ihrem Spiegelbild vor und hasste sich für das Fünkchen Mutwillen in ihren Augen. »Du hast heute Unmengen zu tun. Unmengen! Dir bleibt keine Zeit für romantischen Unfug.« Trotzdem fragte sie sich beim Anziehen der Tennisschuhe und auf dem Weg hinunter immer wieder, ob sie von Natur aus sinnlich und leidenschaftlich war oder nur, wenn es um Nick ging.

In Wahrheit ist es doch so, dass du ... nun ja, du hattest schon immer großes Interesse an anderen Männern. Alex' Vorwurf klang ihr noch in den Ohren.

»Nicht daran denken«, ermahnte sie sich. Sie hatte jetzt keine Zeit für Selbstbezichtigungen. »Richte den Blick nach vorn, in die Zukunft.«

Zum ersten Mal seit ihrem Erwachen aus dem Koma fühlte Marla sich lebendig. Voller Energie. Bereit, es mit der Welt aufzunehmen und herauszufinden, wer sie war, was in der Unfallnacht geschehen war und warum sie sich in ihrem eigenen Haus fremd und wie eine Gefangene fühlte. Am Vorabend hatte sie Phil Robertsons Entschuldigungen und das zornige Schweigen ihres Mannes über sich ergehen lassen, bevor sie Nick auf der Treppe traf, doch sie konnte Alex nicht verzeihen, dass er ihr fünf Tage ihres Lebens gestohlen hatte.

Schön, was er getan hat, war falsch. Aber das ist noch kein Grund, sich hinter seinem Rücken mit Nick einzulassen.

Was sie für Nick empfand, hatte nichts mit Alex zu tun. Sie bemühte sich, ihren rasenden Zorn zu unterdrücken. Sie hatte fünf Tage ihres Lebens verloren. Fast eine ganze Woche! Weil ihr Mann gefunden hatte, es sei das Beste für sie.

Blödsinn. Das war reiner Blödsinn.

Der Schmerz in ihrem Kiefer erinnerte sie daran, dass sie noch nicht vollständig genesen war. Marla füllte ein Glas mit Wasser und schluckte ein paar Aspirin. Der dumpfe Schmerz sollte sie nicht aufhalten. Sie kam gerade noch rechtzeitig in die Küche, um sich von Cissy zu verabschieden, und schon lief das Mädchen, den Rucksack nachschleifend, zur Tür hinaus.

Alex war, wie sie von Carmen erfuhr, bereits ins Büro gefahren. Marla fragte sich, ob er sich in der vergangenen Nacht überhaupt noch die Mühe gemacht hatte, nach Hause zu fahren. *Wohin war er gefahren? Wen hatte er getroffen? Warum zum Teufel fuhr er heimlich mitten in der Nacht weg?*

Sie würde es herausfinden. Sie musste sich nur noch entscheiden, ob sie ihn mit der Frage konfrontieren oder zunächst selbst ein wenig nachforschen sollte. Ihr Gefühl sagte ihr, dass sie eine recht gute Detektivin war, auch wenn sie nicht hätte sagen können, wieso. Aber das spielte keine Rolle. Sie war es gründlich leid, in diesem Haus die Opferrolle übernehmen zu müssen, die Rolle der armen, kranken Ehefrau und Mutter, die ihr Gedächtnis verloren hatte.

Auch das … alles nur Blödsinn.

»Und Nick?«, fragte Marla Carmen in der Küche, wo die Köchin bereits Fleisch für das Mittagessen marinierte. Die korpulente Frau mit den schweren Brüsten und den fröhlichen Augen rieb gerade Gewürze in ein großes Stück Rindfleisch.

»Er ist auch schon fort, in aller Frühe aufgebrochen. Und Mrs Eugenia hat sich von Lars zu einer morgendlichen Konferenz in Cahill House fahren lassen.« Carmens dunkle Augen funkelten. »Mrs Eugenia war nicht gerade erfreut, schon vor acht in die Stadt zu müssen.«

»Das kann ich gut verstehen.« Marla trank ihren Kaffee aus und stieg die Treppe hinauf in den ersten Stock, wo Fiona gerade James aus der Wiege hob.

»Überlassen Sie mir den Kleinen«, sagte Marla und wickelte und fütterte das Baby unter Fionas besorgten Blicken. »Sie können sich heute Vormittag ein paar Stunden freinehmen.«

»Aber es ist mein Job …«

»Meiner auch. Vielleicht gehe ich heute Nachmittag aus, deshalb möchte ich jetzt etwas Zeit mit James verbringen«, erklärte Marla lächelnd. »Es stört Sie doch nicht?«

»Natürlich nicht. Sie sind seine Mama.«

»Eben.«

»Ich bin dann bald zurück«, versprach das Mädchen, offensichtlich erfreut über die unverhoffte Freizeit.

»Danke.«

Marla badete ihren Sohn, und es war so schön zu beobachten, wie seine Augen glänzten und er mit Armen und Beinen im warmen Wasser strampelte und dabei gurrende

Laute ausstieß. Für sie war er das wunderbarste Kind unter der Sonne. »Ja, das bist du«, sagte sie und stupste sein Bäuchlein mit einem Finger an, »auch wenn dein Daddy ein ausgemachter Idiot ist.« Das Baby lächelte und hob ein Fäustchen, als hätte es verstanden. Marlas Herz wurde schwer – warum konnte sie nicht einfach mit ihrem Mann und den Kindern glücklich sein, warum konnte sie nicht akzeptieren, dass dies ihr Leben war, und zwar ein wunderbares, zauberhaftes, privilegiertes Leben, um das die meisten Frauen sie beneiden mussten?

Vergiss Nick.

Vergiss alles, was dich beunruhigt.

Genieß das Leben, Marla!

Aber sie konnte es nicht. Ja, sie konnte sich an ihrem Baby und an ihrer Tochter erfreuen, aber sie musste noch so viel mehr wissen. Sie hüllte ihren Sohn in ein Handtuch, trocknete ihn ab, puderte ihn und zog ihm einen blauen Strampelanzug an, aus dem er bereits herauswuchs. »Du bist so ein großer, großer Junge«, sagte sie und trug ihn ins Wohnzimmer im Erdgeschoss.

Es war still im Haus. Da alle ausgegangen waren, hatte Marla Gelegenheit, einiges zu unternehmen, wozu sie allein sein musste. Sie legte das Baby ins Laufställchen und griff nach dem Telefon.

Sekunden später war Marla mit der Polizeibehörde von San Francisco verbunden, doch dort versprach man ihr nur, eine Nachricht für Detective Paterno zu hinterlassen, da er nicht im Hause sei. Sie bat um Rückruf und legte auf. Als Nächstes rief sie die University of California in Santa Cruz an, um sich nach Pams Tochter zu erkundigen.

»Es tut mir leid, aber bei uns ist niemand mit dem Namen Delacroix eingeschrieben«, teilte die Frau im Studentensekretariat ihr mit tonloser Stimme mit.

Na toll. Marla trommelte mit den Fingern auf die Armlehne des Sofas. James lag auf dem Rücken und gurrte, zufrieden mit sich und der Welt.

»Vielleicht hat sich das Mädchen unter einem anderen Namen eingeschrieben«, sagte Marla, überlegte angestrengt und versuchte, sich an irgendetwas, *irgend*etwas im Zusammenhang mit Pam oder ihrer Tochter zu erinnern.

»Dann bräuchte ich diesen Namen, aber selbst wenn sie hier studieren sollte, dürfte ich Ihnen keine Auskünfte geben. Datenschutz«, erwiderte die Dame am anderen Ende der Leitung.

Auch Marlas weitere Fragen trugen nichts dazu bei, den Aufenthaltsort des Mädchens ausfindig zu machen. Schließlich beendete Marla das Gespräch. So kam sie nicht weiter. Sie wollte einen Blick auf ihre Uhr werfen, stellte jedoch fest, dass sie gar keine trug.

Das war merkwürdig. Sie war sicher, dass sie immer eine getragen hatte ... Himmel, unter all dem Schmuck in ihrem Zimmer würde sich doch sicher auch eine Armbanduhr finden. Die Uhr am Videorekorder zeigte an, dass es auf Mittag zuging.

Das Baby im Arm, stieg Marla die Treppe hinauf und kramte in ihrem Zimmer in dem Schmuckköfferchen, bis sie zwischen Ohrringen und Armbändern wie erwartet eine Uhr fand, mit einem Gliederarmbad aus Metall. Als sie danach griff, stutzte sie, denn dort, versteckt unter einem Paar Perlohrsteckern und einem silbernen Armband, lag ein

Ring, ein hinreißender Ring. Die Facetten des blutroten Steins funkelten.

»Das ist doch nicht möglich«, flüsterte sie, nahm den Ring und legte ihn in ihre Handfläche. Unmöglich, dass sie ihn bei ihrer früheren Suche übersehen haben sollte. Mindestens ein halbes Dutzend Mal hatte sie in dem Köfferchen gekramt, und der Stein war zu groß, als dass sie ihn hätte übersehen können.

Marla steckte ihn an den Ringfinger ihrer rechten Hand. Er fühlte sich schwer und störend an, war zu groß, glitt über den Fingerknöchel. *Natürlich ist er zu groß; seit dem Unfall hast du abgenommen. Sämtliche Kleider sind dir eine Nummer zu groß. Da liegt es nahe, dass der Ring und wahrscheinlich auch die Uhr nicht mehr richtig passen.*

Entweder das, oder sie haben mir überhaupt nie gehört.

Sie schaute in den Spiegel über ihrem Schminktisch. Eine blasse Frau mit kurzem Haar, grünen Augen und hohen Wangenknochen blickte ihr entgegen. Die Blutergüsse waren verblasst, und abgesehen von einer kleinen Schwellung an den Wangen – Überbleibsel des Vorfalls, bei dem Nick die Drähte hatte zerschneiden müssen – war sie wieder sie selbst. Mit ihrem Baby. Dieser Teil ihres Lebens war stimmig. Doch der Rubinring passte nicht ins Bild, auch wenn sie eine leise Ahnung hatte – nur den Hauch einer Ahnung –, dass sie dieses Schmuckstück schon einmal gesehen hatte.

Bei jemand anderem? Bei wem?

Sie untersuchte den Inhalt der Schmuckschatulle. Die meisten Ohrringe, Broschen und Armreifen waren nicht wertvoll, stammten möglicherweise sogar aus einem Kaufhaus … Aber nicht dieser Ring. Sie wusste intuitiv, dass er ein kleines Vermögen wert war.

Warum bewahrte sie ihn in ihrem Zimmer auf?

Jemand hat ihn in das Schmuckkästchen gelegt, du Dummchen. Du hast ihn irgendjemandem gegenüber erwähnt, und daraufhin hat derjenige ihn zurückgelegt, oder er hat mit jemand anderem darüber gesprochen, und der hat ihn zurückgelegt. Weil jemand versucht, dich in den Wahnsinn zu treiben, oder nicht will, dass du hinterfragst, wer du bist.

Warum?

Sie ließ den Ring kurzerhand zurück in das Schmuckkästchen fallen und legte sich die Uhr ums Handgelenk. Ja, das Armband war zu weit, aber Marla nahm es hin.

James gähnte und fing an zu quengeln. Sie gab ihm einen Kuss aufs Köpfchen, ehe sie ihn in die Wiege legte. Dann sah sie zu, wie ihm die Augen zufielen und er den Daumen in den Mund steckte. Als er eingeschlafen war, ging sie hinaus in den Flur. Vor dem Gästezimmer blieb sie stehen. Die Tür stand einen Spalt offen, und sie sah eine Reisetasche in einer Ecke, ein über den Bettpfosten gehängtes Hemd. Ein Hauch von Nicks Aftershave zog in den Flur hinaus, und Erinnerungen an die vorangegangene Nacht strömten auf sie ein, ein Ansturm süßer, berauschender Verlockung. *Du darfst nicht einmal daran denken*, ermahnte sie sich selbst. *Es war nichts als Lust. Begierde. Zwei rastlose Menschen, die ein Ventil brauchten.*

Doch vorher war es nicht so gewesen.

Am Abend, als er sie zur Klinik fuhr, hatte Nick seinen Pickup angehalten, sie in den Arm genommen und sie getröstet. *Und dann hat er dich bei Alex abgeliefert und ist davongefahren.*

Weil Alex mein Mann ist, dachte sie zornig. *Was hätte Nick denn tun sollen?*

War Nick es nicht auch, der dich eigenhändig aus dem Bett geholt und darauf bestanden hat, dass du einen vernünftigen Arzt konsultierst? Ohne sein Einschreiten wärst du noch immer vollgepumpt mit Schmerzmitteln und Valium oder was auch immer. Beinahe hätte sie laut gelacht. Nick hatte recht. Er passte nicht in die Rolle eines Helden des 21. Jahrhunderts.

Nein, ausgeschlossen.

»Mrs Cahill?« Toms sanfte Stimme ließ sie aufschrecken. Er kam die Treppe vom Personaltrakt herunter. »Ich wollte Ihnen gerade Ihre Medizin bringen.«

»Welche Medizin?«

»Das Schmerzmittel, das Dr. Robertson Ihnen verschrieben hat.«

»Was ist es?«, fragte Marla und wich von Nicks Zimmertür zurück.

»Paracetamol.«

»Tylenol?«

»Ja.«

»Sonst noch etwas?«

»Nun, es enthält Kodein«, antwortete er.

»Was habe ich vorher eingenommen?«, wollte Marla wissen und ging auf den Pfleger zu. »Was hat Dr. Robertson mir verschrieben, als ich aus dem Krankenhaus kam?«

»Halcion.«

»Was ist das?«

»Triazolam. Ein leichtes Sedativum.«

»Na herrlich.« Hatte sie das gebraucht? »Hören Sie, vergessen Sie das Schmerzmittel. Ich halte mich an Aspirin, wenn ich etwas gegen die Schmerzen brauche, okay? Und wenn ich nicht schlafen kann – Pech. Damit komme ich schon zurecht.«

»Aber ...«

»Es ist *mein* Körper, Tom, und ganz gleich, was andere Ihnen erzählt haben, ich habe alles unter Kontrolle. Sollte Dr. Robertson Schwierigkeiten machen, rede ich mit ihm. Das Gleiche gilt für meinen Mann. Ich kläre das schon.«

»Sie wollen doch nur Ihr Bestes«, argumentierte der Pfleger mit Unschuldsmiene.

»Wenn Sie meinen. Inzwischen gehe ich mit den Schmerzen um, wie ich es für richtig halte.«

»Mrs Cahill, es ist mein Job, Sie zu betreuen.«

»Und wenn Sie Ihren Job behalten wollen, Tom, dann drängen Sie sich nicht auf. Ich brauche keinen Pfleger, das wissen Sie so gut wie ich. Meinem Mann gibt es wohl ein Gefühl der Sicherheit, aber das ist sein Problem, nicht meines. Also, vielen Dank für Ihre Bemühungen, aber ich nehme keine Tabletten mehr, Punkt.«

Damit ließ sie Tom kurzerhand stehen. Zu viele Leute wollten ihr vorschreiben, was sie zu tun hatte. Sie war nicht gewillt, das länger hinzunehmen.

Sie ging zurück in ihre Suite und schloss die Tür hinter sich. Dabei hörte sie Tom die Treppe hinunterpoltern. Sie versuchte, die Tür zu Alex' Räumen zu öffnen, doch die war wie immer abgeschlossen. Warum? Marla trommelte mit den Fingern auf dem Türknauf, dann ging sie, einer plötzlichen Eingebung folgend, über den Flur zu seinem Büro. Auch das war abgeschlossen. Aber kürzlich abends, als sie am Boden lag und glaubte, ersticken zu müssen, hatte sie gesehen, wie Eugenia die Tür öffnete.

Jemand hatte Wert darauf gelegt, die Tür wieder abzusperren.

Dann musst du eben Mittel und Wege finden, sie wieder zu öffnen. Egal, wie.

Marla ging am Geländer entlang zu der Stelle, wo sie vor knapp einer Woche gelegen und sich übergeben hatte. Sie kniete sich hin und strich mit den Fingern über den kurzen Flor des Teppichs. Er war trocken, und von dem Fleck war nichts mehr zu sehen.

Hatte jemand – der Einbrecher, falls es sich tatsächlich um einen handelte – sie vergiftet, ihr Erbrechen absichtlich herbeigeführt? Marla hockte sich auf die Fersen. Tom hatte gesagt, er habe ihr Triazolam gegeben, ein Medikament, von dem sie noch nie gehört hatte. Sie stand auf, lehnte sich ans Geländer und starrte böse auf die verschlossene Tür zu Alex' Büro. Dort drin verbarg sich etwas Wichtiges. Sonst wäre die verdammte Tür ja nicht ständig verschlossen.

Also musste sie irgendwie in das Zimmer gelangen.

Auf leisen Sohlen ging Marla hinunter in den ersten Stock, wo sie das Hausmädchen in der Bibliothek staubsaugen hörte. Vorsichtig schlich sie in die Suite ihrer Schwiegermutter und schloss nervös die Tür hinter sich. Sie brauchte kein Licht zu machen, denn das Sonnenlicht, das durch die Vorhänge drang, genügte. Marla redete sich ein, dass sie im Grunde gar nicht unbefugt eingedrungen sei. Schließlich war sie hier zu Hause. Sie hatte ein Recht darauf zu wissen, was innerhalb dieser hundert Jahre alten Mauern vor sich ging.

Kürzlich abends hatte Eugenia den Schlüssel zu Alex' Büro aus ihrer Jackentasche gezogen. Die Jacke war marineblau.

Vielleicht befand sie sich noch in ihrem Zimmer.

Wohl kaum. Inzwischen sind immerhin fünf Tage vergangen.

Behutsam öffnete Marla die Tür zum begehbaren Kleiderschrank und schlüpfte hinein. Sie schaltete das Licht ein und sah sich hastig in der mit Zedernholz vertäfelten Kammer um. Die Kleidungsstücke ihrer Schwiegermutter hingen ordentlich auf zwei Stangen, nach Farben sortiert, die Jacken oben, die Röcke unten. Darunter standen in Einzelfächern die dazu passenden Schuhe. Marla ging schnell und zielstrebig vor. Mit von Schweiß feuchten Fingern griff sie in die Taschen jeder einzelnen Jacke, von Marineblau bis Orange. Sie fand Tickets, Taschentücher, ein paar Münzen – alles, was Eugenia gedankenlos darin gelassen hatte.

Aber keine Schlüssel.

»Verdammt«, knurrte Marla. Wahrscheinlich trug ihre Schwiegermutter den Schlüssel zu Alex' Büro bei sich, und er befand sich jetzt gerade in Cahill House, wo immer das sein mochte. Trotzdem durchsuchte Marla auch die Handtaschen. Wütend öffnete sie eine nach der anderen, nur um festzustellen, dass alle leer waren. In dem engen Raum war es heiß und stickig, und sie war im Begriff, ihn zu verlassen, als sie hörte, wie die Tür zu Eugenias Suite geöffnet wurde. Ihr blieb vor Schreck schier das Herz stehen. Wie sollte sie ihre Anwesenheit erklären, wenn sie ertappt wurde? Sie knipste das Licht aus und wich langsam zurück, teilte die Kleiderreihe und stieg auf den Schuhschrank. Dann ordnete sie die Garderobe wieder und versteckte sich hinter einem Kleid in einer Schutzhülle. Sie zuckte heftig zusammen, als plötzlich der Staubsauger zu dröhnen begann. Langsam, übergründlich reinigte das Mädchen Eugenias Zimmer. Marla hielt den Atem an. Vielleicht ließ das Mädchen den Schrank aus, vielleicht hatte Marla Glück, vielleicht ... Ach, verdammt.

Das Motorengeräusch setzte aus, dann wurde die Tür geöffnet, und ein Lichtbalken fiel in den engen Raum. Marla rührte sich nicht. Gleich darauf ging die Deckenbeleuchtung an, und der Staubsauger wurde wieder eingeschaltet. Marla presste sich gegen die Rückwand des Kleiderschranks. Sie erkannte jetzt, dass die Plastikhülle, hinter der sie Deckung gesucht hatte, vergilbt war. Das seidige, mit Perlen bestickte weiße Kleid darin war vermutlich Eugenias altes Hochzeitskleid.

Marla schloss die Augen und wartete, während sie jeden Stoß des Staubsaugers gegen den Schuhschrank, auf dem sie stand, bis in die Knochen spürte. Sie wagte nicht zu atmen. Wie lange dauerte es denn, den verdammten Schrank zu saugen? Plötzlich wurde das Gerät ausgeschaltet.

»Was?«, rief das Mädchen laut.

Durch den Spalt zwischen einem langen Morgenmantel und der Schutzhülle sah Marla, wie das Mädchen den Kopf zur Tür wandte. Es war Rosa, eine zierliche kleine Lateinamerikanerin, die nicht viel sagte, da sie kaum Englisch sprach. Rosa ließ den ausgeschalteten Staubsauger stehen und trat in Eugenias Schlafzimmer.

»Ah, Señora Cahill, *si, si.*«

Dann ertönte Eugenias Stimme: »Bitte, können Sie das später erledigen?«

O Gott, was nun? Wie sollte sie erklären, was sie in den privaten Räumen ihrer Schwiegermutter zu suchen hatte?

Der Schweiß trat Marla auf die Stirn und rann ihr über den Rücken, ihr Herz hämmerte wild.

»Ich muss ein wenig ruhen«, erklärte Eugenia.

»*Si, si*, ich komme wieder, *luego*. Später.«

»Und Rosa, bitte, Carmen soll mich rufen, wenn die Gäste eintreffen. Der Reverend und Mrs Favier werden in Kürze hier sein.«

Der Reverend und … Marla erinnerte sich. Alex' Cousine Cherise und ihr Mann hatten ihren Besuch angekündigt, doch an dem Tag war Marla ans Bett gefesselt gewesen. Wegen der verdammten Medikamente.

Angestrengt lauschte sie dem Wortwechsel. Wann war mit Cherise und ihrem Mann zu rechnen? Irgendwie musste Marla unbemerkt aus dem Schrank entkommen, bevor die Gäste eintrafen.

Ihre Achselhöhlen waren schweißnass.

Rosa holte den Staubsauger und eilte davon. Marla rührte sich nicht, wagte nicht, von dem Schuhschränkchen zu steigen. Wenig später betrat ihre Schwiegermutter den begehbaren Schrank, zog ihre marineblaue Jacke aus und hängte sie gegenüber von Marlas Versteck auf die Kleiderstange. Anschließend streifte Eugenia ihre hochhackigen Schuhe ab und stellte sie unter der Jacke auf. Dann zog sie Rock und Bluse aus, so dass sie in Unterwäsche dastand. Erschöpft schaltete Eugenia das Licht aus und schloss die Tür hinter sich.

Marla atmete auf und hoffte wider besseres Wissen, dass niemand nach ihr suchte, dass sie eine Möglichkeit finden würde, sich unbemerkt aus dem Staub zu machen, bevor jemand sie vermisste.

Tödlich langsam verstrichen die Minuten. Marla wartete eine geschätzte Viertelstunde, bevor sie behutsam von dem Schuhschränkchen auf den Teppich hinunterstieg und sich durch die Dunkelheit zu dem schmalen Lichtstreifen der Türritze vortastete.

Sie fand den Lichtschalter und betätigte ihn vorsichtig. Mit einem Schlag war es taghell im Schrank. Marla blinzelte, dann suchte sie die Jacke, die Eugenia eben ausgezogen hatte, und griff in die rechte Tasche. Ihre Finger stießen auf kühles Metall – Schlüssel. *Gott sei Dank.* Behutsam, damit das Metall nicht klimperte, nahm sie den Schlüsselring an sich.

So weit, so gut.

Sie schob ihre Beute in die vordere Tasche ihrer Jeans.

Und jetzt ... wenn sie es jetzt noch schaffte, sich an ihrer Schwiegermutter vorbeizuschleichen, ohne sie zu wecken ... Falls Eugenia überhaupt schlief und nicht im Sessel oder auf ihrem Bett saß und in einer Zeitschrift blätterte oder strickte. Doch Marla hörte kein Rascheln von Seiten, kein Klicken von Nadeln. Sie musste das Risiko eingehen, sonst würde sie in der Falle sitzen.

Sie schaltete das Licht aus und drehte den Türknauf. Das Schloss klickte leise.

Jetzt oder nie, dachte Marla und öffnete die Tür einen Spalt. In Eugenias Zimmer herrschte Halbdunkel. Die Jalousien waren geschlossen. Die alte Dame lag im Bett, die Decke bis ans Kinn hochgezogen, und schnarchte leise. Marla schickte ein stummes Stoßgebet zum Himmel, der dumme Hund möge nicht in der Nähe sein, dann durchquerte sie eilig das Zimmer und öffnete rasch und geräuschlos die Tür.

Ihre Schwiegermutter regte sich im Schlaf. Marla schlüpfte in den Flur hinaus, schloss die Tür wieder und hastete die Treppe hinauf, wobei sie um ein Haar über Coco gestolpert wäre. Jaulend, mit eingezogenem Schwanz huschte die Hündin auf ihren kurzen Beinchen die Treppe hinunter und verschwand im Wohnzimmer. »Dich bin ich los«, flüsterte Marla. Es kam ihr vor, als würde der Schlüsselring ein Loch in ihre Jeans brennen. Am liebsten hätte sie auf der Stelle die Tür zum Büro aufgeschlossen und die Schlüssel dann zurückgelegt, aber gerade als sie den Treppenabsatz erreicht hatte, ertönte die Türglocke.

Verdammt. Marla sah auf die Uhr und wartete, bis Carmen öffnete. Eine Frauenstimme hallte die Treppe hinauf.

»Ich bin Cherise Favier. Ich glaube, wir kennen uns noch nicht. Ich möchte Marla besuchen.«

Marla wurde mulmig zumute. Bis der Besuch gegangen war, würde Eugenia längst auf den Beinen sein und die Schlüssel vermissen. Ihre einzige Hoffnung bestand darin, Alex' Cousine so schnell wie möglich loszuwerden, bevor jemand ihre Schwiegermutter weckte, und wieder hinaufzueilen. Marla drehte sich rasch um und lief hinunter in die Eingangshalle, wo Cherise gerade ihr mit Leopardenpelz abgesetztes Cape ablegte und es Carmen reichte.

»Marla!«, rief Cherise, und das Entzücken in ihrem Gesicht wich einem Ausdruck der Verwirrung. »Du – du siehst fabelhaft aus!« Das war eine glatte Lüge. Marla hatte sich noch vor weniger als einer Stunde im Spiegel betrachtet. »Ich musste dich unbedingt sehen.« Die blonde Frau ergriff mit beiden Händen Marlas Hand und zwang sich zu einem Lächeln, das Risse in ihr perfektes Make-up zu sprengen drohte. »Wir ... Donald und ich hatten solche Angst um dich.« Sie warf über die Schulter einen Blick zur Haustür. »Er kommt gleich«, erklärte sie ein wenig nervös. »Gerade als wir anhielten, kam ein Anruf auf seinem Handy – irgendein Notfall.«

In dem Moment erschien ein großer, kräftiger Mann in der Tür. Sein braunes Haar war dicht, lockig und von wenigen grauen Fäden durchzogen. Die breiten Schultern dehnten die schwarze Lederjacke, die er über einem schwarzen Hemd trug und die nicht recht zu dem weißen Priesterkragen passen wollte.

»Donald, du erinnerst dich doch an Marla?«, fragte Cherise.

»Aber natürlich.« Donald lächelte strahlend, wobei große weiße Zähne und ein paar Goldkronen sichtbar wurden. Sein Gesicht war sonnengebräunt, faltig und voller Wärme. Auf der Nase, die aussah, als sei sie mehr als einmal gebrochen gewesen, trug er eine Brille mit Halbgläsern. In einer Hand hielt er eine abgegriffene Bibel. Mit der freien Hand fasste er Marla an der Schulter und zog sie an sich. »Schön, dich zu sehen«, sagte er und küsste sie wie selbstverständlich auf die Stirn. »Dem Herrn sei Dank, dass es dir gutgeht. Lieber Himmel, das war ja furchtbar, dass du neulich ins Krankenhaus musstest.«

Cherise strahlte ihren gutaussehenden Mann an. »Amen.«

»Ich war nicht im Krankenhaus.«

»Oh, dann eben in der Klinik«, sagte er mit einer abschließenden Geste der Hand, die die Bibel hielt. Marla befreite sich aus seiner Umarmung. Es war ihr zu vertraulich, zu intim, zu gezwungen. »Du hast uns allen einen gehörigen Schrecken eingejagt, weißt du – tja, und das nicht nur einmal.«

»Die Wege des Herrn sind unergründlich«, gab Marla zurück, woraufhin Cherises Lächeln gefror und Reverend Donald die Augenbrauen hochzog. Doch das war Marla gleichgültig.

»Kommt doch mit ins Wohnzimmer, dort können wir uns unterhalten.« Marla ging voran, und alle drei ließen sich im Wohnzimmer auf der Polstergarnitur nieder. Carmen brachte unaufgefordert ein Tablett mit Teegeschirr und Gebäck. »Mrs Eugenia hat erwähnt, dass Sie Gäste erwarten«, erklärte sie und schenkte Tee ein. »Sie kommt in ein paar Minuten herunter.«

Marlas Herzschlag stockte. Wenn ihre Schwiegermutter aufgestanden war, konnte sie, Marla, nicht gut ins Büro ihres Mannes eindringen, um Alex' Schreibtisch und die Dateien auf seinem Computer zu durchsuchen.

»Du hast wahrscheinlich schon von Alex und Nick gehört, dass wir versucht haben, dich zu erreichen«, sagte Cherise. Sie saß neben ihrem Mann auf einem Zweiersofa und gab Süßstoff in ihre Tasse, dann zupfte sie den Saum ihres kurzen schwarzen Pullovers zurecht. Sie war eine attraktive Frau, die gerade erst zu altern begann, hatte blondes Haar, einen blassen Teint und geschminkte Lippen, deren Rot zu dem des Nagellacks passte.

»Nick hat erwähnt, dass du angerufen hast«, gab Marla zu.

»Ich wollte unbedingt wissen, wie es dir geht, aber Alex hat nicht zugelassen, dass wir dich im Krankenhaus besuchen ...« Cherise fing einen Blick ihres Mannes auf und verstummte. Donald lehnte sich ins Polster zurück, als beabsichtigte er, länger zu bleiben. Womöglich gar aus der Bibel vorzulesen. »Wie geht es dir?«

»Besser.«

»Du hast schwere Zeiten hinter dir«, bemerkte Donald, und trotz seiner Freundlichkeit glaubte Marla, eine Spur Herablassung aus seinen Worten herauszuhören.

»Es geht schon wieder«, versicherte Marla.

»Aber wie ich hörte, leidest du unter einer Art Gedächtnisverlust«, ergriff Cherise das Wort. »Doch sicher nur vorübergehend, oder?«

»Das hoffe ich.«

»Wir beten für dich«, versprach Cherise ernsthaft.

Ihr Mann nickte. »Vielleicht sollten wir einander jetzt die Hände reichen und den Vater im Himmel um Vergebung und Führung bitten?«

Cherise stellte ihre Tasse ab und griff nach Marlas Hand. Donald folgte ihrem Beispiel, doch bevor er anfangen konnte zu beten, kam Eugenia herein, Coco auf den Fersen. Sie trug ein tristes graues Kostüm, das zu ihrer Miene passte. Der Schlüsselring in Marlas Tasche schien plötzlich zentnerschwer. Der Hund knurrte leise und nahm dann seinen Platz hinter Eugenias Lieblingssessel ein.

»Cherise. Donald«, begrüßte Eugenia die Besucher, ohne zu lächeln.

»Tante Genie!« Cherise sprang auf und umarmte die zierliche alte Dame.

»Wie geht es euch?«, fragte Eugenia tonlos, als Cherise strahlend von ihr abließ.

»Schon viel besser, jetzt da wir Marla gesehen haben. Wir – Monty und ich – waren krank vor Sorge. Ich musste sie unbedingt sehen. Ich wollte, Monty wäre mitgekommen, aber er hatte heute zu viel zu tun, und ich wusste nicht, wann sich noch einmal die Gelegenheit bieten würde«, erklärte Cherise und setzte sich wieder, während Eugenia in ihrem Lehnsessel Platz nahm und mit einer Hand den kleinen Hund zwischen den Ohren kraulte.

Cherise breitete wie beschwörend die Hände aus. »Seht mal, in dieser Familie gab es böses Blut, und das schon seit Generationen, wie wir alle wissen. Aber es ist an der Zeit, dem ein Ende zu setzen. Also, als ich hörte, dass Marla beinahe ums Leben gekommen wäre, ... da bin ich auf die Knie gesunken und habe gebetet. Derartige Ereignisse öffnen einem die Augen für das, worauf es im Leben ankommt.«

Donald ließ die gefalteten Hände zwischen seine Knie sinken. An der Linken trug er einen breiten Goldring – stolzes Zeugnis dafür, dass er ein verheirateter Mann war –, an der Rechten eine Art Siegelring, und am kleinen Finger funkelte ein großer Diamant. »Cherise und ich sind der Meinung, dass die Familie jetzt die Gelegenheit hat zusammenzuwachsen. Wenn das Schicksal zuschlägt – oder beinahe zuschlägt –, ist es wichtig, die Vergangenheit hinter sich zu lassen und nach vorn zu blicken. Sich von Gott führen zu lassen und auf seinen Pfaden zu wandeln, ihm für all die Gnade zu danken, die er über uns ausschüttet.« Donalds Lächeln wirkte heiter und gelassen und verdammt künstlich.

Cherise drückte Marlas Hand. »Du und ich, wir waren uns immer sehr nahe. Ich habe in dir stets mehr eine Schwester gesehen als eine Cousine oder bloße Verwandte. Und ich weiß, dass auch Monty dich mochte. Dich mag.« Ihre runden Augen blickten ernst, doch in den bernsteinfarbenen Tiefen verbarg sich noch etwas anderes – etwas Dunkles, Sündhaftes. »Wir sind gekommen, um die Kluft, die sich in den letzten Jahren zwischen uns vertieft hat, zu überwinden.«

Was zum Teufel sollte das alles? Marla hätte sich liebend gern diesen zuckersüßen, abgedroschenen Phrasen entzogen.

Da wurde die Haustür geöffnet, und Nick in seiner rissigen Lederjacke und Jeans trat mit wachsamer Miene ins Wohnzimmer. Als er Cherise und ihren Mann sah, wurde sein Mund schmal.

»Cherise«, sagte Nick und sah seine Cousine an, die Hände in den Taschen seiner Jeans vergraben. Sein Blick glitt unruhig über das Gesicht seiner Cousine und blieb dann auf Marlas haften. »Nun, wie geht es dir heute?«

»Besser«, antwortete Marla und unterdrückte alle Gedanken an den Vorabend im Wohnzimmer und das Gefühl von seinem Körper an ihrem. »Viel besser. Ich glaube, allmählich fühle ich mich wieder wie ein Mensch.«

»Tut der Kiefer noch weh?«

»Ein bisschen.«

»Ich wette, das heißt ziemlich schlimm«, bemerkte Nick und öffnete den Reißverschluss seiner Jacke.

»Ich komme schon zurecht.«

»Bestimmt.« Er zog kaum merklich einen Mundwinkel hoch, dann wandte er sich Donald zu. »Und du bist wohl Cherises Mann.«

»Oh, Entschuldigung«, schaltete sich Eugenia ein und machte die Männer hastig miteinander bekannt. Der Reverend erhob sich und reichte Nick über den Tisch hinweg seine große Hand. »Ich habe schon viel von dir gehört«, sagte er.

»Hoffentlich nicht nur Schlechtes.«

Donald lächelte. »Aber nein. Cherise ist davon überzeugt, dass du ein guter Mensch bist.«

Nick schnaubte und warf Marla einen Blick zu, der Steine zum Schmelzen gebracht hätte. »Damit ist sie eindeutig in der Minderzahl.«

Donald lachte, Cherise errötete und die Furchen auf Eugenias Stirn vertieften sich. Nick schenkte sich Kaffee ein und lehnte sich mit der Hüfte ans Fensterbrett.

Während der folgenden Unterhaltung erfuhr Marla, dass Donald früher Football-Profi gewesen war, ein Runningback – einer dieser christlichen Sportler, die vor jedem Spiel beteten. Doch das war vor der Zeit, als Gott entschied, dass ein bulliger Linebacker Donald angreifen, ihm drei Rippenbrüche und einen doppelten Knöchelbruch zufügen und damit seine kurze, wenn auch ruhmreiche Karriere beenden sollte.

»... Der Herr fand wohl, ich sollte lieber eine Gemeinde leiten als ein Footballteam«, schloss der Reverend lächelnd und stellte seine Tasse auf dem Tisch ab. »Und das ist einer der Gründe dafür, dass wir hier sind.« Er streckte die Hand nach seiner Frau aus, und sie verschränkte wie auf Kommando ihre Finger mit seinen. Mit der anderen Hand strich Donald über den abgeschabten Ledereinband seiner Bibel. »Cherise ist voller Sorge über das Zerwürfnis innerhalb der Familie. Ihre Eltern leben beide nicht mehr. Nick, du hast dich schon vor Jahren aus dem Staub gemacht, und auch dein Vater ist verstorben.«

Worauf will er hinaus?, fragte Marla sich.

»In jüngster Zeit hatten wir so viele Probleme innerhalb

der Familie, dass hässliche Vorwürfe in alle Richtungen geschleudert worden sind. Böse Worte wurden im Zorn ausgesprochen. Worte, die die meisten von uns bereuen.

Cherise – nun, ich denke, ich spreche auch für Montgomery – ist seit dem Unfall, der ihre Cousine beinahe das Leben gekostet hätte, schwer erschüttert. Als sie versuchte, Kontakt zu Marla aufzunehmen, wurde sie wie eine Außenstehende behandelt.« Donald ließ die breiten Schultern hängen. »Wir haben gehofft, noch einmal von vorn anfangen zu können, die zersplitterte Familie wieder zusammenzufügen und unsere Differenzen hinter uns zu lassen. Dass Marla überlebt hat, war ein Wunder – eindeutig Gottes Werk. Der Zeitpunkt, sie heimzurufen, war noch nicht gekommen. Nehmen wir uns ein Beispiel an unserem Herrn und kitten wir die Risse in unserer Familie.« Donald sah Nick feierlich an. »Lasst uns wieder ein Team sein.«

Nick musterte den Prediger argwöhnisch. »Ich kann mich nicht erinnern, jemals Mitglied in irgendeinem Team gewesen zu sein.«

»Aber sicher doch. Im Team der Familie Cahill.«

Marla fürchtete, ihr könnte übel werden. Nahm dieser Mann sich etwa selbst ernst?

»Das Team der Familie Cahill?«, wiederholte Nick, und sein Tonfall ließ keinen Zweifel daran, was er von dieser Vorstellung hielt. »Dann bin ich wohl gerade von der Reservebank gerufen worden.«

»Sei nicht so zynisch.« Cherise schürzte die Lippen und gab sich gekränkt. »Natürlich waren wir ein Team. Damals, vor Jahren. Als wir noch klein waren.«

»Das liegt lange zurück«, betonte Eugenia.

»Ich weiß, aber ich bin idealistisch genug zu glauben, dass wir diesen Teamgeist wiederaufleben lassen können«, drängte Cherise. Ihr Mann erhob sich und zog sie ebenfalls auf die Beine. »Ganz gleich, was vorgefallen ist, wir sind eine Familie.«

»Wir laden euch in unsere Kirche ein«, ergänzte Donald. »Zum Gottesdienst am Sonntag. Und danach würden wir die gesamte Familie gern in unserem Haus zum Essen begrüßen.«

»Bitte kommt doch«, flehte Cherise und umarmte zuerst Nick, dann Marla, ehe sie Eugenias Hand ergriff. »Und bringt auch Alex, Cissy und das Baby mit.«

Lieber teile ich mir eine Ratte mit einem Python, dachte Marla. »Wird Montgomery auch da sein?«, fragte Nick, worauf Cherises Lächeln eine Spur verkrampfter wurde.

»Ich werde ihn natürlich einladen, aber bei Monty weiß man manchmal nicht recht, woran man ist. Ich wollte so gern, dass er mich heute begleitet, aber leider hatte er andere Pläne. Trotzdem, ich will versuchen, ihn zu überreden, dass er am Sonntag zu uns kommt.«

»Wir werden sehen«, entgegnete Eugenia unterkühlt, doch Cherise schien den Tonfall nicht zu bemerken.

Die beiden Eheleute wollten sich bereits verabschieden, als Nick fragte: »War Pamela Delacroix eigentlich Mitglied der Dreifaltigkeitsgemeinde?«

Donalds Rücken versteifte sich ein wenig, und sein Gesichtsausdruck veränderte sich hinter der Fassade äußerer Gelassenheit. Wurde wachsam. »Ja«, erwiderte er und runzelte die Stirn. »Ihr Tod war ein schwerer Verlust für die Gemeinde.«

Marla traute ihren Ohren nicht. »Du hast sie gekannt?«, fragte sie. Endlich ein Ansatzpunkt.

»Nicht persönlich, nein. Es beschämt mich, das sagen zu müssen. Sie war keine regelmäßige Kirchgängerin, sondern nahm nur gelegentlich am Gottesdienst teil.«

»Und du? Hast du sie gekannt?«, erkundigte sich Marla mit eindringlichem Blick, an Cherise gewandt.

»Überhaupt nicht. Ich könnte nicht einmal sagen, wie sie ausgesehen hat«, erklärte Cherise hastig. »Der Reverend hat recht, vor mehreren Monaten ist sie ein paar Mal gekommen, aber sie hat sich keiner unserer Gruppen angeschlossen. Wir bieten mehrmals in der Woche Bibelstunden an, außerdem eine Frauengruppe und sogar eine Beratung für Alleinstehende, aber sie hat nirgends mitgemacht.«

»Woher wisst ihr dann, dass sie überhaupt zum Gottesdienst gekommen ist?«, hakte Marla nach. »Hat sie einen Scheck in den Klingelbeutel gelegt?«

»Nein ... Nach ihrem Unfall hat eine Frau, die in der Sonntagsschule für Erwachsene unterrichtet, von ihr gesprochen. Sie hatte den Nachruf auf Pam in der Zeitung gesehen, und daraufhin haben wir unseren Gebetsbaum in Gang gesetzt – das ist eine Telefonkette innerhalb der Gemeinde –, damit alle für sie und ihre Familie beten konnten.«

»Habt ihr ihre Familie kennengelernt? Ihre Tochter?«, fragte Marla weiter.

»Ich kannte ja nicht einmal Pam selbst«, beteuerte Cherise noch einmal, doch sie wirkte mit einem Mal nervös und schien es plötzlich eilig zu haben, das Gespräch zu beenden und zu gehen.

Nick legte den Kopf schief. »Als du neulich abends zu mir ins Hotel gekommen bist, hast du nichts von dieser Verbindung zu Pam erwähnt.«

»Ich habe eben nicht daran gedacht«, behauptete Cherise. »Ist das ein Verbrechen?«

Ihr Mann warf ihr einen warnenden Blick zu, und sie riss sich sogleich zusammen. »Tut mir leid. Ja, ich hätte etwas dazu sagen sollen, als ich im Hotel war«, räumte sie ein und mied den strafenden Blick ihres Mannes. »Es war mir einfach entfallen.«

Donald sah demonstrativ auf die Uhr. »Ich breche die Unterhaltung nur ungern ab, aber in einer halben Stunde habe ich einen Termin mit unserem Kassenwart.«

Marla und Nick begleiteten die Gäste zur Haustür. Als hätte sie das Gespräch mit angehört, eilte Carmen bereits zur Garderobe und holte Cherises Cape.

»Es war schön, dich zu sehen.« Cherise umarmte Marla, während Donald in seine Jacke schlüpfte. Noch ein Händeschütteln, dann waren die beiden Arm in Arm zur Tür hinaus, der Inbegriff christlicher Treue und Liebe.

»Was in aller Welt war das denn?«, fragte Nick.

Eugenia hob matt eine Hand. »Wieder so ein Versuch, sich der Familie anzubiedern. Sie sind auf Geld aus, Nick. Sie können es schönreden, wie sie wollen, von wegen ›Familienzusammenhalts‹, ›Gottes Werk‹, ›Teamgeist‹ und so weiter – letztendlich steckt doch nichts weiter dahinter, als dass Cherise an das Vermögen der Familie herankommen will.« Eugenia warf Marla einen flüchtigen Blick zu. »Versteh mich nicht falsch, sie hat sich sicher auch Sorgen um dich gemacht. Cherise ist kein schlechter Mensch. Nur sehr auf sich selbst bezogen. Und ihr Mann ... Nun, der kann beten, bis er schwarz wird, Probleme hat er trotzdem. Als Alexander ihn damals in Cahill House eingestellt hat, entstand daraus ein entsetzlicher Skandal.«

Eugenia griff müde nach ihrer Teetasse und legte sich ein Himbeertörtchen auf den Teller. »Er konnte die Finger nicht von einem der Mädchen lassen.« Sie presste die Lippen zusammen und brach ein Stück von ihrem Törtchen ab. »Es hätte mich nicht überrascht, wenn sie von ihm schwanger gewesen war. Sie hat nie verraten, wer der Vater ihres Kindes war, und sie ging regelmäßig zum Gottesdienst in die Dreifaltigkeitskirche. Da braucht man kein Genie zu sein, um zwei und zwei zusammenzuzählen.« Eugenia nahm einen kleinen Bissen von ihrem Törtchen. Coco zu ihren Füßen sah gierig zu. »Alex musste ihn daraufhin selbstverständlich entlassen. Dieser Skandal hat so viel Schaden angerichtet. Es ist schon erstaunlich, dass Donalds Gemeinde ihn in Gnaden aufgenommen hat, aber er hat ja auch Stein und Bein geschworen, das Mädchen habe gelogen und er habe sie nie angerührt. Am Ende zog das Mädchen die Anzeige zurück.«

»Das wird ja immer besser«, bemerkte Nick sarkastisch. »Und das alles ist Teil der Cahillschen Familiengeschichte.« Das Telefon schrillte. Nick ging in den Flur, hob beim zweiten Klingeln den Hörer ab und meldete sich: »Nick Cahill.« Gleich darauf richtete er den Blick auf Marla und kam, den Hörer am Ohr, zurück ins Wohnzimmer. »Ja, sie ist hier. Einen Augenblick bitte. Für dich«, sagte er und reichte Marla das Telefon. »Detective Paterno.«

»Was will er denn?«, wollte Eugenia wissen.

»Ich habe ihn angerufen«, entgegnete Marla und nahm den Anruf des Polizisten entgegen, während ihre Schwiegermutter sie ansah, als hätte Marla den Verstand verloren. Um ungestört sprechen zu können, zog Marla sich in die Bibliothek zurück. Von dort aus berichtete sie Paterno von der Nacht, in der sie in die Klinik gebracht werden musste, und von ihren Erinnerungen an den Unfall, der Pamela das Leben gekostet hatte. »... Ich erinnere mich nicht an alle Einzelheiten, aber ich weiß, dass jemand mitten auf der Straße gestanden hat und plötzlich in strahlendes Licht gehüllt war, so dass ich geblendet wurde. Ich musste ihm ausweichen, der Laster ebenfalls. Ich kann nicht mit Bestimmtheit sagen, was aus ihm geworden ist, nur dass er sich mit einem Sprung vor dem Laster in Sicherheit gebracht hat und auf der anderen Straßenseite gelandet ist, von mir aus gesehen«, erklärte sie. Paterno stellte ihr ein paar Fragen und bat sie dann aufs Revier, um ein Protokoll aufzunehmen.

Marla versprach ihm, sofort wieder anzurufen, falls ihr noch etwas einfallen sollte, dann beendete sie das Gespräch und ging zurück ins Wohnzimmer.

Eugenia war erschüttert. »Nick sagt, du erinnerst dich an den Unfall.«

»Ja.« Marla nickte. »Größtenteils.«

»Aber du weißt nicht, warum du nach Santa Cruz wolltest?« Eugenia stellte ihren Teller auf den Boden, und Coco pirschte sich an, schnupperte, verschlang das übrig gebliebene Stück Törtchen und leckte anschließend den Teller ab.

»Nein«, sagte Marla und rieb sich den Nacken. »Auch nicht, warum ich mit Pam zusammen war oder woher ich sie kannte.« *Aber ich werde es bald wissen*, dachte sie. *Irgendwie finde ich es heraus.*

Im hinteren Teil des Hauses schlug eine Tür, dann waren vom Flur her eilige Schritte zu hören. Coco bellte, beruhigte sich jedoch wieder, als Fiona ins Wohnzimmer stürzte. Sie war hochrot im Gesicht, so dass ihre Sommersprossen kaum noch zu sehen waren. »Entschuldigen Sie die Verspätung«, sagte sie zerknirscht. »Der kleine James, geht's ihm gut?«

»Er schläft«, antwortete Marla, und das Mädchen wartete nicht lange auf weitere Anweisungen, sondern eilte mit wehendem Regenmantel die Treppe hinauf.

»Ein kapriziöses Ding«, bemerkte Eugenia, die Fiona mit dem Blick folgte. »Ich weiß wirklich nicht, ob sie die richtige Betreuung für James ist.« Sie suchte ihre Jackentaschen ab, dann runzelte sie die Stirn. »Hat jemand von euch meinen Schlüsselring gesehen?«

»Hast du ihn verloren?«, fragte Nick.

»Ich muss ihn wohl verlegt haben.« Eugenias Gesicht verriet, dass sie angestrengt nachdachte. Marla kam sich plötzlich vor wie eine Verbrecherin. Die Schlüssel fühlten sich mit einem Mal so schwer an, dass sie überzeugt war, sie müssten bei jeder Bewegung klimpern. »Merkwürdig«, sagte Eugenia. »Ich weiß genau, dass ich sie heute Morgen noch hatte.«

»Sie werden schon wiederauftauchen«, beruhigte Nick sie.

»Mag sein, aber ich verliere sonst nie etwas.« Eugenia pfiff nach Coco, dann ging sie zum Aufzug und ließ Marla mit ihrem Schwager allein.

»Hör mal, Nick, ich finde, wir sollten über den gestrigen Abend reden«, erklärte sie, denn die unausgesprochenen

Gedanken daran schwebten wie eine dunkle Wolke zwischen ihnen.

»Ich habe einen Fehler gemacht.«

»Das haben wir beide.« Marla massierte sich den Nacken und schloss die Augen. »Ich würde gern sagen, es hätte nie geschehen dürfen, aber das kann ich nicht. Ich bereue nichts.«

Nick biss die Zähne zusammen. »Das solltest du aber.«

»Bereust du es?«

Er zog die Schultern hoch. »Ich finde, dies ist nicht der richtige Ort und Zeitpunkt, um darüber zu streiten.«

»Vielleicht hast du recht«, räumte Marla ein, »aber wir können nicht einfach so darüber hinweggehen.«

»Uns bleibt nichts anderes übrig«, entgegnete er, und sie las in seinen Augen, wie er innerlich kämpfte, erkannte an seinen angespannten Muskeln, welche Mühe es ihm bereiten musste, seine Emotionen zu zügeln. »Außerdem muss ich etwas anderes mit dir besprechen.«

»Gut, schieß los.«

»Während du durch die Beruhigungsmittel außer Gefecht gesetzt warst, habe ich gearbeitet.«

»Woran?«

»Ich versuche herauszufinden, was zum Teufel hier im Gange ist.« Nick zog einen großen Umschlag aus der Innentasche seiner Jacke und reichte ihn Marla. »Das ist schon mal ein Anfang.« Sie öffnete den Umschlag und fand darin ein paar Fotos, die laut den Bildunterschriften Pam Delacroix zeigten. Marlas Inneres verkrampfte sich, und sie biss sich heftig auf die Unterlippe, als sie endlich ein Gesicht mit dem Namen verbinden konnte.

Das also war die Frau.

Und sie war tot. Marla betrachtete das lachende Gesicht, die makellose Haut, die grünen Augen unter geschwungenen Brauen.

»Sie sieht dir ziemlich ähnlich, nicht wahr?«, bemerkte Nick. »Irgendwie schon«, flüsterte Marla, und ihr Blick wanderte von einem Foto zum nächsten. Sie betrachtete jedes einzelne eingehend. »Ja, tatsächlich, da ist durchaus eine Ähnlichkeit vorhanden.« Ihr Kopf dröhnte, als sie auf ein Bild von Pam mit einem munter aussehenden etwa achtzehnjährigen Mädchen stieß. Das Mädchen trug einen Talar, wie er bei den Feierlichkeiten zum Schulabschluss üblich war, und hatte sich strahlend bei Pam eingehakt. »Ihre Tochter?«, vermutete Marla.

»Ja. Julie.«

»Sie geht jetzt aufs College, nicht wahr?«

»Nicht mehr. Sie hat das Studium abgebrochen.«

»Weil ihre Mutter verunglückt ist«, sagte Marla und fühlte sich schuldig. Lieber Gott, nahm dieser Alptraum denn nie ein Ende?

»Nein. Das ist ja das Seltsame. Julie hatte ihr Studium bereits ein paar Wochen vor eurer Fahrt in den Süden aufgegeben.«

»Tatsächlich?« Wie merkwürdig. »Was wollten wir dann in Santa Cruz?«

»Das ist die große Preisfrage«, erwiderte Nick und verschränkte die Arme vor der Brust, so dass seine Jacke knarzte. »Vielleicht hattet ihr ja auch ein völlig anderes Ziel«, spekulierte er und dachte an sein Gespräch mit Walt Haaga.

»Welches denn?«

»Ich hatte gehofft, du würdest dich erinnern.«

»Wohl kaum«, erwiderte sie zynisch. »Jedenfalls im Moment noch nicht.«

»Aber findest du es nicht sonderbar, dass du deine Kinder und Alex ohne ein Wort verlassen hast?«

»Höchst sonderbar.«

»Und dann fährst du mit einer Frau, die dir ähnlich sieht wie eine Schwester, einfach Gott weiß wohin?«

»Aber ich habe keine Schwester ...«, setzte Marla an, unterbrach sich dann jedoch. *Schwester*. Tief in ihrem Inneren regte sich etwas, als ob eine Erinnerung an die Oberfläche drängte. »Von einer Schwester war nie die Rede. Nur von einem Bruder.«

»Rory.«

»Ja.« Die Fotos in der Hand, ließ Marla sich in den Sessel fallen, aus dem sie eben erst aufgestanden war. »Er hatte einen Unfall und lebt in einer Art Pflegeheim, oder?«

»Ja.«

»Aber hinter der Geschichte muss noch mehr stecken. Ich habe ein ungutes Gefühl, weil alle so seltsam reagieren, wenn sein Name fällt. Man verheimlicht mir etwas.«

Nicks Lippen wurden schmal. Er wusste es. Sie sah es in seinen Augen.

»Was ist es?«, drängte sie. »Verdammt noch mal, Nick ... ich finde, ich habe ein Recht darauf, es zu erfahren.«

Nick trat ans Fenster, fuhr sich mit den Fingern durchs Haar und schaute hinaus. »Ja, das Recht hast du wohl.«

»Eben.«

Er warf ihr über die Schulter einen ernsten Blick zu, und Marla wappnete sich. Dann wandte Nick sich um und setzte sich auf die Armlehne eines Polstersessels. »Der Unfall liegt viele Jahre zurück. Du warst etwa vier, glaube ich, und Rory noch nicht mal zwei. Eure Mutter hatte euch beide ins Auto gesetzt und wollte irgendwo mit euch hinfahren, wohin, weiß ich nicht. Jedenfalls hatte sie euch schon in den Kindersitzen angeschnallt, musste dann aber noch einmal zurück ins Haus. Rory fing an zu brüllen, du hast seinen Gurt gelöst, und er kletterte aus dem Wagen. Offenbar hast du dann die Tür geschlossen, und als Victoria zurückkam, bemerkte sie in der Eile nicht, dass ihr Sohn nicht mehr im Kindersitz saß, sondern ausgestiegen war und vor einem Hinterreifen hockte, vielleicht um ein Insekt auf der Zufahrt zu beobachten oder so was. Victoria legte den Rückwärtsgang ein und überfuhr ihn.«

»Nein!« Marla schlug die Hand vor den Mund. Ihr wurde flau im Magen.

»Er hat es zwar überlebt, behielt aber einen schweren Hirnschaden zurück. Irreversibel. Die Ärzte konnten nichts dagegen tun.«

Marla war übel, und sie fror, als sei ihr ein arktischer Wind in die Knochen gefahren. »Das wusste ich nicht«, flüsterte sie und wartete darauf, dass wenigstens ein kleiner Erinnerungsfetzen zurückkehrte, aber nichts geschah. Sie entschied, dass das im Augenblick vielleicht eine Gnade war.

»Damals warst du selbst ja noch ein Kleinkind.«

»Aber sie … meine Eltern … Haben sie mir die Schuld gegeben?«

Er zuckte die Achseln. »Das weißt nur du allein.«

»Nein. Noch jemand weiß es. Mein Vater.« Marla stand auf und ging hinaus in die Eingangshalle. »Vielleicht ist es an der Zeit, etwas über mein Verhältnis zu meinem lieben alten Dad herauszufinden«, überlegte sie laut. »Ich denke, ich sollte ihm einen Besuch abstatten.« Der Vorsatz festigte sich, und sie dachte an die Schlüssel in ihrer Tasche. Der eine oder andere würde doch bestimmt zu einem der Wagen in der Garage passen. Doch Marla wagte nicht einzugestehen, dass sie den Schlüsselbund ihrer Schwiegermutter an sich gebracht hatte. Erst wollte sie sich noch einmal in Alex' Büro umsehen.

Nick folgte ihr in die Eingangshalle. »Soll ich dich fahren?«

»Ja.« Plötzlich war sie sich sicher. Sie wollte Nick bei sich haben, wenn sie ihren Vater besuchte. Sie gab ihrem Schwager die Fotos von Pam Delacroix zurück. »Je eher, desto besser.«

»Dann komm.«

»Ich hole rasch meinen Mantel und meine Handtasche und ...« Da fiel ihr ein, dass sie keine Brieftasche, keinen Führerschein, keine Kreditkarte, nicht einmal eine Versicherungskarte besaß. Es war, als hätte sie überhaupt keine Identität. »Ich bin gleich wieder da.« Sie eilte die Treppe hinauf, nahm hastig eine Ledertasche mit Schulterriemen und eine Sonnenbrille aus der obersten Schublade und steckte einen Lippenstift ein. Dann musste sie wieder an die Schlüssel in ihrer Hosentasche denken, und sie entschied, dass sie sie am besten verstecken sollte. Aber wo? Irgendwo, wo man sie nicht so schnell fand. Unsicher schaute sie sich im Zimmer um. Zu viele Hausangestellte und Verwandte hatten Zugang zu ihren Räumen. Die Schlüssel waren nirgends in Sicherheit, erst recht nicht jetzt, da Eugenia bereits nach ihnen suchte. Marla wollte sie gerade in der Handtasche verstauen, als sie es sich anders überlegte. Sie steckte den Schlüsselbund zurück in ihre Jeanstasche, wo sie ihn am Körper spürte.

Sie musste sie bald benutzen oder Nachschlüssel anfertigen lassen, doch sie besaß ja selbst keinen Cent, geschweige denn ein Scheckbuch, eine Kreditkarte oder dergleichen. »Verdammt, verdammt«, schimpfte sie vor sich hin und eilte die Treppe wieder hinunter.

Kein Ausweis. Kein Geld. Kein Auto. Keine verdammten Erinnerungen.

Es war, als ob sie gar nicht existierte.

14.

»Sie haben Santiagos Arztkittel aus der Bucht gefischt«, verkündete Janet Quinn an der Tür zu Paternos Büro. Hinter ihr übertönten das Klicken von Computertastaturen, das Summen von Faxgeräten und das Stimmengewirr die Musikberieselung, die sowieso keiner hören wollte. »Das Namensschild war noch erhalten, nur etwas schwer zu entziffern. Jemand hat eine Zigarette darauf ausgedrückt und das Foto ziemlich stark beschädigt. Und das Wasser hat natürlich ein Übriges getan.« Sie trat ein und legte Paterno ein paar maschinengeschriebene Seiten auf den Schreibtisch. »Hier ist der Bericht. Du findest alles im Labor, falls du es dir ansehen willst.«

»Ich nehme an, es waren keine Fingerabdrücke auf dem Namensschild?«, fragte Paterno ohne große Hoffnung, dann griff er nach den Seiten und überflog sie rasch. Wer auch immer hinter dem chaotischen Cahill-Fall stecken mochte, er war zu schlau, um sich einen so grundlegenden Fehler zu erlauben.

»Nur die von Santiago.« Janet ließ sich auf einen Stuhl fallen.

»Und auf dem Arztkittel?«

»Nichts.«

»Natürlich nicht.« Paterno schob seinen Kaugummi, der inzwischen allen Geschmack verloren hatte, von einer Backe in die andere. »Ich habe heute Morgen mit Crane Delacroix gesprochen«, sagte er und dachte an das kurze Gespräch mit Pamelas Exmann zurück.

»Neue Erkenntnisse?«

»Er hat nicht viel gesagt. Ich glaube, er hat eine Klage gegen die Familie Cahill eingereicht. Allerdings ist bisher nichts Konkretes darüber bekannt, und die Cahills pflegen solche Dinge außergerichtlich zu regeln. Wie auch immer, über seine Exfrau wollte er nicht eingehender sprechen. Er sagte, sie hätte ihrer Tochter alle möglichen Flöhe ins Ohr gesetzt, woraufhin die Kleine ihr Studium aufgegeben habe. Außerdem gibt er an, Pam hätte angedeutet, dass sie in Kürze zu sehr viel Geld kommen würde. Als er sie danach fragte, wich sie ihm aus und behauptete, sie hätte einen Vertrag für ein Buch in Aussicht. Allerdings schien sie zu bereuen, dass sie damit geprahlt hatte. Seiner Meinung nach war es bloße Angeberei.«

»Und wie denkst du darüber?«, erkundigte sich Janet.

»Ich weiß jedenfalls, dass sie an einem Buch gearbeitet hat.« Als Janet Anstalten machte zu fragen, woher diese Information stammte, fügte er rasch hinzu: »Frag mich nicht.«

»Verdammt, Paterno, was hast du angestellt?«

Er winkte ab. »Besorgen wir uns einen Durchsuchungsbeschluss für ihr Haus und sehen uns die Dateien auf ihrem Computer an. Vielleicht finden wir da einen Hinweis, der uns weiterbringt.«

Janet, die, soweit Paterno wusste, im Namen der Gerechtigkeit nie auch nur den kleinsten Regelverstoß begangen hatte, musterte ihn skeptisch. »Was hast du angestellt?«

»Das willst du gar nicht wissen.«

»Zum Teufel, Paterno, wenn du dich nicht zurückhältst, versaust du uns noch den Fall.«

»Diesen bestimmt nicht.«

Janet zückte ein kleines Notizbuch, nahm einen Kugelschreiber aus dem Becher auf Paternos Schreibtisch und notierte sich etwas. »Ich kümmere mich sofort darum. Hat der Exmann von Pam sonst noch etwas gesagt?«

»Nicht viel. Als ich ihn nach seiner Tochter fragte, meinte er, sie redeten nicht miteinander und er hätte sie seit Pams Beerdigung nicht mehr gesehen. Sie ist verheiratet und lebt irgendwo in der Gegend von Los Angeles. Er glaubt, in Napa oder Santa Rosa, aber er hat keine Adresse oder Telefonnummer – ganz der aufmerksame Vater. Er kennt nur den Namen: Julie Johnson. Der Mann heißt Robert, aber er und sein Schwiegervater haben sich nie kennengelernt.« Paterno sah seiner Kollegin fest in die Augen. »Wie gesagt, nicht unbedingt der vorbildliche Vater. Wie auch immer, ich denke, wir sollten nach dem Mädchen suchen. Ich wüsste gern, was sie uns zu sagen hat.«

»Julie Johnson ist nicht gerade ein seltener Name.«

»Julie Delacroix Johnson aber schon. Ich habe sogar bereits ihre Versicherungsnummer. Versuch du dein Glück bei der Kraftfahrzeugbehörde, im Internet, bei den Standesämtern.« Dann lehnte sich Paterno auf seinem Stuhl zurück und ließ die Bombe platzen. »Julie Johnson ist der Name des Mädchens, das mit einer Klage gegen die Cahills gedroht hatte.« »Was?« Janet hob ruckartig den Kopf, und langsam breitete sich ein Lächeln auf ihrem Gesicht aus.

»Ganz recht. Der gleiche Name. Zu der Zeit, als diese Julie Johnson sich in Cahill House aufhielt, hat sie behauptet, sie sei nicht verheiratet. Das alles könnte ein Zufall sein.«

»Dass ich nicht lache.«

Paterno schmunzelte. »Ich vermute, die kleine Delacroix

war schwanger, wurde in Cahill House aufgenommen, und der Prediger konnte die Finger nicht von ihr lassen ... Oder sie hat die Geschichte über den Reverend erfunden. Ich will wissen, was danach aus ihr geworden ist.«

»Ich finde es heraus«, versprach Janet. »Sonst noch was?«

»Ja. Marla Cahill hat angerufen und behauptet, dass ihr Gedächtnis zurückkehrt. Nicht vollständig, wohlgemerkt, nur bruchstückhaft. Sie erinnert sich daran, dass sie mit Pam Delacroix im Auto saß, weiß aber nicht, warum oder wohin sie wollten, nicht einmal, wie eng sie mit der Frau befreundet war. Wie dem auch sei, sie gibt an, sie hätte jemanden auf der Straße gesehen, in strahlendem Licht, das sie blendete. Sie und Biggs mussten ausweichen, sie kam auf der einen Seite von der Straße ab, der Laster auf der anderen.«

»Herrgott, glaubst du das?«, fragte Janet.

»Noch nicht. Sie kommt später her, um eine offizielle Aussage zu Protokoll zu geben. Dann sehen wir weiter.«

»Was ist aus dem Kerl auf der Straße geworden?«

»Er muss wohl davongekommen sein, jedenfalls wurde weder auf der Straße noch im Wald eine weitere Leiche gefunden. Aber ich bin noch dabei, die Krankenhäuser in der Umgebung zu überprüfen, um herauszufinden, wer in jener Nacht oder am folgenden Morgen eingeliefert wurde. Vielleicht kann Mrs Cahill, wenn sie hier ist, uns eine bessere Beschreibung liefern, aber ich habe meine Zweifel.«

In diesem Moment klingelte das Telefon. Paterno hob bereits beim ersten Ton den Hörer ab und bedeutete Janet mit der freien Hand, Platz zu behalten. Das Gespräch war kurz, ein Laborbericht zu einem weiteren Mordfall, den Paterno bearbeitete. Nach wenigen Sätzen legte der Detective auf und lehnte sich so weit zurück, dass sein Stuhl empört knarrte.

»Warum treibt sich jemand mitten in der Nacht auf einer Straße in den Bergen herum?«, fragte Janet.

»Und was hat es mit diesem hellen Licht auf sich, von dem Mrs Cahill gesprochen hat?« Paterno ging im Geiste die möglichen Erklärungen durch.

»Vielleicht waren es nur die Scheinwerfer des Lasters, die Mrs Cahill geblendet haben.«

»Sie behauptet, das sei es nicht gewesen, das Licht sei direkt von dem Mann auf der Straße ausgegangen. Die Scheinwerfer des Lasters hätte sie erst ein paar Sekunden später bemerkt, und da war es bereits zu spät.«

Janet Quinn kniff hinter den Brillengläsern die Augen zusammen. »Du glaubst doch nicht, dass es etwas mit den Spiegelscherben zu tun hat, die wir da oben gefunden haben?«

»Ich weiß es nicht.« Paterno kratzte sich am Kinn.

»Und wenn der Kerl nun einen Spiegel hochgehalten hat – einen Handspiegel oder so –, so dass das Scheinwerferlicht des Mercedes reflektiert und die Fahrerin geblendet wurde?«

»Dazu hätte er auch eine große Taschenlampe benutzen können. Wäre das nicht viel einfacher gewesen?«

»Zu schwer und zu unhandlich. Und nicht so ohne weiteres wieder loszuwerden im Fall, dass er geschnappt worden wäre.«

Paterno legte die Fingerspitzen unter dem Kinn aneinander. »Warum springt jemand einfach so vor ein Auto?«

»Um sicherzugehen, dass sie ihn früh genug sieht, um ausweichen zu können. Dadurch bringt er mehr Abstand zwischen sich und das Fahrzeug, nicht wahr? Weil das Glas stark reflektiert. Sonst hätte er warten müssen, bis er in ihrem Scheinwerferlicht auftauchte. So aber hat er ein paar Sekunden gewonnen, und in dem Fall zählte jede Sekunde. Er wusste, dass sie bremsen und ihm ausweichen würde. Die Straße war nass. Mrs Cahill hat wahrscheinlich das Lenkrad herumgerissen und die Bremse durchgetreten, um einen Zusammenstoß mit der Person auf der Straße zu vermeiden, und dann ist sie gegen die Leitplanke geprallt«, erklärte Janet. Sie dachte laut, sprach immer schneller, während die Szene vor ihrem inneren Auge ablief. »Vergiss nicht, die Leitplanke war an der Stelle, wo der Mercedes sie durchbrochen hat, schadhaft, als sei dort geschweißt worden. Aber der Verkehrsbehörde lag kein Bericht über Reparaturarbeiten vor.«

»Du glaubst also, dass dort geschweißt wurde, um die Leitplanke zu schwächen, nicht um sie zu flicken oder zu verstärken?«

»Genau!« Janet klopfte mit den Fingern auf die Kante von Paternos Schreibtisch und grinste breit.

»Nun mal langsam«, mahnte der Detective, nicht bereit, sich von ihrer Begeisterung anstecken zu lassen. Zu viele andere Möglichkeiten mussten noch in Betracht gezogen werden. »Meinst du nicht, dass du voreilige Schlüsse ziehst? Wer sollte Marla Cahill umbringen wollen? Und warum hat derjenige sie dann nicht einfach getötet – sie eine Treppe hinuntergestoßen, ihr die Kehle durchgeschnitten? Wozu diese Umstände? Nur damit es wie ein Unfall aussieht? Das leuchtet mir nicht ein. Der Plan wäre viel zu riskant. Wie leicht hätte der Täter den falschen Wagen erwischen können!«

»Zum Beispiel Biggs' Schwertransporter.«

»Es sei denn, wir sind völlig auf dem Holzweg, und Biggs sollte das Opfer sein«, überlegte Paterno laut. »Jemand hat dafür gesorgt, dass er nie wieder zu Bewusstsein kommt, während Marla Cahill inzwischen wieder auf ihrem Privatgrundstück lebt. Vielleicht war Biggs tatsächlich das eigentliche Opfer.«

»Aber vergiss nicht, er hat eine absolut weiße Weste. Der reinste Musterknabe.«

»Im Gegensatz zu allen, die irgendwie mit der Familie Cahill verwandt sind.« Paterno kaute auf seinem Kaugummi herum. Verdammt, dieser Fall trieb ihn an den Rand des Wahnsinns. »Ich fürchte, wir müssen abwarten, was Mrs Cahill uns zu sagen hat.«

Für Nick sah es fast so aus, als wäre Conrad Amhurst tot. Der alte Mann lag, an zahlreiche Schläuche und Kabel angeschlossen und mit einem Morphiumpflaster gegen die Schmerzen versehen, flach auf dem Rücken. Als Marla an den Türrahmen klopfte, spähte er mit einem Auge in ihre Richtung. »Dad?«, sagte sie und näherte sich dem Bett. Nick hielt sich im Hintergrund. Er wollte das freudige Wiedersehen – wenn es denn eines war – nicht stören. Außerdem fühlte er sich unbehaglich, trotz aller modernen Annehmlichkeiten und der schönen Aussicht. Pflegeheime mochte er genauso wenig wie Krankenhäuser. In einer Ecke des Privatzimmers stand ein lederbezogener Ruhesessel. Eine Tür führte ins Bad, dessen

Duschkabine keinen erhöhten Rand hatte, so dass man problemlos einen Rollstuhl hineinschieben konnte. Der Rollstuhl selbst stand in einer anderen Ecke. Das Zimmer war mit Teppich in Industriequalität ausgelegt, in freundlichen Farben tapeziert und bot einen Ausblick über die Bucht hinweg auf Sausalito. Trotzdem vermittelte es ein Gefühl von Anstaltszimmer und roch auch so. Heiß. Stickig. Und der Mann in dem Bett war mehr tot als lebendig.

Marla strich über Conrads knochigen Handrücken. »Ich bin es, Marla.«

Conrad wandte den Kopf und blickte aus schmerzgetrübten Augen zu ihr auf. »Marla?«, wiederholte er sichtlich verwirrt. Den ehemals so robusten Mann mit der stolzen Haltung hatten Alter und Krankheit ausgezehrt. Seine Haut war bleich und fleckig, das graue Haar so dünn, dass die Kopfhaut durchschimmerte, nur die eingefallenen Augen glommen misstrauisch. »Nein.« Er entzog ihr ruckartig die Hand, streckte sie nach dem Nachttisch aus und tastete nach seiner Brille. Mit einiger Mühe setzte er sie auf und starrte Marla aus eulenhaften Augen an.

»Ja, ja, ich weiß, ich sehe verändert aus. Das kommt daher, dass ich einen Unfall hatte ...«, beeilte sie sich zu erklären. »Aber jetzt bin ich wieder auf den Beinen.«

Der alte Mann sah sie mit verkniffenem Mund an.

»Ich habe mir die Haare schneiden lassen, aber ...«

»Du bist nicht Marla.« Conrads Blick schweifte an ihr vorbei und fand Nick. Mit plötzlicher Klarheit fügte er hinzu: »Und du bist nicht mein Schwiegersohn.« Durch die starken Brillengläser sah er Marla böse an. »Marla ... sie ... war neulich bei mir. Mit ihrem Mann.«

»Nein, Dad, ich war nicht hier. Vielleicht hat Alex dich besucht, das weiß ich nicht, aber …«

»Sie war hier, verdammt noch mal. Du nicht«, fuhr Conrad ihr mit schleppender Stimme über den Mund, und sein Gesicht lief vor Wut rot an. »Eine Hochstaplerin bist du. Ihr seid beide Hochstapler.« Er deutete zur Fensterbank, auf der Bilder von Marla, Alex und Cissy standen. Daneben fand sich eine gerahmte Aufnahme von James gleich nach der Geburt. »Das da sind Marla und ihre Familie.«

»Ja, Dad, ich weiß. Ich bin mit Nick hergekommen, weil er gerade Zeit hatte, mich zu fahren, und …«

»Und du hast geglaubt, weil ich schon bald vor meinen Schöpfer trete, könntest du mich hinters Licht führen.« Er bedachte sie mit einem vernichtenden Blick, und ihr lief eine Gänsehaut über den Rücken, denn sie spürte, dass er sie schon früher mit derselben Verachtung angesehen hatte. »Du hast es nie begriffen, wie?«, schleuderte Conrad ihr mit rauher Stimme entgegen, obwohl ihn zusehends die Kraft verließ. »Du bist nicht meine Tochter.«

»Aber …«, wollte Marla protestieren, unterbrach sich jedoch. Sie wurde blass, ihre Lippen zitterten. Sekundenlang klammerte sie sich an das Bettgitter. Ihre Augen weiteten sich, als sähe sie eine Erscheinung. »O Gott …«

»Raus hier, Kylie«, flüsterte Conrad. Seine Brillengläser betonten das Boshafte in seinem Blick. Purer Hass blähte seine Nasenflügel. »Und lass dich hier nie wieder blicken. Von mir bekommst du niemals auch nur einen Cent, verstanden?« Er nahm alle Kraft zusammen und tastete nach einem Schalter am Bettgestell. »Raus. Auf der Stelle!«

Marla wich langsam zurück.

Vom Flur her waren Schritte zu hören. Als Marla sich umdrehte, sah sie eine vollbusige Krankenschwester mit mürrischem Gesicht zur Tür hereinkommen. »Mr Amhurst hat geklingelt«, erklärte sie und trat an Conrads Bett. »Wünschen Sie etwas, Mr Amhurst?«

»Ja«, zischte Conrad so vehement, dass Speichel von seinen schmalen, blassen Lippen sprühte. »Schaffen Sie diese Leute raus und lassen Sie sie nie wieder herein!«

»Aber das ist doch Ihre Tochter«, redete die Schwester ihm beschwichtigend zu.

»Pah! Sie ist nicht mein Kind. Ganz gleich, was ihre Mutter, diese Hure, behauptet.«

»Mr Amhurst!« Die Schwester gab sich schockiert, doch Nick vermutete, dass sie in Wirklichkeit bereits an die grobe Sprache und die Hasstiraden des alten Mannes gewöhnt war. Sie gab Marla mit einem stummen Blick zu verstehen, dass Conrad Amhurst nicht mehr ganz richtig im Kopf sei.

»Schaffen Sie sie raus, sofort«, befahl er, und die Schwester drängte Marla und Nick aus dem Zimmer.

»Das liegt am Morphium«, erklärte sie. »Manchmal ist er völlig klar im Kopf, dann wieder ... Tja, er kann Traum und Wirklichkeit nicht mehr voneinander unterscheiden. Bitte haben Sie Verständnis; er ist sehr krank.«

»War mein Mann in letzter Zeit hier?«, fragte Marla, noch ganz benommen von der vehementen Zurückweisung ihres Vaters. Es schien, als ob er sie hasste. »Alex Cahill, war er bei meinem Vater ... mit einer zweiten Person?«

»Nicht während meiner Schicht, aber das können Sie an der Rezeption überprüfen. Besucher sollen sich eigentlich registrieren lassen. Allerdings halten sich die wenigsten daran.«

»Wir auch nicht«, gestand Nick. In diesem Moment klingelte es leise, und das Ruflicht über Conrads Zimmertür leuchtete erneut auf. »Er hat heute offenbar einen schlimmen Tag«, entschuldigte sich die Schwester und machte auf dem Absatz kehrt.

»Lass uns gehen.« Nick fasste Marla am Ellenbogen und führte sie den langen, mit Teppich ausgelegten Flur entlang. An den Wänden waren Geländer aus lackiertem Holz angebracht, und große Fenster boten einen Ausblick auf gepflegte Rasenflächen, Blumenbeete und die Bucht dahinter. In regelmäßigen Abständen luden Sitzgruppen die Heiminsassen zum Ausruhen ein, mit Sofas und Sesseln, Lampen und Tischen, doch Nick hatte den Eindruck, dass sie selten benutzt wurden. Die Einrichtung war elegant, geradezu luxuriös. Dennoch war es ein Pflegeheim. Eine Anstalt. Ein Ort, an den sich reiche Leute zum Sterben zurückzogen.

An der Rezeption sah Nick das Besucherregister durch. Wenn Alex in den letzten Tagen hier gewesen war, hatte er sich jedenfalls nicht eingetragen. »Gehen wir«, sagte er zu Marla. Ein Wachmann öffnete ihnen die elektronisch gesicherten Glastüren. Als sie ins Freie traten, fühlte Nick sich augenblicklich besser. Himmel, das war ja wie in einem Gefängnis. Ganz gleich, wie komfortabel das Heim ausgestattet war.

Draußen trieb ein salziger Wind ein paar Wolken über den blauen Himmel. Möwen stießen kreischend auf die glasklare Wasserfläche der Bucht hinab, eisige Winterkälte hing in der Luft. Frisch. Kalt. Schneidend.

»Conrad war schon immer ein Mistkerl«, bemerkte Nick, während sie zum Parkplatz gingen.

»Er ist sehr krank.«

»Glaub mir, in gesundem Zustand war er auch nicht viel besser.«

Vor seinem Pick-up blickte Marla schließlich zu Nick auf. Sie hatte sich inzwischen wieder einigermaßen gefangen, doch auf ihren Wangen glühten immer noch zwei rote Flecke. »Wenn ich das nächste Mal auf die glorreiche Idee komme, ohne Einladung irgendwelche Verwandten zu besuchen, dann erschieß mich, okay?«

»Ich versuche, daran zu denken.« Er öffnete ihr die Beifahrertür, und Marla kletterte auf die zerschlissene Sitzbank.

Nick stieg an der Fahrerseite ein und drehte den Zündschlüssel. »Er hat nicht geglaubt, dass du Marla bist.«

Marla schnaubte. »Kannst du ihm das verübeln? Mir kommen ja selbst manchmal Zweifel.« Sie blinzelte in die grelle Sonne und fügte hinzu: »Und er hat mich Kylie genannt.« Sie trommelte mit den Fingern auf die Armlehne, während Nick vom Parkplatz fuhr. »Kylie.« Der Name klang vertraut. Aber warum? War es ihr Name? Nein ... das konnte nicht sein. Kannte sie jemanden, der so hieß? Sie konzentrierte sich, zog die Augenbrauen zusammen und versuchte, sich an eine Vergangenheit zu erinnern, die bruchstückhaft in ihrem Gedächtnis auftauchte. Ihre Erinnerung war noch verschattet und dunkel, wie hinter Schleiern verborgen. Der letzte Vorhang hatte sich noch nicht gehoben.

Nick sah Marla von der Seite her an, während er den Pick-up in Richtung Highway steuerte. »Sagt dir der Name was?«

»Ja ... Das heißt, vielleicht.« Sie stieß den Atem aus. Dann nahm sie ihre Sonnenbrille aus der Handtasche und setzte sie auf. »Er erscheint mir … ach, ich weiß nicht.« Sie bewegte die Finger, als versuchte sie, etwas zu greifen, was sich ihr immer wieder entzog. Von der Anstrengung, sich an ihr vorheriges Leben zu erinnern, bekam sie Kopfschmerzen. »In meinem Kopf wirbelt alles durcheinander, aber ich bin sicher, den Namen schon einmal gehört zu haben und … Ach, es klingt verrückt, aber irgendwo, tief in meinem Inneren, habe ich das Gefühl, Conrad weiß besser als ich selbst, wer ich bin. Ist das nicht komisch?« Marla öffnete das Fenster einen Spalt, um die salzige Luft einzulassen. »Es ist so merkwürdig. Mein ganzes Leben scheint kopfzustehen. Manchmal weiß ich nicht, was Wirklichkeit ist und was nicht. Aber seine Feindseligkeit mir gegenüber erschien mir wahrhaftiger als alles andere, was ich bisher gehört habe.«

»Er war nicht erfreut, dich zu sehen.«

»Er hasst mich.«

»Heute hatte es den Anschein«, räumte Nick ein.

Marla blickte aus dem Fenster zu den grünen Hügeln hinauf. »Was soll dann dieses Gerede über die innige Bindung zwischen meinem Vater und mir? Dass er mich mit Geschenken überschüttete, dass ich das Licht seines Lebens sei? Das ist doch alles beschönigt und völlig übertrieben. Oder sogar schlicht gelogen. Seit ich aus dem Koma erwacht bin, habe ich dieses Gefühl, eine Art Intuition, dass er und ich uns nicht verstehen. Dass wir einander nicht leiden können.« Sie warf Nick einen kurzen Seitenblick zu. »Das ist noch gelinde ausgedrückt, wie?« Beinahe hätte sie über die absurde Situation gelacht. Doch es tat zu weh. Die traurige Wahrheit war nun einmal, dass sie mit so vielen Menschen verwandt war und sich doch – abgesehen von James und Nick –

mit niemandem verbunden fühlte. Nicht einmal mit ihrer eigenen Tochter und auch nicht mit ihrem Mann. »So viel zu väterlicher Zuneigung«, murmelte sie bitter vor sich hin, dann fragte sie: »Wieso glaubt er wohl, ich sei neulich schon einmal mit Alex bei ihm gewesen?«

»Die Schwester sagte, durch die Medikamente verliert er zeitweise den Bezug zur Realität.« Nick schaltete vor einer weiten Kurve in der Küstenstraße herunter.

»Glaubst du das?« Marla sah ihn eindringlich an.

»Ich weiß nicht. Irgendwas stimmt da nicht.«

»Amen.«

»Wir sollten Alex fragen.«

»Das ergäbe ein interessantes Tischgespräch«, bemerkte Marla, dann verfiel sie in Schweigen. Ihr Vater hielt sie für eine Schwindlerin, einen Eindringling, eine Hochstaplerin. Er hatte sich aufgeführt, als sei sie jemand anders, eine Person, von der eine Frau, die er als Hure bezeichnete, behauptet hatte, sie sei seine Tochter. Hatte er das geträumt? Oder war es Teil seiner Vergangenheit?

»Wusstest du, dass der größte Teil von Conrads Vermögen nach seinem Tod an James geht?«, fragte Nick.

»An den Kleinen? Mein Sohn erbt das Vermögen meines Vaters?« Das war doch verrückt.

»Ja.«

»Moment mal.« Marla hob eine Hand. »Woher weißt du das?«

»Ich habe meine Hausaufgaben gemacht.«

»Du hast spioniert, wolltest du sagen.«

Nick schaltete das Radio ein. Aus den Lautsprechern ertönte Handywerbung. Er suchte einen anderen Sender, fand einen mit Softrock. Gerade lief ein alter Song von Billy Joel. »Nenn es, wie du willst – ich versuche lediglich herauszufinden, was hier vorgeht.«

»Ich auch«, erwiderte Marla, wenngleich es sie ein wenig beunruhigte, dass Nick womöglich mehr über ihr Leben wusste als sie selbst. »Und du bist sicher, was seinen Letzten Willen betrifft?«

»Was ist schon sicher? Aber ich habe einen Privatdetektiv engagiert.«

»Und?«

»Er hat Beziehungen, das behauptet er jedenfalls. Das Testament läuft darauf hinaus, dass alle anderen mit kleineren Beträgen abgespeist werden und das Baby der Haupterbe ist.« »Warum, um Himmels willen?«, wollte Marla wissen.

»Anscheinend hat sich dein Vater schon immer einen Erben gewünscht, der den Namen weiterträgt. Ursprünglich war im Testament vorgesehen, dass der männliche Erbe den größten Teil des Vermögens bekommt, und da Rory schwerstbehindert ist, war es an dir, einen Sohn zu bekommen.«

»Auch wenn er nicht Amhurst heißt.«

»Deshalb heißt er ja, *James Amhurst Cahill.*«

»Das kann ich nicht glauben. Das ist ... das ist so archaisch. So ... so ... krank.« Doch dann dachte sie an den Mann, der ihr Vater war. Irgendwie passte es zu ihm.

»Das Geld gehört dem Alten, er kann damit machen, was er will«, erinnerte Nick sie. Marla blickte einem Düsenflugzeug nach, das über den Himmel zog.

»Aber James ist noch nicht einmal neun Wochen alt.«

»Und er kann es als verdammtes Glück ansehen, dass er ein Junge ist.«

»Oder als Fluch.« Sie wurde dieses ungute Gefühl nicht mehr los, seit sie ihren Vater im Krankenbett gesehen hatte – nur noch ein Schatten des Mannes, der er einmal gewesen war, ein Gerippe, von Hass und Misstrauen erfüllt. Wo war nun der vernarrte Vater, der sie mit Schmuck und Wertpapieren überhäuft hatte, als seien es Bonbons? Wo war der Vater, der sie großgezogen und gehätschelt und sich darauf gefreut hatte, dass sie ihm Enkelkinder schenkte?

»Wer ist Kylie?«, fragte Nick plötzlich.

»Wenn ich das nur wüsste. Aber ich bin mir sicher, dass ich den Namen schon einmal irgendwo gehört oder gelesen habe ... Ich erinnere mich nur nicht mehr, wo.«

In Gedanken versunken, trommelte Nick mit den Fingern auf den Schalthebel, den Blick starr auf die Straße gerichtet. Nach einer Weile sagte er: »Vielleicht hast du ja doch eine Schwester. Eine Halbschwester.«

»Vielleicht.« Dieser Verdacht war auch Marla schon gekommen. »Aber wieso weiß dann niemand von ihr?«

»Weil es sein schmutziges kleines Geheimnis war. Es könnte doch sein, dass er dich jetzt, in geistiger Verwirrung, mit ihr verwechselt.«

»Das wäre möglich«, räumte Marla ein, auch wenn ihr die Vorstellung abwegig erschien. Aber warum sollte ihr Vater sie sonst mit einem anderen Namen ansprechen? »Vielleicht bin ich ja tatsächlich Kylie. Woher soll ich das wissen?« Sie sah Nick mit hochgezogenen Augenbrauen an.

»Wo steckt dann Marla, und warum glauben alle, du seist Conrads Tochter, seine Prinzessin?«

»Das glauben nicht alle«, wandte sie ein. Draußen wichen die Zaunpfähle und Wiesen den ersten Häusern vor der Stadt. Die Landschaft flog verschwommen am Fenster vorbei. Ein Lastwagen donnerte über die schmale Straße. »Cissy glaubt es nicht. Conrad glaubt es nicht. Ich selbst weiß nicht, ob ich es glauben soll. Und du?« Sie wandte den Kopf und sah ihm in die Augen. »Du hast sie gekannt. Sogar sehr gut, soweit ich weiß.« Nick umfasste das Lenkrad fester. »Glaubst du, dass ich Marla bin?«, fragte sie. Seine Lippen wurden schmal, die Kiefermuskeln traten hervor.

»Ja.«

»Wieso? Mein Gesicht ist stark verändert. Es musste nach dem Unfall durch plastische Chirurgie wiederhergestellt werden. Und vorher hattest du mich lange Zeit nicht gesehen – seit wie vielen Jahren? Zwölf?«

Nick umklammerte das Steuer so krampfhaft, dass seine Fingerknöchel weiß wurden. »Das stimmt.«

»Woher willst du es dann wissen?«

Als er nicht antwortete, berührte Marla ihn am Arm. »Woher, Nick?«

»Ich erkenne es daran, wie du auf mich reagierst, verdammt noch mal!« Er warf ihr einen Blick zu, der ihr durch und durch ging. »Denken wir nur mal an gestern Nacht«, fuhr er fort. Die Reifen sangen auf dem Asphalt. »Du weißt, was da passiert ist.«

»J-ja«, erwiderte sie und ließ die Hand sinken.

»Gewöhnlich verliere ich nicht die Kontrolle über mich, Marla«, versicherte Nick ernst. »Das ist nicht mein Stil.« Er schwieg einen Moment lang, ehe er leise weitersprach. »Das ist mir vorher nur ein einziges Mal passiert. Vor langer Zeit.«

Sein Gesicht verzog sich zu einem selbstironischen Lächeln. »Wie schade, dass du dich nicht daran erinnerst.«

Es kribbelte in ihrem Magen, und sie reckte das Kinn vor. »Ja, das ist verdammt schade«, entgegnete sie. »Es ist mir gleich, was zwischen uns vorgefallen ist, Nick, ich will mich nur erinnern.«

»Dann tu es, Lady. Mir ist es nicht gleich, ich erinnere mich, und ich will verdammt sein, wenn ich noch einmal durch diese Hölle gehe.«

Er schaltete herunter und überholte eine Limousine, die vor einer Abzweigung verlangsamte.

Marla ließ sich in den Sitz zurücksinken. Ihre Gefühle lagen bloß. So vieles in ihrem Leben war aus dem Zusammenhang gerissen, es bestand aus Fetzen und Stückchen, die nicht zusammenpassten. Und ihre Beziehung zu Nick war so wenig greifbar, so beunruhigend, so intensiv, dass es sie entsetzlich ängstigte. »Wir sollten in Erfahrung bringen, wer diese Kylie ist.«

»Sofern es sie gibt.«

»Genau.«

Nick schwieg, schaltete in den vierten Gang und gab Gas. Marla verschränkte die Arme vor der Brust und wippte nervös mit dem Fuß. Nick war ihr einziger Verbündeter, manchmal aber auch ihr ärgster Feind. Mal hatte sie das Gefühl, ihm vertrauen zu können, dann wieder sagte sie sich, dass er der letzte Mensch sei, auf den sie sich verlassen durfte. Immerhin hegte er einen alten, tiefsitzenden Groll gegen sie.

»Ich möchte dir etwas zeigen«, sagte er und bog nach Sausalito ab, statt auf den Highway zurück nach San Francisco aufzufahren. Die kleine Gemeinde an der landeinwärts gelegenen Seite der Halbinsel, am nördlichen Ende der Golden Gate Bridge, erstreckte sich über einen Hügel; pastellfarbene Häuser, Blumen und Sträucher blickten hinab auf das glitzernde Wasser der Bucht.

»Was willst du mir zeigen? Wohin fahren wir?«

»Ich dachte, wir schauen uns mal an, wo Pam Delacroix gewohnt hat.«

»Warum?«

»Um deiner Erinnerung auf die Sprünge zu helfen«, erklärte Nick, schon bedeutend weniger feindselig. »Einverstanden?«

»Einen Versuch ist es wert.«

Er bog auf den Parkplatz eines Jachthafens an der Richardson Bay ein und stellte den Pick-up dort ab. »Sie hat in einem Hausboot gewohnt?«, fragte Marla mit einem Blick auf die schwimmenden Behausungen an dem breiten hölzernen Anlegesteg.

»Seit ihrer Scheidung.« Nick zeigte auf ein von der Sonne ausgebleichtes Dock in der Nähe eines zweigeschossigen Hausboots, und Marla hatte das Gefühl, von einem Geist berührt zu werden. Sie versuchte, sich die Frau auf den Fotos in ihrem alltäglichen Leben hier vorzustellen, wie sie Einkäufe heimbrachte, mit ihrer Tochter telefonierte, Hausverkäufe plante ... aber in ihrem Gedächtnis regte sich nichts.

Sie musste sich an irgendetwas erinnern, das sie mit dieser Frau verband, die bei dem Unfall ihr Leben gelassen hatte. Entschlossen sprang Marla aus dem Pick-up und schlug die Beifahrertür zu. Der Tag war schön, der Himmel klar bis auf die Wolken, die von Westen heranzogen, doch Marla hatte das Gefühl, sich im Schatten halten, sich vor den Blicken der Nachbarn verstecken zu müssen, die vielleicht durch die Jalousien spähten. Durch den kalten, böigen Novemberwind ging sie auf die Eingangstür zu, neben der ein holzgeschnitzter Reiher mit Glasaugen stand, mit einem Willkommensschild im langen Schnabel. Nick klopfte energisch, dann warteten sie. Drinnen rührte sich nichts. Niemand öffnete. Die Jalousien blieben geschlossen. Nick schirmte die Augen mit der Hand ab und spähte durchs Fenster.

»Du hast doch nicht erwartet, dass jemand zu Hause ist, oder?«, fragte Marla und schob die Hände tief in ihre Manteltaschen.

»Nein, aber ich dachte, der Anblick würde vielleicht etwas bei dir auslösen, Erinnerungen wachrufen.«

»Wenn es nur so wäre.« Sie betrachtete das zweigeschossige Haus, die Stützpfeiler, die Terrasse aus Holzbohlen und die Terrakottakübel neben der Tür, die zu dieser Jahreszeit bis auf ein paar vertrocknete Stengel leer waren. Leer wie das Hausboot. Marla fröstelte, als sie auf die Terrasse trat, über die Pam hundertmal gegangen sein musste, um die Pflanzen zu gießen oder das Geländer zu streichen oder ein Sonnenbad in einem der Liegestühle zu nehmen, die unter einem Überdach gestapelt waren. Marla stieg die Treppe hinauf. Sie empfand eine tiefe Traurigkeit um dieser Frau willen, an die sie sich nicht erinnern konnte.

Auch im ersten Stock waren sämtliche Jalousien heruntergelassen. »Ich habe das Gefühl, über ihr Grab zu gehen«, sagte Marla, schlang die Arme um den Oberkörper und lauschte dem Wasser, das an den Pfählen und am Ufer plätscherte. Sie blickte über die Bucht hinweg auf Angel Island, und ihre Gedanken kreisten um die Frau, die bei ihr im Auto gesessen hatte und deren Gesicht sie nur von den Fotos kannte, die Nick ihr gezeigt hatte. Doch nichts regte sich. Nichts außer den Fragen, die sie seit ihrem Erwachen aus dem Koma Tag für Tag quälten.

Marla schüttelte den Kopf und sah Nick blinzelnd an. »Es tut mir leid. Das hilft mir nicht weiter. Ich glaube dir, wenn du sagst, dass Pam hier gewohnt hat, aber ich könnte es dir nicht bestätigen.«

»Es war nur so eine Idee. Ein Schuss ins Blaue.«

»Der leider sein Ziel nicht erreicht hat«, ergänzte Marla. Allmählich vertraute sie Nick, begann sich auf ihn zu verlassen. Auch wenn sie sich zugleich sagte, dass das reiner Wahnsinn war.

Denk an gestern Nacht, Marla. Du darfst ihm nicht trauen und dir selbst in seiner Gegenwart schon gar nicht. Jedenfalls nicht, wenn Gefühle im Spiel sind. Nick lehnte mit dem Rücken zu ihr am Geländer und blickte aufs Wasser. Der Wind spielte mit seinem schwarzen Haar, seine Jacke war hochgerutscht und gab den Blick frei auf den Ledergürtel und den verblichenen Jeansstoff der Levis über seinem festen, knackigen Hintern.

Als er sich nach ihr umsah, wandte Marla hastig den Blick ab. »Wir sollten gehen«, sagte sie. Aus den Augenwinkeln bemerkte sie sein durchtriebenes Lächeln. Zum Teufel mit ihm. Es war ihm nicht entgangen, dass sie ihn gemustert hatte. Womöglich hatte er sich sogar absichtlich in Positur gestellt. Manchmal war er so dreist. So arrogant. Solch ein Mistkerl. Marla ging zurück zum Wagen. Dabei rief sie sich selbst zur Ordnung. Was um alles in der Welt hatte er nur an sich, dass sie sich immerzu vorstellen musste, mit ihm zu schlafen – selbst wenn sie gerade vollauf damit beschäftigt waren, die Rätsel zu lösen, die ihr vergessenes Leben ihr aufgab?

Verdammt.

Im Pick-up rückte sie so weit wie möglich von Nick ab. »Ich muss mit Paterno sprechen«, erklärte sie, als er anfuhr. »Ich habe ihm versprochen, eine Aussage zu Protokoll zu geben.«

Nick sah auf seine Uhr. »Können wir vorher noch einen Zwischenstopp einlegen?«

»Wo?«

Er grinste frech und erwiderte: »Ich finde, wir beide sollten uns mal der Religion zuwenden.« Seine Augen funkelten vor Vergnügen. Er fuhr in Richtung Stadtmitte und bog dann in eine Seitenstraße ein. Fünf Häuserblocks weiter schaltete er herunter und fuhr im Schritttempo weiter. »Das hier ist Cherises und Donalds Revier«, sagte er und zeigte auf eine modern aussehende Kirche. Schiefergrau verputzt, mit tief heruntergezogenem Dach und kupferverkleidetem Kirchturm, stellte die Kirche das imposanteste Gebäude des gesamten Straßenabschnitts dar. Am Tor zum Gelände stand ein neonbeleuchtetes Schild mit den Terminen der Gottesdienste in der nächsten Woche. Der Reverend Donald Favier würde über den Lohn der Sünde predigen. Unter der Ankündigung war ein Psalmenzitat zu lesen. Der asphaltierte Parkplatz sah neu aus und war nur spärlich besetzt mit ein paar Limousinen, einem glänzenden Volvo und einem dunklen Jeep.

Nick bremste ab. Marla betrachtete die breite Vortreppe und die geschnitzte Flügeltür. »Ich glaube, hier war ich schon mal«, flüsterte sie. Eine Erinnerung drängte an die Oberfläche. Sie biss sich auf die Unterlippe und versuchte, den Nebel in ihrem Kopf zu durchdringen.

»Gehen wir rein. Mal sehen, was da los ist.« Nick bog auf den Parkplatz ein, und noch bevor er die Fahrertür zugeschlagen und den Schlüssel eingesteckt hatte, war Marla bereits ausgestiegen. Je näher sie herangingen, desto sicherer war sie, diese Kirche schon einmal besucht zu haben. Allerdings nicht bei Tageslicht mit der Gemeinde zu Predigten und Kirchenliedern. Nein, die Bilder, die ihr durch den Kopf geisterten, waren verschwommen und dunkel. Doch sie wurde das Gefühl nicht los, dass sie sich hier mit jemandem getroffen hatte.

Sie eilte Nick voraus die wenigen breiten Stufen zum Portal hinauf. Er griff nach dem Türknauf, aber nichts rührte sich. Die Tür war fest verschlossen.

»Mist«, knurrte Nick.

»Das ist wohl mein Schicksal«, murmelte Marla. Als Nick sie fragend ansah, fügte sie erklärend hinzu: »Ich stehe in letzter Zeit dauernd vor verschlossenen Türen.«

»Gott hat offenbar keinen Achtstundentag«, bemerkte er. Marla verzog gequält das Gesicht. »Oder vielleicht ist er gerade zu Tisch gegangen.«

»Sehr witzig.«

»Nicht wahr?«

Sie bedachte Nick mit einem vernichtenden Blick. »Deine Respektlosigkeit ist hier fehl am Platz.« Doch dann konnte sie nicht länger ernst bleiben. Lachend sprang sie die Stufen hinunter.

»Ich versuche nur, die Stimmung etwas aufzulockern.«

»Na gut, dann bist du eben doch witzig.«

Sie folgten einem gepflasterten Weg zur Rückfront des Gebäudes, wo sie den Eingang zum Gemeindebüro fanden. Nick klopfte, dann drückte er die Klinke. Vergebens. Die Tür ließ sich nicht öffnen.

In diesem Moment hörten sie von der Vorderseite der Kirche her ein Motorengeräusch. Ein Wagen fuhr mit quietschenden Reifen an. »Haben wir etwa jemanden verscheucht?« Nick rannte los.

Marla folgte ihm, so schnell sie konnte. Auf dem Parkplatz vor der Kirche blieb Nick abrupt stehen.

Sein Pick-up war noch da, und auch die beiden Limousinen und der Volvo standen genau dort, wo sie sie zuletzt gesehen hatten. »Vor ein paar Minuten hat hier noch ein Jeep gestanden, oder?«

»Ich glaube schon. Ja.« Marla nickte und rang nach Atem. Der kurze Sprint hatte sie angestrengt. »Er stand da drüben, neben dem Strauch.« Sie deutete auf eine struppige Forsythie und atmete tief durch. Himmel, sie war wirklich schlecht in Form.

»Das meine ich doch.« Nicks Augen wurden schmal.

»Es könnte Zufall sein. Vielleicht wollte der Fahrer gerade aufbrechen ...«

»Unsinn.« Er presste die Lippen zusammen und ließ den Blick über den langsam fließenden Verkehr auf der Straße wandern. »Verdammt!« Er trat mit dem Fuß einen Kiesel gegen den Reifen eines Pontiac. »Den Wagen habe ich schon mal gesehen. An dem Abend, als Cherise mich im Hotel besucht hat. Jemand hat sie in einem dunklen Jeep abgeholt.« Nick spähte die Straße entlang, als wolle er das flüchtige Fahrzeug zwingen, wieder aufzutauchen.

»In dieser Gegend fahren Tausende von Geländewagen«, erwiderte Marla, schirmte mit der Hand die Augen ab und blinzelte in die untergehende Sonne. »Und selbst wenn es derselbe Wagen war, muss das nicht unbedingt etwas zu bedeuten haben. Er könnte Cherise' Mann gehören oder der Kirche oder einem Freund.«

»Möglich. Trotzdem, hältst du es für einen Zufall, dass der Fahrer es so eilig hatte zu verschwinden, sobald wir hier aufgetaucht sind?«

»Vielleicht.«

»Vielleicht auch nicht«, entgegnete Nick. Sein Humor hatte sich mit einem Schlag verflüchtigt. Vom Pazifik her zogen erste Wolken auf. »Ich glaube nicht an Zufälle.«

»Ich auch nicht«, gab Marla zu. »Aber warum ist der Fahrer geflüchtet? Warum hat er sich nicht versteckt?«

»Vielleicht dachte er, wir wären auf der Suche nach ihm. Oder wir hätten einen Schlüssel oder würden die verdammte Tür einschlagen, was weiß ich.« Nick ging zum Pick-up und öffnete die Beifahrertür. »Komm, fahren wir.«

Marla widersprach nicht. Die Kälte kroch ihr den Rücken hinauf, und sie fühlte sich unbehaglich.

Nick stieg ein und fuhr los in Richtung Süden. Unterwegs sagte er nicht viel, sondern konzentrierte sich mit gefurchter Stirn, die Finger um das Lenkrad gekrallt, auf den Verkehr. »Du hast eine Verabredung mit Paterno?«

»Ja. Die Anschrift des Polizeireviers habe ich hier.« Sie nahm Paternos Karte aus der Handtasche, auf der ansonsten nichts stand, und reichte sie Nick. »Weißt du, die Tasche, die ich in der Unfallnacht bei mir hatte, wurde nicht gefunden. Darum habe ich keine Papiere, die meine Identität beweisen könnten, kein Geld, keine Kreditkarte, keine Schlüssel – überhaupt nichts.«

»Du hattest deine Handtasche nicht bei dir?« Nick steuerte den Pick-up auf die schmalen Fahrspuren der Golden Gate Bridge, und Marla blickte hinaus nach Westen, auf das ruhige Wasser des Pazifiks. Am Horizont waren Fischkutter und Tanker zu sehen. Der Himmel, eben noch völlig klar, hatte sich verdüstert, und dicke Wolken zogen stetig landeinwärts.

»Das sagt die Polizei. Im Haus habe ich sie allerdings auch nicht gefunden.« Sie fuhr sich mit den Fingern durch das kurze Haar. »Aber der Ring, den mein Vater mir geschenkt hat, ist aufgetaucht. Er war in dem Schmuckkästchen, das ich vorher schon mindestens ein Dutzend Mal durchsucht hatte.«

»Wer wusste, dass du ihn vermisst hast?«

»Mehr oder weniger alle.«

»Alex auch?«

»Ja. Wieso? Glaubst du, er hätte ihn genommen?«, fragte Marla, obwohl sie die Möglichkeit selbst schon in Betracht gezogen hatte. Ihr Mann war ein Geheimniskrämer, so überbehütend, als hätte er vor Gott weiß was Angst.

»Ich weiß nicht«, erwiderte Nick und schaltete herunter, »aber vergiss nicht, letzte Nacht ist er noch nach Mitternacht weggefahren. Und vielleicht hat er auch Conrad besucht, ohne jemandem etwas davon zu sagen.«

»Es ist doch kein Verbrechen, seinen Schwiegervater zu besuchen«, wandte Marla ein.

»Aber er hat es heimlich getan. Er war schon immer so, schon als Kind. Aber zurzeit ist es schlimmer denn je.« Nick trat heftig auf die Bremse, um nicht auf einen Minivan aufzufahren, der plötzlich vor ihnen angehalten hatte. »Ich wüsste zu gern, in welchen Schlamassel er hineingeraten ist.« Sie fuhren durchs Presidio weiter in südliche Richtung. »Lass uns deinen Bruder besuchen, bevor wir zur Polizei gehen.«

»Ja, gern«, stimmte Marla zu, wappnete sich aber insgeheim gegen eine weitere Zurückweisung. Sie erwartete nicht, dass Rory ihr freundlicher begegnete als ihr Vater.

Es war schlimmer, als sie es sich vorgestellt hatte. Das Gebäude war alt, aber renoviert, die goldgelbe Backsteinfassade wirkte sauber und ordentlich, drinnen war es hell und freundlich. »Es tut mir leid«, sagte die Schwester an der Rezeption, nachdem Marla ihren Wunsch vorgetragen hatte. »Besuch ist nur den Angehörigen gestattet. Wenn Sie sich nicht als Marla Cahill ausweisen können, darf ich Sie nicht zu ihm lassen.«

»Und wie steht es mit mir? Ich bin Marlas Schwager.« Nick zückte seine Brieftasche und legte seinen Führerschein vor. »Tut mir leid.« Die Schwester schüttelte den Kopf und lächelte Marla freundlich an. »Wenn Sie Ihren Ausweis mitbringen, können Sie Ihren Bruder jederzeit besuchen.«

»Aber ...«

»Das ist nun einmal Vorschrift.«

Ein Gespräch mit einem Verwaltungsbeamten brachte sie auch nicht weiter. Entmutigt verließ Marla schließlich das Backsteingebäude. »Bisher war alles vergebens«, murrte sie und schlug fröstelnd den Mantelkragen hoch.

»Das kann sich noch ändern«, redete Nick ihr wenig überzeugend zu.

Sie stiegen in den Pick-up und fuhren zum Polizeirevier. Wolkenkratzer warfen Schatten über die Straßen der Stadt, auf den Gehwegen drängten sich Fußgänger. Rikschas und Fahrräder schlängelten sich zwischen Autos, Pick-ups und Kleinbussen hindurch. Ein paar Straßen weiter heulte irgendwo eine Sirene.

»Hat Alex dir verraten, wohin er letzte Nacht noch gefahren ist?«, fragte Nick.

»Ich habe ihn heute noch nicht gesehen. Ich weiß nicht einmal genau, ob er nach Hause gekommen ist«, gestand sie. »Carmen sagte, er hätte heute schon früh am Morgen eine Konferenz gehabt.«

»Es war nicht das erste Mal, dass er nachts das Haus verlassen hat.« Nick warf einen Blick auf die Straßenschilder und bog links ab. »Neulich, nachdem er dich von deinem Termin mit Dr. Robertson zurückgebracht hatte, ist er noch einmal weggefahren. Er hat dir wohl davon auch nichts gesagt?«

»Nein«, antwortete Marla und strich über die Armlehne des Pick-ups. Ein ungutes Gefühl beschlich sie. »Die Machenschaften meines Mannes sind mir ein Rätsel.« Vergeblich suchte sie nach einer Erklärung für Alex' Verhalten. »Ich weiß, dass er in wichtigen Verhandlungen mit irgendwelchen japanischen Geschäftsleuten steckt, Investoren, glaube ich, aber abgesehen davon habe ich keine Ahnung, was er so treibt.«

»Findest du das nicht seltsam?«

Marla lachte trocken. Nick bremste hinter einem Taxi ab, das auf seine Fahrspur herüberzog. »Mein ganzes Leben ist merkwürdig, Nick«, sagte sie. »Ein Ehemann, der etwas vor mir verheimlicht, eine Tochter, die mich ablehnt, ein Vater, der mich verachtet und mich für eine Hochstaplerin hält, und ein Schwager, der ... der ...«

»Der was?«

Sie konnte es nicht eingestehen, konnte die belastenden Worte nicht aussprechen – dass sie sich zu ihm hingezogen fühlte, dass ihre Knie weich wurden und ihr Blut in Wallung geriet, wenn er sie berührte. »Der ... mich beunruhigt«, brachte sie schließlich hervor, und seine Lippen zuckten angesichts der Untertreibung. »Wie man es auch dreht und wendet, wir sind weiß Gott nicht die amerikanische Bilderbuchfamilie. Und, ja, Nick, ich finde das alles seltsam. Sehr seltsam. Ich hoffe nur, dass ich den Rätseln bald auf die Spur komme, bevor ich den Verstand verliere.«

»Oder bevor du umgebracht wirst«, erwiderte Nick ernst.

»Umgebracht?«, wiederholte Marla und fröstelte. Sie wollte sich nicht in irgendeinen melodramatischen Verfolgungswahn hineinsteigern. Zwar hatte sie auch schon daran gedacht, dass womöglich jemand versuchte, sie zu ermorden, aber bisher war es ihr gelungen, den Gedanken als übertriebene Angst abzutun. Die Befürchtung, von jemand anderem zu hören, ließ das Ganze umso viel wirklicher erscheinen. Trotzdem wollte Marla es nicht glauben.

»Denk mal darüber nach«, beharrte Nick. »In der Unfallnacht hast du jemanden auf der Straße gesehen, der dich irgendwie geblendet hat, nicht wahr?«

»Ja, vielleicht.«

»Das könnte geplant gewesen sein.« Nick bog ziemlich rasant um eine scharfe Kurve.

»Moment mal. Das ist reichlich weit hergeholt. Wie hätte der Mann denn wissen können, wo ich zu genau dem Zeitpunkt war und dass ich *Pams* Wagen fuhr?«

»Ich habe keine Ahnung, aber es ist immerhin möglich. Dann hast du geglaubt, jemand stünde an deinem Bett und würde dich bedrohen, und im nächsten Moment musstest du dich übergeben und wärst beinahe erstickt. Jemand könnte dir etwas gespritzt oder ins Essen gemischt haben.«

Marla wollte Einwände erheben, doch ihr fiel nichts ein. Nick sprach lediglich ihre eigenen Befürchtungen aus, die sie ständig quälten und die sie immer wieder von sich schob. »Wer sollte mich umbringen wollen?«

»Ich dachte, du hättest vielleicht eine Idee.«

Sie schloss die Augen und lehnte den Kopf an die Kopfstütze. »Ich weiß nicht einmal, wer ich bin, geschweige denn, wer meine ärgsten Feinde sind.« Ihre Kiefer begannen wieder zu schmerzen, ein dumpfes Pochen, das immer stärker wurde. »Und überhaupt, wozu all diese Umstände? Warum macht er es sich nicht leicht und erschießt mich einfach?«

»Weil sie wollen, dass es wie ein Unfall aussieht.«

»*Sie.* Jetzt sind es schon mehrere.« Marla schüttelte seufzend den Kopf und blickte hinaus zu den hohen Gebäuden, die sich um sie herum gen Himmel reckten. »Ausgeschlossen. Das ist an den Haaren herbeigezogen. Es war ein Unfall, Punkt. Ich musste mich übergeben, weil ich mir den Magen verdorben hatte und übernervös war, weiter nichts. Es war nichts absichtsvoll Böses im Spiel«, sagte sie in dem Versuch, sich selbst zu überzeugen. Niemand versuchte, sie umzubringen.

Oder doch?

Nick entdeckte ein Parkhaus und fuhr hinein. Er zog den Parkschein aus dem Automaten, fuhr die Rampe hinauf und hielt Ausschau nach einem freien Stellplatz.

»Warum sollte mir jemand den Tod wünschen?«, wollte sie wissen.

»Weil jemand Angst vor dir hat, vor deinen Erinnerungen.« Ein kalter Schauer lief ihr über den Rücken.

»Bist du deswegen wieder in dein Elternhaus eingezogen?«, fragte sie in plötzlicher Erkenntnis. »Um mich zu beschützen?«

»Unter anderem«, gab er zu und parkte den Pick-up auf der dritten Ebene zwischen einem BMW und einem Honda. Nachdem er den Motor ausgeschaltet hatte, sagte er: »So stark du dich auch fühlen magst, Marla – du brauchst jemanden, der auf dich aufpasst.«

»Und dieser Jemand bist du?«

Nick lächelte nicht. Er zog den Schlüssel aus dem Zündschloss und erwiderte: »Wüsstest du jemand anderen, der in Frage käme?«

»Ich denke, ich kann ganz gut auf mich selbst aufpassen.«

»Du weißt ja nicht einmal, wer du bist.« Er beugte sich zu Marla hinüber, bis seine Nasenspitze fast die ihre berührte. Sie roch seinen Duft nach Moschus und Leder. Er nahm ihre Hand und strich mit dem Daumen über ihren Handrücken. »Meinst du nicht, dass es mir in Anbetracht unserer gemeinsamen Vorgeschichte schwer genug fällt, mich selbst zu deinem persönlichen Leibwächter zu ernennen?« Seine Augen waren dunkel, seine Finger warm.

»Ja … ja, sicher«, erwiderte sie, bemüht, den Blick von seinen schmalen Lippen zu lassen, seine Körperwärme nicht zu spüren, diese Glut, die die Fenster beschlagen ließ. »Aber ich habe schließlich einen Mann ...«

»Mit dem du nicht schläfst, der ständig außer Haus ist, der mitten in der Nacht wegfährt«, konterte Nick. »Und dem du nicht traust.«

Marla schluckte. Sein Blick wanderte zu ihrem Hals. Sie streckte die freie Hand nach dem Türgriff aus, schloss die Finger um das kühle Metall. »Willst du damit sagen, dass ich nirgendwo in Sicherheit bin, nicht einmal in meinem eigenen Haus?«

Nick sah sie todernst an. »Ganz genau.«

»Aber das sind doch alles nur Vermutungen von dir, nichts als verrückte Hirngespinste.«

»Ich will es hoffen. Bei Gott, ich will es hoffen«, sagte er inbrünstig. Sein Atem war warm, sein Blick verführerisch, und tief im Inneren spürte Marla heiß aufkeimendes Verlangen. Das durfte nicht sein. Nicht schon wieder.

Sie stieß die Tür auf. »Lass uns mit dem Detective reden.«

»Du hast es wieder vermasselt! Herrgott, wie blöd bist du eigentlich?« Die Stimme am anderen Ende der Leitung klang wütend. »Ist es denn so schwer, jemanden umzubringen?«

Am liebsten hätte er dem Scheißkerl gesagt, er könne ihn am Arsch lecken. Er stand in einer Telefonzelle, um ihn herum senkte sich die Nacht, und er hatte Lust, dem Kerl am Telefon den Hals umzudrehen. »Hör mal, wenn es so dringend ist, dann bring Marla doch selbst um«, knurrte er, wohl wissend, dass der Blödmann es nicht wagen würde, sich selbst die Hände schmutzig zu machen. Ein Feigling der übelsten Sorte.

»Wir haben ein Abkommen.«

»Ich weiß.« Er beruhigte sich halbwegs und blickte mit schmalen Augen auf eine Ampel an der Ecke, wo ein paar Teenager mit äußerster Mühe einen großen Hund an der Leine hielten, der offenbar entschlossen war, sich in den Straßenverkehr zu stürzen. »Ich erledige das schon.«

»Nein. Jetzt nicht. Das ist zu riskant. Sie fängt an, sich zu erinnern. Und uns gehen allmählich die Gelegenheiten aus. Schon bald werden alle, die Polizei eingeschlossen, Verdacht schöpfen.«

»Ich tu's noch heute Nacht«, versprach er und lächelte über die Panik in der Stimme des anderen Mannes. »Ich erledige das heute Nacht.«

»Nein ... nicht im Haus. Dort sind sowieso schon alle überreizt. Ich werde mir etwas überlegen. Wir müssen noch warten.«

»Du bist doch derjenige, dem es so eilig ist, dass sie stirbt.«
»Ist es dir etwa nicht eilig?«

Die Hand, in der er den Hörer hielt, war feucht von Schweiß. »Eigentlich würde ich mir lieber Zeit lassen. Die Sache ein bisschen in die Länge ziehen. Sie soll um Gnade winseln.«

»Scheiße, du bist noch viel perverser, als ich dachte. Aber lass es jetzt erst einmal. Bis ich mir was überlegt habe. Dann kannst du sie umbringen. Und ich verlange saubere Arbeit. Du sollst ... du sollst sie nicht quälen.«

»Was zum Teufel geht das dich an?« Der Scheißkerl am anderen Ende der Leitung hatte doch tatsächlich Skrupel.

Das war die Höhe! Er lachte und griff in die Innentasche seiner Jacke nach den Zigaretten. »Deswegen hast du mich doch angeheuert, nicht wahr? Weil ich pervers bin? Und weil ich dich in der Hand habe, mein Freund.«

»Lass uns mal eines klarstellen, ja? Wir sind keine Freunde. Wir waren nie Freunde und werden es auch nie sein. Das hier ist ... rein geschäftlich.«

Er steckte sich die Filterzigarette zwischen die Lippen. »Heißt es denn nicht, Blut ist dicker als Wasser?«

»Blödsinn. Das weißt du so gut wie ich. Und jetzt wartest du einfach ab, bis ich mich melde, dann erledigst du die Arbeit und kriegst dein Geld.«

»Das will ich hoffen. Denn wenn ich keine Kohle sehe, wenn du mich übers Ohr haust, dann erfahren die Polizei und die Presse von mir die wahre Geschichte. Über dich und all deine Sünden, die du so mühsam geheim hältst. Alles, was du getan hast, ist dokumentiert, *amigo*, alles. Auch der Bockmist, den du dir vor einiger Zeit in Cahill House geleistet hast. Ich hab dich am Arsch. Also komm mir nicht blöd.«

Er knallte den Hörer auf und schlug den Kragen hoch, denn vom Meer her wehte ein scharfer Wind. *Scheinheiliger Mistkerl.* Wart's nur ab. Er ging ein paar Häuserblocks weit den Hang hinunter, lief vor einer Straßenbahn über die Straße und wanderte die Strandpromenade von Fisherman's Wharf entlang, wo er sich unter die Touristen mischte, die dem schlechten Wetter trotzten. An Tagen wie diesem schmerzte sein Knöchel immer noch, eine quälende Erinnerung daran, dass es ihm nicht gelungen war, Marla zu töten. Doch das würde er bald nachholen.

Krabbenverkäufer boten kalte Krabben und heiße Suppe an. Über den Lärm des Straßenverkehrs und der Touristen hinweg scholl gelegentlich das Bellen eines Seelöwen durch die kalte Winterluft.

Er verlangsamte seinen Schritt und ging, die Zigarette im Mund, hinter einem älteren asiatischen Paar her, das sich gegen den Wind stemmte. Seine Gedanken kreisten unaufhörlich um Marla. Die Prinzessin. Schön und reich. Und die heißeste Braut, die zu erleben er je das Vergnügen hatte.

Einmal hatte er sich eingebildet, er sei in sie verliebt.

Aber wenn es um Frauen ging, war er schon immer ein Idiot gewesen. Gerade jetzt kotzte sie sich bei diesem Blödmann von Detective aus, und der Bruder war bei ihr. War er es, mit dem er sie am Vorabend gesehen hatte? Der Kerl, dessen Gesicht er im dunklen Fenster nicht hatte erkennen können? Der Kerl, der ihren nackten Körper berührt hatte? Oder war das ihr Mann gewesen?

Wie auch immer, es geilte ihn auf.

Sie umzubringen würde ihm Vergnügen bereiten, aber er musste sich etwas ausdenken, wie er sie tötete – es musste etwas persönlicher sein. Ja, genau. Etwas ... Intimes und Verführerisches und Tödliches. Es war ihm scheißegal, was der reiche Dreckskerl, der ihn angeheuert hatte, von ihm verlangte. Das hier war sein Spiel, und er wollte ihr Gesicht sehen, bevor sie starb. Sie sollte wissen, dass er Rache nahm. Er stellte sich vor, wie sie die Augen aufriss, wenn sie begriff. Wie ihre Lippen vor Angst zitterten, wie sie um Gnade bettelte.

Einmal noch, Baby, dachte er, und sein Schwanz wurde hart, als er sich ihre Angst ausmalte. Er schnippte die halbgerauchte Zigarette in den Rinnstein und betrat eine der Bars, wo man kaltes Bier und Fish and Chips bekam. Er setzte sich auf einen Barhocker, bestellte sich ein Bier vom Fass, und während er die zierliche Kellnerin mit den großen Titten beäugte, überlegte er, ob er Marla ficken könnte, bevor er sie umbrachte.

15.

»Sie erinnern sich also immer noch nicht, warum Sie in jener Nacht mit Pam Delacroix unterwegs waren?«, fragte Paterno in seinem engen, unordentlichen Büro und kippelte mit seinem Stuhl. Es war stickig und roch nach abgestandenem Kaffee.

»Nein, noch nicht.« Marla sah ihm fest in die Augen. Sie saß ihm auf der anderen Seite des Schreibtisches gegenüber. »Ich erinnere mich kaum an sie«, fuhr sie fort, »aber ich glaube, es ist nur noch eine Frage der Zeit, bis mir alles wieder einfällt. Ich werde Ihnen dann sofort Bescheid geben.« Marla versuchte, sich ihre gereizte Stimmung nicht anmerken zu lassen, doch es gelang ihr nicht. Sie redeten schon seit mehr als einer Stunde, sie hatte das Unfallprotokoll unterschrieben, und allmählich wurde sie müde. Ihr Mund schmerzte heftig, und die Befragung durch den Detective verbesserte ihre Laune auch nicht gerade. Nick, der neben Marla saß, hatte während der Vernehmung die meiste Zeit geschwiegen, doch Anthony Paterno behielt ihn ebenso scharf im Blick wie Marla. Der Detective trug eine Brille mit Halbgläsern. Auf seinem Schreibtisch lagen unordentlich aufgestapelt Aktenordner mit Kaffeeringen, rechts von ihm stand ein Computer, hinter ihm hing eine Pinnwand mit Fotos von Verbrechensschauplätzen. Bilder von Pams schrottreifem Mercedes, von Pams blutüberströmter Leiche, den verkohlten Überresten des riesigen Schwertransporters und der klaffenden Lücke in der Leitplanke bildeten eine

Gruppe. Marla fiel es schwer, den Blick von den makabren Bildern von verbogenem Metall und der toten Frau zu lösen. Sie schauderte, als sie an jene Nacht dachte und sich wieder an Pams entsetzliche Schreie erinnerte.

»Wie ich hörte, hat neulich nachts jemand von Ihrem Telefon aus einen Rettungswagen gerufen und die Sanitäter dann bei ihrer Ankunft gleich wieder weggeschickt.«

»Schlechte Nachrichten verbreiten sich schnell«, bemerkte Nick.

»Computer. Heutzutage ist alles vernetzt.« Paternos Blick wanderte von Nick zu Marla. »Und, was war passiert?«

Es bestand kein Grund, die Wahrheit zu verschweigen, und so berichtete Marla, wie ihr schlecht geworden war und sie sich entschlossen hatte, Phil Robertson in der Klinik aufzusuchen. Während sie sprach, lehnte Tony Paterno sich auf seinem Stuhl zurück, kaute Kaugummi, als hinge sein Leben davon ab, und kritzelte Notizen auf einen kleinen gelben Block. »Hört sich an, als hätten Sie unverschämtes Glück gehabt.«

»Das mag sein.«

»Wovon ist Ihnen übel geworden?«

»Ich weiß es nicht.«

Paterno sah Nick kurz an. »Ein Glück, dass Mr Cahill so schnell mit dem Seitenschneider zur Stelle war. Wie gut, dass er im Hause war.«

»Allerdings«, erwiderte Marla und reckte das Kinn vor. Sie hörte die Andeutung in den Worten des Polizisten, den stummen Vorwurf, dass sie mit einem anderen Mann als ihrem Gatten zusammen gewesen war, doch sie ging nicht darauf ein.

»Sie sind wieder in Ihrem Elternhaus eingezogen?«, fragte Paterno, an Nick gewandt, und musterte Marlas Schwager mit düsterem, abschätzendem Blick.

»Ja, nach jenem Abend.«

»Warum?«

Auf Nicks Gesicht erschien sein breites Du-legst-mich-nicht-rein-Grinsen, das Marla schon so gut kannte. »Ich habe mich wohl endlich dem Druck der Familie gebeugt.«

»Wer hat Druck auf Sie ausgeübt?«

»Meine Mutter. Und mein Bruder.«

Paterno zog die Brauen hoch. »Sie kommen mir nicht vor wie jemand, der sich unter Druck setzen lässt.«

»Kommt darauf an, von wem«, erwiderte Nick gedehnt, und seine blauen Augen funkelten herausfordernd. Paternos Lippen zuckten. »Es war eben an der Zeit. Die Vorfälle des Abends hatten mich überzeugt.«

»Weil Mrs Cahill übel geworden war?«

»Weil sie in Lebensgefahr geschwebt hatte.« Nicks Grinsen erstarb. »Wie Sie schon sagten, es war ein Glück, dass ich in der Nähe gewesen bin.«

Paterno nickte und kratzte sich gedankenverloren im Nacken. »Und wo war Ihr Mann?«, erkundigte er sich bei Marla.

Gute Frage. »Außer Haus. Geschäftlich.«

Paterno griff nach einem Bericht, rückte seine Brille zurecht und sagte: »Hier heißt es, dass der Notruf um 23:15 Uhr eingegangen ist.«

»Das kommt ungefähr hin.« Nick schlug lässig die Beine übereinander.

Paterno gab sich damit nicht zufrieden. »Ziemlich spät für einen Geschäftstermin, finden Sie nicht?«

Marla wollte aufbrausen; es stieg ihr heiß in den Nacken, auch wenn sie sich selbst ebenfalls über das geheimnisvolle Treiben ihres Mannes wunderte. Was führte Alex im Schilde? Warum konnte sie ihm nicht vertrauen? Und warum glaubte sie, ihn gegenüber diesem Cop verteidigen zu müssen, der doch nur seine Pflicht tat? »Alex hat keine festen Arbeitszeiten.«

»Viele von uns auch nicht.« Paterno legte den Bericht auf seinen ohnehin bereits übervollen Schreibtisch und faltete die Hände über dem unordentlichen Papierstapel. »Mrs Cahill, fällt Ihnen irgendein Grund ein, weshalb jemand Ihren Tod wünschen könnte?«

»Sie glauben, jemand versucht, mich umzubringen?«, fragte sie mit wildklopfendem Herzen. Zum zweiten Mal innerhalb weniger Stunden wurde genau das angedeutet, was sie als Verfolgungswahn abzutun versuchte.

»Wenn Ihre Geschichte stimmt, dann ist jemand mit Absicht vor Ihren Wagen gesprungen. Aber noch ist Ihre Erinnerung nicht ganz wiederhergestellt, deshalb will ich keine voreiligen Schlüsse ziehen. Wie auch immer, neulich nachts wären Sie beinahe gestorben, und ich frage mich, ob Ihnen vielleicht jemand etwas eingegeben hat, was den Brechreiz auslöste, wohl wissend, dass Sie daran ersticken würden.«

»Nein, das glaube ich nicht«, widersprach Marla. »Ich habe mit meiner Familie zum ersten Mal am Tisch gegessen, und ich musste mit Suppe vorliebnehmen, weil meine Kiefer noch mit Drähten fixiert waren. Später habe ich etwas getrunken. Bei mir am Bett steht immer Wasser oder Tee oder Saft bereit, die Getränke bringt mir gewöhnlich jemand vom Personal. Aber man hat mir keine anderen Medikamente verabreicht oder so.« Sie beschloss, so offen wie möglich mit dem Detective zu reden. »Ich sollte Ihnen wohl besser sagen, dass ich das Gefühl hatte, in jener Nacht sei jemand in mein Zimmer eingedrungen.«

»Ja, zum Teufel, das sollten Sie mir allerdings sagen.« Paterno hob ruckartig den Kopf und kniff die Augen zusammen. »Wer?«

»Das weiß ich nicht. Ich hatte geschlafen, und beim Aufwachen glaubte ich jemanden, einen Mann, flüstern zu hören: ›Stirb, Luder!‹ Aber als ich dann richtig wach war und das Licht einschaltete, war niemand da. Ich habe in allen Räumen auf der Etage nachgesehen, aber damit habe ich nur erreicht, dass meine Tochter mich jetzt für völlig verrückt hält und mich am liebsten in eine Anstalt einweisen lassen würde.«

»Aber Sie hatten das *Gefühl*, dass jemand da war?«

Marla zuckte die Achseln. »Ich habe es nicht gleich zur Sprache gebracht, weil ich es nicht mit Sicherheit sagen kann. Ich habe ernsthafte Probleme mit meinem Gedächtnis, ich träume wirr und zusammenhanglos, und ich könnte mir alles nur eingebildet haben. Vielleicht war es nur Teil eines Alptraums.«

»Aber Sie sind sich nicht sicher?«

»Nein«, gab Marla zu, und ihr gefror schier das Blut in den Adern, als sie sich an das Gefühl erinnerte, dass jemand sich über ihr Bett beugte. So nahe. So niederträchtig. So darauf versessen, ihr etwas anzutun. »Ich – ich bin mir ganz und gar nicht sicher. Auch heute nicht, als wir meinen Vater besuchten. Er war überzeugt, ich sei jemand anders, eine gewisse Kylie, und ich ... meine Erinnerungen reichen nicht aus, um ihm das Gegenteil zu beweisen.«

»Er ist ziemlich krank, nicht wahr?«

»Sehr«, bestätigte Nick. »Die Schwester meinte, er könnte aufgrund der Schmerzmittel halluziniert haben.«

»Aber Sie wissen nicht, ob er phantasiert hat oder ob seine Vorwürfe der Wahrheit entsprechen.« Wieder wandte Paterno sein Jagdhundgesicht Marla zu, während er Notizen auf seinen Block kritzelte. »Ich frage Sie noch einmal: Wer, glauben Sie, will Ihnen etwas antun?«

»Ich weiß es nicht«, gestand sie.

Paternos Blick wanderte zu Nick. »Sie scheinen ziemlich gut Bescheid zu wissen. Haben Sie eine Ahnung?«

Nick zögerte. »Ich bin noch nicht lange genug hier, um mich auszukennen. Ich weiß, dass mein Bruder keine festen Arbeitszeiten einhält, und er ist verschlossener, als ich ihn in Erinnerung habe.«

»Und das Unternehmen steckt in finanziellen Schwierigkeiten.«

»Allerdings.«

»Warum sollte Mrs Cahills Mann sie umbringen wollen?«

»Das hat niemand behauptet«, mischte sich Marla ein. »Es war nicht Alex, der in jener Nacht an meinem Bett gestanden hat«, fügte sie empört hinzu. Alex' Stimme hätte sie doch erkannt. *Aber er war nicht zu Hause, seine Mutter hatte ihn telefonisch verständigen müssen. Konnte er diese Drohung gezischt und anschließend schnell das Zimmer verlassen haben? Und dann ... was? War er dann in seinen Jaguar gestiegen und zu einer späten Konferenz gefahren ...? »Alex war es nicht.«*

»Wie dem auch sei – gibt es einen Grund, weshalb er Ihren Tod wünschen könnte? Haben Sie eine hohe Lebensversicherung? Hat er eine andere Frau? Denkt er, Sie hätten eine Affäre?«, fragte Paterno und blickte Nick dabei vielsagend an.

»Das glaube ich nicht.«

Der Stuhl knarrte, als der Detective aufstand. »Wir haben nicht genug in der Hand, um Ihnen Polizeischutz zu gewähren. Es liegen keine konkreten Anhaltspunkte dafür vor, dass jemand Ihnen nach dem Leben trachtet.«

»Ich brauche ganz sicher keinen Polizeischutz«, entgegnete Marla. »Das Haus ist eine Festung.«

Paterno schien nicht überzeugt. Nervös ließ er seinen Kugelschreiber klicken. »Kein Alarmsystem ist völlig sicher. Dafür ist Ihr Eindringling Beweis genug, sofern er real war.« Der Detective blätterte in den Papieren auf seinem Schreibtisch und zog die Kopie einer Bleistiftzeichnung heraus.

»Das hier ist ein Phantombild des Mannes, von dem wir annehmen, dass er Charles Biggs umgebracht hat. Eine der Krankenschwestern hat ihn gesehen und ihn unserem Zeichner beschrieben.« Er reichte Marla das Bild, doch weder sie noch Nick konnten etwas damit anfangen. »Dann«, fuhr Paterno fort, wandte sich seinem Computer zu und begann zu tippen, »haben wir diese Zeichnung genommen, sie mit dem Computer bearbeitet, und dabei sind wir zu diesem Ergebnis gekommen.« Auf dem Bildschirm erschien das Gesicht eines Mannes mit Oberlippenbart, eckigen Brillengläsern und kräftiger Kinnpartie. Paterno drehte den Monitor um, und Marla blickte in das Gesicht eines Fremden.

Sie schüttelte den Kopf.

»Und jetzt?« Paterno drückte eine Taste, woraufhin der Bart verschwand.

»Nein …«

»Und jetzt?« Die Brille verschwand.

Der Detective probierte noch mehrere Kombinationen durch, fügte Bärte hinzu, veränderte Haaransatz und -farbe, doch keins der Gesichter war Marla vertraut. »Vergessen Sie nicht, ich erkenne nicht einmal meine engsten Verwandten«, gab Marla zu bedenken.

»Und Sie?«, wandte Paterno sich an Nick.

Der beugte sich vor und musterte die Gesichter auf dem Bildschirm. »Nein«, sagte Nick schließlich, und Paterno schaltete entmutigt den Computer aus. »Wir suchen noch nach der Tochter von Pamela Delacroix«, erklärte er. »Sie ist mit einem gewissen Robert Johnson verheiratet. Bisher konnten wir sie nicht ausfindig machen.«

»Ich würde gern mit ihr reden, wenn Sie sie gefunden haben«, bat Marla. »Um ihr wenigstens mein Beileid auszusprechen.«

»Ich werde sehen, was ich tun kann«, versprach der Detective.

Sie redeten noch ein paar Minuten, dann schien Paterno sich zufriedenzugeben, und die Vernehmung war abgeschlossen. »Gut, das soll für heute genügen. Aber wenn irgendetwas passieren sollte, möchte ich sofort benachrichtigt werden.«

»Selbstverständlich«, versicherte Marla, und sie und Nick standen auf. »Sie haben nicht zufällig inzwischen meine Handtasche gefunden?«, fragte sie, während sie sich den Riemen der Tasche, die sie aus dem Schrank genommen hatte, über die Schulter legte. »Ich muss in der Unfallnacht doch eine bei mir gehabt haben.«

»Sie ist also immer noch nicht aufgetaucht?« Paterno runzelte die Stirn, kaute, ließ den Kugelschreiber klicken. »Ich lasse die Umgebung der Unfallstelle noch einmal absuchen.«

»Danke.«

Das Telefon auf seinem Schreibtisch begann zu klingeln. Detective Paterno nahm den Hörer ab, klemmte ihn zwischen Kinn und Schulter ein und meldete sich. »Paterno ... ja ... nein, ich bin hier gerade fertig. In fünf Minuten kann ich zur Stelle sein.« Er legte auf und griff nach seiner Jacke. »Die Sache ist mir ernst. Wenn irgendetwas Außergewöhnliches passiert, rufen Sie mich bitte an.«

»Ganz bestimmt«, versprach Nick.

Als sie das Polizeirevier verließen, senkte sich bereits die Nacht über die Stadt. »Ich lade dich zu einem Kaffee ein«, bot Nick an, als sie an einem Fußgängerüberweg warteten, vor dem sich die Menschen drängten. Feierabendverkehr verstopfte die Straßen. Die Luft roch nach Autoabgasen und Regen.

Ein kalter Wind fegte durch die Straßen, blähte Marlas Regenmantel und blies ihr die kurzen Locken aus dem Gesicht. Nick hatte sie am Ellenbogen gefasst, sein Angebot hing in der Winterluft.

»Ich weiß nicht«, erwiderte Marla, obwohl sie sich wünschte, noch länger mit ihm zusammen zu sein, allein mit ihm, um sich über ihre Gefühle klarwerden zu können.

»Nur auf einen Kaffee.«

Die Ampel schaltete auf Grün. In einem Pulk von Fußgängern überquerten sie die Straße. »Es wäre besser, wenn ich vor dem Abendessen nach Hause käme. Ich habe Cissy seit heute Morgen nicht gesehen und den Kleinen seit heute

Mittag nicht mehr.« Sie sah mit einem schiefen Lächeln zu Nick auf. »Ich bin Mutter, weißt du, das ist mit gewissen Verpflichtungen verbunden.«

»Dann holen wir uns einen Kaffee zum Mitnehmen«, schlug er vor. Sie fuhren mit dem Lift zur dritten Ebene des Parkhauses hinauf. Auf dem Weg zum Pick-up hielten sie Abstand voneinander. Marlas Kiefer schmerzte, und in ihrem Kopf kreisten tausend bohrende Fragen, von denen sie keine einzige beantworten konnte. Wer war sie? Warum hielt ihr Vater sie für jemand anderen? Warum erinnerte sie sich nicht? War da tatsächlich jemand, der ihren Tod wollte?

Warum fühlte sie sich so gefährlich zu einem anderen Mann hingezogen, obwohl sie doch verheiratet war?

Im Wagen lehnte sie sich auf dem Sitz zurück und schloss die Augen. Der Lärm der Stadt – das Dröhnen von Motoren, das Sirren von Reifen, das Geräusch von Autohupen – trat in den Hintergrund, als Nick das Radio einschaltete und Countrymusic ertönte. Was dachte sie sich dabei, auch nur einen Kaffee mit Nick zu trinken? Das steuerte doch geradewegs auf die Katastrophe zu. Sie brauchte nur an die vergangene Nacht zu denken und sich zu erinnern, wie leicht es war, der Versuchung zum Opfer zu fallen. Noch jetzt stockte ihr der Atem, wenn sie daran dachte, wie seine Hand den Seidenstoff hochgeschoben hatte und daruntergleitt, um ihre Haut zu streicheln.

Wäre es denn eine Sünde?

Ihre Ehe war eine Farce. Sie schlief nicht einmal mit ihrem Mann.

Warum nicht einfach ausbrechen, die Frau entdecken, die

sich – das spürte sie – in Marlas Cahills Leben verbarg, in ihrem Haus, unter ihrer Haut?

Sie öffnete die Lider einen Spalt und beobachtete Nick aus den Augenwinkeln. Herb. Männlich. Züge wie in Stein gemeißelt. Sehnen und Muskeln. Geballte Kraft und ein scharfer Verstand. Marla biss sich auf die Unterlippe. Als ob Nick ahnte, welche Richtung ihre Gedanken nahmen, warf er ihr einen Blick zu, der ihr durch und durch ging. Seine blauen Augen hielten ihren Blick einen Herzschlag lang fest. Er spürte es ebenfalls. Hier in der engen Fahrerkabine des Pick-ups, mitten in der pulsierenden Stadt, in intimer Dunkelheit, die nur vom Scheinwerferlicht entgegenkommender Fahrzeuge durchbrochen wurde, spürte Nick die Glut. Das Begehren.

In diesem Sekundenbruchteil reagierte sie unvermittelt, die Glut wurde zu Flammen entfacht, heiß wie der Atem Satans und weitaus gefährlicher.

Lass es, ermahnte sie sich selbst und klammerte sich an den Griff der Beifahrertür. Du hast im Augenblick genug andere Sorgen – womöglich versucht jemand, dich umzubringen. Du weißt nicht einmal richtig, wer du bist. Ein Kuss von Nick würde mehr nach sich ziehen. Berührungen. Liebkosungen. Heiße Haut an heißer Haut. Wie gestern Nacht, als die Situation beinahe entgleist wäre. Du würdest den größten Fehler deines Lebens begehen und könntest alles verlieren: deinen Mann, deine Kinder, dein Zuhause, deine Selbstachtung.

Marla schloss die Augen und kämpfte die unerwünschten Gefühle nieder.

»Keine Angst«, sagte Nick und verlangsamte die Fahrt. Als Marla die Augen aufschlug, erkannte sie, dass er einen Parkplatz suchte. »Bei mir bist du in Sicherheit.«

O ja, bestimmt. So sicher wie mit einem brennenden Streichholz in einer Benzinpfütze!

Die Vorstellung entlockte ihr ein Lächeln. »Aber vielleicht bist du bei mir nicht in Sicherheit, lieber Schwager.«

»So viel steht fest, Lady.« Er parkte in der Hafengegend, einen halben Häuserblock vom Ghirardelli Square entfernt, wo Backsteingebäude einen Hof mit Uhrenturm einfassten. Nick hielt auf einen Coffeeshop zu, der auf exotische Geschmacksrichtungen spezialisiert war. Sie bestellten Kaffee zum Mitnehmen, probierten von einem Tablett mit Gebäck und verließen den Laden mit ihren dampfenden Bechern. Nebel wallte durch die Straßen, deren alte Lagerhäuser jetzt Geschäfte und Boutiquen beherbergten. In den Bäumen glommen Tausende von winzigen weißen Lichtern, und die Straßenlaternen verbreiteten einen bläulichen, beinahe gespenstischen Schein.

»Vielleicht solltest du mir von uns erzählen«, sagte Marla, als sie den Brunnen mit der Meerjungfrau auf dem Platz umrundeten.

»Du weißt schon, wie wir uns kennengelernt haben. Wie es war.«

»Das liegt lange zurück.«

»Versuch, dich in die Zeit zurückzuversetzen, ja? Um mein Gedächtnis aufzufrischen.« Marla hielt ihren Becher in beiden Händen, trank einen Schluck und leckte sich den Milchschaum von den Lippen.

Nick beobachtete sie, dann wandte er hastig den Blick ab. »Wahrscheinlich hast du recht.« Er trank aus seinem Becher und sah Marla an. »Das alles begann vor sechzehn oder siebzehn Jahren. Wir beide waren in den Zwanzigern und kannten uns schon, seit wir denken konnten, denn unsere Eltern verkehrten in denselben gesellschaftlichen Kreisen. Ich geriet ständig in Schwierigkeiten – mal dies, mal das. Gewöhnlich war Alkohol oder eine Frau im Spiel, oder auch beides. Ich war ständig in Gefahr, von der Schule verwiesen zu werden. Ich ging nicht gern zur Schule, was meiner Mutter peinlich war und meinen Vater empörte. Immer wieder musste er mich irgendwo herauspauken, ich passte einfach nicht ins Cahillsche Muster.«

»Der Rebell.«

»Nun, damals schien es dir zu gefallen«, erwiderte er. Gemeinsam gingen sie den Bürgersteig entlang, der jetzt deutlich weniger belebt war.

»Es hat einen gewissen Reiz«, gab Marla zu. Ihr behagte der Gedanke nicht, dass sie eine Frau war, die gern über die Stränge schlug, dass sie sich zu gefährlichen Männern hingezogen fühlte, die nach ihren eigenen Gesetzen lebten. Doch sie wusste, dass etwas Wahres daran war.

»Was mich betraf, hast du es dir aber doch anders überlegt.« »Wie?« Marla trank noch einen großen Schluck Kaffee, spürte, wie er sie von innen wärmte. Dabei studierte sie Nicks Gesicht, musterte seinen kantigen Kiefer und das dunkle Haar, das ihm in die Stirn fiel.

Er blickte finster in die Nacht hinaus. »Du hast wohl gefunden, es sei an der Zeit, endlich sesshaft zu werden. Jedenfalls hast du davon gesprochen, aber ich war noch nicht bereit dazu. Ungefähr zur gleichen Zeit entschied Alex, dass du die perfekte Ehefrau wärest. Für ihn.«

»Und da habe ich einfach mitgespielt?«

Nick schnaubte verächtlich. »Du hast nie einfach mitgespielt, Marla. Aber du hast gern geflirtet, und es hat dir Spaß gemacht, uns gegeneinander auszuspielen«, sagte er mit tiefer Verachtung. »Ich hatte irgendwann die Nase voll – und dann hast du geheiratet.«

»Und du bist nicht zur Hochzeit gekommen.«

»Ich sah nicht ein, warum ich heucheln sollte.« Nicks Nasenflügel blähten sich leicht. »Ich konnte mir nicht vorstellen, der Braut und dem Bräutigam Glück zu wünschen. Deshalb bin ich nicht gekommen.«

»Und das war's?«, fragte sie.

»Das war die Kurzfassung. Ich will dich nicht mit Einzelheiten belasten. Ohnehin ist das alles Schnee von gestern.«

»Ach ja?« Marla dachte an die Leidenschaft der vergangenen Nacht und zog skeptisch die Augenbrauen hoch.

»Es ist besser so.« Seine Augen wurden dunkel. Unvermittelt ergriff er Marlas linke Hand und hob sie hoch, so dass ihr Ehering im Licht der Straßenlaternen funkelte. Sie schnappte nach Luft, und beinahe wäre ihr der Kaffee auf den Mantel geschwappt. »Trotz allem, was gestern Nacht geschehen ist, bist du immer noch eine verheiratete Frau, Marla.«

Das ließ sich nicht leugnen. »Ich weiß«, entgegnete sie leise. »O Gott, ich weiß es ja.« Sie entzog Nick ihre Hand und fuhr fort: »Wir beide sind uns einig darüber, dass wir einen Fehler gemacht haben. Trotzdem will ich alles über unsere gemeinsame Vergangenheit wissen, Nick. Alles.«

»Herrgott noch mal.«

»Es ist mein Ernst«, beharrte sie, hob den Kopf und begegnete seinem Blick. In ihren Augen lag der gleiche Zorn wie in seinen.

Nick trank seinen Kaffee aus und drückte den Pappbecher in der Faust zusammen. »Es besteht kein Grund, das alles wieder aufzurühren.«

»Nicht?«

»Nein.« Er warf den Becher in einen Abfalleimer. Marla hakte sich bei ihm unter, und gemeinsam gingen sie die von Läden gesäumte Straße entlang, wichen anderen Fußgängern aus, rochen den salzigen Wind.

»Meinst du nicht, ich habe ein Recht darauf, die Wahrheit zu erfahren?«

»Was würde es nutzen, Mrs Cahill?«

»Vielleicht gar nichts, aber du erscheinst mir so widersprüchlich. Einmal habe ich das Gefühl, du begehrst mich, dann wieder stößt du mich von dir.«

»Lass uns eines klarstellen, okay?«, entgegnete er. »Ich begehre dich immer.« Sein Eingeständnis, die Not, die sie in seinem Gesicht erkannte, ließen Marlas Herz schneller schlagen. »Und ich werde dich auch immer von mir stoßen.« Das zu hören tat ihr in der Seele weh, und Schuldgefühle überkamen sie, die gleichen grausamen Schuldgefühle, die sie in seinen nachtdunklen Augen sah. So war es also, wenn die Liebe unter einem schlechten Stern stand, wenn sie nie mit dem Mann zusammen sein durfte, für den sie so viel empfand; so war es, den glühenden Schmerz im Inneren spüren zu müssen, der sicher noch jahrelang nicht vergehen würde.

Bei dem Gedanken schloss Marla die Augen und versuchte, sich zu fassen. Sie konnte Nick doch unmöglich lieben. Sie kannte ihn nicht einmal. Kannte sich selbst nicht. Was war los mit ihr? Und warum um Gottes willen schmerzte der Gedanke, eine Zukunft mit ihm in den Wind zu schlagen, sie so sehr? »Ich verstehe, was du sagst, glaub mir, und ich will auch keine Schwierigkeiten machen oder alte Wunden wieder aufreißen, alten Schmerz aufwühlen ... Aber für mich ist es wichtig, alles über meine Vergangenheit zu erfahren«, erklärte Marla sehr ernst und sah ihn forschend an, erkannte in seinen Zügen den inneren Kampf, den Widerstreit der Gefühle. »Alles«, wiederholte sie entschlossen. »Ganz gleich, wie schwer es zu ertragen ist. Ganz gleich, wie schmerzhaft. Ich will alles erfahren. Das Gute, das Schlechte, das Hässliche.«

»Es wird dir vielleicht nicht gefallen.«

»Das ist mir allemal lieber, als mir etwas vorzustellen, zu phantasieren und zu fürchten und einfach nicht zu wissen.« Sie fasste Nick am Ellenbogen, schloss die Finger um das rauhe Leder seiner Jacke. »Sag mir die Wahrheit, Nick. Wie auch immer sie aussieht.«

»Die ganze Wahrheit?«, vergewisserte er sich, und sie bemerkte, wie sich etwas in seinen Augen veränderte, erkannte den Wechsel von sturer Weigerung zu etwas bedeutend Trügerischerem. Die Luft zwischen ihnen schien zu knistern, als sein Blick von ihren Augen zu ihrem Mund und dann an ihrem Hals hinabwanderte, wo sie ihren Puls heftig pochen fühlte. Wild und unstet.

»Ja. Alles. Ich will alles.«

»Himmel, Marla. Du wolltest schon immer alles.«

»Ich wusste, dass du das sagen würdest.«

»Erinnerst du dich denn nicht mehr, was gestern Nacht passiert ist?«

Ihre Finger krallten sich in seinen Ärmel. »Hilf mir, Nick.« Er verzog den Mund und sah sie forschend an. »Nur damit du es weißt, ich halte das für einen großen Fehler. Aber wie dem auch sei, du willst es ja nicht anders.« Im nächsten Moment trat er in die Türnische eines geschlossenen Geschäfts, schlang die Arme um sie und zog sie fest an sich. Er senkte den Kopf, suchte begierig ihren Mund und küsste sie heftig und verzweifelt. Hart. Unerbittlich. Atemberaubend. Fest und fordernd rieb sein Mund sich an ihrem, und sekundenlang schmerzten die kleinen Wunden, die die Drähte hinterlassen hatten. Marla rang nach Luft, und in diesem Moment schob sich seine Zunge zwischen ihre Zähne, erforschte intim und kraftvoll ihren Mund. Er schmeckte nach Kaffee, seine Haut war warm, Bartstoppeln kratzten an ihrer Wange.

Der Schmerz wich der Wonne.

Sie erbebte tief im Inneren. Ihr Blut kochte. Die Nacht um sie herum löste sich auf. Marla schloss die Augen und ignorierte die warnende Stimme in ihrem Kopf. Ein Prickeln überlief sie, ihr Herz hämmerte, und sie war verloren. Sie legte die Arme um seinen Nacken und klammerte sich an ihn, während seine Zunge mit der ihren spielte.

Sie konnte nicht genug von ihm bekommen, hielt sich an ihm fest, klammerte sich an diesen Moment am Rand der belebten Straße.

Eine Glut, wild und gierig, strömte durch ihre Adern. Ihre Haut wurde heiß in der kühlen Luft. Bilder schossen ihr durch den Kopf, sie und er nackt beieinanderliegend, vor ihrem inneren Auge sah sie Nicks muskulösen Körper über ihrem, spürte seine Zunge köstlich an ihrem Hals, an ihren Brüsten und noch tiefer, auf ihrem flachen Leib, im Begriff, ihre intimsten Stellen zu erkunden, ihren Körper und ihre Seele in Besitz zu nehmen. Sie stöhnte leise, stellte sich vor, wie ihre Körper sich vereinigten, wie er tief in sie hineinstieß … so heiß, so hart, so … Er hob den Kopf, und sie vertrieb blinzelnd die erotischen Bilder, um sich der kalten Realität dieser Nacht in San Francisco zu stellen, dem Nebel, den anderen Fußgängern, dem Verkehrslärm auf den nassen Straßen.

»Ich wusste es«, sagte Nick leise. In seinen Augen spiegelten sich ihre eigenen Schuldgefühle, ihre Verzweiflung. »Ich wusste, dass es so und nicht anders mit dir sein würde.« Er ließ die Arme sinken, und plötzlich stand Marla allein da. Verwaist. Der Wind strich kühl über ihre erhitzte Haut, fegte trockenes Laub durch den Rinnstein und brachte den Geruch von Regen mit. »Verdammt noch mal, Marla, das dürfen wir einfach nicht.«

»Glaubst du, ich wüsste das nicht?«

»Dann fordere es nicht heraus.« Zornig packte er sie an der Hand und ging zu seinem Pick-up. Marla entzog ihm mit einem Ruck ihre Finger und vergrub die Fäuste tief in den Taschen. Sie musste beinahe rennen, um mit ihm Schritt halten zu können.

»Gib nicht mir die Schuld, Nick«, rief sie, als sie die Straße überquerten und sie einer Frau mit einem riesigen Schirm ausweichen musste.

Er warf ihr einen hitzigen Blick zu, aus dem unverhohlen seine Gefühle sprachen. »Das tue ich nicht.«

»Aber du verhältst dich so.«

»Ich will nur verhindern, dass alles noch komplizierter wird, als es ohnehin schon ist.« Er nahm ihre Hand und zog sie zur Seite, um einem Mann im Rollstuhl Platz zu machen. Dann ließ er sie gleich wieder los.

»Du warst genauso neugierig wie ich«, beharrte Marla. »Du wolltest wissen, ob noch Glut unter der Asche ist. Gib es zu!«

»Das war nicht nötig, ich wusste es bereits. Die letzte Nacht hat mir einiges klargemacht.«

Marla glaubte ihm nicht. Gerade wollte sie etwas erwidern, als Nick über die Schulter zurückblickte und so abrupt stehen blieb, dass sie beinahe gegen ihn geprallt wäre. »Verdammt!«

»Was?« Sie fuhr herum und versuchte, im Nebel zu erkennen, was er meinte, sah aber nichts als einen Laternenpfahl und das Gedränge auf dem Gehsteig.

»Komm.« Nick packte ihr Handgelenk. Diesmal war die Berührung in keiner Weise warm und vertraut. Er rannte jetzt, zog sie mit sich, vorbei an Fußgängern und Radfahrern, und wäre beinahe mit einer jungen Mutter zusammengestoßen, die ihnen mit einem Kinderwagen entgegenkam.

»Was ist denn?«, rief Marla atemlos.

»Ich glaube, wir werden verfolgt.«

Das Blut drohte ihr in den Adern zu gefrieren, ihr Herz hämmerte wild. »Von wem?«

»Ich weiß es nicht, aber ich werde es herausfinden. Komm. Wir wollen sehen, ob wir ihn ertappen.« Nick rannte mit ihr durch Seitenstraßen und um Hausecken, lief quer über die Straße, so dass die Autofahrer heftig bremsen mussten und wild hupten.

»He, pass doch auf«, schimpfte ein Mann mit Mütze und Mantel aus dem offenen Fenster eines Kleinbusses.

»Wo brennt's denn?«, witzelte ein anderer.

Marla rannte aus Leibeskräften, um mitzuhalten. Ihre Lunge brannte, Wadenkrämpfe kündigten sich an. Nick hielt den Blick stur geradeaus gerichtet, auf den Rücken eines Mannes in schwarzem Parka, der immer wieder in der Menge untertauchte. Der Fremde hinkte leicht, schien ein Bein nachzuziehen. »Du bist verrückt«, keuchte Marla, als sie an der Konservenfabrik vorbei in die Jefferson Street hasteten und schließlich, als sie schon glaubte, ihre Lunge müsse platzen, um eine Ecke bogen, bei Rot eine Straße überquerten und in die Schar der Touristen eintauchten, die auf dem Anleger von Fisherman's Wharf flanierten.

»Mist!«, zischte Nick und suchte mit dem Blick die Menschenmenge am Wasser ab.

»Ist er weg?«

»Ich fürchte, er ist in einem der Läden oder Restaurants verschwunden.«

»Oder in seinem Auto.«

»Kein Auto – ein Jeep. Ich wette, er fährt einen Jeep.«

Marlas Herz setzte einen Schlag aus. »Wie der Mann, nach dem du vorhin gesucht hast.«

»Genau.« Nick verlangsamte seinen Schritt ein wenig. Marla rang keuchend nach Luft. Ihre Gedanken überschlugen sich. Nick sah sich unentwegt nach allen Seiten um, musterte die Gesichter der Passanten, überblickte suchend die Menge und hielt dabei Marlas kleine Hand fest in seiner. Marla atmete tief durch und konzentrierte sich ebenfalls auf die Leute, die die Schaufenster der Läden auf den Anlegern betrachteten, entdeckte aber nichts Auffälliges. Nichts Unheimliches oder Böses fand sich in den Gesichtern, die ihr begegneten.

»Wer ist er?«, fragte sie.

»Ich weiß es nicht, aber vorhin vor dem Coffee Shop lungerte ein Mann herum, groß und hager. Ich habe mir nichts dabei gedacht, aber ich bin sicher, dass er uns von dort aus gefolgt ist. Später, unterwegs, habe ich ihn etwa einen Block hinter uns wiedergesehen, als ich mich nach einem Straßenschild umsah. Er verschwand um die Ecke, und ich dachte schon, ich hätte mir alles nur eingebildet. Als wir uns dann küssten und ich aufsah, glaubte ich, sein Spiegelbild in einem Schaufenster zu erkennen. Ich drehte mich um, und da rannte er weg.«

»Das muss doch nichts bedeuten«, erwiderte Marla erleichtert. »Komm schon, Nick, jetzt bist du derjenige, der unter Verfolgungswahn leidet. Du versuchst, dich in meine Psychose zu drängen.«

Nick brachte nicht das kleinste Lächeln zustande. »Du begreifst nicht. Ich glaube, ich habe ihn vorher schon einmal gesehen«, erklärte er sichtlich beunruhigt. »Im Krankenhaus, als du noch im Koma lagst. Er kam mir irgendwie vertraut vor. Ich hatte das Gefühl, ich müsste ihn kennen.« Nick blinzelte in die helle Straßenbeleuchtung. Noch immer suchte er mit dem Blick die Anleger und Straßen ab. »In derselben Nacht habe ich ihn auf dem Parkplatz der Klinik gesehen. Er fuhr mit einem dunklen Jeep davon, schwarz oder vielleicht dunkelblau. Ich wette, es war derselbe wie der auf dem Parkplatz der Kirche heute.«

»Du meinst, dass der Fahrer uns zum Polizeirevier und dann hierher gefolgt ist?«, fragte Marla, und die feinen Härchen in ihrem Nacken richteten sich auf.

Nick drückte ihre Hand und ging weiter am Wasser entlang, durch die feinen Nebelschwaden, die landeinwärts zogen. »Ich würde jede Wette eingehen.«

»Aber warum sollte jemand das tun?«

»Das weiß ich auch noch nicht. Wir müssen es herausfinden«, gestand er und zog sie enger an sich. »Aber ich bin überzeugt, dass es etwas mit dir zu tun hat.« Er blickte mit einem Ausdruck finsterer Entschlossenheit auf Marla hinab. »Paterno glaubt, dass jemand versucht, dich umzubringen. Dieser Gedanke ist mir auch schon gekommen. Und dir ebenfalls. Ob du es glaubst oder nicht, womöglich schwebst du in Lebensgefahr. Ich finde, du solltest aus dem Haus ausziehen. Noch heute Nacht. Wenn es neulich nachts jemand geschafft hat, dort einzudringen, kann ihn nichts daran hindern, es noch einmal zu tun.«

»Aber ich kann nicht fort«, widersprach Marla voller Angst. »Meine Kinder sind im Haus.«

»Nimm sie mit.«

»Sie sind auch Alex' Kinder«, wandte sie ein. »Ich kann meine eigenen Kinder nicht entführen, und ich kann es ihm nicht sagen, weil ... Ach, das alles ist doch Irrsinn.«

»Weil du ihm nicht traust«, ergänzte Nick. In diesem Moment musste Marla alle Kraft aufbieten, um nicht zusammenzubrechen.

»Ich weiß nicht, wem ich noch trauen soll.«

»Mir, Liebling«, erwiderte Nick, zog sie an sich und küsste sie auf den Mund. Marla ließ es willig geschehen. »Du musst mir vertrauen, verdammt noch mal. Ich bin womöglich der einzige Freund, den du hast.«

Seine Lippen waren warm und fordernd, die Hand, die sie an seinen Körper zog, kraftvoll. Und obwohl Marla ihm von ganzem Herzen vertrauen wollte, nackt bei ihm liegen, seine Hände auf ihrem Körper spüren wollte, wurde sie das Gefühl nicht los, dass er ein Verräter war, dass sie, wenn sie sich auf Nick Cahill einließ, genauso gut einen Pakt mit dem Teufel schließen konnte.

Und dass sie eines Tages dafür würde bezahlen müssen.

16.

»Und? Was hatte Mrs Cahill zu berichten?«, fragte Janet Quinn in Paternos Büro. Bereits auf dem Weg zur Tür zog sie ihre Jacke an.

»Nicht viel mehr als das, was sie mir schon am Telefon gesagt hatte«, antwortete der Detective und tippte mit einem Bleistift auf die Schreibtischkante. »Abgesehen davon, dass sie glaubt, jemand sei in ihr Schlafzimmer eingedrungen und habe sie bedroht. Vielleicht hat er ihr Gift verabreicht, und sie wäre daraufhin beinahe an ihrem eigenen Erbrochenen erstickt, weil ihre Kiefer mit Drähten fixiert waren. Deswegen wurde der Rettungswagen gerufen.«

Janet verdrehte die Augen. »Du glaubst ihr?«

»Ehrlich gesagt, ich weiß nicht, was ich glauben soll«, gestand Paterno. »Aber sie kreuzte hier mit ihrem Schwager auf, nicht mit ihrem Mann. Sie und er waren ein Liebespaar, bevor sie den älteren Bruder heiratete.«

»Ihr Mann musste heute vermutlich arbeiten.«

»Kann sein.« Die Sache behagte Paterno nicht. »Ich hatte das Gefühl, dass die beiden – Nick und Marla – wieder etwas miteinander haben. Ich konnte es förmlich spüren.«

»O ja, ausgerechnet du, der große Romantiker«, höhnte Janet lächelnd und blickte zur Zimmerdecke auf.

»Ich sag's dir, diese beiden sind scharf aufeinander.«

Janet schüttelte den Kopf, und ihr kurzes braunes Haar hüpfte um ihr Gesicht. »Als ob du etwas davon verstehen würdest.«

»Ich verstehe eine ganze Menge«, knurrte er, und sie lachte kehlig, wie immer, wenn es ihr gelungen war, ihm auf die Nerven zu gehen – was nach Paternos Geschmack viel zu oft vorkam. »Und ich rufe jetzt die Autobahnpolizei an und frage, ob sie jemanden mit einem Spürhund zum Unfallort schicken können. Marla Cahill behauptet, ihre Handtasche sei nicht wiederaufgetaucht, und so, wie der Wagen gegen die Leitplanke geprallt ist, könnte sie Gott weiß wie weit rausgeschleudert worden sein.«

»Die Jungs arbeiten ziemlich gründlich. Ich schätze, sie hätten sie gefunden«, versicherte Janet.

»Kann trotzdem nicht schaden, noch mal nachzusehen.« Als er nach dem Telefonhörer griff, winkte Janet ihm knapp zu und ging zur Tür. Paterno selbst hätte auch ganz gern einen Blick in die verlorene Handtasche geworfen. Wer wusste schon, was darin zu finden war?

An der Tür wandte Janet sich noch einmal zu ihm um. »Hattest du schon Gelegenheit, dir die Dateien anzusehen, die wir in Pam Delacroix' Computer gefunden haben?« Janet und Paterno hatten sich einen Durchsuchungsbeschluss besorgt, das Haus durchsucht und nichts gefunden außer ein paar Notizen und Computerdateien.

»Wie es aussieht, hat sie an einem Buch gearbeitet. Über Adoptionsrecht. Auf der Grundlage von realen Fällen. Teils Tatsachenbericht, teils Fiktion, aber ich muss mir das alles erst noch genauer ansehen.« Paterno spielte mit seinem Bleistift. »Ich glaube, es wäre eine gute Idee, Alex Cahills Haus zu überwachen«, fügte er stirnrunzelnd hinzu. »Nur um zu sehen, was passiert.«

»Wieso?«

Er verzog das Gesicht und spuckte seinen Kaugummi in den Papierkorb. »Ich glaube, jemand will Marla Cahill umbringen.«

»Herrgott, Tony«, sagte Janet und lehnte sich mit der Schulter an den Türrahmen. »Hast du eine Ahnung, wer dieser Jemand sein könnte und welches Motiv er hat?«

»Das untersuche ich gerade. Soviel ich sagen kann, hat sie eine Lebensversicherung, auch wenn es an den Ansprüchen dieser Leute gemessen nicht gerade eine Riesensumme ist. Und wenn ihr Mann sauer war, weil sie was mit einem anderen hatte, warum zum Teufel holt er sich dann seinen Bruder ins Haus, mit dem seine Frau früher mal liiert war?« Er schnaubte verächtlich durch die Nase. »Pech, dass sie sich an nichts erinnert. Sonst könnten wir vielleicht herausfinden, wer es auf sie abgesehen hat, und hätten eine Chance, sie zu retten.«

»Und jetzt?«

Tony Paterno lehnte sich auf seinem Stuhl zurück. »Im Augenblick haben wir absolut nichts in der Hand.«

»Wo zum Teufel habt ihr gesteckt?«, erkundigte sich Eugenia, als Nick und Marla zur Haustür hereinkamen. Die alte Dame wirkte erschöpft. James lag an ihrer Schulter. »Ihr wart stundenlang fort.«

»Tut mir leid, es war meine Schuld«, entgegnete Marla und nahm den Kleinen aus den Armen der Großmutter entgegen. »Wie geht's dir, mein Großer«, fragte sie, und ihr Herz schmolz dahin, als er aufhörte zu weinen und sie mit großen, neugierigen Augen ansah. »Besser so?« An ihre Schwiegermutter gewandt sagte sie: »Ich hatte einiges zu erledigen und war bei der Polizei, um eine Aussage zu dem Unfall zu Protokoll zu geben. Das hat länger gedauert, als ich angenommen hatte.«

Die ältere Frau schürzte in stummem Vorwurf die Lippen, doch Marla machte ihr nicht die Freude, Schuldgefühle zu zeigen.

»Das Abendessen wird bald serviert.«

»Schön. Ich habe einen Bärenhunger.« Beim Gedanken ans Essen knurrte Marlas Magen. Es würde ihre erste richtige Mahlzeit seit der Entfernung der Drähte sein. »Wo ist Cissy?«

»Sie hat heute eine Reitstunde.« Eugenia sah auf die Uhr. »Lars holt sie ab. Die beiden müssten jeden Augenblick hier ankommen.«

»Schön, denn ich muss mit ihr reden. Falls jemand sie sieht, soll er ihr Bescheid sagen.« Das Baby weinte wieder, und Marla ging mit ihm in die Küche und kümmerte sich um sein Fläschchen.

Elsa, die Köchin, stand am Gasherd und rührte mit einem Holzlöffel in einer Cranberry-Orangen-Soße, während in einem Topf Kartoffeln kochten. Der Duft von Schweinebraten hing in dem großen Raum, von dessen Deckenbalken Kupfertöpfe, Küchengeräte aus rostfreiem Stahl und Körbchen mit Kräutern hingen.

Marla musste sich sehr beherrschen, um nicht um eine Kostprobe zu betteln.

Rosa räumte die Spülmaschine aus, während Carmen, die gewöhnlich so glatte Stirn gefurcht, die Lippen geschürzt, in den Schubladen kramte und leise vor sich hin schimpfte.

»Stimmt etwas nicht?«, fragte Marla, während sie die Babynahrung anrührte und destilliertes Wasser in ein sauberes Fläschchen füllte.

»Mrs Eugenia vermisst ihren Schlüsselring und glaubt, jemand hätte ihn ihr entwendet«, erklärte Carmen.

»Wirklich?«

Rosa machte runde Augen, während sie die Teller in den Schrank stapelte. Ihr Gesicht war blasser als sonst, und sie nickte wütend. »*Sí*. Señora Cahill, sie ist …«

»Loca«, sagte Carmen, schloss geräuschvoll die Schublade und hob resignierend eine Hand. »So habe ich es nicht gemeint. Aber sie ist verärgert wegen der blöden Schlüssel, und ich weiß genau, dass die irgendwann wiederauftauchen.«

»Natürlich tauchen sie wieder auf«, sagte Marla. Sie hielt James im Arm und stellte mit der freien Hand das Fläschchen in die Mikrowelle.

Carmen öffnete einen Schrank, in dem Messbecher aufbewahrt wurden. »Sie muss den Schlüsselring verlegt haben. Niemand vom Personal würde der Familie je etwas stehlen.«

Marla wollte bei dem Gedanken, dass Angestellte verdächtigt wurden, am liebsten im Boden versinken. Der Schlüsselbund in ihrer Tasche schien plötzlich tonnenschwer zu werden. Die Mikrowelle klingelte. Marla hielt James mit einem Arm, nahm das Fläschchen heraus und träufelte ein wenig Milch auf ihr Handgelenk. Zufrieden mit der Temperatur sagte sie: »Eugenia wird die Schlüssel bestimmt bald finden.« Mit James und dem Fläschchen eilte sie die Treppe hinauf, während Carmen eine weitere Schublade durchsuchte.

Nick saß, einen Drink in der Hand, bereits in einem hochlehnigen Sessel. Eugenia stand am Fenster, dem Zimmer den

Rücken zukehrend, und blickte finster in die Nacht hinaus.

»... Wenn ich es nur wüsste«, sagte die ältere Frau gerade. Sie hatte nicht bemerkt, dass ihre Schwiegertochter ins Zimmer gekommen war. »Heutzutage ist es unmöglich, jeden im Auge zu behalten. Das ist einer der Gründe, warum ich dich wieder hier bei mir haben wollte, Nick. Ich dachte ... nein, ich hoffte, du könntest ausgleichend wirken. Du hast immer herausgefunden, was in den Unternehmen schiefging – Troubleshooter nennt man das heute wohl. Zu meiner Zeit bezeichnete man solche Leute als Wirtschaftsprüfer.«

»Ein Wirtschaftsprüfer ist doch ein bisschen was anderes.«

»Egal. Als Alex mir anvertraute, dass Cahill Limited in finanziellen Schwierigkeiten steckt, musste ich an dich denken und an das, was du für andere Unternehmen getan hast.« Sie ließ den Kopf kreisen, als wollte sie Verspannungen in den Schultern lockern, und blickte weiterhin aus dem Fenster. »Aber in Wahrheit waren die Finanzen der Firma nicht der einzige Grund, warum ich dich zu Hause haben wollte. Vermutlich hast du inzwischen bemerkt, dass Alex und Marla sich nicht mehr so gut verstehen wie früher. Sie haben schon seit Jahren Probleme, und ich habe gebetet, dass durch das Baby alles anders würde, aber ... Ach, es ist doch nicht zu übersehen, dass sie sich immer weiter voneinander entfernen. Obwohl ich weiß, dass du und Marla ... na ja, dass ihr vor langer Zeit liiert wart, glaubte ich doch, dass deine Anwesenheit hilfreich sein könnte.«

»Wie denn?«, fragte Marla, nicht fähig, den Mund zu halten. Ihre Wangen glühten, tausend Fragen kreisten in ihrem Kopf.

Eugenia fuhr auf dem Absatz herum und errötete bis unter die Wurzeln ihres apricotfarben getönten Haars. Sie legte eine Hand, die Finger gespreizt, aufs Herz. »Himmel, ich habe dich gar nicht hereinkommen gehört.«

»Ganz offensichtlich nicht«, bemerkte Marla trocken. Sie setzte sich, das Baby im Arm, aufs Sofa und gab ihm das Fläschchen. »Aber bitte, erzähle weiter, es ist gerade sehr interessant.« Sie konnte den bitteren Unterton nicht unterdrücken. »Wie sollte Nick helfen?«

»Lass mich raten«, sagte Nick. »Alex und ich sind immer Rivalen gewesen, und du dachtest, wenn ich hierher zurückkomme und auch nur das kleinste bisschen Interesse an Marla zeigte, würde Alex erkennen, was für ein Schatz sie ist.«

»Also, das habe ich nie gesagt«, widersprach seine Mutter, doch ihr Blick war schuldbewusst.

»Herrgott, Mutter, es stimmt doch, oder?« Ein Zucken in seiner Schläfe verriet Nicks Entrüstung. »Und wenn der Schuss nun nach hinten losgegangen wäre? Wenn Marla und ich wieder zueinander gefunden hätten? Was würdest du dann sagen?«

Marlas Herz raste, und Eugenia wurde blass. Ihr Blick wanderte von Nick zu Marla. »Natürlich ... das wäre natürlich nie geschehen«, stammelte sie, nicht eben im Brustton der Überzeugung. »Marla hat die Kinder, und du ... du hast so eine verdrehte Moralvorstellung ... Du hast immer geschworen, dass du dich niemals mit einer verheirateten Frau einlassen würdest, und deshalb dachte ich ...«

»Verdammte Scheiße. Wer bist du, dass du glaubst, Gott spielen zu können?« Nick leerte sein Glas und zerbiss wütend einen Eiswürfel.

»Was geht es dich an?«, wollte Marla von der alten Dame wissen. Zitternd vor Wut fragte sie: »Mit welchem Recht mischst du dich ein?«

»Mit dem Recht eines Menschen, der den Familienzusammenhalt an die erste Stelle setzt«, antwortete Eugenia steif. »Alex hat mir vorgeworfen, ich wäre kalt und unerbittlich, aber ich will nur das Beste für den Namen Cahill.«

»Du kannst nicht über mein Leben bestimmen«, entgegnete Nick. »Auch nicht über Marlas oder Alex' Leben. Hast du diese Lektion nicht durch Dad gelernt? Du wolltest ihm immer vorschreiben, was er zu tun hatte, und das hat auch nicht geklappt, nicht wahr? Wenn du ihn an die kurze Leine genommen hast, zog es ihn nur immer weiter fort. Wenn du ihm verboten hast zu trinken, hat er nur umso mehr Alkohol in sich hineingeschüttet. Niemand lässt sich gern kontrollieren, Mutter. Das ist gegen die menschliche Natur.«

Eugenias Lippen zitterten, sie blinzelte gegen die Tränen an und kämpfte sie tapfer zurück. Straff aufgerichtet stand sie da und sagte nur: »Wir sehen uns beim Abendessen.« Dann verließ sie, so würdevoll sie konnte, das Zimmer.

»Ich hätte es wissen müssen«, knurrte Nick, und der Blick, den er Marla zuwarf, erinnerte sie an ein Tier in der Falle. »Verdammt.«

Marla hörte, wie in der Eingangshalle die Haustür so schwungvoll aufgestoßen wurde, dass sie gegen die Wand schlug und dann gleich wieder zufiel. Sekunden später polterte Cissy in Stiefeln, Jeans und Sweatshirt die Treppe hinauf. Ihr Haar war zerzaust, ihre Augen strahlten, die Wangen waren rosig, und sie hielt nicht eine Sekunde im Wohnbereich inne, sondern rannte gleich weiter ins nächste Stockwerk.

»Das ist mein Stichwort«, erklärte Marla und übergab Nick das Baby. »Mach dich mit deinem Neffen bekannt.«

»Aber ich weiß gar nichts mit ihm anzufangen«, wandte er ein, den Kleinen unbeholfen im Arm balancierend.

Sie reichte Nick das Fläschchen, und er nahm es mit zwei Fingern, während er James so krampfhaft festhielt, als hätte er Angst, das Kind könnte sich aus seinem Arm winden, zu Boden fallen und in tausend Stücke zerschellen. »Du bist doch ein kluges Kerlchen. Das kriegst du schon hin«, rief Marla über die Schulter zurück und lief ihrer Tochter hinterher.

Als sie in Cissys Zimmer angelangt war, konnte sie das Mädchen nirgendwo entdecken. Die Tür zum Bad war verschlossen, die Dusche rauschte, und Marla beschloss zu warten. Sie setzte sich an den Schminktisch und betrachtete die Lippenstifte und Flakons mit Nagellack in Farben, die Vampiren und Dämonen angemessen schienen. »Spiel dich nicht als Richter auf«, sagte sie zu sich selbst. »Erinnere dich, wie Mom deinen Kleidungsstil gehasst hat.«

Sie erstarrte. Blickte in einen von Haarspray trüben Spiegel und dachte an ein Gespräch aus lang vergangenen Jahren.

»... Wenn du nicht so verwildert wärst, wenn du ihm nur ein bisschen Aufmerksamkeit schenken würdest, dann könnte dein Vater dich vielleicht auch akzeptieren.« Die Stimme ihrer Mutter klang ihr in den Ohren, und das blasse Bild einer verbrauchten Frau, die nach Parfüm und Zigaretten roch, die die Enttäuschung in ihrem Blick zu verbergen suchte, stieg vor ihr auf. Die Frau war dünn, nahezu knochig, wie sie da an der Tür stand, das Gesicht im Schatten. Durch die Jalousien fiel Tageslicht in Streifen auf ihren geblümten Rock. In einer Hand hielt sie eine rotglühende Zigarette, die andere hatte sie müde in die Hüfte gestemmt. »Dann würde er dich anerkennen.«

»Ich hasse ihn«, hatte sie gezischt.

»Nein, du hasst ihn nicht ...«

»Doch«, erwiderte sie voller Wut. Wie alt war sie da? Zehn? Zwölf? »Und er hasst mich auch!«

»Vielleicht solltest du dir ein bisschen mehr Mühe geben. Er hasst dich nicht. Es ist nicht nett, so etwas zu sagen, mein Schatz.«

Sie verdrehte die Augen und bemerkte die Verzweiflung in den erschöpften Zügen ihrer Mutter. »Und dich hasst er auch.«

Diese Frau war nicht Victoria Amhurst gewesen. Darauf hätte Marla ihr Leben gewettet.

»Mom?« Cissys Stimme holte Marla in die Gegenwart zurück.

»Was? Oh, hi«, sagte sie, immer noch tief erschüttert. Sie war sicher, in dieser Vision ihre Mutter gesehen zu haben, war überzeugt, dass diese dünne Frau in dem schäbigen Baumwollrock und den Sandalen sie großgezogen hatte. »Cissy, es tut mir leid, ich ... ich habe wohl geträumt.«

Ihre Tochter sah sie besorgt an. Cissys Haar war tropfnass, sie hatte sich ein großes gelbes Badelaken um den Körper gewickelt. Mit einer Hand hielt sie es vor der Brust zusammengerafft. »Von etwas Schrecklichem?«

»Nur ... nur eine Erinnerung, glaube ich«, versicherte Marla und versuchte, das schmerzliche Bild zu verdrängen. »Aus lang vergangener Zeit. Aber ich bin eigentlich gekommen, um mit dir reden.«

»Hat das nicht Zeit, bis ich mich angezogen habe? Mensch, Mom, das hier ist mein Zimmer. Kann man mir denn nicht ein bisschen Privatsphäre lassen?« Cissy nahm eine Caprihose und ein langärmeliges T-Shirt aus einer Schublade, dann drehte sie sich um und verschwand barfuß wieder im Bad.

Marla wartete. Carmen klopfte sacht an die Tür, kündigte das Abendessen an und ging wieder. Als Cissy aus dem Bad zurückkam, hatte sie sich angekleidet, das Gesicht gewaschen und das Haar gekämmt. »Worüber willst du reden?«, fragte sie misstrauisch.

»Zunächst einmal möchte ich mich für mein Verhalten in der Nacht, als mir übel wurde, entschuldigen. Ich wollte dir keine Angst einjagen.«

Cissy zuckte abweisend die Achseln.

»Und es tut mir wirklich leid, dass ich so weggetreten war. Dr. Robertson hat mir jetzt andere Medikamente verschrieben, und es geht mir schon viel besser.«

»Toll«, brummelte Cissy.

»Ja, wirklich. Ich möchte mal mit dir ausreiten.«

»Das hast du schon mal gesagt.«

»Ich meine es ernst.« Irgendwie musste sie an ihre Tochter herankommen. »Dieses Wochenende.«

»Fällt diese Riesenparty dann aus?«

»Party?«, fragte Marla, dann fiel es ihr wieder ein. »Die ist erst nächste Woche, meine ich. Ich werde Nana fragen.«

»Ich dachte, du solltest die Planung übernehmen«, bemerkte Cissy verschlagen, als hätte sie ihre Mutter bei einer Lüge ertappt. Die Kluft zwischen ihnen war breiter, als Marla angenommen hatte, und sie fragte sich, ob es ihr jemals gelingen würde, eine Verbindung zu ihrer Tochter aufzubauen.

»Ganz recht. Das werde ich auch tun. Ich war krank ... Nun, das weißt du ja.«

»Ja, Mom, das weiß ich«, sagte Cissy, verdrehte theatralisch die Augen und verzog das Gesicht, als müsste sie angestrengt überlegen, wie sie überhaupt mit dieser verrückten Frau verwandt sein konnte. »Okay, warum nicht. Aber ich sage dir: Du hast Angst vor Pferden.«

»Vielleicht erlebst du ja eine Überraschung«, erwiderte Marla, und der leidgeprüfte Seufzer ihrer Tochter verriet ihr, dass Cissy nach Marlas kürzlichem Verhalten mit allem rechnen musste. »Hör zu, Cissy, ich weiß, das Leben in diesem Haus ist zurzeit schwer. Besonders für dich, und du sollst wissen, dass ich versuchen möchte, es leichter für dich zu gestalten.«

»Ja, klar.«

»Es ist mein Ernst.« Marla seufzte und hob die Hände. »Ich hab dich lieb, Schätzchen.«

»Na, das ist ja mal was Neues«, sagte das Mädchen zornig, doch sein Kinn zitterte leicht.

»Ich habe dich immer schon liebgehabt.«

»Das glaubst du. Aber du erinnerst dich an nichts, oder?« Cissy schniefte und wandte hastig den Blick ab. »Du hast dich immer für alles andere mehr interessiert als für mich. Klar, du hast mir tonnenweise Kram gekauft, ja, toll. Na ja, was soll's?« Sie trat nach einer CD, die auf dem Boden lag, und kickte sie gegen das Bücherregal.

»Cissy …«

»Ich war dir immer gleichgültig, Mom. Aber James hingegen ist etwas ganz Besonderes.«

»O Gott«, entfuhr es Marla, als sie den Schmerz in den Augen ihrer Tochter sah. »Es tut mir so leid, wenn ich dich verletzt habe, wenn ich dich vernachlässigt habe, das wollte ich nicht, ich wollte …« Sie schluckte den Kloß hinunter, der ihr in der Kehle steckte, und kämpfte mit den Tränen. »Du musst mir vertrauen. Ich liebe dich.«

Cissy starrte sie nur an. Ihre Lippen zitterten. »Ich … ich glaube, wir sollten jetzt zum Abendessen gehen.«

»Bitte, Schätzchen, gib mir eine Chance«, flüsterte Marla. »Lass es mich dir beweisen, lass es mich wiedergutmachen.«

»Das brauchst du nicht.«

»Ich weiß. Aber ich *möchte*. Ist das nicht viel besser?«, fragte sie, und das Misstrauen in den Augen ihrer Tochter ließ ein wenig nach.

»Ich weiß nicht …«

»Gib mir etwas Zeit.«

»Weißt du«, begann Cissy und setzte sich, auf Abstand zu Marla bedacht, ans Fußende des Bettes. »Du bist so komisch, seit du aus dem Koma erwacht bist. Anders. Gar nicht mehr wie meine Mom.«

»Ich habe gehört, wie du sagtest, du würdest nicht glauben, dass ich deine Mutter bin.«

»Nein! Ich meine … Scheiße, Mom, hm, ich meine, du bist einfach viel zu nett.«

Marla zog sich das Herz zusammen. »Ist das so schlimm?«

»Ich kann es nur nicht glauben.« Cissy hob den Kopf. »Vielleicht hattest du so ein Nahtoderlebnis«, sagte sie und riss die Augen auf. »Du weißt schon, aus so einer Sache geht man oft als besserer Mensch hervor.«

»Wollen wir's hoffen«, erwiderte Marla mit einem Lächeln. Sie breitete die Arme aus, und Cissy rollte mit den Augen.

»Das soll ein Witz sein, oder?«

»Nein. Komm schon!«

»O Gott!« Mit einem übertriebenen Seufzer stand Cissy auf und ließ sich umarmen. Marla hielt sie fest, als wollte sie sie nie wieder loslassen. »Ich mache alles wieder gut, Schätzchen, versprochen.«

»Mom, mach keine Versprechungen, die du nicht halten kannst«, bat Cissy, schlang jedoch die Arme um den Nacken ihrer Mutter, und Marla spürte ihr leichtes Zittern, als ob sie sich gegen einen Zusammenbruch wehrte, als ob sie der Frau, die sie auf die Welt gebracht hatte, nicht so recht traute.

»Du wirst schon sehen.« Marla gab Cissy einen Kuss auf die Stirn. »Und wir werden zusammen ausreiten, so oder so.«

Cissy kicherte, ohne es zu wollen. »O Gott, Mom, nimm unbedingt deine Kamera mit!«

Die Stimmung beim Abendessen war bestenfalls angespannt. Nick beobachtete Alex aus den Augenwinkeln. Sein gewöhnlich aalglatter und charmanter großer Bruder wirkte besorgt, die Stressfalten um seinen Mund herum waren tiefer eingegraben und seine Stirn sorgenvoll gefurcht. Etwas belastete ihn. Etwas Großes. Die Finanzlage? Der Gedächtnisverlust seiner Frau? Oder etwas anderes?

Während der ersten Woche seines Aufenthalts in San Francisco hatte Nick Alex' Stresssymptome dem Niedergang des Unternehmens zugeschrieben.

Nick hatte die Bücher der Firma durchgesehen, und es lag auf der Hand, dass Cahill Limited einige Vermögenswerte würde veräußern müssen, andernfalls würden die Gläubiger die Kreditlinien und Außenstände einfordern. Die Banken waren so lange wie möglich hingehalten worden, und Alex' internationale Investoren hatten bislang keinen Cent geboten. Soweit Nick die Lage überschauen konnte, übertrafen die Vermögenswerte des Unternehmens im Moment noch die Außenstände, aber das Größenverhältnis war nicht allzu überzeugend, und wenn nicht eine ganze Menge mehr Eingänge verzeichnet wurden, würde Alex Personal entlassen und einige Immobilien verkaufen müssen, von denen viele bis unter die Dachbalken mit Hypotheken belastet waren.

Trotz alledem gingen monatlich immer noch riesige Spenden an wohltätige Einrichtungen. Cahill House und das Bayview Hospital profitierten am meisten, und auch wenn niemand in seiner Familie es wahrhaben wollte, sprachen doch alle Tatsachen dafür, dass Cahill Limited über kurz oder lang in den Bankrott ging.

Doch Geld war nur eines von Alex' Problemen, wie Nick jetzt vermutete.

»Du warst also bei der Polizei, hast Detective Paterno deine Aussage zu Protokoll gegeben«, sagte Alex, nachdem der Smalltalk abgehandelt war. Cissy hatte sich entschuldigt, um Hausaufgaben zu erledigen, was, wie Nick ahnte, endlose Telefonate oder Besuche in Internet-Chatrooms bedeutete. Auf ihren Plateausohlen war sie die Treppe hinaufgepoltert und hatte Alex, Nick, Eugenia und Marla am Tisch zurückgelassen.

Marla schob ihren nur zur Hälfte geleerten Teller von sich. Nick vermutete, dass sie noch nicht wieder an feste Nahrung gewöhnt war und das Kauen sie noch anstrengte.

»Gibt es etwas Neues?«, erkundigte sich Alex und zog ein zerknittertes Päckchen Zigaretten aus der Tasche.

Nick beschloss, alles auf eine Karte zu setzen. »Paterno glaubt, Marla könnte in Lebensgefahr schweben.«

Eugenia ließ die Gabel fallen. »Um Himmels willen, wieso?« »Der Unfall in den Bergen könnte geplant gewesen sein. Marla erinnert sich an einen Mann mitten auf der Straße, dem sie ausweichen musste, und in der Nacht, als ihr übel wurde, könnte jemand ihr Gift verabreicht haben. Sie glaubt, jemand sei in ihrem Zimmer gewesen.«

»Du lieber Gott, ist das wahr?«, fragte Eugenia und vergaß, den Mund zu schließen.

»Ja.« Marla nickte.

»Aber du hast kein Wort davon gesagt ...«

»Anfangs konnte ich mich nicht an den Unfall erinnern, und ich habe Alex und Nick von dem Einbrecher erzählt, glaubte aber, ich hätte vielleicht nur geträumt, einen Alptraum gehabt.«

»Das ist ja grauenhaft. Wir haben elektronisch gesteuerte Tore und eine Alarmanlage und ...« Eugenia griff nach ihrem Weinglas. »Niemand kann hier einbrechen.«

»Möglich ist es schon«, räumte Alex ein, zündete sich stirnrunzelnd eine Zigarette an und klappte das Feuerzeug zu. »Aber ich glaube es nur ungern.«

»Tja, dann müssen wir etwas unternehmen. Seit über hundert Jahren ist nie jemand in dieses Haus eingebrochen!« Eugenia straffte beleidigt den Rücken. »Nicht ein einziges Mal.«

»Vielleicht auch in jener Nacht nicht«, wandte Alex sich vorsichtig an seine Frau. »Du sagtest selbst, dass dein verwirrter Zustand schuld gewesen sein könnte. Dass es vielleicht ein Traum war.«

»Ich war mir nicht sicher.«

Nick wollte das nicht gelten lassen. Er schob seinen Stuhl zurück. »Es besteht die Möglichkeit, dass jemand ihr etwas verabreicht hat, das den Brechreiz hervorrief.«

»Nein ... Wie ... Wer würde so etwas tun?«, wollte Eugenia wissen.

»Jemand, der ins Haus eingedrungen war«, beharrte Nick, sah seine Mutter eindringlich an und stellte fest, wie sehr sie gealtert war. »Ich bin der Meinung, wir sollten dort, wo Marla sich übergeben hat, den Teppich herausreißen und die Fasern auf Spuren von Medikamenten untersuchen lassen.« »Aber wir haben den Teppich gereinigt, shampooniert«, gab Eugenia zu bedenken.

Alex zog an seiner Zigarette und blies den Rauch durch die Nase aus. »Was würde das auch bringen? Entweder ist jemand eingebrochen oder nicht. Wir werden die Sicherheitsmaßnahmen verstärken, einen Leibwächter engagieren.« Er warf Marla einen gequälten Blick zu. »Wenn du damit einverstanden bist, versteht sich. Du hast es ja nicht sehr freundlich aufgenommen, als ich den Pfleger eingestellt habe, ohne dich vorher zu fragen.«

»Ich finde, ein Leibwächter wäre nun doch eine etwas

drastische Maßnahme«, sagte Marla hastig. Sie fühlte sich ans Haus gefesselt, in diesem eleganten Käfig gefangen. Sie wünschte sich mehr Zeit, um herauszufinden, wer sie war. Jemand, der sie ständig bewachte, würde sie in ihrer Bewegungsfreiheit einschränken. »Ich habe keine Lust, mein Leben in Angst zu verbringen. Ich werde einfach sehr, sehr vorsichtig sein.«

Sie bemerkte ein Glimmen in Nicks Augen, wandte aber rasch den Blick ab aus Sorge, die Gefühle, die in ihrer Brust tobten, könnten in ihren Augen zu lesen sein. Sie befand sich im Begriff, sich in einen Mann zu verlieben, der ihr Schwager war, in einen Mann, den sie nicht haben durfte.

»Und ich brauche einen neuen Ausweis, Kreditkarten, ein Scheckbuch«, fügte sie hinzu. »Ich wollte heute Rory besuchen, und die Schwester hat mich nicht zu ihm gelassen, weil ich mich nicht ausweisen konnte.«

»Sobald du wieder ganz gesund bist ...«, setzte Alex an.

»Ich bin ganz gesund, verdammt noch mal!« Marla schlug mit der Faust auf den Tisch. »Hör auf, mich wie ein Porzellanpüppchen oder eine Schwachsinnige zu behandeln!«

»Okay, okay. Beruhige dich. Natürlich benötigst du alles, vom Reisepass bis zur Goldenen Karte von Neiman Marcus«, fuhr Alex sie an. »Ich werde das an die Spitze meiner Prioritätenliste setzen.«

»Nein, ich setze es an die Spitze meiner Liste. Ich erledige das selbst, Alex«, widersprach Marla.

»Bitte, hört auf zu streiten«, bat Eugenia aufgewühlt. »Das alles ist so unglaublich. Sich vorzustellen, dass jemand hier einbricht und versucht, einem Familienmitglied etwas anzutun ...«

»Glaubt mir. Hier ist irgendetwas faul«, betonte Nick, »und es geht um mehr als nur um die verdammten Finanzen der Firma.«

Alex' Miene war finster. Er nahm einen letzten Zug aus seiner Zigarette und drückte den Stummel in einem Kristallaschenbecher aus. »Ich tue alles, was nötig ist, um meine Familie zu schützen. Gleich morgen rufe ich eine Sicherheitsfirma an und lasse Überwachungskameras und eine bessere Alarmanlage installieren. Und ich werde mit Paterno reden, mal sehen, ob er öfter eine Streife in unsere Straße schicken kann. Ich will nicht, dass Cissy allein ausgeht – Lars kann sie bringen und abholen, wenn sie zur Schule oder zum Reitunterricht muss, und James darf keine Minute aus den Augen gelassen werden. Nicht eine Minute.« Sein Gesicht war aschfahl. »Niemand wagt es, meine Familie zu bedrohen.«

»Amen«, sagte Eugenia.

»Ich brauche was zu trinken.« Alex erhob sich vom Tisch und verließ den Raum. »Mutter?«

»Einen Brandy vielleicht. Das alles ist so ... so beunruhigend ... O Gott, meine Schlüssel!« Eugenia schluckte verkrampft und wurde blass. »Meine Schlüssel sind verschwunden. Meinst du, der Einbrecher hat sie an sich genommen?«

»Nein«, antwortete Marla hastig mit wildklopfendem Herzen. »Ich habe sie an jenem Abend noch gesehen. Du hast Alex' Bürotür aufgeschlossen.«

»Ach ja ... und am nächsten Tag hatte ich sie auch noch. Während du dich erholtest, war ich ein paar Mal in Cahill House.« Nervös zupfte die alte Dame ihr Halstuch zurecht und griff in die Tasche ihrer lavendelfarbenen Jacke, tastete nach dem verlorenen Schlüsselring. »Aber jetzt sind sie fort.«

»Wir lassen sämtliche Schlösser auswechseln«, versprach Alex. »Gib mir eine Liste von allen Schlüsseln und den dazugehörigen Türen.«

Marla geriet in Panik. Sie musste sich beeilen. Bei der nächsten Gelegenheit musste sie in Alex' Büro eindringen. »Ich brauche auch einen Satz Schlüssel«, sagte sie und zwang sich zu einem ruhigen Lächeln. »Meine sind in der Unfallnacht verlorengegangen.«

»Ich frage nach, wenn ich morgen Paterno anrufe«, entgegnete Alex. »Aber deine Schlüssel wären sowieso nutzlos, wenn wir die Schlösser auswechseln.«

Marla widersprach nicht, nahm sich jedoch insgeheim vor, selbst den Detective anzurufen. Wenn die Schlüssel in ihrer Handtasche Marla Cahill gehörten, müssten sie jede Tür in diesem Haus öffnen können. Sollten die Schlüssel nicht passen, dann war Marla vielleicht doch, wie Conrad Amhurst behauptete, eine Hochstaplerin.

Nick kramte das Handy aus seiner Reisetasche hervor, stieg die Hintertreppe hinunter und verließ das Haus durch die Küche. Er folgte dem gepflasterten Weg zwischen den Bäumen hindurch, vorbei an der Laube und der Schaukel und weiter auf das Gelände hinaus zu einem Zufluchtsort, den er oft als Kind aufgesucht hatte: ein Fichtendickicht am hinteren Zaun, über den er immer dann geklettert war, wenn er den Anforderungen an Samuel Cahills Sohn wieder einmal entkommen musste.

Gott, er hatte den Alten gehasst und es verabscheut, wie

sein Vater die Familie mit eiserner Faust beherrschte, ohne Rücksicht auf Gesetze und das Gemüt seiner Frau. »Scheißkerl«, knurrte Nick, klappte das Handy auf und rief die einzige Nachricht ab. Sie kam von Walt Haaga, der lediglich mitteilte, dass seine Maschine am Nachmittag in San Francisco gelandet sei. Nick rief im Hotel an und ließ sich durchstellen.

»Ja«, meldete sich Walt beim zweiten Klingeln.

»Nick hier.«

»Wird auch Zeit, dass du von dir hören lässt«, sagte der Privatdetektiv. »Ich bin heute Nachmittag im Hotel eingezogen und seitdem sehr beschäftigt.«

»Du hast etwas in Erfahrung gebracht?«

»So einiges. Treffen wir uns in der Bar an der Ecke, wie heißt sie doch gleich?«

»Ivan's.« Nick sah auf die Uhr. »Ich bin in einer Viertelstunde da.«

Tatsächlich schaffte er es in zehn Minuten. Als Walt eintrat, hatte Nick bereits einen Platz in einer Nische im hinteren Teil des Schankraums eingenommen und Bier bestellt. Ein paar Stammkunden lungerten am Tresen herum, und ein Paar mittleren Alters verspeiste in einer Ecknische Fish and Chips. Der Boden war mit Erdnussschalen übersät, Hinterlassenschaften der vorangegangenen Feierabend-Kundschaft. In einem Hinterzimmer standen mehrere Billardtische, im Augenblick ungenutzt.

Walt setzte sich Nick gegenüber auf die Bank. Er war ein kleiner, stämmiger Mann mit getrimmtem Bart, den er nicht aus Modebewusstsein trug, sondern weil er zu wenig Zeit zum Rasieren hatte. Seine beginnende Glatze schien ihn nicht zu stören, und er war sonnengebräunt von den vielen Stunden, die er mit der Arbeit an seinem Segelboot verbrachte. »Lange nicht gesehen, Cahill«, sagte er und griff nach dem Bier, das in einer beschlagenen Flasche auf dem Tisch für ihn bereitstand. Er stieß mit Nick an.

»Ein paar Jahre«, räumte Nick ein.

»Und jetzt bist du in San Francisco.«

»Vorübergehend.«

Walt schnaubte. »Wenn du meinst.«

»Ja, das meine ich. Also, was hast du für mich?«

»Interessante Neuigkeiten.« Walt trank einen langen Zug aus seiner Flasche. »Fangen wir mit den entfernteren Verwandten an.«

»Cherise?«

»Nein, mit ihrem Bruder Montgomery.« Walt kratzte sich den Bart und beäugte das Schälchen mit Erdnüssen auf dem Tisch. »Also, der ist wirklich ein Prachtexemplar.«

»Was ist mit ihm?«, fragte Nick angespannt. Seit er sich in San Francisco aufhielt, hatte er Cherise' Bruder nicht ein einziges Mal gesehen.

»Ein Paradebeispiel für einen degenerierten Menschen. Hat nicht einen Tag in seinem Leben gearbeitet, soviel ich weiß. War in der Army, aber dort gefiel es ihm nicht. Hat von seinem alten Herrn geschnorrt, bis der starb, dann von einer Reihe von Frauen, unter anderem von seiner Schwester. Eine seiner Exfreundinnen hat ihn wegen Körperverletzung verklagt, aber die Sache ist nie vor Gericht gekommen. Entweder hatte sie es sich anders überlegt, oder sie wurde gekauft, das weiß ich noch nicht genau.«

Nick runzelte die Stirn. »Ein reizender Bursche.«

»Allerdings. Er ist ein paar Mal mit dem Gesetz in Konflikt gekommen – Trunkenheit und Ordnungswidrigkeiten, so was in der Art. Vor etwa zehn Jahren hat er in einer Kneipenschlägerei mitgemischt. Er und ein anderer Typ hatten Streit, und es nahm ein ziemlich hässliches Ende. Die beiden haben sich fast zu Tode geprügelt. Monty kam mit drei gebrochenen Rippen, einer Nasenoperation und neuen Zähnen davon.« Walt legte eine effektvolle Pause ein und nahm noch einen Schluck von seinem Coors-Bier. »Aber der Hammer ist: Irgendwann hatte der gute alte Monty mal was mit Marla.«

Nicks Schultermuskeln spannten sich an, seine Finger umkrampften die Bierflasche. In seinem Inneren zerriss etwas. »Er hatte was mit ihr? Soll das heißen …?«

»Ja, in der Horizontalen.«

Walt erkannte offenbar die Fassungslosigkeit in Nicks Blick. »Natürlich wurde es geheim gehalten, aber Marla gibt anscheinend nicht sehr viel auf ihr Ehegelöbnis. Sie und Alex haben sich schon mehrmals getrennt. Beide hatten Affären, aber am Ende haben sie sich immer wieder versöhnt. Wer kann schon ahnen, was in den beiden vorgeht? Ich schätze, entweder schmiedet das Geld sie zusammen, oder sie gehören zu den Paaren, die weder mit- noch ohneeinander leben können. Wie auch immer … während einer dieser Trennungsphasen haben Marla und Montgomery es miteinander getrieben.«

Bei der Vorstellung wurde Nick beinahe übel. »Ich begreife nicht, was Marla an Montgomery finden konnte«, knurrte er und musste sich beherrschen, damit er Walt nicht am Kragen packte und ihn einen Lügner nannte. Doch in all den Jahren ihrer Bekanntschaft hatte der Privatdetektiv stets die Wahrheit gesagt.

»Angeblich sieht er gut aus, auch wenn diese Schlägerei ihren Tribut gefordert hatte. Solange Fenton lebte, warf Montgomery das Geld nur so zum Fenster hinaus. Das hat sich jetzt natürlich geändert, aber als er die Affäre mit Marla hatte, war sein Zweig der Familie noch am Vermögen beteiligt.« Walt trank seine Flasche aus und winkte der Kellnerin, ihm noch eine zu bringen. »Zu Marlas Verteidigung muss gesagt werden, dass die Sache nicht lange hielt, nur einen Monat oder höchstens zwei. Dann haben sie und Alex sich versöhnt. Wieder einmal.«

Dunkle Wut stieg in Nick auf, gemischt mit Eifersucht, einem Gefühl, das ihm seit Jahren fremd war. »Wer noch?«, fragte er, denn sosehr es ihn quälte, er musste es wissen.

»Wer noch – was?«

»Wer war sonst noch Marlas Lover?«

Die Kellnerin stellte zwei weitere Bierflaschen vor ihnen ab. Walt blickte ihr nach, als sie zurück zur Bar ging, und sagte: »Viele Namen habe ich nicht, aber Marla war nicht sonderlich diskret. Sie ließ sich mit einem verheirateten Kerl ein, den sie im Tennisclub kennengelernt hatte, und dann traf sie sich Gerüchten zufolge mit dem Reitlehrer ihrer Tochter. Deine Schwägerin scheint eine ziemlich heiße Nummer zu sein.«

Nicks Hand ballte sich zur Faust, und er dachte daran, wie Marla am Vorabend auf ihn reagiert hatte. Er hatte es darauf geschoben, dass eben die Chemie zwischen ihnen stimmte, doch jetzt war er sich nicht mehr so sicher. »Wo lebt Montgomery?«, fragte er und nahm sich vor, mal mit seinem Cousin zu reden.

»Momentan hat er eine Wohnung in Oakland. Zeitweise war er auch schon völlig abgebrannt, musste sich von seiner Schwester aushalten lassen, doch im Augenblick ist er offenbar flüssig und kann sich sogar eine nette eigene Wohnung leisten. Ein flottes Apartment mit Fitnessraum, Club, Pool und allem Drum und Dran.«

»Und womit verdient er seinen Lebensunterhalt?«

»Das habe ich nicht klären können. Er hat kein festes Einkommen«, erwiderte Walt. Zwei Männer in den Zwanzigern betraten die Bar, bestellten zwei »Gerstenkaltschalen« und gingen dann an einen der Billardtische.

»Was ist mit dem Reverend?«

Walt nahm eine Erdnuss aus dem Schälchen, knackte sie und erklärte: »Noch so ein Charmeur. Der Ex-Footballspieler, der zu Gott fand.«

»Ich weiß. Ich hatte heute das Vergnügen, ihn kennenzulernen.«

Walt warf sich Erdnüsse in den Mund. »Hat letztes Jahr in Cahill House ordentlich ins Fettnäpfchen getreten. Sich mit einem der Mädchen eingelassen ... Aber das ist alles ein bisschen nebulös«, gestand Walt. »Das Mädchen hat seiner Mutter gegenüber etwas verlauten lassen, und diese Mutter ist zufällig ...«

»Pam Delacroix«, ergänzte Nick. »Ich habe erst heute davon gehört, von dem Detective, der in diesem Fall ermittelt. Die Polizei sucht sie.«

Mit einem Grinsen bemerkte Walt: »Dann bin ich der Polizei einen Schritt voraus.« Er knackte eine weitere Erdnuss. »Du hast sie gefunden?«

»Ja.« Sichtlich zufrieden mit sich selbst, warf er den Inhalt der Erdnussschale in die Luft und fing ihn mit dem Mund auf.

»Wie?«

»Ich bin eben schlau. Und ich habe eine großartige Quelle im Internet.« Er spülte die Erdnuss mit einem Schluck Bier hinunter. »Sie lebt in Santa Rosa. Ich überlege, ob ich ihr heute Abend einen Besuch abstatte. Hast du Lust mitzukommen?« »Das möchte ich um nichts in der Welt verpassen«, entgegnete Nick.

»Dachte ich's mir. Weißt du, allmählich wird die Sache interessant.«

»Oder auch gefährlich«, dachte Nick laut. Er kämpfte immer noch gegen die Eifersucht an, die ihn verzehrte, seit Walt auf Montgomery zu sprechen gekommen war. »Einiges müssen wir noch überprüfen«, sagte er zu Walt. »Marla und ich haben heute ihren Vater besucht, und der Alte, der schon mit einem Fuß im Grabe steht, war überzeugt davon, dass Marla eine Hochstaplerin ist. Die echte Marla hätte ihn vor wenigen Tagen besucht, und sie hieße Kylie. Er faselte etwas davon, dass sie die Tochter einer Hure wäre. Womöglich hat mal eine Frau versucht, ihm eine Tochter unterzuschieben, um an sein Geld zu kommen.«

Walt kniff die Augen zusammen. »Ich nehme mir die Geburtenregister vor. Einen Nachnamen hast du wohl nicht zu bieten?«

»Das wäre zu einfach.« Nick trank sein Bier aus. »Vielleicht steckt auch gar nichts dahinter. Der alte Mann gibt bald den Löffel ab und bekommt Schmerzmittel in hohen Dosen. Es würde mich wundern, wenn er noch länger als ein paar Tage durchhielte.«

Walt nickte. »Und wie sieht unser Schlachtplan aus?«

»Fangen wir mit Alex an. Mal sehen, wo er sich herumtreibt. Er behauptet, er müsse zu Konferenzen, ist aber oft erst nach Mitternacht zu Hause.«

»Das klingt nach einer Geliebten.«

»Könnte sein. Er und seine Frau schlafen in getrennten Zimmern. Er hält seine Tür verschlossen.«

Walt pfiff leise durch die Zähne. »Tolle Ehe«, bemerkte er und trank einen Schluck. »Eine Frau mit einer Serie von Liebhabern und ein Mann, der seine Tür verschließt und spät nach Hause kommt. Hast du ihn mal gefragt, was er die halbe Nacht treibt?«

»Ein paar Mal. Er weicht aus.«

»Und du glaubst, er hat etwas zu verbergen?«

»Ich *weiß* es. Ich will nur wissen, was.«

Walt wischte sich mit dem Handrücken den Mund ab. »Das herauszufinden soll mir eine Ehre sein. Sonst noch was?«

»Reicht das denn nicht?«

»Doch, durchaus.«

»Ich glaube, ich sollte mich mal mit Cousin Monty treffen. Hast du seine Adresse?«

»Ja. Wir können nach unserem Besuch bei Julie Johnson, Pams Tochter, zu ihm fahren. Allerdings ist da Vorsicht geboten«, warnte Walt, trank sein Bier aus und stellte die Flasche zurück auf die verschrammte Tischplatte. »Der Kerl ist gefährlich.«

Nick legte ein paar Geldscheine auf den Tisch. »Kein Problem.« Er grinste boshaft. »Das bin ich auch.«

17.

»Was springt für mich dabei heraus?«, fragte Julie Johnson. Sie saß in Minirock und engem schwarzem Pulli in ihrer Wohnung in Santa Rosa in einem Plüschsessel; die Beine übereinandergeschlagen, wippte sie nervös mit dem Fuß. Sie hatte Nick und Walt zwar hereingelassen, doch sie war auf der Hut. Ihr Mann Robert, der aussah wie ein Achtzehnjähriger, musterte die Besucher mit wachsamen dunklen Augen. Er zog sich einen Küchenstuhl heran, drehte ihn um und setzte sich rittlings darauf. Die muskulösen Arme über der Lehne verschränkt, eine Bierflasche in beiden Händen, gab er sich offenbar Mühe, gefährlich auszusehen. Nick fand nicht, dass es dem Kerl gelang. Robert war ein Dreckskerl. Und er hatte etwas zu verbergen.

Walt hatte auf einem neu aussehenden Sofa mit Cordsamtbezug Platz genommen, auf der eine schwarze Katze lag. Die hatte missbilligend den Kopf gehoben, bevor sie davonhuschte und sich unter einem Tisch mit einer Vase voller Seidenblumen verkroch. Aus großen Lautsprechern dröhnte Musik; die Bässe waren so laut, dass der Fußboden bebte. »Wenn ich Ihnen alles sage, was ich über Mom weiß, was springt für mich dabei heraus?«, fragte Julie erneut.

»Ihr Seelenfrieden.«

»Sie redet von Geld«, schaltete sich der Ehemann ein, um die Lage zu klären. »Bargeld.«

»Und ich rede von Freiheit.« Nick stand an der Tür. Von einem Rotzlöffel mit dünnem Ziegenbart und neunmalklugem Grinsen ließ er sich nichts bieten. »Dann braucht sie nicht wegen Beihilfe zu einem Verbrechen und Begünstigung in den Knast.«

»Sie hat nichts Illegales getan«, behauptete der Kerl und stieß mit dem Zeigefinger in die Luft.

»Wenn sie über Informationen zu einem Verbrechen verfügt, könnte sie vor Gericht gestellt werden«, entgegnete Nick kalt. »Wenn nicht wegen Beihilfe und Begünstigung, dann zum Beispiel wegen Zurückhaltens von Informationen. Glauben Sie mir, die Bullen fackeln nicht lange. Charles Biggs ist ermordet worden, Pam Delacroix vermutlich auch.« Nick wandte sich wieder dem mürrischen Mädchen zu. »Man sollte meinen, Sie würden den Mörder gern hinter Gittern wissen.«

»Es war ein Unfall«, sagte sie mit unsicherer Stimme und argwöhnischem Blick.

»Das glaube ich nicht. Die Polizei übrigens auch nicht. Also versuchen Sie nicht noch, Geld herauszuschlagen. Dazu bin ich nicht in der Stimmung.«

»Wieso nicht, Macker?«, fragte der Ehemann. »Sie sagten, Sie heißen Cahill, nicht wahr? Die Cahills sind doch stinkreich.«

»Mein Bruder«, erklärte Nick. »Alex. Er ist der Macker mit der Kohle.« Er verlor die Geduld, stand auf und schaltete die Stereoanlage aus.

»Hey!«, brauste Robert auf.

»Sie können sie wieder einschalten, wenn wir gegangen sind.«

»Scheiße.«

Julies Gesicht wurde kalkweiß.

Walt entging das nicht. »Sie kennen Alex Cahill?«, fragte er. »Sind Sie ihm schon mal irgendwo begegnet?«

»Nein«, antwortete sie hastig. Zu hastig.

Nick glaubte ihr nicht. »Ich brauche nur meinen Bruder zu fragen.«

»Er sagt bestimmt nichts. Sie kennt ihn nicht!«, beteuerte Robert.

»Okay, okay, aber Sie kennen Donald Favier, stimmt's? Den Reverend.«

Julie senkte die Lider über die geschminkten Augen, fuhr sich nervös mit der Zungenspitze über die Lippen und sah aus, als wäre sie am liebsten in einem Mauseloch verschwunden. »Ich bin ein paar Mal in die Dreifaltigkeitsgemeinde zum Gottesdienst gegangen. Mit meiner Mom.«

»Und dann sind Sie in Cahill House gelandet, wo er Pastor war.«

Sie schluckte und wurde rot. Ihre Fassade bröckelte ein wenig, und sie wirkte wie das Kind, das sie im Grunde noch war. »Ja. Ich war schwanger.«

»Waren Sie der Vater?«, fragte Nick, an Robert gewandt.

»Ja, und?«, schoss der Junge zurück. »Jule, wir müssen diesen Losern nicht Rede und Antwort stehen.«

»Was ist aus dem Baby geworden?«, hakte Nick nach.

Julie schloss sekundenlang die Augen und sah aus, als drohte sie in Ohnmacht zu fallen, doch dann reckte sie das Kinn. »Ich habe abgetrieben.«

»Auf Ihren Wunsch hin?« Wieder richtete Nick seine Frage an Robert.

Der zuckte die Achseln. »Das war Julies Problem – hm, Entscheidung. Ich war einverstanden. Ganz wie sie wollte.«

»Und wie war das mit den Anschuldigungen gegen den Reverend? Hat er Sie unsittlich berührt, während er Sie betreute?«, fragte Nick sanft, und Julies Augen röteten sich, als müsse sie gegen die Tränen kämpfen. Sie biss an ihrem Daumennagel herum. »Julie?«

»Er ... er war nett zu mir«, erwiderte sie, und eine Träne lief an ihrer Nase entlang. Fieberhaft bearbeitete sie ihren Daumennagel.

»Hat der Reverend Sie zu der Abtreibung überredet?«

Julie schluckte krampfhaft, dann schüttelte sie den Kopf. »Das ... das war meine Idee. Er wollte, dass ich das Kind austrage und zur Adoption freigebe, aber das konnte ich einfach nicht. Ich hätte es nicht ertragen zu wissen, dass andere Leute mein Kind großziehen ... Ich hätte es behalten sollen, aber ... ich ... ich wusste nicht ...« Tränen strömten über ihr Gesicht, und Nick musste sich eisern beherrschen, um sie nicht in den Arm zu nehmen.

»Hey – du brauchst diese Fragen nicht zu beantworten, Jule«, wiederholte ihr Mann. Er erhob sich von seinem Stuhl, trat neben sie und legte ihr seine große Hand auf die Schulter. »Sie können jetzt gehen, okay? Sie regen sie nur auf.«

»Nein ... schon gut. Sie haben ja recht. Ich muss mit der Polizei sprechen«, flüsterte Julie.

»Ausgeschlossen, Jule, vergiss nicht, wir haben ein Abkommen. Das wollen wir nicht vermasseln.«

»Aber ich will nicht ins Gefängnis.«

»Musst du auch nicht, Babe. Die bluffen doch nur«, sagte Robert gereizt, und Nick fragte sich, ob er auf Droge war. Völlig überdreht. Ein Junkie?

»Sagen Sie's uns«, verlangte Walt. »Was für ein Abkommen haben Sie? Mit wem?«

»Sie sagt gar nichts.«

»Sie kann für sich selbst sprechen.« Nick sah das Mädchen fest an. »Sie können solche Probleme nicht brauchen. Und denken Sie an Ihre Mutter.«

Julie schluckte und zupfte Fusseln von der Armlehne ihres Sessels. »Ich weiß nicht.«

»Jule, bitte, das ist eine wirklich heiße Sache, mach jetzt nicht alles kaputt.« Robert rieb mit einer Hand ihre Schulter, und wenn Blicke töten könnten, hätten Nick und Walt längst das Zeitliche gesegnet.

Julie schniefte laut, sie kämpfte vergeblich mit den Tränen. Wimperntusche lief ihr über die Wangen. Wütend wischte sie die Tränen ab. »Ich ... ich muss Ihnen etwas sagen«, begann sie. »Es lässt mir keine Ruhe.«

»Ach du Scheiße, nein.« Robert schüttelte den Kopf und drückte ihre Schulter. »Überleg doch mal, was es für uns bedeutet, Baby. Das ist unser Freifahrtschein ...«

»Dein Freifahrtschein? Was zum Teufel hast du getan?«, wollte Julie wissen.

»Hey, nun mal langsam.« Ihr Mann wich einen Schritt zurück und wies mit dem Daumen auf Nick. »Diese Scheißkerle bringen dich durcheinander, Baby.«

»Vorsicht, Mann, sonst bringen wir was ganz anderes durcheinander«, warnte Nick ihn und wandte sich wieder dem Mädchen zu. »Was ist es, Julie?«

»Meine Mom ... Ich habe etwa eine Woche vor ihrem Tod mit ihr gesprochen«, sagte sie, woraufhin Robert eine dramatische Show abzog, um sie zum Schweigen zu bringen, die Augen verdrehte, halblaut vor sich hin murmelte und schließlich in die Küche stürmte, wo er geräuschvoll gegen die Schränke trat. Seine Frau zuckte zusammen, und die Katze huschte verschreckt ins Schlafzimmer. »Hör auf, Robert!«, schrie Julie. »Hör endlich auf.«

»O ja, ich höre auf, ganz klar.« Robert kam aus der Küche zurück, den Schlüsselbund in der Hand. »Ich bin raus hier. Wenn du uns das Geschäft versauen willst, bitte, aber ohne mich.« In selbstgerechtem Zorn stapfte er zur Tür hinaus. Auf dem Weg rempelte er Nick an, und der musste sich schwer beherrschen, damit er Robert nicht beim Kragen packte und windelweich prügelte. Stattdessen ließ Nick ihn laufen. Die Tür fiel knallend ins Schloss, und im nächsten Moment wurde mit viel Getöse ein Motorrad gestartet. Mit quietschenden Reifen donnerte es vom Parkplatz.

»Den bin ich los«, murmelte Julie und verschränkte die Arme vor der Brust. »Ich weiß wirklich nicht, warum ich ihn geheiratet habe.« Als fiele ihr erst jetzt wieder ein, dass sie in ihrem Unglück ein Publikum hatte, lehnte sie sich in den Sessel und wiegte sich vor und zurück. Ihre Unterlippe zitterte. »Undankbarer Scheißkerl«, stieß sie hervor.

»Was ist mit Ihrer Mutter?«, fragte Nick, um Julie wieder aufs Thema zurückzubringen. »Wissen Sie, wohin sie in jener Nacht wollte?«

»Ich glaube schon. Sie brauchte für eine Weile eine Unterkunft, einen Platz, wo niemand sie finden würde. Ich nannte ihr eine Wohnung bei der Uni, die Freunde von mir gemietet hatten. Sie waren übers Wochenende nicht in der Stadt, also habe ich alles für Mom organisiert.«

»Warum musste sie untertauchen?«

»Es hatte irgendwie mit dem Buch zu tun, an dem sie arbeitete. Ein Buch über Adoption und Elternrechte oder so. Das war eine Zeitlang ihr großes Thema. Sie rief an und meinte, sie bräuchte ganz schnell eine Wohnung – erst müsse sie noch etwas erledigen, aber dann bräuchte sie einen Schlafplatz. Es war alles ziemlich hektisch. Sie sagte, eine Freundin von ihr bräuchte Hilfe, weil sie ihren Mann verlassen wollte, aber der würde ihr das Sorgerecht für ihr Baby nicht überlassen. Ich … ich wusste nicht, dass es sich um Mrs Cahill handelte. Sonst hätte ich doch nicht … ach, verdammt, ist ja auch egal. Mom sagte, sie müsste recherchieren und wolle mit der Frau zusammenarbeiten und ihr helfen, damit sie ihr Kind behalten konnte. Statt eines Anwaltshonorars dürfte sie dafür die Geschichte der Frau in ihrem Buch verarbeiten.«

Marla. Marla hatte geplant, Alex die Kinder wegzunehmen.

»Sie wollte auch meine Geschichte einbauen, aber ich war damit nicht einverstanden. Auch wenn es zum großen Teil Fiktion war, hatte ich Angst, dass die Leute mich erkennen könnten. Ich wollte nicht, dass meine Freunde von dem Kind erfahren …« Julie zuckte die Achseln. »Das kann ja jetzt nicht mehr passieren.« Die Tränen flossen noch reichlicher. »Wieso … wieso glauben Sie, jemand hätte sie umgebracht? Die Frau am Steuer, hat sie den Unfall absichtlich herbeigeführt? Dad will sie verklagen. Sie … sie ist Alexanders Frau, nicht wahr?«

»Wir glauben, dass irgendjemand den Unfall herbeigeführt hat, indem er die Fahrerin zum Ausweichen zwang«, erklärte Walt. Nick fiel auf, wie vertraut das Mädchen von Alex sprach. Was zum Teufel war hier los?

»Wer hat sie zum Ausweichen gezwungen?«

»Wir wissen es nicht«, gestand Nick, wenngleich seine Liste von Verdächtigen schrumpfte und sein Bruder inzwischen an erster Stelle stand. Die Vorstellung ließ ihm das Blut in den Adern stocken. Womöglich war Marla gerade in diesem Augenblick bei Alex.

»Und was war das für ein Geschäft, von dem Robert eben gesprochen hat?«, drang Walt weiter in sie.

»Ach, Gott ...« Sie zögerte und biss auf ihren Daumennagel. »Jetzt erscheint es mir sonderbar, nachdem ich weiß, dass alle miteinander verwandt sind. Ich ... ich habe mich irgendwie mit einem älteren Mann eingelassen, als ich in Cahill House war. Er, hm, er mochte mich. Robert und ich hatten uns wegen des Kindes verkracht, und dieser Mann ... er war nett. Hat mich gut behandelt. Als Mom davon erfuhr, hat sie beinahe einen Anfall gekriegt. Sie bestand darauf, einen Anwalt einzuschalten, und schimpfte und drohte, den Mann zu verklagen. Sie wusste nur, dass er älter und verheiratet war, und sie wollte ihn an seinen Eiern aufhängen.«

»Und wann hat sie herausgefunden, dass es der Prediger war?«, fragte Walt.

Julie schien etwas sagen zu wollen, doch dann schloss sie den Mund wieder und biss die Zähne zusammen.

Walt hakte nach: »Sie erinnern sich nicht?«

Sie blinzelte hektisch.

»Julie?«, bohrte Nick.

»Er war nicht der Typ, der mich angemacht hat«, flüsterte sie und senkte den Blick.

»Moment mal.« Walt massierte sich den Nacken. »Ich dachte, er und Sie ...«

Sie schüttelte den Kopf. »Das dachten alle. Es sollten ja auch alle denken. Das war das Geschäft, von dem Robert gesprochen hat.« Sie sah Nick ernst an, und ihr kleines, von Wimperntusche verschmiertes Gesicht verzerrte sich. »Es war nicht so, wie alle dachten. Er war nur nett zu mir, und, nun ja, Alex …«, flüsterte sie mit zitternden Lippen.

»Mein Bruder?«

»Ja! Er hat ein Abkommen mit mir und Reverend Favier getroffen. Es sollte so aussehen, als sei es der Priester gewesen, damit meine Mutter nicht darauf bestand, Alex anzuzeigen.«

»Warum sollte Donald Favier seinen Namen besudeln lassen?«, fragte Nick. »Das hätte ihn seine Stellung kosten können. Mich wundert, dass seine Gemeinde ihn nicht rausgeworfen und am Kirchturm aufgehängt hat.«

»Es ist seine Kirche. So eine gibt es nicht noch einmal«, erklärte Julie. »Das ist keine Restaurantkette wie McDonald's, nicht irgendeine Filiale. Es gibt keinen Erzbischof oder Papst oder sonst einen Popanz.«

»Trotzdem hat es seinen Ruf schwer angekratzt«, sagte Nick. »Warum nahm er die Schuld auf sich?«

Julies Lippen verzogen sich zu einem zynischen Lächeln, das sie sehr viel älter erscheinen ließ. »Tja, was meinen Sie wohl?«, entgegnete sie und wischte sich mit dem Handrücken die Nase. »Aus dem gleichen Grund wie ich. Für Geld.«

Das Haus lag im Dunkeln. Alles war still. Die einzigen Geräusche, die Marla hörte, kamen von draußen vor ihrem Fenster, wo der Wind in den Zweigen der Fichte im Garten rauschte. *Jetzt oder nie*, dachte sie, schlug die Bettdecke zurück und griff nach ihrem Bademantel. Sie zog ihn an und hörte das leise Klimpern von Schlüsseln – von Eugenias Schlüsseln – in ihrer Tasche. Nun war der Zeitpunkt gekommen, sie zu benutzen. Marla war wach geblieben, bis sie sicher sein konnte, dass ihre Schwiegermutter, das Personal und Cissy in ihren Zimmern waren. Nick war schon früher verschwunden, Alex war nach dem Abendessen weggefahren und noch nicht zurück. Zumindest hatte sie ihn nicht heimkommen hören.

Sie schloss ihre Zimmertür und durchquerte ihre Suite, eine Hand in der Tasche, damit die Schlüssel nicht klimperten. Marla versuchte, die Tür zu Alex' Zimmer zu öffnen. Abgeschlossen. Es überraschte sie nicht.

»Was hat er nur zu verbergen?«, fragte sie sich halblaut. Sie trat in den Flur hinaus und schlich barfuß im Schein der einen Lampe, die auch nachts immer brannte, zur Bürotür. Ihre Nerven waren zum Zerreißen gespannt, ihre Hände feucht, vor Nervosität brach ihr zwischen den Schulterblättern der Schweiß aus. Sie probierte den ersten Schlüssel. Als der nicht passte, nahm sie den zweiten. Er ließ sich ins Schloss stecken, aber nicht drehen. Marla zog ihn ab, versuchte den nächsten. Wiederum vergebens. Unten in der Eingangshalle schlug die alte Standuhr eins.

Komm schon, komm schon, dachte Marla und probierte zwei weitere Schlüssel aus, bis das Schloss endlich mit leisem Klicken aufsprang. Das Herz klopfte ihr bis zum Hals, als Marla in das Zimmer trat, in dem es schwach nach Zigarettenrauch und Alex' Aftershave roch. »Denk nach, Marla«, flüsterte sie, schloss leise die Tür und ließ die Schlüssel wieder in ihre Tasche gleiten. Sie schaltete die Schreibtischlampe ein und ging durch das Büro zum Fitnessraum, vorbei an den selten benutzten Geräten, zu Alex' begehbarem Kleiderschrank. Hier, wo seine Jacken und Anzüge hingen, roch es noch stärker nach ihrem Mann. Geräuschlos öffnete sie die Tür einen Spalt und spähte in seinen Privatbereich. Voller Erleichterung sah sie, dass sein Bett nicht benutzt war. Laken und Bettdecke waren so glatt gezogen, als erwartete er einen überraschenden Stubenappell wie beim Militär.

Marla atmete tief durch und schlich zurück in sein Büro. So schnell ihre nervösen Finger es erlaubten, blätterte sie durch Alex' Adresskartei. Seit sie das Verzeichnis zum ersten Mal durchgesehen hatte, waren ihr einige Leute begegnet, und sie hatte von vielen Verwandten und Bekannten gehört. Daher kam ihr nun etwa ein Drittel der verzeichneten Namen bekannt vor.

Sie konzentrierte sich und merkte sich die Freunde, Angehörigen und Geschäftspartner von Marla und Alex Cahill, stockte jedoch plötzlich, als sie auf den Namen Kylie Paris stieß. *Kylie.* Schon wieder. Ihr Herz setzte einen Schlag aus. Es gab also tatsächlich eine Frau des Namens, mit dem Conrad Amhurst sie angesprochen hatte.

Ihre Kehle war wie ausgedörrt. Marla nagte an ihrer Unterlippe. Lieber Himmel, war Kylie *ihr* Name? Das hatte sie früher schon einmal überlegt, aber es ergab keinen Sinn.

Warum würden alle, selbst ihr Mann, sie dann für Marla halten? Oder gehörte der Name Kylie zu einer anderen Frau? War es möglich, dass sie, Marla, tatsächlich eine Halbschwester besaß, wie ihr Vater angedeutet hatte, oder war es nur das zornige Gefasel eines kranken, verwirrten Mannes gewesen?

Du hast es nie begriffen, wie? Du bist nicht meine Tochter. Raus hier, Kylie. Und komm nie wieder. Von mir bekommst du niemals auch nur einen Cent!

Geld? Er dachte an Geld? Dieser Mann, der alles, was er im Leben gescheffelt hatte, einem Säugling hinterließ?

Seine Vorwürfe klangen Marla noch in den Ohren, als sie die Karte aus der Halterung löste und die Adresse und Telefonnummer las, die unter dem Namen Kylie Paris verzeichnet waren. *Ganz gleich, ob es spät in der Nacht ist*, dachte sie, leckte sich über die Lippen und hob den Telefonhörer ab. »Wer nicht wagt, der nicht gewinnt«, flüsterte Marla, als das Freizeichen ertönte.

Mit zitternden Fingern gab sie die Nummer ein. Wartete. Kreuzte die Finger. Sekunden später ertönte ein Klicken und dann die Stimme einer Frau – verspielt, schnippisch, frech. »Hi. Weißt du was? Pech gehabt. Ich bin nicht zu Hause. Tut mir leid, dass du mich nicht antriffst, aber du weißt ja, wie es geht. Hinterlass deinen Namen und deine Nummer, dann rufe ich zurück. Wenn du Glück hast. Ciao.«

Es folgte ein Signalton. Marla legte hastig auf. Schluckte. Hätte sie eine Nachricht hinterlassen sollen? Wer war die Frau? Ihre Schwester? Eine Fremde? Oder hatte sie selbst als Kylie Paris diese freche Ansage aufs Band gesprochen? Wenn sie sich doch nur erinnern könnte! Sie starrte das Telefon an und überlegte, ob sie noch einmal anrufen sollte. Was könnte es schaden, wenn sie sagte, dass sie Marla Cahill sei und ihre Schwester suche ... Nein, es wäre besser, die Frau am anderen Ende der Leitung persönlich aufzusuchen. Von Angesicht zu Angesicht mit ihr zu sprechen. Vielleicht half es ihrem Gedächtnis auf die Sprünge, wenn sie Kylies Gesicht sah. Doch im Augenblick durfte Marla keine Zeit mehr verlieren. Sie steckte die Adresskarte zu Eugenias Schlüsseln in ihre Tasche und ging die Namen in der Adresskartei ein letztes Mal durch in der Hoffnung, auf einen Namen oder eine Adresse zu stoßen, die Erinnerungen wachrief. Doch sie wurde enttäuscht.

»Nicht aufgeben«, sprach sie sich selbst Mut zu und nahm sich den Computer vor. Um auf Alex' E-Mails zugreifen zu können, benötigte sie ein Passwort. Also probierte sie verschiedene Kombinationen von Daten und Namen aus, Informationen, die sie in den vergangenen paar Wochen gesammelt hatte, aber nichts öffnete die verdammten Dateien. Die Uhr im Erdgeschoss schlug zur halben Stunde. Wie lange würde Alex fortbleiben? Die ganze Nacht? Marla versuchte, den Schreibtisch zu öffnen, doch die Schubladen waren abgeschlossen. Natürlich. »Verdammt noch mal«, schimpfte sie und griff in ihre Tasche nach Eugenias Schlüsselin. Drei kleine Schlüssel hingen an dem Ring. Einer gehörte vermutlich zum Barschrank, der andere wohl zu dem Sekretär in Eugenias Zimmer, und der dritte ... passte perfekt ins Schlüsselloch der Schublade.

Mit einem Klicken öffnete sie sich.

Halleluja!

Hastig kramte Marla in den Dokumenten und fand Kopien von Steuererklärungen und Rechnungen, Hypotheken und Bankinformationen, alles säuberlich abgeheftet. Die Rechnungen waren astronomisch hoch, die Anleihen auf mehrere Immobilien, sein Elternhaus eingeschlossen, unvorstellbar – sie gingen in die Millionen. Hatte Alex das

Haus und die Ranch nicht von seinem Vater geerbt? Sie überflog ein Anlageportefeuille und erkannte, dass im Laufe von mehreren Monaten Geld abgebucht worden war, nicht nur Dividende und Zinsen, sondern so viel, bis die Summe auf weniger als ein Zehntel der ursprünglichen geschrumpft war.

Wo war all das Geld geblieben?

Wenn sie glauben konnte, was sie hier sah, steckten Alex und Marla Cahill bis über beide Ohren in Schulden. Kein Wunder, dass Alex so lange arbeitete und mit ausländischen Investoren verhandelte. Sie schloss die Schublade, öffnete eine andere und fand Krankenakten, mehrere Jahre alt. Sie öffnete die Akte mit der Aufschrift »Marla« und überflog im Licht der Schreibtischlampe die Eintragungen. So erfuhr sie, dass sie vor ein paar Jahren wegen einer Sehnenscheidenentzündung im Ellenbogen und vor vier Jahren wegen eines verstauchten Knöchels in Behandlung gewesen war. Sie blätterte die Rechnungen durch, mehrere für kleinere Eingriffe, Schönheitsoperationen des Gesichts, ausgeführt in den letzten zwei Jahren, um das Alter in Schach zu halten.

Welch eine Verschwendung, wenn sie an den Unfall dachte. Sie wollte die Papiere gerade zurück in die Mappe legen, als ihr die letzte Rechnung für eine Operation ins Auge fiel. Marla las die Aufstellung und runzelte die Stirn. Das war doch sicherlich ein Irrtum. Aber aus der Rechnung ging klar und deutlich hervor, dass Marla Amhurst Cahill sich vor drei Jahren einer Hysterektomie unterzogen hatte.

Fast drei Jahre vor der Geburt ihres Sohnes James – bevor er überhaupt gezeugt worden war!

»O Gott«, flüsterte sie. In ihrem Kopf drehte sich alles, tausend Gedanken drängten an die Oberfläche. Sie dachte an die Nacht in der Klinik, als Dr. Robertson sich geweigert hatte, ihr ihre Krankenakte auszuhändigen. Er hatte versucht, Marla zu beruhigen, während Alex darauf bestand, sie nach Hause zu bringen, und behauptete, sie sei zu müde, um rational zu denken. In Wirklichkeit wollte er ihre Krankenakte vor ihr verbergen.

Wegen der Hysterektomie.

Weil sie der Beweis dafür sein würde, dass James unmöglich ihr Kind sein konnte.

Marla wurde übel. Der Schweiß brach ihr aus allen Poren. Sie lehnte sich an den Schreibtisch, in ihrem Kopf jagten sich tausend Fragen. Was zum Teufel ging hier vor? Sie *erinnerte* sich an die Geburt ihres Sohnes. Doch dann war da das leere Fläschchen Premarin – weibliche Hormone –, das sie im Medizinschrank gefunden hatte. Sie wusste, dass man Frauen in den Wechseljahren oder nach einer Hysterektomie dieses Medikament verschrieb.

Aber das Kind ... das Kind ... O Gott, hatte ihr verwirrter Geist die Geburt nur erträumt? Und warum erinnerte sie sich nicht an Cissys Geburt?

Weil du nicht Marla Cahill bist, verdammt! Du hast es doch von Anfang an geahnt!

Sie verlor den Verstand ... Das alles konnte doch nicht wahr sein! *Reiß dich zusammen, Marla. Sofort! Du darfst jetzt nicht zusammenbrechen. Suche. Durchsuche Alex' Sachen. Finde heraus, warum er Geheimnisse vor dir hat!*

Mit unsicheren Fingern faltete sie das belastende Dokument zusammen und steckte es zu den Schlüsseln und der

Karteikarte mit Kylie Paris' Telefonnummer und Adresse in ihre Tasche. War Marla James' Mutter? Oder hatte sie sich tatsächlich die Gebärmutter entfernen lassen? Sie war noch nicht lange genug aus dem Krankenhaus entlassen, um schon einen vollständigen Menstruationszyklus zu haben, es waren erst drei Wochen, aber sie hatte auch keine sichtbaren Operationsnarben. *Heutzutage wird nicht mehr aufgeschnitten.* Sie hatte keine Hitzewallungen und nahm kein Östrogen ein, es sei denn, jemand mischte ihr etwas ins Essen ... *Aber du weißt es nicht, oder? Du weißt nicht, ob du Alex' Frau und die Mutter der Kinder bist. Du weißt nicht, ob du deine Gebärmutter und die Eierstöcke noch hast, du kennst nicht einmal deinen verdammten Namen.*

Panik schnürte ihr die Kehle zu. Ihr kam in den Sinn, dass jemand – wer, das wusste sie nicht genau – womöglich versuchte, sie in den Wahnsinn zu treiben. Sie als paranoid darzustellen. Warum? Um ihr die Kinder zu nehmen?

Sie atmete tief durch, um ihre entgleisten Gefühle unter Kontrolle zu bringen. Irgendwie würde sie herausfinden, was hier vorging. Wenn ihr genug Zeit blieb, würde sie sämtliche schmutzigen kleinen Geheimnisse des Cahill-Clans lüften.

Und deine eigenen, Marla. Welche Geheimnisse hütest du?

»So darfst du nicht denken«, schimpfte sie. Ihr lief die Zeit davon, und eine Schreibtischschublade musste noch durchsucht werden. »Herr, gib mir Kraft«, betete sie.

Sie öffnete die Schublade und sah die Waffe.

Eine kleine, mit Silber eingelegte Pistole.

Ihr Herz drohte stehenzubleiben. Als sie mit den Fingern über das glatte Metall strich, gefror ihr das Blut in den Adern.

Warum besaß Alex eine Waffe? Um sich selbst und seine Familie zu schützen – eine Familie, die er kaum jemals sah? Oder um jemandem etwas anzutun? Mit zitternden Händen hob sie die Waffe auf, prüfte die Kammer und sah, dass sie geladen war. Sie fühlte sich entsetzlich an in ihrer Hand. Schwer. Marla sicherte die Pistole und erwog, sie zurück in die Schublade zu legen, damit Alex nicht entdeckte, dass sie spioniert hatte, aber ... vielleicht würde sie die Waffe einmal brauchen, und vielleicht konnte sie verhindern, dass Alex sie benutzte, indem Marla sie an sich nahm.

O Gott, sie konnte ihm nicht vertrauen, sie wusste tief im Herzen, dass sie es nicht durfte. Wer war dieser Mann, der Geheimnisse hatte, seine Türen abschloss und Pistolen in seinem Schreibtisch versteckte – der Mann, den sie geheiratet hatte? Sie warf einen Blick auf ihren Ehering, während ihre Finger sich um das Griffstück der Waffe schlossen. Wer war sie, die sich an ein Baby erinnerte, sich aber einer Hysterektomie unterzogen hatte?

Du bist nicht Marla Cahill, insistierte ihr Verstand. *Du wusstest es gleich, als du aus dem Koma erwachtest und den Namen hörtest. Conrad Amhurst weiß es auch. Cissy weiß es. Der kleine James hat gequengelt, als du ihn zum ersten Mal in den Arm genommen hast, und Coco, dieser hektische Hund, führt sich auf, als wärst du eine Hexe. Dein ganzes Leben ist eine Lüge, Marla oder Kylie, wer immer du sein magst. Eine tödliche Lüge.*

Ihr Herz hämmerte wild, durch ihren Kopf hallten unzählige Fragen, als sie ein Stockwerk tiefer Coco leise bellen hörte. Marla war sofort mucksmäuschenstill und lauschte. Sie musste von hier verschwinden. Auf der Stelle. Aber was sollte sie mit der Waffe tun? Wenn sie die Pistole aus der Schublade nahm, würde Alex ihr Fehlen bemerken. Wenn sie sie dort ließ, konnte er sie benutzen … gegen sie … oder die Kinder. Behutsam schob sie die Pistole in ihre Tasche. Da hörte sie Schritte auf der Treppe.

Alex!

Verdammt!

Ihr Magen krampfte sich zusammen. Ihr blieb keine Zeit mehr, durch den Flur in ihr Zimmer zu laufen. Er würde sie durchs Geländer sehen, wenn er die Treppe heraufkam. Sie konnte nur hoffen, dass er durch die Suite seine Zimmer aufsuchte, und während er auf dem Weg war, würde sie zur Tür hinaus auf den Flur huschen und zu James' Tür schleichen. Vom Kinderzimmer aus konnte sie dann in ihr eigenes Schlafzimmer gelangen.

Mit zitternden Fingern räumte sie die Dokumente weg und schloss die Schubladen und die Tür zum Flur ab. Inzwischen war Alex am oberen Treppenabsatz angelangt. Sie hörte die letzte Stufe knarren. Geräuschlos rollte sie den Bürosessel zurück, stand auf und rückte ihn unter den Schreibtisch.

Sie knipste das Licht aus, huschte in den Fitnessraum und schloss die Tür hinter sich bis auf einen kleinen Spalt. Dann wartete sie schweißgebadet, mit wild pochendem Herzen. Alex' Schritte klangen schwer durch den Flur. Vor der Tür zur Suite blieb er stehen.

Er darf mich nicht finden!

Er ging weiter, die Schritte näherten sich dem Büro. Sekunden später rasselte sein Schlüssel im Schloss. Marla umrundete den NordicTrack und zog sich in Alex' Schrank zurück.

Sie wagte kaum zu atmen, als sie hörte, wie er das Arbeitszimmer betrat.

»Scheiße«, entfuhr es ihm leise.

Die Härchen auf Marlas Unterarmen richteten sich auf.

»Was zum Teufel …? Wieso ist der Bildschirmschoner eingeschaltet? Wer war hier?«

Aller Mut verließ sie. Natürlich hatte Alex merken müssen, dass der Computer noch eingeschaltet war. Ein Telefon klingelte leise, und Marla zuckte zusammen, bevor sie erkannte, dass es nicht der vertraute Klingelton des Haustelefons war, sondern Alex' Handy.

»Hallo?«, meldete er sich gereizt, und Marla hörte, wie der Schreibtischsessel zurückrollte. *Raus jetzt. Das ist deine Chance. Durch sein Zimmer und die Suite in dein Schlafzimmer.* Leise tappte sie durch den begehbaren Schrank, über den Teppich zu seiner Tür und sah mit sinkendem Mut, dass diese Tür nicht nur verschlossen, sondern auch noch verriegelt war. Wenn sie diesen Fluchtweg nahm, konnte sie den Riegel nicht wieder vorlegen.

Verdammt. Ihre Gedanken überschlugen sich. Sie wischte sich die feuchten Hände am Bademantel ab. Was sollte sie tun? Konnte sie das Risiko eingehen, dass er den zurückgeschobenen Riegel bemerkte? Mit rasendem Puls kehrte sie in den begehbaren Schrank und den Fitnessraum zurück und suchte mit panischem Blick nach irgendeiner Nische, in der sie sich verbergen konnte, bis Alex zu Bett ging und einschlief. Dann konnte sie durch sein Büro verschwinden.

Seine Stimme drang durch die Tür, die sie offen gelassen hatte.

»Ja … Ich weiß … Nein, ich habe nicht angerufen … Ich sagte doch, ich habe nicht … Scheiße! Bist du sicher? Ja, ich weiß, was Rufnummernerkennung ist … Und? In der letzten halben Stunde? Da war ich noch nicht zu Hause … Verdammt, jemand hat's herausbekommen!«

Marla stand wie erstarrt. Sie reimte sich das Gespräch zusammen. Alex sprach mit Kylie Paris, und sie hatte ihm von Marlas unbedachtem Anruf bei ihr berichtet. *O Gott, nein!* Irgendwie steckte die Frau mit Alex unter einer Decke, war in seine Machenschaften verwickelt – aber wie? Warum? Marlas Kopf dröhnte, sie musste fort. Schnellstens.

»Zum Kuckuck, ich weiß nicht, wie! Wahrscheinlich Nick. Ich wusste, dass es ein Fehler war, ihn hierherzuholen … Okay, okay, beruhige dich. Wird schon alles gut. Aber du musst fort … ja, jetzt, verdammt noch mal! Sie könnten schon auf dem Weg sein. Geh ins Kutschenhaus, da bist du für ein, zwei Tage in Sicherheit … Versteck dich, ich hole dich dann ab … Was? Natürlich liebe ich dich. Hätte ich sonst all das für dich getan?« Alex' Stimme klang jetzt beinahe verzweifelt. Er liebte diese Frau, diese Kylie. Er hatte »all das« für sie getan. Was immer das heißen mochte. »Was? Ja. Okay. Schon besser.«

Marla wartete keine Sekunde länger. Er war in eine tödliche Sache verwickelt. Etwas, das womöglich Pam Delacroix und Charles Biggs das Leben gekostet hatte. Und das vielleicht die Ursache dafür war, dass sie neulich nachts beinahe ums Leben gekommen wäre. O Gott, niemand war hier mehr sicher. Sie musste fort, musste ihre Kinder nehmen und fliehen. Wenn sie Cissy und den kleinen James erst in Sicherheit wusste, dann konnte sie erkunden, was hier vor sich ging. Aber eines war klar: Alex liebte eine andere Frau. Wahrscheinlich Kylie Paris, die möglicherweise ihre, Marlas, Halbschwester war.

Das Herz klopfte ihr bis zum Hals, als Marla geräuschlos durch Alex' Schrank schlich, durch sein Zimmer und durch die Tür zur Suite. Sie schloss mit dem Schlüssel ab, den Riegel musste sie einfach vergessen. Gegen die Panik ankämpfend, überquerte sie den dicken Teppich des Wohnbereichs und betrat ihr Schlafzimmer. In dieser Nacht konnte sie nichts mehr unternehmen. Sie musste sich ahnungslos stellen, als sei nichts Außergewöhnliches vorgefallen, musste Alex einlullen, damit er glaubte, sie hege nicht den geringsten Verdacht gegen ihn.

O Gott, wenn Nick doch jetzt hier wäre, dachte sie verzweifelt, schalt sich dann jedoch wegen ihres Bedürfnisses, sich auf einen Mann zu verlassen. *Du schaffst das, Marla, du musst es schaffen. Du trägst die Verantwortung für deine Kinder.* Sie versteckte die Waffe unter der Matratze, schlüpfte aus dem Bademantel, warf ihn über das Fußende des Bettes und kroch unter die Decke. Schon hörte sie, wie Alex' Zimmertür sich öffnete, hörte seinen schweren Schritt auf dem Teppich im Flur und sein Zögern vor ihrer Tür. Sie schloss die Augen und versuchte, ruhig und gleichmäßig zu atmen. *Beruhige dich. Entspanne deine Muskeln.*

Ihre Schlafzimmertür knarrte. Marla stellte sich schlafend, atmete tief, zwang ihre Augen zur Bewegungslosigkeit, während ihr Herz raste.

Er kam näher. Vor ihrem Bett setzte das Geräusch seiner Schritte aus, genauso wie der Eindringling damals beugte er sich über sie. Sie spürte seinen Atem im Gesicht und hätte am liebsten geschrien. *Atme langsam. Keine Panik. Es ist deine einzige Chance.*

»Marla?« Sein Flüstern streifte ihr Gesicht. Beinahe wäre sie aufgeschreckt, doch sie zwang sich, still liegen zu bleiben. »Liebling?«

Sie schmatzte ein wenig mit den Lippen, stieß einen leisen Seufzer aus.

Sekunden verstrichen, und es drängte sie, die Augen zu öffnen und Alex ins verlogene Gesicht zu sehen. War er ihr Mann? Ihr Liebhaber? Ihr Feind?

»Marla?«, fragte er noch einmal. Seine Stimme klang ruhig, besänftigend.

Sie antwortete nicht.

»Bist du wach?« Verdammt, er gab einfach nicht auf. Sie wälzte sich auf die andere Seite, runzelte die Stirn und warf einen Arm über die Bettdecke, als sei sie im Tiefschlaf gestört worden. »Marla?« Jetzt rief er lauter, mit einem verärgerten Unterton.

Sie musste reagieren. »Wa-was?« Sie blinzelte ihn an. »Gott, hast du mir einen Schrecken eingejagt! Alex?« Sie gab sich verwirrt, sah auf die Uhr und gähnte. »Wie spät ist es?«

»Spät. Ich weiß. Ich bin gerade erst nach Hause gekommen. Ich glaube, jemand war heute Nacht in meinem Büro. Hier, in meinem Büro zu Hause.«

»Wer?«

»Das frage ich dich.«

»Ich weiß nicht ... O Gott!«, keuchte sie, als wäre ihr in diesem Augenblick ein entsetzlicher Gedanke gekommen. »Der Einbrecher! Glaubst du, er ist noch einmal gekommen?«

Sie richtete sich im Bett auf, zog die Decke über ihre Brust und schaltete das Licht ein. »Die Kinder!«

»Ich glaube nicht, dass es ein Einbrecher war«, erklärte Alex und musterte sie durchdringend.

»Nicht? Warum weckst du mich dann?«, fragte sie und ließ es zu, dass Angst in ihrer Stimme mitschwang. »Wir müssen unbedingt die Schlösser auswechseln. Ich ... ich dachte, du wolltest das erledigen. Die Kinder!« Sie warf die Bettdecke von sich.

»Ihnen geht es gut.«

»Du hast nachgesehen?«, wollte sie wissen, schon auf dem Weg zum Kinderzimmer, wo sie zur Wiege stürzte, als glaubte sie wirklich, dass jemand ins Haus eingebrochen war. James schlief tief und fest. »Gott sei Dank«, flüsterte sie.

»Ich glaube, dieser Jemand war nur in meinem Büro und ...« Alex folgte ihr in den Flur, wo Marla die Tür zu Cissys Zimmer öffnete und einen Blick hineinwarf. Cissy schlief, ihr Fernseher lief noch und warf flackernde blaue Schatten über ihr Gesicht. »Sie weiß doch, dass sie den Fernseher ausschalten soll«, sagte Marla, als ob sie sich über ihre Tochter ärgerte, stapfte durchs Zimmer und stellte das Gerät ab. Cissy rührte sich nicht.

Zurück im Flur, sah sie Alex an. »Durchsuchst du die anderen Stockwerke?«

»Nein ... Marla, ich glaube nicht, dass jemand eingebrochen hat.«

»Aber du sagtest doch ...«

»Ich glaube vielmehr, dass du in meinem Büro warst.«

»Ich? Wie denn? Ist die Tür denn nicht abgeschlossen?«

»Doch.«

»Und wie …?«

»Ich weiß es nicht«, erwiderte Alex, und sein Gesicht wirkte im dämmrigen Flur böse, seine grauen Augen waren kalt wie der Tod. »Aber Mutter vermisst ihre Schlüssel.«

»Du denkst, ich habe sie gefunden und bin in dein Büro eingedrungen?« Marla fuhr sich mit den Fingern durchs Haar und tat, als sei sie erschöpft bis in die Knochen. »Ach, Alex, mach dich nicht lächerlich.«

»Der Bildschirmschoner war eingeschaltet.«

»Was heißt das?«

»Dass jemand in den letzten zehn Minuten am Computer gearbeitet hat. Der Rechner ist so programmiert, dass er nach zehn Minuten auf Sleep-Modus schaltet und der Monitor schwarz wird.«

»Tja, dafür habe ich keine Erklärung.« Sie sah ihn mit leidender Miene an und strich ihm mit der Hand über die Wange. »Du arbeitest zu viel. Geh schlafen, Alex. Wir klären das morgen früh.«

»Sag mir nur, dass du nicht lügst«, verlangte er mit hartem, abschätzendem Blick.

»Okay, ich lüge nicht, und du führst dich auf wie ein Irrer!« Sie drehte sich um in der Absicht, zurück in ihr Zimmer zu gehen, doch Alex packte sie am Ellenbogen und riss sie zu sich herum.

Seine Züge verzerrten sich vor mühsam beherrschter Wut, seine Nasenflügel bebten, seine Lippen bewegten sich kaum. »Reiz mich nicht«, warnte er. Seine Finger gruben sich in die Muskeln ihrer Unterarme. »Das wäre ein schwerer Fehler.« Dann ließ er sie los und stürmte zurück in sein Büro. Wahrscheinlich um festzustellen, dass seine Pistole fort war. Marlas Knie wurden weich. Sie hielt sich am Geländer fest und rief sich zur Ordnung. Sie musste nur noch wenige Stunden in diesem Haus durchhalten. Und jetzt besaß sie eine Waffe.

Morgen würde sie mit den Kindern fliehen.

Und wohin? Womit? Du hast kein Geld. Du besitzt keinen Ausweis, kein Auto.

Doch sie würde eine Möglichkeit finden, diesem Gefängnis zu entkommen.

Und wenn es ihr Tod sein sollte.

18.

»Ich schwöre, wenn du versuchst, mir meinen Sohn zu nehmen, bringe ich dich um!« Alex' Gesicht senkte sich drohend über sie. Sie standen in der Eingangshalle. Wut verzerrte seine Züge, seine grauen Augen waren dunkel vor Hass.

Nein! O Gott, nein!

Marla riss die Augen auf. Ihr Herz hämmerte wild. Sie war schweißgebadet.

Sie war allein. In ihrem Bett. Im Dunkeln. Irgendwo draußen scharrte ein Ast über ein Fenster, und im Erdgeschoss tickte die alte Standuhr, doch Marla war allein.

Langsam ließ der schreckliche Alptraum sie los. Marla setzte sich auf, krallte die Finger in die Bettdecke, zog sie an ihre Brust. »Es war ein Traum«, sagte sie zu sich selbst. »Nur ein Traum.« Sie sah auf die Uhr. Halb fünf. Es war noch nicht einmal hell draußen. Sie rieb sich die Arme, aber der Alptraum verblasste nicht. Das Bild war klar und deutlich und blieb. Es hatte sich tief in ihr Gehirn eingebrannt, eine Wiedergabe irgendeiner anderen Szene, einer Szene, die mit betäubender Deutlichkeit zurückkam.

»Damit kommst du mir nicht davon«, hatte Alex geknurrt. »Ich lasse nicht zu, dass du ihn mitnimmst.«

»Warte es nur ab, du Dreckskerl«, hatte sie ihn angefaucht und wollte auf ihn losgehen. »Ich bringe dich vor Gericht, ich schrecke vor nichts zurück, aber mein Kind soll nicht in dieser ... Farce einer Ehe aufwachsen müssen. Wo ist er?«

»Hier nicht.«

»Unsinn!«

»Such doch selbst.«

»Wenn du ihm etwas angetan hast …« Ihre Stimme versagte, erstickt von der Vorstellung. »Ich schwör's dir …«

»Nein. Er ist in einem Versteck.«

»Ich glaube dir nicht.« Sie war die Treppe hinaufgesprungen, immer zwei Stufen auf einmal nehmend, und Alex folgte ihr nicht. O Gott, er sagte die Wahrheit. Sie hastete zu den Schlafzimmern und nahm über das Klopfen ihres Herzens hinweg nur verschwommen wahr, dass das Telefon klingelte. Das Kinderzimmer war leer. Kalt, kahl. Sie sah in den anderen Zimmern nach, wusste jedoch im Herzen, dass es stimmte. Dieses Haus, dass sie so oft für ein Märchenschloss gehalten hatte, war kalt und herzlos, kein Personal, keine Familie, kein … Baby. Inzwischen war sie außer Atem, erst vor wenigen Tagen hatte sie in den Wehen gelegen. Sie stieg die Treppe wieder hinunter und hielt am Absatz zum Wohnbereich inne. Ans Geländer geklammert, sah sie Alex, der ihr den Rücken zukehrte und telefonierte. Er sprach leise, doch sie konnte ihn verstehen.

»Ja … ja, ich sagte doch, ich komme. Warte nur … Ich weiß nicht … zwei Stunden, vielleicht drei … Ich muss hier noch etwas erledigen … Ja, ich weiß … Ich dich auch …« Seine Geliebte, er sprach mit seiner Geliebten und … und das alles hing irgendwie mit dem Baby zusammen. »Halte durch … genieße das Meer, geh am Strand spazieren … Aber beruhige dich … So ist es gut.«

»Wer war das?«, fragte Marla und eilte die restlichen Stufen hinunter.

Er legte auf und fuhr mit schuldbewusstem Blick herum.

»Wo ist mein Kind?«, verlangte sie zu wissen.

Da packte Alex sie. Blitzschnell umfasste er ihre Oberarme mit seinen großen Händen, hielt sie wie in einem Schraubstock. Sie spürte, wie ihr das Blut aus dem Gesicht wich. Sein Griff war so fest, dass sie überzeugt war, er könnte ihr die Knochen brechen, als seien es Streichhölzer. Sein Gesicht war verzerrt von einem übermächtigen Hass, Speichel sprühte von seinen Lippen, als er sie schüttelte und zischte: »Treib mich nicht zum Äußersten. So hatten wir es schließlich geplant.«

»Den Teufel haben wir!«, widersprach sie.

»Wir haben ein Abkommen.«

»Hatten. Wir *hatten* ein Abkommen. Ich will es nicht mehr! Und ich schwöre bei Gott, mein Baby nehme ich mit. Fort aus diesem grauenhaften Haus mit all diesen Lügen, diesen Betrügereien.«

»Droh mir nicht«, warnte er. »Die Sache ist mir todernst, und ich schwöre dir, wenn du mir meinen Sohn nimmst, bringe ich dich um!«

Und dann ... Was dann? Marlas Erinnerung ließ sie wieder im Stich. Zitternd saß sie auf dem Bett. »O Gott«, flüsterte sie und vergrub das Gesicht in den Händen. In was hatte sie sich da hineingeritten? Wer war sie? Welche Frau würde denn mit ihrem Mann um das Schicksal ihres Kindes feilschen? »Reiz mich nicht. Das wäre ein schwerer Fehler«, hatte er sie letzte Nacht gewarnt.

Marla war in ihr Schlafzimmer getaumelt, hatte im Dunkeln gelegen, an den spitzenbesetzten, spinnwebartigen Betthimmel hinaufgestarrt und gewartet, bis sie ihn davonfahren hörte. Wie er es immer tat. Wohin fuhr er? Mit wem traf er sich? Was trieb er? Schließlich war sie ohne Antworten auf ihre Fragen eingedämmert, hatte unruhig geschlafen und in den wachen Momenten immer wieder vergeblich versucht, einen Plan zu erdenken, wie sie ihre Kinder dem tyrannischen Vater entreißen, sie retten konnte.

Wovor? Vor wem?

Wenn sie sich doch nur erinnern würde!

Verdammt noch mal, sie würde sich erinnern. Sie griff unter die Matratze. Alex' Pistole lag noch da, wo sie sie versteckt hatte. Griffbereit. Marla besaß eine Waffe und Eugenias Schlüsselbund – bestimmt würde sie auch einen Zündschlüssel für eines der Autos finden, und wenn sie noch einmal gründlich in Alex' Dokumenten nachforschte, fand sie vielleicht auch Zugang zu einem der Bankkonten. Sie musste ihre Kontodaten und irgendeine Art von Ausweispapier finden, dann konnte sie Geld abheben – vielleicht von einem Geldautomaten ... Wenn sie doch nur ihre PIN wüsste.

Ihr Kopf dröhnte.

Sie musste es tun. Sie musste irgendwie aus diesem Schlamassel herauskommen.

Heute ist der erste Tag vom Rest deines Lebens. Heute ist der Tag, an dem du fliehst und zu leben beginnst.

Die Tür zur Suite öffnete sich einen Spalt.

Sie fuhr zusammen. Griff nach der Pistole.

Ihre Finger schlossen sich um das kalte Metall, als die Tür weiter geöffnet wurde. Ihre Nerven waren zum Zerreißen gespannt. Schweißperlen traten ihr auf die Stirn.

Du nimmst mir meine Kinder nicht weg, du Dreckskerl, dachte sie in der Erwartung, Alex zu sehen. Sie hielt den

Atem an, kniff die Augen zusammen, und dann erschien ein Männerkopf in der Türöffnung.

»Marla?«

»Nick!« Erleichtert sank sie in sich zusammen. *Nick. Gott sei Dank.* Sie stand kurz vor dem Zusammenbruch.

Er trat ins Zimmer und schloss die Tür hinter sich. Sein Oberkörper war nackt, er trug nur eine zerschlissene Jeans. »Ist alles in Ordnung?« Seine Stimme war Balsam für ihre Seele. Tränen brannten in ihren Augen. »Ich dachte, ich hätte dich schreien gehört.«

»Das ... kann schon sein. Doch, ja, ich habe geschrien.« Marla zog die Hand unter der Matratze hervor, ohne die Pistole. »Ich habe geträumt, hatte einen Alptraum, und er erschien mir so wirklich.« Sie saß immer noch im Bett und fuhr sich mit gespreizten Fingern durchs Haar. »Ich habe geträumt, dass Alex ... dass er mir vorgeworfen hat, ich wollte ihm das Baby wegnehmen, er ... er hat gedroht, mich umzubringen. Aber das ist wirklich passiert. Ich *weiß* es. Wir standen in der Eingangshalle, und er war ... er war ... so wütend. Skrupellos.« Sie schloss die Augen und lehnte sich gegen das Kopfteil des Bettes. »Gott, es war grauenhaft.«

»Aber jetzt ist wirklich alles in Ordnung?«, vergewisserte Nick sich. *Sanftmütig.* Als sei er tatsächlich in Sorge um sie. Sie hörte, wie er sich dem Bett näherte, spürte, wie die Matratze nachgab, als er sich auf die Kante setzte. Er fasste sie an der Schulter, und sie wehrte sich gegen den Drang, sich an ihn zu lehnen und zu weinen wie ein albernes, schwaches Frauchen. Nein, das ging nicht, doch etwas in ihr schmolz dahin, als sie seine Finger spürte, die durch den dünnen Stoff ihres Pyjamas ihre Schulter berührten, so kraftvoll, so warm.

»Alles in Ordnung?«, fragte er noch einmal, und sie schlug die Augen auf.

»Ich glaube schon.« Ihre Stimme klang tiefer als gewöhnlich, rauh, denn sie musste sich gegen seine zärtliche Geste wappnen. Tief im Herzen wusste sie, dass in ihrem ganzen Leben niemand je so besorgt um sie gewesen war. So freundlich zu ihr. Weder ihr Vater noch ihr Mann oder sonst ein Mensch in ihrem Leben ... Sie schluckte verkrampft, rang um Fassung.

»Ich wollte nur nach dir sehen. Möchtest du nicht noch ein wenig schlafen?«, schlug er vor, und in der Dunkelheit sah sie den Umriss seines Gesichts, sah, wie er voller Sorge die Augenbrauen zusammenzog, spürte die Anspannung in seinen Muskeln.

»Ich kann nicht. Ich habe heute viel zu viel zu tun.« Sie räusperte sich und gestand: »Ich muss dir einiges erzählen, Nick. Eine ganze Menge.«

Er schloss die Finger um ihren Arm. »Was denn?«

»Ich, hm, ich muss erst einmal meine Gedanken ordnen«, erwiderte Marla. Tief in ihrem Inneren spürte sie eine Sehnsucht, die sie jetzt ignorieren musste. Er war so nahe. Zu nahe. Sie roch seine Haut, spürte seine Wärme ... O Gott, sie durfte sich nicht ablenken lassen. Sie umklammerte sein Handgelenk und sagte: »Hör zu ... Gib mir ein paar Minuten, um zu duschen und mich zurechtzumachen, dann sage ich dir, was ich herausgefunden habe.«

»Versprochen?«, fragte er mit weiß aufblitzenden Zähnen.

»Versprochen.« O Gott, wie gern hätte sie ihm das freche Lächeln von den Lippen geküsst.

Sie rückte auf die andere Seite des Betts hinüber. Diese

Nähe zu Nick war viel zu intim, zu verführerisch, zu erotisch ... zu gefährlich.

»Ich gebe dir eine Viertelstunde.«

»Ich brauche nur zehn Minuten«, konterte sie, zwinkerte ihm zu und verschwand im Bad.

Er blickte ihr nach, folgte ihr jedoch nicht, so gern er es auch getan hätte. Trotz allem, einschließlich des Wissens, dass sie sich in großer Gefahr befanden.

Nick biss die Zähne zusammen, um die Lust abzuwehren, die von seinem Körper Besitz ergriff, und zwang sich, das Zimmer zu verlassen. Die Richtung, die seine Gedanken nahmen, gefiel ihm nicht. Sie daliegen zu sehen, durch den Pyjama hindurch ihre Wärme zu spüren, ihr Parfüm zu riechen, zu wissen, dass sie verletzlich war, weckte den Wunsch in ihm, sie in die Arme zu nehmen, zu trösten, zu küssen und zu streicheln ... »Du elender Dreckskerl«, schimpfte er leise auf dem Weg die Treppe hinunter. Diese Frau war der hinterhältigen Marla, die er in der Vergangenheit gekannt hatte, so unähnlich, und dennoch fühlte er sich zu ihr hingezogen, begehrte sie, sehnte sich danach, mit ihr zu schlafen, noch stärker als vor fünfzehn Jahren. Sie war verändert, das spürte er. Gereift. Selbständig. Unbewusst sexy. Diese viel stärkere Frau sprach ihn auf einer tieferen Ebene an. »Gib's auf«, murmelte er auf dem Weg zur Küche. Er hatte ihr einen Heidenschrecken eingejagt, als er an ihre Tür klopfte, und sie hatte eine Sekunde lang so verletzlich und zerbrechlich gewirkt, dass er sie nur noch in den Arm nehmen wollte. *Und mit ihr schlafen. Bis zur Erschöpfung*. Herrgott, er war ein Idiot. Es gab noch so viel zu tun, bevor er sich erotischen Tagträumen hingeben durfte, doch sein verdammter Trieb begriff das einfach nicht.

Er wollte ihr die Sache mit Pam berichten und von Monty, doch das musste erst einmal warten. In der riesigen Küche kramte er in den Schränken, fand den Kaffee und brühte eine Kanne voll in der gurgelnden und spuckenden Maschine auf. Dabei blickte er hinaus in den dunklen Garten, wo er Marla so verloren und verängstigt auf der Schaukel angetroffen hatte. Als ob Marla Cahill sich jemals vor irgendetwas gefürchtet hätte! Nervös trommelte Nick mit den Fingern auf die Arbeitsplatte und dachte an Alex, Julie, Monty ... und natürlich an Marla. Alex strebte mit Riesenschritten auf die Pleite zu, er bestach so ziemlich jeden Menschen unter der Sonne, log, dass sich die Balken bogen, und im Zentrum seiner Machenschaften stand seine Frau. Irgendwie ... allmählich passten die Puzzleteile zusammen, und das Bild, das sich dabei ergab, erschreckte Nick zu Tode.

Aber Marla steckt mit drin. Das weißt du. Du darfst ihr nach wie vor nicht trauen.

Die Kaffeemaschine fauchte. Er nahm zwei Tassen, trug sie und die Kanne die Treppe hinauf zur Suite und schenkte sich und Marla Kaffee ein.

Er ermahnte sich, im Wohnbereich auf sie zu warten, sie würde sicherlich in wenigen Minuten auftauchen. Doch Neugier und schiere männliche Lust widersprachen und siegten. Er stieß die Tür zu ihrem Zimmer auf, hörte die Dusche rauschen und ging ins Bad, wo die Spiegel beschlagen waren und der Geruch von Wasser und Seife schwer in der Luft hing.

Tu's nicht, riet ihm sein Verstand, *damit handelst du dir nichts als Ärger ein.*

Doch er konnte sich nicht zurückhalten. Er stellte ihre Tasse auf die Ablage beim Waschbecken und sah im Spiegel ihren Körper hinter den beschlagenen Glastüren. Seine Eingeweide zogen sich zusammen. Durch den heißen Dunst erahnte er ihre langen Beine, die weißen Brüste mit den dunklen Spitzen. Sie hatte sich vorgebeugt, spülte ihr Haar aus, und er sah kurz ihr Hinterteil, zwei feste Backen, die seine Männlichkeit hart werden ließen, noch härter als zuvor.

Raus jetzt, bevor sie dich bemerkt, sagte er sich, doch in diesem Moment drehte Marla sich um, warf den Kopf in den Nacken, und durch den Dunstschleier hindurch sah er flüchtig das dunkle Dreieck oberhalb ihrer Schenkel.

Herrgott, sie war schön, wirkte beinahe ätherisch mit ihrer schmalen Taille und der glatten, nassen Haut. Sein verflixter Schwanz zuckte schmerzhaft, drängte gegen die Jeans. Sie summte ein bisschen falsch; es war über das Rauschen der Dusche hinweg zu hören.

Um Gottes willen, Mann, du hast einfach keine Zeit für so etwas!

In dem Wissen, dass er mit dem Feuer spielte, dass er ihre Tasse einfach auf dem Waschbecken abstellen und zurück in die Suite gehen sollte, blieb Nick dennoch, wo er war. Er wartete, trank seinen Kaffee, lehnte sich mit der Hüfte an das Waschbecken, genoss den verschwommenen Anblick und lauschte ihrer Stille. Sie drehte sich unter den Wasserstrahlen, hob die Arme. Er sah die Rundung ihrer Schultern, ihren Rücken und zwei Grübchen oberhalb der Gesäßbacken.

Völlig in ihrer eigenen Welt gefangen, hatte Marla ihn bisher nicht bemerkt, was ihm nur recht war. Ein Lächeln spielte um seine Lippen. Plötzlich drehte sie den Hahn zu und öffnete die Tür der Duschkabine. Sie griff nach einem Badelaken, und durch den Dunst hindurch begegnete sie seinem Blick.

Sie errötete hinreißend. »Was machst du?«, fragte sie erschrocken und tropfnass. Dunkle nasse Haarsträhnen umrahmten ihr Gesicht.

»Ich habe dir Kaffee gebracht.« Er deutete auf ihre dampfende Tasse und trank einen Schluck aus seiner eigenen.

»Und hast dir die Show angesehen?« Ihre grünen Augen glommen anzüglich und frech, ihr Lächeln war geradezu verrucht, während sie in gespielter Empörung die Hände in die Hüften stemmte.

»Ich habe nur noch den letzten Akt mitbekommen.«

»Wie war ich?«

»Ziemlich gut.«

»Nur ziemlich gut?«, neckte Marla ihn und verzichtete auf das Badelaken. Tropfnass stand sie da, das Wasser rann über ihr Gesicht und ihren Hals, Tröpfchen sammelten sich auf ihren Brüsten und in ihrem Haar.

»Eigentlich«, sagte Nick, stellte seine Tasse ab und wusste, dass er genau das, was er jetzt im Sinn hatte, nie im Leben tun dürfte, »warst du so gut, dass ich eine Zugabe verlangen möchte.«

»Und das heißt?«, fragte sie. Ihre vollen Lippen zuckten. Sie zog kokett eine Augenbraue hoch und senkte den Blick sekundenlang auf den Bund seiner Jeans. Das genügte. Zum Teufel mit allem anderen.

»Dies.« Mit einem durchtriebenen Grinsen packte Nick sie um die Taille, und sie fiel taumelnd gegen ihn. Sie lachte, als er ihren Mund fand. Warm und nass schmiegten ihre Lippen sich an seine, und ihr Lachen ging in einen Seufzer über. Weitere Ermutigung benötigte er nicht, und er wollte nicht an die hundert Gründe denken, warum er sich diese Zeit nicht nehmen, warum er sich nicht mit ihr einlassen, nicht mit ihr zusammen sein durfte. In diesem Moment wollte er nur allem entfliehen. Sie wieder lieben. Seine Hand glitt über ihren Rücken und drückte ihren Körper fest an seinen, zwang sie, rückwärts wieder in die Duschkabine zu treten.

Seine Zunge erforschte ihre Lippen und ihren Mund, seine Finger kneteten ihre schlüpfrige Haut, und er begehrte sie mit derselben verzweifelten Not, die er in ihrer Nähe immer empfand. Er hatte geglaubt, dieses Begehren schon vor Jahren abgetötet zu haben, und musste nun erkennen, dass er sich selbst belogen hatte. Er wollte diese Frau, brauchte sie. Er fasste hinter sich, tastete nach dem Griff der Glastür, zog sie zu und drehte die Dusche auf.

»Oh!«, stieß Marla hervor, und er küsste sie noch heftiger, spürte, wie sich sein Puls beschleunigte, während seine Hände über ihre weiche Haut glitten. Warmes Wasser rauschte auf sie nieder, und Marla schlang die Arme um seinen Nacken. Ihre Brustwarzen hoben sich in unverhohlenem Begehren. Das Blut pochte in seinen Schläfen, seine Erektion drängte gegen die plötzlich nasse Jeans. Er konnte nicht aufhören, wollte nicht denken, er pfiff auf die Folgen und küsste ihren Hals.

Sie keuchte unter dem heißen Wasserstrahl. »Nick«, flüsterte sie. »O Gott …«

Ihre Finger woben sich in sein nasses Haar, und sie ließ sich gehen, vergaß für den Augenblick all ihre Zweifel, all ihre Ängste, den Wahnsinn, den ihr Leben darstellte. Sie spürte den pulsierenden Wasserstrahl auf dem Rücken, seinen festen Körper an ihren Brüsten und an ihrem Leib, seine langen Beine an ihren. Es war Wahnsinn, und dennoch konnte sie nicht aufhören. Flüssige Glut strömte durch ihre Adern, verzweifeltes Begehren dröhnte in ihrem Kopf, und tief in ihrem Inneren pulsierte es, schmerzhaft, sehnsüchtig, voller Verlangen nach seiner Berührung.

Nicks Arme umfingen sie, eine Hand lag in ihrem Kreuz, drückte sie an seinen Körper, die langen Finger streiften die Furche zwischen ihren Pobacken. »Ich will dich«, flüsterte er atemlos, mit gehetztem Blick. Wassertröpfchen fingen sich in seinen Wimpern und rannen an seiner Nase hinab.

»Und ... und *ich* will *dich*«, gestand sie trotz innerer Beschämung. *Tu es nicht, Marla, du machst einen schrecklichen Fehler, einen Fehler, den du nie wiedergutmachen kannst.*

Doch seine Hände waren so überzeugend, seine Lippen so fordernd. Er verlagerte sein Gewicht, drehte sich zusammen mit ihr herum, so dass Marla rücklings an die Kacheln gedrängt wurde und das Wasser auf seine Schultern prasselte. Sein nasses Haar ringelte sich über der Stirn, seine Augen waren von dunklem, erotischem Blau, und er blickte zu ihr auf, während er langsam in die Knie ging, ihre Brüste umfasste, sie aneinanderschmiegte und erst die eine, dann die andere verlockende Spitze küsste. Sie wand sich, als sein Atem die nassen, dunklen Knospen streifte. Tief im Inneren zitterte sie, und das Verlangen, mehr von ihm, alles von ihm zu spüren, brannte.

»Du bist so schön«, raunte er. Mit den Daumen streichelte

er ihre Brustwarzen, er vergrub sein Gesicht zwischen ihren Brüsten. Ihre Knie wurden weich, als er den Kopf wandte und unter dem rauschenden Wasser zu saugen begann. Sie drängte sich an die Fliesenwand, während seine Hand an ihrem Rücken hinaufglitt und ihren Oberkörper an sein Gesicht presste. Marla hielt seinen Kopf mit beiden Händen, unter dem heißen Wasser gab sie sich dem Begehren hin, das tief in ihr brannte.

Er küsste und reizte und schmeckte sie, knabberte und saugte an ihren Brüsten, die Hand in ihrem Rücken drückte sie immer fester an ihn.

»Nick, o Gott, Nick, o bitte ...«, flüsterte sie. In ihrem Kopf drehte sich alles, ihr Körper verlangte nach mehr. Er atmete an ihrer Haut, senkte den Kopf tiefer, seine Zunge fuhr über ihren Leib, berührte und umkreiste ihren Bauchnabel, und sie rang nach Luft. Dann ließ er sich ganz auf die Knie nieder, um mit dem Mund ihren nassen Leib zu liebkosen.

Sie keuchte, als seine Hände über ihr Gesäß strichen und er das Kraushaar in ihrem Schritt küsste. »Lass dich gehen, Liebling«, sagte Nick, sein Atem fächelte die empfindliche Haut, ihre Beine öffneten sich, damit er sie berühren, küssen, erforschen konnte.

Sie vermochte kaum zu atmen, konnte nicht denken, nur fühlen. Alle Sinne vibrierten, als er sie mit der Zunge liebkoste, während seine Hände ihre Pobacken kneteten, sein Mund zauberhafte Dinge tat, sein Atem heiß über ihre Haut strich und das Wasser um sie herum sprühte.

»Ja, ja«, stöhnte er, als die ersten Zuckungen einsetzten und Marla fast die Sinne schwanden. Sie wollte ihn anfassen, halten, ihm sagen, dass sie ihn liebte. Ihre Hände tasteten, ihre Finger scharrten Halt suchend an den Fliesen.

Er legte ihr Bein über seine Schulter und fand tiefen Zugang. Ihre Ferse bohrte sich in seinen Rücken. Herrgott. Süße, süße Qual, herrliche Folter. Es war, als hätte sich ihr ganzes Sein auf einen Punkt tief in ihrem Inneren konzentriert. »Komm, Schatz«, hauchte er an ihrer Haut, legte sich ihr anderes Bein über die andere Schulter und küsste sie innig, berührte sie so intim, dass Tränen über ihre Wangen liefen und sie kaum noch Luft bekam.

Marla entfuhr ein tiefer, rauher, beinahe tierischer Laut. »Nick, o-o-o-oh, Nick …«

»Lass los, Liebling …«

Sie bäumte sich auf. Noch einmal. Und noch einmal. Tief in ihrem Inneren zerriss etwas, Tränen strömten über ihr Gesicht und vermischten sich mit dem heißen Wasser der Dusche. »Oh, bitte …«

Mit einer flinken Bewegung nahm er ihre Beine von seinen Schultern und straffte sich. »Nick, ich …«

»Pssst.« Er hob sie hoch, drehte den Wasserhahn zu und trug sie, eine nasse Spur hinter sich herziehend, ins Schlafzimmer, wo er sie auf das zerwühlte Bett legte. »Und jetzt, Marla …«, sagte er entschlossen, mit ernster Miene, nacktes Begehren im Blick, »… liebe mich.«

Sie schluckte krampfhaft, wusste, dass sie im Begriff war, einen Schritt zu tun, der sich nicht rückgängig machen ließ, doch sie streckte die Hand nach seiner Gürtelschnalle aus, hakte mit unsicheren Fingern den durchnässten Lederriemen auf, löste ihn und tastete nach den Knöpfen seiner Jeans. Mit einer Reihe ploppender Geräusche öffnete sich der Hosenlatz. Sie schluckte, dann streifte sie ihm mit neuer Entschlossenheit den schweren, nassen Jeansstoff von den

Hüften. Nick trat die Hose zu Boden, und sie sah zum ersten Mal seinen nackten Körper.

Straff und sehnig.

Feste Muskeln.

Krauses Haar.

Durch und durch männlich.

Behutsam drängte er sie zurück aufs Bett, küsste die Tropfen von ihren Brüsten und sah ihr tief in die Augen.

»Sag mir, was du dir wünschst.«

Marla fuhr sich mit der Zunge über die Lippen. »Ich ... ich will dich.« *O Nick, wenn du nur wüsstest*, dachte sie. Ihr ganzer Körper vibrierte von der schieren, hungrigen Leidenschaft, die in ihr loderte.

»Sag, dass du es nicht bereuen wirst.«

»Ich werde es nicht bereuen.« Das war eine Lüge. Sobald es vorbei war, würde sie es bedauern. Aber egal.

»Ich auch nicht«, beteuerte er, dann schmiegte er die Lippen an ihren Mund.

Kräftige Knie drängten ihre Beine auseinander, und sie zitterte. Sehnte sich. Verlangte danach, ihn zu spüren. Seine harte Erektion streifte ihren Unterleib, und ihre Haut prickelte, erglühte, das Atmen fiel ihr schwer. »Das habe ich mir gewünscht, seit ich dich zum ersten Mal wiedersah«, flüsterte Nick und küsste ihre Wange. »Obwohl du grün und blau warst und Schmerzen hattest, wollte ich dich genauso sehr wie früher.«

»Und ... ich wollte dich«, gestand sie. Schuldgefühle nagten an ihr, während sie ihren Fingern gestattete, die Muskelstränge an seinen Schultern und Armen zu erforschen.

Langsam, ihre Reaktion beobachtend, schob er sich behutsam zwischen ihre Beine, und sie rang nach Luft. Schweiß trat ihm auf die Stirn, sein Gesicht verzog sich vor Anspannung, als er sich, auf die Ellenbogen gestützt, über sie neigte. Sie fuhr mit den Fingern über seine Rückenmuskeln, folgte dem Verlauf seiner Wirbelsäule, und er küsste sie wieder. Stürmisch. Er rieb sich noch einmal an ihr, und sie erschauderte, bäumte sich auf, wollte ihn in sich spüren.

»Oh, Lady.« Mit einem langsamen Stoß drang er tief in sie ein.

Der Atem stockte ihr irgendwo in der Kehle, als er sich so langsam zurückzog, dass sie glaubte, sterben zu müssen. Dann bedeckte er ihren Mund mit seinem und gab sich dem Verlangen tief in seiner Seele hin.

Marla bog sich ihm entgegen, nahm seinen Rhythmus auf, bewegte sich mit ihm, und jeder Stoß wurde heftiger als der vorige, tiefer, kraftvoller. Sie klammerte sich an ihn, kaum fähig, Luft zu holen. Erstes Morgenlicht fiel durchs Fenster und überzog das Himmelbett mit einem goldenen Schimmer.

Nick drückte sie an sich. Sein Atem ging heiser, im Takt mit dem ihren, während er sie liebte. Sie hielt sich an ihm fest, liebte ihn, kam jedem seiner Stöße entgegen, ergab sich ihm mit Leib und Seele. Schneller. Schneller. Das Tempo wurde wild. Sie schloss die Augen und vergaß zu atmen, als die ersten wunderbaren, alles Denken auslöschenden Wellen der Lust sie ergriffen.

Ein rauher Schrei ertönte einen Herzschlag vor ihrem eigenen. »Marla ... oh ... Liebste ... O verdammt ... Zum Teufel ...«

Hinter ihren Augen zersplitterte die Welt in Scherben. Nick warf den Kopf in den Nacken und hielt Marla fest, als wolle er sie nie wieder loslassen. Sein Körper spannte sich kraftvoll an, bevor er auf sie niedersank. Sie schloss die Arme um ihn, und er vergrub das Gesicht an ihrem Hals. »Ich wusste es …«, sagte er keuchend und streichelte ihr Haar. Die nassen Krauslocken auf seinem Oberkörper rieben sich an ihren Brüsten. »Ich wusste, dass es genau so mit dir sein würde.«

»Wie früher?«, fragte sie. Sie war kaum fähig, die Worte auszusprechen, denn sie war sich nicht sicher, ob sie tatsächlich vor langer Zeit ein Paar gewesen waren und ob sie wirklich Marla Amhurst Cahill war.

»Nein, nicht wie früher.« Nick stützte sich auf die Ellenbogen und sah sie eindringlich an. Er atmete tief durch und zeichnete mit einem Daumen ihre Kinnlinie nach. »Besser. Viel, viel besser.«

»Das sagst du bestimmt zu allen Mädchen«, zog sie ihn auf, innerlich froh, erfüllt von dem Wunsch, ihm zu glauben.

Er lachte. »Nur zu einer.«

»Lügner.«

»Ich doch nicht.« Er küsste sie noch einmal. »Aber jetzt«, sagte er, gab ihr einen zärtlichen Klaps auf den Po und sah sich im Zimmer um. »So gern ich den ganzen Tag hier mit dir liegen bleiben würde, glaube ich doch, wir sollten lieber aufstehen, bevor der Rest des Hauses aufwacht.«

Marla stöhnte auf, doch nach einer Weile wurde ihr klar, dass er recht hatte. Sie forderten das Schicksal heraus, und sie hatten keine Zeit zu verlieren. »Ich muss dir so viel erzählen«, sagte sie und nagte an ihrer Unterlippe. »So viel …«

»Tja, Liebling, damit sind wir schon zwei. Komm.«

»Der Alte ist tot«, verkündete er von seiner Lieblingstelefonzelle aus, unten am Berg, auf dem der reiche Scheißkerl wohnte. Der Nebel lichtete sich, die Sonne schien, und der Coffeeshop auf der anderen Straßenseite war gerade im Begriff zu öffnen. »Was? Woher weißt du das?«

Panik schwang in der Stimme des Kerls mit. *Schön.*

»Ich habe ihn erledigt. Hatte keine Lust mehr zu warten.«

»Verdammt, ich habe dir doch gesagt, du sollst dich bedeckt halten.«

»Du hast gesagt, wir müssten warten, bis er den Löffel abgibt. Nun, der alte Knacker hat ihn abgegeben.«

»Die Polizei wird uns keine Ruhe lassen!«

»Sie werden es nie erfahren. Der Arzt hat Amhurst gestern Abend ans Atemgerät angeschlossen. Ich hab's ihm heute abgedreht.«

»Herrgott, das bringt alles durcheinander.« Der reiche Scheißkerl war in Panik, seine Stimme hob sich um eine Oktave.

»Das beschleunigt alles, wolltest du sagen. Und du solltest froh sein. Er hat schon einmal sein Testament geändert, nicht wahr? Hat Marla ausgeschlossen und es sich dann noch einmal überlegt, um sich einen Enkel zu erzwingen? Warum sollte er es nicht noch einmal ändern? So, wie es jetzt steht, erbt der Kleine alles.«

»Er hätte es nicht mehr ändern können, du Blödmann! Er war nicht mehr bei klarem Verstand.«

»Wer sagt das?«, schnauzte er zurück. Das Schimpfwort ließ ihn rotsehen.

»Hör zu, falls irgendwer Verdacht schöpft ...«

»Niemand wird Verdacht schöpfen. So, wie die Dinge

jetzt stehen, erbt der Kleine, du kriegst die Kohle und bezahlst mich. Pronto.« Er kniff die Augen zusammen, als er spürte, dass der andere sich aus ihrem Abkommen herauswinden wollte.

»Marla stellt immer noch ein Problem dar.«

»Darum kümmere ich mich.«

»Moment mal. Ich weiß nicht …«

»Heute Abend ist sie tot.«

»Nein, das ist zu riskant. Nicht am selben Tag wie ihr Vater.«

»Keine Sorge. Es wird wie ein Unfall aussehen. So wolltest du es doch. Oder? Es war deine beschissene Idee.«

»Nein. Hör mir jetzt zu. Warte noch ein paar Tage, ja? Bis sich die Wogen geglättet haben. Und ruf mich nicht mehr auf diesem Handy an. Hast du verstanden? Ich habe dich angeheuert, damit du einen Job erledigst, und dafür wirst du bezahlt, aber noch sage ich, wo es langgeht.«

»Den Teufel tust du.«

»Ich warne dich …«

Er lachte und zog seine Zigaretten aus der Tasche. »Bleib ruhig, *amigo*, heute ist dein Glückstag.« Dann legte er auf und machte sich auf den Weg zu seinem Jeep. Es gärte in seinem Blut, als er sich eine Zigarette anzündete. Conrad Amhurst umzubringen war viel zu einfach und nur ein Mittel zum Zweck gewesen.

Marla war es, die er wollte. Und zwar schon immer.

»… Und dann habe ich getan, als würde ich schlafen, und als er hereinkam, habe ich versucht, ihn zu täuschen, so zu tun, als wüsste ich nicht, wovon er redete, als sei ich nie in seinem Büro gewesen«, erklärte Marla und setzte sich im Wohnzimmer aufs Sofa. Nick hatte Feuer im Kamin gemacht, stand, die leere Kaffeetasse in der Hand, mit dem Rücken zu den Flammen und sah Marla an. Sie hatten die Kaffeekanne bereits geleert, als das Haus sich zu regen begann. Die Köchin hantierte schon in der Küche, und bald würde Cissy aufstehen und zur Schule gehen. »Ich habe einiges in seinem Schreibtisch gefunden. Zum Beispiel eine Waffe. Ich habe sie an mich genommen und in meinem Zimmer unter der Matratze versteckt. Und dann noch eine Karteikarte mit Kylie Paris' Adresse und Telefonnummer. Die habe ich ebenfalls eingesteckt. Und einen Krankenhausbericht über Marla Cahills Hysterektomie. Totaloperation«, ergänzte sie, und tausend Fragen geisterten ihr durch den Kopf, während der Kaffee ihre Lebensgeister weckte. »Sie liegt drei Jahre zurück.«

Nick sah sie wachsam an. »Dann bist du entweder nicht Marla Cahill, oder das Baby ist nicht deines.«

»James ist mein Kind«, versicherte Marla, ohne zu zögern. Ganz gleich, was kam, sie wusste *mit absoluter Sicherheit*, dass sie ihr Kind zur Welt gebracht hatte. Sie nahm einen Schluck von ihrem lauwarmen Kaffee und leerte die Tasse, bevor sie fortfuhr: »Und irgendwie ist Dr. Robertson in diese Sache verwickelt. Er wollte nicht zulassen, dass ich Marla Cahills Krankenberichte einsah, obwohl die Operation in Los Angeles in einer Privatklinik durchgeführt worden ist, nicht im Bayview. Doch in meiner Akte muss es eine Anmerkung geben oder irgendeine Bezugnahme darauf. Jedenfalls hat der Arzt mich, aus welchem Grund auch immer, nicht einmal einen kurzen Blick darauf werfen lassen.«

»Hol Kylies Adresse, wir fahren hin«, sagte Nick und rieb den dunklen Bartschatten auf Kinn und Wangen. Marla dachte an das leichte Kratzen seiner Bartstoppel, das sie noch vor einer knappen halben Stunde auf ihrer Haut gespürt hatte.

»Was ist mit der Pistole?« Sie schauderte bei dem Gedanken an die kalte, tödliche Waffe.

»Halte sie erst einmal versteckt. Damit sie Alex nicht in die Hände bekommt. Ob das Hausmädchen sie unter der Matratze findet?«

»Das kann ich mir nicht vorstellen. Nicht einmal, wenn sie die Bettwäsche wechselt.«

»Gut.« Er ging in die Eingangshalle.

»Ohne das Baby gehe ich nicht, Nick. Ich kann das Risiko nicht eingehen, dass Alex womöglich versucht, seinen Sohn zu entführen.«

»Aus seinem eigenen Haus?«

»Egal von wo.« Marla blieb unerbittlich. Fest. In erster Linie galt es, ihr Kind zu beschützen. »Und wir müssen auch Cissy in Sicherheit bringen.«

»Vor Alex?«

»Und vor Gott weiß wem.« Marlas Magen krampfte sich zusammen, als sie an den Mann dachte, der angeblich ihr Gatte war. Nick hatte ihr mittlerweile vom schrumpfenden Vermögen von Cahill Limited berichtet, von Pam Delacroix' Absicht, ein Buch zu schreiben, und von Julie Johnsons Verbindung zu Alex. Marla wusste nun auch, dass Alex dem Reverend die Schuld an dem Skandal zugeschoben und dann allen Betroffenen Schweigegeld gezahlt hatte. Es war nicht einmal auszuschließen, dass er hinter

Charles Biggs' Tod und den Anschlägen auf Marlas Leben steckte.

Sie hatte Grund genug zur Angst. Um ihr Leben. Um das ihres Sohnes. Um Nicks. »Du hast nie den Hass in seinem Gesicht erlebt. Die Art, wie er mich bedroht hat.«

»Dann nehmen wir James mit«, erklärte Nick sich einverstanden.

»Und wir warten, bis Cissy in der Schule ist. Ich denke, dort ist sie in Sicherheit«, sagte Marla vorausdenkend. »Eigentlich glaube ich nicht, dass sie in Gefahr ist. Was auch immer da im Busch ist, es hängt mit James zusammen. Und mit mir.«

Nick hielt ihren Blick fest. »Wegen des Testaments.«

»Was?« Marla gefiel nicht, in welche Richtung Nick zu denken schien.

»Der Kleine steht im Mittelpunkt dieser Sache, weil er den Großteil von Conrad Amhursts Vermögen erbt«, erklärte Nick, und Marla glaubte, die Totenglocke läuten zu hören.

»Das ist noch schlimmer, als ich dachte.« Sie stellte die leere Tasse auf dem Tisch ab. »Wenn du recht hast, dann ist James in Sicherheit, bis Dad – Conrad – stirbt. Und danach ...«

»Er ist genauso überflüssig wie du«, vervollständigte Nick ihren grässlichen Gedanken.

»Holen wir ihn.« Sie sprang auf. Sie musste raus aus diesem Haus. Auf der Stelle. Sie hielt es nicht eine Minute länger in dieser eleganten Todesfalle aus. »Wir nehmen Cissy mit, setzen sie an der Schule ab und suchen eine sichere Unterbringung für James, bis wir das alles hinter uns haben.«

»Wir können nach Oregon fahren. Ich habe dort eine Unterkunft.«

»Wären wir dort in Sicherheit?«

»Vermutlich nicht«, räumte Nick ein und furchte die Stirn, als ein Stockwerk höher Schritte zu hören waren. »Ich besitze zwar eine Art Wachhund, bezweifle aber, dass sich viele Leute von Tough Guy abschrecken lassen würden.«

Doch in Marlas Ohren klang es paradiesisch. Friedlich. Sicher. Immerhin hatte sie Nick mitten in diesem grausigen, komplizierten und angsteinflößenden Alptraum gefunden. Zumindest wusste sie jetzt, wie es war, jemanden zu lieben. Jemanden zu haben, der ihr etwas bedeutete. »Irgendwann«, sagte sie heiser, »würde ich diese Unterkunft gern sehen.«

»Irgendwann wirst du sie sehen«, versprach er, doch sie wusste nicht, ob sie ihm glauben konnte.

Bevor sie etwas entgegnen konnte, schrillte das Telefon.

»Und jetzt?« Mit nüchternem Blick sah Nick auf die Uhr, stapfte ins Foyer und hob vor dem nächsten Klingeln den Hörer ab. »Hallo?« Pause. Die Falten um seinen Mund vertieften sich. »Marla Cahill? Sie ist hier.«

Marla verließ der Mut.

»Moment bitte.« Nick kam mit dem Telefon ins Wohnzimmer und reichte es Marla. Sein Blick versenkte sich in ihren. »Das Pflegeheim in Tiburon.«

Ihr Vater. Sie spürte das Verhängnis nahen. »Marla Cahill«, meldete sie sich, obwohl sie nicht sicher war, ob das so der Wahrheit entsprach.

»Guten Morgen, Mrs Cahill«, wurde sie von einer kräftigen Frauenstimme begrüßt. »Hier ist Kara Dunwoody, die

Leiterin des Rolling-Hills-Pflegezentrums in Tiburon. Ich fürchte, ich muss Ihnen schlechte Nachrichten überbringen. Ihr Vater ist heute Morgen von uns gegangen ...«

»Du wünschst dir einen Durchbruch im Fall Pamela Delacroix?«, fragte Janet Quinn und ließ sich vor Paternos Schreibtisch in den Besuchersessel fallen. Sie stellte ihren übergroßen Aktenkoffer neben sich auf dem Boden ab.

»Mindestens einen. Zwei oder drei wären noch besser.« Der Detective kramte in seiner Schublade, stellte fest, dass er kein Kaugummi mehr vorrätig hatte, und lehnte sich in seinem Stuhl zurück. »Was hast du für mich?«

Janet grinste. »Wir haben Marla Cahills Handtasche gefunden. Durch den Aufprall beim Unfall ist sie fast einhundertundfünfzig Meter weit aus dem Wagen geschleudert worden und dann eine Böschung hinuntergerutscht. Wir hätten bestimmt nicht erneut gesucht und sie nie gefunden, wenn Mrs Cahill nicht darauf bestanden hätte, dass die Tasche verschwunden war.« Janets Augen strahlten hinter den Brillengläsern, als wüsste sie allein um ein besonderes Geheimnis. Paterno kannte diesen Blick und seine Bedeutung. Sie verschwieg etwas. Etwas Wichtiges.

»Und?«, bohrte er.

»Und wir haben ihre Brieftasche gefunden ... Nein, eigentlich viel mehr als ihre Brieftasche. Hier nimmt die ganze Sache nämlich eine interessante Wendung. Kreditkarten, Führerschein und Scheckbuch sind nicht auf Marla Cahill ausgestellt. Alles, absolut alles, was zur Identifizierung beiträgt, lautet auf den Namen Kylie Paris. Sie wohnt hier in der Stadt.« Janet streckte die Hand nach ihrem Aktenkoffer aus, öffnete ihn und entnahm ihm eine kleine Handtasche, in einem vorschriftsmäßig beschrifteten Plastikbeutel gesichert. Es folgte ein größerer Plastikbeutel voll anderer Gegenstände, ebenfalls etikettiert. Paterno erkannte den Führerschein. »Fällt dir was auf?«, fragte Janet.

»Nur, dass Marla Cahill und diese Kylie Paris Zwillinge sein könnten.« Er betrachtete eingehend das Foto auf dem Führerschein.

»Glaub mir, Zwillinge sind sie nicht.«

»Und ich hatte gedacht, die Ähnlichkeit zwischen Marla Cahill und Pam Delacroix wäre auffällig. Die bedeutet nichts im Vergleich zu dieser hier.«

»Überleg mal, wie stark die Ähnlichkeit erst sein muss, wenn das Gesicht durch plastische Chirurgie leicht verändert wird. Verstehst du, nach dem Unfall und den Operationen konnte sich niemand darüber wundern, dass Marla Cahill ein bisschen anders aussah als vorher.«

»Wer ist diese Frau?«, wollte Paterno wissen, und wedelte mit Kylie Paris' Ausweis vor Janets Nase herum.

Janet gab ihm gern Auskunft; auf diese Frage hatte sie nur gewartet. »Laut Staatsarchiv wurde Kylie Paris ein paar Jahre später geboren als Marla Cahill, von einer Frau namens Dolly Paris, die irgendwann mal in einem Herrenclub, in dem Conrad Amhurst Karten und Golf spielte, als Kellnerin gearbeitet hat. Damals war sie nicht verheiratet, hatte keinen festen Freund, schaffte es aber, sich schwängern zu lassen. Gerüchten zufolge war der Vater des Kindes ein Clubmitglied, doch auf der Geburtsurkunde ist sein Name nicht angegeben, und vor fast fünf Jahren ist Dolly gestorben. Sie war herzkrank. Kylie ist mit einer Reihe von Beinahe-Stiefvätern aufgewachsen. Cleveres Mädchen, war gut in der Schule, erhielt diverse Stipendien und hat sich durchs College geschlagen. Nach dem Abschluss hat sie es geschafft, eine Stelle in einer Investmentfirma in der City zu kriegen. Äußerst ehrgeizig, die Kleine. Hatte sogar ein Angebot von der Konkurrenz bekommen.«

»Hatte? Vergangenheit?«

»Ja. Sie hat aufgehört. Vor etwa anderthalb Jahren. Völlig unerwartet. Hat kaum Gründe angegeben, aber es passte nicht zu ihr, denn sie war vorher wild entschlossen gewesen, die Karriereleiter hinaufzusteigen. Mehr als alles in der Welt sehnte sie sich nach dem perfekten Leben. Und dann, eines Tages, gibt sie einfach alles auf.« Janets Augen glitzerten. »Seitdem hat keiner aus ihrem Freundeskreis von ihr gehört. Es ist, als wäre sie vom Erdboden verschluckt.«

»Ist sie tot?«

»Nein. Sonst würden ihre Wohnungsmiete und Nebenkosten wohl nicht mehr bezahlt.«

»Und sie werden bezahlt?«, fragte Paterno. Seine Gedanken überschlugen sich. Wer zum Kuckuck war diese Frau – diese potenzielle Halbschwester Marla Cahills? In welcher Beziehung standen die beiden Frauen zueinander?

»Pünktlich jeden Monat an die Vermieterfirma.«

»Tatsächlich?«, fragte er noch einmal nach und spürte dieses kribbelnde Hochgefühl, diesen Adrenalinstoß, wie immer, wenn ein Fall kurz vor der Aufklärung stand. »Warum hat sie ihren Job aufgegeben?«

»Jetzt wird es richtig gut«, kündigte Janet an. »Ich glaube, sie hat aufgehört zu arbeiten, weil sie ein Kind bekam – ein

Kind, von dem niemand etwas wissen sollte. Marla Cahills Sohn James.«

»Oha. Moment mal …«

»Marla Amhurst Cahill ist unfruchtbar. Vor ein paar Jahren hat sie sich einer Hysterektomie unterzogen, von der ihr Vater nichts wusste. Alles wurde streng geheim gehalten, die Krankenakten von Dr. Robertson sind unvollständig, aber ich habe einen alten Versicherungsantrag ausgegraben, und bingo – da haben wir's. Eine Totaloperation. Ausgeschlossen, dass James der Sohn von Marla Cahill ist. Aber wenn Conrad Cahill, verrückt, wie er ist, sein Testament ändert und sie nur unter der Bedingung, dass sie einen männlichen Erben hervorbringt, nicht ausschließt, dann kann sie einen Sohn vorweisen.«

»Einen *Cahill*-Erben, keinen Amhurst.«

»Der Alte hat sich schon immer einen Sohn gewünscht. Zwar hat er Marla wie eine verdammte Prinzessin behandelt, aber er wollte einen Jungen.«

»Er hatte einen«, erinnerte Paterno sie.

»Ja, aber Rory lebt in einer Anstalt und wird wahrscheinlich nie Kinder zeugen.«

»Und dann hat seine Tochter einen kleinen Schwindel inszeniert, um ihm einen Enkel zu schenken?« Paterno war noch skeptisch. »Hat ihre Halbschwester, oder wer auch immer diese Frau sein mag, dazu überredet, ein Kind für sie zu bekommen, in ihre Rolle zu schlüpfen, verdammt?«

»So stelle ich es mir vor. Wie gut, dass Kylie Paris habgierig war und für Geld so ziemlich alles getan hätte, die gleiche Blutgruppe hat, o negativ, und tatsächlich einen Jungen bekam.«

»Das ist ein unverschämtes Glück, wenn du mich fragst.«

»Sie sind Halbschwestern – haben die gleiche Blutgruppe wie ihr Vater. Aber dann auch noch negativ. Das kommt so viel seltener vor als positiv.«

Paterno kniff die Augen zusammen. »Und wenn der Ehemann nicht mitmachen wollte?«

»Hast du je erlebt, dass ein Cahill auf Geld verzichtet?«

Er schnaubte. »Nur das schwarze Schaf der Familie.«

»Ja, Nicholas Cahill ist anders.«

Das entsprach der Wahrheit.

»Ich traue es Alexander Cahill durchaus zu, dass er der Kopf hinter diesem widerlichen Betrug ist. Er und seine Frau hatten Eheprobleme, wusstest du das? Sie haben sich im Lauf der Jahre mehrmals getrennt, und man munkelt, dass beide nicht allzu viel auf ihr Ehegelöbnis geben. Marla hatte was mit dem Bruder, bevor sie Alex heiratete, und ich habe mit einem Hausmädchen gesprochen, das vor Jahren gefeuert wurde. Das ist die Frau, die mir auch von der Hysterektomie erzählt hat. Sie sagte, Marla hätte womöglich einmal eine kurze Affäre mit ihrem Cousin Montgomery gehabt, nur um Alex zu ärgern.« Janet wischte sich den Pony aus den Augen. »Aber trotz allem sind Marla und Alex zusammengeblieben. Aus Liebe? Das glaube ich nicht.«

»Du meinst, wegen des Geldes?«

»Darauf möchte ich wetten.«

Dem hatte Paterno nichts entgegenzusetzen, doch er war noch nicht überzeugt, dass Janet mit ihrer Theorie recht hatte. »Und wie hätte Marla dann ihre Schwangerschaft vorgetäuscht? Die richtige Marla?«

»Entweder haben die beiden Frauen die Rollen getauscht –

was schwierig gewesen sein dürfte, weil in dem Herrenhaus so viele Menschen leben – oder sie hat sich entsprechend gepolstert, wie Schauspielerinnen es tun. Sie musste nur darauf achten, dass niemand sie jemals unbekleidet sah. Morgendliche Übelkeit und all die anderen Symptome vorzutäuschen ist nicht so schwierig – vielleicht hat sie sogar ein paar Pfund zugenommen, um ein runderes Gesicht zu bekommen. Vergiss nicht, meiner Meinung nach war nicht nur der Ehemann, sondern auch der Hausarzt – Robertson – eingeweiht.«

»Warum hätte Robertson da mitspielen sollen?«, gab Paterno zu bedenken. Janets Argumente waren nicht zu beweisen, und doch ... vielleicht war etwas dran.

»Aus dem gleichen Grund wie alle anderen auch. Geldgier. Die Cahills spenden eine ganze Menge für seine Klinik und für Bayview und womöglich sogar für Robertsons Pensionskonto.«

»Und du bist dir sicher?« Er massierte seinen verspannten Nacken und dachte über Janets Theorie nach. Sie täuschte sich selten, doch dieses Mal erschien ihr Szenario zu sehr an den Haaren herbeigezogen. »Da muss noch so manche Lücke gefüllt werden«, sagte er.

»Findest du?«

»Deine Theorie hat mehr Löcher als ein verdammtes Sieb«, knurrte Paterno, doch teilweise fand er die Geschichte schon erstaunlich stimmig. Sein Sodbrennen meldete sich wieder einmal, und er öffnete eine Schublade und kramte nach seinem unvermeidlichen Antazidum.

»Tja, alles bleibt Spekulation, bis wir Beweise haben.«

»Ich weiß einfach nicht, ob ich das glauben soll«, flüsterte

Paterno und sah Janet skeptisch an. »Es bleiben zu viele Leerstellen.« Er öffnete das Röhrchen und schob sich vier oder fünf Tabletten in den Mund. »Wenn nun jemand den Schwangerschaftsschwindel entdeckt hätte? Ist es nicht wahrscheinlich, dass irgendwer im Krankenhaus oder im häuslichen Bereich etwas davon gemerkt und das Geheimnis ausgeplaudert hätte? Und wenn Kylie abgesprungen wäre oder ein Mädchen bekommen hätte ... Zum Teufel ... Das ist einfach absolut unglaublich.« Er kaute die Tabletten. Sie schmeckten beschissen, aber sie halfen.

Janets Grinsen wurde breiter. Sie war sich ihrer Sache so verdammt sicher. »Finden wir's raus, okay?«

Er schluckte die Tabletten. »Du glaubst also, du hättest den Fall schon gelöst, wie?«

Sie lachte schnaubend. »Deswegen bekomme ich ja ein so großzügiges Gehalt.«

»Und den Ruhm und die Ehre.« Paterno lachte freudlos. »Vergiss nicht den Ruhm und die Ehre.«

»Niemals.«

Paterno wandte sich zu seinem schwarzen Brett um, auf dem die Fotos vom Unfallort und von Pam Delacroix' schrottreifem, blutverschmierten Mercedes angepinnt waren. »Wozu dann der Unfall? Warum sollte Marla umgebracht werden?«

»Eben das weiß ich nicht«, gab Janet zu, und Paterno betrachtete noch einmal das Foto auf Kylie Paris' Führerschein. Sie und Marla sahen sich ähnlich genug, um einen Rollentausch durchziehen zu können, und trotzdem blieben zu viele Fragen unbeantwortet. Er warf Janet den Führerschein zu. »Tja, wir sollten wohl mal prüfen, ob deine Theorie hieb- und stichfest ist.« Einen Augenblick lang befriedigte es ihn, dass sie jetzt wenigstens neue Anhaltspunkte hatten, denen sie nachgehen konnten, so vage sie auch sein mochten. »Lass uns ein wenig mit Mrs Cahill plaudern.«

»Wenn sie tatsächlich Mrs Cahill sein sollte.«

19.

Marla drückte James so fest an sich, als hätte sie Angst, jemand könnte ihn ihr aus den Armen reißen, und lehnte sich gegen die Rückwand des Aufzugs in dem Apartmenthaus an der Fulton Street. Über siebzig Jahre alt, aus gelben Backsteinen erbaut, lag es eingezwängt zwischen der Universität von San Francisco und Alamo Square. Somit befanden sie sich ganz in der Nähe des eleganten Herrenhauses am Mount Sutro, das Marla seit ihrer Entlassung aus dem Krankenhaus als ihr Heim betrachtet hatte. Der Lift kam ihr auf unheimliche Art bekannt vor, die Gerüche und Geräusche dieses müden alten Hauses zupften an den ausgefransten Ausläufern ihrer Erinnerung.

Hatte sie hier gewohnt? Und wenn ja, wie lange, und wie war es gekommen, dass sie als Alex Cahills Frau galt oder vorgab, seine Frau zu sein? In diesem Aufzug war sie schon einmal gewesen. Das wusste sie. Bei dem Gedanken bekam sie weiche Knie und einen trockenen Hals. Angst kämpfte gegen Neugier. Sie musste herausfinden, wer sie war, was hinter der Tür zu Kylie Paris' Wohnung wartete. Und doch ängstigte es sie zu Tode.

Du musst es wissen. Dir bleibt keine Wahl.

Nick stand neben ihr. Den Blick auf die digitale Stockwerkanzeige geheftet, wartete er darauf, dass der Aufzug anhielt. Seine Schultern waren gestrafft, die Sehnen in seinem Nacken angespannt, die Luft war stickig.

James gurrte leise an ihrem Hals, und sie schloss die Augen. Was auch immer geschehen mochte, sie würde ihn niemals hergeben.

Nie im Leben.

Lieber wollte sie sterben.

Die Türen der Kabine öffneten sich. Marlas Herz machte einen Satz. Sie blickte in einen hohen, ovalen Spiegel an der Wand gegenüber dem Aufzug.

Die Frau im Spiegel wirkte gehetzt. Groß und schlank, ein Baby so fest im Arm, als hätte sie Angst, es könnte einfach verschwinden, das Bild einer Frau, die Marla nicht kannte. Ihr Gesicht wies keine Blutergüsse mehr auf, keine sichtbaren OP-Nähte. Kurzes mahagonifarbenes Haar bildete den Rahmen für hohe Wangenknochen, wachsame grüne Augen, geschwungene Brauen und eine gerade Nase mit ein paar Sommersprossen. Ein großer, sinnlicher Mund, dessen Lippen zitterten, bevor sie die Unterlippe zwischen weiße, bemerkenswert regelmäßige Zähne sog.

Marla Cahill?

Kylie Paris?

Wer?

Sie begegnete Nicks Blick im Spiegel, erkannte den eisernen Willen in seinem kantigen Kinn, die Entschlossenheit in seinem schmalen Mund, den Schatten der Angst in seinen Augen. »Bringen wir es hinter uns«, drängte er.

Sie nickte. Wehrte sich gegen den Drang davonzulaufen.

Lügen. Mein ganzes Leben besteht aus Lügen, dachte sie, als sie sich instinktiv nach rechts wandte und in einen Flur trat, der ihr gespenstisch bekannt vorkam. Ihr Herz hämmerte, ihr wurde es eng in der Brust, vor Nervosität rannen ihr Schweißperlen über den Rücken. »Hier war ich schon mal«, sagte sie zu Nick und schluckte. »Verdammt, ich weiß es genau.«

Vor der Tür 3-B blieben sie stehen. Vor der Wohnung, die Kylie Paris ihr Zuhause nannte. Nick klopfte energisch.

Von drinnen war nichts zu hören. Keine Fernsehgeräusche, keine Schritte, kein erstauntes Luftschnappen, kein Auge im Türspion, keine Begrüßung, die die Besucher warnten, dass ein Bewohner auf dem Weg zur Tür war. Nichts als Stille. Totenstille.

»Und jetzt?«, fragte Marla. Sie standen ratlos in dem engen, schlecht belüfteten Flur. Das Licht war dämmerig, alles wirkte schäbig und farblos. »Ich habe keinen Schlüssel.«

»Dann holen wir ihn uns vom Hausmeister.«

»Wie denn?«

Nick kratzte den einen Tag alten Bart auf seiner Wange. »Mal sehen, ob er dich für Kylie hält. Gib mir den Kleinen, fahr hinunter ins Erdgeschoss und verlange den Schlüssel. Vielleicht lässt der Mann dich in die Wohnung.«

»Gut«, sagte sie in der Überzeugung, dass der Trick nicht funktionieren würde.

Sie täuschte sich. Der Hausmeister, der bei ihrer Ankunft nicht auf seinem Posten gewesen war, lächelte nachsichtig, zeigte dabei eine Zahnlücke und entnahm einer verschlossenen Kiste in einem Schrank den Schlüssel. Er ging auf die siebzig zu, hatte dichtes silbergraues Haar und sagte mit belustigter Miene: »Wissen Sie, Ms Paris, Sie sollten sich einen Nachschlüssel anfertigen lassen und ihn irgendwo verstecken. Was würden Sie machen, wenn der alte Pete nicht hier wäre, um Ihnen aus der Klemme zu helfen?«

»Ich weiß es nicht«, gestand sie wahrheitsgemäß.

»Tut mir leid, die Sache mit Ihrem Baby«, fügte er hinzu, und sie erstarrte. »Wie schrecklich, nach so langer Schwangerschaft ein Kind zu verlieren.« Sie fror innerlich.

»J-ja«, stammelte sie, und ein Schaudern kroch über ihren Rücken. Hatte sie diesem Mann erzählt, ihr Kind sei gestorben?

»Tja, Sie sind jung, Sie können noch mehr Kinder kriegen.« Er zog eine Braue hoch. »Beim nächsten Mal wäre es vielleicht besser, wenn Sie sich vorher einen Ehemann angeln.« »Meinen Sie?«, fuhr sie ihn spöttisch an, als hätte sie genau das schon hundertmal getan.

Er zuckte nicht mit der Wimper. »So steht es in der Bibel.«

»Und steht dort nicht auch: ›Richtet nicht, auf dass ihr nicht gerichtet werdet‹?«

»Ganz recht, aber meine Frau und ich sind seit fast fünfzig Jahren verheiratet und haben unsere vier Kinder erst nach der Hochzeit bekommen. Ein Baby braucht Mutter und Vater, aber das wissen Sie ja sicher selbst. Wie auch immer, mein Beileid zu Ihrem Verlust.«

»Ja. Ja, natürlich, danke«, entgegnete sie und wusste, dass sie leichenblass geworden war. Der Hausmeister hielt sie für Kylie ... und Kylie war schwanger gewesen ... Herrgott noch mal.

Marla nahm den kostbaren Schlüssel an sich, entfernte sich langsam rückwärts, drehte sich dann um und hastete die schäbige Treppe hinauf, statt auf den schwindsüchtigen Aufzug zu warten. Im zweiten Stock rannte sie den Flur entlang zur Wohnung 3-B, wo Nick, den schlafenden James im Arm, auf sie wartete.

»Siehst du, was man erreichen kann, wenn man es will?«, begrüßte er sie lächelnd.

»Du glaubst es nicht«, flüsterte sie und berichtete ihm von ihrem Gespräch mit dem Hausmeister, während sie den Schlüssel ins Schloss schob.

Sie trat durch die Tür und hinein in die Vergangenheit.

Mit dem ersten alles umfassenden Blick in die ordentlich aufgeräumte Wohnung fielen die Erinnerungen über sie her. Sie erstarrte, ihr Herz hämmerte, und Stück für Stück kamen Erinnerungen an ihr Leben schmerzhaft an die Oberfläche, klar und deutlich. Sie hielt den Türknauf umklammert und sah das grüne Cordsamtsofa – das Sofa, das sie, wie sie plötzlich wusste, auf dem Flohmarkt erstanden hatte. Eine Wohndecke lag darüber – von ihrer Mutter gestrickt, nicht etwa von Victoria Amhurst mit der Wespentaille und dem säuerlichen Gesicht, sondern von einer viel warmherzigeren Frau, die nach Zigaretten und Parfüm und Vanille roch. Dolly ... ihr Name war Dolly. »Mom«, flüsterte sie und wusste, dass die Frau, die sie großgezogen hatte, tot war. Ihre Knie drohten einzuknicken.

Sie war nicht Marla. Ihr Verdacht stimmte. Sie hieß Kylie Paris. Und am Abend des Unfalls war sie auf dem Weg nach Monterey, hatte am Steuer von Pams Mercedes gesessen mit der Absicht, ihr Baby zu suchen. Herrgott, sie wusste es wieder, sie erinnerte sich, warum sie mit Pam unterwegs gewesen war. Unwillkürlich sah sie James an. Nach ihrer Entlassung aus dem Krankenhaus hatte Kylie mit Alex gestritten und erkannt, dass er und Marla das Kind in Monterey vor ihr versteckt hielten, und sie hatte Pam um Hilfe gebeten.

Doch dann war alles schiefgegangen. Irgendwie hatte ihre

Fahrt sie in eine Falle geführt, es war wie ein Mordanschlag! Alex hatte versucht, sie umzubringen. Nur er konnte es gewesen sein ... und Marla ... Sie steckte da auch irgendwie mit drin. Kylie spürte, wie sie blass wurde.

»Geht's?« Zärtlichkeit und Sorge schimmerten in Nicks Augen.

Kylies Eingeweide zogen sich zusammen, sie schluckte unkontrolliert. »Das hier ... das ist meine Wohnung«, erklärte sie mit rauher Stimme und Tränen in den Augen. Sie schritt durch die Räume und erinnerte sich an das Doppelbett, das sie vom ersten Gehalt ihres Bankjobs gekauft hatte, lange vor ihrem Eintritt in die Sicherheitsfirma. Der Schreibsekretär war eine Antiquität, und sie hatte ihn eigenhändig aufgearbeitet, eine Tiffanylampe war ihr Lieblingsstück, für die Leuchte aus buntem Glas hatte sie ein kleines Vermögen bezahlt. Sie strich mit den Fingerspitzen über den Sekretär und warf dann einen Blick in das Bad mit den pinkfarbenen Kacheln und dazu passenden Fußmatten.

Am Rahmen des Spiegels befand sich ein Magnet.

Ob du nun glaubst, du kannst es, oder ob du glaubst, du kannst es nicht, du hast auf jeden Fall recht.

Der Spruch war ihr Mantra geworden, der Kodex, nach dem sie lebte. Und hier hatte sie gelebt, allein, wenngleich es Männer in ihrem Leben gegeben hatte, eine Reihe von Liebhabern, die kamen und gingen ... Partylöwen, die Sorte Männer, mit der sie nie sesshaft werden würde, weil sie gar nicht die Absicht hatte, sesshaft zu werden ... jedenfalls nicht mit irgendwem.

Jetzt lehnte sie sich an den Rahmen der Schlafzimmertür und sah die schönen, kräftigen Gesichter vor ihrem inneren

Auge. Ronnie. Sam. Benton ... und da waren weitere ... Aber keiner war ihr unter die Haut gegangen wie Nick. Keiner konnte ihm als Mann, geschweige denn als Lover das Wasser reichen.

»Setz dich lieber«, riet er ihr jetzt und legte sich James an die andere Schulter. »Und sag mir, was los ist.«

»Ich habe mich gerade erinnert«, sagte sie und entdeckte die Fensterbank, auf der das einzige Haustier, das sie je besessen hatte, ein streunender getigerter Kater mit großen grünen Augen und der Angewohnheit, jede einzelne Strumpfhose in ihren Schubladen zu zerfetzen, oft gesessen hatte. Sie hatte ihn Vagabund genannt, und zwei Jahre nach seinem Auftauchen war er wieder fortgegangen. Kylie hatte nie erfahren, was aus ihm geworden war, obwohl sie wochenlang nach ihm gesucht und Tierheime, Freunde, Nachbarn und sogar die Polizei angerufen hatte. Die Polizei von San Francisco war natürlich nicht interessiert, und sie blieb mit dem schmerzlichen Gefühl zurück, sogar von ihrem Haustier verlassen worden zu sein.

»Verdammt«, flüsterte sie, sich vage bewusst, dass Nick sie beobachtete, während sie durch die Wohnung schritt. Sie öffnete die Tür eines Einbauschranks. Putzmittel und Reinigungsgeräte wurden hier aufbewahrt.

In diesem Moment erinnerte sie sich mit erstaunlicher Deutlichkeit an die Grundschule, ein Gebäude aus Stahl und Beton, in der sie durch Leistungen geglänzt hatte, als Entschädigung dafür, dass sie als Bastard abgestempelt wurde, ein Mädchen, das nicht wusste, wer sein Vater war. Sie reifte früh heran, früher als alle anderen in ihrer Klasse, und die älteren Jungen ärgerten sie. Einer hatte sie sogar gegen Ende des Schuljahrs in die Putzkammer des Hausmeisters gelockt und ihr zehn Dollar für einen Blick auf die aufregendsten Brüste in der gesamten Benjamin-Franklin-Grundschule geboten. Es war eine Herausforderung, und einer Herausforderung hatte sie sich noch nie entzogen.

In der Kammer war es stickig gewesen. Beleuchtet wurde sie von einer nackten Glühbirne, an den Wänden standen Regale mit Putzmitteln, Toilettenpapier und Schachteln voller Plastiktüten. Drei Jungen und Kylie drängten sich zwischen Wischmopps, Mülleimern und verblichenen Postern von Farrah Fawcett und Raquel Welch.

»Komm schon, Kylie, warum nicht?«, hatte Ian Perth gefragt. Er war bekannt für seinen Mundgeruch, und der Schweiß lief ihm über das fleischige rote Gesicht.

»Ich habe gehört, für Geld tust du alles«, fügte Brent Mallory hinzu. Er hatte einen Sonnenbrand, die Zähne waren viel zu groß für sein Gesicht, und sein blondes Haar stand in alle Himmelsrichtungen ab.

Von Lucas Yamhill, einem großen, gutaussehenden Jungen, hatte Kylie sich schließlich überreden lassen. Er ging im ersten Jahr auf die High School, hing aber manchmal noch mit den jüngeren Schülern ab. Seinem Dad gehörten der Lebensmittelladen im Ort und ein weiterer in einer Stadt südlich von San Leandro. »Mach schon, zeig uns deine Titten. Für zehn Dollar kriegt man eine ganze Menge.«

Sie wollte es tun. Nur, um Brent und Ian, den widerlichen Typen, zu zeigen, dass sie keine Angst hatte, und um Lucas zu beeindrucken. Nur zu gern hätte sie sich Lucas gegenüber entblößt. Warum auch nicht? Und es war zehn Dollar wert.

Also hatte sie es getan. In dem heißen, engen Kämmerchen hob sie ihr T-Shirt, zog es sich über den Kopf und ließ es zu Boden fallen.

Brent pfiff durch die Zähne.

Schwungvoll warf sie wie ein Model in der Shampoowerbung das Haar über die Schultern zurück und blieb dann reglos stehen. Ihr Dekolleté war zu sehen. Das reichte.

»Hey, das ist nicht fair. Du trägst ja einen BH!«, beschwerte sich Ian, der sich betrogen fühlte.

»Genau«, stimmte Brent ihm zu, als ihm bewusst wurde, dass er reingelegt worden war. »Dafür bezahle ich nicht. Meine Schwestern habe ich schon tausendmal im BH herumlaufen sehen.«

Lucas dreist-lüsternes Grinsen ließ ihr das Blut in den Adern prickeln. »Ich erhöhe auf zwanzig, wenn ich ihn dir ausziehen darf.«

»Fünfundzwanzig«, sagte sie frech und fing an zu schwitzen. »Und nur, wenn die beiden nicht dabei zusehen.«

»Für fünfundzwanzig und eine Privatvorstellung möchte ich sie auch anfassen.« Als Lucas sie jetzt ansah, wurden seine hellbraunen Augen beinahe schwarz, und sein verhangener Blick enthielt noch etwas anderes. »Ich will dich überall anfassen.«

Sie spürte ein Pochen zwischen den Beinen; ihr Puls flatterte. Millionen Schmetterlinge wirbelten in ihrem Bauch. »Schick sie weg«, verlangte sie mit einem Blick auf Ian und Brent.

»Kommt nicht in Frage. Ich habe drei Dollar bezahlt!« Ian verschränkte die fleischigen Arme vor der Brust, doch Lucas als dem Älteren gelang es, die beiden zu verscheuchen.

Lucas schloss die Tür hinter ihnen. Mit einem Klicken schnappte das Schloss ein. Kylie konnte kaum noch atmen. Langsam zog Lucas zwei Zehndollarscheine und einen Fünfer aus seiner Brieftasche, legte sie auf einen umgestülpten Eimer und strich sie glatt. Dann zückte er ein kleines Plastikpäckchen – ein eingeschweißtes Kondom – und legte es auf das Geld. »Ich verdoppele, wenn du dich ganz ausziehst.«

»Ich ... ich weiß nicht.«

»Und ich gebe dir hundert, wenn du mich ... du weißt schon. Wenn du dich berühren lässt.«

»Wenn ich mich berühren lasse?«

»Ja.« Lucas senkte die Stimme. »Du weißt schon, was ich meine.«

Kylie nagte an ihrer Unterlippe. Schüttelte den Kopf. Das Atmen fiel ihr schwer. Doch sie fing an zu verstehen ... und sie hatte Angst.

»Hast du schon mal einen Mann gesehen?«

»Nein.«

»Ich könnte es dir zeigen«, bot er an.

»Müsste ich dafür bezahlen?«

Sein Lachen klang schmutzig. »Nee. Ich will dich mit meinem Ding berühren.« Er war ein großer Junge, ein Jahr älter als seine Klassenkameraden, fast schon fünfzehn. Beinahe alt genug, um ein Auto fahren zu dürfen. Sie schluckte verkrampft. Sie war neugierig, und sie mochte Lucas. Er war beliebt. Sportlich. Reich. »Wir könnten ... du weißt schon ... wir könnten es tun«, schlug er schmeichelnd vor.

»Nein!«

»Ich dachte, für Geld tust du alles.« Lucas strich an Kylies Kinn entlang, dann an ihrem Hals.

Sie schlug seine Hand weg. »Das nicht.«

»Ich tu dir nicht weh«, flüsterte er.

Sie dachte an das Geld und an Ian und Brent, die wahrscheinlich an der Tür lauschten, Augen und Ohren dicht am Schlüsselloch. Ihr wurde beinahe übel.

Etwas in Lucas' Blick machte ihr Angst. Etwas, das sie in Versuchung führte. Etwas, das ihren Atem flacher gehen und das Blut in ihren Ohren rauschen ließ.

Die Warnungen ihrer Mutter schossen ihr durch den Kopf. »Lass dir von keinem Jungen an die Wäsche gehen, Kylie. Sie wollen dich nur ausnutzen«, hatte Dolly gesagt. »Du könntest dir eine eklige Krankheit einfangen oder in größte Schwierigkeiten geraten. Ich bin noch viel zu jung, um Großmutter zu werden!«

Als Lucas die Hand nach dem Knopf ihrer Jeans ausstreckte, packte sie seine Hand. Hielt sie fest. »Nein ... Ich halte das für keine gute Idee«, sagte sie und erkannte ihre eigene Stimme kaum. Sie *wollte*, dass er sie berührte. Sie war eines von *diesen* Mädchen, von der Sorte, die Spaß daran hatten.

»Ach, komm schon, Kylie. Ich will dich so sehr, Baby.« Er fasste sie an und küsste sie, und in ihrem Kopf drehte sich alles wie verrückt. »Und niemand erfährt was davon.«

Niemand, bis auf das gesamte Universum! Ian und Brent mit ihren großen Klappen würden es überall in der Schule publik machen. Von Lucas ganz zu schweigen. Er würde überall damit prahlen, dass er in der Putzkammer gevögelt hatte.

Lucas küsste sie. Heftig. Er öffnete ihre Jeans. »Genieß es einfach, Baby.« Er schob einen Finger unter den Jeansstoff, berührte ihre Haut, tastete sich vor und drängte tiefer.

»Nicht.« Kylie schob ihn von sich und wäre beinahe gegen die aufgestapelten Mülleimer getaumelt. Ihr Herz hämmerte, ihr Atem ging rasch, und sie spürte ein verbotenes Verlangen an ihrer intimsten Körperstelle. »Nein!«

»Aber …«

»Niemals.« Sie schüttelte den Kopf und griff nach dem Geld, doch er kam ihr zuvor und zerknüllte die Scheine und sein blödes Kondom in der Faust.

»Du bist bloß ein Luder«, fauchte er.

»Ich habe nie gesagt, dass ich so etwas tun würde!«

»Fotze. Schwanzlutscherin.«

»Raus!«, schrie sie. Die scheußlichen Worte hallten in ihrem Kopf nach. Warum war sie überhaupt mitgekommen in diese bescheuerte Kammer?

»Keine Angst. Ich geh schon.«

Lucas schloss seinen Hosenlatz und riss die Tür auf. Ian und Brent wären beinahe in die Kammer gestürzt. Kylie drehte sich um, damit sie ihre Brüste nicht sahen, hob das T-Shirt vom Boden auf und zog es rasch an. Tränen strömten über ihr Gesicht.

»Hast du?«, fragte Brent an Lucas gewandt.

»Und wie.«

In den nächsten drei Wochen bis zu den Ferien erlebte Kylie die Hölle auf Erden. Lucas verspottete sie. Brent kicherte jedes Mal, wenn er sie sah, und Ian wich ihrem Blick aus. Die gesamte Klasse hatte von ihrem Striptease in der Putzkammer erfahren, und die Geschichte wurde in tausend scheußlich übertriebenen Varianten weitererzählt. Kylie war es irgendwie gelungen, den Kopf hoch zu tragen und zu überleben, doch der Vorfall hatte sich in ihrem Gedächtnis eingebrannt. Bis zu dem Unfall. Damals, vor vielen Jahren, hatte sie sich im Stillen geschworen, wenn sie erwachsen war, alles, aber auch *alles* zu tun, um den Fesseln der Armut zu entkommen.

Und sie hatte den Schwur gehalten. Sie war dabei sogar so weit gegangen, ihr Kind für den allmächtigen Mammon aufzugeben.

»O Gott«, flüsterte sie jetzt. Tränenüberströmt saß sie in der kleinen Wohnung, die sie länger als fünf Jahre ihr Zuhause genannt hatte. Sie blickte in Nicks besorgte Augen. »Ich bin ... Ich bin Kylie Paris«, flüsterte sie. Nick hatte sie nie geliebt. Sie hatten sich nie zu romantischen Rendezvous getroffen. Sie schluckte und sah in seine blauen Augen.

»Und Marla?«, fragte er, und die Art, wie er den Namen aussprach, ließ Kylie innerlich sterben. Er liebte eine andere Frau. Nicht sie. »Wie ist sie in diese Sache verwickelt?« Er wies in das kleine, gemütliche, sehr bewohnt wirkende Wohnzimmer mit den Zeitschriften und Rätselheften auf den Tischen.

Kylie ließ sich in die Polster ihres Flohmarktsofas sinken. »Sie ist meine Halbschwester. Ich ... ich habe ungefähr zu der Zeit, als ich auf die High School kam, von ihr erfahren. Meine Mutter hat sich verplappert, dass Conrad Amhurst mein Vater ist, dass ich einen behinderten Halbbruder und eine ältere Schwester habe, die ... Conrads Liebling ist.« Sie schluckte krampfhaft bei dem Gedanken und dachte an den Tag, als hohe beschlagene Gläser mit Eistee in ihrer kleinen Wohnung vor ihnen gestanden hatten.

»Du hast es immer gewusst?«, hatte Kylie wissen wollen und ihre Mutter Dolly böse angesehen. Dolly saß an einem kleinen, zerkratzten Resopaltisch, blätterte lässig im *Enquirer* und rauchte eine Zigarette.

»Ich musste schwören zu schweigen«, gestand ihre Mutter.

»Über mich? Über meinen Vater?« Kylie war empört. »Warum?«

»Du warst ihm peinlich.« Dolly, die die duftigen blonden Locken hinter ein Stirnband zurückgestrichen hatte, fügte hinzu: »Er ist reich. Ein Prominenter. Auch ich war ihm peinlich.«

»Aber ... aber ...« Kylie lehnte sich gegen die pfeifende Heizung. »Reich?«

»Falls du glaubst, du könntest Geld von ihm einstreichen, vergiss es gleich wieder«, sagte Dolly verbittert. Ihre heisere Stimme war erfüllt von Schuldzuweisungen. »Er hat sich schon vor langer Zeit bei mir losgekauft.«

»Das ist nicht legal.«

»Vielleicht nicht, aber ich habe ein Dokument unterschrieben ...« Sie wedelte mit ihren langen Fingern durch die Luft und störte den Rauch auf, der dem flackernden Neonlicht unter der Decke des ordentlichen, spartanisch eingerichteten Zimmers zustrebte. »Ich glaube nicht, dass ich Lust hätte, mich mit ihm und seinen Anwälten einzulassen. Dazu habe ich weder die Zeit noch das Geld. Es ... es würde nichts einbringen.« Sie blätterte eine Seite in ihrer Zeitschrift um und versuchte, sich in einen Artikel über Prinzessin Diana zu vertiefen.

»Dann bist du eine Niete«, erklärte Kylie und griff nach ihrem Glas. Die Eiswürfel klirrten, und sie leerte es in drei langen Zügen.

»Ich weiß, dass ich verlieren würde.« Zum ersten Mal bemerkte Kylie die Falten der Erschöpfung rund um die Augen ihrer Mutter, die müde hängenden schmalen Schultern.

»Ich würde nicht aufgeben«, behauptete Kylie forsch und verurteilte damit die Frau, die sie geboren hatte, als schwach. »Niemals.«

»Dann bist du dumm. Oder wie dein Vater.«

»Und der heißt?«

»Conrad Amhurst. Er ist verheiratet. Hat mehrere Kinder mit seiner Frau.«

»Und will sich nicht mit mir belasten«, ergänzte Kylie, tief verletzt. Natürlich war ihr klar gewesen, dass sie einen Vater hatte, doch sie ahnte ja nicht, dass er ganz in der Nähe lebte. Er hatte sie weder absichtlich noch durch Zufall jemals gesehen. »Was für ein Bastard ist er denn?«, fragte sie und wand sich innerlich in der Erkenntnis, dass das abschätzige Schimpfwort früher auch auf sie angewandt worden war.

»Mächtig. Hartherzig. Gnadenlos. Unerbittlich.«

»Scheint ein richtiger Scheißkerl zu sein.«

»Das ist er. Aber immerhin hat er mir Geld gegeben, und hinzu kamen die Kleider zum Auftragen.«

»Scheiße! Soll das heißen, soll das heißen, diese Kleider, die du angeblich von der Kirche bekommen hast ... Die waren von ...«

»Von seiner Tochter. Marla.«

»Von seiner *richtigen* Tochter.«

»Du bist auch seine richtige Tochter«, erwiderte ihre Mutter, und etwas von ihrem früheren Stolz kam wieder zum Vorschein.

»Nein, Mom, bin ich nicht. Ich bin nur ein Bastard. Peinlich, wie du schon sagtest.« Doch Kylie hing an den Lippen ihrer Mutter, als diese dann alles erklärte. Dolly war Kellnerin in einem exklusiven Club gewesen und total verliebt in den gutaussehenden, reichen und solide verheirateten Mann, von dem sie dann irgendwann schwanger war. Sie hatte von seinen Kindern gewusst, auch von der Frau, die ihn, wie er behauptete, ausblutete und niemals zur Scheidung bereit sein würde. Kylies Mutter hatte zudem erfahren, dass Dolly ihrem Lover nie auch nur das Geringste bedeutet hatte. »Er gab mir hunderttausend Dollar«, gestand sie.

»Und du hast alles verdorben.«

»Wir haben davon gelebt, Kylie, verdammt noch mal.« Dolly drückte wütend ihre Zigarette im überquellenden Aschenbecher aus. »Eines Tages wirst du das verstehen.«

»Niemals. Ich werde niemals klein beigeben und mich tot stellen, wie du es getan hast!« Kylie war in ihr Zimmer gestapft, hatte die Schranktüren aufgerissen und sämtliche Kleider aufs Bett geworfen, Designer-Markenkleider, die die Garderobe sämtlicher Mädchen in der Schule ausstachen, wenngleich die Sachen schon ein paar Jahre alt waren. Röcke und Pullis und Blusen, die Kylie voller Verlegenheit getragen hatte, weil sie so anders waren als die Jeans und T-Shirts, die ihre Mutter in Kaufhäusern erstand.

»Du sollst wissen, dass du mir alles bedeutest«, hatte ihre Mutter nach ihrem Geständnis gesagt, war hinter sie getreten und hatte die Arme um Kylies Taille geschlungen, während in Kylies Innerem die Empörung wütete. Es schmerzte zu wissen, dass sie nicht erwünscht war. »Ich war immer stolz auf dich, und er sollte es auch sein. Merkwürdig ist, dass du ihr, dieser Marla, so ähnlich siehst. Die Amhurst-Gene scheinen sehr dominant zu sein.«

Kylie hatte sich geweigert zu weinen. Stattdessen beschloss sie, es ihnen heimzuzahlen. Ihrem Vater und dieser rotznäsigen privilegierten Halbschwester. Doch zunächst musste sie sie kennenlernen, und dazu benötigte sie einen Plan.

Den ersten von vielen.

Es hatte nicht lange gedauert. Sie war kaum fünfzehn, als es ihr gelang, heimlich in die Stadt auszubüxen. Im Telefonbuch hatte Kylie die Adressen der Büros von Amhurst Limited gefunden und war bis vor das Büro ihres Vaters vorgedrungen. Dort log ihr eine übereifrige Sekretärin unverblümt ins Gesicht, dass Mr Amhurst den ganzen Tag über in Konferenzen und viel zu beschäftigt wäre, um sie zu sehen. »Dann warte ich«, beharrte Kylie, ließ sich im Empfangsbereich in einen Ohrensessel fallen und täuschte großes Interesse am *Wall Street Journal* vor. Männer in Geschäftsanzügen lagerten auf den Sofas und nestelten an den Schlössern ihrer Aktenkoffer, um sich einer nach dem anderen nach Aufruf hinter die Kirschholztüren mit der goldgeprägten Aufschrift zu begeben, die besagte: »Conrad Amhurst, Präsident«. Kylie wartete, bis ihre Blase zu platzen drohte.

Um fünf nach fünf Uhr nachmittags wurde sie von einem strengen Portier nach draußen befördert, der ihr sachlich empfahl, nach Hause zu gehen.

Sie war nicht gegangen. Sie ließ sich auf einer Bank gegenüber dem Privatparkplatz nieder. Sie kaute rote Lakritze und trank eine Coca-Cola und sah zu, wie teure Wagen aus reservierten Parkbuchten rollten und sich durch die Stadt entfernten. Schließlich, als es schon dunkel werden wollte, verließ ein schnittiger schwarzer Privatwagen mit getönten Scheiben den Parkplatz und fuhr davon. Sie wusste, dass ihr Vater darin saß, hatte ein Männerprofil gesehen und sich eingebildet, er habe ihr fest in die Augen gesehen, um sich dann wieder abzuwenden.

Als könnte er ihren Anblick nicht ertragen.

Sie hatte seinen Country Club aufgesucht, musste sich allerdings von einer schnippischen Empfangsdame sagen lassen, dass nur Mitglieder zugelassen waren. Sie hinterließ Nachrichten, auf die niemand reagierte, rief in seinem Büro und bei ihm zu Hause an, erhielt jedoch nie eine Antwort. Es war, als ob sie für Conrad Amhurst gar nicht existierte.

Kylie gab nicht auf.

An einem Sonntag kam es zu der erhofften Konfrontation.

Sie wusste, welche Kirche er besuchte, hatte ihn mit seiner Familie von weitem gesehen, als sie eines nebligen Sonntags die Kathedrale betrat. Kylie trug eines von Marlas abgelegten Kleidern, ein tief grünes Samtkleid, in dem ihr viel zu warm war, aber es war das hübscheste von allen. Sie nahm am Gottesdienst teil, saß in einer Bank nur ein paar Reihen hinter der Familie. Da hatte Marla sie gesehen; für einen kurzen Augenblick waren sich ihre Blicke begegnet. Marla war älter, doch ihr Haar war vom gleichen Rotbraun wie Kylies, ihre Nase genauso gerade, das Kinn ein wenig spitzer, das Grün der Augen identisch. Es war unheimlich, als würde sie in einen Spiegel blicken, der ihr Bild nicht ganz korrekt wiedergab. Victoria Amhurst drehte sich um, als hätte sie den Einbruch in ihr perfektes Leben gespürt, sah

Kylie, flüsterte ihrem Mann etwas zu und blickte dann rasch wieder in Richtung Altar. Mit stocksteifem Rücken saß sie da und blickte nicht einziges Mal mehr über die Schulter zurück, als die Orgel einsetzte und die Gemeinde das erste Lied anstimmte. Sie stieß ihre Tochter an, und Marla verstand den Wink und sah sich nicht mehr um. Doch sie wusste, dass Kylie da war, sie anstarrte, und Kylie *spürte* die Faszination, die Neugier des Mädchens.

Nach dem Gottesdienst ging sie vor der Kirche kühn auf die Familie zu, als diese mit dem Geistlichen redete. Conrads Blick ging Kylie durch und durch. Er wurde rot im Gesicht, entschuldigte sich hastig bei dem Geistlichen und packte mit einem Lächeln, das eher einer Grimasse glich, Kylie so fest am Ellenbogen, dass es weh tat. Er führte sie fort von seiner Familie, ein paar Treppenstufen hinunter zu einem abgelegenen Ort, wo Kirschblüten den Boden bedeckten und die Bäume erstes Grün zeigten. Dort fiel er über sie her. Eine leichte Brise spielte mit dem Saum von Kylies Kleid aus zweiter Hand und fuhr Conrad ins ergrauende Haar. Erste Regentropfen fielen vom bewölkten Himmel.

»Ich bin der Meinung, du solltest lieber gehen«, flüsterte Conrad wütend, in einem Tonfall, der keinen Widerspruch duldete. Sein Gesicht war gerötet, die Lippen jedoch wirkten blutleer. »Und du solltest diese Kirche nie wieder betreten.«

»Wir leben in einem freien Land«, konterte sie.

Die harten Finger gruben sich noch tiefer in ihren Arm. »Aber manche Menschen sind freier als andere. Diese Lektion solltest du lieber schnellstens lernen.«

»Ich will nur …«

»Du bekommst gar nichts. Ich habe für dich bezahlt, und zwar teuer. Geh jetzt, oder ich mache dir das Leben zur Hölle.«

»Das haben Sie längst getan«, flüsterte sie.

»Da irrst du dich allerdings. Wenn du glaubst, dass es dir im Moment schlecht geht, dann warte nur ab. Und merke dir eines: Wenn du mich verärgerst, wirst du es für den Rest deines Lebens bereuen. Und jetzt …« Er griff in seine Tasche und zückte sein Portemonnaie, dem er fünf Hundertdollarnoten entnahm. »Nimm das und kauf dir etwas Hübsches und sprich mich oder meine Familie nie, hörst du, *niemals* wieder an. Ich lasse mich nicht zwingen oder erpressen oder kompromittieren.« Er drückte ihr die knisternden Scheine in die Hand, drehte sich auf dem Absatz um und stapfte über den Kirchhof, ohne die rosa Blüten zu beachten, die auf die Schultern seines flotten grauen Anzugs rieselten, ohne zu ahnen, dass Kylie niemals aufgeben würde.

Die Zurückweisung schnürte ihr die Kehle zu, doch Kylie hielt das Geld fest in der Faust. Sie erwog, ihm nachzulaufen, eine Szene zu machen und Conrad das Geld vor die Füße zu werfen. Doch sie hielt sich zurück. Damit würde sie nichts erreichen.

Um zu bekommen, was sie wollte, entschied sie, musste sie hinterrücks vorgehen.

Und das hatte sie getan.

Jetzt fiel eine Erinnerung nach der anderen über sie her, schmerzliche Einblicke in ihr Leben standen scheußlich, klar und deutlich vor ihrem inneren Auge. Als Heranwachsende hatte sie sich betrogen gefühlt. Und verbittert. Der

Hass auf Marla Cahill, Papas kleinen Liebling, hatte in ihrer Brust gelodert. Nach der Konfrontation vor der Kirche hatte Kylie Marla von weitem gesehen und gespürt, dass das Mädchen, das ihr so ähnlich sah, genauso neugierig auf ihre Halbschwester war wie sie selbst. Marla bereiste die ganze Welt, lernte in der Bucht von San Francisco Segeln, ging tanzen, shoppen in New York und Paris, verbrachte die Weihnachtsferien in Acapulco, auf den Bahamas oder in Aspen. Sie fuhr ihren eigenen BMW und besuchte ein renommiertes Privatcollege, dem ihr Vater eine Bibliothek gestiftet hatte.

Kylie erhielt abgelegte Kleider und eisige Blicke. Doch einmal hatte sie sich immerhin ein bisschen gerächt, indem sie, da sie ihrer Halbschwester ja so ähnlich war, in einem von Marlas abgelegten Kleidern und chic zurechtgemacht in einer kleinen Boutique auf Conrad Amhursts Rechnung ein unverschämt teures Kleid erstanden hatte. Als sie hochmütig zur Verkäuferin sagte: »Setzen Sie es Daddy auf die Rechnung«, hatte das eifrige Mädchen, in Gedanken schon bei der üppigen Provision, die das bodenlange, hautenge, mit Perlen bestickte schwarze Kleid ihr einbringen würde, hastig genickt und, während sie die Kasse bediente, lediglich angemerkt, dass das Kleid wie für ihre Kundin geschaffen sei.

Irgendwie hatte Marla jedoch davon erfahren, aber, soviel Kylie wusste, ihre Halbschwester nie verpetzt. Erst als sie erwachsen waren, hatte sie es einmal zur Sprache gebracht, damals, als sie Kylie mit ihrem Plan konfrontierte.

Jetzt, während sie auf dem abgeschabten Sofa saß und Nick ansah, der ihren Sohn im Arm hielt, hatte Kylie das Gefühl, den Boden unter den Füßen zu verlieren. Ja, als

Mädchen war sie streitsüchtig gewesen, als Frau starrsinnig, ein Mensch, der sich alles schwer erkämpfen musste. Jetzt musste sie dafür bezahlen.

Sie warf sich zurück in die Polster und starrte an die Decke. »Ich glaube, ich war kein sonderlich guter Mensch«, gestand sie Nick. »Nein, ich weiß es sogar genau.« Sie atmete tief durch, als sie an all die Jahre dachte, die erfüllt waren von Neid auf ihre Halbschwester, an all die Nächte, in denen sie wach gelegen und gedacht hatte: *Warum ich? Warum liebt mein Vater mich nicht?* Oder an die Nächte, in denen ein noch härteres, hässlicheres Gefühl in ihr brannte, schierer, glühender Hass auf eine privilegierte Halbschwester, die in der Liebe ihres Vaters aufgewachsen war. Kylie hatte diesen Hass genährt und war in Konkurrenz zu einer Schwester getreten, die so tat, als wüsste sie nichts von Kylies Existenz.

»Ich hasste Marla, wollte ihr alles heimzahlen«, gab Kylie zu und dachte wieder an Marlas Besuch in ebendieser, ihrer Wohnung.

»Also, was ist passiert?«, fragte Nick. »Wie kam es dazu, dass du jetzt als Alex' Frau auftrittst und dich als Marla ausgibst?«

»Ich fürchte, das war ein dummer Zufall. Dazu kam es nur, weil ich bei dem Unfall nicht ums Leben gekommen bin.« Kylie holte weiter aus. »Marla konnte keine Kinder mehr bekommen, und sie hatte erfahren, dass unser Vater sein Testament geändert hatte, dass sie nicht bedacht werden sollte, nur mit einem männlichen Erben. Cissy reichte dem Alten nicht.«

»Das ist heutzutage doch unvorstellbar.«

»Conrad Amhurst lebte nach seinen eigenen Gesetzen, schob die Menschen herum wie Schachfiguren«, erklärte sie. »Das hast du selbst gesagt. Aber offenbar wusste er nichts von Marlas Hysterektomie. Wie auch immer, Marla schlug mir vor, ein Kind zu bekommen – *ihren* Sohn. Ich brauchte lediglich schwanger zu werden, das Kind zur Welt bringen und ihr überlassen, es als das ihre ausgeben.« Während sie die entsetzlichen Worte aussprach, krümmte Kylie sich innerlich zusammen. Sie hatte das Gefühl, sich übergeben zu müssen. »Ich weiß, ich weiß, das ist grauenhaft. Ich war ... sehr ichbezogen.« Sie stand auf, ging zu Nick und nahm ihm das Kind aus den Armen. Als sie in das liebe Gesichtchen des Babys blickte, den Haarflaum und die winzigen Fingerchen sah, konnte sie nicht glauben, dass sie so herzlos, kalt und berechnend hatte sein können.

»Mehr wurde nicht von dir verlangt?«, fragte Nick kalt.

»Nein. Nur dass ich Stillschweigen bewahren sollte.« James im Arm, konnte Kylie es selbst nicht glauben, doch allzu deutlich erinnerte sie sich an den Tag, als Marla ihr diesen Plan vorgetragen hatte. »Marla hatte sich alles genau überlegt. Sie wusste, dass wir die gleiche Blutgruppe haben, hatte sogar schon einen Arzt überredet, den Krankenbericht zu fälschen.«

»Robertson.«

»Ja. Er ist ein Freund der Familie, der Geld für seine Klinik und das Bayview Hospital wollte, an denen er umfangreich beteiligt ist.« Ihr war übel. Sie setzte sich in ihren Lieblingssessel, den Sessel, in dem Marla an jenem schicksalhaften Abend gesessen hatte. Kylie sah die Begegnung so deutlich vor sich, als hätte sie erst gestern stattgefunden.

»Ich möchte dir einen Vorschlag machen«, hatte Marla gesagt, als Kylie, überrascht, ihre Halbschwester auf ihrer Schwelle zu sehen, ihr die Tür öffnete. Marla, mit Regenmantel, Schirm, Sonnenbrille und breitkrempigem Hut, drängte in die Wohnung. Falls sie Kylies Behausung nicht ansprechend fand, behielt sie ihre Meinung zumindest für sich.

»Einen Vorschlag?«

»Ja.« Marla stellte ihren Schirm neben der Tür ab und zog sich den Hut vom Kopf. Ihr Haar, das ähnlich geschnitten war wie Kylies, bauschte sich um ihr Gesicht. Marla sah Kylie an, musterte ihre Halbschwester von Kopf bis Fuß. »Dad hat dich immer mit Missachtung gestraft, und ich glaube, ich weiß, wie du es ihm heimzahlen kannst.« Sie kniff überlegend die grünen Augen zusammen und runzelte die schön geschwungenen Brauen.

»Was interessiert es dich?« Kylie glaubte Marla nicht, dass diese sich Gedanken um die ungeliebte Halbschwester machte. Nicht eine Sekunde.

»Im Grunde interessiert es mich tatsächlich nicht. Nicht sonderlich. Aber ich brauche deine Hilfe.«

Das war etwas anderes. Die mächtige, verwöhnte Tochter Conrad Amhursts brauchte sie. Zum ersten Mal in ihrem erbärmlichen Leben war Kylie auf der Hut, doch ihr fehlte die Kraft, die reiche Zicke zum Teufel zu jagen und sich auszubitten, Marla möge sie gefälligst in Ruhe lassen.

»Sie schilderte mir diesen grotesken Plan«, sagte Kylie zu Nick und schauderte innerlich, als sie sich daran erinnerte, wie bereitwillig sie sich zur Teilnahme an diesem Betrug hatte überreden lassen. »Ich sollte schwanger werden – durch künstliche Befruchtung – und mich dann, wenn ich sicher sein konnte, dass ich einen Jungen erwartete, irgendwo versteckt halten, bis sie ihn übernehmen konnte.« Himmel, jetzt hörte es sich so entsetzlich an, so grauenvoll. »Marla hatte vor, sechs oder sieben Monate lang wie eine Schauspielerin Polster zu tragen. Zuerst nur ein ganz kleines, mit fortschreitender Schwangerschaft dann immer größere, so lange, bis ich in den Wehen lag und die Übergabe stattfinden konnte.«

»Und wenn du ein Mädchen bekommen hättest?«, fragte Nick eindeutig skeptisch.

»Das ... das kam für Marla nicht in Frage. Dann hätte ich abtreiben und es noch einmal versuchen sollen, aber das lehnte ich ab. Ich sagte ihr, wenn ich ein Mädchen bekäme, würde ich es behalten.« Kylie richtete ihren gequälten Blick auf Nick. »Aber du musst verstehen, dass ich kein Kind wollte, auch nicht ... auch nicht dieses hier.« Kylie senkte die Stimme. »Und ich war so begierig darauf, mich an Marla zu rächen für all die Jahre, in denen sie die Prinzessin gewesen ist. Deshalb wehrte ich mich gegen die künstliche Befruchtung, und natürlich trieb ich die Vorauszahlung in die Höhe.« Ihre Lippen zuckten, als sie daran dachte, wie sie mehr Geld von ihrer Schwester gefordert hatte.

»Natürlich.« Nicks Gesicht war wie versteinert. »Also hast du mit ihrem Mann geschlafen und dein Kind verschachert.«

»So ungefähr«, gestand sie, und ihre Stimme brach. Erneut flossen die Tränen, sie spürte einen Kloß im Hals. Das schlechte Gewissen und die Schuldgefühle zerrissen sie innerlich. Wie hatte sie so gefühllos sein können? So kalt? So herzlos? Sie küsste James' flaumiges Köpfchen. »Ich hatte das Gefühl, Marla gehörig eins ausgewischt zu haben.«

»Indem du mit ihrem Mann geschlafen hast.«

»Und indem ich etwas fertigbrachte, was sie nicht konnte. Ich glaube ... oh ... ich glaube sogar, dass Alex sich auf unsere Zeit im Bett freute. Er hatte so etwas an sich, so eine Wut, wenn er ... na ja, wenn er mich küsste. Es war, als wollte ... als wollte auch er ihr etwas heimzahlen. Wir beide befanden uns auf einem Rachefeldzug gegen Marla, so erschien es mir zumindest.« Mit Grauen dachte Kylie jetzt an die Nächte in Alex Cahills Bett, an die Befriedigung, die sie empfand, wenn sie mit dem Mann ihrer verwöhnten Halbschwester schlief, an ihren Stolz darauf, dass sie ihm und ihrem Vater etwas geben konnte, wozu Marla nicht in der Lage war. Endlich hatte sie ihre Halbschwester übertrumpft.

»Und du bist wirklich schwanger geworden«, sagte Nick tonlos.

»Ja. Innerhalb von zwei Monaten.« Sie blinzelte heftig. »Wir hatten Glück. So bald wie möglich ließen wir das Geschlecht des Fetus bestimmen, und voilà, Conrad Amhurst konnte sich auf einen Enkel freuen.«

»Scheiße«, knurrte Nick und spannte die Lippen über den Zähnen. Er ging zum Fenster und spähte durch die Lamellen der Jalousie. »Du hast also brav mitgespielt.«

»Das hatte ich jedenfalls vor. Aber dann ... dann spürte ich die Kindsbewegungen, und ... je weiter die Schwangerschaft fortschritt, desto sicherer war ich, dass ich den Plan nicht durchziehen würde. Ich wollte mein Kind nicht hergeben. Ich konnte es nicht im Stich lassen, so, wie mein Vater mich im Stich gelassen hatte, und ...« Kylie furchte die Stirn angesichts dieser Ironie des Schicksals. »Als James geboren war, wurde mir zum ersten Mal in meinem Leben bewusst, dass es Dinge gibt, die wertvoller sind als Geld.«

»Komm schon, Kylie oder Marla, oder wer immer du bist! Spiel doch jetzt nicht die reuige Sünderin, okay? Die nehme ich dir nicht ab. Wie viel solltest du nach dem Tod des Alten bekommen?«

Sie verzog das Gesicht.

Nick durchquerte das Zimmer und blieb mit düsterer, verächtlicher Miene vor ihr stehen. »Sag schon, Schätzchen. Wie viel ist Conrad Amhursts Baby wert?«

James im Arm, sagte sie mit geschlossenen Augen: »Eine Million. Für eine Million habe ich mich mit dem Plan einverstanden erklärt.«

»Heiliger Strohsack.«

»Aber dann ...«

»Sag jetzt nicht, du hättest keinen Cent genommen«, höhnte Nick, und sie wollte nur noch sterben. Die Heizung sprang an, blies heiße Luft in den Raum, und Kylie glaubte, im Flur eine Tür klappen zu hören.

»Nein«, erwiderte sie und schüttelte den Kopf. »Ich werde nicht lügen. Ich habe den Preis erhöht.«

»Heilige Scheiße.«

»Auf drei Millionen.«

»Du bist unglaublich«, fauchte er, und sie wusste, dass sie alles zerstörte, was sie verband, jeden noch so kleinen Traum von einem Glück mit Nick.

»Und dann? Sind sie darauf eingegangen?«

»Irgendwann.« Damals, in Alex' Jaguar, hatte Marla ihre

Halbschwester ausgelacht. Alex war geschockt gewesen. Sie waren zuvor am Golden Gate Park vorbeigefahren, wo Kylie eine junge Mutter mit einem Buggy sah. Das Kind hatte einen Schnuller im Mund und versuchte, einen schlappohrigen Hund zu streicheln, der an der Leine zerrte. Die Mutter wirkte erschöpft, mit Kind und Hund überfordert, doch in diesem Moment hatte Kylie erkannt, dass sie Marla und Alex belog. Kein Geld der Welt würde die Liebe ersetzen können, die sie für das in ihr heranwachsende Kind empfand, den Wunsch, zu lieben und geliebt zu werden.

»Du bist noch schlimmer als sie«, warf Nick ihr vor. »Schlimmer als Marla.«

Kylie war, als hätte er sie geohrfeigt. »Wahrscheinlich«, gab sie zu. »Doch als ich dann in den Wehen lag, wusste ich es. Vorher hatte ich mir eingeredet, es wäre besser für das Kind, mit beiden Eltern aufzuwachsen, in einer Umgebung, die sich nur die wenigsten leisten können. Ich sagte mir, Marla und Alex wären gute Eltern, vielen Kindern würde es sehr viel schlechter ergehen ...« Sie schnaubte verächtlich angesichts ihrer eigenen Naivität. »Alex hatte mir versichert, dass es dem Kind, wenn es als Cahill aufwuchs, an nichts fehlen würde, während James, wenn ich ihn bei mir behielt, von einer alleinerziehenden Mutter großgezogen würde, die ständig in Geldnot war und immerzu arbeiten müsste. Ich hätte dann nie Zeit für das Kind, und es würde darunter leiden.«

»Was hast du geantwortet?«

»Er solle zum Teufel gehen«, antwortete sie und erinnerte sich an das Entsetzen auf Alex' Gesicht, als Dr. Robertson das Privatzimmer betrat und die Wehen so heftig wurden, dass Kylie nicht mehr klar denken konnte.

»Tatsächlich?«

»Genützt hat es mir nichts. Es war längst zu spät. Das Kind drängte bereits auf die Welt. Alex drohte mir, dass er mir das Leben zur Hölle machen würde, wenn ich auch nur in Erwägung zog, ihn verklagen zu wollen. Ich hätte ohnehin keine Chance zu gewinnen dank der Anwälte, die Cahill Limited zur Verfügung stehen. Sie würden meine ganze Vergangenheit auseinanderpflücken, sämtliche Fehler, die ich begangen habe, aufdecken, die Tatsachen verdrehen und mein Leben in den krassesten Farben darstellen, das alles dem Gericht vorlegen und beweisen, dass ich mich nicht zur Mutter eigne. Bis dahin wäre Conrad längst tot und das Geld damit verloren. Das Kind hätte am meisten dabei zu verlieren.« Kylie schüttelte den Kopf. »Ich kann es nicht glauben, dass ich Alex das alles abgekauft habe. Weißt du, er wies mich sogar darauf hin, dass ich, indem ich Marla mein Kind überließ, meinem Vater schließlich doch noch etwas schenkte, was er sich immer gewünscht hatte – einen Enkel. Wenn das nicht herrlich um die Ecke gedacht ist!« Sie spürte, wie ihre Wangen wieder nass von Tränen wurden. »Ich habe mir sogar noch eingeredet, ich könnte ja weitere Kinder bekommen, könnte dieses Baby problemlos hergeben.«

»Aber du hast es dir anders überlegt.«

»Ja.« Tränenblind sah Kylie zu Nick auf. »O ja. In dem Augenblick, als ich James im Krankenhaus sah, als ich ihn zum ersten Mal schreien hörte, wurde mir bewusst, dass kein Geld der Welt mich von ihm fernhalten konnte. Ich würde es gegen die Familie Cahill samt ihren Anwälten aufnehmen. Ich würde mich verschulden, ich würde alles tun, um James behalten zu können.« Sie sah die Zweifel in Nicks Augen und wusste, dass sie alles verloren hatten, was sie verband. »Nick, ich erwarte nicht, dass du mir glaubst.«

»Ich glaube dir nicht.«

»Schön. Du kannst denken, was du willst, verdammt noch mal, aber so war es.« Kylie konnte sich nicht gegen die Tränen der Beschämung wehren, die über ihr Gesicht liefen. Sie betrachtete ihr Kind, ihr über alles geliebtes Kind, das selig in ihren Armen schlief, ohne etwas von ihrer Not zu wissen. »Ich ... es tut ... es tut mir so leid«, flüsterte sie dem Kleinen zu. Sie blinzelte heftig, wischte die verhassten Tränen mit dem Handrücken fort und sagte: »Menschen mussten sterben ... nur, weil ich so gehandelt habe.« Ihr Kopf dröhnte, als all die gezackten Puzzleteilchen ihres Lebens sich zusammenfügten und sie an eine Zeit erinnerten, die sie lieber vergessen hätte. Sie zwang sich, das Kinn zu recken und der Wut in Nicks Blick ihren eigenen Zorn entgegenzusetzen. »Ich bin nicht die Frau, für die du mich gehalten hast. Ich bin nicht Marla.«

Er lächelte zynisch. »Und das wirft sogleich eine weitere Frage auf. Wo ist Marla, zum Teufel?«

»Ich weiß es nicht«, entgegnete sie und massierte sich die Schläfe. »Doch ... Ich habe gestern Nacht gehört, wie Alex mit ihr gesprochen hat. Ich bin ziemlich sicher, dass sie es war, und er sagte etwas in der Richtung, dass sie sich im Kutschenhaus verstecken solle.«

Nicks Lächeln gefror. »Auf der Ranch?«

»Ich weiß es nicht.«

»Aber ich.« Er zog Kylie auf die Füße. »Komm.«

Sie hätte gern gefragt: *Und was ist mit uns?*, unterließ es jedoch. Es war vorbei. Sie erkannte es in seinen Augen. »Ja. Gehen wir.« Sie durchquerte das Zimmer und öffnete die Tür.

Auf der Schwelle erwartete sie ein Mann, ein großer Mann mit braunem Haar, Sonnenbrille, Kinnbärtchen und einer Waffe mit Schalldämpfer, die auf ihr Herz zielte.

Kylie erstarrte. »Wer sind …?«

»Marla«, sagte er mit der grausigen Stimme, die sie im Krankenhaus und dann noch einmal in ihrem Zimmer gehört hatte. *Stirb, Luder!* Das waren seine Worte gewesen. »Wieso zum Teufel treibst du dich in diesen Slums herum?«, fragte er mit einem kalten, skrupellosen Lächeln.

»Wer sind Sie?«, wollte Nick wissen, doch im nächsten Augenblick erkannte er das Gesicht. Es hatte sich verändert, seit sie Kinder gewesen waren. Nicks Herz setzte einen Schlag aus, als ihm klar wurde, dass er Montgomery Cahill gegenüberstand. Im selben Moment wusste Nick, dass dieser Mann der Mörder war.

»Was ist denn los, lieber Cousin? Hast du einen Geist gesehen?«, fragte Monty.

Nick stürzte sich auf ihn.

»Nein!«, schrie Kylie und drückte ihr Kind an sich.

Monty feuerte.

20.

Kylie schrie.

Das Baby weinte.

Nick brach zusammen.

Blut quoll aus einer Bauchverletzung.

»Du Schwein!« Kylie brach neben Nick in die Knie und tastete nach seinem Puls. »Nick, Nick, bitte …«

»Er ist tot.«

»Nein … das glaube ich nicht.«

»Soll ich ihm eine Kugel in den Kopf jagen, um sicherzugehen?«

Immer noch das Kind im Arm, kam sie auf die Füße und warf sich Monty entgegen. Er wich ihr aus und richtete die Waffe auf James.

Kylie erstarrte mitten in der Bewegung. »Das würdest du nicht tun.«

»Meinst du?«

O Gott, er würde das Baby umbringen. So wie er Nick getötet hatte. »Nein, bitte, tu dem Kind nichts an. Und Nick, wir können ihn nicht einfach hier liegen lassen.«

»Gehen wir, Marla«, drängte Monty mit gereizt zuckenden Mundwinkeln.

»Nein … Ich bin nicht die, für die du mich hältst.«

»Schon in Ordnung, Schätzchen, denn mit mir verhält es sich genauso. Und jetzt kommst du schön ruhig mit mir, oder ich bring den Kleinen um.« Seine Stimme war ton- und ausdruckslos. Er würde nicht zögern abzudrücken. Dessen war sie sicher.

Kylie hatte keine Wahl. Sie wandte sich um und sah Nick im Flur liegen, das Gesicht weiß und eingefallen. Sein Blut floss auf den schäbigen Teppich. »Aber wir müssen den Rettungsdienst rufen, irgendetwas tun, ich kann ihn doch nicht hier liegen lassen ... Nick ... O Gott, Nick ... ich liebe dich.«

»Lass es, Marla. Du weißt nicht, was das Wort bedeutet.« Montgomery packte ihren Arm und zerrte sie zum Aufzug. »Nick«, schrie sie von Grauen geschüttelt. Sie hatte ihn verloren. Jetzt, da sie endlich wusste, wer sie wirklich war. Und nun war er tot. Ermordet. Niedergeschossen. Ihretwegen. »Warum hast du ihn umgebracht?«, schrie Kylie und starb innerlich. Sie durfte Nick nicht verlieren. Nicht, nachdem sie ihn gerade erst gefunden und ihre eigene Identität wiederentdeckt hatte.

»Er war entbehrlich.«

»Entbehrlich?«, flüsterte sie und drückte ihr Kind an sich. Ihr war übel. »Kein Mensch ist ...«

»Maul halten, Fotze«, knurrte Monty in dem gleichen widerlichen Tonfall wie damals, als er sich in ihrem Zimmer über das Bett geneigt hatte. »Dein Lover ist hinüber, und du und ich, wir machen's uns jetzt schön. Wie früher. Und es wird dir gefallen, Baby.« Er strich mit dem Lauf seiner Waffe an ihrer Wange entlang, und sie griff danach, doch da richtete er die Pistole auf den Kopf ihres Sohnes. »Na, na, na. Du willst doch nicht, dass das Gehirn deines Kleinen durch den Aufzug spritzt, oder?«

Kylie hätte sich beinahe übergeben. Sie zitterte, hatte weiche Knie. Die Angst umklammerte ihr Herz mit eisigen Klauen. »Du bist nicht bei Verstand«, sagte sie. Er drückte die Taste fürs Untergeschoss und riss ihr das Kind aus den

Armen. Sie versuchte, James wieder an sich zu nehmen, doch Monty stieß sie gegen die Kabinenwand. Das Baby schrie.

»Entweder kommst du ruhig mit mir, Marla, oder ich nehme den Kleinen hier und bringe ihn vor deinen Augen um, oder, noch besser, ich nehme ihn mit, und du wirst nie erfahren, was aus ihm geworden ist. Kapiert? Du wirst niemals erfahren, ob er lebt, ob er tot ist oder ob ich ihn Tag für Tag quäle. Du wirst den Rest deines Lebens in deiner ganz privaten Hölle zubringen.«

»Ich bringe dich um!«, schrie Kylie mit einem Blick auf den Alarmknopf an der Schalttafel der Kabine, wohl wissend, dass sie ihn nie betätigen, niemals das Leben ihres Sohnes riskieren würde.

Montys Grinsen war Bosheit pur. »Versuch's doch, Luder.« Sie ließ die Arme sinken. »Was ... was willst du?«

»Das Gleiche wie du, Marla. Alles. Eben alles, verdammt noch mal.« Sein Blick glitt über ihren Körper. »Ich will, was mir zusteht.«

Ihr war übel. »Du hast versucht, mich umzubringen. Du bist Pam auf dem Highway 17 vors Auto gesprungen, und dann warst du in meinem Krankenzimmer. Du hast Gift in meinen Saft gegeben.«

»Das war nicht einfach. Ich musste mich in dein Zimmer schleichen, aber es war ja nicht das erste Mal.«

Sie erinnerte sich an die Gestalt, die sie in ihrem Fenster gesehen hatte. »Es ist dir nicht gelungen«, fauchte sie Monty an, nicht willens, sich einschüchtern zu lassen.

»Zunächst nicht.« Er wandte sich dem Baby zu. »Sei still, Kleiner. Verdammt noch mal, sei still!«

»Er ist ein Baby!«

»Nicht irgendein Baby. Er ist Conrad Amhursts verdammter Enkel. Scheiße«, stieß er hervor, als die Kabine ruckartig zum Stehen kam.

In Kylies Kopf drehte sich alles. Sie suchte verzweifelt nach einer Fluchtmöglichkeit, als Monty sie zur Tür hinaus in die Tiefgarage stieß, in der es nach Motoröl und Abgasen stank. »Hier entlang«, drängte er und zerrte sie eine Betontreppe hinauf und hinaus auf die Straße, wo der Wind um die Gebäude fegte und der Himmel so dunkel war, als wäre es mitten in der Nacht. Kylie dachte an Marla und Alex, Eugenia und Phil Robertson, Cherise und Donald Favier. Wie viele Menschen waren an dieser tödlichen Verschwörung beteiligt? Und wie viele waren wegen Conrad Amhursts Geld gestorben? Pam Delacroix. Charles Biggs. Und jetzt Nick. Ihr geliebter Nick. Ihretwegen.

Aufgrund von Habgier.

Weil Kylie immer eine andere hatte sein wollen.

Jetzt taumelte sie in den windigen Morgen hinaus, ein Auge auf Montgomerys in der Parkatasche verborgene Waffe gerichtet, das andere auf ihr Kind. Konnte sie es riskieren, um Hilfe zu rufen, und ihr Kind an sich zu reißen? Nein ... Ihr blieb nicht genug Zeit.

»Versprich mir, dass du dem Kleinen nichts tust«, flehte sie. »Bring ihn zurück in die Wohnung und lass ihn dort, oder ruf ein Taxi und gib dem Fahrer Geld, damit er ihn ...«

»Schnauze!«, fuhr Monty sie mit blitzenden Augen an. »Der Kleine bleibt bei mir.«

»Aber ...«

»Steig ein«, knurrte er, als sie bei seinem dunkelblauen

Jeep angelangt waren. Bei dem Fahrzeug, das ihnen, wie Nick glaubte, gefolgt war, das vor der Kirche, in der Donald Favier predigte, geparkt hatte. Ihr blieb keine Wahl. Abgestandener Zigarettenrauch mischte sich mit Ölgeruch. Alte Fast-Food-Verpackungen und Bierflaschen lagen auf dem Boden vor dem Rücksitz. »Schnall dich an«, befahl Montgomery, als er sich hinters Steuer setzte, das zappelnde, weinende Kind im Schoß. Kylie wollte das Baby an sich nehmen und erhielt dafür einen schmerzenden Schlag mit dem Kolben der Pistole aufs Handgelenk.

»Keine Tricks«, warnte Monty. »Versuch gar nicht erst auszurücken.« Mit einer Hand drehte er den Zündschlüssel, mit der anderen hielt er das strampelnde Baby fest. »Wenn ich auf die Bremse trete, bringt entweder der Airbag den Kleinen um, oder er fliegt durch die Windschutzscheibe. Wie Pam.«

Das Entsetzen fuhr Kylie in die Glieder. Sie wagte nicht, sich zu bewegen, tat alles, was er verlangte. Der Motor sprang an, und James fing aus Leibeskräften an zu schreien. Monty fuhr an und trat aufs Gas. Der Jeep dröhnte bergauf. Das Kind weinte, und Kylie war hilflos, konnte nichts tun. Sie dachte an Nick. Er war wahrscheinlich längst tot, und bald würde ihr Kind ebenfalls sterben. Wenn sie nicht tat, was Monty wollte. Oder … O Gott, würde sie das fertigbringen? Mit diesem widerlichen Mörder zu schlafen? Konnte sie sich als eine Frau ausgeben, die sie nicht war, so wie sie Alex am Vorabend Verwirrung vorgespielt hatte? Sie musste würgen. Übelkeit stieg in ihr auf, und sie wusste in ihrem Herzen, dass sie alles tun würde, um ihren Sohn zu retten.

Selbst wenn es bedeutete, dass sie den Dreckskerl verführen musste, der James' Schicksal in seinen schmutzigen, grausamen Händen hielt.

»Was zum Teufel ist hier passiert?«, brüllte Paterno. »Ruft den Notarzt. Einen Rettungswagen!« Paterno lag auf den Knien, tastete nach dem Puls, wusste, dass Nick Cahill im Begriff war, im Flur vor Kylie Paris' Wohnhaus zu sterben. »Durchhalten«, sagte er, und die Lider des am Boden liegenden Mannes hoben sich flatternd. Im Flur wurden Türen geöffnet. Janet Quinn telefonierte bereits.

»Kylie«, flüsterte Nick, hob mühsam eine Hand und krallte die Finger in Paternos Hemd und Krawatte.

»Ich weiß. Nicht reden.« Der Detective öffnete Cahills Jacke und Hemd, sah den dunklen Ring der Einschusswunde und das Blut, das immer noch herausquoll. Schussverletzung. »Wer war das?« Er zog sein Taschentuch und versuchte die Blutung zu stillen.

»Marla ... Kylie ... Montgomery«, stieß Nick hervor.

»Mist, er ist nicht bei sich.«

»Monty«, wiederholte Nick. Seine Augen wurden glasig. »Er hat sie.«

»Wer? Wo sind sie? Wo ist Marla?«

»Die Ranch ... Cahill Ranch ... Aber Kylie ... Sie müssen sie finden ...« Nick verlor das Bewusstsein.

»Der Rettungsdienst ist auf dem Weg«, sagte Janet, beugte sich herab und fühlte an Nicks Hand, die Paternos Hemd losgelassen hatte, den Puls.

»Höchste Zeit.« Paterno glaubte nicht, dass Nick überlebte. Ein weiteres Opfer auf dem Konto des Mörders.

»Herrgott«, flüsterte Janet, als sie die Wunde sah und Paternos blutgetränktes Taschentuch. »Das schafft er nicht.«

»Damit kommst du nie im Leben davon«, sagte Kylie, als Montgomery ins Handschuhfach langte und den elektronischen Toröffner herausnahm, der nicht nur das Tor zum Anwesen der Cahills, sondern auch die Garagentür aufschwingen ließ. »Im Haus wimmelt es von Personal.«

»Ach ja? Tja, die alte Dame hält sich in Cahill House auf und bereitet die jährliche Party vor, Lars ist angewiesen, sie zu fahren, wohin sie will, die Kleine ist in der Schule, und Alex trifft Vorkehrungen wegen der Beerdigung deines Vaters. Das restliche Personal hat frei – weil der Alte gestorben ist.«

Allein? Sie würde mit ihm *allein* sein?

»So bist du also ins Haus gekommen«, bemerkte sie mit einem Blick auf den Türöffner. »Alex ... hat er ihn dir gegeben?«

»Kluges Mädchen«, erwiderte Monty und bettete James in seinen Arm. »Gehen wir rein.«

»Und dann?«, fragte sie. »Was willst du?«

»Geld.«

»Ich habe keines.«

»Aber du hast Zugang ... über den Computer. Du brauchst nur ein paar Überweisungen zu tätigen.« Er streifte sie mit einem Blick. »Was sind schon ein paar hundert Riesen für das Leben deines Kleinen?«

»Ich kann mich nicht mal in das verdammte Ding einloggen«, wandte Kylie ein. »Ich ... kenne die Passwörter nicht.«

»Doch, natürlich. Du hast es doch schon hundertmal getan. Ich habe es selbst gesehen.«

»Nein, ich kann es nicht. Ich bin nicht Marla.«

»Ach ja. Das sagtest du bereits.«

»Aber es stimmt. Wir haben die Rollen getauscht …«

»Still, du Miststück!«

Kylie war verzweifelt. Es gab keinen Ausweg aus dieser Situation. Monty hielt sie für Marla. Sie konnte nichts tun, um es ihm auszureden. Er nahm an, dass sie ihm von ihren und Alex' Konten Geld überweisen konnte, aber es war unmöglich. O Gott, was sollte sie tun? »Aber ich erinnere mich nicht«, beteuerte sie erneut.

Seine Augen hinter der Sonnenbrille verengten sich. »Ich kenne das Passwort zum Teil. Du wirst dich erinnern. Und jetzt«, sagte Monty und parkte den Jeep an der für Marlas Porsche reservierten Stelle, »gehen wir.« Er zerrte Kylie aus dem Fahrzeug, hielt mit einer Hand das Baby und richtete mit der anderen die Pistole in der Jackentasche auf Kylie. Sie erwog, sich auf ihn zu stürzen, doch damit würde sie nichts erreichen und höchstens ihren Sohn gefährden. Sie sah sich nach einer Waffe um, doch außer ein paar Radkappen an der Wand, einem Schraubstock auf einer Werkbank und einem Montierhebel außerhalb ihrer Reichweite entdeckte sie nichts.

Sie war dem Untergang geweiht. Wenn sie die Dateien nicht öffnen konnte, würde er wütend werden und … und … o nein, sie durfte nicht daran denken, was er James antun würde. Die Aufzugtüren öffneten sich, und er stieß sie in die Kabine. James weinte laut, und Monty war gereizt. »Halt die Klappe«, knurrte er den Säugling an.

»Er ist müde.«

»Pech. Bring ihn zum Schweigen.«

»Dann gib ihn mir.« Kylie streckte die Arme nach dem Kind aus, doch Monty schleuderte sie gegen die Rückwand der Kabine und drückte mit dem Schalldämpfer seiner Pistole auf die Taste zum zweiten Stock.

»Finger weg.«

Vielleicht hielt sich jemand vom Personal im Flur auf. *Vielleicht ist Monty nicht richtig informiert über die Zustände im Haus*, dachte sie verzweifelt, griff nach jedem rettenden Strohhalm, der sich ihr bot. Vielleicht war Fiona noch da, oder Rosa saugte Staub. Carmen ... wo mochte Carmen sein? Sie hatte das Haus doch bestimmt nicht verlassen? *Bitte, lieber Gott, lass jemanden da sein und mir helfen!* Die Lifttür öffnete sich. »Los«, knurrte Montgomery, und das Baby beruhigte sich. Der Flur war leer und nur von wenigen Lampen spärlich beleuchtet. Kein Geschirrklappern, keine gedämpften Stimmen, keine Schritte störten die Totenstille. Monty schob Kylie in die Suite und schloss die Tür hinter sich. »Na also«, sagte er und schaute sich um. »Hier hat sich nicht viel verändert, wie?« Sein Lächeln war brutal. Schmutzig. Voll grauenhafter Versprechen. »Du und ich, wir haben hier einige Zeit verbracht. Viel Zeit sogar.«

Bei der Vorstellung wollte sich ihr der Magen umdrehen. »Ich erinnere mich nicht.«

»Nicht?« Das ließ ihn stutzen. Seine Oberlippe verzog sich unter dem Schnauzbart zu einem höhnischen Grinsen. »Tja, das geht aber nicht, oder? Vielleicht sollte ich deiner Erinnerung mal auf die Sprünge helfen.«

O Gott, das war ihre Chance. Wenn sie den Mut aufbrachte. Tief in sich hineinblickte. Sich an die alte Kylie erinnerte, die Tollkühne, die Frau, die vor nichts zurückschreckte, um zu bekommen, was sie wollte. »Und wie willst du das anstellen?«, fragte sie und zog eine Braue hoch.

»Ich habe da so meine Methoden.«

»Leeres Geschwätz, Monty«, entgegnete sie, und er zögerte, durchschaute ihren Plan offenbar nicht.

»Wir werden sehen«, sagte er. »Warte hier.« Langsam legte er James auf dem Teppich nieder.

»Was hast du vor?«

»Du wirst schon sehen.«

»Bitte, bitte, tu ihm nicht weh.«

»Ich tu ihm nichts. Solange du tust, was ich verlange.«

»Versprich mir, dass du ihm nichts tust«, flehte Kylie in Panik.

»Okay, ich verspreche es.« Seine Augen glitzerten bösartig. Sie traute ihm nicht. Innerlich zitterte sie, sehnte sich nach ihrem Kind, das neben dem Kaffeetisch lag. »Komm jetzt, hierher.« Monty wies mit der Pistole auf das Schlafzimmer. »Komm schon, Marla.«

Tu, was er sagt. James ist hier in Sicherheit. Vielleicht kommt jemand vorbei ... sofern überhaupt jemand im Haus ist. Das Herz klopfte ihr bis zum Halse, als sie durch die offene Tür trat und Monty ihr ins Zimmer folgte, in Marla Cahills Schlafzimmer mit perfekt aufeinander abgestimmten Vorhängen und Bettdecken. Er warf einen Blick auf das Himmelbett und verzog die Lippen zu einem Grinsen. »Okay, Miststück, hier hat alles mit uns beiden angefangen. Vielleicht ist es an der Zeit, es hier zu Ende zu bringen.«

Kylie schluckte ihre Angst hinunter und sah ihn an. »Wenn du meinst, dass das eine gute Idee ist.«

»Ich finde, das ist eine verdammt gute Idee«, bekräftigte er. Dann hielt er den Lauf der Pistole an ihre Schläfe, packte Kylie mit der freien Hand, zog sie an sich und küsste sie brutal auf den Mund. Er schmeckte nach kaltem Rauch und Kaffee, und ihr wurde übel. Doch Kylie schloss einfach die Augen und schaltete ihre Sinne aus in dem Wissen, dass sie ihn, wenn sie einmal im Bett waren, in eine Situation bringen konnte, in der er wehrlos war. Vielleicht schaffte sie es, ihm die Waffe zu entwenden oder ... unter die Matratze zu greifen und Alex' Pistole zu nehmen.

Montys Hand strich grob über ihre Kleidung, er griff an ihre Brüste, tastete sich vor. »Komm schon, Baby.« Er drängte sie in Richtung Bett. In den Kniekehlen spürte sie die Matratze. »Zeig, was du kannst. Ich erinnere mich, dass du den besten Blowjob machst, den ich je erlebt habe.«

Kylie stöhnte, während sie sich innerlich verkrampfte. Sie fielen zusammen aufs Bett. In dem Augenblick warf sie den Arm herum und wölbte sich ihm entgegen. Er küsste sie heftig auf den Mund, und sie schaltete die Gegensprechanlage ein, dann drückte sie Monty an sich, als könnte sie nicht genug von ihm bekommen. Ohne die Pistole loszulassen, riss er ihr mit der freien Hand die Bluse auf und rieb ihre Brüste, kniff durch den BH hindurch in ihre Brustspitzen. Sie spielte ihm einen Sinnenrausch vor, den sie keineswegs empfand, zog ihm den Parka und das Sweatshirt aus, strich über seine Rippen und fuhr mit den Fingern durch sein krauses Brusthaar.

»O ja, Baby«, murmelte er und senkte halb die Lider, die

Pistole immer noch fest in der Hand, den Lauf an Kylies Hals gelegt.

Sie tastete sich tiefer hinab und öffnete den Reißverschluss über seiner harten, drängenden Erektion.

Ich kann das nicht, dachte sie verzweifelt, berührte ihn aber trotzdem mit den Fingern, streichelte ihn zuerst sanft, dann heftiger und hörte ihn aus tiefer Kehle stöhnen. *Lieber Gott, hilf mir.* Mit der freien Hand griff sie unter die Matratze, tastete, reckte die Finger nach dem kalten Metall.

»Gut so, Baby, und jetzt lutsch mich«, befahl Monty, und sie fürchtete, sich übergeben zu müssen.

»Zieh deine Hose aus«, verlangte sie mit zitternder Stimme. »Nein, mach du das.«

Kylie zwang sich, ihm zu Willen zu sein, musste beide Hände benutzen. Der Lauf seiner Pistole glitt ein wenig ab. Sie wand sich, als ob es sie erregte, ihn auszuziehen, und als sie seine Jeans herabzog, strich sie mit den Fingern an den Innenseiten seiner Schenkel hinab.

»Gut so, gut so«, knurrte er. Wieder schob sie eine Hand über die Bettkante, fand die Waffe und bemühte sich schwitzend, voller Angst, dass er ihre Absicht erkannte, sie an den Rand des Sprungrahmens zu ziehen, damit sie sie sicher ergreifen konnte. Montys Griff um die Pistole lockerte sich; er ließ sie zwar nicht los, drückte sie aber nicht mehr an Kylies Hals. Sie sagte etwas Frivoles an seinem Bein. »Du weißt, dass ich es will«, keuchte sie. »Kein Mann war je so gut wie du, Monty. Ich wollte es einfach nicht glauben.«

»Beweis es mir. Lutsch mich.«

Hilfe, betete sie stumm, begab sich in Position und zog mit aller Kraft das Knie hoch. Heftig. Traf seine Hoden.

Monty brüllte vor Schmerz und rollte sich zusammen. Die Waffe fiel vom Bett. »Du verfluchtes Miststück!«, keuchte er und tastete nach der Pistole.

Kylie zog Alex' Pistole hervor und entsicherte sie.

»Du Luder! Dafür sollst du bezahlen!«, schrie er, fand die Pistole wieder und ergriff sie.

Kylie zögerte nicht lange. Aus nächster Nähe feuerte sie.

Krach!

Der Schuss löste sich. Montys Arm platzte auf. Er schrie vor Schmerzen. Blut und Knochensplitter spritzten aufs Bett, auf Kylie, an die Wand und den spitzenbesetzten Betthimmel. Monty wälzte sich von ihr fort. Die Wunde an seinem Arm blutete stark.

Irgendwo in der Nähe weinte das Baby, Schritte donnerten durchs Haus, näherten sich. Endlich kam Hilfe.

Schluchzend, keuchend wälzte Kylie sich von dem grausigen Bett und hielt die Waffe auf Monty gerichtet. Nackt, wie er war, gelang es ihm, auf die Füße zu kommen. Als er einen Schritt auf Kylie zu machen wollte, behinderte ihn die Jeans, die seine Füße fesselte. »Komm nicht auf dumme Gedanken!«, warnte Kylie, bereit, noch einmal abzudrücken, obwohl die Waffe in ihrer Hand zitterte. Er stürzte zu Boden, atmete schwer und stöhnte vor Schmerz.

»Keine Bewegung.«

Mit einem Stöhnen verlor Monty das Bewusstsein.

Sie stand auf dem Teppich, als die Tür aufgestoßen wurde.

Und aller Mut verließ sie.

Halb nackt stand sie ihrer Halbschwester gegenüber, der Frau, die sie ein Leben lang beneidet hatte. Und Marla war nicht allein. In ihren Armen lag blinzelnd und weinend Kylies Sohn, James.

»Wa-was tust du hier?«, stammelte sie.

»Das hier ist mein Haus.«

»Aber ...«

»Ich bin gekommen, um meinen Sohn zu holen, Kylie.«

»Nimm ihn mir nicht weg«, flehte Kylie. Alex schlüpfte zur Tür herein.

»Zu spät, Kylie.« Sein Lächeln war eiskalt, das Gewehr in seiner Hand tödlich. Er legte es an die Schulter und zielte damit auf Kylie. »Wie ich dieses Szenario interpretiere, haben du und dein Lover, Montgomery, versucht, unseren Sohn zu stehlen, ihn zu kidnappen und Lösegeld zu verlangen. Alles ist schiefgegangen. Montgomery hat versucht, dich reinzulegen, und ihr habt euch gegenseitig umgebracht.«

Kylie richtete die Waffe auf Alex, der nur lachte.

»Gut so, mach schon, versuche, mich oder Marla zu erschießen ... Dadurch wird meine Geschichte nur noch glaubwürdiger, dass ich dich umbringen musste, um mein Heim und meine Familie zu schützen. Und vergiss nicht, das Kind könnte verletzt werden, wenn ihm die Kugeln um den Kopf pfeifen. Das Risiko willst du doch sicher nicht eingehen.«

»Warum tut ihr das?«, fragte Kylie. In ihrem Inneren tobten Ärger und Wut.

»Hast du wirklich jemals geglaubt, ich würde dir dieses Kind überlassen?«, entgegnete Marla. »Es hat mich fast umgebracht, dich zu bitten, mein Kind auszutragen.« Marla hatte ihr Haar genauso geschnitten wie Kylie, und sie sahen einander so ähnlich, dass sie wirklich nicht zu unterscheiden waren. Das alles war so widerlich.

»Woher wusstest du, wohin ich in jener Nacht fahren wollte ... nach unserem Streit im Foyer?«, erkundigte sich Kylie in dem Versuch, Zeit zu gewinnen, um einen Plan zu entwickeln, wie sie Marla das Kind entreißen und flüchten konnte.

»Glaubst du, wir hätten nicht gewusst, dass du den Köder nehmen und nach Monterey fahren würdest?«, fragte Alex. »Herrgott, auch das war eine Falle, die wir dir gestellt haben. Ich habe so getan, als hätte Marla mich angerufen. Ich dachte mir, dass du unser Gespräch mit anhören und die richtigen Schlüsse daraus ziehen würdest – zumindest zur Hälfte – und dass du die telefonische Antwortfunktion benutzen würdest, um festzustellen, dass das Gespräch aus dieser Frühstückspension kam.«

»Aber du warst gar nicht dort, oder?«, spekulierte Kylie in Erinnerung an das Gespräch und sah Marla an.

»Nein. Sobald du aufgebrochen warst, hat Alex Montgomery angerufen, und er bezog daraufhin seinen Posten am Highway 17.« Marlas Augen glänzten, als hätte sie eben einen bedeutsamen Sieg davongetragen.

»Aber ich hätte eine andere Strecke nehmen können«, gab Kylie zu bedenken.

»Wir sind dir gefolgt«, erklärte Marla. »Alex, James und ich. In einem Mietwagen. Wir sind dir bis zur Haight Street gefolgt und haben gesehen, wie du in Pams Mercedes gestiegen bist. Von da an war es ganz einfach – wir brauchten nur Monty anzurufen und ihn vorwarnen. Die Sache mit Pam war ein Glückstreffer. Wir hätten sie sonst gesondert erledigen müssen, weil sie die Anwältin deiner Wahl war und dich nicht nur vor Gericht vertreten, sondern auch dieses verfluchte Buch veröffentlichen wollte. Wenn du bei dem Unfall auch nicht ums Leben gekommen bist, waren wir doch zumindest schon mal Pam los.«

Kylies Finger krallten sich in die blutige Bettdecke. Gab es denn keinen Ausweg mehr? *Denk nach, Kylie. Denk nach!* »Warum wollte Monty mich umbringen?«

»Dich doch nicht«, erwiderte Alex. »Marla. Er wollte Marla umbringen, weil sie ihn verraten hatte und weil er Geld brauchte. Monty hatte ein ziemlich kostenintensives Faible für Kokain.«

Kylie stützte den Kopf in die Hände. Doch sie wusste, dass sie nicht aufgeben, den beiden nicht den Sieg überlassen durfte. Ihre Gedanken rasten, sie suchte nach einer Möglichkeit, Alex das Gewehr zu entreißen, ohne James zu gefährden. »Und Cherise war eingeweiht?«

»Nein, sie wusste nichts davon«, antwortete Marla mit einem abschätzigen Lachen. »Aber sie ist nun mal ein Dummerchen. Wie ihr bescheuerter Bruder. Ich habe ihn benutzt, verstehst du? Als Alex kein Interesse mehr an mir hatte, habe ich Monty benutzt, um es Alex heimzuzahlen.«

»Du bist manchmal wirklich ein Luder«, erklärte ihr Mann, doch in seiner Stimme klang etwas wie Zuneigung und Stolz durch, was Kylie widerwärtig fand. Sie waren alle krank im Kopf. Pervers. »Schluss jetzt, wir müssen leider die .38er einsetzen.« Alex stieß die Waffe mit der Fußspitze in Marlas Richtung. »Erledige du das. Stell dich zu Monty und schieß sie ab.«

Marla schnappte nach Luft. »Das kann ich nicht.«

»Du musst.«

»Nein, Alex. Ich … ich kann nicht abdrücken.«

»Herrgott noch mal!«

Er trat vor. Ein dumpfer Knall peitschte auf. Alex' Körper zuckte wild. Er stürzte zu Boden und ließ das Gewehr fallen.

»Nein!«, schrie Marla. Monty, seine Pistole noch in einer Hand, sank zurück und schloss die Augen.

Kylie stürzte sich auf das Gewehr, bekam es zu greifen und sprang auf die Füße. Sie richtete es auf Monty, doch der Mann regte sich nicht. Sie durchquerte das Zimmer und stieß die Pistole mit dem Fuß ins Badezimmer, dann wich sie, die Waffe auf Monty gerichtet, zurück und wäre beinahe über Marla gestolpert, die neben ihrem Mann in die Knie gesunken war und sich über ihn gebeugt hatte. »Gib mir meinen Sohn«, verlangte Kylie.

»Aber Alex, er ist verletzt.«

»Soll er doch verbluten. Gib mir meinen Sohn!« Kylie stand vor Marla und riss ihr James aus den Armen. Marla schluchzte jetzt, hielt weinend Alex' Kopf im Schoß. Das Blut quoll ihm aus dem Mund. Das Baby schrie aus Leibeskräften, und Kylie hielt es fest an sich gedrückt.

»Das alles ist deine Schuld!«, schrie Marla sie an.

»Da irrst du dich«, entgegnete Kylie. »Es ist deine Schuld.«

Von der Treppe her waren Schritte zu hören, dann polternd im Flur. *Gott sei Dank!* Die Tür zur Suite wurde aufgestoßen. Tom stürzte ins Zimmer. Entsetzt prallte er zurück, sah das zerwühlte, blutverschmierte Bett, Kylie halbnackt, Alex und Marla und den nackten Verletzten in der Ecke am Boden. »Was zum Teufel …?«

»Rufen Sie die Polizei!«, befahl Kylie. Monty stöhnte, Alex atmete rasselnd.

Tom rührte sich nicht.

»O Gott, Liebling, du darfst nicht sterben«, schluchzte Marla gebrochen. »Jetzt doch nicht. Wir haben doch endlich alles erreicht.«

Monty wälzte sich herum und versuchte aufzustehen. »Einen Schritt nur, Scheißkerl, und ich puste dich weg, ich schwör's!«, warnte Kylie ihn scharf, dann fuhr sie Tom an: »Rufen Sie die Polizei, verdammt noch mal! Auf der Stelle!«

»Sie ... sie ist schon auf dem Weg«, antwortete Tom mit aschfahlem Gesicht. »Ich habe alles auf der Gegensprechanlage mit angehört, als ich in die Küche kam, und von dort gleich den Notdienst verständigt. Ich ... ich habe Verbandszeug in meinem Zimmer.«

»Dann holen Sie es.«

»Sie kommen zurecht?«

»Ja! Gehen Sie schon!«

Endlich begriff Tom und stürzte aus dem Zimmer. Irgendwo in einem anderen Teil des Hauses bellte Coco. Weit entfernt am Fuß des Berges jaulte die Sirene eines Rettungswagens. Alex stieß einen letzten rasselnden Atemzug aus. Marla schluchzte gebrochen, Tränen strömten aus ihren Augen. Montgomery stöhnte. Seine Unterarmknochen waren zerschmettert. Aller Kampfgeist schien ihn verlassen zu haben. »Was hattest du gleich gesagt? Dass du alles willst? Dass du es verdient hättest?«, fauchte Kylie Monty an. Die Pistole, die sie auf seinen erbärmlichen nackten Körper gerichtet hielt, zitterte in ihrer Hand. »Tja, wie es aussieht, kriegst du jetzt endlich, was du verdient hast. Du wirst zur Hölle fahren.« Sie warf einen Blick auf ihre Halbschwester. Tränen flossen über Marlas Gesicht, lösten ihre Wimperntusche und den Eyeliner auf, während sie um das Leben ihres Mannes bangte.

»Alex, bitte, du darfst nicht sterben.«

Kylie stand vor ihrer Halbschwester, James fest an sich gedrückt. Beinahe empfand sie Mitleid mit Marla Amhurst Cahill.

Beinahe.

Aber nicht ganz.

Fast drei Stunden später saß Kylie auf der Intensivstation des Bayview Hospital an Nicks Bett. Er rührte sich nicht, und die Schläuche, an die sein Körper angeschlossen war, erinnerten sie daran, wie vergänglich das Leben ist.

»Du darfst nicht sterben«, ermahnte sie ihn, verschränkte ihre Finger mit seinen und kämpfte gegen die heißen Tränen, die ihr in der Kehle steckten und überzufließen drohten. »Hörst du, du darfst nicht sterben!«

»Mrs Cahill, da ist Besuch für Sie«, sagte die Schwester.

»Ich will niemanden sehen. Und ich bin nicht Mrs Cahill. Ich heiße Kylie. Kylie Paris.« Und sie liebte Nick. Was auch kommen mochte, sie konnte den Gedanken, ihn zu verlieren, nicht ertragen. »Halte durch«, bat sie und drückte seine Hand.

»Es ist jemand von der Polizei«, erklärte die Schwester. »Detective Paterno.«

Kylie hob den Blick und erkannte durch die Glastür das Jagdhundgesicht des Detective, der zu ihr hinüberschaute.

»Ich bin gleich zurück«, versprach sie Nick, obwohl sie wusste, dass er sie nicht hören konnte.

Sie hastete aus dem Raum und hätte den Polizisten beinahe umgestoßen. »Kann ich meine Aussage nicht später machen?«, fragte sie mit einem Blick zurück durch die Glastür auf Nick.

»Deswegen bin ich nicht gekommen.«

»Warum dann? O Gott, dem Kleinen ist doch nichts geschehen?« Panik erfasste sie.

»Nein, nein. Soweit ich informiert bin, ist er noch bei seiner Großmutter und dem Kindermädchen. Ihm geht es gut. Eugenia musste ruhiggestellt werden, doch das Kindermädchen, Fiona, sie hat Mumm. Sie und Carmen halten die Festung.« Paterno schob sich eine Stange Kaugummi in den Mund. »Wie geht's Nick?«, fragte er mit einer Kopfbewegung in Richtung Tür.

»Angeblich ist er stabil«, sagte Kylie, war selbst jedoch nicht restlos davon überzeugt. »Die Kugel hat seine Milz durchschlagen, vor ein paar Stunden ist er operiert worden. Der Chirurg sagt, er würde es schaffen, aber ...« Sie blickte angstvoll über ihre Schulter. »Er wacht nicht auf.«

»Er kommt durch. Er ist zäh wie altes Leder«, versicherte Paterno. »Aber jetzt sollten Sie mich begleiten. Da ist jemand, mit dem Sie vielleicht reden möchten.«

»Marla«, flüsterte sie, und erneut brodelte heiße Wut in ihren Adern, als sie an ihre Halbschwester dachte, die den Babybetrug ausgeheckt hatte, die Frau, die Kylie schon immer hatte übertrumpfen wollen, die Feindin, die sie umbringen lassen wollte. Wegen Marlas und Alex' blinden, egoistischen Ehrgeizes hatten Pam Delacroix und Charles

Biggs völlig unnötigerweise sterben müssen, hatte Alex selbst den letzten Atemzug getan, Conrad Amhurst ein bisschen früher als nötig diese Welt verlassen, kämpfte Nick jetzt um sein Leben.

»Ja. Nachdem ihr Mann nun gestorben ist, redet sie, aber sie verlangt einen Anwalt. Sie gesteht den Plan mit der vorgetäuschten Schwangerschaft. Ihres Erachtens war es ein Glücksfall, dass Sie Ihr Erinnerungsvermögen verloren hatten, und dann haben sie Sie mit Drogen vollgepumpt, damit Sie sich nicht erinnerten. Allerdings sind ihnen doch ein paar Fehler unterlaufen.«

»Der Rubinring.«

»Den hat sie auch erwähnt.« Paterno nickte. »Am nächsten Tag hat Alex ihn zurück in Ihren Schmuckkoffer gelegt.«

»Und ich dachte, ich würde den Verstand verlieren.«

»Sie weiß allerdings nicht, wie Sie sich Zugang zu Alex' Büro verschafft haben.«

»Ich habe den Schlüsselring meiner vermeintlichen Schwiegermutter an mich gebracht. ... War sie auch eingeweiht?«

»Nein. Sie hat eine völlig weiße Weste«, versicherte der Detective. »Die alte Dame ist entrüstet und entsetzt. Sie wusste, dass Alex und Marla Probleme hatten und dass die Firma in Schwierigkeiten steckte, wusste aber nicht, wie weit alles schon fortgeschritten war. Ich habe mit ihr gesprochen, und sie war ziemlich erschüttert, aber der Pfleger, dieser Tom, hat ihr ein Beruhigungsmittel gegeben und kümmert sich um sie.«

»Gut. Und was ist mit Dr. Robertson?«

»Wir vernehmen ihn noch. Er spielt eine große Rolle in

diesem Fall. Wahrscheinlich verliert er seine Zulassung und wandert in den Knast. Was den Mann betrifft, den Sie für Ihren Gatten gehalten haben: Alex war heute früh schon im Pflegeheim und hat Vorkehrungen für Conrad Amhursts Begräbnis getroffen. Er hatte bereits seinen Anwalt angerufen, brannte darauf, sich schnellstens die Erbschaft bestätigen zu lassen. Doch das alles ist jetzt Schnee von gestern. Sollen sich die Anwälte damit auseinandersetzen.«

»Ich wollte, es wäre endlich vorbei«, gestand Kylie.

»Irgendwann ist es vorbei. Eines Tages.« Paterno streifte sie mit einem Blick. »Wissen Sie, hier ging es einzig um Geld. Die Cahills standen kurz vor dem Bankrott, Alexander hatte eine Menge Geld an der Börse und durch Fehlinvestitionen verloren, hinzu kommt das Schweigegeld – an den Reverend Favier ...«

»Der Reverend Donald«, flüsterte Kylie.

»Ja, Schweigegeld an ihn und an Monty und Phil Robertson. Da kam einiges zusammen. Die Spenden an sein Krankenhaus und an Cahill House fielen ebenfalls sehr üppig aus; auch das war Schweigegeld. Alex' einzige Chance, sich zu sanieren, bestand darin, dass Marla erbte. Als Sie sich weigerten, ihm und Marla das Kind zu überlassen, stand er vor dem finanziellen Ruin. Das wollte er nicht zulassen, und deshalb hatte er Monty angeheuert, um ›Marla‹ zu töten, mit der Monty vor ein paar Jahren eine Affäre hatte, bis sie ihn irgendwann abservierte. Sogar Monty wurde hinters Licht geführt. Er hat nicht gewusst, dass Sie gar nicht die Frau waren, die er umbringen wollte, bis er Marla heute ins Schlafzimmer kommen sah.«

»Wo ist er?«, erkundigte sich Kylie.

»In einem anderen Krankenhaus. Unter Bewachung. Seinen rechten Arm wird er nicht mehr gebrauchen können, aber das ist auch egal. Meiner Ansicht nach wandert er für den Rest seiner Tage hinter Gitter. Seine Schwester ist bei ihm. Sie ist natürlich schockiert, doch sie betet für sein Seelenheil.« Paterno schnaubte verächtlich. »Sie wird unzählige Gegrüßet-seist-du-Maria und Vaterunser beten müssen, damit der da oben Montgomerys schwarzer Seele vergeben kann.«

»Ich glaube nicht, dass in der Dreifaltigkeitskirche der Rosenkranz gebetet wird.«

»Vielleicht sollten sie das schnellstens einführen. Bei uns Katholiken wirkt es Wunder«, bemerkte der Detective.

Im Aufzug fuhren sie hinunter in die Tiefgarage. Paterno führte Kylie zu einem Streifenwagen. »Das ist nicht das übliche Prozedere, müssen Sie wissen.«

»Aber Sie sind ja auch nicht unbedingt ein Cop, der sich an die Regeln hält, nicht wahr?«

»Genau.« Sie blickte durch das Fenster und sah in das Gesicht ihrer Halbschwester.

»Sie beide sehen sich wirklich sehr ähnlich«, bemerkte Paterno.

»Ein Fluch.«

Marla kniff in stummer, hitziger Wut die Augen zusammen. Ihr Make-up war verwischt, und wenn Blicke hätten töten können, wäre Kylie längst hinüber gewesen. »Wollen Sie ihr noch etwas sagen?«, fragte Paterno, und Kylie schüttelte den Kopf.

»Es ist längst alles gesagt«, erwiderte Kylie laut, und der Neid, den sie früher Marla gegenüber empfunden hatte, verwandelte sich in Mitleid und Abscheu. »Ich muss wieder hinauf zu Nick.«

»Ich dachte nur, Sie hätten vielleicht gern Gelegenheit gehabt, ihr die Meinung zu sagen.«

»Später. Vor Gericht.«

Marla sah sie böse durch die Scheibe an, den hübschen Mund zu einem abschätzigen Lächeln verzogen, und wenngleich Kylie nicht hören konnte, was Marla von sich gab, las sie ihr doch das Wort »Bastard« von den Lippen ab. Früher hatte es weh getan. Jetzt war es Kylie gleichgültig.

»Bringen Sie sie fort«, sagte Paterno zu dem diensthabenden Polizisten.

Er konnte nicht sehen, nicht sprechen, nicht ... O Gott, er konnte seine Hand nicht bewegen. Er versuchte, die Augen zu öffnen, doch seine Lider gehorchten ihm nicht. Sie waren tonnenschwer und schienen festzukleben über Augen, in denen ein hässlicher blendender Schmerz wühlte.

»Nick?«

Da war eine Berührung, kühle Finger auf seinem Handrücken. »Nick, kannst du mich hören?« Die Stimme, lieb und weiblich, klang, als dringe sie aus großer Ferne zu ihm vor ... von weither, von einem Ort jenseits des Schmerzes.

Es war Marlas Stimme, nein, nicht Marlas. Kylies.

Er schaffte es, seine Lider zu öffnen, und blickte in Augen, die so grün waren wie ein Wald bei Sonnenaufgang. Schmerz raste in seinem Unterleib, doch er brachte ein schmales Lächeln zustande, als Tränen auf ihn herabtröpfelten. »Wo warst du?«, krächzte er.

»Das Gleiche könnte ich dich fragen.« Kylie schluchzte auf. »Du hast mir Angst gemacht, Cahill, eine Heidenangst.«

»Ist alles in Ordnung?«

»Mit dir?« Sie musterte Nicks Gesicht. »Du siehst beschissen aus, weißt du.«

»Ich fühle mich mehr als beschissen.«

Sie lachte und verschränkte die Finger mit seinen. »Gott sei Dank, dass du so ein zäher Brocken bist.«

»Ich bin nur froh, wieder zurück zu sein, Marla«, erwiderte Nick und sah, wie ihr Lächeln erlosch. Aus schmalen Augen blickte sie ihn an.

»Das ist nicht lustig.«

»Doch, doch, Kylie.«

»Du hast einen verdammt schrägen Sinn für Humor«, knurrte sie, und er hob die Hand, legte sie um ihren Nacken und zog ihr Gesicht zu sich heran.

»Tja, Liebling«, sagte er gedehnt und atmete ihr Parfüm ein. »Denk dir nichts dabei. Ich bin der Ausgestoßene, hast du das vergessen?«

»Wie sollte ich?«

»Du kannst es auch nicht«, sagte Nick mit einem schiefen, frechen Lächeln. »Denn sobald ich hier raus bin, packen wir beide, du und ich, das Baby und Cissy ein und fahren nach Oregon, um dort zu leben und diesen ganzen Schlamassel hinter uns zu lassen. Mutter kann zu uns kommen, wenn sie möchte, aber ich wette, sie will nicht.«

»Ich dachte, du wärst böse auf mich«, sagte Kylie, bemüht, sich das Hochgefühl zu erhalten.

»War ich auch. Aber ich habe viel nachgedacht. Wir können ein gutes, nein, großartiges Leben zusammen führen.«

»Du bist operiert worden und musst erst noch gesund werden. Du hattest nicht viel Zeit zum Nachdenken«, widersprach Kylie.

»Ich brauchte auch nicht viel Zeit.« Nick zwinkerte ihr zu, und sie schmolz innerlich dahin. »Ich gebe es nur ungern zu, aber ich habe mich geirrt, als ich sagte, du wärst schlimmer als Marla, Kylie. Ich wusste von Anfang an, dass du anders bist, und ich habe dich mit dem Baby und mit Cissy gesehen und ... mit mir ...«

»Ach ja?« Sie war noch nicht überzeugt, obwohl sie es sich so verzweifelt wünschte.

Er brachte ein Lächeln zustande. »O ja, das habe ich, und ich habe mich dagegen gewehrt, mir immer wieder gesagt, dass du mich zum Narren hältst.«

Kylie verdrehte die Augen. »Ist das überhaupt möglich?«

»Leider ist es bereits vorgekommen. Wie auch immer, ich schätze, ich versuche dir hiermit zu sagen, dass ich dich liebe, Kylie Paris, und ich weiß, du hast eine Menge Mist gebaut und fühlst dich deswegen verdammt schuldig, aber ich glaube, seit du das Baby hast, ist eine Veränderung mit dir vorgegangen.«

Ein Kloß steckte ihr in der Kehle, sie blinzelte heftig. »Das glaubst du wirklich?«

»Unbedingt. Du hast dich zu der Frau entwickelt, die du jetzt bist, zu der Frau, in die ich mich verliebt habe.«

»Was weißt du von mir?«

»Nur, dass du nicht Marla bist«, entgegnete Nick. »Du bist Kylie, und ich habe noch nie so empfunden wie jetzt. Mit keiner anderen Frau. Ich hätte mich niemals noch einmal in Marla verlieben können, Kylie. Du bist viel sanfter, fürsorglicher und kannst trotzdem tapfer sein ... Du bist nicht die Frau, für die ich dich gehalten habe, und deswegen liebe ich dich«, sagte er noch einmal. Der Blick seiner blauen Augen war ernst und drang ihr bis ins Herz.

Dieses Mal glaubte sie ihm. »Und ich liebe dich«, flüsterte sie.

»Das weiß ich, Liebling. Und ich werde niemals zulassen, dass du es vergisst.«

Danksagung

Allen, die mir bei der Recherche und Strukturierung dieses Buches geholfen haben, möchte ich meinen Dank und meine Wertschätzung aussprechen. Ohne ihre Hilfe wäre es nicht möglich gewesen. Dank an all meine Freunde und meine Familie und ganz besonders an: Nancy Bush, Ken Bush, Matthew Crose, Michael Crose, Mary Clare Kersten, Nancy O'Callaghan, Michael O'Callaghan, Ari Okano, Kathy Okano, Betty Pederson, Jack Pederson, Sally Peters, Robin Rue, John Scognamiglio, Larry Sparks, Linda Sparks, Celia Stinson und Mark Stinson, der für sein Leben gern ein Schurke in einem meiner Romane sein möchte. Ihr seid die Besten!